PECADOS CAPITALES I

ATARY

KARLEE DAWA

Título: Atary.

De la cubierta y maquetación: 2020, Roma García.

A mis dawers,

porque sin vuestro apoyo esto no hubiera sido posible.

Y a ti, por darme una oportunidad.

PRÓLOGO

12 de diciembre, 1868.

La luna refulgía esa noche con intensidad. Tal era su brillo que los oscuros nubarrones que tapaban las estrellas no pudieron evitar que destacara sobre todo lo demás. El sonido de la lluvia y los truenos impedían el paso de un carruaje que se esforzaba por llegar a su destino, movido por unos majestuosos corceles blancos. Las hojas de los árboles generaban una melodía fúnebre al mezclarse con el viento cortante y el ulular de algunos viejos búhos, creando una atmósfera lúgubre y oscura.

Con gran maestría, el cochero consiguió estabilizar el vehículo, evitando que se cayera por el terreno angosto y embarrado. Su corazón latía desenfrenado, nadie viajaba en un día tan gélido y tempestuoso como aquel, a menos que quisiera morir, pero era menester si quería cumplir su labor y satisfacer a su misterioso cliente.

Por fortuna, minutos más tarde, estaba llegando a las puertas del castillo y espoleó con fuerza a sus caballos para meterles brío. Su ropa estaba empapada y podía sentir cómo el tiempo apremiaba. Aunque estuviera al otro lado, protegido por la gruesa pared de cristal, podía escuchar las voces trémulas y agónicas de sus viajantes, las cuales le producían una profunda desazón.

Al llegar al patio interior se apresuró para abrir la puerta trasera, tratando de ignorar el pánico que albergaba su cuerpo por lo que podía encontrarse, pues no había podido ver sus figuras con antelación. Cuando se había subido al carruaje, las puertas ya se encontraban cerradas y el cristal translúcido solo mostraba sombras difusas que no permitían adivinar sus identidades.

Cuando sus dedos gruesos y curtidos rozaron el picaporte de bronce, con el objetivo de finalizar su trabajo y poder regresar a su hogar en busca del calor de su reciente esposa, sintió una mano huesuda y alargada sobre su hombro, obligándole a detenerse.

El hombre palideció por completo al verse sorprendido por una mujer pocos años mayor que él con una mirada penetrante y fría como un témpano de hielo. Su cabello azabache brillaba al iluminarse con los candiles del patio y sus ojos turquesa desprendían un efecto hipnótico que le producía verdadero sopor.

—Puede retirarse —le acució crispada y dirigió su mirada al carruaje—. Es menester que yo me ocupe de la estadía y reposo de mis invitados.

El hombre observó angustiado cómo la dama se disponía a darse la vuelta para cumplir con su objetivo de velar por la seguridad y hospedaje de los misteriosos huéspedes e hizo un atrevimiento impropio de él. Se apresuró para tomarla del brazo y apretarlo con cautela.

—¿Podría cobijarme en algún lecho que tenga desocupado si no es molestia, madame? Fuera hace un temporal de mil demonios y temo por mi vida si vuelvo a poner un pie fuera de su imponente castillo.

—Temerá usted por su vida si no pone rumbo a su hogar con presteza, señor —respondió con un acento siseante que le resultó de lo más singular—. Le recomiendo que aproveche usted mi acto de bondad como agradecimiento por proteger a mis invitados durante tan abrupto trayecto, pues no suelo ser benevolente con personas como vos.

—¿Podría al menos tener la bondad de ofrecerme alimento? Ha sido una travesía prolongada y llena de obstáculos y no he podido probar bocado —respondió, bajando la cabeza con deferencia.

—Acompáñeme, con gusto le recompenso por tan laborioso recorrido y perdone por mis hoscos modales. No frecuento la compañía de muchas personas y una se termina de olvidar lo que conlleva tener huéspedes en su morada. Si es tan amable…

El hombre sonrió satisfecho por conseguir algunas provisiones de manera gratuita, se sentía exhausto por el trabajo realizado. Acompañó a la esbelta damisela de aspecto de alta cuna por los lujosos pasillos adornados con ejemplares retratos y accedió a esperar en un comedor, donde una alargada mesa de roble presidía el lugar, repleta de distintos platos que le hacían salivar como si fuera un animal.

Esa fue la última vez que se vio con vida al cochero de la ciudad de Edimburgo. La noche tormentosa fue fechada en calendarios como hito histórico por el majestuoso refulgir de la luna en tono rojizo y el río cubierto de sangre. Pero nadie supo el por qué.

Hasta hoy.

Capítulo I ✝ la noticia

4 de septiembre, 2018.

—Se ha hallado otro cuerpo cerca de la facultad de Edimburgo. La víctima tenía veinte años y era hija de un importante empresario de la ciudad. La investigación se mantiene en secreto, pero gracias a una fuente privilegiada podemos afirmar que ha perdido una gran cantidad de sangre y tenía una profunda mordedura en su cuerpo. Los médicos forenses y policías involucrados en el supuesto homicidio barajan la hipótesis de…

—Apaga el televisor, querido —ordenó mi madre sin alterarse por la terrible noticia, mientras daba un sorbo a su taza de té de porcelana.

—Es inadmisible que tengan la cara de dar otra noticia así, sin un ápice de preocupación. ¡Son una panda de inútiles sin dos dedos de frente! Hacen peligrar a toda la capital —exclamó él, pulsando con dureza el botón del mando—. ¡Me niego a que nuestra hija vaya a esa universidad! Puede ser peligroso, Elizabeth.

—Papá… —murmuré asustada, no era habitual verlo en ese estado de nerviosismo.

Mi padre se removió en el asiento, incómodo, y recolocó sus gafas sobre el tabique de su nariz. Sus ojos grises brillaron con fuerza, dirigiéndome una mirada de preocupación, pero observó a mi madre con cautela. En casa era ella quien tomaba las decisiones. Sobre todo, las importantes, como mi futuro académico.

—Laurie, esos modales —me regañó y miró a mi padre de forma severa—. Están investigándolo y han aumentado el número de autoridades para vigilar la ciudad y garantizar la protección. No podemos permitir enviarla lejos de Edimburgo a estas alturas, Arthur —continuó—. Nuestra hija estará bien, Dios la acompañará en el camino.

Suspiré al escuchar las palabras de mi madre y sonreí aliviada, pensaba que estaría de acuerdo en enviarme a alguna universidad privada femenina con toque de queda y solo pudiera centrarme en mis estudios, pero, por fortuna, me equivoqué.

Me preocupaba el tema de los asesinatos de las jóvenes porque teníamos edades similares y estaba claro que el asesino que andaba suelto tenía algún tipo de fetiche por nosotras, pero no quería irme a otra universidad que no fuera Edimburgo.

Quería mucho a mi padre, pero aún más a la única amiga que tenía, Ana María. Y no estaba dispuesta a ir a otro sitio y ser la nueva, me daba pavor revivir ese infierno donde todos se metían conmigo o me apartaban. Recordarlo me dolía y necesitaba de su protección.

—¿Estás segura, cielo? —insistió mi padre—. Laurie tiene la edad de esas pobres chicas y siempre podemos usar nuestros contactos.

Me mordí el labio para contener las ganas de convencer a mi padre con que mi madre tenía razón y podía valerme por mí misma. Si intervenía, recibiría una regañina por parte de ella por insolente y era lo que menos necesitaba ahora.

Sabía también que me pondrían unas normas severas por volar del nido familiar, pero al menos podría estar cerca de Ana. Ambas empezaríamos en el mismo campus y edificio, con suerte en la misma habitación. Eso era motivo suficiente para mantenerme callada y bajar la cabeza, otra vez.

Desconecté del tema cuando empezaron a enzarzarse en una discusión acerca de mi bienestar. Sabía que era una discusión perdida, pues siempre terminaba ganando mi madre y se haría lo que ella dijera, pero me sorprendió la insistencia de mi padre. Nunca había alzado tanto la voz.

De todos modos, por primera vez en mi vida ella estaba de mi lado. Y eso fue motivo más que suficiente para sonreír.

—¿Has escuchado lo que ha sucedido? —preguntó Ana tirada en mi cama mientras revisaba las redes sociales de su móvil.

—¿Lo de la nueva víctima? Sí. Mi padre ha querido impedir a toda costa que empezara la universidad allí.

—¡¿Qué?! —chilló ella mientras se incorporaba de la cama, mirándome con sus penetrantes ojos color café—. Pero…

—Tranquila. Mi madre dijo que no me iré a otra universidad, porque es demasiado tarde para cancelar la matrícula, las ayudas, el alojamiento... Sería caótico cambiar todo ahora.

—Uff —suspiró dejándose caer de nuevo con gesto dramático—. Me habías asustado.

—Aun así…, tendremos que tener cuidado y mantenernos juntas. ¿Crees que podremos compartir habitación?

—Lo dudo —respondió haciendo una mueca con sus carnosos labios rosados—. Pero sería genial.

Observé cómo sus rizos castaños se posaban descontrolados sobre mi almohada y su tez canela acentuaba el brillo oscuro de sus ojos. Ana era una chica realmente guapa y enérgica, con la autoestima del tamaño de un tsunami, arrasando todo a su paso.

—¿Y si me toca con alguien a quien le caigo mal y se mete conmigo? —pregunté jugueteando con las mangas de mi camisa—. ¿Y si solo quiere hacer fiestas y trae chicos a la habitación? Es pecado.

—Pecado es que hables así —respondió arrugando su pequeña y recta nariz—. Si cierro los ojos escucho a tu madre.

—Es que…

—Lo pasaremos bien, Laurie. Voy a cumplir la mayoría de edad y por fin podremos beber alcohol y acceder a las fiestas ¡sin adultos! No sabes lo contenta que me pone pensar en la música, bailar y tontear con chicos. Me hace recordar a España…

—¿Echas de menos vivir allí? —pregunté incómoda, tratando de cambiar de tema.

—Bueno, sin duda no me vendría mal algo de vitamina D. Tanta nube y lluvia me apaga. Me hace sentir que tengo la piel más blanca que la nieve.

—¡Qué dices! Pero si tu tono de piel es hermoso —me quejé, poniendo los ojos en blanco.

—En estos años he perdido más color que Michael Jackson.

—Sin duda exageras —suspiré—. A tus padres también les gusta el sol, ¿verdad?

—Sí, ¿por qué? —preguntó arrugando el ceño.

—Por nada en especial. Solo me llama la atención que hayan decidido a venir a un lugar como Luss, tan… Distinto.

Ana María levantó la vista del móvil y me hizo una seña para que me acercara hasta ella. Me subí a mi mullida cama de color rosado y observé el mensaje de su pantalla.

—Acaba de llegarme este mensaje de la universidad. Ya pensaba que se habían olvidado de mí.

—¿Habitación treinta y cinco, bloque Holland House? —murmuré extrañada.

—Sí, ¿por qué? ¿Cuál te tocó a ti?

—Yo… No recuerdo —suspiré.

—¿Y a qué esperas? —me regañó, colocando sus brazos en jarra—. ¡Vamos a mirarlo!

—Pero mi madre…

—Ay, Lau. No va a pasar nada —resopló dibujando una sonrisa maliciosa—. ¿O es que tienes miedo?

—N-no, pero…

Sus ojos marrones brillaron con diversión al percatarse de mi duda. Siempre se esforzaba en meterme en situaciones que a mi madre no le agradaban. Ella pensaba que Ana era una mala influencia para mí, así que me mordí el labio inferior, calibrando qué hacer.

Temerosa, terminé levantándome de la cama y me dirigí hasta la mesita donde tenía guardado el móvil, pensando si debía trasgredir su norma y encenderlo. Mi madre no me dejaba usarlo sin su permiso, pero esto era importante. Además, a partir de las tres de la tarde apagaba el *router* para que no pudiese navegar por internet, aunque se me ocurriera encenderlo.

Finalmente, bajo la presión de mi amiga, lo cogí y desbloqueé la contraseña para poder entrar en la aplicación de notas donde había guardado la información principal de nuestra residencia.

Recordaba que había recibido un mensaje semanas atrás, avisándome de qué habitación me había tocado y el bloque correspondiente. Por eso me resultaba extraño que se hubieran retrasado tanto. Se trataba de un edificio universitario llamado *Pollock Halls* que albergaba una gran cantidad de estudiantes y ofrecían servicio de comedor, además de contar con un amplio jardín.

—Habitación veintiuno, bloque John Burnett House…

Resoplé frustrada, pues el universo era realmente injusto conmigo. ¿Por qué teníamos que ir, no solo en habitaciones distintas, sino en edificios separados? Había crecido sin poder tener amigos, dado que mi madre no me dejaba acercarme a nadie que no perteneciera a nuestro círculo religioso y, por desgracia, nuestro pequeño pueblo no contaba con muchos habitantes de mi edad.

Eso había provocado burlas en el colegio. Me tildaban de religiosa remilgada y era el blanco perfecto para sus ataques. Sobre todo, de mi vecino Richard, el cual me molestaba desde que éramos bien pequeños.

Muchas veces había llorado en mi habitación por su culpa, pues me hacía sentir insignificante. Sus constantes humillaciones alimentaban esa parte oscura de mí que me avergonzaba, pero con el paso de los años la había conseguido borrar.

—Es muy tarde, deberíamos dormir. ¿Ya tienes la maleta preparada? —le pregunté apagando el móvil mientras me dirigía hasta la mesita, para guardarlo de nuevo en su lugar.

—¡Laurie Duncan! —exclamó mi madre irrumpiendo en la habitación con esa dureza que le caracterizaba—. ¿Has encendido el móvil sin mi permiso?

Ambas nos sobresaltamos al escuchar su voz y tragué saliva antes de contestar. No quería ganarme un castigo tan pronto, pero tenía la prueba del delito en mis manos. Me lo había ganado a pulso por desobedecerla, así que bajé la cabeza mirando hacia el suelo.

—Solo quería confirmar nuestras habitaciones —intervino Ana. Levanté la cabeza para verla alzando el mentón sin dejarse amedrentar y mostró su móvil—, acaban de enviarme el mensaje con la información sobre la mía.

—¿Y ese es motivo suficiente para desobedecer la norma? ¿Así de descarada eres? Me decepcionas, Laurie Duncan.

—Ella…

—Tú no te metas, Ana María. Esta conversación no va contigo —respondió con un ápice de amargor.

Tragué saliva mientras miraba de reojo a mi amiga. No me gustaba que la hablara así cuando solo intentaba ayudarme, pero no me atrevía a abrir la boca o sería mucho peor. Así que contuve la respiración mientras esperaba que se calmase.

—¿Y? ¿No vas a decir nada? Responde.

—Lo siento —susurré con verdadero pesar—. No volverá a pasar, lo prometo.

—Debería darte vergüenza desobedecer a tu madre… Reza a nuestro señor antes de dormir para obtener su perdón, por descarada. Me decepciona que te rebeles de esta manera con todo lo que hemos hecho por ti. Así nos lo pagas, desagradecida.

Mi madre mantuvo la cabeza elevada con expresión autoritaria y una mueca de desagrado que hacía torcer sus labios. Sus ojos azules brillaban con fiereza, clavándose en mi rostro. Estaba realmente molesta, me hacía sentir una persona horrible. Para no incrementar su enfado, bajé la cabeza de nuevo y asentí sin decir nada, aguardando pacientemente a que se calmara, hasta que hizo un chasquido con su lengua en señal desaprobatoria.

—¿Lo apagaste ya?

—Sí, madre.

—Bien, es hora de dormir. Mañana os quiero en la cocina a las seis y media de la mañana para desayunar —avisó con el semblante serio—. Y os quiero ver en camas separadas.

—Sí —respondimos ambas al unísono.

Respiramos aliviadas cuando se cerró la puerta y miré a Ana con la cabeza baja, disculpándome. Me conocía desde hacía tres años y sabía lo que se me pasaba por la mente sin ni siquiera abrir la boca. Y, sobre todo, conocía a mis padres y cómo eran.

Yo apenas conocía a los suyos porque mi madre no me dejaba dormir en casas ajenas. Solo me dejaba salir para asistir a clase o a la iglesia y, en algunas ocasiones, sentarme en la pradera que había junto a mi casa para leer la Biblia.

—No pasa nada, Laurie. No tienes la culpa de que Elizabeth sea un demonio —sonrió con ternura, consiguiendo que mi cuerpo se relajara—. Si Lucifer la conociera, huiría del infierno concediéndole su trono.

De repente frenó y miró hacia todos lados, como si estuviera buscando alguna cámara oculta. Entonces suspiró, llevándose una mano al pecho.

—Espero que no me haya escuchado —susurró—. No quisiera que desatara su furia contra mí.

—Ann…

—Sí, sí —suspiró antes de mostrarme su lengua con diversión—. Mejor nos centramos en lo que nos espera. Mañana por fin empieza tu nueva vida.

—Nuestra nueva vida.

—Estoy segura que conocerás algún chico sexi y peligroso que pondrá de los nervios a tu madre. Deseo ese momento con todas mis fuerzas —dijo con malicia. Su sonrisa perversa me ponía nerviosa.

—Claro que no, eso está prohibido para mí. Ya sabes que ella quiere que Richard y yo nos casemos.

—Yuh… No menciones ese nombre —respondió haciendo una mueca de asco—. Con nuestra suerte lo invocas para que haga compañía a tu madre.

—Entonces mejor obedezcamos y apaguemos la luz para dormir. Es tarde.

Ignoré su protesta y me aproximé hasta la mesita para guardar el móvil de una vez y apagar el interruptor. A ciegas, tanteé el espacio con mis manos hasta llegar a mi cama y me tapé con el edredón, mientras que Ana se pasó a la cama supletoria que teníamos preparada.

Cerré los ojos y comencé a rezar una oración para mis adentros, pidiéndole perdón a Dios por haber sido una mala hija. No quería defraudar a mis padres y mucho menos a mí misma. No me podía permitir tener errores, me hacía sentir mediocre.

—Laurie.

—¿Sí? —suspiré. Tendría que esperar a que se durmiera para empezar de nuevo.

—Será el mejor año de nuestras vidas. Ya lo verás.

Rodé los ojos, consciente de que no me veía y dibujé una sonrisa soñadora, esperando que tuviera razón. Empezar la universidad equivalía a correr riesgos y atreverse a volar alto, y yo estaba demasiado anclada en el nido que conformaba mi hogar.

Apagué el molesto despertador con la mano. Habíamos decidido ponerlo a las seis para que nos diera tiempo a arreglarnos y estar presentables ante mis padres. Cuando estuvimos listas, bajamos las escaleras con rapidez, justo un minuto antes de que dieran las seis y media.

Mi padre ya se encontraba sentado en la silla leyendo el periódico, mientras mi madre se disponía a servirle un poco de café. Me apresuré para sentarme mientras Ana María se tiraba literalmente en su asiento dejando escapar un bostezo, bajo la mirada de reproche de mi madre.

—Buenos días —saludó Ana con una sonrisa.

—¿Estáis preparadas para vuestra nueva etapa? —preguntó mi padre elevando sus gafas bajo una expresión seria—. Debéis tener cuidado con los peligros que hay allí fuera. No me hace especial gracia que al final vayas a Edimburgo, pero…

—Arthur —le regañó mi madre—. Ya lo hemos hablado. Es lo mejor para Laurie y están controlando la ciudad precisamente por eso. No le sucederá nada.

—No controlan lo suficiente —refunfuñó él levantándose de su asiento.

—¿¡Dónde vas!? —preguntó ella elevando el tono—. ¡No hemos bendecido el desayuno!

Bendije en voz baja mis tostadas con mermelada y el vaso con té verde que tenía al lado mientras la veía de soslayo ir detrás de mi padre para quejarse. Escuché cómo le advertía sobre los deberes religiosos de la familia y el protocolo de educación que debía regir nuestra vida, recordándole que lo estaba rompiendo en presencia de Ana.

Mi amiga ya tenía medio *muffin* en su boca y masticaba haciendo ruidos molestos, como era habitual en ella. Suspiré e intenté concentrarme en recordar las veces que había masticado. Mi madre me había enseñado de pequeña a contar para mis adentros para recordar que cada bocado debía masticarlo veinte veces antes de tragar.

Unos minutos más tarde mi padre irrumpió en la cocina, seguido por mi madre y se acercó hasta donde yo estaba, mostrándome un antiguo dije de crucifijo plateado con detalles azabaches y letras doradas en tono mate.

—Quiero que lleves esto contigo, siempre —anunció, mirándome fijamente con sus ojos grises.

—¡Arthur! —se quejó ella—. Si quieres darle un rosario tengo yo varios en el tocador. No es necesario darle ese.

—Es mi hija, Elizabeth. Este lo ha llevado mi familia generación tras generación y ahora le toca a ella. Además, está ungido con agua bendita. La protegerá de cualquier mal.

—No me parece buena idea. Yo puedo…

—Me da igual —La frenó dirigiéndose hasta mí—. Ten.

Asentí con la boca abierta ante el atrevimiento de mi padre. En estos dos días estaba terminando con la paciencia de mi madre al enfrentarse a ella. No era propio en él hacer algo por su cuenta sin sopesarlo entre los dos. Tragué saliva con fuerza.

Mi madre también se quedó de piedra, parecía no saber qué decir ni qué hacer, pero él continuó con sus explicaciones y miró el reloj de su muñeca, sorprendido.

—Es tarde. Será mejor que te lo pongas ya y os apresuréis en ir al baño para terminar de prepararos y bajar las maletas. Tengo que irme pronto a resolver unos asuntos.

—¿Hoy? ¡Es domingo, Arthur! No me puedo creer que te ausentes hoy también.

Asentí con la cabeza y me apresuré a ponerme el colgante, acariciando la textura metálica con cariño. Mi padre trabajaba como director de un internado alejado del pueblo donde vivíamos, al que nunca había podido ir.

Solía trabajar cada día y estaba desde por la mañana hasta bien entrada la noche, aunque mi madre protestara. El único día que se permitía descansar era el domingo pues, como mi madre defendía, Dios descansó el último día de la semana y no respetarlo sería ir en contra de nuestra religión.

Arrastramos las maletas por los largos escalones de madera hasta llegar a la entrada y nos apresuramos en salir para colocarlas con cuidado dentro del maletero del coche. Repasé mentalmente todo lo que llevaba antes de sentarme en el asiento trasero y bajé el cristal al apreciar el gesto de mi madre.

—Acuérdate de tus labores y deberes religiosos, Laurie. Dios te vigila y espera lo mejor de ti —me advirtió—. No salgas de fiesta, no te emborraches, no mientas a nadie y mucho menos hables con chicos. Recuerda ir a misa los domingos y rezar un padrenuestro antes de acostarte. Llámanos siempre después de cenar para contarnos sobre tu día y revisar tus labores educativas. Acuérdate de cepillar tu cabello cien veces antes de acostarte y lee el pasaje de la Biblia donde te hayas quedado. Nada de redes sociales ni distracciones que bajen tu rendimiento académico y mucho menos hacer caso a Ana María sobre salir a sitios extraños. Y cuando vayas a escoger la ropa que vayas a ponerte acuérdate de enviarme una fotografía para darte el visto bueno. En definitiva, acuérdate de quién eres y no caigas en la tentación. No criamos a una chica común, sino a la mejor.

El peso de sus palabras hundió mis hombros; procuraría no defraudarla. Asentí con la cabeza y suspiré al ver cómo, disimuladamente, Ana apretaba mi mano con la suya. Mi padre se apresuró en encender el motor y pusimos rumbo a Edimburgo, dejando atrás el pequeño pueblo de Luss, mientras sujetaba con fuerza el dije que colgaba de mi níveo cuello.

Capítulo II † El choque

Cuando llegamos a la residencia *Pollock Halls*, mi padre se apresuró en despedirse de nosotras para dirigirse a la misteriosa institución. Años atrás había tratado de buscar por internet y entre sus carpetas alguna imagen que me mostrara el internado, pero nunca encontré ningún sitio con el nombre que me había dado.

Contemplé el lugar fascinada. Era un amplio terreno compuesto por varios edificios que supuse que contenían una importante cantidad de estudiantes. Cada bloque tenía una belleza singular, siendo algunos más antiguos y otros más nuevos y sofisticados. Junto a ellos se encontraba *Holyrood Park*. Un parque de gran extensión y famoso por su ambiente tranquilo, aunque últimamente se había convertido en el lugar deseado por el asesino para matar a sus víctimas. De ahí la preocupación de mi padre.

Ambas nos apresuramos en dirigirnos al edificio principal de la residencia, que se encargaba de atender a los nuevos alumnos y a los turistas que se alojaban allí.

Una vez tuvimos en nuestro poder toda la información pertinente y las tarjetas de entrada de nuestras respectivas habitaciones, Ana María empezó a caminar para dirigirse hasta su bloque, pero traté de persuadirla para que se quedara un rato conmigo antes de ver su habitación. Tenía miedo sobre quién podría ser mi compañero y si nos llevaríamos bien, pero, sobre todo, si sería una buena persona, que no le gustara meterse en líos o hacer fiestas. Mi mejor amiga, en cambio, disfrutaría de una maravillosa habitación individual.

Finalmente conseguí convencerla y nos dispusimos a entrar en mi edificio. Tenía una fachada marrón y puertas de cristal, donde se almacenaban distintos grupos de estudiantes, unos conversando y otros embobados con sus teléfonos móviles.

Al subir, nos detuvimos frente a la puerta cerrada de mi habitación y me quedé con la mano fija en el picaporte, debatiéndome si entrar o no.

—No seas miedosa, Laurie —se quejó Ana—. No te va a pasar nada.

Suspiré. En el fondo sabía que tenía razón, pero mis padres ya no podrían protegerme si algo malo me sucedía.

—Ya, pero... ¿Y si es una chica que le gusta la fiesta? ¿Y si pretende fumar y beber alcohol en la habitación? —arrugué la nariz disgustada—. O peor aún, ¡igual quiere mantener relaciones íntimas con chicos y me echa! Yo quería compartir habitación contigo, Ana, y…

Me giré al ver que no me estaba escuchando, ni siquiera me miraba. Sus ojos se habían posado en un pasillo que estaba situado al fondo, poblado por máquinas expendedoras y estudiantes montando un alboroto.

—¿Ana?

—Sí…, perdona —respondió meneando la cabeza, volviendo en sí—. Me pareció haber visto a alguien que conozco.

—¿Quién?

Dirigí la vista hacia donde ella había mirado, pero eran tantas personas que terminé por cansarme y desistir en mi intento, podía ser cualquiera.

—Seguramente me haya equivocado, ¿qué decías?

—Nada —suspiré, mirando de nuevo el cartel que mostraba el número de mi habitación—. Solo cavilaba.

Decidida, Ana abrió la puerta en mi lugar y nos encontramos con una habitación de tamaño considerable, compuesta por un pequeño baño a nuestra izquierda y dos camas individuales rosas; dos ventanas con cortinas amarillas que mostraban los edificios colindantes y el jardín, ambas cortadas por una pared anaranjada cubierta por estantes, un minitelevisor empotrado, dos sillones de madera con dos cojines rosados a juego y un radiador blanco.

Además, contaba con dos mesas de escritorio con sus respectivas sillas de ordenador rosas y unas sencillas cajoneras, sin olvidarme del tablón rosado que había enfrente de las mesas y un sencillo armario para compartir. Incluso la moqueta era rosada con círculos blancos.

Ana arrugó el ceño al ver tanto rosa, seguramente estaría pensando en denominarla la habitación chicle.

Sobre una de las camas se encontraba sentada una chica de tez morena y largo pelo negro. Estaba concentrada leyendo un libro de psicología.

—¿Tengo dos compañeras? —preguntó extrañada, levantando la vista del libro al percatarse de nuestra presencia.

—N-no, yo so-solo…

—Solo ella —intercedió Ana—. A mí me tocó otro bloque, pero vine a curiosear para ver quién le había tocado a ella de compañera. Espero que la cuides bien, es muy tímida al principio, pero luego se le pasa. Ah, por cierto, soy Ana.

—Ana María —añadí, pues estaba omitiendo parte de la verdad.

—Solo Ana —objetó, mirándome con cara de pocos amigos—. Ella se llama Laurie.

—Encantada, yo soy Franyelis —respondió con un acento que me costó identificar. No sonaba británica.

Ana empezó a emitir su habitual evaluación al repasarla de arriba abajo, analizando cada posible detalle. Mi compañera llevaba ropa sencilla y la expresión de su rostro era amable y dulce.

—Eres de América del Sur, ¿verdad? —Sonrió alzando el mentón—. ¿Colombiana?

—Venezolana —respondió ella devolviéndole la sonrisa.

—Bueno —dijo Ana encogiéndose de hombros—. Tengo que irme ya, Laurie. Me quedo tranquila porque parece que estás en buenas manos. Nos vemos luego en la cafetería.

—Dalo por hecho —asintió Franyelis.

Abrí la boca para intervenir, pero no tuve tiempo, pues Ana ya había desaparecido y cerrado la puerta tras ella, dejándome especialmente incómoda al quedarme a solas con mi nueva compañera.

Varios recuerdos de mis compañeros de Luss molestándome en el colegio me provocaron un profundo malestar. Esperaba que no me volviera a suceder lo mismo, ya no tenía el refugio de mi hogar.

—Bueno, ¿tú también empiezas en psicología? —preguntó de repente, observándome con sus grandes y expresivos ojos color chocolate. Ese que mi madre solo me dejaba comer una onza los domingos.

Negué con la cabeza, intentando esforzarme para que las palabras salieran de mi garganta, liberando el nudo que se había formado en mi interior. Pero fue imposible, solo salieron unos balbuceos ahogados.

Observé como Franyelis dejó con cuidado su libro sobre la cama para mirar los objetos que Ana había depositado sobre la mía, prestando especial atención a mi oso de peluche, el cual me acompañaba desde que nací, y la Biblia que me había regalado mi madre hacía unos años.

Al fijarse en mi dije arrugó el ceño y yo no pude evitar tragar saliva y esconder las manos bajo las mangas de mi camisa, dirigiendo mi mirada hacia el suelo. Seguro que le resultaba cursi, infantil y aburrida, tal y como me describían las chicas de Luss.

—Yo también tengo un peluche favorito que llevo a todos lados —dijo de repente con una sonrisa, sacando un pequeño conejo rosado de su maleta—. Se llama *Señor Algodón* y no me separo nunca de él. Me transmite calma.

—V-voy a literatura —conseguí decir tras una bocanada de aire.

—Estarás agotada ¿por qué no aprovechas para dormir un poco? Por suerte hoy tenemos el día libre.

Alcé la vista sobre el reloj que estaba incrustado en una de las desnudas paredes de nuestra habitación y recordé, alarmada, que era domingo y todavía no había asistido a misa. Mi madre se enfadaría conmigo si no me daba prisa.

—N-no…, tengo q-que irme —balbuceé, sintiendo una presión en el pecho.

Quise añadir algo más y explicarle a dónde me dirigía para no preocuparla, pero no quería que se burlara de mí, había ido demasiado lejos al dejarla observar mis pertenencias. La ansiedad ya empezaba a florecer y amenazaba con devorarme si no me apresuraba.

Salí de la habitación con rapidez y sin mirar atrás, tratando de esquivar la masa de personas que se encontraban en los diferentes pasillos, hasta que choqué con un cuerpo alto y duro que me hizo prestar atención.

—P-perdón... —susurré ruborizada, apartando un mechón de mi anaranjado cabello.

Al alzar la vista quise que la tierra me tragara, pues se trataba de un chico cuyo aspecto peligroso provocó que mis piernas temblaran. Su tez parecía esculpida en mármol y las oscuras ojeras que acentuaban sus ojos, junto al tatuaje negro que se asomaba por el cuello de su cazadora de cuero negra, le generaban un aura misteriosa que me dejó atrapada durante unos instantes. Nunca había visto a alguien como él.

En ese momento abrió sus labios para hablar y el miedo recorrió mi espina dorsal, despertándome del letargo en el que me encontraba. Intimidada, retomé mi camino sin mirar atrás. No quería escuchar algo desagradable o violento por su parte, igual se había enfadado por haber irrumpido en su camino y ahora la tomaría conmigo.

Contuve la respiración mientras huía, intentando aguantar el flato, hasta que salí de la residencia y me dirigí con el corazón acelerado hasta la catedral de Edimburgo, esperando no perderme por la *Royal Mile* y llegar a tiempo para rezar. Entre mis oraciones tendría que incluir alejarme de los problemas y las malas compañías.

Al día siguiente me desperté dos horas antes para llegar a tiempo a la facultad. Tenía sueño y sentía un malestar general porque, aunque había podido rezar en la catedral, no había podido asistir a la misa y, al volver a casa, cuando estaba a punto de dormirme, Franyelis decidió conversar con sus familiares en su idioma natal y se reía a carcajadas. No conseguí alcanzar mi objetivo hasta que terminó su llamada, dos horas más tarde.

Así que no pude dormir mis ocho horas reglamentarias y me había levantado con dolor de cabeza. Además, Ana empezaba las clases media hora antes y no podía acompañarme hasta mi aula, así que me encontraba perdida.

Ya en la entrada de la facultad, observé abrumada que había demasiados pisos y direcciones para seguir; parecía un laberinto. No sabía hacia dónde ir y mi inseguridad no ayudaba.

Miré mi alrededor sin saber a quién preguntar hasta que escuché a un par de chicas conversando sobre un profesor de literatura. Inspiré profundamente, alisé la falda que llevaba puesta y comprobé que el lazo que sujetaba mi cabello en una coleta alta estuviera bien puesto, antes de decidir acercarme hasta ellas para preguntarles, parecían agradables.

—Pe-perdonad… ¿La clase de li-literatura?

La pregunta se quedó perdida en el ambiente debido a un silencio sepulcral que rápidamente fue removido por una de ellas.

—Ah, claro, perdona —sonrió mirando a su amiga—. En el convento, que es de donde te has escapado tú. ¿Te has olvidado la sotana?

Sentí como mis mejillas se encendían al escuchar sus risas de burla y mis ojos amenazaron con llorar. En ese momento algo que me resultaba familiar se revolvió en mi interior.

Quería escapar de ahí, pero no sabía hacia dónde dirigirme y mis pies se habían quedado petrificados sobre el suelo. Entonces escuché una voz ronca y arrastrada a mi espalda y una mano helada me sujetó el hombro, sobresaltándome.

—Me decepciona que te metas con ella cuando hace unos años tú pasaste por lo mismo, Sophie. Es hipócrita y vergonzoso.

Los rostros de las chicas se volvieron níveos ante la presencia del chico que, al girarme, descubrí que era el mismo con el que había chocado el día anterior. Mi corazón se detuvo cuando sus penetrantes ojos azules se encontraron con los míos y formó un pequeño hoyuelo al sonreír, guiñándome un ojo con orgullo.

—Puedes venir conmigo. Yo también curso literatura.

Observé cómo apretaba con cuidado su fría mano sobre mi hombro para tratar de moverme, pero me sentía tan humillada que no fui capaz de reaccionar.

—¿Es… Yo? —balbuceé asustada.

—Sí, sígueme.

Dudosa, decidí hacerle caso y empezar a caminar tras él, pues quedarme con esas chicas no me parecía la mejor opción. Al seguirle quedé hechizada bajo el efecto hipnótico de su cuerpo moviéndose a paso ligero. Parecía seguro, triunfal, como si el mundo se arrodillara cada día ante él para besar sus zapatos.

—Perdónalas, pensar no es lo suyo y recurren a la burla fácil —dijo de repente, acelerando mis pulsaciones—. Si te molestan de nuevo no tienes más que decírmelo.

Asentí con la cabeza queriendo agradecerle, pero era incapaz de emitir sonidos lógicos. Jugueteé de forma inconsciente con el dije que llevaba sujeto a mi cuello. Ese chico parecía el tipo de persona que mi madre trataría de impedir que se me acercara e incluso llamaría a la policía para asegurar mi bienestar.

—Co-conoces muy bien la fa-facultad.

—No tienes que sentirte insegura conmigo —sonrió antes de girar por uno de los pasillos—. Y sí, mis hermanos también estudian aquí. Estoy acostumbrado a recorrer estos pasillos.

Nos detuvimos frente a una gran puerta de madera con el número 62 y retrocedí unos pasos para permitirle pasar. Los músculos de su espalda se contrajeron al empujar el manillar para abrir y el aula enmudeció al sentir su presencia.

No había muchas personas, así que pude escoger un asiento de las primeras filas, mientras que mi misterioso salvador optó por acomodarse en un asiento de la penúltima, cerca de la ventana. El profesor no tardó en llegar y con él dimos paso a nuestra primera asignatura: *Introducción a la literatura europea.*

Guardé la libreta con los apuntes recogidos a lo largo de la mañana y cerré la mochila con satisfacción. Me había esforzado en poner atención y apuntar lo que debía resumir y estudiar en la residencia para ir adelantando materia. No podía bajar mi nivel académico.

Inquieta por si volvía a perderme, salí del aula jugueteando con las mangas del jersey que me había puesto encima durante las clases y miré de un lado a otro pensando qué dirección tomar. Por suerte, Ana estaba esperándome apoyada en la pared con un vaso de plástico en la mano.

—¿Qué tal tu primer día? No veía el momento de poder descansar y comer tranquila. ¿Tendrán algo bueno?

—No sé —respondí mordiéndome el labio inferior mientras miraba de soslayo al chico misterioso salir del aula y perderse entre la marea de estudiantes.

—¿Laurie? —Me llamó ella de repente, sobresaltándome—. Te he preguntado algo y no me has contestado. ¿Qué llama tu atención? ¿Está todo bien? ¿Te ha hecho alguien algo?

—Vamos a comer y te cuento —respondí tratando de relajarme.

Fuimos caminando por los pasillos mientras ella me hablaba sin parar sobre su día, pero apenas le había prestado atención; estaba demasiado concentrada en fijarme en el camino que seguíamos para recordarlo, por si tenía que ir sola alguna vez.

—¿Laurie? ¿Qué te pasa hoy? Estás inusualmente callada.

—Nada en particular, solo estoy un poco tensa. Me siento como un pez fuera del agua —suspiré mientras me movía para coger una bandeja a la entrada del comedor y colocar un plato con los cubiertos encima, tratando de esquivar a varios estudiantes que se amontonaban a nuestro alrededor.

Contuve una risa al llegar a la zona del bufet y observar la cara de sufrimiento de mi amiga al comprobar que no había nada de carne, solo platos variados de verdura. Ana era amante de la carne y la tortilla de patatas, comida típica española, y aborrecía todo lo que fuera verde.

—Empezamos bien el día... —refunfuñó.

—Al menos no tenemos que cocinar —la animé mientras me servía algo de puré y una ensalada sencilla.

Nos dirigimos a una mesa situada frente a un amplio ventanal que nos permitía ver el exterior y todo el comedor en general. La facultad albergaba una importante cantidad de estudiantes de diferentes nacionalidades y contenía distintas salas para múltiples servicios públicos como una biblioteca, un aula de ordenadores, un gimnasio y el comedor, donde estábamos ahora.

Mientras tragaba una cucharada de puré, la puerta del comedor se abrió, dando paso a mi compañero de clase, con expresión distraída. Su mera presencia atrajo miradas y murmullos por parte de algunos estudiantes, pero ni se inmutó. Tras él apareció una chica más baja de cuerpo exuberante. Su brillante pelo castaño estaba recogido en una coleta alta y sus almendrados ojos turquesa destacaban sobre todo lo demás.

Ambos entraron juntos, pero ella decidió quedarse sentada en una mesa apartada para teclear en su teléfono móvil con gesto despreocupado, mientras él se colocó en la fila para llevar algo de comida.

Ana no tardó en percatarse de la dirección de mi mirada y se mordió el labio inferior conteniendo una sonrisa.

—Así que antes le mirabas a él… —canturreó—. ¿Te has dado cuenta que tenía razón sobre los chicos insultantemente atractivos? Nuestro primer día aquí y ya has caído bajo su embrujo.

—Calla, Ana —susurré avergonzada, revolviéndome en el asiento—. No quiero que te escuche.

—Está lejos, boba. No nos va a oír —sonrió—. ¿Sabes? Esa chica con la que entró va a mi clase, es realmente odiosa.

Miré a Ana durante unos segundos mientras daba un mordisco a su sándwich vegetal y fijé la vista en la aludida, que empezó a masticar su ensalada mientras él terminaba de sentarse enfrente.

Suspiré admirando la belleza de ambos, se veían increíbles juntos. La chica vestía elegante, con unos pantalones ajustados y un jersey fino que se amoldaba a su figura. Desde donde estaba podía ver el esmalte rosado de sus uñas, alargadas y bien cuidadas. Me parecía una chica sofisticada.

Me revolví incómoda al ver cómo sus ojos se tornaron hostiles, posándose en mi dirección y disimulé con rapidez dirigiendo la vista hacia mi ensalada, revolviéndola con la esperanza de que no se hubiera dado cuenta de que la estaba analizando.

Dejé pasar unos minutos prudenciales mientras Ana parloteaba sobre uno de los profesores que le había tocado, pero al levantar de nuevo la mirada mis mejillas se encendieron. Ahora era él quien me estaba mirando con una expresión que me resultó imposible de interpretar.

Una vez acabaron todas las clases me dirigí con Ana hasta el edificio de mi residencia y acordó mensajearme en algún momento que tuviéramos libre. Todavía me sentía incómoda pudiendo usar el móvil a mi antojo y prefería seguir el horario dictaminado por mi madre, para evitar defraudarla. Además, tenía la extraña sensación de que mi móvil estaba compinchado con ella y la informaba cuando lo encendía. No quería ganarme un castigo.

Nos despedimos para vernos al día siguiente porque parecía que empezaba a encontrarse mal, le dolía la cabeza y no paraba de toser. Esperaba que se pusiera buena pronto y no tuviera que quedarse en la habitación tan temprano, los estudios había que iniciarlos con fuerza o no tardarían en devorarnos.

Ya en la habitación dejé la mochila en el suelo, haciendo un ruido seco. Franyelis estaba sentada en el alféizar interior de la ventana con su móvil en la mano. Estaba tan concentrada tecleando, que dio un pequeño salto al escucharme.

—Me has asustado.

—Lo…lo s-siento —me sonrojé—. Tenía que haber lla-llamado.

—Eres tan tímida —suspiró, sonriendo de forma amable—. ¿Por qué? ¿Te han hecho daño? Créeme que no es mi intención, me pareces una buena chica.

—No he... —tragué saliva—. No he tenido la opor...oportunidad de hacer muchos a-amigos. Y las o-oportunidades que tuve... supongo que n-no quisieron.

—¿Sabes? Aunque no hayamos pasado por lo mismo te entiendo. Por suerte tienes a Ana y veo que es buena amiga —sonrió—. Yo me siento muy sola aquí. Vine de Venezuela con mi mamá por la situación en la que está el país actualmente. Ya sabes... —suspiró—. Ella está enferma y no podíamos costearnos sus medicinas allí, además que es muy complicado vivir. Así que mi papá vendió todo y nos apresuró para mudarnos. Encontró una oferta desde internet y nos mandó y..., bueno, mi mamá y yo conseguimos salir, pero él no...

—Vaya —conseguí decir sin tartamudear—. Lo siento.

—No tienes que disculparte. Por suerte encontré una buena familia que me ayuda a costear sus cuidados mientras yo me encargo de estudiar y labrarme mi futuro, a cambio de servirles.

—¿Trabajas?

—Sí, cuando me llaman. De todas formas, son buenas personas y no me reclaman todos los días, así que tengo tiempo para estudiar y descansar. Cada vez que puedo me acerco para ver a mi madre, porque la dejan vivir en su casa, y hablo con mi abuela por *Skype*. Ella no pudo venir con nosotras, así que estoy tratando de ahorrar para traerla.

—Eso... Eso está bi-bien —sonreí—. Me alegra que...que n-no seas como las chicas de por la ma-mañana.

—¿Por la mañana? ¿Qué te sucedió? E intenta respirar profundamente antes de hablarme, recuerda que no te juzgaré digas lo que digas. Solo quiero ser tu amiga y ayudarte.

Traté de hacer lo que me indicó y abrí la boca para explicar lo que me había sucedido, incluyendo lo intimidada que me sentía ante la presencia de ese chico. Al mencionarle, su sonrisa aumentó y sus ojos brillaron con fuerza ante la luz que colgaba del techo.

—Creo que sé de quién hablas. Es un chico bastante conocido por la facultad.

—¿Le co-conoces? —pregunté sintiendo como mi corazón se aceleraba—. ¿Cómo se…?

Tragué saliva al notar mi atrevimiento. Estaba mostrándome realmente interesada e igual a ella le parecía mal. No quería meterme en problemas debido a mi curiosidad.

—¿Se llama?

Asentí con la cabeza, consciente de que no había vuelta atrás. Lo mínimo era saber su nombre para saber a quién debía dirigirme mañana para agradecerle la ayuda y, para qué negarlo, me moría de curiosidad por conocer el nombre de mi héroe anónimo. Ese que nunca pensé que se atrevería a defender a alguien como yo. Ni siquiera me conocía.

—Atary. Su nombre es Atary.

Capítulo III ✝ El chico misterioso

Al día siguiente me dirigí con prisa a la clase que me tocaba, donde Atary me había guiado el día anterior. Dentro ya se encontraban algunos estudiantes que conversaban sobre una serie de televisión bastante reciente y otros sobre una fiesta que al parecer iban a celebrar en alguna habitación de otro bloque. Mientras terminaba de sacar los materiales para la clase, busqué disimuladamente con la mirada a Atary, pero todavía no había aparecido.

Suspiré. Decidí subrayar algunas hojas de mi libro de *Fuentes clásicas de las lenguas y literaturas europeas* mientras repasaba mentalmente la conversación que había mantenido con mi madre durante la noche, donde me preguntaba si había cumplido lo acordado con ella.

Me sobresalté al escuchar el chirrido de una silla al moverse del suelo y me giré, observando cómo Atary se sentaba en la otra esquina, en el que parecía su asiento preferido.

Dudosa, me debatí mentalmente sobre si acercarme a agradecerle en persona la ayuda que me había brindado o no, aunque debía de reconocer que me había salvado. Además, había sido irrespetuosa al chocar con él y salir corriendo sin mirar atrás. Pero mi cuerpo se mantuvo rígido al observar a las dos chicas que se habían burlado de mí entrar en el aula. Una de ellas, la que se había mofado de mi aspecto, se aproximó hasta él y le susurró algo en el oído, antes de sentarse en su asiento y mirarme con aire triunfal. Pude ver como sus labios se movían articulando la palabra *monja*.

Avergonzada, tapé parte de mi rostro con algunos mechones de mi cabello para formar una barrera y disimulé subrayando un poco más de texto antes de volver a mirar a Atary, que se encontraba tecleando algo en su teléfono móvil. Parecía un tema serio, pues sus cejas negras se arquearon formando unos pliegues sobre su frente y se mordió de forma inconsciente parte de su labio inferior.

Era un chico realmente guapo, sus facciones duras y su vestimenta oscura le otorgaban un aspecto peligroso. Seguramente era de ese tipo de chicos que aparecían en las novelas que mi madre no me dejaba leer, pero que había escuchado a mis compañeras de clase comentar. Esas donde fumaban, asistían a fiestas y hacían carreras o apuestas ilegales para ganar dinero sucio. Sin olvidarme del hecho de seducir a chicas y llevárselas a la cama para después ignorarlas. Y bien sabía yo que no era el tipo de chico que buscaba y mucho menos aceptarían mis padres.

Yo quería un novio apuesto, inteligente y maduro; cuyos objetivos en la vida fueran trabajar y formar una familia, aceptando el hecho de que yo fuera una chica creyente y practicante y respetara mi deseo de llegar virgen al matrimonio. Además, mi madre tenía otros planes respecto a mi vida. Ella quería a mi vecino Richard como futuro marido y no pararía hasta cumplir su deseo. Así que mi futuro ya estaba pactado.

Suspiré. Quería tener un arranque de valentía y acercarme hacia él, pero me sentía presionada y vigilada por esas chicas. Atary parecía leer mi mente, porque en ese instante sus ojos conectaron con los míos y mi corazón empezó a latir con fuerza. De forma inconsciente, bajé la cabeza y sujeté mi dije con fuerza, tratando de calmarme.

Por suerte el profesor no tardó en aparecer y empezamos un tema que él definía como candente en la actualidad: Motivos que generan *bestsellers* entre el público femenino.

Al finalizar la clase, terminé de anotar las últimas palabras del profesor y comprobé que parte de los estudiantes ya se habían ido, pero Atary permanecía sentado con total parsimonia, guardando sus materiales en su oscura y sencilla mochila.

Miré a mi alrededor y suspiré para mis adentros, tratando de mentalizarme de que nadie se burlaría de mí. Iba a hacer lo correcto porque, como bien decía mi madre, hay que saber agradecer y valorar los buenos actos de las personas.

Me acerqué con cautela hasta donde se encontraba sentado y jugueteé con mis mangas antes de lanzarme a hablarle. Era realmente complicado, las piernas me temblaban como gelatina y sentía sudores fríos recorriendo mi piel.

—¿A-Atary?

Al escuchar mi voz vacilante, elevó su rostro y me quedé atrapada al observar cómo sus pupilas se dilataban, produciendo un efecto hipnótico sobre mí. Pero lo que más me paralizó fue el hecho de apreciar el descenso de su nuez de Adán tras tragar saliva.

—¿Sí? —preguntó con esa voz magnética que tenía.

—Y-yo...grac...

—¡Laurie!

Me sobresalté al escuchar una voz chillona y nasal proveniente de la entrada de la clase y comprobé que se trataba de esa chica que había decidido humillarme y tomarla conmigo sin conocerme de nada. Roja por la vergüenza, supuse que tenía interés en Atary y yo estaba molestando, entorpeciendo su camino sin desearlo.

Quise escapar de allí y salir huyendo, pero mis pies no me lo permitieron. No estaba preparada para que me humillara de nuevo y mucho menos en presencia de Atary. Pensaría que era una chica tonta e insegura que no servía para nada.

—Así que estás aquí —continuó ella, clavándome sus uñas de porcelana en el brazo—. Estaba buscándote para invitarte a la fiesta que va a celebrar una de mis amigas. Tú también estás invitado —añadió mirando a Atary, pestañeando coqueta.

—Gracias, pero no. Tengo cosas que hacer —respondió con un tono monótono, levantándose de su asiento con la mochila a cuestas.

Al ponerse de pie junto a nosotras aprecié que nos sacaba como dos cabezas de altura. El aroma que albergaba su jersey negro penetraba mis fosas nasales, relajando la tirantez de mi cuerpo sin ni siquiera darme cuenta.

—Una lástima… Katalin asistirá ¿Y tú? —preguntó ella mirando en mi dirección, elevando sus cejas.

—Y-yo…Yo…

Miré al suelo de manera inconsciente, a modo de defensa personal. Cuando la ansiedad me asfixiaba lo único hacía era volverme pequeña y débil. Y en ese momento me sentía abrumada por la brusquedad de sus palabras.

—Ella tampoco va a poder —sentenció él—. Tenemos que hacer juntos un trabajo.

—¿Un trabajo? Pero si no…

—No sabía que ahora controlabas mi vida —le respondió tajante—. Y te agradecería que dejaras de hacerlo, Sophie. No me gusta que me acosen —y añadió antes de desaparecer—. Te tolero por ser amiga de Katalin, nada más.

Asombrada por el rumbo que había tomado la conversación y cómo la chica se había puesto roja por la furia o la vergüenza, decidí apresurarme para seguirle. Si me quedaba, quizá ella se desahogaría conmigo y me humillaría todavía más, algo que Atary no podría controlar porque había decidido marcharse.

—¡A- Atary! —Chillé, ruborizada al ver que iba a desaparecer por uno de los pasillos y yo estaba llamando demasiado la atención de la gente persiguiéndole—. ¡Es-espera!, por… por favor.

Complacida, observé cómo se detuvo y esperó a que me quedara a su lado para continuar su ruta hasta la siguiente clase. Su cuello tenía una vena hinchada que le otorgaba un aspecto más amenazante del que le caracterizaba, y parte del tatuaje que se asomaba por la zona libre de su cuello brillaba con fuerza ante las luces del techo.

—Gracias —musité bajando la cabeza.

—¿Por? —preguntó arqueando sus cejas.

—La…, la ayuda. Esa chi-chica…es…

Tragué saliva sin saber cómo continuar. Temía que expresar mi miedo hacia ella me complicara todavía más la situación. Alguien podía escucharnos y contárselo.

—Es realmente molesta, lo sé —respondió sonriendo de forma ladeada—. Pero terminará cansándose, no te preocupes.

Asentí con la cabeza aliviada por sus palabras y me mordí el labio inferior al recordar su invitación. La única conversación que había mantenido con ella se había limitado a meterse conmigo, así que no tenía sentido que ahora me invitara a esa fiesta.

—¿Por qué…?

—¿Por qué quería invitarte a la fiesta? Seré sincero. Seguramente querría aprovechar la enorme masa de gente que va a haber para humillarte. La ha tomado contigo porque te ve débil e inocente, y querrá destruirte. Pero puedes quedarte tranquila, no lo voy a permitir —respondió, mirándome fijamente—. Por muy amiga que sea de mi hermana no tolero ciertas acciones.

—¿Tu her-hermana?

—Sí. Nos viste ayer en el comedor. Katalin asiste a las clases de medicina.

Bajé la mirada avergonzada, no quería que pensara que le controlaba como esa chica o que le estaba acosando. Al recordar la mirada altiva de su hermana y su rostro hostil me entraron escalofríos. Si era amiga de Sophie yo no iba a caerle demasiado bien y no quería ganarme enemigas. Yo solo quería encajar en la universidad y cumplir mis metas académicas tranquila.

Me sentía en una encrucijada. No quería mantenerme cerca de Atary por las consecuencias que eso podía traerme, pero tampoco podía alejarme. Sophie y su hermana aprovecharían para burlarse de nuevo y no quería eso. Era una polilla volando hacia una luz que me atraía, pero me mataría si me acercaba demasiado.

—N-no sabía que…, y-yo… Lo siento.

—No tienes que disculparte. Supuse que no eras de la capital y no conoces a muchas de las personas de la facultad. Te aconsejo que no te acerques mucho a ellas —añadió elevando la comisura de sus labios—. Mi hermano mayor bautizó el grupo de mi hermana como las *Vípboras.*

—¿Tú eres de a-aquí? —pregunté acomodando un mechón anaranjado de mi cabello.

—Relativamente. Nací en Hungría, pero mi familia estuvo un tiempo viviendo aquí antes de que yo naciera, así que decidieron regresar y nos instalamos hace unos años.

—Vaya… —musité—. Ti-tienes un inglés muy bu-bueno.

—Mi madre es muy estricta en cuanto a la educación, así que he crecido aprendiendo a hablar correctamente el idioma.

—¿Hablas más i-idiomas?

Observé cómo Atary abría la boca para responder, pero la pregunta quedó en el aire al darnos cuenta que la siguiente clase estaba a punto de comenzar.

—¿Y te ayudó de nuevo a enfrentarte a esa chica? —preguntó Ana antes de devorar un pedazo de carne y soltar un gemido de satisfacción al pasar su lengua por la salsa grasienta que soltaba.

—No hagas eso, Ana —le regañé—. Vas a ganarte las miradas indecentes de muchos chicos y pensarán mal de ti, que eres una chica fácil.

—Relájate, Laurie. Me da dolor de cabeza cuando hablas como tu madre —gruñó poniendo los ojos en blanco y me apuntó con el tenedor—. Simplemente estoy saboreando esta jugosa comida y no puedo evitar expresarlo. Tú misma dices que es de bien nacido ser agradecido, pues yo agradezco profundamente que hayan decidido cocinar hoy carne a la barbacoa con patatas fritas. Seguro que querían compensar la mierda de comida de ayer.

—¡Ana! —protesté sabiendo que era así y no podía hacer nada para remediarlo—. Y sí… Esa chica quería invitarme a una fiesta y él se interpuso como un caballero, quería impedir que se burlaran más de mí.

—El objetivo me parece bien, pero no las formas. Sabes defenderte tú solita y no necesitas que ningún chico se interponga como un caballero —respondió haciendo el gesto de las comillas con los dedos para enfatizar la última palabra—. Por suerte, existe la coeducación y las princesas están siendo sustituidas por guerreras y mujeres empoderadas.

—Sabes que me resulta imposible… Me bloqueo y no me salen las palabras. No soy como tú, Ann.

—Aprenderás, Lau. Sabes que aprecio a tu madre, pero necesitas liberarte de sus garras de protocolo y religión autoritaria. ¡Este es el momento perfecto! Respeto vuestras creencias, pero no es todo blanco o negro. Puedes ser creyente y relajarte usando el móvil cuando tengas ganas o saliendo de fiesta conmigo, ¡o liándote con Atary! —añadió sonriendo de forma perversa.

—Eso nunca —siseé antes de tragar una cucharada de sopa de verduras. Pero al momento me atraganté porque pasó por mal camino.

—Eso ya lo veremos —objetó con diversión—. ¿Así que la chica que va de diva por la vida es su hermana?

—Sí, la que se sentaba ayer con él, Katalin. Al parecer es amiga de Sophie.

—Dios mío, qué mal me cae esa chica —gruñó arrugando el ceño—. Es despreciativa con los gestos, pero hablando es todavía peor. Encima acaba las frases con un tono irritante, como si fuera la única que supiera de conceptos sobre medicina y los demás fuéramos unos *snobs*. Definitivamente la mugre se junta con mugre.

—No blasfemes, Ann. Es hermana de Atary, quizá solo le gusta mostrar sus conocimientos.

—Ya, claro —apostilló con amargura—. Mejor sigo disfrutando de mi plato, no vaya a ser que me entre dolor de estómago por nombrarla y no pueda terminarlo. Eso sí que sería pecado. Recuérdame que escriba a la iglesia para que lo apunten como mandamiento: «Amarás y disfrutarás de la carne por encima de todas las cosas» —respondió y añadió después de tragar otro trozo—, del tipo que sea.

—No entiendo cómo mi madre permite que seas mi amiga, Ann —suspiré mirando de soslayo a Atary, que acababa de entrar en el comedor y se movía con su estilo tan particular—. Eres opuesta a nuestros ideales y bromeas sobre la religión que practicamos.

—Porque no la sigo y muchas cosas que profesa la iglesia me parecen realmente exageradas y retrógradas. Pero sabes que te tengo mucho cariño y no lo hago para burlarme de ti. Eres mi mejor amiga, Laurie y me alegra que Atary te eche una mano con esa harpía hasta que tú aprendas a desenvolverte sola. Me jode no poder estar contigo más tiempo y ayudarte, pero sabes que leer me aburre y prefiero aprender a combatir y prevenir enfermedades.

—Lo sé —sonreí agradecida—. A mí también me fastidia el poco tiempo que podemos estar juntas, pero doy gracias al Señor porque estés haciendo la carrera que te gusta y puedas contribuir con buenos actos de fe, salvando a las personas que lo necesiten.

—¿Sabes? Llevo unos días sintiéndome un poco revuelta. Me duele la cabeza por momentos y me cansa la vista. Además, es extraño, pero es como si el olor de la comida fuera más intenso y algunos platos llegan a marearme. Y qué decirte de las colonias baratas que usan algunas personas, me dan ganas de vomitar. Pero eso es normal, parece que se bañan en ellas.

—¡¿No estarás embarazada?! —chillé.

—¡¡Qué dices túúúúú!! Como no sea del Espíritu Santo..., igual soy la nueva Virgen María —dijo entre risas.

—No blasfemes, Ana. Es un tema serio.

—Serio es que pienses que estoy embarazada —respondió haciendo un puchero—. Te recuerdo que lo dejé con John hace más de medio año y no he estado con nadie desde entonces.

—Lo siento —musité al observar cómo pinchaba lo que le quedaba de comida con desgana.

—No te preocupes, ambas sabemos que era un idiota promiscuo. Seguro que el karma ha actuado con él y ya no se le levanta.

—Mejor hablemos de otra cosa. ¿Has ido al médico ya? O pregúntale a tu madre, seguramente sepa lo que es.

—Esperaré un par de días. Si no se me pasa lo haré. Es muy desagradable estar así —sollozó.

Miré de nuevo a Atary, que se encontraba dando un mordisco a su trozo de carne poco hecha, mientras que su hermana revolvía su ensalada con la mirada perdida. Observé su pelo negro, y bajé la mirada hasta su cuello; entonces me fijé con mayor detenimiento en su tatuaje. Se trataba de un símbolo cuyo significado desconocía. Era un triángulo con círculos encadenados en su interior. Tenía que investigarlo en algún momento.

—A veces me siento tan tonta... —expresé sin querer en voz alta al ver cómo Sophie se acercaba hasta ellos para sentarse a su lado y le ofrecía a Atary la mejor de sus sonrisas.

Ana se giró al escuchar mis palabras, mirando en mi misma dirección, e hizo un gesto de desaprobación con su cabeza.

—Eso es la falta de confianza, Laurie. Estás en el medio perfecto para desenvolverte socialmente y adquirir habilidades comunicativas. No es tan complicado hablar y hacer amigos, basta con dejarte llevar y no temer el qué dirán. Los que te aprecien se quedarán a tu lado, como yo.

—Gracias. Haces que parezca sencillo —suspiré ignorando las punzadas en mi estómago.

—Lo es. Quiérete y te querrán, valórate y te valorarán. Eres especial, Lau. Eres luz —sonrió—. Nunca permitas que nadie te apague.

Al terminar de comer asistimos a nuestras últimas clases. Por suerte, Sophie no se volvió a acercar a mí, pero varias veces me revolví incómoda en el asiento al sentir la mirada de Atary sobre mi espalda.

Cansada, salí del aula con la mochila a cuestas y me centré en pensar en los siguientes pasos que iba a realizar nada más llegar a mi habitación. Tenía que darme una ducha, adelantar materia estudiando un par de hojas de cada asignatura y pasar los apuntes que acababa de tomar a limpio. Además, debía llamar a mi madre para informarla de cómo me iba en clase.

Estaba tan ensimismada en mis pensamientos que no me di cuenta del gentío que se amontonaba a la salida de la facultad, por lo que terminé chocando con alguien. Al levantar la vista esperé que no fuera Atary; bastante ridículo había hecho ya, pero me encontré con un chico diferente, algo más bajo y con el pelo castaño y desenfadado. Al mirar hacia sus ojos tragué saliva con fuerza, uno de ellos era verde y el otro azul. Era inquietante.

—Lo s-siento —susurré con las mejillas encendidas.

—No pasa nada —respondió él con voz pausada.

Me había quedado tan inmóvil que mis ojos no pudieron dejar de mirar su rostro. Si bien los suyos habían conseguido captar mi atención, el *piercing* de metal que llevaba en su labio inferior me generó especial interés, en el pueblo de Luss nadie los llevaba.

—¿Estás bien? —preguntó de repente jugando con él.

—Sí —respondí meneando la cabeza—. Ten-tendré más cuidado. A-adiós.

Al regresar a mi habitación cerré la puerta y me tiré en la cama recordando lo sucedido durante estos días. No sabía cómo lo hacía, pero parecía que tenía un imán especial para conocer chicos potencialmente intimidantes y peligrosos. Eso me inquietaba.

Lo peor era que no estaba preparada para todo lo que iba a suceder.

CAPÍTULO IV † GATOS, NOTAS Y OTROS PROBLEMAS

Esa misma noche la lluvia golpeó con fuerza los cristales de la habitación y el viento creó una melodía de terror al arrastrar las ramas de los árboles cercanos. El sonido de un trueno no muy lejos de donde estábamos hizo que me despertara de golpe, y abrí los ojos asustada.

Habíamos dejado la persiana levantada y la luz reflejada por la luna se colaba por la ventana, creando sombras sobre nuestro mobiliario. Pero no fue eso lo que hizo latir de forma acelerada mi corazón.

Con la luz del segundo relámpago la ventana fue completamente iluminada, dando nitidez a los ojos pardos de un gato negro y peludo que se encontraba postrado sobre el alféizar del exterior.

Un escalofrío recorrió mi cuerpo. No me transmitía nada bueno ver a un gato negro observándome durante una noche tormentosa mientras dormía. ¿Qué le generaba interés? ¿Intentaba resguardarse de la lluvia? Temerosa, me acerqué a la ventana e intenté ahuyentarlo tras el cristal, sin mucho resultado.

Suspiré, por motivos como ese mi madre no me dejaba ver películas de terror con Ana María, decía que luego tendría pesadillas. No se equivocaba.

Inquieta porque el gato no despegaba sus ojos de mí, bajé la persiana hasta el fondo y me metí en la cama de nuevo, santiguándome antes de taparme con las sábanas, esperando que Dios me protegiera y no permitiera que me sucediera nada malo. Apreté con fuerza el dije que pendía de mi cuello y repetí la misma frase una y otra vez antes de dormirme de nuevo: «Solo es un gato».

—Era solo una pesadilla, Laurie. No te preocupes más.

Me removí incómoda en el asiento del comedor mientras jugaba con mi dije. Ana se encontraba devorando, como siempre, su plato de comida y yo me distraía mirando a cada poco a Atary, que se encontraba hablando con su hermana. Había algo en él que me llamaba la atención. No sabría decir si se trataba de su aspecto, su forma de ser o que hubiera decidido protegerme cuando apenas nos conocíamos. Fuera lo que fuese su presencia me tenía hechizada.

—Parecía tan real… —suspiré, consiguiendo desviar mi mirada hacia mi mejor amiga—. Creo que desde este momento no quiero volver a encontrarme más gatos en mi camino. Mi madre me dijo que hace siglos se consideraban aliados de las brujas y seguro que es un mal augurio que…

—¡Me duele tanto la cabeza! —se quejó Ana parando de comer de forma repentina, y llevó los dedos a su frente para masajearla—. ¿Tienes alguna pastilla?

—Creo que me queda alguna en el bolso. Espera.

Revolví en él hasta hallarlas y le ofrecí una de las dos que me quedaban, esperando paciente a que se la tomara. Permanecí un rato callada mientras la miraba con preocupación para no molestarla, sabía que el estar oyendo un montón de ruidos y voces agobiaba el doble. Ana aprovechó para posar su cabeza contra la mesa del comedor y cerró los ojos.

Al terminar las clases me dirigí hacia mi habitación, tenía que realizar un trabajo para el lunes y no quería que el tiempo se me echara encima. Dejé caer la mochila al lado de la mesa del escritorio y comprobé, extrañada, que Franyelis todavía no había llegado.

Abrí el libro por la página que tocaba y un trozo de papel cayó al suelo con el aire que entraba por la ventana. Miré para ambos lados. No recordaba haber metido ninguno, era más de *post-it* si tenía que apuntar algo concreto. Decidí cogerlo y comprobé que la caligrafía era distinta, delicada, pero firme. No sabría decir con exactitud si pertenecía a un chico o una chica.

"Sabía que era una estupidez. Sabía que lastimaba. Después de tantos años una cosa no había cambiado: me seguía atrayendo el peligro."

Acaricié la nota con delicadeza mientras pensaba en el texto. Parecía la cita de algún libro o película, pero ¿qué significaba? ¿Una advertencia? ¿Una amenaza? ¿Acaso debía alejarme de alguien?

Pensé en Sophie y la hermana de Atary. Quizás no les gustaba que hablara con él o me defendiera, pero yo no podía evitarlo y le agradecía enormemente que me ayudara en momentos así. Miré hacia mi pierna al darme cuenta de que no paraba de moverla. Además, tenía unas ganas frenéticas de morderme las uñas, aunque sabía que no debía. No era propio de señoritas.

En ese momento entró Franyelis en la habitación, así que aproveché para extender el brazo y mostrarle la nota que tanto me estaba alterando.

—¿Te-te suena?

—Mmm. El texto sí que recuerdo haberlo leído en algún libro, pero la letra no es mía. ¿Por qué?

—La… la tenía guardada en m-mi libro de la facultad cuando lle-llegué, pero n-no es mía y no recuerdo haber vi-visto a nadie.

—Será algún tipo de broma de mal gusto —dijo arrugando el ceño—. Se acercan las novatadas a los de primer año y seguramente estarán pensando algún tipo de idiotez. Mejor ignórala.

—¿Se-seguro?

—Sí. Y si es algún admirador secreto no tardará en manifestarse de nuevo. Avísame si recibes otra.

—N-no creo —respondí sonrojándome.

—¿Por qué? Si eres bien bonita —respondió con ese acento suyo tan particular.

—Gracias. Pero soy m-más bien n-normalita.

Franyelis meneó la cabeza y chasqueó la lengua en señal de desaprobación.

—Deberías mirarte al espejo, no miente y yo tampoco —sonrió.

Los días transcurrieron tranquilos hasta el lunes, cuando el caos se desató.

Esa mañana estaba dirigiéndome a la facultad repasando todos los apartados del trabajo que debía entregar, cuando atisbé una concentración de estudiantes parados frente a la entrada y algunos policías. Dudé entre acercarme o no al ver a varios periodistas junto a sus cámaras preparándose para intervenir, pero avancé al ver a Ana entre la multitud.

—¿Qué ha pasado?

—Han encontrado muerta a Sophie cerca *de Holyrood Park* —musitó con el rostro pálido—. Por lo que he podido escuchar, parece que concuerda con el patrón del resto de chicas asesinadas.

—¿Qué dices? —pregunté sujetándome a ella para evitar marearme—. ¿Crees que hay algún loco suelto por Edimburgo? El parque está cerca de nuestra residencia.

—No lo sé, Laurie… La policía va a investigar, pero barajan la posibilidad de que se trate de algún lobo suelto.

—Sophie… —musité antes de escuchar la megafonía de la facultad.

—Todos los estudiantes de la facultad deberán asistir al salón de actos para escuchar las palabras del director. Repito, acudid al salón de actos.

—Será mejor que vayamos.

Asentí con la cabeza y subimos las escaleras en dirección al salón de actos, un espacio enorme que albergaba estudiantes de todas las carreras que ofertaba la universidad. Dentro miré para todos lados tratando de encontrar a Atary, pero había demasiados alumnos como para poder identificarle. A quien sí pude ver fue a Katalin, que llevaba puestas unas gafas de sol y la consolaban varias chicas más que se encontraban alrededor.

Esperamos unos minutos escuchando los murmullos y las conversaciones de las personas que teníamos cerca, que no paraban de hablar sobre lo sucedido. Muchas chicas sentían pavor al pensar que se podía tratar de un psicópata. Si fuera ese el caso, ya no podrían salir por miedo a que les pasara lo mismo.

Toda la sala se quedó en silencio al ver al director subir las escaleras hasta la plataforma de madera que se hallaba frente a nosotros y dio unos golpes al micrófono que tenía en el atril, antes de comenzar a hablar.

—Bueno. Resulta muy complicado de pronunciar esto, pero… Como bien sabréis la mayoría, se ha hallado muerta una de nuestras estudiantes cerca de *Holyrood Park*. La policía investigará el caso, pero, para prevenir, ha establecido como medida suspender las clases durante una semana. Hemos avisado a vuestras familias y volveréis a vuestros hogares hoy mismo. La universidad se encuentra consternada ante este hecho y esperamos que se solucione pronto. Será mejor que vayáis a vuestras habitaciones y preparéis vuestras pertenencias. El velatorio de Sophie será mañana a las cuatro y se celebrará al día siguiente el funeral, a las doce. Tened cuidado y nos vemos el lunes.

Salí de la sala acompañada por Ana, intentando esquivar la marea de gente que se formaba. En el exterior nos despedimos y nos dirigimos a nuestros respectivos edificios de la residencia para preparar la maleta. A los pocos minutos apareció Franyelis en nuestra habitación y miró su maleta con tristeza.

—Pobre chica, parece que las muertes aumentan —expresó mirando por la ventana.

—¿Tú a dón… dónde irás?

—Lo más probable es que me quede en la casa donde trabajo, con mi madre. No tengo otro sitio al que ir. ¿Y tú?

—Hablaré a-ahora con mis padres por teléfono.

Al colgar, terminé de hacer la maleta y decidí esperar en la entrada de la residencia, pues mis padres sabían la dirección. Miré el camino donde debería salir Ana con su maleta, pero no apareció. Preocupada, decidí encender mi teléfono móvil y llamarla para ver qué sucedía, pero nada. Llamé una y otra y otra vez, pero todos mis intentos fueron ignorados.

Minutos más tarde aparecieron mis padres con el coche e intenté persuadirles para que me dejaran subir hasta su habitación y comprobar que estuviera bien, pero no me lo permitieron. Me senté en el asiento trasero mirando por la ventanilla y, cuando arrancaron el motor, pude ver al chico con el que había chocado mirándome fijamente, apoyado en un árbol.

Apreté mi dije con fuerza, acariciando las letras gastadas que tenía la parte central de la cruz. Parecía que las cosas siempre podían ir a peor, pero no estaba preparada para lo que iba a suceder a continuación.

Al día siguiente, salí del baño y pedí permiso a mi madre para llamar a Ana y preguntar cómo estaba. Seguía preocupada porque no me había llamado a casa y no sabía si seguía enferma o ya había mejorado. Ni siquiera sabía si había salido al final de su habitación.

A la tercera llamada conseguí que me contestara y me mordí el labio inferior al escuchar el tono ronco y apagado de su voz.

—¿Estás bien?

—No…, he pillado una gripe tremenda y mi abuela materna acaba de fallecer —dijo antes de toser—, así que estaré en España una semana, aprovechando que las clases se han suspendido.

—Vaya… Lo siento. Nunca me habías hablado de tus abuelos ¿Quieres que vaya con vosotros?

—No hace falta, pero gracias. Es que no tenían mucha relación con mi madre.

—¿Y vas a viajar estando enferma?

—No me queda otra, tenemos que asistir al velatorio y al funeral —musitó—. Con suerte me recuperaré gracias a los rayos de sol que hay por allí. Nos vemos, Laurie.

Iba a abrir la boca para responder, pero el pitido del móvil me informó que había colgado. Me quedé mirando la pantalla un largo rato con el ceño fruncido. Entendía que estuviese mal y que no tuviese ganas de hablar, pero era raro en ella que ni siquiera me hubiera dejado despedirme. «¿Se habrá enfadado conmigo?» pensé.

Suspiré. Apagué el móvil y lo guardé en la mesita para contarle a mi madre lo que le había sucedido a Ana. Después decidí acicalarme y acercarme hasta la iglesia del pueblo para rezar por su abuela y por Sophie pues, aunque no había sido muy agradable conmigo, no se merecía morir y mucho menos así. Al menos esperaba que pudiera descansar en paz.

Sentada sobre el frío banco de madera con el eco de algunas voces de fondo, mirando la figura de Cristo, pensé en todo lo que estaba sucediendo a mi alrededor y lo perdida que me sentía a veces. Esperaba dejar de sentirme fuera de lugar y ser capaz de alejarme de Atary de una vez. Algo me decía que su presencia no me iba a traer nada bueno, pero, para mi desgracia, desprendía una onda magnética que me llevaba lentamente hacia él. Por mucho que intentara evitarlo.

Capítulo V ✝ Psicópatas en la oscuridad

La semana pasó tranquila, sin noticias de más jóvenes asesinadas. En varias ocasiones traté de comunicarme con Ana para ver cómo estaba, pero no me contestó. Así que dejé pasar los días distrayéndome con los estudios y yendo a los actos benéficos católicos con mi madre, donde hicieron sorteos y donaciones para los más necesitados.

Allí tuve la desgracia de encontrarme con Richard y otros antiguos compañeros de clase. A pesar de que ya teníamos dieciocho años, seguían aprovechando para burlarse de mí y de mis creencias. Me dolía.

Por ese motivo sentía tanta ansiedad al tener que hablar con personas nuevas. Me daba pavor que me juzgaran sin conocerme y decidieran divertirse a mi costa, así que había aprendido a bajar la cabeza y callarme como método de defensa. La única persona que me había valorado y se había mantenido a mi lado fue Ana. Ella consiguió callar a todos con su ingenio y su carácter. Nadie se atrevía a decirme nada cuando estaba presente, y siempre le estaría agradecida. Pero estos días estaba sola.

Mi padre había puesto el grito en el cielo el día antes de irme para que me quedara en casa. Apenas había podido verle debido a sus largas ausencias en ese internado. Pero lo poco que estuvo a mi lado no tardó en enzarzarse en una discusión con mi madre acerca de los peligros de Edimburgo y la necesidad de mantenerme a salvo. Sin embargo, ella se mantuvo impasible, lo que me hizo pensar que no le importaba lo que me sucediera. Su única preocupación era que retomara mis estudios.

Así que ya me encontraba yendo de nuevo a la facultad, con la maleta medio deshecha en la habitación de la residencia y sin rastro hasta el momento de Franyelis, aunque seguramente aparecería más adelante.

Antes de reanudar las clases, el director iba a notificar las novedades del caso para dar por zanjado el tema y luego ya podríamos continuar con nuestra rutina escolar.

En el salón de actos intenté buscar a Ana con la mirada, pero no la encontré. Al que si atisbé fue a Atary, acomodado en el asiento con los brazos apoyados en el respaldo y una mirada enigmática, que se acrecentaba gracias a sus oscuras ojeras y su cabello azabache despeinado.

—Como os habrán notificado, han cerrado el caso. Se trata de muerte por mordida de animal, así que los policías recomiendan encarecidamente no ir a las zonas verdes cuando sea de noche. Por favor, sed precavidos y no os quedéis solos. Si veis algún lobo u otro animal parecido, no dudéis en notificarlo —explicó el director—. Daremos una misa por Sophie mañana a las diez de la mañana. Así que esa clase se suspende. Tened buena semana.

Volví a las clases pensando en lo sucedido mientras miraba de soslayo a Atary, que se encontraba unos pasos delante de mí. Caminaba con el paso decidido y el mentón alto, como si nada de lo que sucedía alrededor le importase.

No sonreía, pero tampoco parecía afligido, teniendo en cuenta que Sophie era amiga de su hermana. Aun así, no me acerqué ni le dije nada, decidí mantenerme al margen. No le conocía lo suficiente como para atreverme a preguntarle, pero me preocupaba que se hubiera metido en mi cabeza con tanta rapidez. Era incapaz de poner atención en otra cosa que no fuera él.

—¡Estás aquí! —exclamé al llegar a la habitación y ver a Franyelis tirada en su cama—. ¿Estás bi-bien?

—Sí..., solo algo mareada —respondió cerrando los ojos—. ¿Qué dijeron del caso?

—Mordida por..., a-animal.

—Hay que tener cuidado con las bestias que habitan en el exterior —murmuró casi para sus adentros.

—Mejor te dejo tran-tranquila. Voy a estudiar un po-poco.

Suspiré. Los nervios y la timidez que me entraban con personas que no tenía confianza me dejaban exhausta, a pesar de que Franyelis era amable conmigo. Echaba de menos conversar con Ana de manera fluida.

Mientras terminaba de preparar los apuntes y colocarlos sobre la mesa, me mordí el labio inferior, debatiéndome entre encender el móvil para llamar a Ana o dejarla en paz. Había pasado tiempo suficiente y al no verla siquiera en el comedor ya me estaba preocupando.

¿Me estaría evitando? ¿Se habría quedado en España? Finalmente lo encendí y a los pocos minutos de dejarle varios mensajes de texto recibí una llamada de mi madre para saber por qué lo había encendido fuera de mi tiempo. Al terminar de hablar con ella y prometerle que me centraría en estudiar, lo apagué y me puse manos a la obra, las asignaturas no iban a aprenderse solas.

Cinco horas más tarde cerré el libro y me masajeé la sien con fuerza, tratando de disipar el dolor de cabeza que traía encima. Frustrada, decidí salir de la residencia para pasear por la pequeña zona ajardinada que teníamos a nuestro alrededor. Necesitaba silencio y soledad, así podría descansar.

Era consciente de los peligros que había por Edimburgo, pero no tenía pensado acercarme hasta el parque. Me limitaría a caminar cerca de mi edificio.

Cerré la puerta principal e inspiré hondo al escuchar el sonido de las hojas de los árboles meciéndose al compás del viento y ver las sombras que se proyectaban con el reflejo de la luna. No había ni un grito, ni barullo de personas, ni estrés, solo yo. Decidí sentarme en un banco cercano y cerrar los ojos para intentar relajarme. Estuve en completo silencio durante unos minutos hasta que el crujir de unas ramas me sobresaltó, parecían las pisadas de alguien.

Abrí los ojos de golpe y un escalofrío recorrió mi piel al ver unos arbustos moviéndose, no muy lejos de donde me encontraba. La idea de que fuera un psicópata asesino, ese que acababa con la vida de las estudiantes, apareció en mi mente. Aterrorizada, observé una sombra proyectarse contra el césped junto a unos ojos carmesí, recordándome la pesadilla donde aparecía el gato en mi habitación.

Aterrorizada, lancé un grito y eché a correr hacia la puerta de la residencia. Cogí la tarjeta de entrada temblorosa y recé para poder activarla a tiempo mientras intentaba con todas mis fuerzas no mirar atrás, esperando que no tuviera a nadie a mi espalda, no quería morir.

Al ver la luz verde que me permitía pasar, empujé la puerta de golpe y entré lo más rápido que pude, cerrándola tras de mí y exhalando todo el aire que tenía retenido en mis pulmones al ver que estaba a salvo.

Con las piernas todavía temblorosas, subí las escaleras mientras iba mirando hacia todos los lados, asegurándome de que no tenía a nadie detrás. Definitivamente nada bueno había allí afuera. Eso, o todos estábamos empezando a volvernos paranoicos, y esperaba, de verdad, que fuera la segunda opción, pues la primera me daba verdadero pavor.

—¿Estás bien? Parece que has visto a un fantasma —dijo Franyelis al verme llegar.

—¡No! —exclamé y añadí de forma atropellada—. Estaba disfrutando del silencio en un banco fuera del campus cuando escuché unas ramas crujir y al abrir los ojos vi unos arbustos moviéndose y luego una silueta y me asusté y-y me fui corriendo por si era un psicópata y quería matarme y la tarjeta tardaba en activarse y ¡uf! Casi me muero.

—¡Ey! Tranquila, respira —dijo incorporándose de la cama—. Me alegra que sea la primera vez que hablas sin trabarte, pero no he entendido nada porque has hablado muy deprisa. ¿Has dicho la palabra psicópata?

Inspiré profundamente intentando calmar mi acelerado corazón y traté de recordar que ahí estaba a salvo. Nada ni nadie podría acceder hasta la residencia sin tener la tarjeta; y mucho menos a las habitaciones, pues solo podrían abrir la puerta con la nuestra.

—¿Crees que puede ha-haber un psicópata su-suelto? —musité—. ¿Y si es un e-estudiante?

Pensé en el chico con el que había chocado la última vez, la manera en la que estaba apoyado en el árbol, observándome, cuando me metí en el coche con mis padres. ¿Y si teníamos al enemigo más cerca de lo que pensábamos?

—Intenta calmarte. Creo que el *shock* vivido durante estos días ha agravado la situación y se nos está yendo de las manos —contestó dirigiéndose hasta la ventana—. El caso se había cerrado con mordida por animal, ¿verdad? Es imposible que una persona hubiera hecho eso y de haber sido un crimen cometido por una persona lo hubieran dicho.

—Ti-tiene su lógica, sí —susurré tirándome en mi cama—. Te-tengo que relajarme. Su-supongo que mejor me doy una ducha…

Me metí en el baño sin pararme a escuchar su respuesta, mi cuerpo anhelaba una ducha caliente para desconectar del mundo. Mientras dejaba que el agua mojara mi piel, pensé en Ana. Esperaba poder hablar mañana con ella y contarle lo sucedido. Sabría calmarme, y seguramente todo quedaría en anécdota. Cansada, cerré el grifo y envolví mi cuerpo con una toalla. En poco descansaría y mañana sería otro día, uno mejor.

—Para esta semana me gustaría que os pusierais en parejas y escogierais un libro de la lista para analizar las partes más importantes y cómo influyen en la sociedad actual, sobre todo en el público juvenil —explicó Jasper pulsando el botón de la pizarra digital, nuestro joven profesor de *Literatura hispanoamericana contemporánea*, que volvía locas a la mayoría de alumnas—. Os doy cinco minutos para que os decidáis. Aquí podéis ver la lista de libros que podéis utilizar. El próximo lunes serán las exposiciones y os sugiero esforzaros al máximo porque cuenta para nota. Sorprendedme.

Me giré al escuchar el ruido de sillas y mesas moviéndose y el barullo que estaba formándose entre los alumnos para escoger compañero. Jugueteé con las mangas de mi camisa al observar un montón de rostros sin saber con quién ponerme. No quería juntarme con cualquiera, tenía experiencia de ponerme con compañeros que luego no movían un dedo y al final tenía que encargarme yo misma de todo. Pero aquí todavía no conocía a nadie, no sabía con quién podía encajar. Si es que había alguien.

—¿Te importa que nos pongamos juntos?

La voz ronca de Atary cerca de mi oído me sobresaltó y mi cuerpo empezó a agitarse al sentir el suyo a escasos centímetros, con su brazo rozando el respaldo de mi silla. Sus ojos azules brillaban con intensidad y sus labios se encontraban ligeramente curvados, esperando mi respuesta. Me había olvidado hasta de respirar.

—N-no… Cla-claro —respondí tratando de no mirarle—. Siéntate.

—Gracias. ¿Has mirado ya la lista? El profesor se ha lucido con los libros, incluyendo algunos que son de autoras sacadas de *Wattpad* —sonrió—. Pensé que nos haría leer libros como, no sé, *Cumbres Borrascosas* o *Drácula*. Parece que me equivoqué.

—¿*Wattpad*? —pregunté percatándome que no me había fijado en la lista—. ¿Qué es eso?

—Es una aplicación gratuita donde personas noveles escriben sus propias historias y la gente puede leerlas. Aquellas con más lecturas y votos suelen conseguir ser publicadas. Ya sabes, la popularidad... Genera ingresos. Y eso gusta, claro.

—N-no lo sabía —susurré mordiéndome el labio inferior—. Mi ma-madre no me deja usar mucho las redes so-sociales y hay libros que n-no me deja leer.

—¿En serio? —preguntó enarcando las cejas y se incorporó en su asiento con gesto de diversión—. ¿Cómo cuáles?

—Pues..., yo... N-no lo sé. Ella me compra los li-libros.

Tragué saliva al escucharme decir eso y pensé en lo triste que había sonado. Esperé pacientemente a que Atary se riera de mí, pero no lo hizo, simplemente asintió con la cabeza y me sonrió con amabilidad mientras señalaba la lista que aun mostraba la pizarra digital.

—Será mejor que nos demos prisa y escojamos un libro, antes de que nos quedemos con las sobras que nadie quiere —sugirió sin despegar su vista de mí.

—¿Co-conoces todos los que hay? —pregunté sorprendida.

—Bueno, no todos, pero sí la mayoría. A Katalin le gusta leer el género juvenil, le entretiene y suele contarme luego sus impresiones y yo... Supongo que por algo he escogido esta carrera —respondió guiñándome el ojo.

Leí los libros con los que comenzaba la lista. Títulos como *50 sombras de Grey, After, Crepúsculo* o *El infierno de Gabriel* captaron mi atención, pero no tenía ni idea sobre qué iban. Los pocos que pude leer sin el análisis previo de mi madre fue cuando iba a la biblioteca del pueblo a hurtadillas. Y no había mucha variedad para escoger.

—¿50 sombras d-de Grey? —escogí dudosa al no saber su temática—. ¿Es algún tipo de novela o-oscura o pa-paranormal?

Atary soltó parte del aire por su nariz, tapándose la boca para intentar no reírse. Supuse que había metido la pata hasta el fondo, así que miré por la ventana para ver si conseguía abrirla telepáticamente y podía salir huyendo.

—Lo siento —contestó de repente, haciéndome girar para mirarle de nuevo—. No debería haberme reído, pero está bien. Analicemos ese si te gusta.

—¿Es-está mal? Yo..., m-mejor escoge tú. No q-quiero perjudicarte...

—No lo harás, tranquila —respondió mirándome con expresión sincera—. Prefiero dejarte a ti y así descubres nuevos géneros y vertientes. Creo que te sorprenderá y me encantará saber tu opinión sobre la protagonista.

Suspiré al terminar de anotar el libro que habíamos escogido y miré al profesor, el cual se había alejado hasta una esquina del aula para sacar de una caja de cartón los libros seleccionados y darle a cada grupo el correspondiente.

Al tener el libro entre mis manos fui directa a la sinopsis, necesitaba saber con urgencia de qué trataba. Mi rostro fue variando de tonalidades al leer palabras como *control*, *deseo* o *prácticas sexuales.*

—¿¡Es en serio!? —exclamé más alto de lo que pretendía.

Intenté empequeñecerme en el asiento al ver cómo el resto del aula se giraba en mi dirección y empezaba a murmurar al ver el libro que tenía entre las manos. Atary, mientras tanto, me miró despreocupado, encogiéndose de hombros.

—Te dije que iba a ser interesante.

—P-pero yo... Yo...

—Cursas literatura. Tendrás que leer distintos géneros y aprender a analizarlos, te llamen la atención o no —explicó mientras anotaba algo en su libreta—. El profesor seguramente ha seleccionado esos libros porque han sido un *boom* entre los lectores, es decir, *bestsellers*. Todos tienen algo, un elemento específico que ha captado la atención de tantas personas y es nuestro deber encontrarlo.

—Ti-tienes razón, es solo que…, y-yo… —tragué saliva con fuerza al notar que mi voz quedó en un susurro, y bajé la mirada avergonzada. No quería decepcionarlo.

—No tienes que preocuparte. No voy a juzgarte por tus preferencias de lectura o la educación que hayas recibido —sonrió con amabilidad—. Mi madre es muy estricta en cuanto a educación y algo fría, así que no soy quién para opinar.

El sonido de la campana me sacó de mi estado de letargo y me apresuré en guardar las cosas. Dubitativa, miré el libro que aún tenía encima de la mesa y observé de reojo a Atary. No sabía si llevármelo a casa o no, ni siquiera sabía si sería capaz de leer la primera línea sabiendo que tenía contenido sexual.

—Quédatelo tú —respondió adivinando mis intenciones—. Mi hermana lo tiene y sé de qué trata, así que no hace falta que lo lea. Además, puede que te sorprenda.

Observé con la boca abierta cómo se levantaba de su asiento y se disponía a irse, pero se detuvo de repente y me miró con expresión enigmática antes de decir:

—Será mejor que tengas cuidado por las noches, nunca se sabe lo que podemos encontrarnos.

—¿P-por qué dices e-eso?

—Son ya varios los casos de asesinato de estudiantes por Edimburgo —y sentenció—. La noche es peligrosa, Laurie. Y tú demasiado bella.

Mi corazón se detuvo al escuchar cómo su boca pronunciaba mi nombre por primera vez, seguido de la palabra *bella,* ¿se lo parecía? Atary dijo la palabra en un susurro, un ronroneo, como si disfrutara al pronunciarlo. Aturdida, meneé la cabeza para preguntarle qué pensaba acerca del tema, pero parpadeé confusa al ver que había desaparecido.

—¿Así que ya estás mejor? —pregunté, terminando de recoger el plato que había usado en el comedor.

—Sí, por suerte. Aunque de vez en cuando me vuelven los dolores intensos de cabeza, ahí me entran ganas de morirme.

—¡No digas eso! —exclamé horrorizada—. Ni siquiera lo pienses.

—Está bien, está bien. Pero…

—¡Ay! —me quejé al sentir que chocaba con alguien.

No me dio tiempo a mirar, pero sin duda sabía quién era. Ante mí se encontraba Katalin, observándome con sus fríos ojos azules, el mentón elevado y la boca torcida, parecía que le daba asco.

—Mira a ver por dónde vas, monja. No te cruces en mi camino.

—¿¡Qué has dicho!? —gruñó Ana María clavándome las uñas—. Repite eso en mi cara, niñata malcriada barata.

—Ana… —musité, sujetándola para que la situación no fuera a mayores.

Contemplé agobiada cómo algunos estudiantes se habían parado y murmuraban entre ellos mientras observaban a Ana y la postura hostil de Katalin. Intenté con todas mis fuerzas hacerla retroceder, pero me resultaba imposible. Ana podía conmigo físicamente.

—¿Qué está pasando?

Me sobresalté al sentir la presencia de Atary a mi espalda y contuve la respiración al verle pasar por mi lado hasta posicionarse junto a su hermana. Tragué saliva pensando que iba a empeorar la situación, al tratarse de un familiar tan importante seguramente la defendería y era lo que menos necesitaba. Solo quería alejarme de la multitud y llevarme a Ana conmigo para evitar que se metiera en problemas.

—N-nada, es solo q-que…, yo…n-no…

—Ni siquiera sabe hablar —la escuché murmurar por lo bajo a Katalin.

Observé cómo las venas del cuello de Ana se hinchaban ante la impotencia y deseé tener la fuerza suficiente para evitar que se transformara en un monstruo devora Katalines, pero Atary fue más rápido.

—Cállate, Katalin. Déjala en paz —gruñó en tono grave mientras su mirada se oscurecía—. No te ha hecho nada, más bien parece que ha sido al revés. Lo único que estás consiguiendo es quedar como una cría enrabietada. Vámonos.

Sentí un escalofrío recorrer toda mi piel al ver la gélida mirada que me dedicaba Katalin antes de alzar todavía más el mentón y alejarse del comedor con un golpe de melena, haciendo resonar sus tacones.

Ana se quedó muda mirando a Atary, pero en seguida frunció el ceño y entendí que había llegado el momento de tirar de ella y arrastrarla hasta la salida, antes de que soltara una de sus frases coeducativas, de feministas empoderadas. Le miré de soslayo, murmurando un «lo siento» antes de desaparecer y la dejé tranquila una vez nos encontramos las dos solas, evitando así posibles víctimas a causa del enfado de Ana.

—¡No necesitaba defensores! —chilló mirándome como un mapache furioso—. Iba a acabar con ella si me hubieras dejado, pero no... —resopló—, tuvo que aparecer el príncipe azul.

—Tranquilízate, An —murmuré mirando al suelo, apoyando las manos sobre el frío banco de piedra—. No merecía la pena, seguramente era lo que ella buscaba. ¿Y si nos echan de la facultad o algo por el estilo? Puede manchar nuestro expediente y es lo que menos deseo. Dios la pondrá en su lugar cuando lo considere necesario.

—¡Pues espero que Dios te escuche y lo haga pronto, o te juro que lo haré yo por mi cuenta! Y seré mucho menos benevolente porque la cojo por los pelos y…

Decidí desconectar en el momento que empezó a soltar improperios por su lengua viperina. Con el tiempo había aprendido que cuando empezaba a maldecir en español era mejor dejarla tranquila, era su forma de desahogarse. Yo no entendía nada y ella quedaba relajada, así descansábamos las dos y las aguas podían volver a su cauce.

Dos noches más tarde cerré el libro con una sensación agridulce. Aún no lo había terminado, pero ya me hacía una idea de la historia. Había partes en las que me identificaba con la protagonista, y seguramente hubiera actuado igual; pero las acciones y forma de ser de Christian me asustaban. Yo no me sentía preparada para mantener ese tipo de relaciones íntimas con nadie, ni siquiera estaba preparada para tener cualquier tipo de relación.

Escribí como pude mis últimas impresiones en la libreta y solté un suspiro de cansancio, me sentía derrotada. El dolor de cabeza amenazaba con incrementarse al haberme sobresforzado leyendo, pero no iba a bajar a la entrada de la residencia como la otra vez, por si acaso.

Miré a Franyelis de soslayo, estaba profundamente dormida. Así que me acerqué hasta la ventana y la abrí, permitiendo a la luna iluminar parte de nuestra habitación. Decidí taparme con una manta y me envolví con ella antes de sentarme en el alféizar interno, dejando que el viento refrescara mi piel.

—Sí, sé perfectamente que faltan cuatro meses. Ya..., ya lo sé. Pero..., no, no me jodas tan temprano y mueve tu culo hasta aquí. Sí. Sí. Tenemos que estar todos aquí.

Parpadeé sorprendida al escuchar una voz ronca que me resultaba familiar. Parecía Atary, pero ¿él vivía en esta residencia también? ¿Desde cuándo? No recordaba haberle visto antes por aquí. No quería parecer cotilla, pero no pude evitar intentar forzar el oído para escuchar mejor. Quería saber con quién estaba hablando y sobre qué.

—Sí, eso ya está hecho. Y... Sí, estoy casi seguro. Lo habías cerrado todo a la perfección, te felicito. No... No, no. No hace falta, puedo yo. ¿Ataques? ¿También lo has escuchado desde allí? Sí, ha habido algunos. No, no. Bueno, pero eso siempre, es mucho más cómodo. Sí, venga, vale. Te espero, ya hablamos cuando llegues. No te retrases, así que para ya de follar o se te caerá a pedazos. Sí, venga, adiós.

Me sonrojé al escuchar la última parte de la conversación, pero no pude evitar centrarme en la parte donde mencionaba los ataques. ¿Se referiría a los ataques a las estudiantes? ¿Los asesinatos? Me mordí el labio inferior y decidí incorporarme para poder sujetar las manos al alféizar y mirar hacia abajo, por si acaso podía verle todavía pegado a su ventana; pero no vi a nadie.

Rendida y somnolienta, cerré la ventana dejando la persiana un poco abierta y me dejé caer en la cama, rezando un padrenuestro antes de quedarme profundamente dormida. De repente abrí los ojos y, aturdida, moví el brazo intentando hallar mi despertador de mesa, no sabía qué hora era. Al ver que eran las cuatro de la madrugada gruñí frustrada y miré por la ventana, molesta por la luz nocturna que entraba.

Al parpadear me fijé en dos ojos pequeños que se perfilaban, eran de ese tono pardo que recordaba haber visto antes. Al aparecer la imagen del gato en mi mente, contuve un grito agudo y parpadeé de nuevo. Otra vez se encontraba posado sobre la ventana el mismo gato negro peludo.

Asustada, me santigüé y sujeté el dije mientras me acercaba hasta la ventana. Decidida, bajé la persiana y me sobresalté al escuchar el maullido agudo del gato; igual le había pillado la cola. Aun así, no quería comprobarlo. Volví a meterme en la cama y me tapé hasta la cabeza, susurrando una oración como protección, esperando que diera algún tipo de resultado. Parecía que ese gato la había tomado conmigo y no se iba a alejar de mi lado. Pero, ¿por qué?

Capítulo VI † El monstruo

Cerré la libreta exhalando un suspiro, la clase me había dejado completamente agotada. El profesor de *literatura contemporánea* sería muy guapo para la mayoría de las chicas, pero era muy exigente. Hablaba con tanta rapidez que apenas daba tiempo a anotar sus palabras y pretendía que recordáramos todo o nos advirtió que fallaríamos el examen.

Eso equivalía a más horas de trabajo y un molesto dolor de muñeca al intentar seguir el hilo de su lección. Cansada, dejé caer la espalda en el respaldo mientras miraba de reojo a Atary, para ver si estaba tan exhausto como yo. La mayoría de alumnos ya se habían marchado.

Para mi sorpresa, Atary tenía el cuerpo acomodado en su silla como si estuviera sentado en el sofá de su casa. Jugueteaba con un bolígrafo, haciéndolo girar entre sus dedos, mientras dejaba la mirada perdida sobre la pizarra digital del profesor, que ya estaba guardándola con plena parsimonia.

Vacilé entre acercarme o no para preguntarle si quería adelantar el trabajo de los *bestsellers*. No quería parecer una *nerd* porque aún quedaban bastantes días y un fin de semana de por medio, pero me ponía nerviosa perder el tiempo cuando podíamos estar ganando terreno. No sabía si él sería responsable o me dejaría tirada haciendo yo todo.

Al final decidí armarme de valor y escondí mis manos en las mangas de mi camisa mientras me acercaba con cautela a su pupitre. Susurré su nombre avergonzada, esperando que fuera lo suficientemente audible para que me escuchara y, por fortuna, así fue. Sus ojos azules rodaron en mi dirección, intimidándome.

—Laurie —sonrió, provocando que mis piernas temblaran. Nunca terminaría de acostumbrarme a ese sonido ronco que hacía al pronunciar mi nombre—. ¿Vienes a quejarte de nuestro profesor? —preguntó con diversión, mirándome de soslayo.

—N-no… —me sonrojé, bajando la cabeza—. Más bien venía a preguntarte si q-querías adelantar el…, trabajo.

—Claro. Ahora tengo un rato libre. Podemos ir a la biblioteca de la facultad, allí no nos molestarán.

Asentí con la cabeza, aliviada, y acomodé un mechón de mi cabello detrás de mi oreja, a pesar de que estaba perfectamente peinada. Cuando me sentía fuera de lugar me entraban tics nerviosos como ese; era incapaz de controlarlos.

Para no hacerle esperar, metí los materiales que aún tenía sobre la mesa en la mochila de cualquier manera y cerré la cremallera para ponérmela sobre los hombros. Atary esperó pacientemente apoyado sobre el marco de la puerta con su mochila a cuestas.

Sacudí la cabeza al ver que su pupitre se encontraba limpio y vacío, cuando minutos antes lo tenía lleno de folios y bolígrafos de diferentes colores. Había sido increíblemente rápido al recoger.

—¿Lista?

—Sí…

Con gran soltura, Atary salió del aula y se movió por los pasillos como si los conociera de toda la vida, a diferencia de mí que era incapaz de dar dos pasos sin perderme. Le seguí como pude, sintiéndome su sombra. No terminaba de acostumbrarme a tener su atención, aunque fuera por momentos.

Cuando llegamos a la biblioteca sonreí como una niña pequeña. Era un espacio amplio que olía a cerrado con un montón de estanterías y mesas para sentarse. Me inspiraba calma. Me paseé por los estantes de madera con satisfacción, dejando que el olor a libro se adentrara por mis fosas nasales mientras deslizaba la yema de mis dedos por los diferentes tomos.

Podía sentir su presencia a mi espalda. Su respiración se encontraba tan cerca de mi pelo que me produjo un placentero cosquilleo por el vientre. Era una sensación nueva, pero agradable. Revolucionaba todo mi sistema.

—¿Has terminado de disfrutar de los libros de la biblioteca? —preguntó con tono divertido.

Mis mejillas se encendieron como respuesta y me giré, quedándome atrapada en el brillo malicioso que desprendían sus ojos y su sonrisa burlona. Una de sus manos había quedado apoyada contra un libro, aprisionándome. Su repentina cercanía provocó que mis hormonas se dispararan, acelerando mi respiración.

—Sí.

—Entonces ven —respondió, apartándose de mi lado.

Le seguí el paso hasta llegar a una mesa alargada con varias sillas de madera para sentarnos. Una vez sentados empezó a revolver el interior de su mochila para sacar unos folios y mientras yo aproveché para sacar el dichoso libro que tantos sonrojos me había causado.

—¿Has leído algo ya? —preguntó interesado.

—U..., un po-poco —asentí avergonzada. Mis mejillas empezaban a parecer puro fuego.

—¿Quieres leer para mí?

—¿¡Qué!?

No pude evitar abrir los ojos ante su pregunta. Si ya me costaba mantener una conversación fluida con él debido a mi constante tartamudeo, no quería imaginarme leerle y que de repente apareciera alguna escena candente. Me negaba. Solo de pensarlo me subían los calores.

—Oh, vamos —sonrió, acomodándose en la silla sin dejar de mirarme con diversión—. Es solo un libro, Laurie. No te va a comer.

—Pe-pero…, yo…

—¿Quieres que comience yo? —preguntó entonces, enarcando una ceja mientras formaba un hermoso hoyuelo en su mejilla.

Jugueteé con mis mangas sin saber dónde meterme. No sabía qué me iba a dar mayor vergüenza. Leerle yo a él o él a mí. Si lo hacía él no quería poner caras extrañas que dieran lugar a una mala interpretación, y si lo hacía yo no sería capaz de leer la escena completa y me trabaría con las palabras. Así que estaba entre la espada y la pared.

—Comenzaré yo, entonces —asintió mientras se inclinaba para sostener mi libro entre sus manos, buscando la página en la que me había quedado—. Sí que has leído —dijo de repente con expresión de sorpresa—. Bien, empiezo.

Entonces leyó el primer párrafo. Por fortuna era una escena normal, así que me relajé dejándome arrastrar por el tono ronco con el que narraba y no tardé en visualizar ese fragmento de la novela como si fuera una película. Su voz era grave pero agradable, terminaba cada frase con ese deje que me embelesaba, me hacía querer escuchar más y más. Por eso cuando terminó de leer y cerró el libro en un golpe seco no pude evitar pegar un bote en el asiento y mirarle asustada.

—Te toca —sonrió, entregándomelo.

—Yo…, yo no… No pu-puedo, Atary. Me trabaré y…

—Ey.

Alcé la mirada al escuchar el tono comprensivo de su voz y mordí mi labio inferior de forma inconsciente al observar la expresión dulce de su rostro.

—¿Sabes por qué quiero que leas?

—N-no…

—Porque es una manera muy efectiva de enfrentarte a tu inseguridad. Sé que eres inteligente y disciplinada. A veces te miro y me sorprende cómo te esfuerzas en anotar todo lo que dicen los profesores, incluso aunque eso provoque que tengas dolor de muñeca. Me fijé que cada tanto tratas de moverla para aliviarla —dijo dibujando una amplia sonrisa en su rostro—. En esta vida si no te esfuerzas en sobresalir los demás se aprovecharán y te pisarán. No dejes que lo hagan.

—¿P-por eso te pusiste conmigo? ¿Te..., te doy pe-pena?

—No. No es pena —respondió negando con la cabeza—. Sé que hay algo en tu interior, tienes algo que te hace especial y los demás intentan apoderarse de ello. No me gustan las injusticias y por la manera en la que actúas sé que te han hecho daño. El caso es... ¿Hasta qué punto?

—N-no quiero aburrirte con mis pro-problemas...

—No lo haces, tranquila. Pero no me vas a distraer, tienes que leer para perder la vergüenza. Piensa que solo estamos tú y yo aquí. Y no me voy a reír de ti. Nunca —dijo con amabilidad—. Madre me enseñó a respetar a aquellos que merecen ser respetados.

—Está bien —suspiré, buscando la parte en la que Atary había dejado de leer.

Tragué saliva y me removí en el asiento antes de comenzar a leer. Mis manos comenzaron a sudar debido a mi nerviosismo y miré de reojo a mi compañero, que me hizo un gesto con la cabeza para animarme. Así que solté una bocanada de aire y comencé.

—C-Christian está frente a mí con una fus... —me detuve al leer la palabra fusta y le miré de golpe, con las mejillas rojas por la vergüenza—. N-no voy a po-poder...

—Vamos, lo estás haciendo bien —susurró alentándome, mientras llevaba una de sus manos hasta la mía para acariciarla con sus dedos. Tragué saliva con fuerza ante su atrevimiento, pero no me aparté. Me relajaba.

Asentí con la cabeza y carraspeé antes de empezar de nuevo, intentando animarme mentalmente. Atary tenía razón, debía acostumbrarme y perder la vergüenza. Él se estaba esforzando teniendo paciencia conmigo. Se lo debía.

Continué leyendo hasta terminar el capítulo y dejé caer mi espalda contra el respaldo, exhausta y sedienta. Tenía mi rostro tan caliente que estaba segura que parecía un tomate, pero mi tartamudeo había disminuido a medida que leía. Y Atary sonrió satisfecho, mirándome con orgullo.

—Lo has conseguido, te felicito.

—Gracias.

—Ahora debo irme, pero te buscaré para quedar otro día y hacer el trabajo. Al final no pudimos ponernos a debatir —respondió terminando de guardar sus cosas y levantándose del asiento.

—Atary —le llamé. Todavía recordaba la escena vivida en el jardín de la residencia—. ¿P-por qué me dijiste lo..., lo de que tu-tuviera cuidado?

—¿Crees en los monstruos, Laurie? —preguntó de forma enigmática.

—¿Los mo... Monstruos?

Tragué saliva pensando que me había atrapado. Cuando era pequeña mi madre siempre me llamaba así. La defraudaba cuando hacía algo mal y me castigaba para que pidiera perdón al señor y me arrepintiera por mis actos. Durante años me sentí un fraude ante mi familia, un error del que se lamentaban. Por eso tenía que ser perfecta para ellos, para Dios. Él me había salvado, bloqueando ese lado de mí que amenazaba con destruirme por completo.

—Están más cerca de nosotros de lo que pensamos, acechándonos desde la oscuridad.

—¿Te... Te refieres a los lobos? —pregunté sintiendo que la ansiedad comenzaba a asfixiarme, estrechando mi garganta.

Atary esbozó una sonrisa divertida y negó con la cabeza. Entonces su rostro se tornó serio y susurró antes de desaparecer.

—No son lobos, Laurie. Se trata de algo mucho peor.

Al regresar a la habitación de la residencia exhalé un suspiro de cansancio y me tiré sobre la cama. Apenas había tenido tiempo de reparar en la presencia de Franyelis, que estaba sobre su cama leyendo un libro.

—¿Día duro?

—Sí —alcancé a decir—. He te-tenido que hacer un trabajo con Atary y…, me si-siento algo superada. Me avergüenza trabarme al ha-hablar y que la gente se…se ría d-de mí.

—¿Él se rio? —preguntó extrañada.

—No —me apresuré en responder, haciendo un gesto con las manos—. Él es el único que no lo ha-hace. Es…, bueno.

—Él y sus hermanos tienen fama en la universidad. A la gente les llama la atención sus rasgos exóticos y su manera de hablar, con ese acento extranjero tan peculiar. Además, sé que son educados. Fueron criados de manera distinta.

Escuché sus palabras con curiosidad, pensando en lo poco que sabía de él hasta ahora. Atary era como un puzle para mí, cada rato que podía pasar a su lado me regalaba una pieza nueva para descifrarlo. Debía admitir que su manera de ser, su respeto y paciencia conmigo, su amabilidad… Me llamaba la atención, haciéndome pensar en él.

Mi madre siempre me había enseñado que ese tipo de chicos son peligrosos y mujeriegos, cuyo único interés es jugar con las chicas y divertirse a costa de su sufrimiento. Sin embargo, Atary estaba rompiendo mis esquemas. Parecía diferente a todos los demás.

Abrí la boca para preguntarle sobre él, pero la cerré al fijarme en la hora que era. Ya era tarde y tenía que llamar a mi madre si no quería preocuparla y que pusiera el grito en el cielo por no haberla informado de las novedades. Me ponía nerviosa olvidarme de seguir alguna de sus reglas. Todas eran igual de importantes e inquebrantables para mí.

Me acerqué hasta la mesita y abrí el cajón para sacar el teléfono móvil y apretar el botón de encender. Tras unos minutos esperando que cargara el sistema, en seguida en la pantalla aparecieron varias llamadas perdidas de mi madre y un par de mensajes, también de ella.

Exhalé un suspiro y me metí en el baño para tener algo de privacidad, me avergonzaba que Franyelis pudiera escuchar la conversación. Sentada sobre la taza del váter, pulsé en la opción de descolgar y, tras unos segundos, mi madre aceptó la llamada.

—¡Laurie Duncan! ¿Por qué tardabas en responder? ¿Qué hacías?

—Estaba regresando a la residencia. Se me había hecho tarde —respondí frotándome un ojo y contuve como pude un bostezo que intentaba escaparse entre mis labios.

—¿Tan tarde? ¿Qué trabajo? ¿Y con quién? ¿Cómo llevas las asignaturas? ¿Llevas todo al día? Tu padre y yo esperamos mucho de ti. Recuerda a quién hemos criado; a la mejor.

—Es un trabajo para la asignatura de *introducción a la literatura europea* —contesté mientras intentaba recordar el resto de preguntas. Me sentía en una tesitura porque no sabía si responder que el trabajo era con un chico o no. Me daba miedo su posible reacción—. Estaba en la biblioteca de la facultad con un compañero y se nos pasó el tiempo. Y llevo las asignaturas bien. Por el momento tengo todos los apuntes pasados a limpio y he preparado el tema que estamos dando de cada asignatura. También he subrayado lo más importante y he anotado datos que los profesores dan verbalmente.

—¿Un chico? ¿Qué chico? —preguntó con un atisbo de preocupación y desconfianza—. ¿Por qué no una chica? No quiero que ningún hombre te desvíe de tu camino y te haga flaquear. Precisamente hoy hablé con la señora Evans y está deseando que vayas a cenar a su casa para conocerte en profundidad.

—Es solo un compañero. Tengo claro mis objetivos, madre.

—Bien. ¿Y la lectura de la Biblia? ¿En qué pasaje quedaste?

Revolví mi anaranjado cabello tratando de recordarlo. No decírselo equivalía a que pensara que no estaba cumpliendo su regla, aunque sí lo estaba haciendo. Y mentir estaba prohibido, mi integridad y lealtad hacia ella me lo impedía. Suspiré.

—No lo recuerdo. La tengo guardada en el cajón de la mesita.

—Laurie Duncan… —gruñó, provocando que mi piel se erizara.

—Te prometo que estoy leyendo cada noche y rezo antes de dormir. Sabes que no te miento —susurré—. Es solo que ahora me duele la cabeza por el cansancio y no recuerdo bien si era Mateo o Marcos.

—Está bien, pero mañana quiero que me expliques el pasaje donde quedaste y de memoria. Quiero cerciorarme de que las enseñanzas se te quedan grabadas en tu mente. Son importantes.

—Sí, madre.

Miré hacia el suelo, dejando la vista sobre las blancas baldosas que conformaban el baño. Estaba tan cansada que lo único que quería era colgar y acabar mis quehaceres pronto para poder irme a dormir.

—Y nada de fiestas, ni de alcohol. Recuerda que Dios lo ve todo y también espera lo mejor de ti. No lo defraudes.

—No lo haré, lo prometo.

—Bien. Entonces espero tu llamada mañana y recuerda avisarme si vuelves a escucharla. Te metí las pastillas en la maleta por prevención —advirtió.

—Gracias. Saluda a papá de mi parte.

—Lo haré. Ahora ve a estudiar, ducharte y cenar. No te quiero ver despierta más tarde de las nueve.

Me despedí de ella y exhalé un suspiro al colgar, contemplando la pantalla. Apenas tenía un par de horas para poder hacerlo todo. El peso de las responsabilidades ejercía una enorme presión sobre mis hombros, pero no podía quejarme. Al menos había conseguido que me dejaran estudiar lo que me hacía feliz y no seguía encerrada bajo las cuatro paredes que conformaban mi habitación, y el refugio de mi casa.

De no haber volado, ahora estaría encerrada en otra jaula; la casa de Richard. Y llevaría como cadena mi alianza con él, esa que esperaba que no llegara nunca. Aunque no podía negarme, si lo hacía le estaría fallando a mis padres. Y no quería defraudarles de nuevo. No cuando les había tocado criar a un monstruo.

CAPÍTULO VII † HERMANOS INTENSOS

Gruñí al escuchar el molesto sonido del despertador. Los párpados me pesaban como si fueran losas de mármol y la cabeza no paraba de darme vueltas. Aturdida, me quedé sentada sobre el colchón, pero la habitación comenzó a girar a mi alrededor y caí desplomada de nuevo.

No sabía cuánto tiempo había pasado cuando escuché el sonido del timbre. Traté de levantarme sujetándome a la mesita junto a mi cama y el manillar de la puerta del baño, dando pequeños pasos y respirando poco a poco; pero las piernas me flaqueaban y empezaba a ver todo borroso. Como pude, conseguí mover el manillar y abrir la puerta, entonces observé una mancha oscura frente a mí.

—¿Laurie? ¿Estás bien? —escuché de forma distorsionada—. ¿Puedo pasar?

—Sí —mascullé sintiendo que me desvanecía.

—¡Ey!

Al abrir los ojos me encontré en un sitio diferente, no era mi habitación. Enfoqué la vista hacia las blancas y finas paredes. La luz que entraba por la ventana me permitió ver las barras metálicas que sujetaban la cama donde me encontraba. Me sentía tan cansada que parecía que mi cuerpo pesaba varias toneladas.

Al mirar hacia el sofá que había a un lateral, observé que Atary estaba sentado con la cabeza apoyada contra el respaldo, mirando hacia el techo. Tenía los ojos cerrados y sus labios entreabiertos, seguramente estaba dormido.

—¿Atary?

Me sobresalté al ver cómo abría los ojos de golpe y me miró con gesto de sorpresa. Se acomodó un poco el cabello y me regaló una sonrisa torcida antes de clavarme sus ojos azules.

—¿Cómo te encuentras?

—Bien su-supongo… ¿Qué me ha p-pasado? —balbuceé observando el gotero que estaba adherido a mi brazo.

—Te habías desmayado. Me dijeron que estabas falta de energía, ¿estás comiendo bien? ¿Descansas?

—Sí —gemí, tratando de ignorar lo que tenía inyectado, me daban pavor las agujas—. N-no tiene sentido.

—Entonces habrá sido cualquier tipo de bajón. De todas formas, supongo que en nada volverá la enfermera y te darán el alta.

—¿P-por qué viniste? —musité de forma atropellada.

—Vi que no habías venido a clase y como teníamos que terminar el trabajo…, decidí pasarme —respondió encogiéndose de hombros—. ¿Te molesta?

—No, pero ¿cómo supiste cuál era mi habitación?

—Fácil. Me encontré con tu amiga y me lo chivó. Le dije que no habías asistido a clase y se preocupó. Me comentó que eso no era normal en ti. Quería ir ella, pero le contesté que fuera a clase —dijo acercándose hasta la camilla—. Si quieres te doy el móvil y le dices dónde estás.

—Gra-gracias, pero no importa, no lo traigo e-encima. ¿Dónde estamos?

—Es el minihospital de la facultad. Sirve para casos no muy complicados.

—¡Laurie!

Me giré al escuchar el grito de Ana y dejé que me abrazara como pudo, a pesar de las dificultades que proporcionaban los tubos que tenía conectados. Atary se hizo a un lado para dejarla pasar y se mantuvo mirándonos de forma discreta.

—¿Qué te ha pasado? ¿Estás bien? —preguntó arrugando la nariz—. Cómo huele a cerrado este sitio, parece que no lo usan mucho.

—Sí, solo fue un desmayo. Seguramente me sentó algo mal —suspiré y añadí entre susurros—. ¿Sabes? Volví a ver al gato negro.

—¿Otra vez? ¡A ver si va a ser una señal!

—¿Gato negro? —preguntó Atary de repente, observándonos con curiosidad—. ¿Ves un gato negro? ¿Dónde?

Ambas nos miramos con extrañeza y le miramos después esperando explicaciones. Pensaba que me estaba volviendo loca, pero igual tenía algún tipo de significado o a alguien se le había perdido.

—Sí, en la ventana ¿por qué?

—No la abras entonces, no le dejes entrar —dijo caminando hasta la puerta—. Los gatos son muy maliciosos y traicioneros, nunca sabes lo que pueden hacerte de noche mientras duermes.

—¡Qué mierda te pasa a ti! —chilló de repente Ana, yendo tras él antes de que desapareciera—. ¿Vienes a ayudarla o a intentar asustarla? Porque si es lo segundo te prometo que seré tu infierno personal. Ya tenemos bastante con la insípida de tu hermana.

—Déjale, An —musité pensando en sus palabras—. Me ha traído hasta aquí y se ha preocupado. Eso es lo importante.

—Deberías alejarte de él. No me gusta nada y su hermana tampoco. Son odiosos y altivos, parece que solo se importan ellos mismos. Y vete a saber lo que traman, no me gustaría que te hicieran daño o jugaran contigo.

—Atary no es así —le defendí, herida—. Pero admito que con su físico parece peligroso, a veces me intimida.

—Tú sabrás lo que haces, Laurie. Tú sabrás…

—¿Por qué no salimos hoy? —me preguntó Ana el sábado siguiente, sentada en mi cama—. Necesitas tomar el aire, llevas días encerrada entre estas cuatro paredes.

—Pero las muertes y…

—Pero nada, Laurie. Es de día y no te va a pasar nada por dar una vuelta por la ciudad. No la conocemos mucho y seguro que esconde grandes tesoros —respondió con una sonrisa—. Además, me encantaría presentarte a un amigo.

—¿Amigo? —pregunté elevando una ceja—. ¿Desde cuándo tienes un amigo y por qué no me lo has contado? ¿Te gusta?

—¡No! —exclamó sonrojada—. Es amigo de…, en fin, es el nieto de un antiguo conocido de mi padre. Me lo presentaron hará un par de semanas.

—Está…, bien, supongo.

—Vas a estar conmigo, boba. No te pasará nada, no te preocupes —dijo abrazándome—. Así que prepárate para salir.

Asentí con la cabeza y suspiré, mirando mi armario. Dudé en llamar a mi madre para preguntarle qué ponerme, pero decidí dejarme aconsejar por Ana. Ella tenía buen gusto a la hora de vestir y sabía qué ropa escoger, no demasiado llamativa o corta. Mi madre no me lo permitía.

Decidimos pasear por las tranquilas calles de *Rose Street* y *Princess Street* hasta que nos cansamos y optamos por pararnos en *The elephant house* para pedir un par de bebidas sin alcohol.

No hacía mal tiempo, algo extraño en Edimburgo. Algunos rayos de sol iluminaban nuestra piel con timidez y muchas personas habían aprovechado para salir y pasar el rato, como nosotras. Los turistas vagaban por las calles con sus móviles en la mano, además de sus mapas, y los dependientes estaban de buen humor.

—¿Estás preparada para conocerle? No le juzgues, Laurie —me advirtió con su dedo acusatorio.

—¿Por qué dices eso?

—Porque conozco a tu madre y sé las ideas que te ha inculcado sobre el físico de las personas, además de lo mucho que desea que te juntes con algún chico que tenga cara de ángel y una carrera prominente. No todos los que visten corbata o jersey son buenos, ni todos los que llevan tatuajes o *piercings* son malos. Las apariencias a veces engañan.

—¿Molesto?

Ambas nos sobresaltamos desde el asiento al escuchar la voz grave y pausada del chico que se encontraba frente a nosotras. Al girarme, no pude evitar morderme el labio inferior; se trataba de ese chico con el que había chocado hacía unos cuantos días. Esos ojos con heterocromía eran algo difícil de olvidar y sus tersos labios se acentuaban con la presencia de su *piercing*.

—No, no te preocupes —contestó Ana con rapidez, levantándose del asiento—. Sham, ella es Laurie. Laurie, él es Sham.

Me apresuré en levantarme para extender mi mano y dejé que la suya, grande y cálida, atrapara la mía con suavidad, manteniéndola unos segundos. Me fijé que observaba con disimulo el dije que colgaba de mi cuello y miró hacia otro lado cuando se dio cuenta de que tenía mi atención, despeinando su castaño cabello lacio.

—Laurie no es muy habladora cuando no tiene confianza —comentó Ana mientras paseábamos por la calle paralela.

—No pasa nada. Creo que es algo que tenemos en común —respondió él con expresión seria—. ¿Eres religiosa?

—Sí, ¿p-por qué?

Le miré con desconfianza. Si su intención era burlarse de mí por mis creencias no iba a llegar muy lejos, porque Ana seguramente se encargaría de defenderme, como hacía con Atary; aun así, me sorprendió con su respuesta.

—En estos tiempos cada vez hay menos personas devotas —reflexionó con la mirada perdida—. No te quites el dije, en mi familia es un símbolo de protección.

—Bien —musité extrañada.

Continuamos el camino, la mayor parte de las veces era Ana la que intervenía y guiaba las conversaciones mientras que Sham y yo escuchábamos y asentíamos con la cabeza. Era extraño, parecía que tenía algo que ocultar, como un misterio, y no por el físico precisamente. En un par de ocasiones le atrapé observándome, como si me analizara; y otras se quedaba con la mirada perdida, como si estuviera reflexionando mentalmente. Sin duda, era un chico extraño.

A la mañana siguiente decidí acercarme hasta la catedral de Edimburgo para asistir a misa. Había madrugado lo suficiente para poder acicalarme y necesitaba con urgencia desconectar de la humanidad y reconectar mi relación con Dios, ya que con tanto trajín de acontecimientos estaba algo desgastada y me generaba malestar.

Al acercarme a comulgar comprobé con aflicción cómo el número de personas que asistían era reducido y me prometí asistir alguna vez más para ayudar al párroco si lo necesitaba, parecía un buen hombre. El interior de la catedral era impresionante y atrapaba la atención con sus techos de colores y las vidrieras que iluminaban los bancos de madera.

Cuando la misa finalizó, hice una genuflexión y la señal de la cruz como despedida y esperé pacientemente a que todos se fueran para despedirme del sacerdote personalmente. En la fachada exterior, pegado a una de las grisáceas paredes de ladrillo, se encontraba Atary, tapando sus ojos con unas llamativas gafas de sol negras, que hacían juego con su pelo y su habitual ropa.

—¿A-Atary?

—Laurie —respondió, haciendo erizar mi piel al pronunciarlo—. No esperaba encontrarte aquí, pero me viene muy bien.

—¿P-por qué?

—Terminar el trabajo. Con el tema del desmayo lo hemos dejado algo pausado y mañana hay que exponerlo.

—¡El trabajo! —chillé sin poder creérmelo, se me había olvidado por completo.

—Sí, me imaginé que lo habías olvidado —sonrió—. Estoy esperando a un familiar, pero si quieres quedamos dentro de un par de horas en la *SSC Library*, así podemos estar tranquilos.

—V-vale —respondí jugueteando con un mechón de mi cabello.

Me despedí de él con la mano y me apresuré para volver a la residencia y coger los materiales necesarios para hacer el trabajo. Miré las hojas donde tenía anotados mis pensamientos sobre la obra y no pude evitar sonrojarme; me daban mucha vergüenza ciertos temas y hubo escenas del libro que tuve que pasar sin leer.

Como habíamos quedado dentro de dos horas me esmeré en hacer tiempo como pude, repasando el contenido de otra asignatura y dándome una ducha rápida antes de salir; pero mi mirada se desviaba continuamente hasta el reloj. Estaba extrañamente impaciente por quedar con él, aunque preferí engañarme pensando que era por quitarme el trabajo de encima.

Al llegar, entré en el edificio y me dejé maravillar por el enorme volumen de libros que albergaban las estanterías en la sala central. En Luss la biblioteca era muy reducida y no había mucho repertorio donde elegir. Aquí el mobiliario destilaba elegancia y las sillas que había pegadas a las mesas de madera parecían cómodas a la par que lujosas. Al fondo divisé a Atary, estaba sentado mirando unas hojas que tenía sobre la mesa, muy concentrado. Cuando llegué sonrió, pero no hizo ademán de levantarse, solo me indicó que me sentara a su lado y me señaló con el dedo la parte que estaba leyendo.

—Verás. He seleccionado y marcado las partes importantes del libro y he agrupado los distintos contenidos por temática, para que te resulte más fácil. Si quieres leo lo que hayas sacado tú mientras ojeas lo mío y ponemos los puntos en común para empezar a trabajar en la presentación.

Escuché embobada cómo se organizaba y asentí con la cabeza, sin decir nada. Le pasé las hojas después de vacilar durante unos segundos y me paré a leer todo lo que había escrito con una caligrafía sencilla y marcada. Era impresionante. Incluso había diferenciado los temas por colores para facilitarme la lectura.

Una hora más tarde prácticamente habíamos terminado y solo nos faltaba elaborar una conclusión general acerca de nuestras impresiones y cuál creíamos que era el elemento clave que había generado el efecto *bestseller*. Estaba a punto de abrir la boca para hablar cuando una magnética voz masculina atrajo nuestra atención.

—Así que estabas aquí escondido, hermanito. Qué callado te lo tenías.

Tragué saliva al observar al hombre que se encontraba frente a nosotros. Era casi tan alto como Atary, pero algo más corpulento. Tenía el cabello corto, igual de negro que su hermano y sus ojos azules le daban un aspecto frío, acentuados por sus cejas gruesas, ligeramente arqueadas. Sus rasgos eran fuertes y marcados, pero parecían suavizarse al mostrar una amplia sonrisa burlona. Su barba incipiente le daba un aspecto más adulto, pero chocaba con el chaleco negro que llevaba y sus pantalones ajustados.

—¿Quién es esta preciosidad? —preguntó observándome con detenimiento.

—Laurie, mi compañera de la universidad —respondió Atary con una mirada poco amigable y añadió con ligero desdén—. Él es uno de mis hermanos mayores, Vlad.

—Un placer, Laurie —dijo este, acercándose hasta mí para sostenerme la mano e inclinarse para besarla.

No pude evitar apartarla al sentir una corriente eléctrica por mi cuerpo ante el contacto de su fría mano y sus labios suaves contra mi piel, desarmándome por completo. Me resultó inquietante que algo en mi interior se revolviera, una sensación que creí olvidada.

Era consciente de que tenía la boca abierta y mis ojos no se habían despegado de los suyos, que me miraban con intensidad. Así que intenté reaccionar, sin mucho éxito.

—Laurie —me llamó Atary, observándome con extrañeza—. ¿Estás bien? Perdónale, se piensa que saludando así ligará más. Le advertí que no lo hiciera y que no nos molestara. Pero la educación no es su fuerte.

—No pude evitar acercarme sabiendo que estabas con una chica tan atractiva y especial. Hay que compartir, hermanito.

—Sería mejor que te fueras, Vlad —masculló apretando los puños—. Tenemos que terminar un trabajo y tu presencia nos entorpece.

—¿El del Grey ese? Podemos llevar a la práctica algunas escenas… Si quieres —respondió sin despegar la vista de mí—. Él es solo un aficionado.

Mi cuerpo empezó a temblar descontrolado y bajé la mirada al suelo, sin saber cómo ni qué responderle. El que sí supo fue Atary, que se levantó y dio un golpe con la mano contra la mesa, haciendo que los mirase. Estaba asustada, pues se observaban el uno al otro de manera desafiante.

—Déjala en paz, Vlad. Laurie no está interesada en ti y me avergüenza que trates de ligar con ella de esa manera, delante de mis narices —gruñó—. Vete de aquí, ya.

—Eso no lo sabemos —sonrió alzando el mentón—. Pero está bien, está bien. Me iré, pero… Solo porque está a punto de venir la bibliotecaria para echarnos a todos y soy tan buen hermano que no quiero arruinar vuestro trabajo. Laurie —se despidió mirándome por última vez—, un placer conocerte. Espero verte pronto.

Tragué saliva y miré a Atary sin saber qué decir ni qué hacer. Aturdida, dejé que su hermano se alejara y esperé a que este se calmara antes de intentar desviar su atención hacia el trabajo. Había sido la situación más extraña de mi vida y esperaba no volver a encontrármelo nunca más, porque despertó un resquicio de mi interior que creía haber eliminado.

Pero me equivoqué; Mis demonios habían regresado y eso solo podía significar una cosa: Destrucción.

Capítulo VIII † Peligros y regalos

—Será mejor que acabemos el trabajo en un bar, no me fio de mi hermano —murmuró cerrando la libreta—. Vamos, conozco uno cercano.

—P-parece m-muy…

—Molesto, creo que la palabra que buscas es molesto.

Me sonrojé. Molesto no era la palabra exacta que buscaba, pero también podía servir; mi definición sería más bien *intenso*. Caminé a su lado sin decir nada, dejándome llevar por el aroma que desprendía su jersey. Al llegar nos sentamos en un lugar apartado y solté todos los materiales antes de que un camarero se acercara para preguntarnos qué íbamos a pedir.

—Tu amiga tiene mucho carácter.

Levanté la cabeza sorprendida y me mordí el labio inferior sin saber qué responderle, ¿por qué lo comentaba? ¿Estaba molesto con ella? ¿O conmigo?

—S-sí, supongo.

—Está bien, alguien tenía que pararle los pies a Katalin —respondió antes de mirarme fijamente—. Últimamente está insoportable.

—¿P-por?

—Siempre ha sido la niña mimada de madre. Le concede todos sus caprichos y eso la ha hecho egoísta y soberbia. Se piensa que todos debemos cumplir sus órdenes y concederle todos sus deseos —bufó—. Y cuánto más crece peor. Estoy rodeado de hermanos que son auténticas joyas.

—¿Ti-tienes alguno más?

—Sí, Nikola. Es arisco y solitario. No te pierdes nada si no lo conoces.

—Oh… —asentí, bajando la cabeza con vergüenza.

—Al menos tuviste suerte por conocerme a mí. Soy el más agradable de todos —sonrió, haciéndome mirarle de nuevo.

—Vlad no pa-parece malo. Solo… Intimidante.

—Vlad saca de quicio a cualquiera, no solo a mí. A medida que lo conoces te das cuenta que tiene un humor muy particular.

Sonreí. No lo dudaba lo más mínimo, aunque no entendía por qué se había puesto así con él. Vale, sí. Se había sobrepasado; pero no parecía que lo hiciera por hacerme daño, solo por molestarle a él y entrar al trapo solo le incitaría a continuar.

—Veo que no os lleváis m-muy bien.

—Nos llevamos bien, pero no me gusta que sobrepase ciertos límites y más si…, se trata de ti —respondió con un brillo especial en su mirada.

—Ah.

Intenté tapar el rubor de mis mejillas fingiendo que observaba con detenimiento los apuntes; aunque ya teníamos prácticamente todo hecho, solo nos quedaba escribir las conclusiones. Pensé en coger un bolígrafo y empezar a redactarlas; pero decidí esperar, mis manos no paraban de temblar y la letra me saldría hecha un desastre.

Miré de soslayo a Atary, se había quedado callado con sus ojos puestos sobre mi dije. Entonces frunció el ceño y se revolvió en el asiento.

—Ese crucifijo… ¿eres religiosa?

Me sobresalté al escuchar la pregunta. Ya era la segunda persona que me lo preguntaba y comenzaba a inquietarme el hecho de que les resultara llamativo o importante, ¿sería un bicho raro para ellos? ¿Empezarían a juzgarme? No pude evitar esconderlo dentro de mi camisa.

—Sí, yo…lo soy. ¿Por? ¿Está mal?

—No, no. Tranquila. Ya te dije que te respeto y no te juzgo —respondió en señal de paz—. Solo me llamaba la atención tu dije. Parece antiguo.

—Es un re-regalo familiar. Mi padre me lo dio y parece que lo ha-hacen generación tras generación.

—Perdona por haberte incomodado, no era mi intención. Sigamos con el trabajo —respondió con expresión seria.

Asentí con la cabeza mientras trataba de analizar su expresión. Parecía enfadado, pero no estaba segura, no lo conocía lo suficiente. No pude evitar volver a sentirme juzgada, como en el colegio. Me sentí rara e insignificante. Aun así, decidí quedarme callada y extendí la mano para coger una de las hojas vacías y comenzar a escribir, hasta que sentí un pinchazo y un hilo de sangre empezó a brotar de uno de mis dedos.

—¡Ay!

Aparté la mano y traté de esconderla bajo la manga, para evitar mirar hacia la sangre y armar un espectáculo. No quería marearme. Al observar a Atary, me fijé que se había quedado quieto y miraba mi mano con una expresión indescifrable, con los ojos más oscuros que de costumbre.

—¿Estás bien? —preguntó con sequedad.

—Sí, solo me he…, cortado —respondí expirando con fuerza para serenarme.

—Deberías ir a limpiarte.

—Vuelvo… Vuelvo ahora.

Me fui al baño y me quedé varios minutos lavando el dedo para después ponerme una tirita. Me miré en el espejo y comprobé que era una chica normal, de pelo anaranjado y sin gracia, ojos pequeños azules, tez blanca y una hilera de pecas por mis mejillas. No entendía por qué Atary era así de amable conmigo y se preocupaba en hacerme crecer. No era el prototipo de chica para nadie y él era popular, no parecía que fuera alguien que necesitara amigos.

Me mordí el labio inferior, fuera lo que fuese tendría que darme igual, tenía que centrarme en mis metas de vida: conocer a un chico católico, casarme con él, tener una familia y ser feliz a su lado, apoyándole. Atary estaba fuera de todo eso. Y mi madre ya había decidido mi futuro. Sabía lo que ella quería para mí y todos estos años la había avergonzado tanto que se lo debía. No quería defraudarla de nuevo, aunque no me gustara Richard.

Salí del baño y caminé hasta donde estábamos, pero tragué saliva al ver que la mesa estaba vacía. Confundida, miré hacia todos lados, pero Atary ya no estaba; se había esfumado. Caí sobre el asiento roja de vergüenza, me sentía como una tonta.

Al día siguiente expusimos el trabajo a los demás y el profesor nos premió con un sobresaliente. Sonreí satisfecha, las reflexiones de Atary habían sido buenas, potenciadas por su carisma, y yo había quedado contenta con mis aportaciones, aunque habían sido escasas debido a mi timidez.

Durante el resto de la clase luché para no mirarle. Seguía molesta con él, ni siquiera se había dignado a acercarse para darme alguna explicación. Sentía que mis creencias lo habían echado todo a perder, me había juzgado. Pero no iba a cambiarlas, fue precisamente eso lo que me llevó por el buen camino. Lo tenía claro, debía alejarme de él. Así que a la salida me apresuré para guardar los materiales en la mochila y caminé con rapidez hasta la puerta, pero Atary me detuvo poniendo su mano en mi hombro.

—Espera, Laurie.

Me quedé estática frente a él, con la mirada sobre el suelo. Me sentía impotente por no ser capaz de mirarle a la cara y comprobar que mi hipótesis era cierta. Me imponía. Todavía sentía mis mejillas arder y tuve que tragar saliva para intentar no ponerme más nerviosa.

—Joder, lo siento, de verdad.

—Es porque soy religiosa, ¿verdad? Por mis creencias —respondí enfadada, aun sin mirarle.

Sentía la sangre hirviendo por mis venas. Desde pequeña tuve que soportar constantes burlas y rechazos por parte de mis compañeros, llamándome monja y puritana. A Ana la conocí tiempo más tarde, justo cuando ya me habían hecho pequeña, débil e indefensa. Cuando ya era demasiado tarde y mi autoestima había quedado hecha añicos en el suelo.

—¿Qué? ¿En serio has pensado eso? No fue nada de eso, Laurie. Sé que Katalin no es un angelito precisamente, pero yo nunca te dejaría plantada y menos por algo así.

—¿Entonces? —inquirí mirándole con el ceño fruncido.

—Mi familia me avisó que tenía que irme urgentemente, me necesitaban. No me quedó más remedio que marcharme.

Tragué saliva al sentir su brazo chocar contra el mío. El efímero contacto entre ambos provocó un ligero cosquilleo por mi cuerpo, consiguiendo que mis mejillas se encendieran.

—¿De…, de ve-verdad?

—Claro —respondió atrapándome contra la pared, acelerando mi pulso al sentir su respiración acariciar mi rostro—. No soy un ángel, pero tampoco un demonio. Y no tengo nada contra tus creencias. Mi familia también es creyente, pero no de Dios. Bueno, de tu Dios.

—¿Sí?

—Sí. Por eso lo siento, por haberme marchado así. Sé que tenía que haber avisado, pero era urgente. Se trataba de mi madre.

—¿Está bien? —inquirí preocupada.

—Sí, ahora sí —asintió bajando el brazo—. No volverá a pasar. Te lo prometo.

Asentí mientras mis piernas amenazaban con desmoronarse al temblar como si estuvieran hechas de gelatina. Su rostro se encontraba tan cerca del mío, que podía notar su respiración y su cálido aliento rozando mis mejillas. Me sentía embriagada con el aroma que desprendía su ropa y sus ojos azules me tenían atrapada, hipnotizada. Apenas podía moverme.

—¿E-estás libre esta tarde? Me gustaría…, yo…

Exhalé todo el aire que tenía en mis pulmones después de soltar la pregunta y miré el suelo, roja por la vergüenza. Sentía que la había formulado demasiado rápido y podía burlarse de mí. No teníamos tanta relación.

—Laurie… Sé que estos días me he acercado a ti y hemos conversado, pero creo…, creo que no te convengo. Deberías alejarte de mí. No soy bueno para ti, es peligroso.

—¿Qué? —pregunté alzando la cabeza de golpe, sintiendo que mi corazón latía más deprisa—. ¿Por qué dices eso?

—Es la verdad —suspiró—. No quiero ponerte en peligro.

—¿E-eres peligroso? —musité—. ¿Vas a…? ¿Vas a hacerme daño?

—No, Laurie —respondió en un susurro, mirándome fijamente mientras se aproximaba un poco más—. Pero pueden hacértelo otros.

—Entonces…, protégeme.

—¿Estás dispuesta a pagar el precio que conlleva entrar en mi vida? Porque puede salirte muy caro.

Me aparté de él asustada, no sabía de qué peligro hablaba, pero me daba miedo averiguarlo. Miré a mi alrededor, percatándome de que un chico de pelo negro, ojos grisáceos y una expresión inquietante y sombría nos estaba mirando enfadado, pero desapareció alejándose por otro pasillo de la facultad. Entonces me abracé el cuerpo y me alejé con el paso apresurado sin fuerzas para responderle. Atary me había asustado.

Tengo algo para ti.

Me mordí el labio inferior al ver el mensaje que tenía al encender el teléfono móvil para llamar a mi madre y contarle las novedades. La pantalla me reveló que me lo había enviado Sham.

Extrañada, le pregunté de qué se trataba, pero no me quiso responder. Desvió mi pregunta diciendo que tendría que esperar a quedar con él para verlo en persona. Decidí aceptar solo por averiguar de qué se trataba, la curiosidad era mi punto débil.

—¿Te ha pasado algo? Pareces nerviosa —preguntó Franyelis posando su libro sobre la cama.

Levanté la mirada del móvil y suspiré al recordar la escena vivida con Atary. Aún me daba pavor pensar a qué peligros se refería y por qué iba a traerme problemas estar cerca de él. Pero tenía razón, tenía que alejarme de él y centrarme en mis estudios. Me había distraído demasiado.

—No, solo… No he tenido un bu-buen día —respondí con sinceridad—. ¿Crees que sigue el psicópata suelto?

—Sigo creyendo en la hipótesis de la policía sobre los lobos. Esas mordidas…, no puede hacerlas una persona.

—S-supongo que tienes razón —murmuré, recordando la conversación que tuve con Atary días atrás.

Me levanté y me dirigí hasta la ventana para bajar la persiana. Antes de dormir quería asegurarme de que no volvería a encontrarme con esos ojos pardos, me daban verdaderos escalofríos.

Durante la mañana siguiente, Atary no volvió a acercarse a mí y yo intenté distraerme pensando en otras cosas, aunque me resultaba imposible. Cada rato me encontraba mirándole y me perdía en mí misma pensando por qué me resultaba tan complicado alejarme de él, cuando parecía que para Atary era realmente sencillo. Se pasaba las clases con la misma postura y sus ojos fijos sobre la pizarra, sin apenas pestañear.

Además, Ana volvía a llevar varios días sin aparecer y me preocupaba que se hubiera puesto enferma de nuevo o que se hubiera enfadado conmigo. No era normal en ella. Aun así, decidí ignorar el mensaje de Sham, a pesar de que me moría de ganas por saber qué era eso tan importante que tenía para mostrarme.

Él también conocía a Ana, así que igual sabía algo de ella. Pero no me podía arriesgar, me daba demasiada vergüenza quedar a solas con él cuando apenas le conocía. Por eso, verle apoyado contra una pared, fuera de mi facultad me dejó helada y sorprendida.

—¿Qué tal las clases? —preguntó al verme, alargando su mano para estrecharla.

—Bi-bien. ¿Y…? ¿Y tú?

—Bien, aunque no voy a la facultad. Tengo… Otros estudios —sonrió.

—¿Otros?

—Sí, es algo largo de contar, pero no tiene importancia. Mejor vayamos a un bar cercano. Tengo algo que darte.

—N-no te conozco a-apenas…

—No iremos lejos, lo prometo. Solo quiero mostrarte algo y luego me iré.

Asentí con la cabeza, pensando que estaba cometiendo un error. Aun así, le seguí el paso hasta detenernos frente a una cafetería cercana a la facultad. Al llegar, me quedé observando el cartel. Era *Söderberg*, una de las cafeterías más caras de Edimburgo. Entramos por las puertas mecánicas y nos sentamos en una mesa apartada de madera con aspecto acogedor, esperando a que una chica nos atendiera.

—¿Ana está bien? —preguntó de repente, llamando mi atención.

Abrí la boca, pero no sabía qué decirle, ¿por qué lo preguntaba? ¿Tampoco le hablaba a él? ¿Tan grave era la situación?

—N-no… No lo sé. Llevo varios días sin saber d-de ella.

—Está bien —suspiró—. No te preocupes. Trataré de ponerme en contacto con ella.

Nos quedamos en silencio mirándonos y me revolví en el asiento, incómoda por la situación. Por fortuna no tardó en atendernos una camarera y pude desviar mi atención hacia ella, relajando un poco la tensión de mi cuerpo. Al irse la camarera, aproveché para mirar hacia el asiento de Sham por ver si encontraba lo que tenía que darme, pero estaba vacío, igual lo tenía guardado en su ropa.

—Quieres saber lo que tengo para ti, ¿verdad?

—¿Cómo…?

—No hay más que verte la cara —sonrió—. Ana me ha contado que hay un chico que está muy unido a ti últimamente. Uhm… ¿Atary?

Miré al suelo sonrojada al escuchar su nombre y maldije a Ana mentalmente por haberle contado algo tan privado, apenas le conocía.

—Sí, ¿por qué? ¿Q-qué tiene eso que…, ver?

—Creo que necesitas esto —dijo metiendo la mano en su abrigo.

Observé el objeto que extendía entre sus manos, parecía un libro muy antiguo. El título de la portada apenas brillaba y me costaba leerlo. Además, sus hojas estaban algo amarillentas debido al desgaste del tiempo.

—¿Por qué?

—Léelo y lo entenderás todo. Sobre él y sobre mí. Luego decidirás qué hacer —dijo mirándome con expresión seria—. Y sabes dónde encontrarme si necesitas explicaciones o… Algo más. Guárdalo bien y que nadie más lo vea. Es importante y si acaba en malas manos…, prefiero no pensarlo.

—Es-está bien. Gra-gracias —balbuceé aferrándome al libro.

Volví a casa con el libro abrazado a mi pecho, sintiendo un cosquilleo por mi piel al no saber qué podía encontrarme y la presión de que me lo prestara sin casi conocerme, aun siendo tan valioso. No sabía si se trataba de una broma por su parte o realmente iba a encontrar información sobre Atary y sobre él en un libro tan viejo. Me parecía surrealista. ¿Acaso hablaba de sus ancestros? ¿Sus familias habían sido famosas o algo así?

Decidí dejarlo debajo de la cama y fui al baño a darme una ducha. Después me fui al comedor de la residencia para cenar con otros estudiantes que se encontraban por allí, puesto que era un lugar común, habilitado para todos. Y aproveché para dejarle algunos mensajes a Ana, que seguía sin responderme.

Al regresar a la habitación comprobé que Franyelis estaba dormida y me metí en la cama para hojear el libro que me había dado Sham. Me tapé con el edredón y acomodé el flexo para poder ver las letras del título. Y acariciándolas leí: *El origen de la creación. Volumen I.*

Lo abrí por la primera hoja y me esforcé por leer las letras, que era tan antiguas que resultaban casi ilegibles. Parecía que se remontaba al inicio de la historia, aunque estaba cambiado. La escena del Paraíso donde Dios creaba a Adán a su imagen y semejanza había sido reemplazada por una donde existían dos dioses y juntos crearon a un ángel que decidieron llamar Lucifer, el cual se sublevó por la ambición de desear el trono y amenazó con destruir el plano celestial.

Fruncí el ceño al leer ese fragmento. Entre que estaba exhausta por todo lo sucedido y sentía que estaba leyendo una novela de fantasía, no pude evitar cerrar el libro. Me sentía molesta. ¿Qué tenía eso que ver con Atary y Sham? ¿Acaso había decidido reírse de mí y de mis creencias? Todos sabían que el primer hombre creado por Dios fue Adán. Y no existieron dos dioses, solo uno; nuestro creador.

Miré hacia el pequeño despertador electrónico que tenía sobre la mesita y contuve un grito de horror al darme cuenta que me había pasado la hora de dormir. Adiós a mis ocho horas de sueño rutinarias.

Así que decidí volver a guardarlo bajo mi cama y dejar la lectura para otro momento, cuando tuviera más ganas o estuviera más aburrida y quisiera alimentar mi imaginación con un texto repleto de injurias y falacias. Sham tendría que darme muchas explicaciones acerca de por qué decidió prestarme ese libro. Con ese pensamiento cerré los ojos y todos mis problemas se desvanecieron.

Capítulo IX ✝ advertencias y pesadillas

A la mañana siguiente descorrí la cortina de la ventana de mi habitación y los rayos del sol se colaron con intensidad, iluminándolo todo. No había ni una sola nube, dándonos algo de tregua ante el frío.

Decidí ponerme un jersey y unos vaqueros, sin nada más encima, y me dirigí hasta la facultad para asistir a mi primera clase. Sujeté con fuerza las asas de la mochila y fui mirando hacia todos lados, por si alguien aparecía para intentar hacerme daño.

No sabía a qué tipo de peligro me enfrentaba, ni si eso incluía que hubiera personas interesadas en mí, así que tenía que ser lo más precavida posible. Subí las escaleras esquivando a los estudiantes y fui directa hacia mi asiento, esperando ver a Atary.

Los minutos avanzaron y el resto de compañeros fueron llegando, incluido el profesor, pero ni rastro de él; entonces supe que no se iba a presentar. Intenté centrarme en las explicaciones del profesor, pero mi mirada se desviaba hacia ese asiento vacío, esperando que no le hubiera sucedido nada malo por haberme advertido.

Al final de las clases volví hasta la residencia y decidí descansar un poco en la sala de usos múltiples, donde contábamos con varios ordenadores y una televisión para todos los miembros del edificio. No había nadie usándola, así que decidí poner alguna serie que me distrajera y me hiciera desconectar.

Estaba quedándome dormida cuando la aparición de una periodista en la entrada del *Holyrood Park* me hizo erguirme en el sofá y subir el volumen con el mando. Ese parque estaba realmente cerca de nuestra residencia y no era la primera vez que hallaban ahí un cuerpo.

—El número de víctimas aumenta con la aparición de un cadáver en el interior del parque. El cuerpo fue hallado cerca del lago con la misma mordedura que las otras víctimas. La joven, una estudiante de dieciséis años, al parecer había salido de casa para correr y llevaba horas sin regresar —dijo mientras mostraban el terreno—. La policía recomienda no salir de casa a partir de las siete de la tarde y no pisar las zonas verdes. El parque permanecerá cerrado durante unos días hasta que finalicen las investigaciones. Les estaremos informando.

Me llevé las manos a la boca, provocando que el mando se me cayera al suelo; me sentía helada. No entendía cómo podía estar pasando algo así en Edimburgo y todavía no habían tomado medidas mayores. Barajé la idea de volver a casa con mis padres, pero no podía abandonar mis estudios; mi objetivo era graduarme con la mejor nota posible.

Los murmullos entre el resto de personas que se encontraban en la sala no se hicieron esperar. Varias chicas se habían quedado tan níveas y heladas como yo y un par de chicos trataban de consolarlas y calmar los ánimos. Claro, hasta el momento las víctimas habían sido mujeres, así que fuera quien fuese el asesino parecía que el género masculino no le resultaba interesante.

Aturdida, decidí apagar el televisor y volver a la habitación. Siempre sería más recomendable centrarme en estudiar y rezar por las almas de las chicas fallecidas, además de pedir protección.

Una vez dentro, me senté en la silla y saqué los libros de la mochila, especialmente el de la asignatura que llevaba peor: *Gramática y semántica inglesa*; tendría que esforzarme más si quería mantener mi trayectoria académica intacta. Al abrirlo por la página correspondiente, una nota pequeña apareció y el contenido del mensaje me dejó aún más confundida y preocupada. Era la misma caligrafía de la nota anterior.

No salgas de la residencia esta noche, e impide que tu amiga lo haga. Vuestras vidas están en peligro. La noche acecha.

Arrugué la nota con la mano temblorosa y la tiré al suelo, sin saber muy bien qué hacer. No tenía intención de salir hoy, pero no sabía si Ana lo haría; ni siquiera había logrado volver a verla.

Asustada, encendí mi teléfono móvil sin importarme la regañina de mi madre y tecleé un mensaje para Ana diciendo que necesitaba hablar con ella y era importante, pero no me respondió. Miré la hora en el reloj de la pared; eran las cinco, así que todavía tenía tiempo para seguir insistiendo.

Gruñí al morderme una uña de forma inconsciente. La idea de que se tratara de una broma rondaba por mi mente. Con todo el asunto de las chicas fallecidas y las noticias se había formado un gran revuelo y los nervios empezaban a alterarnos, a todos. Pero si sumaba a todo esto la conversación mantenida con Atary y la aparición de ese dichoso gato negro, no quería arriesgarme a ser la próxima víctima. Prefería prevenir la situación.

Me acerqué para mirar por la ventana mientras intentaba llamar a Ana por segunda vez, sin éxito; me saltaba el buzón de voz. Nerviosa, solté el teléfono sobre la cama y me sobresalté al escuchar la puerta de la habitación abrirse.

—He llegado.

Me llevé la mano al corazón ante el susto de escuchar la voz de Franyelis. Ella me miró extrañada al ver cómo empezaba a palidecer. Observé cómo dejaba sus cosas sobre la cama y se sentó en ella para analizarme antes de preguntar.

—¿Estás bien? Parece que has visto un fantasma.

—Ha habido otra víctima —musité—, y…

Señalé la nota. Franyelis la recogió con sus finos dedos y la miró arrugando el ceño. Entonces posó en mí sus ojos color café.

—¿Es la misma letra de la nota anterior?

—S-sí, eso creo.

Me protegí el cuerpo con los brazos mientras Franyelis la observaba de nuevo con detenimiento, para después mirarme a mí, guardando la nota en el bolsillo de su pantalón.

—No sé, Laurie. Yo creo que solo se trata de una broma de mal gusto por parte de algún estudiante que se cree gracioso. La residencia está protegida y no tiene sentido que vayan a por Ana o a por ti. Me parece ilógico —respondió—. Creo que están aprovechándose del pánico general que se está formando y alguien quería reírse. Alguien estúpido e insensato, a mi parecer.

—Tengo que encontrar a Ana —murmuré—. No quiero correr riesgo.

—Seguramente pensará igual que yo, Laurie. ¿No sabes dónde está?

—N-no. Llevo días sin verla.

—Deberías darte prisa, pronto empezará a oscurecer —dijo mirando por la ventana—. Se avecina el frío.

Suspiré y decidí salir de mi edificio para dirigirme hasta el de Ana, tratando de recordar el número de su habitación. Subí las escaleras en silencio, esperando que estuviera dentro y me abriera. Ya en la puerta la golpeé en repetidas ocasiones, llamándola, pero nadie me respondió. Me quedé en silencio para tratar de escuchar, por si acaso estaba ignorándome; pero no oí ningún ruido. Parecía que no había nadie.

Decidí buscarla por el resto de instalaciones. Quizá había optado por distraerse mirando la televisión o comiendo algo en el comedor, pero nada. No había ni rastro de ella. Me quedé un rato esperando en la entrada cuando miré el reloj, eran casi las ocho y la mayoría de estudiantes ya se habían marchado.

Sentí un escalofrío. No sabía dónde estaba Ana, pero ya debería de haber vuelto a la residencia, pues la oscuridad había llegado a la fría ciudad de Edimburgo. Exhalé el aire que tenía retenido en mis pulmones y cerré la puerta principal de su edificio, esperando llegar pronto al mío.

El camino no era muy largo, pero tenía que dirigirme sola por una estrecha y solitaria carretera, repleta de vegetación. Estaban siendo los minutos más agónicos y terroríficos de toda mi vida, cada sonido que escuchaba ponía mis sentidos alerta, erizando el vello de mi piel.

Entonces escuché un ruido. Otra vez parecía el sonido de alguien pisando unas ramas. Me detuve para mirar de un lado a otro, sintiendo cómo mi corazón se aceleraba, amenazando con salirse del pecho y el ritmo de mi respiración se incrementó. Unos arbustos cercanos se habían movido y creí haber visto una silueta oscura.

Empecé a correr. Quería gritar para pedir ayuda, pero el miedo había bloqueado mis cuerdas vocales y no había nadie cerca que pudiera auxiliarme. Luché con todas mis fuerzas para intentar mover las piernas más rápido al sentir cómo alguien se acercaba a gran velocidad hasta mí, pero fue difícil, no tenía gran resistencia física y cuando tenía miedo los nervios me congelaban. Entonces me tiraron al suelo.

Sollocé asustada al ver cómo alguien, seguramente un hombre, me arañaba con sus uñas afiladas, tratando de desgarrar mi ropa. Su fétido aliento me nublaba la vista y tuve que tratar de contener una arcada, mientras me removía para tratar de escapar; pero era imposible. Ese monstruo me tenía sujeta gracias a sus huesudos y alargados dedos.

Varias lágrimas se deslizaron por mis mejillas al asimilar lo que iba a suceder. Ese hombre me iba a violar, o matar, o ambas cosas. Y nadie se iba a enterar. Iba a morirme por culpa de no hacer caso a las advertencias y tratar de socorrer a la única amiga que tenía y había dado la cara por mí.

Fue entonces cuando la luna iluminó los ojos de mi agresor, y estos brillaron con un tono rojizo, como si estuvieran inyectados en sangre. Su boca se abrió mostrando unos afilados colmillos, que amenazaron con llegar hasta mi piel. Y eso me dio fuerzas para implorar auxilio, tenía que luchar, aunque fuera por última vez.

—So…sssoco…sssocorro —musité con un hilillo de voz, con más lágrimas deslizándose por mis mejillas. Me sentía frustrada por ser incapaz de gritar, el miedo me tenía bloqueada.

Me sobresalté al ver cómo el peso que ejercía ese hombre encima de mí se desvanecía y me llevé las manos temblorosas a la boca al apreciar la silueta de Atary, gracias a la luz que emitía la luna. Había aparecido de repente y estaba forcejeando con ese hombre unos pasos más allá, hasta que se giró y sus ojos se encontraron con los míos.

—¡Vete, Laurie! —chilló furioso—. Métete en tu residencia, ¡Vamos!

—A-Atary… —balbuceé con el cuerpo helado por el miedo—. Ess…ese ho-hombre…ese…

—¡Joder! —chilló dándole un puñetazo, tratando de buscar algo—. ¡Apúrate, Laurie! Tienes que huir ¡Pueden venir más!

Me levanté como pude con las piernas débiles mientras veía a Atary deshacerse de su chaqueta. Sentía un frío inmenso helando mi piel, impidiéndome usar los músculos como debería. No podía despegar mi mirada de ese hombre, esa bestia que luchaba contra Atary, intentando acabar con él.

Corrí como pude por el camino verdoso, intentando no mirar atrás y que el aire que me quedaba no me fallara; no quería desvanecerme. Cuando observé el letrero de mi edificio, suspiré, y empecé a buscar mi tarjeta conteniendo un sollozo. Al encontrarla me apresuré en meterla en la ranura y me dejé caer contra el suelo, arrastrando la puerta para cerrarla, respirando al ver que estaba a salvo.

Atary me había salvado y, aunque una parte de mí me gritaba que ese hombre no era humano, no podía creérmelo. Los monstruos no existían, ¿o sí? No, eso era imposible. Vivíamos en el mundo real; en el lógico y sensato mundo real y esas criaturas eran un mero producto de los libros de ficción y las películas de terror. Nada más.

Subí corriendo las escaleras y me arrastré como pude hasta el baño para vomitar todo el alimento que llevaba dentro. Después me metí en la cama sin parar de sujetar mi dije, y recé por Atary, esperando que estuviera bien. En ese momento lamentaba no tener su número para asegurarme.

A la mañana siguiente encontré a Ana sentada en la mesa de siempre, en el comedor de la facultad. Sentí cómo me hervía la sangre al verla tan tranquila, comiéndose un bocadillo de pollo, sin centrarse en nada más, cuando yo me encontraba agotada y aterrada. No había podido pegar ojo en toda la noche pensando en lo sucedido el día anterior. Y en lo que pudo haberle pasado a ella.

Me senté a su lado sin decir nada, mirándola fijamente, y dejé caer la bandeja sobre la mesa para llamar su atención. Tenía fe en que se diera cuenta de que lo que hacía estaba mal, ni siquiera se dignaba en darme alguna explicación sobre sus misteriosas desapariciones. ¿Me estaba evitando?

—¡Laurie! —Me saludó como si nada, al percatarse de mi presencia—. Tengo algo que decirte.

—Yo también —murmuré con el ceño fruncido y la cara pálida—. ¿Dónde has estado estos días?

Observé cómo suspiraba y dejó el bocadillo sobre el plato, apartándolo a un lado. Sus ojos me miraron sin pestañear y jugueteó con los dedos, repiqueteándolos contra la mesa, antes de cerrarlos en un puño.

—Sobre eso quería hablarte, Laurie. No podré asistir a las clases durante un tiempo..., ni..., Ni siquiera sé si podré regresar a la facultad. Tengo que ausentarme, temporalmente.

—¡¿Qué?! —exclamé atónita, olvidándome por un momento de mi problema principal—. ¡¿Por qué?!

—No...no puedo decirte más, Laurie. Sé que es algo repentino y que llevo un tiempo algo rara, pero es importante. Es lo mejor, para las dos.

—¿Para las dos? —Pregunté sin entender nada—. ¿Cómo va a ser lo mejor para las dos? ¿Por qué es tan secreto? ¿Por qué desapareces y a mí no paran de sucederme cosas extrañas? Yo..., no entiendo nada, Ana. De verdad que no entiendo qué está pasando, pero tengo miedo. Y que tú me abandones ahora...

—¿Qué te ha pasado? Estás más pálida que de costumbre y tienes unas ojeras preocupantes.

Sus ojos oscuros me miraron expectantes, con la boca entreabierta y su frente arrugada. Miré a nuestra derecha, donde Atary se encontraba sentado con Katalin y otro chico, uno que recordaba haber visto antes, del mismo color de cabello que él e inquietantes ojos grisáceos.

Pasé toda la noche en vela recordando una y otra vez lo sucedido. Los colmillos de ese extraño hombre hacían tambalear mi estabilidad mental, pues intentaba refugiarme en que tuvo que ser producto de mi imaginación, alguien así no era posible que existiera.

Solo me había atrevido a acercarme hasta Atary para darle las gracias, pues él mismo me había advertido que nuestra cercanía me iba a traer problemas y era lo que menos quería. Me aterrorizaba que los peligros aumentaran.

—Anoche..., me atacaron. Alguien me atacó —dije tragando saliva, tratando de suavizar mi temblor—. Yo..., no sé qué quería de mí, ni por qué. Q-quizá... Quizá sea el psicópata loco que asesina a las jóvenes y yo iba a ser la siguiente.

—¿Qué? —chilló Ana en voz baja, con los ojos abiertos de par en par—. ¿Qué estás diciendo, Laurie? ¿Dónde diablos estabas?

—Recibí una nota. Decía… Decía que no saliera de la residencia y que tú tampoco lo hicieras. Fui a buscarte a tu habitación, pero no estabas. Te esperé, se me hizo tarde y… Oscureció. Entonces esa persona me atacó. Parecía una bestia salvaje, Ana; tenías que… No, no tenías que haberlo visto. Por suerte Atary apareció y me salvó. Si él no hubiera aparecido, entonces…, y-yo… Estaría muerta. De eso estoy segura.

Miré su rostro atónito y desencajado, para luego observar de reojo a Atary. Estaba mirándome con aspecto preocupado y serio. Aparté la mirada y me centré en Ana, quien había mirado a Atary con expresión seria y fría.

—Tienes que alejarte de él, Laurie —me advirtió.

—Te acabo de contar todo lo sucedido, ¿y lo único que eres capaz de decirme es eso? ¿Que me aleje de él cómo tú lo estás haciendo de mí? De verdad que no te entiendo. No entiendo nada. ¡Nada de esto tiene sentido! Dime que es una maldita broma.

Me desplomé sobre el asiento y Ana me miró con tristeza, pero no dijo nada. Luché contras las lágrimas que amenazaban con brotar de mis ojos y me sorbí la nariz, asustada. No sabía qué esperar a partir de ahora. Desde que la conocí, nunca me había separado de Ana. Sin ella volvería a sentirme sola e insignificante.

—Lo siento, Lau. No puedo decirte nada, pero tarde o temprano lo entenderás —dijo antes de levantarse del asiento—. Pero no dudes de que te quiero. Somos amigas.

—Eso creía yo —susurré mientras la veía desaparecer—; pero parece que me equivoqué.

Me quedé con la mirada perdida, observando a distintos estudiantes salir y entrar del comedor, como minutos antes había hecho Ana. Estaba tan absorta, sumida en mis desgracias, que me sobresalté cuando escuché una voz grave y rasgada que tan bien conocía ya.

—¿Podemos hablar?

Capítulo X † ¿Confías en mí?

Asentí y le seguí fuera de la universidad, hasta la cafetería de mi residencia. Atary se movía a mi lado con una chaqueta negra y unos pantalones oscuros, acomodando su cabello despeinado. A cada poco, podía notar cómo me miraba de reojo, pero los dos nos quedamos en silencio mientras mi corazón latía acelerado por lo que podía suceder a partir de ahora. Intentaba mentalizarme y pensar que era fuerte, pero por dentro sabía que era todo lo contrario; era débil y pequeña. Además, estaba aterrorizada.

Al llegar a la cafetería me quedé observando el interior. Aparte de nuestros pasos al entrar, solo se escuchaban los murmullos de un grupo de amigos sentados en una de las mesas redondas, situada en una de las esquinas, y la voz de una presentadora que hablaba por el televisor situado en uno de los laterales. Además, una de las camareras conversaba despreocupada por su teléfono móvil, con sus anchos brazos apoyados en la barra, mientras que otro se dedicaba a limpiar una cafetera mientras silbaba una melodía.

Ya no sabía si hacía bien en quedarme a solas con él después de lo sucedido. Aunque, pensándolo fríamente, me había salvado. Le debía el beneficio de la duda. En caso de que algo sucediese, podía gritar y ellos podrían ayudarme. Con ese pensamiento traté de infundirme ánimos y nos acercamos frente a una mesa situada cerca de una de las ventanas, cuyas vistas daban a la residencia.

—Bien. Todo esto... —espetó de golpe al sentarse y carraspeó—. Es complicado.

—¿Q-qué? ¿Qué me atacó?

Observé cómo tragaba saliva y giró su rostro en dirección al cristal, arrugando el ceño antes de mirarme fijamente con sus intensos ojos azules.

—Sabes que todo esto es peligroso. Te advertí que estar a mi lado iba a traerte problemas, Laurie... ¿Por qué? ¿Por qué sigues aquí? —susurró atrapando mi mano— No quiero que te suceda nada y anoche...

—Porque... No sé explicarlo, Atary —suspiré, jugueteando con mis mangas. Notaba como mis mejillas se acaloraban y eso me producía mayor nerviosismo—. N-no sé por qué, pero..., me resulta imposible alejarme de ti. N-no... No me reconozco.

Miré en dirección al suelo. En el fondo sabía que si no podía alejarme de él era porque estaba empezando a desarrollar sentimientos. Me gustaba. Me gustaba tanto, que me resultaba complicado disimularlo, pues siempre se ganaba mi atención. Poco a poco se había metido en mis pensamientos y me avergonzaba admitirlo. Si lo hacía, significaba reconocer que había fallado a mis padres, pues Atary era todo lo contrario a lo que ellos esperaban para mí; a lo que yo misma esperaba. Y de ser peligroso...

—Soy egoísta —musitó, haciéndome levantar la cabeza para mirarle—. Debería dejar que te olvidaras de todo. Lo mejor sería sacarte de mi vida y permitirte continuar la tuya sin..., problemas, sin peligros, sin nada. Como siempre —suspiró antes de tragar saliva—, pero siento la necesidad de cuidar de ti. Aunque me cueste reconocerlo, también me resulta imposible alejarme.

Sonreí nerviosa. Mi cuerpo reaccionó creando mariposas en el estómago y un cosquilleo recorrió con fuerza mi piel, haciéndome arder. Cerré mis manos en un puño y contemplé cómo relamió su labio inferior antes de aproximarse un poco más a mí y acercar su mano para acariciar mi mejilla con su pulgar. Mis ojos conectaron de forma inmediata con los suyos, haciéndome sentir en otra dimensión, donde nadie más existía. Solo él.

—Eres tan..., pura —musitó, deslizando su pulgar hasta mi labio inferior—. Que atraerás muchos peligros. Muchos pondrán los ojos en ti e intentarán hacerte daño, pero soportaré cualquier problema que venga con tal de que estés a salvo. Te protegeré, Laurie.

El vello de mi piel se erizó al notar la intensidad con la que pronunciaba las últimas palabras y aún más al notar la presencia de la camarera, así que me incorporé sobre el asiento bajando la mirada. Escuché cómo preguntaba qué queríamos y dejé que Atary respondiera en mi lugar, cualquier cosa estaría bien.

Estaba en *shock* y mi cabeza no paraba de pensar en la intimidad a la que estábamos llegando, pero sobre todo en la presencia de esa persona que había tratado de atacarme, cuando entonces apareció Atary de la nada y me salvó. ¿Qué era? ¿Realmente podía ser...?

—¿Q-qué era lo que me atacó? ¿Qué quería?

—¿Qué puede querer alguien que se abalanza hacia tu cuello en mitad de la noche? Sé que recuerdas lo que sucedió. Era como un animal salvaje, una bestia —insinuó sin pestañear y después de un agónico silencio añadió—: Piénsalo. Yo sé que tu mente baraja una palabra. Una que cuesta mucho asimilar.

Sus palabras provocaron un escalofrío que heló toda mi piel y mi labio comenzó a temblar de forma descontrolada, a la par que mis manos. Varias imágenes llegaron a mi mente, recordándome los ojos inyectados en sangre, sus colmillos afilados, sus manos huesudas apretando mi piel; haciéndome daño.

Miré a mi alrededor al sentir que mi pulso se aceleraba y mi garganta se quedaba completamente seca. Sentía que me estaba ahogando y cada vez me costaba más respirar. Asustada, sujeté mi dije apretándolo con los dedos y susurré una oración, tratando de protegerme. Tenía que tratarse de una broma, una maldita broma.

—N-no es verdad. Es imposible que... Que sea... —balbuceé en tono agudo tratando de levantarme, ignorando mis piernas de gelatina—. Los vampiros no existen. Ni los hombres lobo.

Di un respingo al ver cómo Atary sujetaba mi brazo con firmeza para detenerme, mi corazón latió a tal velocidad que pensé que se me iba a salir del pecho. Parecía que me miraba con preocupación, pero la expresión de su rostro se mantenía neutral, impasible.

—Por favor, Laurie; cálmate. Sé que es difícil creer lo que acabo de decirte, pero estamos en un lugar público y no es conveniente armar un escándalo —susurró.

Contemplé el sitio donde estábamos. El grupo de amigos seguía conversando sin percatarse de nuestra existencia y los camareros continuaban su trabajo de forma despreocupada. Exhalé todo el aire que tenía retenido en mis pulmones antes de asentir con la cabeza y volver a sentarme en la silla de madera, temblando como una hoja.

Los vampiros no podían existir, ni los hombres lobo. Fuera lo que fuese, ambas eran criaturas ficticias creadas para causar terror en las personas. Nada más. Tenía que haber otra explicación razonable.

—Esto es una broma, ¿verdad? Tú...tú viste que era débil y...y decidiste burlarte de mí —espeté de forma atropellada—. Todo esto es una..., maldita broma.

—Ojalá lo fuera, pero tú viste mejor que nadie cómo ese vampiro te atacó. Iba a matarte si no hubiera intervenido.

«Vampiro...» Esas siete letras vibraban en mi mente, torturándome. Una parte de mí quería creerle, pero la otra se negaba a asimilar que podían existir monstruos como ese. Y si mi padre me entregó el dije... ¿Él sabía cuál era el verdadero peligro que acechaba por Edimburgo?

Entonces miré a Atary fijamente y tragué saliva. Su piel pálida me recordaba al mármol y sus ojeras oscuras brillaban con la luz artificial de la lámpara colgada en el techo. Su pelo oscuro le daba un aspecto salvaje, y ese tatuaje... Le hacía más intimidante de lo que ya era. Esas facciones duras, esa altura y aspecto misterioso, ese aire altivo y superior. ¿Podía ser eso posible?

—Tú… —tragué saliva. Me costaba expresar la pregunta que tenía rondando por mi mente. Me atemorizaba su respuesta—. ¿También eres un vampiro?

—No —sonrió, dulcificando su rostro al formarse un hoyuelo en sus mejillas—. Pero no soy del todo… Humano.

—Entonces… ¿Q-qué eres? —pregunté angustiada, escuchando los latidos de mi corazón.

Atary miró a nuestro alrededor con el ceño fruncido y se revolvió incómodo en el asiento al observar cómo la camarera de antes pasaba a nuestro lado para posar sobre nuestra mesa las bebidas, asustándome a mí al sentir su presencia. Estaba demasiado inquieta por la respuesta que estaba a punto de darme.

—Será mejor que esta conversación la tengamos en un sitio más privado —susurró—. La gente es demasiado curiosa y esto es muy importante y confidencial. Prefiero no arriesgarme. De hecho, me la estoy jugando mucho al estar aquí, contigo. Les prometí que me alejaría de ti.

—¿Les? ¿A quién…?

—Mi familia —respondió de forma escueta—. Así que conversemos sobre temas más triviales mientras tomamos esto y después nos vamos. Cuando estemos solos te lo explicaré todo, lo prometo.

Acepté con la cabeza y bebí un sorbo largo de mi chocolate caliente, lo que me llevó a posarlo de nuevo sobre la mesa en un golpe seco al sentir la punta de mi lengua arder. Gruñí. No quería armar otro espectáculo intentando enfriarla con la mano, pero era una sensación muy molesta. Atary, mientras tanto, revolvió su café con una cucharilla metálica sin dejar de observarme.

La situación me estaba sobrepasando y ni siquiera sabía qué hacer ahora ni cómo debería reaccionar. La cabeza me daba vueltas pensando qué podría ser entonces. Si los vampiros existían de verdad, ¿qué era lo siguiente? ¿Licántropos? Me encontraba en una situación tan surrealista que me costaba centrarme.

Traté de disimular soplando el chocolate de mi taza de porcelana, pero él se encargó de disipar la tensión incómoda que se había formado entre los dos haciéndome alzar el mentón para mirarle de nuevo.

—¿Tienes alguna amiga más aparte de Ana? Últimamente te veo..., sola.

—No —me sinceré, antes de probar a dar otro sorbo y suspiré—. Ana es o..., era mi única a-amiga.

—¿Era?

—Parece que n-no soy suficiente para nadie...

—No, Laurie —respondió dibujando una sonrisa amable con sus labios—. Tú eres mucho más que suficiente. Solo tienes que creértelo.

Fui incapaz de contestarle algo decente, pues sentía que solo me lo había dicho para intentar animarme, así que gasté los minutos degustando el dulce sabor del chocolate. Atary tampoco intentó decir nada más. Nos mantuvimos en silencio el tiempo que nos llevó terminar lo que habíamos pedido, escuchando únicamente murmullos de mesas ajenas y ruidos provenientes de la barra, donde los camareros preparaban los pedidos de los clientes que poco a poco iban llegando.

Atary estaba absorto observando tras la ventana, con su cuerpo apoyado en el respaldo, y yo no podía despegar la vista de mi taza vacía, pensando en todo lo sucedido. Nunca me había enfrentado a una situación así y mucho menos a un chico amable que no intentaba hundirme con sus palabras. Él era misterioso, pero atrayente a la vez. Me hacía sentir real, no invisible, como otros habían logrado. ¿Serían sinceras sus palabras? ¿De verdad estaría a salvo teniéndole a mi lado?

—¿Nos vamos? —preguntó de repente, sobresaltándome.

Asentí y arrastré la silla para levantarme cuando una silueta pasó en ese momento a nuestro lado, saliendo por la puerta de cristal de la cafetería. Caminó deprisa y apenas pude ver su figura, pero hubo algo completamente reconocible que capté segundos antes de que desapareciera; su pelo castaño y desenfadado seguido de unos ojos con heterocromía que miraron a Atary con infinito odio.

Llegamos a mi habitación después de un paseo un poco extraño. Atary se esforzó por desviar mi atención haciéndome más preguntas triviales y yo intenté mantener el tipo, con la incertidumbre envolviéndome al no saber todavía qué diantres podía ser él. ¿Qué otras criaturas podían acechar a nuestras espaldas?

Por suerte, Franyelis no estaba, así que me quedé de pie con los brazos cruzados mientras observaba a Atary acomodarse, sentándose en una esquina de mi cama. Le miré expectante. Cada movimiento que daba incrementaba los latidos de mi corazón y mis nervios, que aumentaban a medida que vacilaba y me miraba con intensidad.

—No debería decírtelo —dijo de repente, pillándome desprevenida—. No debería involucrarte en algo así. Es…

—Por favor. Me…, me lo prometiste.

Su suspiro paró durante unos segundos mi corazón y el vello de mi piel empezó a erizarse. Él seguía mirándome fijamente cuando titubeó y pronunció algo inteligible, antes de desvelarme lo que tanto tiempo llevaba esperando.

—Soy un *dhampir*.

—¿¡Un qué!? Todo esto…

—Soy mitad humano, mitad vampiro —me frenó—. Nuestro deber es protegeros de sus ataques. Velar por vuestra seguridad.

—¿¡Bebes sangre!? —pregunté alarmada, retrocediendo hasta acabar chocando con la pared.

—No, no. Puedes quedarte tranquila. Aunque si es verdad que produce un efecto extraño en nosotros, me aturde. El olor de la sangre es realmente intenso —suspiró, clavando sus ojos azules en mí—. Soy tan humano como el resto, pero tengo habilidades propias de los vampiros como mayor velocidad, fuerza, olfato y vista. Por eso pude enfrentarme a él y por eso estar a mi lado es peligroso, Laurie —suspiró—. Yo cazo vampiros.

Me quedé inmóvil, con la espalda pegada a la pared y los ojos excesivamente abiertos. Mis labios temblaban de forma descontrolada y no era capaz de pronunciar algo audible, solo podía mirarle como si me hubiera dado de bruces con un fantasma. Era demasiada información para asimilar y, aunque al principio pensaba que se trataba de una broma, la seriedad de sus palabras y la preocupación de su rostro me hacían creerle. Parecía sincero y esa bestia sin duda no me había parecido humana.

—Laurie, ¿estás bien? —preguntó con preocupación, acercándose hasta mí para atrapar mi mano con la suya.

—Todo esto… Me supera, Atary. Ya no sé qué hacer.

—Me mantendré a tu lado, te velaré desde las sombras —susurró, apretando mi mano con firmeza—. No dejaré que nada te suceda mientras pueda evitarlo. Te lo prometo.

—¿Y qué pasará a partir de ahora?

—No puedes confiar en nadie, Laurie —sentenció—. Los vampiros ocultan su mejor cara tras una apariencia amable. Nunca sabes quién puede serlo hasta que te muerde y…, ya es demasiado tarde. Tus amigos, tus familiares, las personas de tu entorno… Cualquiera puede tener una máscara. Mantén los ojos bien abiertos y no subestimes a nadie.

—Me… Me estás asustando —balbuceé abriendo los ojos, apartándome de él.

—¿Confías en mí?

—Sí —musité.

—Entonces no olvides mis palabras, o te conducirán a la perdición.

Dos días más tarde decidimos quedar en mi habitación para hacer un trabajo. Franyelis iba a ausentarse, así que tendríamos intimidad para poder concentrarnos y hacerlo lo mejor posible. Cuando mi madre preguntara por el día de hoy, le contaría que estaba haciendo un trabajo con un compañero; pero me ahorraría los detalles de explicarle el lugar y que era semihumano, cuyo objetivo principal era protegerme porque me sentía unida física y emocionalmente a él y era incapaz de alejarme. De esa forma no tendría que mentir, pues eso era pecado y así no me sentiría mal. Todos saldríamos ganando.

Intenté acomodarme el cabello al escuchar los golpes en la puerta y traté de alisar la falda de tubo que llevaba puesta con el jersey. No sabía cómo actuar a partir de ahora con él, ni en qué situación nos encontrábamos. ¿Estábamos juntos? ¿O solo éramos amigos? ¿Le gustaba?

Cerré los ojos e inspiré profundamente antes de llevar la mano hacia el manillar y girarlo para abrir. Frente a mí estaba Atary, apoyado contra el marco de la puerta, con una camiseta blanca tapada por una cazadora de cuero y unos vaqueros oscuros ajustados, que incrementaban el azul de su mirada.

Me mordí el labio inferior y aspiré con disimulo el aroma que desprendía su ropa antes de apartarme ligeramente para dejarle pasar. Su presencia ocupaba toda la estancia y se movía con facilidad, sentándose sobre mi cama para sacar los materiales de su mochila.

—¿Estás mejor? —preguntó, analizándome con la mirada.

Asentí con la cabeza, sabiendo a qué se refería. Todavía trataba de digerir el mundo en el que me estaba metiendo y las consecuencias que eso traería. Tenía miedo. Estaba confusa y algo perdida, pero sabía que me resultaba imposible alejarme de él. Atary era lo único que me quedaba en Edimburgo.

—Mi familia quiere conocerte —dijo con voz vacilante, mordiendo su labio inferior—, espero que no te importe. ¿Mañana?

—¿¡Mañana!? —exclamé con la boca abierta—, pero eso es…es…

—Muy precipitado, lo sé. Se lo dije, pero mi madre se pone muy pesada —suspiró—. Solo serán unas horas por la mañana, después te dejaré en la residencia.

—¿Por qué? ¿Somos…? —me sonrojé, incapaz de terminar la pregunta.

—¡No! —exclamó, haciéndome desear que me tragara la tierra—. Joder, quiero decir que aún es muy pronto. Prefiero ir despacio —suspiró—. Pero mi madre estableció unas reglas a seguir para mantenernos al margen y he quebrantado una de ellas al decidir permanecer a tu lado y protegerte. Así que te quiere conocer, si no es una molestia para ti.

Le observé en silencio. Su expresión parecía sincera y me miraba expectante, como si realmente mi respuesta fuera importante para él. Jugueteé con mis mangas al asimilar sus palabras. Si se había enfrentado a su madre y quería conocerme significaba que le interesaba de verdad. Atary afloraba en mi interior unos sentimientos que hasta ahora desconocía, así que no quería defraudarle, pero la presión de conocer a su familia era demasiado. Me aterraba.

—P-pero tengo que ir a misa, Atary. Y…

—Por favor, Laurie —suplicó—. Hazlo por mí. Para mi familia es importante la discreción y estoy exponiendo a todos al permitirte entrar en mi vida. ¿No tienes curiosidad por conocer el castillo por dentro? Puedo enseñarte todos los rincones que esconde.

—¿El cas…, castillo? ¿Qué castillo?

—El de aquí, claro —sonrió—. Vivo ahí.

—¡¿Vives en el castillo?! P-pero si eso cuesta…, es…

—Perteneció a mis antepasados y mi familia tiene dinero, bastante —explicó—. Nuestro apellido es muy conocido e importante en Hungría. Así que no nos resultó complicado instalarnos aquí. ¿Aceptas?

—Ay, Dios… Atary. Eso es…, es…, me abruma. Es tu familia y yo…, yo soy…, —suspiré—. No sé si…, no sé si será una buena idea.

—No pasará nada, de verdad. Yo te protegeré y me mantendré a tu lado pase lo que pase.

—E-está bien —suspiré, a punto de desmayarme—. Me lo pensaré, pero a-ahora vamos a ponernos con el trabajo.

Estuvimos un par de horas centrados en los libros y los folios que teníamos delante, organizando la estructura del trabajo y en qué partes nos centraríamos, pero con Atary era sencillo. Sabía desenvolverse y era inteligente, sabía qué decir y qué comentar en cada apartado.

Después decidimos hacer una pausa y fui hasta la sala de usos múltiples para sacar un café de la máquina para él. Al llegar a la habitación me quedé embobada observando cómo escribía con cautela, juntando sus cejas oscuras en una perfecta línea recta y caminé sin fijarme que la alfombra que habíamos puesto recientemente tenía una esquina doblada.

—¡Ay!

Al levantarme del suelo contemplé como el contenido del vaso de plástico se había vertido sobre su camiseta y Atary me miró tratando de contener una sonrisa divertida, ofreciéndome la mano para levantarme.

—Lo-lo siento. Yo soy…, soy una torpe —admití avergonzada.

—No te preocupes, tiene fácil solución.

Mi sangre entró en ebullición al observar cómo se quitaba la camiseta a cámara lenta y quedaba con el torso desnudo, mostrando su nívea piel y su delicada musculatura, que comenzaba a aparecer formando unas delgadas líneas cerca de su ombligo, bajando por el pantalón.

Tragué saliva y meneé la cabeza intentando recuperarme del *shock*. «Por favor, Señor, no dejes que caiga en la tentación al verme sucumbida por el pecado de la carne» supliqué, «imagino que será una señal, pero sé que debo mantenerme firme y recta, no me dejes tener pensamientos pecaminosos».

En mi mente no dejaban de resonar las palabras de mi madre: «Nada de fiestas, nada de chicos, nada de relaciones. Céntrate en tus deberes religiosos y académicos. .Confío en ti, Laurie. Tú no eres como las demás». Durante este tiempo siempre había cumplido sus reglas, pero estas comenzaban a quebrarse, provocándome remordimientos.

—¿Estás bien?

—S-sí, voy a por algo para limpiarlo.

—No hace…

No le dejé continuar. Cerré la puerta de la habitación y bajé las escaleras con rapidez para llegar al servicio de lavandería que teníamos, un habitáculo pequeño con recipientes, agua y detergente para lavar ropa a mano. Apoyé mis manos contra la fría encimera y cerré los ojos para tratar calmar mis hormonas revolucionadas. Cuando por fin lo había conseguido, subí de nuevo y abrí la puerta, encontrándome a Atary semidesnudo, tumbado sobre mi cama con un libro entre las manos.

—¿Es tuyo? —preguntó mostrándome la portada.

—N-no. Es de mi compañera d-de habitación, Franyelis —respondí avergonzada.

Percibí cómo su frente se arrugaba ligeramente y miraba hacia la otra cama con curiosidad, antes de asentir con la cabeza y dejar el libro a un lado con gesto divertido.

—¿L-la conoces?

—Sí, hace la misma carrera que mi hermano Nikola.

—No sé si estoy preparada p-para conocer a tu hermano —admití—. Y tus otros hermanos…

—Se comportarán —dijo mirándome fijamente—. No te preocupes por eso, de verdad.

Me aproximé lentamente hasta la cama, quedándome sentada en una esquina, y le miré de soslayo mientras jugueteaba con las mangas de mi jersey. No podía pensar con claridad teniéndole así en mi habitación, recordándome que después tendría que leer un pasaje de la Biblia. Además, no estaba contenta por faltar a misa, pues eso equivalía a quebrar otra de mis obligaciones; pero tenía curiosidad por conocer a su familia, esa que parecía guardar muchos secretos y sabía cosas inimaginables, aquellas a las que a nadie se le ocurriría pensar. Al final no tendría más remedio que acceder.

CAPÍTULO XI ✝ NİKOLA

Gruñí frustrada al escuchar el molesto sonido del reloj que tenía sobre la mesita y subí un poco la persiana de la habitación para dejar pasar los primeros rayos de sol. Era temprano para ser un domingo, pero querían que me uniera a su desayuno y no me pude negar.

Me dirigí a la ducha entre bostezos y salí minutos más tarde envuelta en una toalla, mirando el armario empotrado con inquietud, sin saber qué ponerme, puesto que mi madre no estaba para supervisar. Observé de soslayo la mesita donde guardaba el móvil y barajé la posibilidad de escribirle, pero deseché la idea en cuanto recordé que se pondría como loca al que mencionar la palabra chico, y más si le viera en persona. Seguramente se desmayaría del susto.

—¿Vas a algún lado? —preguntó Franyelis medio adormilada desde su cama.

—Sí. Atary me ha…, i-invitado a desayunar a s-su casa.

—Uuhhh —dijo con una sonrisa incorporándose de la cama, abrazando la almohada—. Eso suena prometedor.

—N-no es para tanto —contesté, tapándome con la puerta del armario para esconder el rubor de mis mejillas y murmuré—. Solo es un desayuno.

—No me parece un chico que invite a muchas chicas a su casa.

—M-más bien parece de los que se cansan d-de la chica al día si-siguiente —suspiré.

—Pero contigo no lo ha hecho —replicó señalándome de forma acusatoria—. Deberías darle una oportunidad, puede que no sea como los demás y te sorprenda.

«Si tú supieras…», pensé mientras cogía un jersey negro con unos pantalones a juego del armario. «Es mucho más que diferente y…, sorprendente».

—E-está bien, tú ganas.

—¿Quieres que te maquille? Ya que me he desvelado.

—Pero yo…, ta-tampoco quiero…

—No será nada llamativo, lo prometo. Solo acentuaré tus rasgos, tienes unos ojos bellos.

—Gracias —musité.

Media hora más tarde ya estaba vestida y maquillada. Al mirarme en el espejo comprobé que Franyelis había hecho un buen trabajo. El maquillaje había acentuado el tono azulado de mis ojos y mis labios parecían más carnosos. Además, las pecas seguían siendo visibles y mi nívea piel me mostraba que seguía siendo yo, Laurie Duncan.

Al salir por la puerta de la residencia comprobé que Atary ya estaba listo, apoyado contra su coche negro con unas gafas de sol opacas que me impedían ver sus ojos y una chaqueta azul marino que le sentaba como un guante. Estaba realmente atractivo.

—¿S-siempre eres tan…Tan p-puntual?

—Lo intento —sonrió, haciéndose a un lado para abrir la puerta del asiento del copiloto—. Vamos, mi madre debe de estar impaciente.

Una vez dentro se quitó las gafas de sol y sonreí nerviosa al ver cómo me miraba de arriba abajo antes de arrancar el motor, encender la radio y empezar a conducir. Me revolví incómoda en el asiento justo cuando una voz femenina comenzó a invadir el espacio cantando en español, así que decidí distraerme mirando por la ventana. El lugar no estaba lejos, pero sí era bastante empinado y agradecía la ayuda del vehículo.

Al aparcar, me bajé y contemplé maravillada la presencia del castillo. Era realmente grande y majestuoso. Desde la explanada donde estábamos se podía ver todo Edimburgo y el viento revolvía nuestro pelo, despeinándonos. Se trataba de una fortaleza de piedra construida en un acantilado, el cual solo permitía el acceso al castillo desde su lado oriental, gracias a una calle empinada.

Su aspecto sobrio y oscuro, con las ventanas acristaladas y su gran puerta principal quitaban el hipo; pero la entrada era aún más impresionante. Estaba presidida por una enorme lámpara de araña, compuesta por incontables bombillas e iluminaba de forma tenue las paredes rojizas y los cuadros con marco dorado que las vestían.

—Señor Atary, su madre se encuentra en la sala contigua al comedor. Sus hermanos ya están sentados en sus respectivos asientos, esperándoles para desayunar. ¿Desea algo en especial?

Me sobresalté al presenciar como una sirvienta salía de entre las sombras, una joven algo mayor que yo con el cabello rubio trenzado y expresión indescifrable, me daba escalofríos. Llevaba un vestido oscuro y ceñido, poco convencional, que parecía resaltar sus curvas. Entonces sus ojos marrones se posaron sobre los míos y miré a Atary, avergonzada porque me había pillado analizándola.

—No, lo que hayáis preparado está bien. Gracias.

La joven asintió con la cabeza e hizo una pequeña reverencia antes de desaparecer por una gran puerta de madera que se encontraba al fondo de la entrada. Contemplé cómo Atary se quitaba la chaqueta y la posaba sobre un sillón individual que había frente a un espejo. Vestido cómo estaba, con una camiseta blanca y unos vaqueros ajustados, no parecía que fuera hijo de alguien tan importante como para vivir en un castillo, pero a veces las apariencias engañan. Y de qué manera.

—¿Estás lista?

Asentí con la cabeza antes de exhalar el aire retenido en mis pulmones y escondí mis manos bajo la manga, mientras acomodaba con disimulo mi cabello y me erguía para mostrarme completamente recta, como una señorita. Avanzamos por uno de los pasillos laterales y llegamos a una puerta de madera, formada por dos compuertas que se abrían a la par. Tras ella se encontraba un espacio amplio, con un par de sillones de aspecto aristocrático y una serie de estanterías de madera oscura, repletas de libros de distintos tamaños y colores.

En uno de los sillones estaba sentada una mujer que parecía algo más mayor que nosotros, aunque no demasiado, con largo pelo negro peinado en bucles y ojos grandes y avellanados, color turquesa, leyendo un libro con interés. Al percatarse de nuestra presencia sonrió con vehemencia y se levantó, permitiendo que los pliegues de su vestido cayeran con gracia, como una verdadera dama aristocrática.

—Tú debes de ser Laurie —dijo aproximándose hasta mí—. Soy la madre de Atary, Lilian.

Abrí la boca sin poder evitarlo. Esa mujer no parecía tan mayor como para ser madre de Atary, más bien parecía su hermana mayor. Avergonzada, miré hacia el suelo y esperé no estar haciendo demasiado el ridículo.

—Es un poco tímida, madre —respondió Atary colocándose a mi lado—. Sería conveniente pasar a desayunar. Así le dejamos tiempo para que se acostumbre.

—Está bien —accedió guardando el libro en su sitio con una gracia fascinante—. Después continuaremos con la conversación, querida, no te escaparás tan fácilmente. Estoy tan entusiasmada por poder conocerte al fin.

Asentí con la cabeza y me pegué a Atary todo lo posible, me sentía más segura a su lado. Avanzamos hasta la sala contigua y contemplé asombrada que era igual de lujosa y acogedora que la anterior. Con una larga mesa de roble presidiendo el lugar y una enorme lámpara haciendo brillar los diferentes platos de plata repletos de comida. Las sirvientas iban y venían trayendo y quitando cosas, mientras que los hermanos de Atary se encontraban sentados en unas sillas acolchadas, perfectamente erguidos, mirándonos con atención. Excepto Vlad, que se encontraba masticando una tostada con una sonrisa cargada de diversión y Katalin estaba con el mentón elevado, mirándome con una actitud arrogante, arrugando su recta nariz.

Me quedé mirando al hermano restante de Atary más de la cuenta. No podía creerme que ese mismo chico fuese el que había atrapado mirándome por los pasillos de la facultad antes de desaparecer. Esos inquietantes ojos grisáceos eran difíciles de olvidar.

—Así que finalmente se ha atrevido a venir... —canturreó de repente su hermana con aire de superioridad. Sobresaltándome.

—Katalin —siseó su madre mirándola con severidad—. Es nuestra invitada, compórtate.

—La invitada de Atary, dirás.

—Eres igual de desagradable que un grano en el culo, Kata —bufó Vlad poniendo los ojos en blanco—. Cada vez que abres la boca un dulce gatito muere por infarto, así que colabora callándote, por el bien de la comunidad felina.

—¿Podemos empezar ya a desayunar? —preguntó el hermano restante con tono cansado, mirando a su madre e ignorando la escena por completo.

—Sí, comencemos.

Observé inmóvil cómo todos comenzaban a servirse en sus platos los distintos alimentos según sus preferencias. Me sentía una tonta, esperando que bendijeran la mesa como hacíamos en mi casa, cuando obviamente Atary me había explicado que tenían creencias diferentes. ¿Qué creencias podría tener un *dhampir*? ¿Era una religión poco común?

Me sobresalté al sentir la fría mano de Atary posada disimuladamente sobre la mía y me fijé que no era el único que me miraba con curiosidad. Los ojos grises de su hermano mediano estaban posados sobre mí mientras masticaba su tostada, con expresión pensativa.

—¿No desayunas?

—S-sí.

Cogí con rapidez un poco de panceta con huevos fritos y un par de rodajas de tomate y corté varios trozos para ir poco a poco, mientras trataba de ignorar las miradas llenas de odio de Katalin y la expresión lasciva de Vlad. ¿Sería Nikola su único hermano agradable y normal?

—¿Y qué estudias, querida?

Levanté la vista hacia Lilian, que me miraba con curiosidad mientras terminaba de esparcir mermelada por la tostada que sostenía entre sus manos.

—Li-literatura. Voy a la misma clase q-que su hijo.

—Oh, cierto —dijo meneando la cabeza—. Tengo tantas cosas en la cabeza e hijos que ya hasta se me olvida lo que hace cada uno. ¿Y qué tal te va? ¿Te gusta la facultad?

—E-está bien —expresé recordando todo lo sucedido—. P-pero me inquietan algunos temas. T-tantas muertes…

Todos los pares de ojos, exceptuando a Atary, me miraron con curiosidad, dejando de comer o servirse para esperar mi explicación. Avergonzada, miré hacia el plato y temí que hubiera hablado demasiado. Se me había olvidado que querían pasar desapercibidos.

—¿Muertes? —preguntó Lilian elevando la ceja.

—S-sí, algunas e-estudiantes…

—Laurie sabe lo nuestro, madre —respondió Atary de repente, mirándola fijamente.

—¿Lo sabe? —preguntó Vlad con una sonrisa ladeada, antes de dar otro mordisco a su tostada y guiñarme un ojo—. Esto va a ser muy interesante.

Miré a Atary antes de tragar saliva, que asintió con la cabeza, animándome a continuar. Nikola nos observaba a todos con una mueca desagradable, intercalando sus ojos grises entre Atary y yo. El sonido de los dedos de su madre repiqueteando sobre la mesa me puso nerviosa y no pude evitar carraspear. No me gustaba ser el centro de todas las miradas.

—Hace unos d-días me atacó…

—Un vampiro, seguramente neófito —continuó Atary mirándoles a todos—. Si no llego a estar ahí hubiera acabado con su vida.

—A-así que me salvó y me co-confesó que sois *dhampir* y os encargáis de proteger a los hu-humanos.

La mirada de pánico y preocupación de Lilian cambió por una más seria y asintió con la cabeza, antes de volver a poner sus ojos turquesa en mí. Vlad, en cambio, dio un mordisco a una manzana que acababa de coger de un cesto de mimbre y bufó, poniendo cara de desagrado.

—Son tan molestos —suspiró—. Esa sed de sangre, esas ansias… Su impulsividad me aburre.

—Todo lo que no sea echar un polvo te aburre, hermanito —respondió Katalin con burla, mirándome de soslayo.

—También es verdad —admitió antes de dar otro mordisco a la manzana y mirarme con intensidad, guiñándome de nuevo el ojo.

El ataque de su hermana dio lugar a una conversación entre ellos, a la que se unieron Atary y su madre, mientras Nikola terminaba de desayunar en completo silencio, ignorándonos a todos. Su expresión seria e indescifrable me ponía más nerviosa que el resto de familiares, me inquietaba no saber qué podía estar pensando sobre mí. «¿Le agradaría?».

Me revolví en el asiento mientras me forzaba a pinchar otro trozo de comida de mi plato. Me sentía fuera de lugar, tan perdida y cohibida, sentada en una silla lujosa, rodeada de riqueza y muebles antiguos e imponentes que terminaban por abrumarme. Necesitaba un respiro.

—P-perdonad, ¿dónde está el b-baño?

—Será mejor que la acompañes, Atary. Así aprovechas y le enseñas el resto de estancias —sugirió su madre.

—Yo me encargo —dijo de repente Nikola, sorprendiéndonos a todos.

Miré a Atary como súplica, pero se encogió de hombros y me hizo un gesto para que siguiera a su hermano, que ya se encontraba de pie, esperando que le acompañara. Salimos del comedor en silencio, recorriendo distintos pasillos hasta llegar a una pequeña puerta. Entonces se colocó frente a mí y sentí cómo su mirada se oscurecía.

—Mi hermano se cansará de ti —siseó.

—¿Qué? —pregunté atónita, sintiendo como si me dieran una bofetada.

—¿Estás sorda? No me hagas repetírtelo otra vez. Solo vas a darnos problemas y es lo que menos necesitamos. Ya tenemos suficientes.

Sus palabras llenas de odio y hostilidad me hicieron empequeñecer y sentí cómo mis ojos se llenaban de lágrimas, producto de la humillación que estaba sintiendo. No entendía por qué tenía que ser tan cruel cuando ni siquiera me conocía, echaba de menos a Ana.

Algo en mi interior se activó, fruto del bloqueo que estaba sintiendo. Una sensación antigua y familiar me rodeó, produciéndome un escalofrío en la nuca. Entonces cerré las manos en un puño, para intentar controlarme. Mis ojos se quedaron fijos sobre su rostro, carentes de expresión. Nikola parecía un trozo de hielo.

—Yo... Yo n-no quiero darle pro-problemas... Yo... —balbuceé.

Abrí los ojos asustada al sentir su mano haciendo fuerza sobre mi brazo, apretando sus dedos contra mi piel. Sus ojos grisáceos parecían una noche de tormenta, brillando con fiereza. El hermano de

Atary aprovechó mi debilidad para meterme en el baño y mis piernas temblaron al quedarme a solas con él en esa situación. Su pecho subía y bajaba acelerado.

—Entonces aléjate de él y sigue con tu vida como si nada. Olvida lo que somos, olvida quiénes somos —advirtió con voz siseante—, o muy pronto habrá consecuencias. Bastante graves para ti.

Con esas palabras me soltó y se alejó del baño sin ni siquiera detenerse a mirarme. Cerré la puerta de golpe y puse el pestillo antes de dejarme caer sobre el frío suelo y ponerme a llorar. Pensaba que Katalin era una mala persona, pero acababa de descubrir que había alguien mucho peor.

—¿Estás bien? —preguntó Atary al sentarme de nuevo a su lado y analizar mi rostro pálido. Más de lo habitual.

—S-sí —musité sin atreverme a mirar al frente, por miedo de enfrentarme a la mirada dura de su hermano—, pero me gustaría..., ver tu ha-habitación.

—Claro.

Me sonrojé al darme cuenta de mi atrevimiento. Lo único que quería era alejarme de allí para poder recuperar la calma. Las palabras amenazantes de Nikola me habían asustado y lo que menos necesitaba ahora era molestarle de nuevo. No quería más problemas.

Me puse a su lado con la cabeza agachada y le seguí bajo las miradas curiosas de los demás. Tuvimos que atravesar durante unos minutos distintos pasillos decorados con retratos antiguos y candelabros pegados a las paredes hasta llegar a una gran puerta que conducía a una impresionante habitación.

El suelo era de madera y las paredes estaban pintadas con un tono oscuro. La cama era matrimonial, cubierta por una colcha rojiza y unos cojines negros, a juego con su cabecero. La ventana estaba tapada por unas cortinas opacas y a su lado había un sillón individual mullido de color oscuro. Al otro lado había un estante de color negro, decorado con distintos libros y trofeos de plata y oro de lo que parecían distintos campeonatos.

—E-es muy... Bonita —expresé mirando todo con atención, abrazándome a mí misma.

—¿Qué te pasa, Laurie? Desde que volviste del baño estás muy callada y no paras de mirar al suelo —dijo aproximándose a mí—. ¿Ha pasado algo?

—Yo... N-no —balbuceé sin atreverme a decir la verdad, pero agobiada porque tampoco quería mentirle.

—Puedes contármelo, tranquila —dijo antes de acariciar mi mejilla con sus dedos, produciéndome una sensación de calidez que contrastaba con la frialdad de su piel—. Te prometí que te protegería y lo haré ante quien sea. ¿Te ha molestado mi hermano? Puede llegar a ser muy desagradable cuando se lo propone.

—N-no, él... Creo q-que no le gusto —confesé.

—Estará enfadado, no se lo tengas en cuenta —dijo sin alterarse—. Es muy receloso con su privacidad y nunca había venido nadie como invitado al castillo.

—¿N-no has traído a m-más chicas?

—No —susurró llevando su dedo pulgar hacia mi labio inferior, entreabriéndolo—. Tú eres la primera.

Abrí la boca sorprendida y sentí cómo me ruborizaba al escuchar su confesión, me había dejado desarmada. Observé cómo aproximaba su rostro, tanto que podía notar su nariz tocando la mía, sintiendo su cálida respiración sobre mi piel, cuando mi teléfono móvil comenzó a sonar, sobresaltándome. Se me olvidaba que lo había encendido por si Ana respondía a mis últimos mensajes, ya que los fines de semana mi madre era algo más benevolente con sus reglas y seguía preocupada por el repentino abandono de mi mejor amiga.

—Te-tengo que… Tengo que responder —respondí aturdida—. Debe de ser Ana.

Rebusqué el móvil con las mejillas encendidas y me aparté ligeramente al ver en la pantalla el nombre de mi madre. Me mordí el labio inferior dudando sobre cogerlo o no, si escuchaba a Atary iba a ser nuestra perdición. Moví mi mano temblorosa y seleccioné la opción de descolgar antes de hacerle una seña a Atary para que se mantuviera callado.

—¿Mamá?

—¡Laurie! —exclamó con sorpresa—. ¿Por qué tardabas tanto en responder?

—Lo siento, no lo encontraba —respondí cerrando los ojos, agobiada por la mentira que acababa de decirle.

—¿Qué hacías? ¿Estás estudiando? ¿Has ido a misa? ¿Cómo vas vestida? Espero que no te estés dejando malinfluenciar por esos estudiantes de Edimburgo y estés respetando las reglas.

—Estaba descansando un poco —tragué saliva—, iré enseguida.

—¿Estás leyendo la Biblia por la noche? Acuérdate de los rezos antes de dormir. Y no te olvides que nada de fiestas ni de alcohol. Una chica como tú no debe desviarse del buen camino. Recuerda quién eres.

—Sí, mamá —respondí mirando a Atary de reojo, que me miraba con diversión.

—Estás muy callada, Laurie. Muy extraña —indagó—. Llevas días sin hablar apenas y no nos escribes. ¿Ha pasado algo que debamos saber? ¿Nos estás ocultando algo? ¡Responde! Sabes que las mentiras están prohibidas en esta familia. Dios te castigará si lo haces.

Escuché cómo Atary soltaba parte del aire por la nariz que estaba contenido al intentar no reírse, escapándose un sonido ronco. Estaba apoyado contra la pared y sus ojos me observaban con curiosidad, brillando con diversión. Le solté una mirada de odio, pues parecía entretenido escuchando la regañina de mi madre y yo temblaba por los nervios. Nunca le había ocultado nada.

—¿He escuchado una risa? ¡Laurie Duncan!

Mi corazón empezó a latir acelerado y abrí la boca sin saber qué ni cómo responderle. No quería mentir a mis padres, pues implicaba quebrar uno de los mandamientos, pero tampoco quería que lo supiera, pues la veía capaz de presentarse en su casa para averiguar sobre él y me alejaría por completo cuando le descubriera.

—Madre. Yo…, yo…

—Laurie Duncan, dime la verdad ahora mismo —siseó en tono amenazante.

—Estoy en casa de un chico —confesé con un hilillo de voz.

—¡¿Qué?! —chilló. Su voz resonó en toda la habitación, dándome un respingo.

Atary cerró la boca de inmediato al escuchar el tono agudo de mi madre y me miró con preocupación. Ambos sabíamos que había metido la pata hasta el fondo, ya era tarde para remediarlo.

—Tu padre me llevará ahora mismo a Edimburgo, a tu habitación —siseó enfurecida—. Espero por tu bien que estés allí y sin la presencia de ningún chico. Tenemos mucho de lo que hablar, así que ve preparándote. El Señor y yo estamos muy decepcionados. No me esperaba esto de ti. He criado a una desagradecida irresponsable y vulgar.

El sonido del móvil me comunicó que había colgado y no pude evitar tragar saliva y bajar la cabeza en respuesta, mirando hacia el suelo. Todos se habían puesto de acuerdo para alejarnos, pero ni él ni yo íbamos a permitirlo, de eso estaba segura. Aun así, me aterraba pensar lo que mi madre podía hacer. Hacía muchos años que no se enfadaba de esa manera y, cuando lo hacía, debía pasar por castigos que me dejaban exhausta y débil al llorar durante horas. Me sentía avergonzada.

Los brazos de Atary se extendieron invitándome a pegarme a su lado; y me dejé abrazar, aspirando su aroma para tratar de calmarme y prepararme para lo que estaba a punto de llegar. Ni siquiera él podría salvarme.

Capítulo XII ✝ coincidencias

—¿Quieres que me quede a tu lado? —preguntó Atary, apartándome un mechón de la cara.

—N-no… Será mejor que no —suspiré—. Tengo que… Ha-hablar yo con ellos. Eso solo lo empeoraría.

—¿Estás segura?

—N-no, pero… No me queda otra.

Me aparté ligeramente para tratar de mentalizarme. A ninguno de los dos les gustaría saber que había entablado relación con un chico como Atary, pero tenía que afrontarlo e intentar explicarles la situación. Quién sabe, con suerte lo entenderían y me dejarían seguir quedando con él, manteniendo mis estudios y mis responsabilidades.

—¿Y si te prohíben volver a verme? —preguntó de forma repentina, atrapándome con su mirada—. ¿Lo harías?

Me mordí el labio inferior mientras sopesaba la respuesta. Mi madre, en estos últimos años, no había tenido que castigarme. Pero en el pasado solo conseguía su perdón arrepintiéndome después de que ella me encerrase en una habitación para rezar y pedir misericordia durante el tiempo que creía conveniente. No quería defraudarla de nuevo.

—¿Laurie? —insistió sin parpadear.

—Yo… —balbuceé—. No lo sé, Atary. Yo… Mis padres…

—¿Sucede algo? —preguntó de repente Vlad, asomándose por la puerta.

Carraspeé y me hice a un lado, incómoda por la situación, mientras observaba como su hermano mayor entraba en la habitación y nos escudriñaba a ambos con una sonrisa burlona.

—Con tanto silencio esto parece un velatorio. ¿Es vuestra primera discusión amorosa? Entonces dejadme ir a por palomitas.

—Los padres de Laurie están viniendo desde Luss para hablar con ella. Acaban de descubrir que su hija está en casa de un chico —informó Atary con hastío.

—Uhh —canturreó Vlad, alzando una ceja—. Eres una chica mala, Laurie. Me encanta.

—No está para bromas, Vlad. ¿Tus padres son muy severos? —preguntó mirándome con curiosidad.

—N-no… Ellos son… Solo quieren lo mejor para mí. Esperan que finalice mis estudios y m-me case con Richard, un chico de mi edad. Es el hijo de una amiga de mi madre, que también pa-participa en la iglesia del pueblo. Fuimos educados bajo los mismos ideales y… —expliqué de forma atropellada.

—Te lo resumo, hermanito —dijo Vlad con una media sonrisa, apoyando su espalda contra la pared—. Sus papis quieren un niño bueno y tú eres… En fin, todo lo contrario. Seguramente su madre te verá y se desmayará pensando que la has engatusado, o algo así, y la corromperás entre fiestas, alcohol y sexo. Mucho sexo.

Me mordí el labio inferior, frustrada. Aunque Vlad lo dijera a modo de broma, seguramente esas serían las palabras y pensamientos exactos de mis padres. Yo misma lo había pensado nada más verle, el día que chocamos. Las posibilidades de que me dejaran seguir saliendo con él eran casi nulas. Mi madre solo me veía con Richard, aunque ni él ni yo queríamos estar juntos, pues me resultaba difícil de creer que en tan poco tiempo hubiera pasado del odio al amor.

Sentí un escalofrío sobre mi nuca al recordarle.

—N-no sé qué hacer. Yo…—sollocé.

—Ey —respondió Vlad alzándome el mentón—. Yo me encargo. Tengo facilidad con las mujeres. Un chasquido de dedos y estará deseando tener a mi querido hermano de yerno.

—¡¿Estás loco?! —pregunté, apartándome con un ademán—. Mi madre…

—Déjame intentarlo. El «no» ya lo tienes.

Suspiré temiéndome lo peor, pero asentí. De todos sus hermanos, Vlad parecía el más amable. Bajo esa fachada de hombre despreocupado y provocador se escondía alguien serio e intimidante. Podía ser mi mejor baza.

Si conseguía que mis padres entendieran que Atary era un buen chico y que no me pasaría nada por mantenerme a su lado le estaría eternamente agradecida y no volvería a juzgar a nadie más por su aspecto físico. Tanto él como Vlad estaban rompiendo todos mis prejuicios al permitirme conocerlos.

—Ya hemos llegado —dijo Atary aparcando cerca de la residencia.

—¿Estarán ya en tu habitación?

—N-no lo creo —respondí a Vlad mientras jugueteaba con mis mangas—. Son casi d-dos horas en coche.

—Bien —asintió, observando la fachada de la residencia—. Nos quedaremos esperando en una sala contigua y apareceré una vez empieces hablando tú con ellos. Si me ven a mí en tu habitación de primeras será peor.

Suspiré antes de asentir con la cabeza y salir del coche, cerrando la puerta con más fuerza de la que pretendía. Mis piernas no paraban de temblar, pero me relajé un poco al ver a Atary con expresión tranquila, tratando de infundirme ánimos.

—No pueden hacer gran cosa, Laurie —susurró cerca de mi oído, produciéndome un cosquilleo—. Viven lejos de ti y no estoy dispuesto a dejarte ir tan fácilmente, no ahora que he involucrado a mi familia. Si te castigan, será nuestro secreto.

—¿Por qué me proteges? —pregunté al apartarme.

Me mordí el labio inferior al contemplar el brillo de sus ojos azules. Era tan hipnóticos que, si no miraba hacia otro lado pronto, podría quedar atrapada en ellos.

—Porque mereces la pena.

Le miré por última vez antes de introducir la tarjeta en la ranura y subí las escaleras a toda velocidad, pensando lo que les iba a decir y cómo entrarían los hermanos en mi habitación si iban a esperar en otra y mi puerta estaría cerrada.

Por suerte Franyelis no estaba, así no tendría que presenciar una escena familiar indeseada y yo me ahorraría la vergüenza de que me viera discutir con ellos. Cerré las manos en un puño al percatarme que estaba mordiéndome una de mis uñas y exhalé aire varias veces, tratando de calmarme mentalmente. Me dirigí hasta la ventana y descorrí la cortina, quedándome pegada al cristal mientras esperaba ver llegar su coche granate.

Media hora más tarde, con los nervios atascados en mi garganta, observé como aparcaban el coche familiar y mi madre se bajaba, pero, para mí sorpresa, el coche encendía las luces y se alejaba de nuevo.

«Tendrá que ir a trabajar a la academia. Le habrá surgido algún imprevisto» reflexioné mientras me acercaba al espejo que había dentro del armario y me arreglaba el pelo y la ropa. Además, aproveché para quitarme un poco el maquillaje, era demasiado visible. Mi madre odiaba a las chicas que se maquillaban en exceso, decía que eran unas sueltas.

—¡Laurie!

—Por favor, mamá —dije llevándome una mano al pecho, cerrando la puerta del armario—. Me has asustado.

Elizabeth Duncan entró en la habitación con la mirada alta y la expresión seria. Su abrigo sobrio contrastaba con el color de sus ojos, que centelleaban con furia y una de sus manos sostenía la tarjeta con la que había entrado, pues los familiares tenían una como emergencia.

—¿Qué es eso de que estabas en casa de un chico? ¿¡Quién!? ¿Acaso has olvidado que Richard te espera en Luss? ¡Es el hombre perfecto para ti, Laurie! Te dije que nada de chicos, ni fiestas, ¡ni nada! Tu deber es alejarte de todo eso y reservarte para tu futuro marido. ¿Y qué es lo primero que haces? ¡Así nos lo pagas! Vergüenza, Laurie Duncan. Eso es lo que siento en este momento. Una enorme vergüenza y decepción. ¿Qué va a pensar Richard y su familia? No esperaba esto de ti. No hemos criado a una chica vulgar y descentrada, ávida de atención masculina. Es una…, vergüenza.

—Mamá… Yo… —comencé a decir, sin saber cómo seguir—, ya te dije que él se metía conmigo en el colegio, con la ayuda de sus amigos y…

—Bah, tonterías —me frenó, haciendo un ademán con la mano—. Los hombres tardan en madurar, pero es perfecto, Laurie. Guapo, alto, inteligente, religioso, educado, de buena familia…—recitó, chasqueando su lengua—. ¿Qué hacías en casa de ese chico? ¡¿Quién es?! Espero que no hayas olvidado a qué tipo de hija he criado. No quiero a una fulana desatada.

—No, de verdad. No lo he olvidado. Es solo un compañero de clase, mamá —respondí nerviosa, mordiéndome el labio inferior—, hago trabajos con él y su familia quería conocerme. Es una buena persona.

—¿Cómo se llama? ¿Es religioso? ¿Fuma? ¿Bebe? ¿Se droga? —preguntó mirándome con severidad—. No quiero, bajo ningún concepto, que mi hija salga con un macarrilla fiestero y promiscuo cuyo único propósito sea…

—Señora Duncan —escuché decir a una voz masculina y seductora.

Mi madre abrió la boca para decir algo, pero sus palabras quedaron en el olvido al analizar a Vlad con la mirada. Aguardé temerosa a que pusiera un grito en el cielo, pero se quedó nívea, sin decir nada. Parecía que se había quedado completamente congelada. Tratándose de mi madre eso era una mala señal.

—¿Este es el chico, Laurie? —preguntó con un hilillo de voz.

—¡No! —me apresuré a contestar negando con las manos, mientras contemplaba de soslayo su sonrisa burlona—. Él es su hermano mayor, Vlad. Mi compañero de clase se llama Atary.

—Mire, señora Duncan —continuó él, aproximándose hasta ella mientras le clavaba sus ojos azules—. Sé que físicamente podemos parecer chicos problemáticos, pero le pido que no nos juzgue de forma precipitada. Mi hermano está cómodo quedando con su hija y es bueno en sus estudios, además de responsable. No le vamos a negar que alguna vez vamos de fiesta o bebemos alcohol, pero nada serio y preocupante. Nunca le obligaríamos a su hija a hacer nada. Laurie es una chica lista y capaz de decidir por su cuenta lo que quiere o no hacer, cosa que respetamos —explicó sin dejar de mirarla. El poder que emanaba su cuerpo al hablar nos había dejado mudas a ambas—. Sé que es usted una buena mujer y defiende los ideales de no juzgar a nadie y contribuir al bien común, pues es lo único que le pido. Laurie no descuidará sus estudios y nosotros la cuidaremos como si fuera nuestra hermana. Se lo prometo.

Miré a mi madre y a Vlad respectivamente, como si fuera un partido de tenis, expectante por la reacción de ella. El hermano mayor de Atary intimidaba con su altura, su musculatura marcada y su expresión facial, dura y seria. Sus palabras eran seguras, certeras, no le temblaba la voz ni el pulso y sabía mantener su cabeza alta, consiguiendo poner su mejor sonrisa al final. Parecía que no mintió cuando dijo que tenía mano con las mujeres. Me había quedado claro.

—Has dicho… Vlad, ¿verdad?

Tragué saliva al ver su expresión confusa, parecía intimidada por él. Incluso se había sentado en la esquina de mi cama y me miraba con los labios temblorosos. Vlad, en cambio, seguía de pie con los brazos cruzados y mantenía la mirada a mi madre sin pestañear.

—Laurie es mi única hija y he tratado…, trato de educarla lo mejor posible. Nuestras creencias y fe en Dios son lo más importante para nosotros, pues guían nuestro camino. No quiero que se junte con cualquiera que la descarrile o pueda hacerla dudar —continuó mi madre, mirándonos a ambos—. No quiero que le hagan daño, y no sé qué intenciones tiene tu hermano con mi hija, pero si aspira a ser su marido debe saber que espero lo mejor para ella y no apoyaré esa relación. A Laurie le espera un futuro junto a nuestro vecino, Richard. Lo hemos establecido hace muchos años y nadie lo podrá romper.

—Nuestra madre nos ha educado bajo unos férreos principios de respeto y comprensión, señora Duncan. Las creencias son sagradas e inquebrantables para ambos. Le aseguro que mi hermano valora la importancia de la palabra relación y no pretende inmiscuirse en sus planes de futuro. Solo desea… Su amistad.

—Espero que seas sincero y ese chico no tenga intenciones ni deseos íntimos hacia ella, pues va a mantenerse pura hasta que llegue el momento de consumar el matrimonio —advirtió con dureza—. Como bien dicen las sagradas escrituras, Laurie velará por su bien más preciado.

—¡Mamá! —exclamé sintiendo mis mejillas encenderse al escuchar sus palabras. Estaba segura de que tanto Vlad como Atary lo habían escuchado.

—Prefiero poner las cartas sobre la mesa, Laurie. Él y su familia esperan lo mejor de ti, al igual que yo.

—Bueno —intervino Vlad, mirando hacia la puerta—. Ya que estamos entendiéndonos y comprende la situación, me gustaría invitar a Laurie delante suyo a la fiesta que mi madre pretende celebrar por Samhuinn en nuestra casa, el castillo de Edimburgo.

—¿El…, castillo? —susurró mi madre con la boca abierta.

—Sí, lo decoraremos de forma especial para celebrarlo y vendrán la mayoría de nuestros compañeros de la facultad —contestó haciendo un gesto con la mano para restar importancia—. Laurie está incluida, por supuesto.

—¿Mamá? —pregunté, tratando de contener la emoción que estaba sintiendo en esos momentos. Su aprobación significaba que no me castigaría y Vlad había ganado.

Los ojos azules de mi madre danzaron de uno a otro sin mediar palabra. Sus labios temblaban ligeramente, como si estuviera sopesando esa opción y llevó un mechón de su cabello anaranjado hasta su oreja, acomodándolo.

—Le prometo que no habrá alcohol y no se alargará mucho —insistió Vlad, mirándola con intensidad—. Si es necesario, la llevaré personalmente a la residencia.

—Me dejas más tranquila…, Vlad, pareces un buen chico. Sopesaré la idea con mi marido e informaremos a Laurie en unos días. Hasta entonces espero que tu hermano se digne a venir a comer un día en nuestra casa. Me gustaría conocerlo personalmente y asegurarme de que tiene buenas intenciones sobre mi hija. No permitiré un solo desliz.

—Por supuesto, señora Duncan —dijo con voz ronca, antes de guiñarme un ojo con disimulo—. Se lo haré saber. Yo tengo que irme en breve, ¿necesita que la lleve a casa?

—No será necesario, pero gracias por tu hospitalidad —respondió negando con la cabeza—, mi marido no tardará en buscarme. Tenía unos recados que hacer.

Respiré aliviada al comprobar que la conversación no había ido tan mal y miré con disimulo tras la puerta, donde podía percibir la silueta de Atary aguardando a que mi madre se fuera. Sonreí al ver que podría seguir a su lado y podría seguir estudiando en Edimburgo. Entonces me prometí que algún día le devolvería el favor a Vlad. Se había ganado mi admiración.

Al día siguiente me dirigí al comedor de la facultad cuando las clases finalizaron. Atary me había invitado a sentarme con él y sus hermanos, pero decidí declinar la invitación. Si no me sentía cómoda con las miradas hostiles de Katalin y Nikola, mucho menos soportaría sus burlas.

En su lugar, sostuve la bandeja de plástico con la comida y miré mi alrededor pensando donde sentarme. Al fondo vi que había una chica sentada sola, tecleando absorta en su teléfono móvil. Decidí acercarme al ver que el resto de mesas estaban ocupadas.

—¿P-puedo sentarme a-aquí?

—Claro —respondió con amabilidad, levantando la cabeza para mirarme—, eres bienvenida.

—Gracias —dije aliviada, colocando mi bandeja sobre la mesa mientras barajaba qué comer primero—. ¿Có-cómo te llamas?

—Angie, ¿y tú?

—Laurie.

—Bonito nombre —sonrió.

La observé. Angie tenía la cara redonda y el pelo oscuro, recogido en unas trenzas. Sus ojos eran marrones y rasgados, pues al sonreír se le achicaban y arrugaba su nariz de una forma dulce. Parecía una chica agradable.

—¿Eres fanática de los vampiros?

Intenté no escupir la cucharada de sopa que acababa de tomar y la miré con los ojos bien abiertos mientras golpeaba mi pecho al lograr atragantarme. ¿Vampiros? ¿Esa chica era fanática de los vampiros?

—¿Perdón? —pregunté, esperando haber escuchado mal.

—Si eres fanática de los vampiros. Ya sabes... Edward Cullen, Damon Salvatore, Niklaus Mikaelson, Bill Compton, Adrian Ivashkov, Shadow... —recitó—, vampiros sexis y misteriosos que me encantaría que fueran reales para permitir que me mordieran —suspiró—, sería tan..., feliz. No como Drácula. Esa película es espantosa —añadió haciendo una mueca de desagrado—. No sé en qué estaban pensando los autores de esa época. No hay nada excitante en ellos, yo saldría corriendo.

Me aparté ligeramente al ver como fantaseaba con la idea de ser mordida y decidí centrarme en tomar mi comida, en silencio, pues no conocía a esos chicos y no quería intervenir. Si ella hubiera visto de primera mano a uno seguramente no pensaría lo mismo. Eran aterradores.

—¿Te he asustado? —preguntó haciendo un puchero—. Lo siento. Mi hermana siempre me decía que tengo que tener cuidado con mi obsesión porque puede asustar o incomodar a los demás, o tomarme por loca, pero me agradas, de verdad. Las demás chicas no me dieron ni siquiera la oportunidad. Se alejan de mí como si fuera la peste.

—N-no... No te preocupes —me apresuré a decir—, yo... Es que n-no conozco a esos chi-chicos que has nombrado y no...no pensé que tu mayor sueño f-fuera... Ese.

—Son personajes ficticios de libros que tratan sobre vampiros. Deberías leerlos —dijo entusiasmada—, te los recomiendo encarecidamente. Y tengo otros objetivos, claro, pero ese estaría genial. Sería increíble encontrarse con Damon y... Oh, dios. Mejor me callo o comienzo a hiperventilar.

Decidí disimular tomando otro sorbo y miré a Atary de reojo. Me estaba observando con curiosidad desde la otra punta del comedor, mientras que Nikola y Katalin devoraban su comida sin percatarse del resto del mundo.

—¿Tú tienes hermanos? Mi hermana es gemela, de las idénticas, pero... Desapareció —dijo antes de morder su sándwich, con expresión apenada.

Tragué saliva al escuchar cómo soltaba esa bomba como si no fuera nada y masticaba su sándwich con aire pensativo.

—¡¿Desapareció?!

—Sí, bueno. Se enfermó y acudieron unas personas a casa para hablar con ella y mis padres. Dijeron que sabían lo que le sucedía y ellos se encargarían de curarla, pero una vez curada no volvió más —suspiró con la mirada perdida—. La echo de menos, ¿sabes? Ella era la única que respetaba mi locura por los vampiros y me entendía con solo mirarnos. Y ahora… Me ha dejado sola.

—Ya somos dos —musité pensando en Ana—. Mi amiga también enfermó y, cu-cuando parecía que se había recuperado, m-me dijo que tenía que dejar la facultad y a-ausentarse durante un tiempo.

—¿En serio? —preguntó Angie, mirándome asombrada—. Qué coincidencia.

—P-pues sí —respondí antes de dar otro sorbo—, pero po-podemos estar juntas tú y yo a- a partir de ahora si… Si quieres.

—Eso sería maravilloso.

Entonces, sonreí aliviada. Me sentía reconfortada por haberme atrevido a sentarme con ella y conversar. Estaba segura de que íbamos a ser grandes amigas.

Capítulo XIII † celos y otras tensiones

Al finalizar las dos últimas clases regresé a la residencia. Tenía mucho que estudiar y un trabajo por hacer para mantenerme al día. Al subir las escaleras y llegar hasta la puerta de mi habitación me encontré con Atary; estaba apoyado contra la pared contigua con la mirada perdida.

—¿Atary? ¿Qué haces aquí?

—Estaba buscando a Franyelis —dijo con aire despreocupado—, he golpeado la puerta en repetidas ocasiones, pero parece que no hay nadie.

Su respuesta me sentó como un jarro de agua helada. Las mariposas que habían empezado a revolotear por mi estómago al verlo ahí parado, pensando que me esperaba para hacer algo juntos, se desvanecieron de golpe formando un profundo malestar.

—Ya volverá —murmuré tratando de no mirarle a los ojos, cruzando los brazos—. ¿Para qué la buscas?

—Nada importante.

No pude evitar soltar un bufido de desaprobación. Ese aire enigmático y esas palabras escuetas llenas de indiferencia me estaban provocando urticaria. ¿A qué se debía ese interés? ¿Qué podía necesitar de ella que no pudiera ofrecerle yo? ¿Acaso se había cansado de mí, como me advirtió Nikola? Un escalofrío recorrió mi espina dorsal al sentir un sentimiento oscuro que creía eliminado. Aquello que mi madre se esforzó en suprimir había despertado.

—Ya... Nada importante —gruñí avanzando hacia la puerta, apretando mis dedos contra los libros que tenía apoyados en mi pecho.

Busqué la tarjeta en el bolsillo de mi pantalón, dándole la espalda, y la inserté en la ranura para escabullirme en mi habitación y poder cerrarle la puerta en las narices. Se lo merecía.

Traté de contener mi rabia al percibir el cambio brusco que me había generado por solo saber que buscaba a mi compañera de habitación. Yo no era así. Ya no. Me repetí que los sentimientos negativos no tenían cabida en mi interior e intenté concentrarme en recordar una oración.

Al entrar, dejé caer los libros sobre la mesa del escritorio y cerré los ojos para intentar relajarme. Conté hasta cinco e inspiré profundamente mientras llevaba una de mis manos hasta el dije que pendía de mi cuello. Al tocarlo sentí un resquemor que me hizo apartar mis dedos de golpe. Contemplé la cruz atónita, no tenía sentido.

—¿Estás celosa, Laurie?

Me sobresalté al escuchar esas palabras tan cerca de mi oído. Atary había aprovechado mi estado de letargo para cerrar la puerta y atraparme contra una pared, analizándome.

Le miré desafiante y con cara de pocos amigos al darme cuenta de su sonrisa divertida y sus ojos brillantes, llenos de vida. Parecía que estaba disfrutando con la situación.

No. Sin duda la estaba disfrutando.

¿Estaba celosa de verdad? Hacía años que había apartado cualquier sentimiento negativo de mi vida, pues me convertían en un monstruo. Así que estas sensaciones me resultaban confusas e incontrolables.

Por ese motivo, de niña mis padres habían preferido aislarme, impidiéndome salir de casa si no era estrictamente necesario. Mi madre me había educado bajo los principios de humildad y bondad, explicándome que sentimientos como los celos o el odio solo servían para conducirnos hasta el camino de la perdición y tenía que apartarlos de mi vida como la basura que eran.

Y eso hice. No podía defraudarla de nuevo.

—No estoy celosa —murmuré, rompiendo el contacto visual con él.

—Lo parece —replicó moviendo mi rostro con uno de sus dedos y añadió—: Y no tienes motivos. No mentía cuando decía que no es para nada importante. Puede esperar.

—Y si no es nada importante, ¿no puedo saberlo? Tengo curiosidad.

—Ya, curiosidad —rio con malicia—. Está bien, saciaré tus dudas. Nikola tiene que hacer un trabajo con alguien de primero de carrera y ha elegido a Franyelis. Habían quedado a las cuatro, pero son las cinco y no se ha presentado, así que me pidió que la buscara para preguntarle qué le ha pasado. Nikola se pone muy molesto con la puntualidad y el sentido de la responsabilidad, así que… Es solo eso.

—¿Le habrá sucedido algo? —pregunté alarmada—. ¿Y si un vampiro…?

—Seguramente esté escondiéndose de mi hermano. Yo también lo haría si pudiera.

—Lo digo en serio, Atary. ¿Y si está en peligro? ¡Hay que ayudarla! ¿No tienes algún superpoder o algo así como *dhampir* para encontrarla?

Atary suspiró y se apartó de mi lado para acercarse hasta la ventana y descorrer la cortina, dejando ver el cielo encapotado y oscuro de Edimburgo, que amenazaba con llover.

—Los vampiros cazan de noche y es de día. Franyelis estaba en la habitación durante la noche, ¿cierto?

Asentí con la cabeza, recordaba haberla visto desplomarse sobre su cama durante la noche, despertándome de mi liviano sueño. No le había prestado mucha atención porque volví a dormirme enseguida, pero me pareció que estaba bien, quizás solo algo perjudicada por el alcohol.

—Entonces estará bien. No tienes de qué preocuparte —expresó volviendo a poner la cortina en su sitio—. Por cierto, ¿ha vuelto a aparecer el gato?

—No lo sé, creo que no —respondí abrazándome el cuerpo—. Hice lo que me sugeriste de bajar la persiana y últimamente, por suerte, no suelo despertarme durante la noche.

—Me alegro —dijo, depositando un beso sobre mi frente.

Cientos de mariposas revolotearon por mi estómago al sentir la suave textura de sus labios sobre mi piel, provocándome un cálido chispazo. Era fascinante como un sencillo gesto de cariño me causaba una explosión de maravillosas sensaciones.

—Por favor, busca a Franyelis. Me quedaré más tranquila si la encuentras y compruebas que está sana y salva.

—Está bien —suspiró—. Iré tras ella.

Suspiré aliviada al ver que se alejaba, pero se detuvo para mirarme, elevando la comisura de sus labios.

—Laurie.

—¿Sí? —pregunté, quedándome atrapada en el efecto hipnótico que desprendían sus ojos.

—Me alegra ver que comienzas a desinhibirte y confiar en mí. Estoy muy orgulloso de ti.

Sus ánimos martillearon mi corazón, causándome un ligero temblor en las piernas. Una sonrisa nerviosa apareció entre mis labios y no pude evitar sonrojarme al verle guiñarme un ojo. Entonces cerró la puerta.

Mis pensamientos volvieron hacia Franyelis, esperando que estuviera bien. Aunque tuviera sentimientos encontrados me preocupaba por ella. Era una buena compañera de habitación, en todo momento había tratado de cuidarme. No me gustaría que le sucediera nada.

Me dejé caer sobre el asiento de mi escritorio para intentar poner atención en estudiar, pero fui incapaz de concentrarme. Pasaba los minutos pensando en Atary y en Franyelis, esperando que la encontrara pronto. Aunque había momentos en los que mi mente me torturaba imaginando que si la encontraba iban a estar solos y Franyelis era una chica guapa y...

Masajeé mi sien, tratando de calmarme. Definitivamente, necesitaba tomar aire fresco o la oscuridad me iba a consumir, y eso era lo que menos necesitaba.

Cogí un libro al azar del estante de Franyelis y bajé las escaleras en dirección al jardín para sentarme a leer un poco y desconectar del mundo hasta que ella apareciera. Recordé los colmillos afilados del vampiro brillando con la luz de la luna y sus ojos sangrientos, ese cuerpo alto y corpulento, esas uñas alargadas que eran más propias de una bestia que de alguien humano. Parecía irreal y me infundía pánico pensar que podían existir seres de ese calibre ocultos, acechando a nuestro alrededor.

Mientras abría el libro y pasaba páginas al azar pensé en lo que sucedería si las personas se enteraran de lo sucedido. Que descubrieran que las muertes de las jóvenes que aparecían por la televisión no eran fruto de un ataque animal, sino de algo mucho peor. Tragué saliva. Seguramente se sembraría el pánico y la gente no saldría de sus casas, pero, ¿y los *dhampir*? Quizá las personas se sentirían más seguras sabiendo que había humanos sobrenaturales velando por sus vidas. O quizá los encerrarían pensando que también son seres del demonio y podrían matarles. El miedo es un sentimiento complejo y superior.

Cerré el libro y miré a mi alrededor con la respiración agitada al sentirme observada, pero no vi a nadie. Mi mente divagó pensando que por ese motivo los *dhampir* preferían mantenerse en el anonimato y yo debía guardarles el secreto, manteniéndome callada. No quería más problemas con Katalin o Nikola. Ya tenía suficientes. Exhausta, decidí abrir el libro de nuevo para ponerme a leer el primer párrafo cuando una sombra se proyectó contra las páginas, haciéndome dar un brinco sobre el banco de piedra donde estaba sentada.

—Lo siento, no pretendía asustarte —escuché decir a una voz masculina que me resultó familiar.

—Sham —respondí al levantar la cabeza y observar sus peculiares ojos—. ¿Qué…, qué haces a-aquí?

—¿Qué hacías hablando con ese chico hace unos días en la cafetería? ¿Leíste el libro que te di? —preguntó con severidad, mirándome con dureza.

—No, yo… Él… N-no sé qué tienes con él, p-pero es buen chico. Él… él me salvó.

—¿Salvarte? —preguntó con tono mordaz, arqueando sus cejas—. ¿De qué? Porque dudo mucho que alguien como él sea capaz de salvar a nada ni nadie.

—No puedo decirte —murmuré apesadumbrada—. ¿Qué hacías tú en la ca-cafetería?

—Coincidió —sentenció jugando con su *piercing*—. Deberías alejarte de él, Laurie. Estás poniendo tu vida en peligro.

Sentí mi sangre hervir al escuchar sus palabras de advertencia. ¿Quién era él para venir hasta aquí y tomarse esas confianzas? No me conocía de nada y a Atary tampoco. Le estaba juzgando sin saber y no conseguiría nada diciendo pestes sobre él. Atary era una buena persona y me lo había demostrado.

—Y léete el libro —añadió—. Es importante.

—Es s-solo un libro, Sham. Los libros son… Son ficción.

—No todos —contratacó con impaciencia, endureciendo la mandíbula—. Algunos relatan la vida de personas reales. Biografías, novelas históricas, crónicas… Y tú pierdes mucho tiempo leyendo novelas insulsas, cuyo único objetivo es hacer mojar tus bragas y hacerte suspirar por personajes sin cerebro, pero con un físico apoteósico. Ridículo… Así acabáis en la realidad, esperando que un chico con dudoso atractivo os salve y os conceda el amor eterno. Pero eso no existe, Laurie, así que abre los ojos y espabila de una buena vez.

—Se acabó —gruñí cerrando el libro con fuerza, dejando que el enfado recorriera mis venas como antaño—. No sé de qué vas, ni qué pretendes conseguir presentándote de repente e insistiéndome con que lea el dichoso libro ese. Eres amigo de Ana, sí, y por eso te concedí una oportunidad, pero ella me ha abandonado y tú eres muy grosero y maleducado. Así que no quiero nada de ti. Déjame en paz y no te metas en asuntos que no son de tu incumbencia y mucho menos me llames tonta y ridícula a la cara porque nadie ha pedido tu opinión. Y si es esa… Entonces no sé qué haces perdiendo tu valioso tiempo conmigo. Buenas tardes.

Me levanté del sitio y empecé a caminar hacia la residencia, dejándole en *shock*. Sham me miró con la mandíbula desencajada mientras sus ojos bicolores desprendían chispas. Escuché cómo inspiraba profundamente antes de soltar todo el aire que acababa de acumular.

—No te conviene tenerme de enemigo, Laurie Duncan —siseó sujetándome por el brazo para detenerme—. Es la última oportunidad que te doy. No lo olvides.

Contemplé asombrada como me soltaba con brusquedad y se alejaba corriendo a gran velocidad hasta terminar desapareciendo por *Holyrood Park*. El aire mecía las hojas de los árboles y los oscuros nubarrones empezaban a acercarse, amenazando con empaparme si no regresaba pronto a mi habitación.

Temerosa, sujeté el grueso libro de Franyelis guardándolo entre mi pecho, y miré a mi alrededor una vez más para comprobar que estaba a salvo, antes de entrar de nuevo a mi edificio. Sobre mi pecho descansaba una molesta sensación que me alertaba que la situación no había hecho más que empeorar.

Capítulo XIV ✝ El cambio

Regresé a la habitación dando un portazo para buscar el libro que Sham me había prestado. No para seguir leyéndolo, pues no estaba dispuesta a leer mentiras, sino para devolvérselo en cuanto volviera a verle. Estaba molesta por su actitud prepotente y no me gustaba tener objetos prestados, sobre todo cuando el dueño no era para nada amable. Se lo daría y cada uno continuaría su camino por separado.

Debía admitir que tenía algo de miedo. Sham parecía un chico fuerte con el que no convenía meterse, pero tenía que aprender a enfrentarme a casos así y valerme por mí misma. Sobre todo, ahora que no estaba Ana a mi lado.

Me arrodillé en el frío suelo de madera y me apoyé en la cama para mirar debajo, donde había escondido el libro la última vez. Arrugué el ceño al no ver otra cosa más que polvo y un calcetín que se había colado sin querer, pero ni rastro del libro.

Extrañada, rebusqué por el armario y los cajones de la mesita. Quizás Franyelis lo había encontrado y lo había guardado en otro lugar. Pero nada, seguía sin aparecer. Miré por la mesa de escritorio, e incluso me atreví a rebuscar por los cajones que le pertenecían a ella, por si se había equivocado y lo había tomado prestado, pero tampoco lo tenía.

Suspiré. Con el tiempo había aprendido que cuando buscas algo nunca aparece, pero si dejas de buscarlo termina apareciendo solo, así que desistí. De todas formas, lo poco que había leído era una historia fantasiosa. No tenía ningún sentido relacionar a Atary o al propio Sham con personajes que ni siquiera aparecían en la Biblia. Ese no fue el verdadero origen de la creación.

Me tumbé en la cama con el libro que había cogido prestado a Franyelis y continué leyendo donde me había quedado, ya que Sham apenas me había dejado avanzar. A los pocos minutos la puerta de la habitación se abrió y apareció Franyelis en los brazos de Atary. Una punzada de dolor atizó mi estómago, pero fue rápidamente sustituida por la preocupación al ver la cara pálida de esta.

—¡Por el amor de Dios, Franyelis! ¿Está bien? —pregunté levantándome de la cama.

—Está mareada, pero no es nada grave —me informó él, depositándola sobre la suya.

—¿Qué ha pasado? ¿Dónde estaba?

—Estaba desmayada en una esquina de la universidad. Nadie la había visto.

—¿La has llevado al médico?

—No, pero sé que hay que hacer en casos así. Necesita comer algo que le de energía y reposar. Seguramente sea el estrés.

—No tendrá ninguna marca vampírica, ¿verdad? —pregunté alarmada, apartando el oscuro cabello de mi compañera.

—No tiene nada. Ya lo he comprobado.

Ahí estaba. Otra punzada en el estómago me hizo tensar mi mandíbula. ¿Era necesario comprobarlo? ¿Hasta dónde había mirado para asegurarlo? ¿Le gustaba? Intranquila por los sentimientos que estaba despertando en mí, decidí concentrarme en Franyelis y colocar una mano sobre su frente, por si acaso estaba incubando algo. Suspiré al sentir que la temperatura era estable; no tenía fiebre.

—Gracias, ya me encargo yo —murmuré, incapaz de mirarle a los ojos.

—¿Estás segura? Puedo quedarme si quieres.

—No, no hace falta.

—Está bien —asintió alejándose hasta la puerta—. Por cierto, se me olvidó comentártelo por la presencia de tu madre, pero para Samhuinn tendrás que ir bastante arreglada. Además de ser fiesta nacional es el cumpleaños de Katalin, así que aprovechamos para celebrar ambas cosas. Ya sabes cómo es de exquisita con el tema del protocolo y la etiqueta.

—Vaya..., genial —murmuré apesadumbrada—. Veré qué puedo hacer.

—Si me necesitas..., dímelo.

Asentí con la cabeza mientras le observaba alejarse hasta desaparecer de mi habitación, despidiéndose con la mano. Eso me permitió tranquilizarme y concentrarme en lo verdaderamente importante: cuidar a Franyelis.

La acomodé mejor en la cama y la tapé con una manta para que no cogiese frío. Después, decidí ir a por algo de comida y dejársela preparada sobre una esquina de la cama, para cuando se sintiera mejor, pues tendría el estómago vacío.

Al terminar con mis labores de enfermera, me senté sobre mi cama y observé la hora que marcaba el sencillo reloj de la habitación. Con todo el tema de los vampiros, temía que Franyelis se despertara durante la noche y decidiera morderme, pero confiaba en que al no ver marcas por su cuerpo no le había sucedido nada extraño. Sería lo que me faltaba.

Nerviosa, contemplé con duda la mesita donde tenía guardado mi teléfono móvil. Ya era tarde y estaría quebrando una de las reglas de mi madre. No quería defraudarla, pero necesitaba saber de mi mejor amiga.

Unos minutos más tarde terminé por cogerlo y encenderlo para mandarle un mensaje, preguntándole cómo estaba. No era el primero que le escribía, pero nunca obtenía respuesta; parecía que Ana había desaparecido de la faz de la Tierra.

Me mordí el labio inferior. Al menos yo estaba cumpliendo como amiga, aunque me estaba cansando de preocuparme cuando ella no parecía echarme nada de menos. Aun así, esperaba que terminara de adaptarse a donde fuera que estuviera y me hablara de nuevo, para retomar la amistad que teníamos. Sin su presencia me sentía perdida.

Cuatro días más tarde, Franyelis ya estaba completamente recuperada. Parecía que todo había vuelto a la normalidad y yo me fui juntando cada vez más con Angie, que me distraía y me evitaba pensar tanto tiempo en Ana.

—¿Sabes que van a hacer una fiesta en la residencia *Lady Nicolson Court*? —preguntó Angie mirándome con entusiasmo.

—Ah —musité con desgana, revolviendo el plato de comida—. Q-qué bien.

—Sigo sin entender tu falta de emoción hacia las fiestas, Laurie. ¡Chicos, diversión, música, comida gratis, más chicos! —exclamó moviendo las manos de forma efusiva.

—No puedo asistir a fiestas. Está… Prohibido p-para mí.

—¡Venga ya! ¿Qué dices? ¿Prohibido? ¿¡Quién te puede prohibir algo así!?

—Mi familia y…, yo misma —suspiré—. Música muy alta, alcohol, chicos sobrepasándose… N-no es para mí, definitivamente.

Angie dejó a un lado su móvil lleno de fotografías de Damon Salvatore y me miró fijamente, entornando sus almendrados ojos para intentar intimidarme. Pensé que se iba a rendir, pero colocó sus brazos en jarra y sus delineadas cejas se juntaron, arrugando la frente.

—¿Acaso has ido alguna vez? No puedes juzgar algo que ni siquiera has vivido y tus padres no están aquí —dijo sonriendo de forma perversa—. No se van a enterar, ¿de verdad vas a dejar escapar la oportunidad de asistir a una de las mejores residencias de toda Edimburgo?

—Así es —respondí encogiéndome de hombros—. Es ir a un sitio que lleva la palabra pecado por…, por todos lados y yo no quiero caer en la tentación ni sentirme pre-presionada por hacer cosas que no quiero. N-no voy a defraudar a mis padres ni a mí misma. No.

—Laurie, por favor, eres mi única amiga aquí —susurró con tono triste, mirándome con los ojos vidriosos.

—No insistas, Angie. De verdad que no quiero generar más conflictos con mi madre.

Su rostro adquirió una expresión afligida al escucharme y su labio inferior comenzó a temblar. Sus ojos, que eran tan vivos y expresivos, se habían apagado. Le había afectado mi negativa de verdad.

—Laurie, desde que Soid se fue no he hecho más que encerrarme en mi habitación e intentar centrarme en los estudios, pero no puedo. Mi cabeza no para de pensar en qué motivos puede tener una persona para abandonar a su hermana gemela y a su familia así. Sin explicaciones, sin razones, sin…, nada. Intento distraerme y fingir que estoy bien suspirando por vampiros sexis, pero en el fondo solo soy una chica apagada a la que nadie, excepto tú, le dio una oportunidad. Soy la rara, la loca, la intensa. No te imaginas la de burlas que recibo en mi clase por mis gustos. Por favor, dame esta oportunidad para poder desconectar, solo esta noche.

—Angie…

—Déjame terminar, por favor —suspiró—. No hará falta que bebas, ni que bailes. Ni siquiera que socialices si no quieres. Yo me quedaré a tu lado, cotillearemos sobre la residencia y observaremos desde la sombra a los chicos guapos. Nos reiremos, suspiraremos por alguno y conversaremos hasta que nos cansemos y decidas irte.

Entonces te acompañaré y no diré nada más, porque con eso ya seré feliz. Por favor.

—¿Y si se enteran mis padres? ¿Y si me llaman? Yo… ¿Yo que les digo? No quiero mentirles, no han educado a una mentirosa. Ya he perdido su confianza con el tema de Atary y… —contesté de forma atropellada.

—¿Atary? ¡¿Acabas de nombrar a uno de los chicos más jodidamente atractivos de esta facultad?! —chilló abriendo los ojos de par en par, mientras movía sus piernas de forma descontrolada. Parecía que se había vuelto loca—. ¿Qué tema? ¡Necesito saber con urgencia qué ha sucedido! ¿Os habéis liado? ¡Santa virgen de los hombres sexis *mojabragas*! ¡Dime que sí y me desmayo ahora mismo! Esto tengo que comunicárselo a mis seguidores de Instagram. ¡Y en Twitter! Será *trending topic*.

—¡Cálmate, Angie! —siseé al notar que mis mejillas se encendían. Casi todo el comedor se había girado en nuestra dirección al escuchar los chillidos de mi amiga, que comenzó a teclear a toda velocidad en su móvil. Me revolví en el asiento, intentando pasar desapercibida—. Nos…, nos están mirando todos.

—¡Bah! Que miren —respondió haciendo un ademán con la mano, sin despegar la mirada de la pantalla—. Seguro que tienen envidia. No cualquiera tiene la oportunidad de nombrar a semejante hombre. Te mira y te deja embarazada.

—¡Angie!

Me tapé la cara con las manos intentando frenar el ardor que estaba recorriendo mis mejillas. Esa chica estaba verdaderamente loca, pero me caía bien. Con su carácter explosivo y espontáneo me recordaba a Ana, aunque ella era menos intensa.

—N-no estarás anunciándolo en tus redes, ¿no? N-no quiero problemas.

—No, tranquila —sonrió, posando su móvil sobre la mesa para mirarme con atención. En sus ojos habitaba un brillo de entusiasmo—. He sido buena, solo anuncié lo que te dije de la fiesta. Así que…

¡Dispara! ¿Qué tema es ese? Ya me estoy imaginando vuestro nombre como *shippeo*. ¡Atrie! Es tan adorable —suspiró—. Bueno, que me desvío. ¿Qué ha pasado?

—No ha... Pasado nada. De verdad.

—Sí, claro. Y yo me acosté con Damon anoche —respondió entornando los ojos—. ¡Dios!

—Creo que... que nos... nos... gustamos —dije con un hilillo de voz mientras jugueteaba con las mangas de mi jersey.

—¡¿Perdóóóóón?! ¿He escuchado bien? Me va a dar algo aquí mismo. Creo que me falta el aire y todo. ¡Sujétame, Laurie!

—Estás armando un gran escándalo y quiero que quede entre nosotras —advertí—. Tampoco sé... No sé sus intenciones y-y no sé... Tampoco lo hemos hablado. Aparte...él...

—¡Entonces la fiesta es la oportunidad perfecta! Imagínate si te besa.

—No creo que él vaya.

—¿¡Perdona!? ¿Qué no crees que vaya a ir? —bufó elevando sus cejas—. ¡Ja! Atary parece de ese tipo de chicos que dudo mucho que falte a una fiesta. Y su hermana seguro que va con su club vip de divas arrogantes. Así que ya te quiero ver preparándote para ir espectacular y que ese mojabragas moje sus calzones por ti. Es lo justo.

—Estás loca —reí.

—Pero esta loca hará que sea la mejor noche de tu vida.

Bebí lo que me quedaba en el vaso y miré hacia la mesa donde estaba sentado Atary con sus hermanos. Angie era exagerada y dramática en muchas ocasiones, pero había dicho la verdad. Atary era un chico realmente atractivo y cada vez me atrapaba más.

Suspiré al ver el montón de ropa que había desperdigado por el suelo al ir descartando qué podía ponerme. Sin la presencia de Ana me sentía perdida y no sabía qué podía encajar con qué o si sería adecuado para una fiesta; nunca había asistido a una.

En ese momento, cuando ya tenía el armario casi vacío, apareció Franyelis y se detuvo a mirar mi desastre.

—Parece que ha venido un huracán —sonrió—. ¿Necesitas ayuda? ¿Estás haciendo limpieza?

—No —me sonrojé—. Hacen una fiesta en una residencia cercana y estaba pensando en ir.

—¿En la residencia *Lady Nicolson*?

—Sí, ¿también te has enterado?

—¡Claro! Da igual a qué rincón de la facultad vayas que todos están hablando de lo mismo. Al parecer la realiza un alumno del último curso para celebrar su fin de carrera. Dicen que es rico, además de tremendamente sexi, así que algunas no quieren desaprovechar la oportunidad de conocerle. Además, comentan que sus fiestas son apoteósicas.

—¿Vas a ir? —pregunté mientras cogía un vestido del suelo, sin saber muy bien qué hacer con él.

—Seguramente. Van a ir un par de amigos. Además, también estarán Atary y sus hermanos, va a ser muy interesante. Las malas lenguas también dicen que están enemistados con el chico este de la fiesta, así que igual se enfrentan.

—Sí que estás informada… —suspiré—. Me siento desconectada.

—Hoy en día las redes sociales son como una extensión de nuestro cuerpo. Es difícil no enterarse de las últimas novedades cuando las noticias se expanden como la pólvora. Y los Herczeg son bastante famosos por aquí debido a donde viven —sonrió—. Y Vlad despierta pasiones entre las chicas y… Algunos chicos también.

Aunque Atary, Nikola y Katalin no se quedan atrás. Son como los Cash o los Hidalgo de *Wattpad.*

—Así que tú también lees en esa aplicación... Sabes mucho sobre ellos, ¿no? Sobre los Herczeg —inquirí, fingiendo buscar una prenda de ropa para tapar mi molestia.

Además, no me hacía mucha ilusión pensar que Atary podía enfrentarse con otro chico y acabar en peleas innecesarias. No entendía a las personas que se emocionaban cuando veían a dos personas enfrentándose, en vez de preocuparse en separarlos.

—Tampoco tanto, y la gente habla mucho —respondió encogiéndose de hombros—. Generan interés, aunque intenten pasar desapercibidos, excepto Katalin. A ella le encanta ser popular y que todos se arrodillen a sus pies. Están acostumbrados a ser el centro de habladurías y cotilleos, aunque Nikola es el más misterioso y cerrado. Apenas se sabe sobre él.

—Porque pasa de todos y de todo —murmuré crispada, recordando nuestro encontronazo—. Atary tiene unos hermanos muy fríos y secos.

—No te creas —objetó acercándose a su armario—. Nikola es un buen chico, no se parece en nada a Atary y Vlad, y mucho menos a Katalin. Es inteligente y con una gran sensibilidad, pero es cierto que es el más inaccesible. Creo que le gusta tener su propio espacio personal y sus momentos de soledad. ¿Sabes? Mi teoría es que está cursando psicología para entender su propia mente, porque va más allá que la de cualquier otra persona. Es especial.

Miré hacia donde se encontraba Franyelis y aprecié que tenía la mirada perdida. Se había quedado inmóvil, con la mano apoyada sobre la puerta del armario. Me mordí el labio inferior. Para saber sobre ellos solo gracias a los rumores me parecía que sabía demasiado. ¿Le gustaría Nikola? Eso explicaría su interés por asistir y sus palabras cargadas de admiración.

—¿Te gusta? —pregunté de sopetón.

—¿Qué? ¿¡Nikola!? No, no —respondió mirando hacia otro lado—. Pero admiro su forma de pensar y ver el mundo. Es tan bohemio...

Decidí ignorarla y centrarme en encontrar algo decente para vestirme. Ya había pasado media hora desde que había llegado a mi habitación y me dediqué a poner todo patas arriba. En el fondo admitía que me sentía más tranquila al escuchar a Franyelis hablando así de Nikola. Si le gustaba, yo no era quién para meterme.

—Pruébate esto —dijo con una sonrisa triunfal, sosteniendo la ropa entre sus manos.

Observé el conjunto avergonzada y medité sobre lo que pensaría mi madre si me viera. Se trataba de una camiseta escotada de tirantes negra, con volantes por la zona del pecho y unos pantalones vaqueros cortos y ajustados de color oscuro. En mi opinión iba a llamar demasiado la atención y ya sabía lo que ella me diría: *Los chicos se llevarán una mala impresión de ti, Laurie. Vas provocando como una cualquiera. No he criado a una descocada. Vístete correctamente.*

—N-no… Yo creo que esto… N-no es…

—Tonterías, Laurie —respondió lanzándomelo—. Póntelo. Estarás arrebatadora.

—¡Enseño demasiado! —me quejé y cogí una de mis faldas largas del suelo, junto a un jersey de cuadros grises—. ¿No sería mejor esto?

—A ver, obviamente es tu decisión y tu ropa, pero con eso seguramente te mirarán mal y te señalarán. Ya sabes cómo son algunas chicas de por aquí, aprovechan cualquier ocasión para burlarse. Y siento ser dura, pero eso es ropa de iglesia, Laurie.

—Pero…

—Hazme caso —rogó, cerrando el armario—. Con esto estarás perfecta. Ahora mismo te recojo el cabello y te maquillo un poco para acentuar el tono de tu piel. Es tan hermoso que dejarás a todos con la boca abierta, prometido.

Asentí y suspiré resignada. Desde que pisé la facultad no había parado de hacer cosas con las que mi familia se alarmaría, y parecía que la lista iba a aumentar de forma considerable.

«Solo será una fiesta. Estaré un poco y me iré» pensé, tratando de infundirme ánimos.

Capítulo XV † La fiesta

Al llegar, contemplé asombrada el enorme edificio que conformaba la residencia *Lady Nicolson*. Angie se detuvo a mi lado, con la misma expresión estupefacta. La residencia tenía forma rectangular y estaba hecha de ladrillo, repleta de ventanas que reflejaban la poca luz solar que Edimburgo tenía, y con una entrada alargada que te conducía hasta la puerta principal.

—Es increíble —silbó Angie observando la fachada—. *Pollock Halls* parece un colegio al lado de esto.

—Pero es bonito también.

—Bueno, supongo que es mejor pensar eso —respondió encogiéndose de hombros—. Mejor entremos ya. Llegamos algunos minutos tarde y los chicos nos esperan.

Nos apresuramos para caminar hasta la entrada y empujamos la puerta acristalada, quedándonos embobadas ante el trajín de estudiantes que iban y venían por su interior. Intentamos hacernos hueco tratando de esquivar algunos alumnos que estaban algo perjudicados y miramos a nuestro alrededor sin saber muy bien hacia dónde dirigirnos.

—¿La fiesta es… es aquí?

—No. Me dijeron que era en el segundo piso. Al parecer tienen una sala de juegos bastante amplia y el chico la ha solicitado. Así que será mejor que subamos.

La música resonaba por todo el edificio. Ese chico debía de ser muy importante si había logrado dejar ese volumen sin que nadie se quejara. Suspiré. Mis oídos no estaban acostumbrados a ese nivel de decibelios y aún no estábamos en la sala principal.

—¿Crees que conseguiremos llegar?

—Sí, aunque ¡madre mía! Parece que está aquí casi toda la facultad. ¿Nos habrán dejado algo de oxígeno allí dentro para respirar?

—¿Conoces al chico de la fi-fiesta? —pregunté pegándome a la pared para dejar pasar a unos estudiantes que bajaban por las escaleras.

—Al principio no, pero hice una investigación exhaustiva por el Instagram de mis compañeras de clase y no tardé mucho en encontrarle. Este chico sale en la inmensa mayoría de las fotografías hechas en fiestas. Parece que no se pierde ninguna —me informó—. Es jodidamente sexi. Todo un bombón ardiente.

Me mordí el labio inferior para evitar decir lo que estaba pensando en esos momentos. A Angie todos le parecían atractivos y especiales, así que no sabía si decía la verdad. Decidí mantenerme callada, no quería herir sus sentimientos y quedarme sin la única amiga que permanecía a mi lado en Edimburgo.

Al final conseguimos llegar al segundo piso y no tardé en quedarme sorda al darme de bruces con una música horrible a todo volumen y un montón de estudiantes de todas las procedencias y edades hablando, por no decir chillando. Miré a Angie angustiada, que me ofreció su mano para tirar de mí mientras atravesábamos la gran oleada de gente que se encontraba a nuestro alrededor.

Terminamos en un sofá repleto de gente, aunque todavía tenía algún hueco libre para sentarnos y Angie se acercó hasta mi oreja para que pudiera escucharla. Yo aún estaba en *shock* al ver la enorme cantidad de gente que había, sentía que la falta de espacio me asfixiaba.

—¿Ves dónde está la mesa de billar? Hay un grupo de estudiantes jugando con los palos.

Asentí con la cabeza dirigiendo mi mirada donde me estaba indicando. Unos chicos que parecían del último curso jugaban mientras un grupo de chicas se encontraba detrás. Algunas se dedicaban a mirarles y bromear entre ellas, mientras otras no paraban de hacerse fotografías con su teléfono móvil realizando poses extrañas.

—¿Enfocas al chico de pelo castaño corto y ojos marrones? Ese con cara de niño y jersey azul marino de cuello alto.

—Sí, ¿qué pasa?

—Ese es el chico que ha hecho la fiesta, es Joe Craig. ¿A qué es guapo? Pero me gustan más si tienen aire de chico malo. Este parece que no ha roto un plato en su vida. Un poco más y me toca darle el biberón.

—Es…guapo —admití en un susurro, observando cómo se inclinaba y movía el palo para meter una de las bolas lisas en el agujero. Eso provocó aplausos y chillidos agudos por parte de las chicas que tenía a su alrededor, lo que llamó la atención de alumnos cercanos y se sumaron a los vítores.

—Por cierto, hablando de guapos. ¿Has visto a Atary por algún lado?

—No…, aun no.

Miré por la sala intentando encontrarle, pero era como tratar de buscar una aguja en un pajar. Había demasiadas personas y no paraban de moverse y aparecer más. Cohibida, observé que en una esquina había una barra con distintas bebidas y comida para picar, con una persona encargada detrás. Mi estómago empezó a rugir al apreciar tantas cosas, así que decidí levantarme y apresurarme en coger algo.

—Vuelvo ahora —avisé a Angie señalando la barra.

Ella levantó su pulgar y puso un cojín al lado para guardarme el sitio. Me abracé el cuerpo con los brazos e intenté esquivar algunas personas que bailaban al son de la música sin preocuparse por mirar si había alguien como yo intentando pasar.

Al llegar a la barra me sujeté a ella y exhalé el aire que tenía acumulado desde que llegué. Observé todo lo que había para elegir y estaba a punto de llamar al barman cuando una voz masculina me sobresaltó.

—Dos cervezas, Harry —ordenó girándose en mi dirección y añadió, guiñándome un ojo—: Invita la casa.

Tragué saliva al ver que Joe pretendía darme uno de sus vasos con alcohol. No quería parecer la chica rara y no sabía cómo se tomaría un rechazo, pero no quería beber. Lo tenía prohibido y además estaba comprobando por mis ojos los efectos que este tenía sobre algunos estudiantes y no me atraía especialmente la idea de acabar igual que ellos.

—Gracias, p-pero yo...yo no... N-no bebo —balbuceé acomodando un mechón de mi cabello en la oreja.

—¡Vamos, mujer! —respondió con una sonrisa cargada de intenciones, alzando los dos vasos de plástico. Me aparté al ver que derramó un poco por la efusividad—. No querrás que me beba yo solo los dos vasos, ¿verdad?

—P-pe... pero yo...

—¿En qué curso estás? No me suena haberte visto.

—Pri-primero.

—Algo era —respondió tocándose la barbilla—. ¿Medicina? ¿Filología?

—Li... literatura.

—Ah, debí imaginármelo —sonrió—. Seré franco. Tu timidez me atrae, además de tu belleza, pero ni siquiera sé tu nombre y me gusta saber a quién me dirijo.

—Yo…

—¡Laurie! —exclamó Angie agarrándome del brazo—. Estabas tardando mucho, vamos.

Enmudecí al ver la sonrisa divertida de Joe, pero me dejé arrastrar por Angie mientras murmuraba un «lo siento», antes de desaparecer entre la multitud. Por fortuna terminé de nuevo en el sofá con una amiga especialmente curiosa.

—¡¿Qué hacías hablando con Joe?! Parecía muy interesado en ti —sonrió dando palmadas—. Aunque tu cara era un poema, como si hubieses visto un fantasma.

—Gracias por salvarme. No sabía qué decirle y me estaba agobiando.

—¿Agobiando? ¿Ese bombón de la naturaleza? ¡¿Por qué?!

—Quería i-invitarme a una cerveza.

—Ah, entiendo —respondió Angie chasqueando la lengua—. Tu regla infranqueable de nada de alcohol.

Miré a Angie avergonzada para luego observar al resto de personas que había por la sala. La gran mayoría bebían de forma despreocupada, incluso algunos ya estaban ebrios. Me sentía rara, juzgada. Los ojos de mi amiga reflejaban que no entendía mi rechazo hacia ese ambiente. Pero eran mis creencias, mi educación, el respeto hacia mis padres y hacia mí misma. Beber significaría perder el control.

—Sí, y no estoy acostumbrada a que se acerquen así y me pregunten. Es… raro —contesté revolviéndome en el asiento.

—Como te dije, parecía interesado en ti. Seguramente quería ligar contigo y estaba intentando sacarte información personal.

—¿Ligar? —pregunté ruborizada—. No, ¿cómo va a...? No, no. Es imposible.

—Eres guapa, Laurie. Hoy estás explosiva vestida así, así que deja de infravalorarte.

—Yo no... —murmuré mirando al suelo—. Fue cosa de mi compañera de piso.

—Pues tiene mi total aprobación —respondió, alzando el pulgar hacia arriba.

Miré de nuevo la barra donde me había acorralado ese chico y comprobé aliviada que no se encontraba ahí; había desaparecido. Frustrada, recordé que no había logrado pedir nada y dudé si acercarme de nuevo. No quería verme acosada otra vez por él. Me sentía intimidada, como si fuera un corderito que iba a ser devorado en cualquier momento.

—Hablando de tu compañera de piso —dijo Angie en mi oído mientras hacía una seña con el dedo—. ¿Acaso no es esa?

Giré la cabeza en la dirección que me estaba indicando y contraje la mandíbula al divisar a Franyelis bailando con un chico que me resultaba muy familiar. Era Atary. Varios golpes atizaron mi estómago con dureza y apreté la barriga con fuerza con ayuda de las manos al ver cómo ella movía su cuerpo muy pegada al de él. Demasiado para mi gusto.

—¿Está bailando con Atary? —preguntó Angie abriendo la boca.

—Eso parece —gruñí—. Muy pegados.

Parecía que Franyelis no perdía el tiempo. Mientras yo esperaba pacientemente que Atary llegara y encontrarme con él para hablar, mi compañera había aprovechado para acorralarlo y llevarlo a la zona que los estudiantes usaban como pista de baile, realizando un baile obsceno y provocativo que consistía en mover sus caderas cerca del cuerpo de Atary, mientras él sonreía divertido.

Un inmenso malestar explotó en mi interior, cerrando mis manos en un puño. Mis nervios comenzaron a descontrolarse y una oleada de pensamientos negativos inundó mi mente, desestabilizando todo lo que me había costado conseguir durante estos años. Todo el trabajo, todo el esfuerzo, todo el sacrificio que había tenido que hacer se hizo añicos al contemplar aquella escena. Los celos me estaban consumiendo.

—Tranquila, Laurie —me advirtió Angie apretándome la mano—. Parece que estás asesinándolos con la mirada y es tu compañera de habitación. Solo están divirtiéndose.

«Divirtiéndose» bufé mientras mantenía mis ojos clavados en ellos, que parecían no darse cuenta de mi presencia. Podía notar como mi sangre hervía y pasaba por mis venas mientras que mi cuerpo no paraba de temblar. Era una sensación muy desagradable, tanto, que a pesar de mis esfuerzos por retener el poco autocontrol que me quedaba, fue en vano. Mi cuerpo se había quedado pegado al sofá, pero mis pensamientos volaban a mil por hora.

—¿Sabes qué puedes hacer para captar su atención y darle celos? —preguntó llamando la mía.

—¿Qué? —inquirí con un tono borde del que me arrepentí al momento. Tenía que tranquilizarme.

—Habla con Joe —respondió sonriendo de forma maliciosa—. No hay nada que dé más celos a un chico que ver a la chica que le gusta hablando con otro que muestra interés en ella; es algo primitivo y animal. Lo aprendí leyendo algunas novelas de W*attpad*.

—¿Tú…? ¿Tú crees?

La voz de mi mente se quedó en silencio al escuchar la idea de Angie. Era algo arriesgada, pero había captado toda mi atención.

—Mírate a ti —dijo mirándome con tristeza—. Estás que te muerdes las uñas viéndoles. Demuéstrale lo que vales y lo explosiva que estás. Joe se derretía por ti.

—¿Dónde está? —pregunté elevando el mentón, consiguiendo desviar mi mirada de Atary y Franyelis. La adrenalina fluía por mis venas, mezclada con ese punto de oscuridad que había regresado.

—Detrás de ti, muñeca.

Me llevé una mano al corazón al escuchar su voz dulce y seductora cerca de mi oreja, podía notar su cálido aliento sobre mi clavícula. Me levanté y me dirigí hasta donde se encontraba, tratando de mostrar una sonrisa afable, y parpadeé un par de veces pensando qué decirle.

—¿Me buscabas?

—Sí. Yo…—pensé en mis padres, pero luego miré de forma fugaz a Atary, que seguía interesado en el baile indecoroso de Franyelis, así que tragué saliva. Había llegado el momento de ser valiente, la situación lo requería—. Estoy sedienta, me… me preguntaba si aún tenías esa cerveza.

—Ah, claro —sonrió ofreciéndome un vaso y sentí un chispazo al entrar en contacto con su cálida piel.

Miré el vaso de plástico con ese líquido amarillento y solté una bocanada de aire. Ni siquiera sabía cómo debía beberla. ¿Debía hacerlo en sorbos pequeños o directamente del tirón?

—¿Necesitas ayuda?

—N-no —respondí y cerré los ojos por un momento para armarme de valor—. Ven, sígueme.

Caminé hasta la zona donde Atary se encontraba bailando y me aproximé cerca de él, pero dándole de medio lado para mirar el rostro amable de Joe y enseñarle el vaso antes de llevarlo a mi boca. Entonces lo bebí de golpe.

Intenté contraer la arcada al sentir su sabor amargo y me sujeté a su brazo al sentir un leve mareo. Todo mi alrededor comenzó a dar vueltas.

—Ey, tranquila —escuché decir a Joe, sujetándome por la cintura—. Sí que tenías sed.

—M-mucha —respondí con ojos vidriosos—. ¿Tienes otra?

—Claro —sonrió antes de coger un vaso que estaba cerca. Entonces aprovechó para acercarme a él, apretándome la cintura—. Si quieres podemos beberla en un lugar más apartado.

Sonreí y acepté su bebida, llevándomela a la boca. Parte de la cerveza estaba bajando por mi garganta cuando una mano grande y fría me sujetó por el brazo, girándome hacia él.

—¿Qué te piensas que haces? —gruñó con voz áspera—. Eso lleva alcohol, Laurie.

—No soy tonta, Atary —respondí molesta.

—Tú no te metas, Herczeg.

No pude evitar soltar una risilla aguda al observar la expresión enfadada de su rostro. Atary tenía los ojos entornados y la mandíbula tensa. Incluso una vena de su cuello se había hinchado, otorgándole un aspecto amenazante. Angie tenía razón, hacer eso daba resultado.

—Apártate de ella antes de que un puñetazo acabe destrozándote la mandíbula —siseó Atary pegándome a su cuerpo—. Y tú te vienes conmigo.

—¿Ahora vas de salvador? La chica está conmigo, no te necesita para nada.

—No lo repetiré dos veces —gruñó apartándome para darle un empujón—. No te conviene meterte conmigo, Craig. Sabes perfectamente las consecuencias que te traería.

—No te tengo miedo. Ni a ti ni a tus estúpidos hermanos. Ni siquiera estabas invitado.

—No necesito invitación para venir a una fiesta, bien que a Katalin si la invitas, ¿verdad? Que te acuestes con ella no significa que tengas derechos o privilegios. Te joderé la vida de igual forma, así que aléjate de ella —respondió con dureza. La vena de su cuello iba a explotar—. Laurie no está interesada en ti.

—Parecía todo lo contrario —sonrió—. De hecho, estábamos a punto de...

Me llevé las manos a la boca al ver como el puño de Atary colisionó contra la mandíbula de Joe, como le había advertido. Aún me sentía mareada, pero me moví de forma inconsciente hacia él, tratando de frenarle para que no fuera más lejos y la situación empeorase.

—D-déjale... —balbuceé incómoda—. Vas a acabar mal.

Suspiré al ver que Atary cedía y me sujetó por el brazo de nuevo para arrastrarme entre la oleada de estudiantes curiosos que se habían arremolinado para ver la pelea. Las piernas me temblaban y mi vista estaba nublada, pero pude ver que estábamos subiendo las escaleras hacia el tercer piso. La cabeza me daba vueltas, tuve que sujetarme a él para evitar caerme.

—¿Dónde vamos? —me quejé.

—A una habitación libre, para que descanses y se te pase el mareo —gruñó, apretando mi mano con dureza.

—¡Me haces daño!

—Lo siento —respondió suavizando un poco el agarre—, pero la situación me ha puesto muy nervioso.

—¿Estabas celoso?

—¿Qué? Dime, por favor, que no has probado el alcohol y hablado con ese idiota solo para darme celos —espetó clavando su fría mirada sobre mí—. Porque me parece una estupidez infantil e inmadura.

—N-no es ninguna estupidez.

—Joder —gruñó, dándole una patada a una puerta que se encontraba entreabierta para facilitar el paso.

Suspiré al ver cómo me depositaba con cuidado sobre la cama y me tapaba con una manta que había por la habitación. Mis mejillas se encendieron al encontrarme en la habitación de un desconocido, expuesta ante Atary.

Todavía estaba enfadada por permitir que Franyelis le bailara así, pero no pude evitar sentir mariposas al verle de frente y con los brazos cruzados, mirándome con lo que parecía una mezcla de molestia y preocupación. Me sentía poderosa y triunfal por tener su plena atención. Sonreí. Hacía mucho tiempo que no me sentía de esa manera, tan liberada.

—¿En qué pensabas aceptando alcohol? Tú no eres así, Laurie.

—¿Y si soy así? ¿Te gustan así? —contraataqué arrastrando un poco las palabras, aunque no sonaba tan sexi como él.

—No. Las chicas que hacen cosas que no quieren solo por el hecho de llamar la atención y hacer drama, me dan verdadera lástima. Eso es falta de amor propio —respondió con severidad—. Por eso no te entiendo. No te hace falta hacer algo así.

—¿Por qué no? —murmuré apesadumbrada—. Tú solo tenías ojos para Franyelis.

—Ahhh, claro… —respondió asintiendo con la cabeza, antes de masajearse la sien y resoplar revolviendo su oscuro cabello—. Así que era por eso. Claro, celos…

—Lo hacías, Atary. Ni siquiera te habías fijado en mí. Y yo… Yo…

—Yo siempre me fijo en ti, Laurie. Tuviste mi atención desde el momento en que apareciste en la sala y le sonreíste a la chica que iba contigo —soltó de repente, hipnotizándome con su mirada—. La tuviste cuando te sentaste en ese sofá y luego decidiste ir a la barra. Entonces ese idiota aprovechó la ocasión. Iba a quitártelo de encima, pero vi cómo tu amiga se levantaba y aparte apareció Franyelis para preguntarme si quería bailar.

—Ya —gruñí con molestia—, cómo le ibas a decir que no..., ¿verdad?

—Por favor, Laurie —replicó sujetándose al cabecero de la cama, apretándolo con fuerza—. En vez de tener celos estúpidos, ¿por qué no te acercaste hasta mí? Hubiera bailado contigo sin dudarlo.

—P-porque... Yo... Ni siquiera me saludaste...

—Pensé que querrías estar a tu aire —respondió encogiéndose de hombros—, siempre estoy pendiente de ti, protegiéndote. Por eso supuse que querrías algo de espacio. No me gusta agobiar a las personas.

—Yo quería tu atención —musité mirando hacia el techo y cerré los ojos antes de suplicar—: Ven.

—¿A la cama? Admito que es interesante ver cómo el alcohol hace que te sinceres conmigo, pero creo que esto ya es demasiado. Es tentar a la suerte —respondió con voz ronca—. Contigo me resulta difícil controlarme.

—¿Controlarte?

—Sí. Eres una chica con valores e ideales firmes respecto al amor. Me he ido dando cuenta con el paso de los días. No te gustan los chicos directos ni mujeriegos, no te gustan las relaciones de una noche ni que liguen contigo intentando conseguir algo más —dijo mirándome a los ojos mientras se aproximaba hasta la cama para sentarse en una esquina—. Quieres a un príncipe azul que te conquiste lentamente, que te haga ver lo atractiva y especial que eres y te enamore con palabras y hechos, con atenciones y corazones. Una chica sencilla y humilde que busca un amor de verdad, de esos que se han ido perdiendo con el paso del tiempo y nuestros antepasados atesoraban con ilusión. Y eso es lo que intento, ir despacio, porque tú eres especial.

Mi corazón bombeó acelerado al escuchar sus palabras; había dado en el clavo. Escuché cómo su respiración se había agitado y el aroma que desprendía su ropa embriagó mis sentidos. Estaba tan cerca de mi cuerpo que miles de cosquilleos recorrieron mi piel. La parte inconsciente de mi cerebro me gritaba que me aproximara más a él y acercara mi rostro al suyo para probar esos labios que se movían de forma magnética al hablar.

—¿Cómo…? ¿Cómo sabes tanto de mí?

—Eres como un libro abierto, Laurie —susurró con su ronca voz—. Y a mí me gusta leerte.

Observé cómo sus pupilas se dilataron y tragó saliva con dificultad, aproximando su mano a escasos milímetros de la mía. Podía sentir las chispas que surgían ante el inminente contacto. Lo deseaba.

—¿Yo…, te gusto? —balbuceé, incorporándome de la cama para quedar a su altura.

—Mucho. No te imaginas hasta qué punto me tientas.

Contuve la respiración y cerré los ojos antes de que mi cuerpo se impulsara de forma inconsciente hacia él y acercara mi rostro hasta el suyo, sintiendo su respiración calentar mis labios. Sabía que el alcohol me estaba manejando a su antojo, impulsando a mis hormonas alocadas, pero en el fondo estaba deseándolo. Ansiaba romper una de las reglas impuestas por mi madre. Experimentar algo tan íntimo y prohibido me estaba enloqueciendo.

Abrí los ojos al ver que mis labios no chocaron con los suyos y gemí frustrada al ver que se había apartado y me miraba con los ojos abiertos y la boca torcida. ¿Había hecho algo mal?

—Así no, Laurie.

—¿Qué? —pregunté bajando la mirada.

Uno de sus dedos acarició mi mejilla con delicadeza y tiró de ella, obligándome a mirarle de nuevo. La cercanía entre ambos me hizo apreciar cómo relamía su labio inferior y sus ojos azules brillaban con intensidad.

—Quiero hacer las cosas bien —suspiró pasando un dedo por mi labio, apretándolo levemente—, no me lo hagas más difícil.

—¿Por qué? ¿No quieres…?

—Claro que quiero —respondió con una sonrisa mordaz—. Tengo un empalme de mil demonios y estoy deseando atraparte entre mis brazos, para después recorrer tu cuerpo con mis labios, pero… No puedo. No creo que quieras que sea como ese imbécil cuyo único objetivo es llevarse chicas a la cama para completar su estúpida lista y apuesta. Yo no soy así.

—¿Lista? ¿Apuesta? —pregunté frunciendo el ceño.

—Ese idiota apostó con varios amigos suyos que en este último año conseguiría acostarse con cincuenta chicas vírgenes —bufó—. Debió de intuir que tú lo eras y clavó los ojos en ti, el muy imbécil. No estaba dispuesto a dejarle.

—¿Por eso te pusiste así?

—Claro —respondió acercando mi cabeza hasta su pecho para acariciarme el cabello—. Te prometí que no dejaría que te sucediera nada malo. Y yo siempre cumplo mis promesas.

—Gracias —musité, cerrando los ojos para saborear la sensación de sus caricias. Por desgracia, mis demonios me arrastraron hacia mis miedos e inseguridades, otorgándome una molesta inquietud—. Atary, ¿soy rara?

—¿Rara? No. Eres especial, ¿por qué lo preguntas?

—¿Entonces porque todos me tratan como si lo fuera? ¿Por qué soy un blanco fácil para las burlas, humillaciones y apuestas?

Llevé una mano hasta mis ojos para limpiarlos al recordar todo mi pasado. Estaba cansada de que me juzgaran, de que me aislaran, de que no me dieran la oportunidad de conocerme y todo por mi carácter retraído o mis creencias. No quería romperme a llorar delante de él. Quería ser fuerte por una vez.

—Porque lo diferente da miedo. Las chicas saben perfectamente lo especial que eres y tienen miedo de que les hagas sombra con tu presencia —respondió con una sonrisa ladeada—. Por eso intentan hacerte pequeña con burlas y humillaciones, para hacerte tan invisible que nadie recuerde que estás ahí, pero estás. Yo te veo. Y los chicos... Los chicos son idiotas —rio.

—A veces me gustaría ser como el resto de chicas —confesé, jugueteando con mis manos.

—¿Para qué? —preguntó, obligándome a mirarle a los ojos—. Captaste mi interés así, siendo tú. Si cambiaras no serías Laurie. Serías otra más del montón.

—Seguro que has estado con mil chicas mejores que yo —murmuré con tristeza.

Atary soltó parte del aire que tenía acumulado por su nariz y aproximó sus labios hasta mi oreja, haciendo que un calor agradable me rodeara.

—He estado con chicas, sí, pero ninguna como tú. Y debo decir que has conseguido romper todos mis esquemas cuando es jodidamente complicado. Me gusta demasiado el orden —susurró apartando mi cabello—. Por cierto, se me olvidó decirte que estás increíble esta noche. No podía despegar mis ojos de ti.

—¿Me cuidarás? —susurré rozando mi nariz con la suya, dejándome llevar por su relajante aroma.

—Siempre —respondió depositando un beso sobre mi frente, antes de envolverme entre sus brazos.

Entonces sonreí. Mis demonios se habían esfumado.

Capítulo XVI ✝ Rincones y secretos

Nos quedamos en esa posición durante un rato, hasta que empecé a sentirme mejor. Atary continuaba acariciándome el cabello en silencio, aunque la música del piso inferior nos acompañaba. Era un momento cómodo y especial para mí.

Por suerte no había bebido demasiado, así que confiaba en que enseguida volvería a la normalidad. Mi principal problema en ese momento era qué les diría a mis padres; cómo explicaría todo lo que había sucedido, incluyendo el despertar de esa oscuridad que tanto aborrecían. Les había fallado a ellos y a mí misma.

—¿Quieres que te lleve a casa?

Mi mente pensó en Angie y recordé que la había dejado sola. «Soy una amiga horrible» me quejé para mis adentros, sintiéndome culpable. Esperaba que estuviera bien y no me lo tuviera en cuenta.

—Tengo que buscar a Angie. Hemos venido juntas —murmuré masajeándome la frente. Me dolía.

—Angie está... Ocupada —sonrió formando un hoyuelo adorable en su mejilla.

—¿Ocupada? ¿Con qué? ¿Y cómo…?

—Con Vlad —respondió enseñándome la pantalla de su teléfono móvil—. Acaba de mandarnos un mensaje diciéndonos que acaba de ligar en la fiesta y la de la foto es ella.

—Vlad es… —gruñí intentando encontrar las palabras que le definieran.

—Promiscuo —rio—, pero la tratará bien. Seguramente se diviertan un rato y luego la devolverá a la residencia.

—Como le haga daño —advertí a Atary señalándole con el dedo—, se las verá conmigo.

Un revoloteo en el estómago me provocó un sonrojo al escuchar su risa. No fue un gesto burlón, sino tierno, que completó deslizando uno de sus dedos hasta la punta de mi nariz mientras me guiñaba un ojo.

—Que tierna amenaza —sonrió guardando su móvil—, pero no hará falta. Yo me encargaría personalmente de darle una patada en su entrepierna. Es lo único que haría efecto.

—Gracias.

—No es nada. Será mejor que regresemos —respondió levantándose de la cama—. Así, si te llaman tus padres, estarás sana y salva en tu habitación.

—Mis padres —musité mordiéndome el labio inferior—, se me había olvidado. Mi madre me llamará seguro.

—Entonces vamos.

Salimos de la puerta cogidos de la mano y nos movimos entre los estudiantes, aunque ya se habían marchado algunos. El tacto de su piel era tan frío que, por el contraste con la calidez de la mía, me generaba una corriente eléctrica placentera.

Una vez abajo, Atary fue a buscar su coche, que lo había aparcado a unos metros de la residencia. Así que me quedé esperando en la entrada principal, tapándome el cuerpo con las manos para protegerme del frío que empezaba a hacer, ya que había caído la noche.

Miré hacia el cielo, estaba despejado y una constelación de estrellas brillaba con fuerza. La luna estaba llena e iluminaba Edimburgo con timidez, era perfecto. Estaba tan ensimismada mirando al cielo que solté un quejido al sentir que alguien chocaba conmigo.

—Volvemos a encontrarnos.

Miré a Sham con cara de pocos amigos, cruzándome de brazos. No entendía qué hacía ahí si no iba a la facultad, no tenía sentido. Incómoda, retrocedí unos pasos y miré sobre sus hombros tratando de buscar a Atary, esperando que llegara pronto.

—¿Sigues enfadada? —preguntó sorprendido y resopló—. Definitivamente no entiendo a las mujeres. Estoy intentando ayudarte, Laurie.

—No necesito tu ayuda. No estoy metida en ningún lío.

—Pero si sigues con ese chico lo estarás tarde o temprano —gruñó—. Él no te conviene.

—Eso tendré que decidirlo yo —respondí cansada, mirándole a los ojos.

—No tienes mucha capacidad de decisión por lo que veo.

Me mordí el labio conteniéndome para no responderle con una grosería, pues ya me había desatado lo suficiente. Estaba a punto de marcharme para dejarle solo cuando Atary apareció tras nosotros y le miró con dureza antes de tirar de mí.

—Podemos irnos —dijo mirando en mi dirección.

—Sé lo que eres —gruñó Sham. Sus ojos echaban chispas.

—¿Tienes pruebas? —preguntó con una sonrisa burlona.

—Ella es hija de Arthur Duncan.

—¿Y? —rio con una mueca divertida—. Si es una advertencia no me da ningún miedo.

Miré a ambos confundida, sin entender nada de lo que estaba sucediendo. Ambos se miraban con odio y mantenían su cuerpo en posición de alerta. Parecían dos animales enfrentándose por un territorio.

—La noche ha llegado. Yo que tú tendría cuidado —espetó Sham—. Nos vemos, Laurie.

Observé con la boca abierta cómo entraba en el edificio y su silueta se perdía entre la masa de personas que permanecía en la fiesta. Miré a Atary sin comprender nada, pero él me ignoró, tirando de mí con insistencia para que le siguiera hasta el coche.

—¿Qué ha sido eso? Parecíais…

—¿Desde cuándo ese chico te acosa? —preguntó de repente con la mandíbula tensa.

—Es… es amigo de Ana. Mi… Mi mejor amiga.

—Deberías mantenerte alejada de él. Es peligroso.

—Qué curioso —bufé—. Él me aconseja lo mismo.

—Los vampiros acechan en todos lados y son los seres más astutos del planeta, Laurie. Se esconden bajo una apariencia afable y conviven contigo, adentrándose dentro de tu círculo social. Familia, amigos, vecinos… Te atrapan dentro de su red poco a poco hasta que no puedes escapar y entonces… Terminan contigo, sumiéndote en una infinita y eterna oscuridad.

—¿Me estás di-diciendo que… Sham es… un vampiro?

—No puedo asegurarlo, pero es lo más probable.

—¿Y lo dices tan tranquilo? ¡Ana es su amiga! ¿Y si le hace algo? Ella desapareció y…

—Tranquila —respondió atrapando mi rostro entre sus manos—. Por desgracia él parece más interesado en ti.

—Pues yo no tengo ningún interés en él —murmuré antes de sentarme en el asiento del copiloto—. Y no quiero que a ella le pase nada.

—Intentará hacer lo posible para que desconfíes de mí y te apartes de mi lado. Ten cuidado.

—¿Y por qué no me ha llevado ya? ¿Por qué no me ha atacado?

—No es tan sencillo, Laurie. Son vampiros, pero no idiotas —sonrió—. Los *dhampir* y los vampiros tenemos unas leyes que fueron escritas hace siglos y son inquebrantables. Algo así como un tratado. Nuestro deber es proteger a los humanos y si ellos se enterasen que existen estas criaturas se desataría el caos y el terror. No podrían hacer vida normal. Estarían conspirando sobre quién puede ser un vampiro y quién no, morirían personas inocentes seguramente, incluso parte de nosotros. Sería una locura. Así que solo podemos encargarnos de ellos de noche, que es cuando cazan.

—¿Un tratado? —pregunté sorprendida—. ¿Por qué mencionó a mi padre? ¿Qué tiene él que ver? ¿Está en peligro? ¿Y qué ganan ellos a cambio? Me imagino que nadie acepta algo así de forma gratuita.

—Son muchas preguntas —respondió tirando de la comisura de sus labios—. No debes preocuparte por el tratado. Es algo con lo que lidiamos mis hermanos y yo. Ellos ganan que no destruyamos algo que les interesa. Y respecto a tu padre… No quiero involucrarte en este tema.

—¡Atary! —exclamé, clavando mis ojos en él—. ¡Es mi padre! Ya estoy involucrada. Ese chico no para de insistirme en que no confíe en ti y encima te menciona a mi padre. No entiendo qué sucede. ¿Va a sucedernos algo malo? ¿Esconde algún secreto?

—No permitiré que te suceda nada, Laurie. Eso es todo lo que debes saber por el momento.

—¿Hay más *dhampir* aparte de vosotros? —pregunté, molesta por sus herméticas respuestas. Tarde o temprano tendría que decirme la verdad.

—Sí. Hay por todo el mundo, igual que los vampiros.

—Nunca pensé que existieran seres así —reflexioné en voz baja—. Se supone que solo existían en los libros.

—El mundo es amplio y complejo, lleno de rincones secretos. Hay hueco para todos.

—Todo esto me da…, miedo. No quiero que le pase nada a mi padre, ni a mi madre, ni tampoco a mí. ¿Por qué parece que estoy en medio?

—No tienes de qué preocuparte, Laurie. Yo te protegeré, te lo he prometido —suspiró—. Ahora intenta descansar. Te dejaré en casa.

—Gracias por cuidar de mí —susurré, dejando caer mi cabeza en el respaldo—. Me alegro de haberte conocido.

—Y yo a ti.

Tras escucharle decir esas cuatro palabras me dormí, protegida por el calor del interior de su coche y su intimidante presencia.

El fin de semana pasó deprisa. Me había distraído y había perdido demasiado tiempo con la fiesta, sin olvidarme de los remordimientos que no tardaron en llegar. Mi mente no paraba de dar vueltas sobre lo sucedido. Que Sham hubiera mencionado a mi padre no podía significar nada bueno y que mi oscuridad estuviera acechando de nuevo… Mi estabilidad estaba peligrando.

Así que decidí centrarme en mis estudios y terminar los trabajos y tareas que tenía pendientes para desconectar. En algún momento que tuve libre traté de ponerme en contacto con Ana, pero fue en vano. Seguía sin dar señales de vida.

El lunes regresé a las clases y en el momento de descanso me dirigí hasta el comedor, donde Angie me esperaba en nuestro sitio de siempre para hablar sobre la fiesta del viernes.

—¡Desapareciste! —se quejó nada más verme llegar, haciendo un mohín.

—Tú también —musité colocando un mechón detrás de la oreja.

—Y qué noche, ¡Dios mío! —suspiró con dramatismo—. ¿Sabías que Atary tiene un hermano mayor que Nikola y es jodidamente sexi e intimidante? Tiene un aura peligrosa que hace que me tiemblen las piernas. ¡Y se parece tanto a Damon! Creo que es mi *crush*. Mi *crush* literario que milagrosamente ha salido del libro para hacerse real y hacerme temblar como un flan. Y yo que pensaba que eso solo sucedía en *Wattpad*...

—¿Se portó bien? —inquirí con preocupación.

—¡Sí! Eso ha sido lo mejor de todo. Tiene esa aura oscura y ese carácter de «soy el amo del mundo y están todas a mis pies», pero es un caballero. Estuvimos juntos un par de horas y luego me acercó a la residencia.

—¿Hicisteis...? Uf. Ni siquiera sé cómo preguntarlo. No quiero ser cotilla, pero...

—¿Si nos acostamos? —preguntó con una risilla aguda—. No, pero nos liamos y le vi sin camiseta. Dios, Laurie. Creo que esa noche llamé tanto a Dios que me va a negar la entrada al cielo. Aunque, pensándolo bien, ver esa tableta de chocolate blanco que tiene por torso y poder acariciarla ha sido la entrada directa al paraíso. Tuve un jodido orgasmo táctil y visual —chilló entusiasmada—. Casi me desmayé, ¿y sabes cómo sonríe? Es esa sonrisa de soy un jodido dios y lo sé, por eso te haré disfrutar como si no hubiera un mañana. ¡Uf! Solo de recordarla me tiemblan las piernas.

Abrí y cerré la boca un par de veces sin creerme las palabras que podían salir de los labios de Angie. Estaba realmente loca y me recordaba tanto a Ana...

Suspiré, seguramente de haberse conocido se llevarían genial. Pensé en Vlad. Era atractivo y varonil, su musculatura era más definida y marcada que la de sus hermanos y las arrugas que se formaban en su frente cuando sonreía le concedían una belleza especial, madura. Así que entendía el estado emocional en el que se encontraba Angie.

De hecho, ella había hecho más con Vlad que yo con Atary, aunque en el fondo sabía que era lo mejor. No debía caer ante él, pues debía mantenerme inmaculada para mi futuro marido y sabía que mis padres no aceptarían mi relación con él; ellos querían a Richard.

—¿Estás bien? Te has quedado callada y parecías estar completamente desconectada de este mundo.

—S-sí —musité meneando la cabeza mientras que un flash llegaba a mi mente con fuerza—. Por cierto, Angie, ¿tú qué crees que le sucedió a tu hermana? ¿Dónde piensas que estará?

—¿Soid? —preguntó poniéndose seria—. ¿Por qué lo preguntas?

—Tengo una extraña sensación que no me gusta nada... Necesito saber que solo son paranoias mías y me estoy dejando llevar por los recelos y la desconfianza.

—Estás empezando a darme miedo —sonrió de forma tensa, mirándome sin pestañear.

—¿Y bien?

—No lo sé, desde que esas personas fueron hasta mi casa a por ella para curarla —respondió con seriedad, haciendo comillas con los dedos en la última palabra—, he barajado distintas teorías. Lo único que tengo claro es que están ocultando algo. Fue todo muy extraño. Soid no se quedaría con extraños porque sí y mucho menos dejaría de tener relación con todos nosotros.

—¿Por qué se la disteis a unos desconocidos? ¿No tuvisteis miedo?

—No —negó—. Esas personas fueron acompañadas por otros que mi madre conocía. Le insistieron en que era lo mejor que podía hacer por ella y que con sus cuidados pronto se sentiría mejor. Le prometieron que podrían curarla.

—¿Y les creísteis?

—Cómo no hacerlo… —suspiró—. La habíamos llevado al médico e hizo muchísimas pruebas, pero no averiguaban qué podía tener. Todo daba negativo, y mi madre ya se temía lo peor. Pensábamos que se iba a morir y cada día que pasaba empeoraba… Llegó a parecer un cadáver y tenía los ojos inyectados en sangre. Fue horrible.

Miré con tristeza la expresión de miedo que reflejaba su rostro. Su descripción podía cuadrar con el desarrollo de un vampiro, pero ¿acaso era eso? ¿Esas personas se llevaban a los vampiros? ¿Podía serlo Ana? Me revolví incómoda en el asiento. Cada hipótesis que formulaba en mi mente era peor que la anterior.

—¿Recuerdas cómo eran esas personas?

—Cómo olvidarles, sobre todo a uno. Sus ojos eran tan… singulares —dijo con la mirada perdida—, parecía muy interesado en llevarse a mi hermana.

—¿Singulares? —pregunté tragando saliva, bajando las manos debajo de la mesa para disimular mi temblor.

—Uno de ellos era verde y el otro azul. Eran inquietantes y su mirada era tan fría, tan rígido y hostil. Me dio miedo pensar a quién le estábamos cediendo el bienestar de Soid.

—Dios —musité sin poder evitarlo.

—¿Qué sucede? Estás pálida.

—Creo que conozco a ese chico, ¡es el amigo de Ana! Mi amiga que también enfermó y desapareció.

—¿Crees que…?

—¿Ambas desapariciones están conectadas? Sí, eso creo —susurré.

—¿Pero qué interés puede tener ese chico en ellas? ¿Y por qué se llevaron a ambas estando enfermas? —preguntó con los ojos demasiado abiertos—. ¿Acaso pertenecen a una secta? De esas raras que tienen un Dios especial y piensan que va a llegar el apocalipsis. Es tan turbio... No hay día que no me arrepienta de haberles entregado a mi hermana.

—¿Una secta? No creo que sea eso, Angie.

—¿Entonces qué? —musitó con una expresión de terror en su rostro.

—Creo que se trata de algo más… —miré a mi alrededor, me aproximé a Angie con cautela para que nadie nos escuchara y susurré—: Oscuro.

Su rostro se paralizó y sus pupilas se intensificaron, mirándome como si fuera un fantasma o tuviera uno detrás de mí. Estaba tan nerviosa que intentó coger el vaso que tenía en la bandeja y se le cayó, derramando el líquido por la mesa.

—Oye, Laurie, si te has levantado con ganas de gastarme una broma que sepas que no tiene gracia, me está latiendo el corazón a mil y me preocupa mucho mi hermana. Ni siquiera nos dieron una dirección para ir a visitarla o un teléfono para llamarla y saber qué está bien, nada. Desapareció de la faz de la Tierra y los policías no pueden ayudarnos porque dicen que estábamos de acuerdo y fue según su voluntad. Así que…—susurró con la voz quebrada, después de inspirar profundamente—. Júrame que mi hermana está bien, sana y salva en algún lugar del mundo, deseando volver a casa con nosotras.

—Ojalá fuera una broma lo que te estoy diciendo —musité—, porque ese chico ha decidido acosarme a mí y me asusta pensar que pueda sucederme lo mismo. Estoy aterrada, Angie. No quiero desaparecer.

—Joder, pero… Tú estás bien, ¿verdad? No te sientes enferma ni nada, ¿no? No hay motivos para que…

—Por ahora sí… me siento bien —la frené, mirando a Atary con preocupación y susurré—. Por ahora.

Capítulo XVII † caricias en mi piel

Al día siguiente me desperté con unas inquietantes ojeras debido a que había vuelto a ver a ese gato negro que tanto me asustaba. Había confiado en que había desistido de su particular acoso y había optado por desaparecer, así que durante la noche dejamos la persiana levantada para iluminar la habitación con la luz de la luna, pero me equivoqué. Sus ojos pardos me persiguieron en la oscuridad, produciéndome pesadillas.

Pasé la mañana tratando de luchar contra mis ganas de dormir, parpadeando constantemente mientras intentaba escuchar las explicaciones monótonas de los profesores.

En el descanso entre clase y clase, Atary se acercó hasta mí para preguntarme si estaba bien, pero ni siquiera le presté mucha atención, solo quería dormir. Y en el comedor asentía con la cabeza, fingiendo escuchar las aventuras que Angie relataba mientras trataba de comer algo para llenar mi estómago, aunque también se encontraba con sueño y no quería colaborar.

Así que cuando llegué a mi habitación me tiré en la cama mientras soltaba un gruñido a Franyelis a modo de saludo. Todavía no había olvidado la escenita del baile con Atary y sentía punzadas en el estómago cada vez que la veía tan guapa, tan feliz, tan dulce, tan ella.

Cerré los ojos y me tapé el rostro con un cojín para intentar calmarme. Las palabras de mi madre vinieron a mi mente de golpe, recordándome una de sus enseñanzas: «Los sentimientos negativos solo sirven para sacar la peor parte de nosotros mismos, Laurie. Nos convierten en bestias. Nos hacen monstruos indestructibles, capaces de llevarnos todo a nuestro paso para generar un apocalipsis inminente del que nadie se podrá salvar; pues es imposible volver atrás».

Yo no era así. Ya no. Cuando era pequeña había tenido una poderosa sensación de malestar, que se traducía en unas ganas enfermizas de desear que determinadas personas desaparecieran.

Había sufrido humillaciones, burlas y un vacío por parte de mis compañeros de clase, que me hicieron sentirme pequeña y frágil. Durante unos años les deseé el mal, ansiaba que ellos sufrieran cómo me hacían sufrir a mí. Pero, gracias a la educación de mis padres y la religión, me aferré a valores como la bondad y el perdón.

Suplicar clemencia a Dios y rezar por mi alma hasta quedarme dormida fue mi principal rutina. La pureza y la perfección se convirtieron en mayor aspiración, no me detuve hasta que lo conseguí. Logré doblegar al monstruo que me dominaba, pero ahora estaba renaciendo en mi estómago, salpicándolo todo con su oscuridad.

Estaba muerta de sueño, pero tenía claro lo que debía hacer. El mayor castigo que mi madre me daba cuando hacía algo malo que la decepcionaba era encerrarme en una sala fría y sencilla para rezar, hasta que mi oscuridad disminuía, convirtiéndose en un susurro. Siempre me dio resultado y esta ocasión lo ameritaba, pues los celos y la inseguridad me estaban consumiendo.

—¿Exhausta? —preguntó Franyelis de repente, levantando la vista de su teléfono.

—Sí —murmuré mientras me levantaba de la cama, tratando de acomodar mi desordenado cabello—, ahora vuelvo.

Cerré la puerta con cautela y me dirigí hasta la tercera planta, donde se encontraba un pequeño almacén, repleto de trastos que las personas habían perdido o directamente habían quedado en el olvido. Era oscuro, algo claustrofóbico para mi gusto, pero estaba libre de miradas curiosas y me permitiría concentrarme en mi penitencia para pedir perdón por seguir el mal camino y dejarme dominar por la oscuridad.

Me metí dentro y me acomodé entre varios abrigos, cerrando la puerta tras de mí. Me arrodillé en el frío suelo y quité el dije de mi cuello para sostenerlo entre mis manos. Cerré los ojos y empecé a rezar pensando en Dios y su misericordia. No podía alejarme de su luz.

Dos horas más tarde regresé a la habitación. Me sentía exhausta físicamente pero también mental; las penitencias me dejaban completamente agotada. Al acabar volví a colocar el dije en su sitio y me centré en recordar que Franyelis era una persona simpática y dulce, que se preocupaba por mí, y también era una buena amiga. Me lo repetí varias veces antes de abrir la puerta y apreciar cómo me observaba con cara de sorpresa.

—Sí que has tardado, ¿acaso has ido a la otra punta de Edimburgo? —sonrió—. Justo iba a buscarte para preguntarte si te apetece ver un culebrón típico de mi país. Bueno, es de Colombia, pero fue un verdadero *boom* en su día.

—Claro. ¿Cómo lo vamos a ver?

—Me he estado esforzando en mi trabajo y he conseguido comprar un televisor pequeño para la habitación. Me cansaba que para poder ver algo tuviera que ir hasta la sala de usos múltiples y tener que decidir entre todos, es frustrante.

—Ah.

—Ponte cómoda que ya me encargo yo de pelearme con el internet y Netflix. No creo que me lleve mucho tiempo.

—¿Qué serie es?

—Pasión de gavilanes. Espero que estés preparada, son ciento ochenta y ocho capítulos.

—¿¡Qué!? —exclamé atónita—. Son demasiados.

—Pero te encantará, estoy segura. Engancha de una manera increíble y los protagonistas están tan buenos —suspiró—. ¿Cómo prefieres los subtítulos? ¿Lo pongo en inglés o lo dejo en español? Por desgracia el audio no puede cambiarse.

—Bueno… Mejor en inglés. N-no entiendo casi el español.

Esperé pacientemente a que Franyelis terminara de preparar todo mientras la miraba de reojo. Era realmente guapa con su tez aceitunada y sus ojos chocolate. Mi autoestima decaía por momentos al fijarme en sus curvas y cómo su pelo adquiría un tono azulado hermoso al iluminarse con la luz de la habitación. Era tan lacio y largo, mientras que el mío era difícil de controlar y se me encrespaba, era una zanahoria sin brillo.

Observé el reloj, eran casi las siete de la tarde, así que no tardaríamos en cenar. Franyelis se levantó con una sonrisa orgullosa y me mostró la pantalla con el dedo, había conseguido proyectar lo que quería ver desde su teléfono móvil.

—N-no… ¿No deberíamos cenar?

—Claro, en unos minutos vamos. En cuanto termine de preparar el primer episodio.

Me sobresalté al escuchar unos golpes secos en la puerta y una voz ronca bastante familiar llegó a mis oídos, diciendo mi nombre. Me levanté a toda velocidad de la cama y avancé con prisa hasta la puerta, para abrirla y encontrarme de frente con Atary, vestido con una sudadera gris que acentuaba su piel nívea y el azul de su mirada. Estaba apoyado contra el marco de la puerta y me miraba con una sonrisa divertida que le dulcificaba el rostro. Me temblaron las piernas.

—¿Puedo pasar?

—¿Qué… qué haces aquí?

Miré las bolsas de plástico con la marca publicitaria de una conocida empresa de comida rápida que sostenía entre sus manos y sonrió, enseñándome su contenido.

—No paraba de pensar en que te había visto algo apagada, me tenías preocupado. Así que pensé en animarte trayendo la cena para hacer algo juntos.

—Claro, pasa —musité sintiendo como me ruborizaba.

Observé con cautela como Atary saludaba con la cabeza a Franyelis y esta se acomodaba sobre su cama, sosteniendo su móvil entre las manos. Miró el contenido de nuestras bolsas y sonrió de forma amable, dirigiendo su mirada hasta él.

—Espero que hayas traído algo para mí. Tengo hambre y eso huele suculento —dijo relamiendo su labio inferior—. La comida basura es mi pasión.

—Creo que habrá para todas. ¿Qué pensabais hacer?

—Íbamos a empezar a ver Pasión de gavilanes —informó Franyelis.

Enmudecí al ver cómo Atary soltaba una sonora carcajada y se sentaba sobre mi cama, haciéndome un gesto para que me uniera, mientras movía su cabeza con una mueca burlona. Entonces contestó a Franyelis con un acento tan sexi y grave que empecé a tener calor. El idioma español era realmente atrayente saliendo de sus labios.

Me quedé de pie, dudando si tumbarme a su lado o sentarme en una esquina de mi cama, pero Franyelis no me concedió mucho tiempo de espera porque apagó las luces de la habitación y se tiró en su cama, después de haber cogido una bolsa de patatas fritas.

—¿No vienes? —preguntó Atary con tono ronco mientras mostraba una sonrisa torcida, tentándome.

Suspiré balanceando mis pies por el suelo antes de decidirme y quedarme sentada en la cama. Apoyé mi espalda contra el cabecero, observando cómo Atary sonreía de forma perversa y se acomodó tumbándose con las manos apoyadas en su nuca.

El capítulo ya había empezado y su silueta se veía iluminada por la pantalla del televisor, dejando entrever que tenía sus ojos posados en mí. Observé cómo su mano se movía con cuidado, casi rozando la mía, hasta que la apartó de golpe y se incorporó en mi cama, acercándose lentamente hasta mi oído para apartar mi cabello a un lado.

—No muerdo —susurró, despertando un extraño cosquilleo en mi entrepierna—, por ahora.

—¿Qué? —musité abriendo la boca.

—Que no te pasará nada si te tumbas a mi lado. Estarás más cómoda y sé contenerme.

—Y-ya.

—¿Te pongo nerviosa, pequeña? —preguntó con diversión.

—N-no, yo… Un poco.

—Y todavía te queda un abanico de sentimientos y sensaciones por experimentar, si quieres.

Miré a Franyelis con miedo a que escuchara nuestra conversación y me juzgara. Atary parecía tener una doble intención, aunque no estaba del todo segura. Por suerte, mi compañera estaba concentrada en la serie y se reía de forma escandalosa cuando aparecía un anciano con gafas malhumorado.

—Yo… Confío en ti —admití conteniendo la respiración.

—¿Estás dispuesta a bajar al infierno esta noche?

Mi cuerpo empezó a temblar al escuchar su pregunta. No quería el infierno; todo lo que eso representaba me daba miedo, prefería mantenerme en la luz.

—¿Al infierno?

—Sí —respondió tragando saliva, antes de coger una manta y taparnos con ella—, porque vas a arder en breve.

Sentí como mi respiración empezó a acelerarse. Mi corazón iba a salirse en cualquier momento del pecho. Me tumbé a su lado mirándole con incertidumbre y algo de deseo, inquieta por saber cuáles eran sus intenciones. Me preocupaba el hecho de tener a Franyelis a escasos metros y poder defraudar a mis padres. Debía mantenerme pura hasta consagrarme en matrimonio.

—Relájate —susurró tapándome con la manta—. Y si algo te incomoda dímelo y pararé.

Asentí con la cabeza y me acomodé quedándome de lado, notando como su pecho subía y bajaba. Su mirada comenzó a descender por mi ropa y sus manos frías se introdujeron bajo la tela de mi camiseta, generando chispas al chocar contra mi cuerpo ardiente.

—¿Qué vas a…?

—No es lo que esa cabecita desconfiada que tienes piensa —sonrió—. Ya te dije que quiero hacer las cosas bien, no tengo prisa. Solo quiero acariciarte la piel. Creo que nunca nadie lo ha hecho y quiero mostrarte todas las sensaciones que puedes vivir conmigo si consigues romper tus barreras y limitaciones. Yo solo no puedo, pero juntos… Terminarás deseando haber cedido antes a la tentación.

—Eres un demonio, Atary —susurré incrédula, con una sonrisa nerviosa—, parece que tu único objetivo es hacerme pecar y sabes los ideales que rigen mi vida.

—Soy peor que el demonio, Laurie —ronroneó deslizando su mano hasta la zona baja de mi vientre, rozando la tira de mis bragas—, y sé que te resistes por todo lo que te han inculcado, pero te estás perdiendo cosas maravillosas como esta.

Contuve la respiración mientras me mordía el labio inferior para controlar un jadeo que amenazaba con escaparse. Atary me torturaba con sus habilidosos dedos deslizándose entre mi cintura y vientre, sin adentrarse a explorar zonas que para mí estaban prohibidas. Esos movimientos fueron suficiente para generarme un placentero cosquilleo que se conectó con mi zona más íntima, permitiéndome saborear la sensación de explosión y bienestar que comenzó a recorrer todo mi ser.

Atary me hacía querer más; anhelaba mucho más de él, pero ¿sería capaz de mantenerme firme y recta? ¿O me arrastraría de verdad por el camino del infierno? Ese en el que, inconscientemente, ya había puesto un pie.

La noche pasó entre caricias y momentos de cercanía. No supe cuánto tiempo se mantuvo así, poniendo en jaque mis pensamientos decorosos y mis ideales, pero hubo un momento en el que se detuvo y me atrapó contra su cuerpo, acariciándome el cabello con delicadeza hasta que terminé durmiéndome.

Cuando me desperté ya había amanecido y Atary había desaparecido de mi cama. Lo último que recordaba era haber escuchado su voz hablando en español y la risa de Franyelis martilleando mi mente, pero luego oscuridad. Había podido dormir profundamente durante el resto de la noche.

Al descorrer la cortina comprobé que hacía un día agradable; parecía que el sol quería aguantar disminuyendo el habitual frío de Edimburgo, despertando mi buen humor. Así que traté de ignorar los celos que amenazaban con apoderarse de mi cuerpo; justo cuando una voz familiar comenzó a susurrarme que habían conversado entre ellos y no sabía qué habían dicho, para centrarme en prepararme para salir de la residencia y llegar a tiempo a la facultad. Tardaba veinte minutos caminando a paso ligero.

Al llegar a clase busqué a Atary con la mirada, pero su mesa estaba vacía. Era extraño, normalmente era de los primeros en llegar y acomodarse en su asiento. Suspiré, supuse que tendría cosas que hacer o quizá se había enredado entre sus sábanas. Tuvo que volver a su habitación de madrugada.

—Antes de comenzar con la clase de hoy me gustaría informaros sobre la excursión que realizaremos a las catacumbas de la ciudad —informó el profesor apoyando sus manos sobre la mesa—. Es opcional, así que tenéis algo más de dos semanas para apuntaros. Se realizará el nueve de noviembre.

—¿Cuenta para nota? —preguntó una chica con unas finas gafas y pelo rizado que parecía estar en todo.

—Creo que has formulado mal la pregunta. La cuestión es si lo que explique ese día entrará en el examen y sí, aquellos que vayan se verán recompensados con una información excelente sobre el sufrimiento y las enfermedades que se originaban en la ciudad subterránea olvidada. Una historia suculenta para los turistas por el incentivo de los fantasmas y los espíritus, cuyas leyendas dicen que todavía habitan ahí abajo. Inquietante, ¿verdad? —sonrió antes de darse la vuelta.

Anoté con rapidez todo lo que había dicho el profesor y mordisqueé el plástico del bolígrafo pensando en que tendría que avisar a Atary. Dudaba que el alumnado de otras carreras fuera a hacer la excursión y yo no quería ir sola. No tendría a Angie ni a Ana, así que si Atary tampoco iba a ir me sentiría perdida, pero tampoco podía no asistir. No quería perderme parte del contenido que iba a entrar en el examen.

En el descanso me dirigí hasta el comedor y vi que Angie se encontraba en nuestra mesa de siempre, esperando a que llegara para ir a por nuestras bandejas, pero me fijé que en la mesa de Atary solo estaba su hermano con una bandeja de comida algo apartada y sostenía entre sus manos un libro negro que parecía bastante antiguo. Desde donde me encontraba no alcanzaba a ver el título.

Me mordí el labio inferior barajando la idea de acercarme o no, y vacilé unos segundos antes de suspirar y llegar hasta su mesa. Me balanceé con los pies pensando cómo iniciar la conversación sin resultar entrometida.

—¿Se te ha perdido algo? —preguntó Nikola cerrando el libro con brusquedad—. Me estás haciendo sombra y no me gusta que me desconcentren.

—Lo si-siento —balbuceé, jugueteando con mis manos—. Es que… Yo…

—¿Solo has venido hasta aquí para quedarte parada como una tonta? Además de sombra, me estás haciendo perder mi valioso tiempo, apúrate o lárgate.

Un molesto picor por la nuca me hizo rascarme de forma impulsiva y tragué saliva, sin poder parar de mirarle a los ojos. No entendía por qué era así conmigo, no le había hecho nada y ni siquiera me conocía, más allá de las cuatro palabras que habíamos cruzado y el encontronazo en su casa.

—¿T-te pasa algo conmigo? —pregunté con un hilillo de voz.

—Ya te advertí la otra vez que te alejaras de todo esto y tú te empeñas en complicar las cosas. Atary se cansará de ti tarde o temprano, no eres nadie. Grábatelo en esa cabeza que tienes y asúmelo —respondió con tirantez, alzando su rostro para helarme con su mirada.

—N-no sabes… ¿Cómo p-puedes? ¿Có…?

Mis palabras se quedaron en el aire sin saber cómo completarlas. Quería huir, pero mi cuerpo se había quedado rígido. No podía dejar de ver como su mandíbula se tensaba y el negro de sus pupilas se intensificaba.

—Soy su hermano, ¿verdad? En el fondo te estoy haciendo un favor diciéndote eso, así que desaparece.

—¿Perdón? —balbuceé atónita.

—Mira, Laurie. Tu presencia nos trae problemas, a mí y a mi familia en general. La gente no puede saber qué somos o se desatará el caos —siseó—. Tenemos una ley inquebrantable y es no mezclarnos con la gente común más allá de lo normal. Debemos permanecer en la sombra, actuar cuando es necesario y volver a refugiarnos en nuestra guarida secreta. ¿Sabes lo que consigues siguiendo a mi hermano como si fueras un perro faldero?

Me quedé muda, hasta mi respiración se había entrecortado. Nikola desprendía sus palabras con un profundo desagrado mientras seguía sosteniéndome la mirada, intimidándome con ese color grisáceo tan llamativo que poseían sus ojos, parecido al hollín. Sus cejas se juntaron, formando una expresión de rechazo. Incluso su cuerpo se mantenía rígido e impasible sobre su asiento y su boca permanecía torcida, resaltando la barba incipiente que la rodeaba.

—Parece que no te das cuenta —gruñó antes de levantarse—. Paso de perder más tiempo contigo. Piensa en mis palabras si es que te ha llegado la información al cerebro y actúa de forma sensata o las consecuencias serán nefastas.

—¡E-espera! —exclamé sujetándole por el brazo de forma inconsciente.

—No me toques.

Su tono grave y hosco hizo que soltara su brazo como si quemara. Tragué saliva y contuve la respiración antes de soltar la pregunta que deseaba hacerle desde que le había visto solo. Necesitaba saberlo.

—¿D-dónde está Atary? N-no ha venido a clase y…

—Ni lo sé, ni me importa —respondió sujetando su libro con fuerza. Podía apreciar la manera en que sus dedos se tensaban sobre la tapa—. Y a ti tampoco.

Me hice a un lado al ver cómo hizo un ademán de marcharse y le observé alejarse. Contuve la respiración hasta que desapareció por completo y mi alrededor volvió a activarse de nuevo. Era como si se hubiera quedado en pausa durante la conversación. Angie me miraba con gesto preocupado y el resto de alumnos seguía haciendo su vida sin percatarse de lo que había sucedido a escasos metros de sus narices, aunque mejor así. Ya me sentía demasiado humillada.

Mi estómago se había cerrado por completo y, por muchos intentos que hiciera tratando de revolver la comida con el tenedor, llevar algo a la boca fue imposible. Me sentía abrumada porque no podía contarle mi encontronazo con Nikola ni sus palabras de advertencia, pues destaparía lo que era y no podía hacerle eso a Atary. Así que me mantuve callada mientras escuchaba las preguntas curiosas de mi reciente amiga. Tampoco quería mentirle, mi ética me lo impedía, así que sencillamente la ignoraba, hasta que se cansó y decidió cambiar de tema.

—¿Ha habido algún avance respecto a Atary? —preguntó sonriendo con picardía.

—N-ns-sí, supongo. Anoche me acarició por la zona del vientre —susurré avergonzada.

—¿Y no se te cayeron las bragas del gusto? ¿No bajó más?

—¡No! —exclamé ofendida—. No soy ninguna suelta. Eso no está bien, Angie.

—¿Perdona? ¿Me estás diciendo que no está bien dejarte llevar con alguien que te gusta y… ¡Sorpresa! que tú también le gustas?

—Sería pecado. No estamos casados y…

—Oh, por Dios. No me digas que tu intención es llegar virgen al matrimonio —dijo entornando los ojos.

Cerré las manos en un puño al escuchar su respuesta y me revolví en el asiento. Sus palabras hirientes fueron como un puñetazo para mí. Odiaba que la gente bromeara o se burlara sobre mis creencias cuando para mí eran importantes. Era lo que me había salvado de perderme por completo.

—Pues… sí.

—¿Es lo que tú quieres realmente o lo que esperan tus padres que hagas? Son dos cosas muy diferentes.

—Y-yo…Bueno e-ellos. Digo, nosotros…

—¿Ves? Estás confusa. Mira, Laurie, tienes dieciocho años, o sea, eres mayor de edad. Tienes a un chico que es un dios sexi pendiente de ti, que te gusta porque se nota, babeas por él cada vez que aparece —sonrió—. Igual suena algo brusco, pero me resulta tremendamente machista que una chica tenga que llegar virgen al matrimonio como si estuviera otorgando un regalo sagrado mientras que el chico puede ser un cerdo promiscuo que ha metido su parte íntima hasta en un enchufe. Somos jóvenes y libres. Estamos en la edad perfecta para vivir sensaciones nuevas, disfrutar, sentir, soñar y amar. Obviamente la virginidad es algo importante y no puedes dársela al primer idiota que pase y tampoco te estoy diciendo que te tires a sus brazos y le abras tus piernas, pero sí que te dejes llevar. Olvida la pureza y la inocencia que dicen que tenemos que tener; olvida el esperar que tengas que privarte de tener un romance intenso y poderoso que recordarás toda tu vida, porque en unos años puede que eches la vista atrás y te arrepientas. La situación te ha llegado ahora y creo que es una señal, no la desaproveches.

—Pero… —susurré apesadumbrada—, mis padres quieren que me case en unos años con Richard y mi madre me dice que…

—¿Te gusta ese Richard? ¿Le conoces? ¿Te trata bien?

—Él se metía conmigo en el colegio y me decía cosas horribles —recordé incómoda.

—¿Y de verdad no vas a hacer nada? ¿No vas a protestar porque pretenden casarte con un imbécil que no te va a tratar como te mereces? Los matrimonios de conveniencia, por suerte, ya no existen, al menos no aquí. Tú eres la única que puede decidir con quién estar. Es tu vida, no la suya.

—Mi madre dice que seguramente eran tonterías de niños pequeños y que ha madurado. Dice que será el marido perfecto y…

—Y una mierda el marido perfecto, ¡pues que se case ella con él si tanto le gusta! —exclamó con una mueca de asco—. Hay decisiones, como esta, que debes aprender a tomar por tu cuenta y no depender de nadie más. Disfruta y déjate llevar, entrégate al amor que está corriendo por tus venas y… ¡Qué narices! No hay nada de malo en tener orgasmos visuales y sentir que se te caen las bragas con solo verle sonreír. Aprovecha, Laurie, pero ten cuidado. Hay ciertas sensaciones placenteras que enganchan, son como una droga.

—¿Te has drogado alguna vez? —pregunté alarmada con los ojos bien abiertos.

—¡Qué dices, boba! Es un decir —rio—. Pero en serio, ahora no hago más que pensar en Vlad. Atary estará bueno, pero Vlad está a otro nivel. Se lo come con patatas cuando sonríe y enseña sus abdominales. Me pasaría horas chupándolos como si fueran un dulce. Ay…, dulces, chocolate… Me ha entrado el hambre.

—Eres increíble —reí, meneando la cabeza—, pero gracias por el consejo.

—Para eso están las amigas —dijo alzando el pulgar mientras me guiñaba el ojo.

Salimos del comedor y esperé en la entrada del campus mientras que Angie se ausentaba unos minutos para hacer un recado. Aburrida, observé a todos los estudiantes que había alrededor para ver qué hacían. No muy lejos de allí atisbé a Franyelis, estaba riéndose apoyada contra el tronco de un árbol, con su teléfono móvil pegado a la oreja.

Decidí aproximarme un poco, intentando que no se diera cuenta de mi presencia, y traté de agudizar el oído para captar su voz y ver si nombraba a la persona con la que estaba hablando. Las punzadas de mi estómago deseaban con fuerza que no fuera Atary.

Pasaron unos minutos sin que sucediera nada relevante, la conversación era insulsa y carente de sentido. Franyelis hablaba acerca de haber guardado los botes en el almacén y sentirse mejor tras la donación, algo que no me resultó fascinante. Al menos me estaba sirviendo para percatarme que me estaba excediendo, dejándome llevar por mis miedos e inseguridades. No era capaz de controlar los sentimientos negativos que se expandían por mi cuerpo como la pólvora.

Ya me sentía incómoda escuchando una conversación privada, así que me giré para empezar a caminar de nuevo hacia la facultad, cuando lo escuché. El nombre de Atary salió de sus labios. Me detuve en seco y la sonrisa risueña que dibujó en su rostro al colgar, mirando la pantalla con ojos soñadores, hizo que mi sangre hirviera.

Mi cuerpo se había tensado y mi mente iba a mil por hora, pensando que mis sospechas podían ser ciertas. Tuve que salir de ahí a pasos agigantados, olvidándome de que tenía que esperar a Angie en la entrada, porque iba a ser devorada por mi oscuridad. Por suerte lo peor todavía no había llegado.

Si el monstruo que habitaba bajo mi pecho se despertaba, todo quedaría reducido a cenizas.

CAPÍTULO XVIII ✝ EL *LÍQUID ROOM*

Al día siguiente Atary tampoco fue a clases. No tenía su número, así que no era tan sencillo contactar con él, y de todas maneras tampoco tenía permitido usarlo mucho y ya estaba excediéndome al mensajear a Ana a cada poco, sin conseguir respuesta alguna por su parte.

Me sentía dolida y confusa. Esperaba que Atary se dignase a aparecer de alguna manera para explicarme por qué estos dos días no había asistido a la facultad y por qué Franyelis tenía su número y hablaba con él. De hecho, algunas veces me vi tentada a coger su teléfono sin permiso para ver si hablaban por algún chat y poder contactar con él personalmente, pero me frenaba a tiempo. Era un objeto íntimo y privado y yo no era nadie para cogerlo. Eso estaba mal y yo no era ninguna ladrona,

Salí de la facultad apresurada y me quedé esperando de nuevo a Angie en un banco cercano, pues aún no había salido de su última clase y le debía una por haberla dejado tirada. El problema llegó cuando vi un coche aparecer que me resultaba demasiado familiar; y este se incrementó al ver a Franyelis pasar a mi lado con expresión alegre, moviendo su cabello al aire y pestañeando al compás de su respiración.

Me mordí el labio inferior con tanta fuerza que aparecieron unas gotas de sangre, pero las succioné a tiempo para tapar esa imperfección. Franyelis había llegado hasta el coche y había abierto la puerta del copiloto para subirse en él. No necesité ver de cerca quién conducía, reconocería a Atary desde cualquier lugar.

Gruñí al ver que el *snack* que llevaba en la mano me había caído al suelo y respiré un par de veces cerrando los puños con fuerza. ¿Dónde iban? ¿Por qué él había venido para buscarla? ¿Acaso ella era más importante que yo?

Traté de asimilar la humillación que estaba sintiendo mientras miraba a mi alrededor, cerciorándome de que nadie se había percatado y todo estaba bien a ojos de los demás. No podía permitir que se dieran cuenta de quién era realmente, ese monstruo oculto bajo una fachada de perfección.

Respiré algo más aliviada al ver la silueta de Angie llegando hasta mi lado y emprendimos el camino de vuelta como solía ser costumbre; ella hablando y yo asintiendo con la cabeza, sin emitir respuesta.

—¿Se puede saber qué te pasa? —preguntó cruzándose de brazos al llegar a la entrada de mi residencia—. Llevas callada los treinta minutos del trayecto y, vale que en general eres tímida y reservada, pero esto ya es excesivo, ¡y preocupante!

Balbuceé unos sonidos mientras me debatía sobre si contarle o no. No quería quedar como una paranoica; debía mostrarme estable y normal, aunque por dentro, mi corazón latía desbocado, amenazando con romperse en pedazos en cualquier momento. Me picaban los ojos y la nariz empezaba a tener un exceso de mucosa.

—¿Laurie?

—Es solo que… Vi… Vi… A Franyelis subiéndose al… Al coche de Atary.

—Perdona, ¿qué? —preguntó abriendo los ojos y la boca a la vez—. ¿No te confundirías?

—Sé lo que vi —repliqué molesta, pasando los dedos por mis ojos para quitar las lágrimas que amenazaban con aparecer.

—Vale, vale, es solo que, no sé. Quizás estamos pensando mal.

—Ni siquiera sé que tengo que pensar. Atary lleva dos días sin venir a clase y eso es extraño.

—No es tan extraño. A la gente le gusta faltar y hacer otras cosas más entretenidas, como dormir —respondió tratando de bromear.

—Y ese interés que parece tener Franyelis por él, ese acercamiento…

—Para, para. No sabemos nada. ¿Y si son amigos?

—¿Y por qué no me lo dicen?

—No surgiría el tema, qué sé yo. Pudo haberla buscado porque ella lo pidió como favor. Igual tiene que ir a algún sitio y no tiene a nadie más —dijo encogiéndose de hombros.

—Es todo tan extraño…

—Háblalo con ellos primero cuando aparezcan, con quien veas primero. Vale más aclarar las cosas y después actuar en consecuencia a actuar antes de hablar. Te lo digo por experiencia.

—Supongo que tienes razón —musité avergonzada—. Estas sensaciones… No me gustan, Angie. Me dan miedo, son tan intensas que me cuesta controlarlas.

—Hagamos algo —sugirió con una sonrisa afable—. Salgamos hoy a algún local. Ahoguemos nuestras penas con alcohol, bailes y chicos.

—Uf —bufé entornando los ojos—. Ya empezamos otra vez.

—¡Es que es lo que hay que hacer! —exclamó agitando los brazos—. No vas a quedarte en tu habitación comiéndote la cabeza, pensando cosas que no tendrán nada que ver con la realidad, para luego lamentarte por un malentendido. Mejor será distraerse, bailar, tomar algo, tener orgasmos visuales… Ya sabes, lo típico.

—¿No tengo otra alternativa?

—Mmmm, déjame que lo piense… No. No la hay. Ya hemos hablado acerca de saborear nuevas vivencias y disfrutar de la buena vida. ¡Somos estudiantes de universidad, Laurie! El universo es nuestro, y qué casualidad que ambas palabras contengan la misma raíz —divagó.

—Angie…

—Por favor —suplicó alargando las vocales—. Sé que hay muchos locales, pero con suerte igual aparece Vlad y consigo tener más orgasmos visuales. Estoy con el mono de ellos, en mi clase no hay chicos guapos.

—¿El mono?

—Sí, adicción, Laurie. Tengo unas ganas tremendas de verle de nuevo —Y se acercó a mí para susurrar—. Incluso a veces tengo sueños eróticos con él, es increíble.

—Llegas a darme miedo…

—¡Y más que te lo daré! Vamos, te doy unas horas para estudiar y cambiarte y te quiero ver a las nueve y media preparada aquí mismo.

Suspiré. Era tarde y me costaría aguantar el ritmo, pero no pude evitar esbozar una sonrisa. Tenía dudas respecto a lo que íbamos a hacer, pues lo mejor sería quedarme a rezar y pedir penitencia por mis celos y acusaciones, pero la opción de Angie parecía más divertida y en cierta manera deseaba hallar una vía de escape sencilla que me ayudara a no pensar en Atary y Franyelis. Me lo merecía.

Así que acepté.

Horas más tarde ya estaba preparada, vestida con la ropa que me había parecido más apropiada; aunque no estaba segura si había elegido bien porque nadie me había ayudado. Estaba sola ante el peligro.

Empezaba a hacer frío y me daba miedo encontrarme con otra bestia que quisiera atacarme; ya era tarde y la luna brillaba con fuerza en el cielo estrellado, así que me tapé con fuerza con el abrigo marrón que llevaba encima de mi vestido.

Saludé a Angie al verla de lejos y no pude evitar soltar un suspiro, estaba realmente guapa, quizás un poco excesiva, pero atractiva, al fin y al cabo. Al acercarse observé que se había maquillado en profundidad y llevaba un conjunto con escote pronunciado, parecía que quería llamar la atención de todos los chicos del local.

—¿A dónde vamos?

—¿Conoces el *liquid room?*

—Uh… No —respondí encogiéndome de hombros—, ¿dónde está?

—Cerca del castillo. Ojalá esté Vlad allí —dijo frunciendo el ceño de repente—. ¿Qué llevas puesto?

Miré mi ropa extrañada. No me parecía mala, pues lo había usado alguna que otra vez en los actos que celebraba mi madre para la iglesia y sus amigas alababan el vestido. Quizá su tono era un poco apagado y era más sencillo y sobrio que el de Angie, pero no entendía la expresión de su rostro.

—¿Está mal?

—No, bueno, no sé qué decirte. Es un poco… Eh…

—¿Qué? —pregunté con la voz temblorosa.

—Déjalo, está bien —suspiró—, y te quedan bien las trenzas, te hacen aún más dulce e inocente.

—Gracias.

Caminamos con un silencio un poco incómodo, pero todo cambió cuando empezaron a llegar las cuestas para estar en la zona alta de Edimburgo y Angie se tambaleaba con los tacones que llevaba puestos. Suspiré mientras dejaba que se aferrase a mi brazo; incluso aguanté que me clavara un poco sus uñas cuando perdía el equilibrio. Yo era feliz con mis francesitas, cómodas y elegantes.

Al llegar observé fascinada el edificio, de lejos la fachada no tenía pinta de local nocturno, más bien una casa adinerada y antigua, con un estilo gótico y oscuro. Al entrar, un hombre alto y fornido nos miró a ambas con una expresión que no pude identificar y arrugó el ceño al verme, pero no dijo nada salvo pedirnos el carné de identidad, después nos dejó pasar.

Comencé a pensar que hubiera sido mejor quedarme en la residencia, acompañada por mis libros y la cama, pero ya era tarde para arrepentirme. Al mirar el interior tragué saliva y sujeté con fuerza la mano de Angie.

El local era amplio y los muebles oscuros, la iluminación era intensa y azulada, pues el techo estaba decorado por múltiples lucecitas y focos. Al fondo se encontraba un amplio escenario con luces de led detrás. Tenía que mirarlo poco tiempo porque la intensidad lumínica me mareaba.

Ya había bastantes personas y eso que, por lo que Angie me comentó, había abierto hacía poco. Se notaba que era un local famoso. Eso o iba a tocar alguien conocido y no estaba para nada enterada.

Avanzamos hasta uno de los sofás negros y me quedé esperando a que Angie fuera a la barra a por un par de bebidas. Hice un barrido con la mirada de la sala y mis ojos se detuvieron al observar a un chico apoyado en la pared de una esquina, sus ojos brillaban con fuerza a la par que su *piercing*. No pude evitar tensarme, su boca había formado una sonrisa burlona y se estaba acercando hasta donde me encontraba.

—El mundo es un pañuelo.

—¿Qué haces aquí? —pregunté revolviéndome en el asiento mientras buscaba de soslayo a Angie.

—¿Me tienes miedo? —preguntó arqueando una ceja, ampliando su sonrisa.

Me mordí el labio sin saber qué decirle. Desde que le conocí lo había encontrado en varios sitios, incluyendo este. ¿Me seguía? ¿Me espiaba? ¿Era un acosador? Quizá Atary tenía razón después de todo. Era de noche, así que bajo la luz de la luna podía salir su verdadera esencia.

—Vaya —respondió con una risa breve que terminó en una mueca de desagrado—. Parece que ese chico ha hecho un buen trabajo, ¿no? Me temes. Solo hay que ver cómo tu cuerpo se encorva y comienzas a temblar. ¿Qué mentiras te ha contado?

—N-ninguna —balbuceé, tratando de contener la ansiedad.

—Ya, claro. Los lobos siempre vistiéndose con piel de cordero… —Bufó—. En fin, entonces será mejor que no te invite a un baile, ¿verdad?

Abrí la boca para decirle que se fuera, pero di un brinco sobre el asiento al notar una mano apoyándose sobre mi hombro. Era Angie con las bebidas. La miré con cara de súplica para que me sacara de allí, pero no debió de entenderlo porque miró de arriba abajo a Sham, antes de soltar una mueca de desagrado y clavarle la mirada, mientras que apretaba con fuerza uno de los vasos, derramando parte de la bebida.

—Tú…—siseó—. Te recuerdo.

—Ah, ¿sí? Pues tendrás que refrescarme la memoria, porque yo a ti no.

—¿Dónde está mi hermana? ¡Dónde mierda la tienes! —exclamó por encima del volumen de la música.

—¿Tu hermana? Creo que te confundes de persona.

—Angie —le susurré al oído al ver que en cualquier momento se le echaría encima—. No hagamos un…

—Mira, gusano —dijo acercándose hasta Sham, haciéndome un ademán con la mano para que me apartara—. No entiendo para qué la quieres, pero sé que está contigo. Es mi hermana y por mucho que te hagas el idiota terminaré encontrándola y pagarás por lo que sea que le hayas hecho. Y aléjate de mi amiga o te denunciaremos por acoso.

—De verdad que creo que te estás confundiendo.

—Nunca olvidaré esos ojos.

—Creo que te ha afectado mucho la bebida. No sé qué le habrá pasado a tu hermana, pero te estás equivocando conmigo —respondió encogiéndose de hombros—. Deberías juzgarme mejor, sin estar ebria.

Contuve a Angie al notar como su cuerpo se tensaba y sus ojos brillaban llenos de odio. Parecía una bestia a punto de atacar a su presa y temía que hiciera un gran escándalo y nos sacaran del local, exponiéndonos ante las garras ocultas de Sham. Quizás era su objetivo.

—Bueno, adiós, Laurie. Ya hablaremos en otro momento —dijo dándonos la espalda—. Un placer encontrarte de nuevo.

Sus palabras cargadas de sarcasmo provocaron que mi cuerpo se tensara también, congelando mis terminaciones. No entendía cómo podía actuar tan bien, ser tan frío y pasivo, como si nada tuviera que ver con él.

—Ese chico es…

No la dejé terminar la frase. Al mirar por donde se estaba alejando, percibí una sombra femenina; una silueta de una chica con pelo oscuro rizado y tez morena, cuyos ojos marrones eran tan característicos que me hicieron ir detrás de forma repentina, corriendo sin parar. Aunque fue tarde, ella se había dado cuenta.

—¡Ana! —Grité sin importarme todo mi alrededor—. ¡Ana, espera!

Sorbí la nariz al ver cómo ella se había detenido un instante, mirándome, pero continuó su camino detrás de Sham, corriendo a tal velocidad que me resultó imposible seguirla a la calle. Además, me daba miedo perderme y que me atacaran de nuevo. Me quedé sujeta a la entrada, bajo la mirada hostil del guardia, observando el camino por el que Ana se había ido con ese chico. No entendía nada.

Apesadumbrada, regresé con Angie, que seguía inmóvil sin comprender nada.

—¿Qué ha pasado?

—Era Ana…—susurré derrotada—. Ella… Se ha ido tras él. Yo… No entiendo.

—Yo tampoco —contestó asombrada—. ¿En qué mierda de secta se han metido?

—No es una secta —musité, notando como mi corazón golpeaba con fuerza mi pecho, y añadí casi para mis adentros—. Es algo mucho peor.

Pasamos unas horas en el local, pero nuestros ánimos habían disminuido de forma vertiginosa a causa de la aparición de Sham y su huida junto a Ana. Estaba claro que la estaba usando o manipulando, pero Ana no era del tipo de chicas que se dejaban, así que esperaba de corazón que mis sospechas no se hicieran realidad, que no se estuviera convirtiendo en un monstruo como él. Porque entonces no podría evitar sentirme culpable por haberla dejado marchar.

—Si quieres, nos vamos ya —suspiró Angie con cara de pena—. No puedo parar de pensar en Soid y en cómo estará. Nada tiene sentido.

—¿El qué no tiene sentido? Porque la diversión acaba de llegar.

En ese momento no sé quién abrió más los ojos, si Angie o yo. Vlad se encontraba frente a nosotras con una sonrisa atractiva, mientras sostenía una copa de cristal. Hizo un gesto lujurioso antes de beber un sorbo, saboreando con su lengua el líquido que había quedado cubriendo sus labios.

—¿Vlad? —musitó Angie tragando saliva. Mi intensa amiga se había quedado en *shock*.

—El mismo. Me apetecía distraerme un rato y me encuentro con dos bellas mujeres. Debe ser mi día de suerte —sonrió.

Entorné los ojos y aparté la mirada al sentir cómo la clavaba sobre mí. Sus ojos brillaban con demasiada fuerza y su risa había cambiado a una burlona. Temía que se metiera conmigo o mi vestido. Ya tenía el cupo cubierto de problemas y humillaciones. Además, ya era tarde.

—¿Podemos quedarnos un poco más, por favor? —suplicó Angie haciendo morritos.

—Quédate tú. Estoy cansada y no tengo ganas de luchar contra mis ganas de dormir.

—Qué aburrida, Laurie. Te creía más divertida —respondió Vlad con sorna.

—Lo siento —susurré, aunque veía que sobraba.

Me alejé de ellos despidiéndome con la mano y salí del local dudando si volver caminando o coger un taxi, pero costaba bastante dinero y no tenía tanto a mano. Fuera hacía frío y estaba oscuro, los edificios se iluminaban tímidamente con la luz de las farolas y apenas pasaban coches.

Me aferré a mi abrigo para infundirme ánimos y miré hacia mi alrededor con cautela antes de empezar a caminar, rezando para conseguir protección y que nada me sucediera. Pasé un par de calles sin problema cuando escuché una voz masculina que arrastraba las palabras. Un escalofrío recorrió mi espina dorsal.

—¿Dónde va una chica como tú tan sola de noche? ¿Acaso no tienes miedo?

Miré a ambos lados de forma frenética, tratando de hallar a alguien que pudiera ayudarme. Luché contra mi miedo para no girarme y observar quién era o si estaba muy cerca de mí, pues temía quedarme inmóvil por el miedo. El corazón se me iba a salir del pecho y tenía la ansiedad apretando mi cuello.

—¡Eh, tú! ¿No me has oído? Te estoy hablando.

—Por favor —susurré para mis adentros—. Que alguien me ayude.

Seguí avanzando a paso apresurado por la calle, tan deprisa como las piernas y mi condición física me lo permitían, pero podía sentir cómo se acercaba cada vez más y su hediondo olor corporal se adentraba en mi nariz, haciéndome tener ganas de vomitar.

—¿Por qué no te paras? Podemos pasarlo bien.

Me sobresalté al escuchar su voz cerca, tanto que podía sentir cómo se colaba entre los mechones de mi cabello hasta llegar a mi oído, erizando mi piel. Un par de lágrimas descendieron por mis mejillas al sentir la impotencia de verme sola sin saber a dónde me estaba dirigiendo, temiendo meterme en algún callejón donde no tuviera escapatoria. No quería morirme ni ser abusada.

Chillé al ver a una persona aparecer por una calle paralela y avanzar a pasos apresurados hasta donde me encontraba. No podía apreciar bien quién era por la oscuridad que nos rodeaba, hasta que se detuvo a mi lado y se quedó frente al hombre que me seguía.

—¿No es un poco tarde para perseguir a chicas? —preguntó con voz grave y hosca.

—¿Tú quién eres?

El hombre se detuvo con expresión vacilante mientras perdía el equilibrio y movía la cabeza tratando de enderezarla.

—Mírate…, das pena —bufó Nikola—. Lárgate antes de que me arrepienta.

—No me das miedo.

Mi corazón tembló al ver cómo el hombre empezaba a enfadarse y se movía con pasos descontrolados, mientras que Nikola seguía impasible, mirándole sin vacilar.

—Deberías tenerlo. No me gustan los hombres penosos que se aprovechan de la soledad y el frío nocturno para meter sus partes íntimas donde no deben —siseó—. Me dais asco.

No alcancé a parpadear cuando Nikola se acercó hasta él a pasos agigantados y le empujó, haciendo que el hombre cayera en seco sobre el suelo, quedando aturdido. Pensé que le iba a dejar ahí, pero le asestó otro golpe que pareció certero porque el hombre no se movió.

—¿Le…Le has matado? —susurré asustada.

—Hace falta más que eso para matar a alguien. Solo ha quedado aturdido por el golpe y la cantidad de alcohol que lleva en las venas —gruñó—. Vamos.

—¿A dónde v-vamos?

—A tu casa, así que empieza a caminar.

Y ahí estaba. Volvía a ser ese chico duro y frío de siempre, con esa expresión de hastío y desagrado que me hacía estremecer. Me intimidaba. ¿Por qué me había ayudado? ¿Qué hacía caminando solo por la calle? De no haber sido por él…tragué saliva. No quería ni pensarlo.

—Gracias.

Si lo escuchó, no hizo ademán de responder; simplemente siguió caminando con la vista al frente, totalmente impasible. Le miré de soslayo y comprobé el parecido que tenía con Atary y Vlad, aunque los tres eran diferentes entre sí. Nikola tenía los rasgos más duros, su mirada gris le otorgaba un aura misteriosa y melancólica y su indumentaria era más sobria y apagada que el resto, aunque los tres apostaban por la ropa oscura y discreta.

Recorrimos las calles sin mediar palabra. Tal era el silencio, que podía escuchar su respiración y los latidos acelerados de mi corazón.

El viento agitaba nuestro pelo y tuve que aferrarme al abrigo para sentirme algo más protegida; no quería sentirme pequeña.

—Llegamos —respondió mirando la residencia—. Deberías tener más cuidado. Realmente fue estúpido salir a la calle sola a estas horas. ¿En qué pensabas?

—Y-yo… N-no pensé que…

—Ese es tu problema, que no piensas —bufó—. Eres una carga de problemas, Laurie.

—N-no pretendo… —bajé la cabeza luchando para no llorar. Nikola se estaba excediendo—. ¿D-dónde está Atary?

—Te repito que ni lo sé ni me importa. Su vida no me interesa lo más mínimo.

—Eres su hermano —murmuré sin entenderlo.

—¿Y? El castillo es tan amplio que permite a cada uno tener intimidad. Y Atary viene y va a donde le da la gana.

Entonces cometí el error de mirarle directamente a los ojos, pues me sentí atrapada ante su expresión fría y cerrada. Su mandíbula tensa y la forma de su cuerpo me indicaban el rechazo que sentía hacia mí, sin motivo aparente. Decidí dar media vuelta y volver a la residencia antes de llorar delante de él. En mi cama podría hacerlo sin miedo a más humillaciones. Era lo único que deseaba en ese momento.

Al alejarme, eché un primer y último vistazo hacia atrás, donde le había dejado tirado con la palabra en la boca; pero ya no estaba. Nikola había desaparecido, dejándome sola y confundida.

Capítulo XIX ✝ Cita en el callejón

El fin de semana pasó rápido y en completa soledad; tanta, que me resultó muy sencillo concentrarme y adelantar la tarea que tenía pendiente. Además, asistí a la iglesia y me quedé un rato con el sacerdote después de la misa para confesar mis pecados. Así que me sentía feliz por estar limpia de nuevo.

Cuando estaba pasando mis apuntes a limpio, escuché la puerta abrirse y rechiné los dientes al ver a Franyelis entrar y dejarse caer sobre su cama. Estaba bastante pálida y ni siquiera se había percatado de mi presencia.

—¿Estás bien? —pregunté, sin saber muy bien qué hacer. Mi relación con ella se había enfriado tras haberla visto irse con Atary, pero eso no evitaba que me preocupara por su delicado estado de salud.

—Solo algo cansada. Dame unos minutos y estaré como nueva. He tenido unos días ajetreados.

Su voz apenas era audible y tuve que forzar el oído para tratar de entenderla. Preocupada, bajé la persiana de la habitación para reducir la luz y la tapé con una manta por si eso le ayudaba. En poco tendría que ir a cenar, así que decidí dejarla tranquila y centrarme en mis cosas; todavía desconfiaba un poco de ella y ni siquiera sabía dónde se había metido durante todo el fin de semana. Necesitaba una explicación.

Al día siguiente Atary regresó a la facultad y trató de acercarse a mí durante las clases, hablándome como si nada hubiera sucedido. Yo intentaba hacer espacio apartándome con la silla, formando una barrera física mediante mi estuche y bolígrafos, aunque eso no le hizo desistir.

Estaba molesta con él. Ya no por el hecho de desaparecer y no avisarme, sino porque ni siquiera se había molestado en darme alguna explicación. Atary actuaba de forma despreocupada, restándole importancia. ¿Le habría dicho Nikola lo sucedido el viernes? ¿Se habría preocupado? Y encima tenía que preguntarle a Angie qué tal su noche con Vlad. Estaba segura que fue mucho mejor que la mía.

—Bueno, me ha quedado claro que no estás de humor —dijo de repente al terminar la última clase que teníamos antes de comer, arrugando la nariz.

Fruncí el ceño y resoplé. Parecía que Atary no entendía el concepto de huir sin dejar rastro. Metí mis cosas en la mochila y me la puse en la espalda, caminando para tratar de salir del aula, aunque Atary me bloqueó el paso.

—¿Qué sucede? Llevas ignorándome todo el día. Pensé que tendrías ganas de verme como yo a ti.

—¡Desapareciste! —Me quejé de golpe, mirándole con incredulidad—. Ni siquiera te dignaste a avisarme ni decirme nada. Y encima…—resoplé—, encima te veo en el coche esperando por Franyelis. ¡Ya veo las ganas que tenías de verme!

Atary se quedó en silencio, parecía que estaba vacilando cómo responder ante mi respuesta, aunque lo mejor sería que no dijera nada. A no ser que fuera algo decente que explicara lo sucedido.

—Estás hablando sin saber, Laurie. No es lo que estás pensando.

—¿Y qué es entonces? Porque no comprendo qué hace ella subiéndose a tu coche y desapareciendo todo el fin de semana, sin dejar rastro.

—Tendrás que hablar con ella primero. Cuando lo hagas, entonces estaré esperándote para dialogar, porque ahora me parece que no estás dispuesta —suspiró, tocándose el tabique de la nariz.

—Bien —gruñí, tratando de pasar por su lado para dirigirme al comedor y conversar con Angie.

Necesitaba distraerme antes de continuar hablando con Atary o mi oscuridad me controlaría por completo.

Llegué a la residencia exhausta. Se notaba que estábamos cerca de noviembre y los exámenes se realizarían durante el mes siguiente; pues ya empezaban a cargarnos de trabajos y diversas tareas. Además, la conversación con Atary me había hecho darle vueltas a la cabeza sin parar. Al menos sabía que algo se traían entre manos, estaba claro que sucedía algo entre ellos, pero ¿el qué? No pude evitar morderme las uñas, pero me detuve al darme cuenta de que me estaban quedando hechas un desastre. No quería dar esa impresión.

—¿Día duro? —preguntó Franyelis terminando de teclear en su teléfono móvil.

—Un poco —murmuré, dejando caer la mochila en el suelo—. El viernes te vi subirte al coche de Atary.

—Ah..., eso. Bueno, no sé si estoy autorizada para hablar de ello, aunque a mí no me importa, de verdad. No quiero malentendidos contigo.

—¿Autorizada? Atary me dijo que me lo explicarías tú.

—Entonces supongo que sí —respondió aclarando su voz—. ¿Recuerdas que trabajaba ayudando a una familia?

Asentí con la cabeza en silencio, intuyendo hacia donde iban los tiros, pero preferí aguardar por si me equivocaba.

—Pues… Es la familia de Atary. Bueno, más bien su madre —dijo con la mirada perdida—. Les conocí cuando peor estaba. Acababa de enterarme de que mi padre no podría estar con nosotras, pues el dinero no le alcanzaba para viajar él y le retuvieron en el aeropuerto, así que nos quedamos solas en Edimburgo. Mi mamá estaba enferma y no sabía cómo íbamos a costearnos su tratamiento. Es bastante caro. Estaba tan desesperada que me puse a pedir por la calle. ¿Sabes? —continuó, jugando con un mechón de su cabello—. Estuvimos varios días durmiendo fuera, aguantando la lluvia y el frío. Fue horrible, pero no teníamos otra opción. Habíamos llegado con lo puesto porque el dinero que teníamos lo usamos para salir de Venezuela y lo poco que nos sobró se lo quedó mi padre.

Tragué saliva al escuchar su voz quebrándose. Franyelis había bajado la cabeza, intentando limpiar con disimulo las lágrimas que empezaron a formarse por sus ojos.

—Entonces… Los conociste.

—Sí. Bueno, a quién conocí primero fue a Nikola. Se detuvo frente a mí y me preguntó directamente qué me había sucedido para tener que acabar pidiendo en la calle siendo tan joven. Al principio me asusté. Pensé que se había detenido para reírse de mí o burlarse por mi situación, pero su rostro no mostraba signos de burla, más bien de curiosidad y tristeza. Me dijo que me levantara y me preguntó si tenía hambre. Entonces pensé en mi madre. Le respondí que sí, porque era verdad, pero lo que pedí lo guardé para poder dárselo a ella, lo necesitaba más que yo. En la cafetería le conté toda mi situación y me eché a llorar; no pude evitarlo. Me sentía tan sucia y hambrienta, tan… cansada. Sentía que era una completa mugre delante de él y no me merecía tanta atención. Fue tan bueno.

—¿Nikola? —pregunté sorprendida—. Me cuesta imaginármelo. Creo que no le caigo bien.

—Es buen chico, pero hay que tener paciencia y tacto para llevarle. Le gusta su intimidad y tiene un pasado triste y melancólico que le perturba. Cliché, ¿no? Pero es así. No se lo tengas en cuenta, ya se le pasará.

Me mordí el labio inferior. Franyelis estaba sincerándose conmigo y no quería arruinarlo todo. Entonces me acerqué un poco a ella y apreté una de sus manos con delicadeza, dedicándole una tímida sonrisa. No me hubiera gustado estar en su lugar en esos momentos.

—¿Y qué sucedió?

—Él se dio cuenta de la preocupación por mi madre y me dijo que no había problema. Al parecer su madre buscaba a una persona que trabajara en su casa como empleada y me animó diciéndome que yo sería la persona perfecta. Así que acordamos un trato; ellos pagarían mis estudios y los cuidados de mi madre, y ambas nos instalaríamos en el castillo a cambio de estar pendiente las veinticuatro horas de ellos y de su hogar. Me pareció injusto, incluso desproporcionado, pues nosotras salíamos ganando más que ellos, pero fue… Fue lo mejor que he podido hacer, de verdad. Sin ellos no sé qué hubiera sido de nosotras en estos momentos. Mi madre podía haber muerto —susurró mirándome a los ojos, sorbiéndose la nariz—. Meses después, me enteré de que mi padre tenía una nueva relación en Venezuela. En ningún momento tuvo intención de viajar para estar con nosotras. Había decidido abandonarnos.

—Vaya. Lo siento mucho, Franyelis. Yo… Yo no sé qué hubiera hecho en tu lugar. Es una situación muy complicada y dura. Siento haberos juzgado así sin saber. Atary tenía razón. Últimamente no me reconozco —admití mirando al suelo al notar mis mejillas sonrojarse.

—No tienes que disculparte, Laurie. Por eso quería explicártelo, pero no me gusta ver el rostro apenado de las personas al saberlo, sin saber qué decir. Me jode mucho, ¿sabes? Cuando estábamos en la calle muchas personas pasaban por mi lado sin ni siquiera mirarme, haciendo como que no existía. Tuve que soportar burlas de chicos sin educación, humillaciones y miradas altivas de personas que se creían mejores por el simple hecho de tener dinero. Nadie, aparte de Nikola, se detuvo y me ofreció una mano de forma altruista. Se lo debo tanto… Así que no te extrañes si me recoge alguno de ellos en coche o desaparezco de repente, será que me necesitan en el castillo. Este fin de semana tuve mucha tarea que hacer. Se acerca Samhuinn.

—¿Haces muchas tareas allí?

—Antes hacía más, pero al empezar la carrera establecimos que me encargaría los fines de semana y algunas emergencias concretas. Así que les debo mucho para lo poco que hago en realidad. Gracias a ellos mi madre puede tener una vida confortable, sin sufrimientos, y está bajo techo y con comida abundante. Tiene una enfermera particular que la controla y le dan todo lo que necesita. Mi mamá es feliz y yo… Si ella es feliz, yo también. Son una buena familia y a la gente le gusta juzgar demasiado por la apariencia. Se piensan que son frívolos y egoístas, avariciosos y déspotas, pero nada que ver. Además, bien que todo el mundo asiste a sus fiestas y se esfuerzan por acercarse a ellos. La gente en general es tan cruel e interesada que me pone de mal humor.

Asentí con la cabeza lamentando haberme puesto así con Atary, ni siquiera sabía qué más decir aparte de disculparme por haberme dejado llevar por los celos y las inseguridades. Me estaba convirtiendo en la persona que mi madre siempre había evitado que fuera. Estaba decepcionada conmigo misma.

Entendí que eran cosas personales de la familia y de Franyelis, así que era normal que quisieran mantenerlo en privado, con discreción. De todas formas, me sentía algo celosa, quería saber más de él y de su vida, quería aprender acerca de su familia y sentirme tan unida a ellos como lo estaba mi compañera de habitación. Quería ver la bondad que tenían escondidas personas como Nikola en su interior, aunque mostrara lo contrario.

—¿Te arrepientes de haber venido a Edimburgo? —pregunté de repente, después de varios minutos en silencio.

—No. Me avergüenza haber estado en una situación así y más que mi madre tuviera que sufrirla, no se merecía pasar por esas penurias por haber venido. Gracias a la señora Herczeg ahora estamos mucho mejor y puedo permitirme comprar cosas que nunca antes había podido. ¿Sabes que en Venezuela no tenía ni para comprarme un libro? ¿Qué el dinero es tan escaso y hay tanta pobreza entre la población que ni podíamos permitirnos comer carne o pescado porque había escasez de alimentos? Largas colas en los supermercados y la mayoría de estantes vacíos. Y la ropa, Dios mío. Lloré cuando me vi aquí con un vestidor para mí sola, repleto de ropa nueva, era un paraíso. Y el chocolate… Oh, Dios mío; y tener agua caliente en una bañera tan grande que parecía una piscina llena de burbujas fue un sueño hecho realidad. De hecho, sigue siéndolo, y temo despertarme un día y verme de nuevo en la calle, con el miedo a que nos suceda algo. Que nos roben o nos peguen, con la incertidumbre de no saber qué sucederá, viendo a la gente pasar mientras me esquiva con la mirada o avanzan con rapidez para ignorarme sin tener remordimiento de conciencia. Contaba las monedas una y otra vez, esperando poder comprarnos algo para llevarnos a la boca. Muchas veces renuncié a comer para que pudiera hacerlo mi mamá, y no me arrepiento de nada.

—Eres una mujer fuerte, Franyelis. No sé qué más decir.

—No te preocupes, me basta con tu apoyo —respondió elevando la comisura de sus labios—. A veces en la vida no nos queda de otra que luchar. Cuando sabes que, sin ti, esa persona a la que quieres puede perderse, sacas fuerzas de cualquier rincón y pones la mejor de tus sonrisas, aunque por dentro estés llorando; porque quieres ser su apoyo, un pilar donde se pueda sostener. Mi madre me dio la vida y yo la daría por ella, con tal de salvarla.

Limpié con disimulo un par de lágrimas que empezaron a descender por mis mejillas al pensar en lo afortunada que era. Mis padres estaban juntos, contábamos con un nivel económico decente y siempre había tenido todo lo que quería. Nunca me habían puesto pegas a nada y si necesitaba de su cariño o consuelo lo tenía, sobre todo el de mi padre. Y sí. Él pasaba muchas horas fuera de casa y me moría de ganas de que volviera y me contara todo sobre su trabajo, pero aguantaba porque sabía que iba a volver.

Yo lo tenía todo mientras que otros no tenían nada.

Cinco días más tarde me encontraba sentada frente al escritorio, estudiando el tema seis de literatura europea, cuando el teléfono móvil de Franyelis empezó a sonar.

Miré a mi alrededor y recordé que ella había ido a ducharse, así que me había quedado sola. Entonces mi conciencia me susurró que podría tratarse de Atary, pues me había quedado claro durante estos días que tenían trato vía telefónica. Tamborileé el bolígrafo contra la mejilla mientras mis ojos se dirigían a cada poco hasta su móvil. No podía concentrarme en el libro que tenía delante.

Me moría de ganas por saber quién podía hablarle a estas horas y, sobre todo, de qué hablaban. Temía que estuvieran tonteando a mis espaldas, pues una parte de mí me susurraba que yo era demasiada poca cosa para él y las palabras de Nikola aún resonaban en mi mente. «Se cansará de ti tarde o temprano» ¿Sería verdad?

Franyelis estaba metida en su mundo y, aunque no habíamos hablado sobre el tema de su identidad *dhampir*, parecía bastante ligada a ellos y, por ende, podía estar al tanto perfectamente de sus secretos y guardarlos con tranquilidad. Seguramente ella era la chica ideal para Atary. No yo.

Al escuchar su móvil vibrar sobre la cama di un pequeño bote sobre el asiento y me levanté, quedándome con los pies fijos sobre el suelo de madera. Sabía que fisgonear estaba mal, coger el móvil de otra persona sin su permiso y leer sus mensajes era, en cierto modo, robarle de forma material y personal; estaba robando su privacidad.

«No lo hagas» gruñó una voz en mi interior cuando estaba extendiendo la mano para cogerlo «Tú no eres así. No caigas en la tentación o irás al infierno». Me quedé congelada con el brazo en alto, sintiendo escalofríos por mi cuerpo y golpes en el estómago. Esa voz me resultaba familiar, pero no era la misma que me había acompañado durante tantos años.

Me sentía dividida. Su móvil había sonado de nuevo y la pantalla brillaba, atrayendo mi atención. Sabía que hacerlo equivalía a desobedecer a las reglas inquebrantables de mi madre; significaba dar un paso más hacia esa oscuridad que no quería terminar de despertar. Pero, aun así, me llamaba.

«Laurie» me alertó de nuevo la voz «No». Meneé la cabeza intentando desecharla de mi mente y sostuve el móvil entre mis manos, debatiéndome sobre qué hacer.

Me mordí el labio inferior mientras deslizaba el dedo por la pantalla y pulsé en la aplicación que me indicaba que tenía una notificación. Al abrirla, frente a mis ojos apareció un mensaje de un número que Franyelis no tenía registrado.

Te necesito mañana a las ocho de la tarde en el callejón de Bakehouse Close. No tardes y no digas nada. Si se entera ella se va todo a la mierda. Por cierto, trae condones. No me quedan y te necesito como esclava sexual ;) Y no, no te escribo solo para eso. 18:00

Tuyo (a ratos), porque compartir es vivir. Pasa buena noche. 18:01

Releí el mensaje un par de veces mientras sentía cómo me hervía la sangre. No hacía falta ser muy inteligente para saber que se trataba de Atary.

La oscuridad que me rodeaba era tan fuerte que mi mente solo creaba pensamientos negativos, haciéndome recordar que yo era muy poca cosa para él, pues ni siquiera nos habíamos besado.

Miles de imágenes sobre ellos juntos provocaron que mi cuerpo comenzara a temblar y mi pulso se acelerase. Apreté el móvil entre mis manos y borré el mensaje sin ni siquiera pararme a pensarlo. Entonces lo dejé en su sitio y volví a mi asiento para intentar centrarme en el tema, aunque lo único que logré fue clavar el bolígrafo sobre el papel, derramando toda la tinta.

Al día siguiente, mi pierna derecha temblaba de forma desenfrenada al pensar en lo que podría suceder en un par de horas. Era tarde, pero me daba igual. Quería ir a ese sitio y plantarle cara a

Atary de una vez para que se diera cuenta de que no debía jugar conmigo y lo nuestro estaba más que acabado. Le olvidaría y haría mi vida, como Nikola había tratado de advertirme.

Miré el reloj intentando contener mis ansias al ver la manecilla moverse con calma, haciendo un sonido seco que iba al compás de mi corazón. Ya estaba preparada; había tomado un té y luego me había relajado tras tomar una de mis pastillas y pedir perdón con una hora de oraciones y plegarias al Señor. Iría hasta allí y le diría la verdad, que me sentía rota por dentro y completamente humillada. Después me iría e intentaría fingir que nada de esto había pasado. Que ningún chico me había roto el corazón por primera vez, haciéndolo pedazos.

Al ver que la manecilla larga ya estaba fija en el nueve solté todo el aire que tenía acumulado antes de salir de la habitación y bajar hasta la entrada de la residencia para dirigirme donde citaba el mensaje, aunque tuve que buscarlo previamente en un mapa.

Caminé tratando de esquivar a las personas que pasaban por mi lado mientras sujetaba con fuerza el abrigo, esperando no encontrarme a otro hombre en estado ebrio, ni vampiros que quisieran lanzarse a mi yugular. Mis piernas no paraban de temblar como gelatina y el frío helaba la punta de mi nariz, haciéndome sorber los mocos. El corazón me latía tan acelerado que podía notar las pulsaciones por mi cuello.

Al llegar hasta el callejón miré con cautela, esperando que no fuera una broma de mal gusto o que Franyelis se juntara con gente que no debía. Me lamenté de haber venido de forma tan precipitada, dejándome llevar esa voz que me dirigía. Pero ya era tarde para echarse atrás.

El lugar estaba vacío y el viento soplaba con fuerza, poniendo mi piel de gallina. Además, las farolas solo iluminaban el lugar de manera parcial, generando sombras que incrementaban mi estado de ansiedad al imaginarme lo peor.

—Vaya, vaya. ¿A quién tenemos aquí? —dijo con diversión una voz grave y seductora.

—¿Vlad? —pregunté al ver su rostro tras la luz artificial.

—Laurie, Laurie —canturreó ampliando su sonrisa—. No esperaba encontrarte aquí, sobre todo a estas horas. Eres una chica muy mala —ronroneó con voz perversa—. Si ese dios tuyo no te castiga estaré encantado de hacerlo yo.

—¿Qué ha...? ¿Por qué? —balbuceé atónita, retrocediendo unos pasos.

—¿Esperabas a otra persona? Siento decepcionarte entonces, pero más decepcionado estoy yo al no ver aquí a tu querida compañera; a no ser que traigas preservativos y te ofrezcas a ser mi esclava sexual —sugirió con una sonrisa maliciosa—. Me has jodido el polvo de esta noche. Una lástima.

—Yo... Yo no... —me ruboricé mientras retrocedía hasta chocar contra una pared.

No podía creerme que cuerpo reaccionara con deseo a sus palabras y mi oscuridad se retorciera de placer, suplicándome que aceptara. Era una sensación tan fuerte que me congeló.

—¿Tú no? ¿Crees que no me he dado cuenta de cómo me miras? ¿Lo nerviosa que te pones cuando me tienes de frente? Te gusto, ¿verdad? Te gusto y te atraigo de una manera que te asusta porque rompe tus reglas y tus esquemas de cómo es el amor, pero te diré algo; No es amor. Es pasión, deseo, morirte de ganas de que te acorrale contra la pared y te haga mía. Y eso te desarma. Te escandaliza.

Contuve la respiración al escuchar sus palabras; No bromeaba. Sus ojos brillaron con intensidad y empezó a acercarse hasta mí con una sonrisa cargada de intenciones. Luché contra el deseo que me estaba provocando, no podía permitir que sucediera algo así.

—Te e-equivocas. Yo... Tú...

—Yo, tú, nosotros. Da igual el pronombre que uses, pues llegamos al mismo significado. Desde que te vi deseé tenerte y al verte hoy aquí, solos, y sin nadie que nos vea y nos escuche...me está dando un morbo que te cagas. Si me tocaras te darías cuenta de lo mucho que me pones.

—Vlad, yo…

Enmudecí mirándole a los ojos, sin saber muy bien qué decirle. Me tenía acorralada y completamente nerviosa, incluso una roncha comenzó a formarse por mi cuello, picándome con ganas.

Entonces se carcajeó, pillándome desprevenida y sin saber muy bien qué hacer. Le miré sin entender nada y tragué saliva al ver cómo me atrapaba, apoyando sus manos en la pared para acercar sus labios hasta mi oreja.

—Ya te dije que si tu dios no te castigaba tendría que hacerlo yo. He disfrutado mucho poniéndote nerviosa —susurró antes de apartarse—. Ahora ve y dile a Franyelis que la necesito y mantén la discreción. Era una conversación privada.

—¿E-entonces no…?

—Espero que al final vengas al castillo por Samhuinn. Estamos preparando una fiesta sorpresa para Kata. De ahí el secretismo, piensa que nos hemos olvidado —respondió guiñándome el ojo y retrocedió unos pasos, dejándome con la respiración agitada—. Por cierto, la oferta sigue en pie. Piénsatelo. Te prometo que te haré ver la luna, las estrellas y todo el jodido firmamento, si tú quieres.

Me mordí el labio inferior, luchando contra el deseo que me dominaba, pues era incapaz de dirigir la mirada hacia otro lado. Observé cómo se alejaba por donde había venido y enmudecí. Estaba en *shock* por todo lo que había sucedido, sintiéndome una completa estúpida. Otra vez los celos me habían jugado una mala pasada y encima Vlad había potenciado aquello que me esforzaba en suprimir.

Gemí frustrada, el hermano mayor de los Herczeg me había desarmado de verdad, replanteándome hasta qué punto habían sido ciertas sus palabras.

No, solo quería asustarme y castigarme, como siempre hacía. Además, no podía fijarme en él; estaba prohibido y era inmoral. Y ya había pecado demasiado, ¿o no?

Capítulo XX ✝ Samhuinn, vino y otras formas de pecar

Durante el día de Samhuinn seguía sin poder olvidarme de lo sucedido tres noches atrás. Había logrado mantener a raya a mis demonios, así que ahora me sentía tremendamente arrepentida por haber borrado el mensaje del móvil de Franyelis y haber ido en su lugar. Ni siquiera sabía cómo sacarle el tema y disculparme por miedo a que me odiara, aunque ya debía de saberlo porque desaparecía durante las tardes.

Me prometí a mí misma que no lo volvería a hacer. Después de realizar penitencia y tomar otra pastilla seguí conversando con Atary como si nada, cada vez más cercanos.

Todo el mundo estaba alterado por la ya tan sonada fiesta de Samhuinn en el castillo y el cumpleaños de Katalin. De hecho, en el momento que ella apareció por la puerta ese miércoles, una gran masa de estudiantes la acorraló y se pegaron a ella como lapas, esperando recibir la tan ansiada invitación. Nadie quería quedarse fuera y mucho menos perderse la que, según los rumores de los pasillos, iba a ser la fiesta del siglo. Katalin se aprovechaba usando a algunas chicas de sirvientas personales mientras sonreía y alzaba el mentón de forma altiva.

—¿Siempre es así? —pregunté a Atary mientras nos dirigíamos juntos a clase.

—Es la princesa de la casa. Supongo que madre la malcrió demasiado.

Bufé recordando las palabras de Ana sobre ella. Podía tener todo el dinero y popularidad que quisiera, pero eso no le concedía el derecho de pisotear a las personas a su antojo y tratarlas como si fueran inferiores.

—¿Y tu cumpleaños? Pensaba que erais gemelos —me sonrojé.

—El mío es en enero. En realidad, tendría que estar cursando segundo de carrera, pero me tomé un año sabático antes de comenzar en la facultad —respondió encogiéndose de hombros—. Preferí viajar por Europa.

—Oh, eso es genial. Yo no he salido de Luss.

Avancé con la cabeza baja por el pasillo, sumida en mis pensamientos. Me resultaba fascinante saber más de él y admiraba los conocimientos que poseía por haber viajado tanto.

—Tú vendrás, ¿verdad?

Me sobresalté al ver cómo se había colocado frente a mí, apoyándose en el marco de la puerta para impedirme el paso hacia el aula, bajo la atónita mirada del resto de compañeros. Sus ojos azules me escudriñaban con un brillo esperanzador, esperando una respuesta.

—No he recibido invitación —admití avergonzada, bajando la mirada de nuevo hacia el suelo.

—No la necesitas —respondió con esa voz grave y arrastrada que me hechizaba—. Eres vip.

—No creo. Dos de tus hermanos me odian y el otro es… Es…

—Eres vip para mí, con eso basta. Además, sé que los vas a deslumbrar esta noche.

Sonreí mientras él apartaba un mechón de mi cabello. Su mirada era sincera y sus labios gruesos, adictivos. Entonces Atary acercó su mano hasta mi mejilla para acariciarla con uno de sus dedos, bajando hasta mis labios para entreabrirlos mientras soltaba un gruñido varonil.

—Herczeg, Duncan. Dejad los espectáculos para las clases de teatro. La clase va a comenzar.

Tragué saliva y bajé la mirada al sentir todos los pares de ojos de la clase clavarse sobre la espalda de Atary y la mía; sobre todo al darse la vuelta y entrar al aula como si nada hubiera sucedido. ¿Acaso no sentía esa atracción? ¿Cómo podía sentarse tan tranquilo en su sitio?

Suspiré y me senté en el mío, creando una barrera con mi cabello para no sentirme más incómoda con las miradas curiosas de los demás. Pronto empezaron a darse cuenta de la proximidad que había entre ambos y los rumores no tardaron en llegar.

Pasé las siguientes horas con la mirada perdida, pensando cómo sería la fiesta y si sería buena idea asistir a su casa cuando tanto Nikola como Katalin estarían allí y seguramente aprovecharían para intimidarme. Sin olvidarme de Vlad. El hermano mayor de los Herczeg me inquietaba; cuando me hablaba esbozando esa sonrisa tan característica suya, que parecía devorarme, conseguía que me olvidara hasta de mi nombre.

Angie estaba emocionada. Sabía de mi relación con Atary y parecía a gusto con Vlad, aunque no sabía en qué posición me ponía a mí ni qué tipo de relación tenían. No le había mencionado mi encontronazo nocturno con él, pero si realmente estaba interesada no le resultaría agradable.

¿En qué momento había terminado bajo la atenta mirada de chicos como Atary, Vlad o Sham? De hecho, si me encontraba a este último en la fiesta empezaría a replantearme el hecho de que me estaba acosando de verdad y tendría que poner cartas en el asunto.

—Estás muy guapa —dijo Franyelis clavando sus ojos marrones en el nuevo vestido dorado que Angie me había ayudado a comprar—. ¿Vas a la fiesta?

—Sí —murmuré sin saber todavía cómo actuar—. ¿Tú vas?

—Claro. Me toca trabajar como camarera sirviéndoos comida.

—Vaya, lo siento.

—No lo sientas. Ya te dije que estoy agradecida. Es lo mínimo que puedo hacer —sonrió—. Y no te preocupes, no te lo tengo en cuenta.

—¿Vlad habló contigo? —pregunté notando cómo me ardían las mejillas al recordar la vergonzosa escena.

—Sí y me habló del castigo que te dio —rio—. Puede llegar a ser demasiado intenso.

—Sí, me pone nerviosa.

—A todas, nena, a todas. Es su especialidad, aparte de muchas otras.

—Pensaba que su vida giraba en torno a las mujeres —admití mordiéndome el labio inferior.

—Y no te equivocas; pero tiene otras habilidades que le otorga muchos puntos. Ya las descubrirás.

—¿Tienes un hermano favorito? —pregunté después de varios minutos en silencio.

—¿Hum? No sabría decirte, son tan diferentes entre sí… Cada uno tiene su rasgo distintivo y especial, pero admito que las miradas lascivas de Vlad me encienden y me mantienen ocupada toda la tarde.

—¿Has mantenido una relación… —carraspeé—, íntima con él?

—No sé si podría definirlo como mantener una relación —rio—. Vlad es un alma libre. Él solo se divierte con las chicas y ya. No busca nada más.

—¡Pero eso está mal! —exclamé horrorizada—. Es jugar con sus ilusiones.

—No está mal. Él deja claro lo que busca y quiere. No obliga a ninguna chica a hacer nada con él si no quiere. No está en su mente jugar y engañarlas con falsas ilusiones; simplemente les invita a la cama y ya. Tampoco es que las eche a patadas o escape huyendo por la noche. Generalmente las invita a desayunar y se despide de ellas.

—Sigo sin entenderlo —murmuré.

—No todos buscan una relación estable o el amor de su vida con el cual casarse y tener hijos, Laurie. Hay chicos y chicas, y más a nuestra edad, que solo buscan divertirse y descubrirse como personas de manera íntima y personal. Así es Vlad.

—¿Y estás de acuerdo?

—Claro, porque es lo mismo que busco yo. Vlad no es mi pareja. Tengo demasiadas complicaciones en mi vida como para inmiscuirme en una relación cerrada. Prefiero pasarlo bien y desconectar antes de buscar a alguien definitivo. Además, solo deseo centrarme en mis estudios y mi mamá, nada más. ¿Tú qué es lo que buscas o quieres?

—¿Yo? —pregunté quedándome con la boca abierta.

—Claro. Veo que ni siquiera te has besado con Atary, cuando estoy segura de que él lo desea —sonrió—. ¿Tú no?

—No sé. Él me gusta, pero…

—¿Pero?

—Mi madre quiere que me case con Richard, mi vecino.

Mi compañera frunció el ceño y se cruzó de brazos, analizándome con la mirada. Entonces se aproximó hasta mi lado y me apartó el pelo hacia mi hombro derecho, señalándome el espejo.

—Mírate, Laurie. Eres guapa y tienes a un chico como Atary detrás de ti. Babea por ti. ¿De verdad me estás diciendo que estás conteniéndote porque tu madre quiere que estés con otro? ¡Tienes que decidir tú con quién estar! No ella.

—Ya, pero…

—¡Pero nada! —exclamó chasqueando la lengua—. Ahora te hago un recogido en el pelo y vamos al castillo. Relájate y deja de pensar en lo que opinen o piensen los demás. Atary es un buen chico y tú te mereces a alguien que te quiera de verdad, no un matrimonio sin sentido.

—No eres la primera que me lo dice —admití ruborizada—, pero me da miedo defraudar a…

—Por favor no me digas que vas a mencionar a tu madre otra vez. Lo haces de forma continua. Es tu vida, no la suya. Y nunca debería defraudarse porque estés aprovechando tu juventud y disfrutando de un amor alocado y especial. No te digo que te tires a sus brazos, pero sí que saborees los momentos juntos. Quién sabe, igual te vuelves una adicta al sexo —se carcajeó.

—¡Ni siquiera lo menciones!

Me tapé el rostro con mis manos. Me daba vergüenza hasta escuchar esa palabra, no estaba incluida en mi vocabulario. Pero mi cuerpo ardió al imaginarme por un momento lo que sería tener a Atary sin camiseta encima de mí.

Unas horas más tarde nos dirigimos al castillo y entré con una mirada cargada de sorpresa y admiración al contemplar la entrada, repleta de estudiantes. Ahora estaba decorada con los adornos típicos de Samhuinn, la universal fiesta de *Halloween*, y tenía fuera un letrero inmenso que rezaba «Bienvenidos al infierno».

Busqué a Atary con la mirada. No quería encontrarme con Nikola o que Franyelis desapareciera para cumplir con su función como empleada. Entonces unas manos frías taparon mis ojos y una voz arrastrada me susurró al oído.

—Parece que al final aceptaste la invitación.

—Atary —susurré mientras me llevaba la mano al pecho, intentando calmarme.

—Perdona, no pretendía asustarte —sonrió, acariciando mi oreja con la punta de su nariz, antes de soltar su cálida respiración—. Estás realmente guapa esta noche.

—Gracias.

Clavé la vista en el suelo mientras varios escalofríos recorrían mi piel, haciéndome estremecer. Mi garganta se había secado, igual que mis labios, así que pasé la lengua por mi labio inferior antes de morderlo de forma inconsciente, sin saber muy bien qué hacer.

—Vamos hacia el salón. Pasan a cada poco con comida para picotear y en breve pondrán música. Quiero que veas la ambientación de los pasillos y la sala. En la entrada no hemos puesto gran cosa.

—Ah, ¿sí? —acerté a preguntar cohibida.

—Claro, nos encanta la ambientación típica de Samhuinn.

Le seguí con cautela, quedándome a varios metros detrás de él y avanzamos por los pasillos, decorados con luces oscuras y telarañas, además de tumbas de mentira y fantasmas de tela. El salón estaba incluso más decorado y muchos estudiantes habían decidido asistir con disfraces típicos de miedo, rechazando el protocolo de vestir de gala.

—¿Te gusta?

—Está bien —asentí, sentándome en uno de los largos sofás que tenían.

—Vuelvo ahora. Voy a por algo de comida para los dos.

Le observé alejarse con rapidez, ataviado con una camisa blanca y una americana negra que resaltaba su cabello y la palidez de su piel; le favorecía bastante. No tardó en regresar a mi lado con una copa de cristal repleta de piedras rojizas que parecían rubíes, y brillaban ante las luces de la sala. Además, también había traído un plato con distintos dulces y aperitivos sencillos.

—¿Qué lleva? —pregunté señalando la copa.

—Es un vino antiguo, especial de nuestra casa. Sabe dulce, así que pensé que te gustaría probar un sorbo. Madre lo sacó por ser una ocasión importante. Aunque no lo diga, todos sabemos que Katalin es su preferida.

—Bueno, no sé si debería.

—Solo un sorbo. No pretendo alcoholizarte y que te pongas mal —sonrió—. Yo me beberé el resto. Ya de robarlo en la cocina, que sirva para algo.

Asentí con la cabeza y llevé la copa hasta mi nariz, olfateando su contenido. Desprendía un aroma agradable, pidiéndome beberlo. El color era oscuro, tirando a malva y el tacto de la copa me generaba un extraño placer.

Al beber un sorbo, no pude evitar soltar un pequeño jadeo de satisfacción. Sabía exquisito.

—¿Te gusta? —escuché preguntar a Atary mientras su mirada se oscurecía.

—Está increíble —reconocí, a punto de beber otro sorbo.

—¡Eh! Prometí que solo te dejaría probarlo. Ya me lo termino yo por ti.

Gruñí de forma inconsciente al ver cómo me quitaba la copa de entre las manos y la acercaba a sus labios antes de guiñarme un ojo. Parte de su contenido se derramó por sus labios, mojándolos.

—¿Quieres ayudarme a limpiarlo? —sugirió con un deje ronco.

No tuvo que decirlo dos veces. Movida por el trago, aproximé mis labios hasta los suyos y aspiré el dulzor del vino que aún tenía impregnado. Entonces le besé.

Exhalé un poco de aire por la nariz al sentir que me ahogaba, tratando de no pensar si lo estaba haciendo bien o no, pues mi mayor temor era parecer un pulpo y succionarle entre babas. Cuando abrí los ojos ligeramente, mis hombros se relajaron al ver que Atary no parecía molesto. Quizá no lo estaba haciendo tan mal.

Mis pulsaciones se dispararon al ver cómo él aumentaba el ritmo, mordiéndome el labio inferior con suavidad para tirar de él; comencé a notar que la ropa me sobraba. Me acerqué más a su cuerpo y permití que sus manos se movieran por mi rostro y vestido, buscando un hueco donde acomodarse.

Gemí de placer al notar cómo con una me acariciaba el cabello mientras la otra se posaba en la parte baja de mi espalda, acariciando la zona donde se hallaba escondida mi ropa interior. Un gruñido animal salió de su garganta antes de mover sus labios con mayor fiereza y guiarme al compás de su lengua.

El resto de personas que se encontraba a nuestro alrededor desapareció, solo veía los ojos azules de Atary oscureciéndose con deseo. Su cálida respiración rozaba mi piel, haciéndome arder, y sus expertas manos no tardaron en impulsarme para quedarme sentada en su regazo.

Nos mantuvimos así varios minutos, aunque me parecieron segundos, hasta que se apartó con la respiración agitada, apoyando su frente sobre la mía; para luego alejarse por completo y tragar saliva.

Quería más, mucho más. Todas las sensaciones se entremezclaban en mi interior, creando una placentera explosión, lo que provocó que mi cuerpo temblara.

—Tenía que haberte dejado probarlo antes —bromeó con voz ronca.

—Está rico.

Di un bote sobre el asiento al escuchar un carraspeo a nuestras espaldas y observé, avergonzada, a Franyelis mirándonos con una sonrisa de diversión mientras sostenía una bandeja de plata.

—Katalin te está buscando. Está muy pesada con su grupito de amigas vip —sollozó haciendo un puchero—. Tiene al resto del servicio loco y yo todavía tengo que acabar de servir los aperitivos.

Supongo que vosotros estáis bien servidos —añadió sonriendo con malicia.

Aprecié a Atary mirándome de reojo, como si buscara mi aprobación, así que asentí con la cabeza tratando de esbozar una sonrisa. No quería quedarme sola con mis emociones a flor de piel; aún me sentía acalorada y confusa, con ganas de más. Por dentro, mi cuerpo pedía a gritos abalanzarme de nuevo y quitarle la camiseta antes de volver a devorarnos. Atary había abierto una caja de Pandora que me iba a costar cerrar.

Me quedé un rato sentada en el sofá, sin saber muy bien qué hacer. Veía a los invitados bailar o comer los aperitivos que iban trayendo los sirvientes. Algunos cuchicheaban al oído y otros se reían a carcajadas, haciéndome sentir incómoda al pensar en el espectáculo que había dado. Como no sabía dónde estaba Angie y no tenía más amigas con las que ir para distraerme, decidí inspeccionar un poco la casa, esperando no encontrarme con Nikola.

Salí por una puerta lateral del salón y caminé por el pasillo, cuyas luces tenues se iluminaban a medida que detectaban mi presencia. Había tantas puertas y rincones que no sabía por dónde empezar. Tampoco quería parecer una cotilla, pero me moría de ganas por saber qué tipo de habitaciones podía tener en un castillo. Si habría alguna secreta o especial que tuviera tesoros o reliquias familiares.

Dejé atrás unas escaleras mientras escuchaba mis pisadas sobre las finas alfombras de distintos colores oscuros y contemplaba los cuadros que decoraban las lujosas paredes. Muchos eran retratos antiguos de personas que no conocía, incluso había uno de una chica que me recordaba a Katalin, parecía una princesa de verdad.

Seguí el camino sin percatarme de que me estaba alejando más de la cuenta. Caminaba por los pasillos distraída, contemplando los cuadros al óleo sobre paisajes increíbles de distintas zonas de lo que podía ser Hungría, cuando escuché una voz.

Me detuve mirando a mi alrededor esperando averiguar de dónde venía el sonido, cuando se añadieron también unas risas femeninas, seguido de lo que… Mis mejillas empezaron a arder al escuchar unos gemidos de placer.

Mi corazón empezó a latir desbocado, empezaban a ser más seguidos y cada vez se escuchaban con mayor nitidez. A eso se le sumó el sonido de una cama moviéndose y tragué saliva al ver un resquicio de luz asomarse por una de las puertas de la izquierda.

Me quedé inmóvil sin saber muy bien qué hacer. Debía de ser sensata y marcharme, pues era la intimidad de alguien y mi presencia iba a ser molesta e indeseada, pero había algo en ese sonido que captaba mi atención. Un deseo extraño comenzó a apoderarse de mí, haciéndome caminar sin ni siquiera darme cuenta.

Al acercarme a la puerta, la moví unos milímetros, esperando que no chirriara ante el contacto de mi mano. Me quedé tras el hueco con la mano sujeta en la madera, cuando mis ojos observaron una habitación de colores oscuros y elegantes. Lo que más destacaba era una cama en el centro, que ocupaba mi campo de visión; en ella había… tres personas encima.

Me llevé las manos a la boca para contener un grito ahogado y mis orejas empezaron a arder al ver sus movimientos cargados de placer. La lujuria era tan palpable que, a pesar de ser tres, parecían solo uno. Una parte de mí quiso huir corriendo, pero la otra me gritó que me quedara, generando un cosquilleo que empezó en los dedos de mis manos hasta llegar a los de mis pies, anclándome en el suelo.

Los gemidos fueron sustituidos por chillidos de placer y un cuerpo grande y musculado, que se encontraba de espaldas, sujetó a una chica por la cintura para arrastrarla hasta él. Ella acomodó sus piernas para rodearle mientras este se detenía a dar placer a otra mujer. Posteriormente hizo un movimiento rápido y empezó a moverse en un compás acelerado, ofreciéndome la vista privilegiada de su trasero.

La chica apareció en mi campo de visión y caminó por la cama con mirada lasciva para acomodarse en el rostro de la… Dios mío. Tuve que mover la cabeza hacia otro lado al sentir que empezaba a quedarme sin aire. Era una escena tan intensa que provocó que mis piernas comenzaran a temblar, además de dejar mi boca seca.

Los jadeos y gemidos se incrementaron, haciendo que mi respiración se agitara y tuve que apartar mi cabello hacia atrás. Mis mejillas ardieron con fuerza al observar el control que el hombre ejercía sobre ambas; desprendía lujuria. Toda la habitación se había caldeado, emanaba tanto calor que me sentía en el mismísimo infierno.

Me sentía extasiada. Percibía los movimientos y los sonidos como si estuviera en esa misma habitación o fuera una de ellas. Además, esa voz que durante tantos años me había acompañado me animaba a entrar. Deseaba hundirse en su piel hasta perder la noción del tiempo.

Mi corazón se iba a salir del pecho y unas gotas de sudor comenzaron a deslizarse por mi frente. Las chicas arqueaban su cuerpo y jadeaban mientras que el hombre se alejaba de una de ellas para prestar atención a la otra. Parecía que el calor de esa habitación se había movido hasta albergar mi cuerpo, pues sentía mi vestido más pequeño y apretado, mi piel quemaba y las ganas de despojarme de mi ropa no hacían más que aumentar.

Con cada embestida mi respiración flaqueaba y tuve que sujetarme con más fuerza al marco de la puerta, mientras mis ojos se mantenían fijos sobre los movimientos rápidos que ejercía el hombre desde sus caderas, haciendo vibrar la zona baja de mi vientre. Incluso mi ropa interior se estaba humedeciendo, dejando el resto de mi cuerpo completamente seco; deseoso de más.

Entonces él se apartó y salió de la cama completamente desnudo para quedarse de pie, quedando de perfil enfrente a donde me encontraba, revelándome su identidad. Contemplé, con las mejillas ardiendo, como Vlad movió su cabeza hacia atrás y soltó un gruñido varonil antes de cerrar los ojos cuando las dos chicas se arrodillaron en el suelo.

Nunca había visto la parte íntima de un hombre, por lo que mis ojos se mantuvieron anclados en eso. Quería alejarme, pero la oscuridad me dominó, presa del deseo. Aprecié que por la cadera Vlad tenía un símbolo negro tatuado, pero desde esa distancia no podía verlo con nitidez.

Me sonrojé. Las chicas parecían estar disfrutando con lo que hacían y se turnaban para darle placer. La mandíbula de Vlad empezó a tensarse como respuesta, marcando la vena de su cuello. Me aferré al marco de la puerta extasiada y contuve un gemido cuando él decidió llevar las riendas y agarrar el cabello de una de las chicas para mantener el control de los movimientos.

Entonces se incorporó un poco y aprecié cómo abría sus ojos, clavando durante un instante sus iris azules en mí. Aterrada, solté un grito agudo y retrocedí unos pasos, con la desgracia de tropezar gracias a la esquina de una alfombra; tirándome al suelo de culo.

Traté de levantarme sin mucho éxito porque mi cerebro había decidido desconectar y las piernas no me respondían. Entonces observé una mano extendida frente a mí.

Al levantar la cabeza comprobé que era él. Tenía al hermano mayor de Atary completamente desnudo frente a mí, aunque esto último no pareció importarle; ofreciéndome su ayuda cuando me había pillado observándoles como si fuera una suelta desesperada. «Tierra trágame» pensé mientras relamía mi labio inferior. Su mirada hambrienta no hacía más que potenciar mi deseo, aunque lo intentara eliminar.

—Debo admitir que no esperaba encontrarte tras la puerta, pero se me había endurecido con solo ver tu cara de deseo. Lástima que tuviste que asustarte y caerte de culo. Por cierto —añadió con una sonrisa descarada—, era una buena vista.

—Yo n-no... No he... No...—balbuceé desorientada, intentando apartarme.

—¿Me vas a negar que estabas tras la puerta mirando todo? Porque tu cuerpo te delata, ángel —susurró con voz ronca—. Puedo escuchar las pulsaciones vibrar por tu cuello, tus mejillas y orejas se han enrojecido debido al calor que desprendes y tragas saliva a cada poco. Además, humedeces tus labios. Estás completamente seca por el deseo. Lo sientes, ¿verdad? Te sientes nerviosa, temerosa, avergonzada; pero los ojos te brillan hambrientos y, aunque lo niegues, estás deseando que rompa ese vestido que llevas y te deje caer sobre la cama para enseñarte mucho más de lo que has podido ver. Tu cuerpo se muere por sentirlo y el mío se muere por corromperte en todos los jodidos aspectos. Eres una tentación, Laurie.

Retrocedí hasta chocar contra la pared, amenazando con tirar uno de los cuadros, al ver cómo la mirada de Vlad se oscurecía. Solté todo el aire que tenía retenido en mis pulmones al bajar, sin querer, la mirada y comprobar como su parte más íntima crecía y se endurecía sin pudores, mientras se quedaba a escasos centímetros de mí, devorándome con la mirada.

—¿No lo niegas? Me sorprendes, ángel. Te estás convirtiendo en un demonio.

—N-no, no quiero —carraspeé ignorando el cosquilleo nervioso de mi piel—. S-solo pasaba por el pasillo y m-me perdí. No pretendía...

Una sonrisa lobuna apareció en sus labios y se rio entre dientes, meneando la cabeza con gesto divertido. Entonces mi mente despertó y me alejé de ahí a paso apresurado, tratando de sostener mi dignidad perdida. Podía aparecer cualquiera y no estaba a dispuesta a escuchar más provocaciones por su parte. Vlad seguía desnudo con aire despreocupado, como si le diera igual la fiesta que sucedía a escasos metros de su habitación.

—¿Te vas? —preguntó con sorna, alzando la voz a mis espaldas—. Aunque huyas, volverás, Laurie. No podrás resistir mucho más tiempo el deseo que está despertando en tu interior. Dentro de poco será tan intenso que me suplicaras que te haga mía; y yo no tendré ningún problema en hacerte pecar.

Seguí corriendo sin echar la vista atrás, ni siquiera sabía hacia dónde me estaba dirigiendo. Solo quería calmarme en soledad, sin sentir que la presencia de Vlad se adhería a mi ser como una sombra.

Abrí la primera puerta que encontré a mano y me metí en una habitación oscura, posando mi espalda sobre la fría madera de la puerta al cerrarla. Dejé caer un suspiro de alivio y me deslicé hasta quedarme sentada en el suelo, con los ojos cerrados, para saborear la sensación de tranquilidad. Todavía no podía creerme la situación tan bochornosa e intensa que había vivido. Tenía que borrarla de mi mente para volver a la normalidad.

—¿De todas las habitaciones que hay en la casa tienes que acabar en esta? —escuché preguntar a una voz cargada de molestia.

Alcé la cabeza y tragué saliva al ver a Nikola con un libro entre sus manos, tumbado de lado sobre la cama y con el torso al descubierto, iluminado por una pequeña lámpara. Sus ojos atraparon los míos y me miraron con curiosidad, arrugando el ceño al mismo tiempo que torcía la boca.

Contuve la respiración y me levanté con rapidez para darme la vuelta y salir huyendo de nuevo hacia alguna esquina donde pudiera hundirme, sin chicos sin ropa que me analizaban de arriba abajo sin cortarse un pelo. Demasiada noche para mí.

—Espera —gruñó cuando estaba abriéndola, provocando que mi piel se erizara—. ¿Estás bien? Parece que has visto un fantasma.

Asentí con la cabeza para acto seguido negar y cerrar la puerta de nuevo, mirando al suelo para evitar sentirme intimidada por sus ojos grises y las facciones duras de su rostro. Quería irme, pero al mismo tiempo quería quedarme. Estaba cansada de intentar desaparecer y no conocía la casa, no sabía dónde más podía terminar.

—¿Pu-puedo quedarme? —susurré con un hilillo de voz.

—Joder… —bufó antes de resoplar—. Está bien.

Alcé la cabeza de nuevo y comprobé que su expresión hosca se había suavizado. Nikola se levantó de la cama para dirigirse hasta el armario y sacar una camiseta oscura.

Aguardé temerosa a que terminara de ponérsela y admiré cómo se ceñía a su cuerpo, ocultando su piel cuidada pero carente de musculatura. Temía que Nikola se arrepintiera de haberme dejado quedarme, así que intenté mentalizarme que debía tragarme sus comentarios hirientes y hostiles. Sabía que mi presencia le agobiaba, me detestaba.

—¿Vas a quedarte ahí parada toda la noche? Hace frío —expresó mirando la ventana abierta de su habitación—, y ese vestido dudo que abrigue mucho.

Avancé un par de pasos sin saber muy bien dónde colocarme, hasta que finalmente me quedé frente a él de brazos cruzados, tratando de calmar mi respiración y el rubor que aún seguía en mis mejillas.

Nikola suspiró y formó una breve mueca que no tardó en sustituir por una expresión hostil. Abrió el armario de nuevo, cogió una sudadera —también oscura— y me la tiró para que la atrapara con mis manos.

—Póntela y espérame aquí —ordenó con desgana—. Voy a por un par de cafés. No paras de temblar.

Asentí con la cabeza, aunque por dentro no quería que se fuera. Disfrutaba saboreando esos minutos en los que trataba de ser amable y no poner su habitual cara de molestia. Sin él, la habitación se había vuelto más oscura, más fría, más silenciosa… Aunque el aroma que desprendía su sudadera me acompañaba, relajándome al notar que era dulce y masculino.

Al cabo de unos minutos regresó con lo prometido, me ofreció una de las tazas, que desprendía un olor agradable y la calidez de la porcelana reconfortó mis dedos. Después se acomodó sobre su cama, quedándose sentado con las piernas en estilo indio, y me indicó con el dedo que me sentara en el mullido alféizar interior que tenía pegado a la ventana.

—Es mi rincón favorito para leer —me informó lacónico antes de beber un sorbo.

Nos quedamos en silencio. Él había vuelto a coger su libro y sus ojos se movieron con rapidez, pasando de un lado a otro, hasta que terminó la página y pasó a la siguiente. No podía mirar hacia otro lado que no fueran sus ojos, desprendían un brillo diferente al de sus hermanos, más serio y profundo, quizás algo triste como decía Franyelis. Realmente parecía que escondía un gran secreto que no quería que nadie descubriera, aunque se muriese de ganas por contarlo.

—¿Vas a quedarte mirándome todo el rato? Es incómodo —dijo de repente, sobresaltándome—. Pareces una acosadora turbia, de esas que se esconden detrás de los árboles.

«O de las puertas» susurré para mis adentros, obligándome a beber un sorbo para disimular mi vergüenza. No pude evitar hacer una mueca al sentir el sabor del café en mis papilas gustativas, no era especialmente fanática.

—Lo siento —murmuré.

—¿Qué te ha pasado para irrumpir así en mi habitación?

—N-nada… —balbuceé, ruborizándome de nuevo al recordarlo.

—Ya, claro —respondió en tono mordaz y sonrió de boca cerrada—. Mientes fatal. Arderás en el infierno por eso.

—De hecho, creo que ya estoy en él —susurré incómoda, revolviéndome en el asiento.

Se hizo un silencio entre ambos, así que miré por el amplio cristal el bello paisaje de Edimburgo, iluminado gracias a un montón de luces. Era tan diferente al tranquilo pueblo de Luss.

—Todavía estás a tiempo de escapar, si tú quieres —dijo sin despegar la vista de su libro—. Pero el tiempo pasa y parece que eres adicta a meterte en problemas. Si caes después no aceptaré reproches.

—Tampoco iba a hacerlo —gruñí sin entenderle.

—Ya —rio con sorna, soltando aire por la nariz—. El tiempo pasa tan deprisa, joder.

Miré de nuevo la expresión de su rostro. A pesar de continuar leyendo, su labio inferior temblaba ligeramente. Al percatarse de mi atención, lo mordió para detenerlo y volvió a mostrar seriedad, sumiéndose de nuevo en la lectura.

Nikola era un completo misterio.

Capítulo XXI ✝ sueños traicioneros

Nos mantuvimos así durante un tiempo. Él leyendo en silencio y yo mirando por la ventana mientras terminaba mi café, que había empezado a enfriarse. La casa era grande y parecía que estábamos en el ala opuesta a la fiesta, porque al otro lado de la puerta no se escuchaba nada.

Ya era tarde y empezaba a vencerme el sueño, pues un par de veces terminé dándome contra el cristal de la ventana, lo que me hacía despertarme y revolverme incómoda. Además, empezaba a dolerme la espalda, pero no me atrevía a decirle nada a Nikola por miedo a que volviera a ser el chico malhumorado de siempre.

—¿Laurie?

Levanté la cabeza sorprendida al ver el rostro de Atary asomado por la puerta, mirándome con curiosidad. Me levanté del sitio esperando que me llevara a casa, deseaba que ya se hubiera acabado la fiesta.

—¿Qué haces aquí con mi hermano? —preguntó atrapándome con sus brazos, haciéndome aspirar su intenso aroma.

—Molestando, para no variar —gruñó Nikola mientras posaba el libro sobre la cama—. Pensaba que te habías olvidado de tu novia.

—Claro que no, idiota. Me había llamado Katalin para que la ayudara a prepararse, ya sabes cómo es. Luego no había forma de que me soltara, estuvo presentándome a varias chicas de su carrera y eran muy intensas —respondió Atary, haciendo que mi estómago se contrajera.

Suspiré al ver a Nikola reírse entre dientes antes de volver a coger su libro y acomodarse de lado, dándonos la espalda. Parecía que el chico estatua había regresado y el amable había quedado relegado a un segundo plano.

—Podéis tomaros vuestro tiempo para marcharos a otra habitación, eh. Sin problema —murmuró con hastío—. Sin presiones, pero molestáis.

—Que agradable eres, Nikola.

—Es un don, supongo —dijo, todavía de espaldas—. Buenas noches.

Atary me miró meneando la cabeza y tiró de mí para sacarme de allí, quedándonos solos en el largo pasillo. Miré incómoda a mi alrededor, esperando no encontrarme a su hermano mayor desnudo, pero por suerte no había nadie más.

—¿Ya se han ido todos? —pregunté cruzándome de brazos.

—Qué va. Todavía queda el séquito de mi hermana, pero es verdad que es tarde. Quizás se queden aquí a dormir.

—¿Puedes llevarme a casa? —pregunté frotándome los ojos—. Estoy cansada.

—¿Noche dura? —sonrió con sorna, antes de volver a ponerse serio—. Lo siento, no tenía que haberte dejado sola. Cuando conseguí deshacerme de esos pulpos te busqué, pero no te encontraba.

—Por favor…

—Es tarde —respondió acariciándome la mejilla—. ¿Por qué no duermes aquí? Te acercaré mañana a la residencia.

—Pero…—vacilé, consciente de que estaba entrando en terreno peligroso—. Mi madre y… Aquí yo…

—Laurie, por favor, me gustaría que te quedaras. Tenemos habitaciones de sobra.

Enmudecí al escuchar su tono suplicante y cómo su mirada trataba de desarmarme. Tenía miedo de estar en una habitación, despertarme en mitad de la noche y encontrarme a Vlad mirándome. Era algo perturbador, pero no sabía qué esperarme de él después de haberme pillado espiándole tras la puerta. Y tampoco me fiaba de que mi oscuridad se mantuviera a raya. Ahora que había regresado debía de tomar precauciones.

Aun así, me sentía tan cansada que acepté resignada y le seguí hasta una habitación de invitados que tenían alejada.

Al abrir la puerta, comprobé la elegancia que se respiraba en el ambiente. Las paredes eran de color crema, con decoraciones y detalles florales en la cama a dosel, que hacía juego con colores claros. Los muebles que la rodeaban eran antiguos y el tapiz que había encima del cabecero con los bordes de oro brillaba con intensidad.

—¿Te gusta? —preguntó a mi espalda, cerrando la puerta.

—Es increíble. Todas vuestras habitaciones son de catálogo de revista —admití deslumbrada.

—Es la mejor habitación que tenemos para los invitados y ya te dije que eras vip para mí —sonrió, antes de depositar un beso en mi frente—. Buenas noches, Laurie.

—¡Espera!

Me sorprendí al escuchar el tono apremiante de mi voz, pero hizo efecto. Atary se quedó inmóvil mirándome con curiosidad.

—Yo... Quédate a mi lado hasta que me duerma, por favor —musité bajando la cabeza.

—¿Tienes miedo? —preguntó alzando una ceja.

—No, es que es un sitio tan grande y silencioso que... Sí —suspiré—, supongo que tengo miedo.

—Está bien, me quedo —accedió—. Ahora que lo pienso necesitas ropa más cómoda para dormir. No creo que sea agradable dormir en vestido o con la sudadera de mi hermano. Ahora regreso.

Mis mejillas ardieron al recordar que todavía llevaba su sudadera y acepté con la cabeza, observando cómo se apresuraba para alejarse. Contemplé la puerta cerrada con preocupación y calibré la idea de abrir la puerta contigua que se encontraba dentro del cuarto, seguramente sería el baño. Quizás así conseguiría luchar por mantenerme en pie, porque la cama me llamaba y si me tiraba sobre ella sabía que me quedaría profundamente dormida. No quería tener la guardia baja estando sola en una habitación a la que Vlad podría acceder fácilmente.

Me sobresalté cuando escuché que la puerta se abría y respiré aliviada al ver la silueta de Atary con ropa de recambio; ni rastro de su intenso hermano mayor. Cogí el pijama que me ofrecía y me encerré en el baño para que no me viera cambiarme. Minutos más tarde salí y vi a Atary acostado sobre la cama, con las manos acomodadas detrás de su cabeza, observando la pantalla del televisor.

Me acerqué con timidez, preocupada por estar con una camiseta escotada y sin sujetador, pues nunca dormía acompañada y me sentiría incómoda usándolo. Me sentí extraña, la atención de Atary se había desviado de la televisión hacia mi escote, aunque trató disimularlo conteniendo una sonrisa hambrienta, volviendo a mirar el televisor.

—¿Lista?

—S-sí.

Me metí en la cama y saboreé la sensación de estar acostada sobre un mullido colchón y repleta de sábanas y cobertores calentitos que abrazaban mi cuerpo. Mi corazón empezó a latir acelerado y el cosquilleo que había sentido al espiar a Vlad volvió a aparecer, estremeciéndome por completo. Estaba tan cerca de Atary, en un espacio tan íntimo como una cama y me sentía tan desnuda, tan vulnerable, que en cierto modo me ponía nerviosa, me gustaba.

Suspiré y me revolví incómoda al experimentar esta sensación, no quería ser una chica hormonada, una de esas que mi madre odiaba.

Yo era una chica dulce y recatada. Me lo repetía constantemente, y Atary era un pecado dulce que yo no debía probar, no más de lo que estaba haciendo ya en realidad.

—¿Estás bien? —preguntó tocando mi hombro desnudo.

—Mm… sí.

Aspiré con disimulo el aroma que desprendía su ropa y me giré para observar su figura, aunque eso incrementó mis pulsaciones. Estaba realmente atractivo tumbado sobre la cama con aire despreocupado, sus hipnóticos ojos azules y los hoyuelos que formaban sus mejillas al sonreír. Su pecho subía y bajaba en un compás lento y un mechón pequeño de su cabello descendió para posarse sobre su nariz, atrayendo mi atención. Además, el símbolo que tenía en su cuello brillaba con intensidad, cautivándome. Era un imán arrastrándome de forma lenta.

Todo él parecía pedir más, conseguía revolverme por dentro y sacar sentimientos y sensaciones de mí que ni siquiera conocía. Recordé los movimientos bruscos y rápidos de Vlad con las chicas y por un instante me imaginé acogiéndolos de Atary y un intenso calor empezó a recorrer mi piel, encendiendo mis mejillas.

—Estás desprendiendo mucho calor —dijo mirándome fijamente, juntando sus cejas—. ¿Sigues afectada por el vino?

—N-no… Creo que es el cansancio —musité mirando hacia otro lado. Me avergonzaba tener que mentir, estaba rompiendo demasiadas reglas.

—Descansa, Laurie. Yo velaré tus sueños.

Asentí aliviada y decidí girarme para darle la espalda e intentar relajarme, sino me iba a resultar imposible conciliar el sueño; mi cuerpo estaba demasiado despierto. Cerré los ojos apretándolos con fuerza y recé para mis adentros sujetando el dije que descansaba sobre mi cuello, antes de que mi cuerpo y mente terminaran desconectando por completo.

Caminé por los largos y lúgubres pasillos del castillo, parecían un laberinto. Eran las tantas de la madrugada y no se escuchaba ningún ruido. La única luz que mostraba mi camino era la que llegaba de las ventanas de algunos cuartos vacíos que se encontraban abiertos.

No sabía por dónde estaba yendo, pero tenía claro mi objetivo: encontrar a Vlad y terminar con lo que había empezado. Mis pies se movían solos siguiendo mi instinto y mi mala memoria, tratando de hallar esa habitación lujuriosa y prohibida que tanto me llamaba, me hacía arder.

Lo único que se escuchaba en esos momentos era mi respiración agitada, seguida de mis latidos acelerados y mis pisadas, que crujían sobre la fría madera, generando un fuerte contraste de temperatura con mi piel. El dije me pesaba, parecía que había sido ungido en fuego y una voz me instaba que me lo quitara, pero no podía, estaba adherido a mi cuello.

Tragué saliva al ver cómo un resquicio de luz se colaba por el hueco de la puerta y me acerqué para moverla, curioseando qué se escondía tras ella, cuando mis ojos se posaron en la cama, visible a la luz de la luna; concretamente en el hombre que descansaba encima de ella, mirándome con una sonrisa lasciva.

—Pensaba que no vendrías.

Sus ojos azules me hicieron estremecer y deseé tener una copa del vino familiar en esos momentos para darle un buen sorbo y perder la vergüenza que me albergaba. Me quedé con los pies anclados en el suelo, abrazando mi cuerpo con los brazos cruzados.

—¿Has llegado hasta aquí para quedarte ahí parada observándome? Esperaba más de ti, ángel.

—Esto está… mal —me sonrojé, tratando de tapar la camiseta semitransparente que se adhería a mis pechos.

—Pero aquí estás, frente a mí, con esa mirada lobuna que oculta deseos carnales, ¿verdad?

Relamí mi labio inferior, consciente de que se había quedado seco y me debatí si marcharme sería la mejor opción, aunque por dentro sabía que eso no sucedería. Me moría de ganas de subirme a esa cama y dejarme hacer por él. Lo anhelaba.

—¿Por qué no te acercas? —ronroneó, haciendo un gesto con el dedo.

—Dijo el lobo antes de devorar a Caperucita.

—Caperucita lo deseaba —respondió con una sonrisa ladeada—. Se había cansado de ser la chica buena del cuento y lo prohibido le atraía, como a ti.

—Yo no…

—Estás cansada de ser la sombra de tu madre, de hacer todo lo que ella quiere o dice, todo lo que te ordena y lo que te prohíbe. Y llegaste a Edimburgo, donde habita el lobo feroz, ese que te ha hecho ver que lo prohibido no está nada mal, es jodidamente adictivo y es lo que genera adrenalina en la vida.

—Pero Atary no es…

—No estamos hablando de Atary —respondió con voz ronca, mirándome con un brillo especial—. Estamos hablando de mí.

Contuve un grito de sorpresa al verle levantarse de cama, su silueta se iluminó, permitiéndome ver el símbolo que descansaba sobre su cadera, cerca de su entrepierna. Llevaba el mismo que su hermano, ese tatuaje extraño que tanto captaba mi atención. ¿Por qué tenían el mismo?

Sentí mi garganta seca al apreciar su fuerte musculatura, acentuada con la luz de la luna. Vlad era realmente alto y corpulento, sin ser excesivo. Su media melena oscura se encontraba despeinada y sus facciones duras destacaban con la barba incipiente que asomaba por sus mejillas.

—Dices ser religiosa, pero te mueres por pecar, así que no entiendo por qué tanta duda —dijo acercándose hasta mi oído, apartando mi cabello hacia un lado, y añadió en un susurro—: Puedo hacerte ver el lado prohibido del infierno, ese que muchos se mueren por probar.

Entonces sentí sus labios sobre mi cuello y contuve un jadeo al notar su lengua realizando un recorrido por mi piel. Sus manos empezaron a moverse por mi cuerpo sin ningún tipo de control, hasta subir una de ellas por mi muslo y la dirigió hasta la zona baja de mi ombligo, rozando el inicio de mi ropa interior.

Cerré los ojos y solté ese jadeo que no podía retener más. Me sujeté a su brazo arañándole un poco e intenté aguantar mi peso con mis piernas hechas de gelatina. Miles de espasmos me hicieron estremecer y llevé la cabeza hacia atrás mientras sus movimientos de lengua se incrementaban, subiendo hasta el lóbulo de mi oreja.

—Un pijama muy sexi, pero en estos momentos me sobra. Las diosas como tú no necesitan ropa.

Solté una pequeña risa al notar que sus palabras habían rimado. Desde luego, Vlad tenía muchas facetas ocultas y no terminaba de sorprenderme.

—No sabía que eras poeta.

—Hay muchas cosas que no sabes de mí —respondió—, pero las irás descubriendo. No hay prisa.

Gemí al ver cómo se quedaba de cuclillas en el suelo, con su cabeza a la altura de mi entrepierna y tiró de la goma de mis pantalones, deslizándolos por mis piernas. Mis mejillas ardieron en consecuencia y agradecí que no se viera con claridad, me daba vergüenza estar semidesnuda.

Entonces se incorporó del suelo y me ofreció su mano para llevarme hasta su cama, tumbándome sobre ella. Me dejé caer sobre el suave colchón y aparté varios mechones de mi cabello que acabaron por mi rostro, mientras disfrutaba de la vista que Vlad me ofrecía al despojarse de sus pantalones, quedándose con unos calzoncillos oscuros que marcaban esa parte suya que había podido ver horas antes con nitidez, excitándome.

Respiré con dificultad al sentir sus brazos rodeándome y se dejó caer, quedando su cuerpo encima de mí, tan pegado que podía notar su respiración y el movimiento de su abdomen rozando mi vientre.

—Eres tan tentadora... —resopló—. Me va a resultar complicado aguantar.

—¿Aguantar? —murmuré, acariciando sus brazos.

—Sé que eres virgen —susurró, atrapando mi oreja entre sus dientes—. Y quiero que disfrutes, así que tengo que contener mis ganas de hacerlo como me gustaría.

—¿Cómo... Cómo es eso?

Mi piel se erizó al sentir la calidez de su risa, parte del aire que soltó su nariz acarició mi cuello; y llevó sus labios de nuevo a mi oído, torturándolo con sus palabras obscenas.

—Yo no hago el amor, Laurie.

—¿Entonces?

—Ay, ángel —sonrió, besando mi cuello—. Eres tan inocente. Tienes mucho que aprender.

—Enséñamelo.

—Tus deseos son órdenes para mí.

Entonces colocó una de sus grandes manos sobre mis caderas, mientras que la otra se aferraba con fuerza al colchón. Sentí sus dedos clavarse con firmeza y tiró, haciéndome notar la dureza que cubría su ropa interior y di un pequeño salto al notar su excitación, haciéndome desear quitarle esa prenda, aunque después me dejara sin aliento.

No me podía creer que todas las barreras que ponía para impedir recaer se estaban rompiendo. Vlad era un peligro para mí, con unas palabras era capaz de hacerme volver. No lo podía controlar.

Sin quererlo, el calor que se había almacenado en mi pecho se extendió por el resto de mi cuerpo como si fuera un volcán en erupción. Mi respiración seguía acelerada y percibía cada movimiento que hacía con intensidad, no podía pensar en otra cosa que no fuera probar sus labios.

—¿Estás preparada?

Abrí los ojos al sentir algo obstruyéndome el paso y los froté con fuerza al verme atacada por la intensa luz que provenía del exterior. Tragué saliva y respiré con fuerza al sentir un extraño pálpito por mi entrepierna. Con disimulo, llevé una de mis manos hasta mi ropa interior y comprobé que estaba húmeda. Mis mejillas se sonrojaron, había tenido un sueño húmedo con Vlad y me había gustado. Lo peor de todo era que había tenido ese intenso sueño teniendo a su hermano al lado, inocentemente dormido.

—¿Estás despierta?

Me llevé las manos al pecho tratando de calmar mi corazón y suspiré al ver la mirada curiosa y alegre de Atary sobre mí. Me estaba poniendo más nerviosa de lo que ya estaba.

—¿Llevas mucho tiempo despierto? —pregunté desviando la mirada.

—No, me desperté ahora al sentir que te movías —bostezó—. Iba a marcharme, pero me quedé dormido esperando que lo hicieras tú.

—Lo siento.

—No pasa nada —sonrió—. Es agradable dormir en compañía.

Me quedé absorta mirando sus labios y sentí un fuerte impulso de aproximarme para besarlos. Aún tenía la adrenalina recorriendo mi cuerpo debido al sueño que había tenido, me pareció tan real.

Me estremecí ligeramente, no me habían educado para ser así de predispuesta y desvergonzada, pero en el fondo quería serlo. Tal vez

Vlad tenía razón, quizás me había cansado de ser la chica buena del cuento y la rebeldía me llamaba. ¿Cuál era la Laurie real?

—¿Estás bien? Estás mirándome fijamente.

—Sí —sonreí—. Es solo… Hay algo que…—tragué saliva mientras jugueteaba con mis manos.

—¿Qué? —preguntó con voz arrastrada.

—Quiero besarte.

Aspiré el suficiente aire como para elevar mi pecho y lo solté lentamente mientras observaba a Atary alzar ambas cejas y mostrarme una sonrisa divertida, acercándose poco a poco hasta mí, rozando su nariz con la mía.

—¿Y qué te lo impide?

—Que después… Quiero más —admití con las mejillas encendidas.

—¿Y eso está mal? —susurró a escasos milímetros de mis labios.

—Ss-no. Supongo que no.

Un tímido cosquilleo recorrió mi estómago al apreciar nuestra cercanía. No estaba acostumbrada a dar esos pasos y dejarme llevar. Me daba miedo que eso lo empeorase todo, que hiciera sacar al monstruo que llevaba dentro. ¿Y si lo devoraba todo a su paso?

—Entonces, ¿por qué estamos esperando?

Cerré los ojos al sentir el tacto suave de sus labios y me dejé llevar por el compás lento que había creado, aunque sintiera que lo estaba haciendo de forma desastrosa. Mis hombros se relajaron al disfrutar las lentas caricias que estaba haciendo por mi cabello, provocándome un escalofrío al descender hasta mi clavícula.

Entonces se separó unos milímetros y apoyó su frente sobre la mía, hipnotizándome con sus ojos. Estos estaban adquiriendo un tono oscuro que me intimidaba.

—Eres tan dulce —suspiró—, que me resulta muy difícil contenerme.

—Tú también me tientas.

—¿Quieres ir más lejos? Porque yo tengo ganas, pero no quiero hacer algo que tú no quieras hacer. No quiero presionarte ni que te sientas incómoda —admitió con la voz ronca.

—Yo… No sé si debo. Mi madre…

—Olvida a tu madre por un momento —me detuvo, acariciándome la mejilla—. Permítete ser una chica de dieciocho años libre, sin cargas ni obligaciones. Tú eres la única que tiene el derecho de decidir sobre tu propia vida —señaló con una sonrisa amable—. ¿Tú quieres hacer esto? ¿Quieres continuar? Si no, vamos a desayunar, no pasa nada, pero prefiero devorarte a ti completa.

Me ruboricé al escuchar sus palabras, pero una parte de mí se retorció incómoda al notar que no me producía la misma sensación Atary que su hermano Vlad.

Con el primero sentía amor; me gustaba estar a su lado y tener su atención. Atary me hacía sentir protegida y querida, como si fuera la chica más especial del mundo; con solo una mirada era capaz de que cientos de mariposas revolotearan por mi estómago, bailando una bella danza. Aunque no lo hubiera verbalizado en alto, durante este tiempo había desarrollado sentimientos fuertes hacia él. Atary me hacía volar.

Y Vlad solo necesitaba ponerse enfrente de mí para ponerme nerviosa e intimidarme. Mis piernas temblaban como un flan cuando hablaba con esa voz varonil; conectaba con mis deseos más internos, y sus palabras me retorcían de placer, haciéndome querer más, aunque tratara de demostrar lo contrario.

Todo eso era pecado. Me atormentaba recordar que estaba quebrando una regla importante de mi religión: *No tener pensamientos ni deseos impuros*. Me estaba sintiendo realmente sucia al sentirme atraída sexualmente por su hermano mayor. Pero no podía detenerlo, mis demonios pedían más.

Atary no se merecía a alguien como yo, pero mi lado egoísta me impedía renunciar a él. Le quería. Necesitaba sus palabras, sus gestos, sus caricias, su cariño… Todo lo que me daba me hacía sentir mejor persona.

Me convencí de que no iba a ser complicado. Solo tenía que alejarme de su hermano y mantenerme fiel a mis creencias, así recuperaría mi ansiada perfección. Vlad era el diablo hecho carne, pero yo no estaba dispuesta a pecar.

Sostuve el dije, notando la fría textura que desprendía entre mis dedos, y abrí la boca para permitirme ser yo misma por una vez. Merecía disfrutar de algo que estaba deseando hacer, aunque me diera miedo, aunque me avergonzara, aunque con eso defraudara a mi madre. Había llegado el momento de dar un paso más.

—Sí, me gustaría —respondí con un hilillo de voz.

Contuve un gruñido de satisfacción al verle quitarse la camiseta, admirando su torso definido y la delgada línea oscura de pelo que descendía por su ombligo hasta perderse por el pantalón, invitándome a seguirla.

—Madre quiere que vayamos todos a desayunar.

Cogí la sábana con rapidez y me tapé con ella al ver la silueta de Nikola asomarse tras la puerta. Sus ojos grisáceos nos miraron a ambos, generando una mueca de desagrado. Traía su cabello corto revuelto y el pijama oscuro que llevaba se ceñía a su cuerpo, dejándome ver su figura delgada.

—Joder, Nikola. ¿No tienes nada mejor que hacer? —gruñó Atary, volviendo a ponerse la camiseta.

—Deja que consulte mi agenda. Mmmm… No, la verdad es que no —bufó rodando sus ojos—. Pero no es muy apasionante hacer de mensajero.

—Piérdete un rato, que ya vamos.

—Genial —asintió mostrando el dedo pulgar, y añadió antes de cerrar la puerta con desidia—. E idos a un hotel. Bastante tenemos ya con el promiscuo de Vlad como para expandir testosterona por el resto de habitaciones.

Respiré aliviada al ver la puerta cerrada de nuevo y sentí cómo la vergüenza me subía hasta las orejas, poniéndome roja por completo. No estaba desnuda ni estábamos haciendo nada, pero el escotado pijama de su hermana marcaba zonas que no estaba acostumbrada y sentía que transparentaba mi piel. Encima el humor cambiante de Nikola me confundía y no sabía qué esperar de él.

Después de desayunar en compañía de todos, excepto Vlad, terminé de prepararme para que Atary me acercara a la residencia. Había llegado la hora de retomar mis deberes académicos y centrarme en estudiar; los exámenes se aproximaban lentamente.

Salí del castillo acompañada por él y me subí en su coche, apoyando el codo sobre la puerta, cerca de la ventanilla, mientras esperaba que terminara de colocar bien los espejos retrovisores y encendiera el motor. Por desgracia, decidí mirar el castillo desde el cristal y mi corazón empezó a latir desenfrenado al observar a Vlad apoyado sobre el balcón que sobresalía de su ventana, únicamente vestido con unos pantalones de pijama, revelando la punta de su tatuaje, ese que había aparecido en mi sueño.

Me revolví en el asiento al recordarlo e intenté ignorar los calores que empezaban a recorrer mi piel, pero no sirvió de nada, pues se incrementaron al fijarme en la sonrisa divertida que adornaba sus labios. Sentí un revoloteo en mi estómago que descendió por mi zona íntima y junté ambas piernas para intentar detenerlo. Era absurdo.

El coche rugió al arrancar y conseguí dejar de mirar su atlético torso, embelesada por el efecto que producía sobre mí. Su silueta por fin había quedado atrás, quedando relegada a una simple mancha imposible de interpretar.

Volví a verme en ese pasillo largo y lúgubre que empezaba a hacerse familiar. Otra vez podía apreciar ese resquicio de luz reflejándose sobre la alfombra, invitándome a entrar. Mi corazón latió agitado al adelantarme al hecho que sabía que iba a suceder. Aunque no lo viera, sabía que Vlad me esperaba tumbando sobre su cama, esperando rematar aquello que se había quedado en punto muerto.

—Estoy teniendo un *déjà vu* —ronroneó al verme.

—Y yo empiezo a acostumbrarme a esta habitación.

—¿Te gusta? La autora de las sombras me robó la idea de este cuarto. Eso me pasa por no registrarla en la propiedad intelectual.

—¿T-tienes...? —pregunté notando cómo empezaba a tartamudear y la lengua se me trababa.

—Tengo de todo, ángel —sonrió—. Mi propósito es complacer, en todos los sentidos.

—¿Y lo consigues?

—Siempre.

Mi vientre se contrajo con su respuesta, la había susurrado con un tono sensual que había subido de golpe mi temperatura. Me aproximé lentamente hasta la cama donde estaba echado y contemplé su torso desnudo mientras relamía los labios con descaro.

—¿Te gusta lo que ves? —rio.

Asentí con la cabeza y me subí a la cama, palpando el colchón con las manos hasta quedarme a su lado, y me detuve a admirar las facciones de su rostro. Vlad no tenía la dureza de Nikola, pero imponía con sus cejas arqueadas y sus labios carnosos.

—A mí también me gusta lo que veo, pero desnuda me gustará todavía más. Para qué negarlo, el cuerpo femenino es una jodida tentación para cualquier simple mortal —dijo mordiéndose el labio inferior, tirando de él de una forma realmente sexi—. ¿Sabías que la Iglesia simbolizaba a la mujer como maldad, pecado y lujuria? De hecho, en la Edad Media la lujuria era representada bajo la figura femenina.

—No entiendo por qué —respondí arrugando la nariz.

—Otro día te doy una lección de teología, pero ahora prefiero una de anatomía. En esa asignatura saco sobresaliente.

—¿Y qué me enseñarás? —pregunté armándome de valentía; impulsada por el cosquilleo que me estaba produciendo seguirle el juego. En los sueños podía revelar mi verdadera identidad sin miedo a posibles repercusiones.

—Cómo tentar a un ángel a bajar del paraíso para arrastrarlo hasta el infierno.

—¿Eso no está mal? Parece un dulce pecado —sonreí, vibrando por la lujuria que desprendían sus palabras.

—El pecado más dulce te llevará al infierno, ángel.

—¿Por qué me llamas así? —pregunté, acariciando su abdomen.

—Porque lo eres.

Sonreí de nuevo como si tuviera cinco años y dejé que sus labios colisionaran con los míos, dejándome llevar por la fuerza que desprendían sus movimientos, generando un deseo aún mayor sobre mí. Sus fuertes brazos sujetaron mis caderas y me impulsó para quedarme sentada sobre su regazo, sintiendo la potente erección que amenazaba con salir del calzoncillo.

—¿Lo notas?

—Sí —gemí frustrada.

—¿Lo quieres? —susurró, deshaciéndose de mi camiseta del pijama, quedándome sin nada.

—Por favor…

—¿Por favor qué?

Gemí al sentir sus dedos deslizarse por la parte baja de mi vientre, apartando mis bragas de algodón a un lado para acariciar con pericia una zona que siempre había pasado inadvertida para mí, pues nunca me había dado placer. Sentí que mi cuerpo se desvanecía al experimentar los fuertes calores que encendían mi piel y mordí mi labio inferior con fuerza, conteniendo la fuerte necesidad de moverme al hacer fricción contra su dureza.

—Por favor, Vlad —supliqué en sollozo, rompiéndome por completo—. Esto es…

—¿Qué es, ángel? —susurró aumentando la velocidad, mientras introducía uno de sus dedos, girándolo con cuidado.

—Joder —mascullé, dejando caer mi cabeza hacia atrás.

—Pero si sabes decir tacos —rio—. Interesante, me gusta ver cómo te transformas en una chica mala. Me pone mucho.

Gemí al notar otro dedo en mi interior, ampliando mi tortura personal, y no pude evitar restregarme, sintiendo cómo su bulto crecía y sus ojos brillaban llenos de deseo, mientras que su otra mano se aferraba con más firmeza a mi cadera.

—Pero esto no es suficiente para mí, ángel —ronroneó cerca de mi oído—. No me conformo solo con un sueño, yo necesito la realidad.

—Pero…

—¡Chist! —chistó, posando un dedo de su mano libre sobre mis labios—. En la vida hay que ser valiente y luchar por aquello que deseas. La recompensa siempre merece la pena.

Me estremecí al ver sus labios formando una sonrisa lobuna y gemí con fuerza al notar mi zona íntima contraerse. Los calores empezaban a acumularse en una única zona, haciéndome sudar.

—Sé valiente, ángel. En el fondo sé que lo deseas tanto como yo, aunque te esfuerces en negarlo.

—Esto está mal, Vlad —alcancé a decir con voz ronca—. Eres el hermano de Atary.

—Déjame enseñarte lo que está mal de verdad.

Solté un pequeño grito al notar cómo me tiraba hacia un lado de la cama y me dejó con las rodillas y los codos sobre el colchón, con el trasero en alto. Aspiré profundamente el aire caliente que emanaba la habitación al sentir mis bragas deslizarse, dejándolas caer por las piernas y su mirada hambrienta recorrió mi piel antes de darme un azote y devorarme sin previo aviso.

Me desperté con mi pijama empapado en sudor, embriagada por las sensaciones que aún me rodeaban. Tanteé las opciones que barajaba mi mente, la oscuridad que intentaba reprimir ansiaba que culminara lo que había empezado. Al final, me dejé llevar y deslicé el pantalón entre mis piernas, como Vlad había hecho segundos antes en el sueño. Sabía que estaba mal y no debía hacerlo, pero la lujuria fue superior. Me concentré en retener las sensaciones que había experimentado oníricamente y, por primera vez, di rienda suelta a mi libertad; saboreando mi primer orgasmo mientras susurraba su nombre.

CAPÍTULO XXII ✝ DESCUBIERTO

Durante la noche siguiente volví a tener otro sueño húmedo; de hecho, ya era el tercero y cada vez eran más intensos. Parecía tan real, tan nítido, que me desperté en mitad de la noche bañada en sudor y con un estrés importante. ¿Por qué soñaba tanto con él? ¿Qué sentido tenía aparte de torturarme?

Me acerqué con las piernas temblorosas hasta la cama donde Franyelis dormía plácidamente y observé la pantalla de su teléfono móvil iluminarse, mostrando un mensaje. Movida por la curiosidad, decidí sostenerlo entre mis manos y leí su contenido mordiéndome mi labio inferior.

Mañana en el castillo. 2:47

Observé el número mientras mantenía mis pies fijos sobre el suelo. Me costaba reconocer que estuviera vacilando sobre mandarle un mensaje para quedar con él y que viniera hasta aquí. No era yo.

Resoplé al darme cuenta de la locura que sería eso y todo lo que podría desatar. Por desgracia, seguía escuchando esa voz que me animaba a experimentar esos momentos oníricos, dando rienda a la pasión. Pero me negué.

A pesar de tener sus ojos azules y su sonrisa lasciva anclada en mi mente, sabía que eso no estaba para nada bien. No quería volver a ser un monstruo; no podía permitirme ese error.

Frustrada, dejé su móvil en su sitio y volví hasta la cama para intentar dormir de nuevo, pero fue imposible. Además de la respiración de mi compañera de piso, tenía la sensación de escuchar unos maullidos lastimeros, como si un gato quisiera entrar y se quejara de que tuviéramos la persiana bajada.

Cerré los ojos con fuerza y me tapé con las sábanas hasta el cuello, repitiéndome para mis adentros que solo eran sensaciones mías y que debía tranquilizarme. Últimamente me habían sucedido demasiadas cosas y debía de sentirme abrumada ante tanta emoción intensa.

Quizá Dios estaba enviándome una señal, recordándome cuál era el camino que debía seguir, alejándome de la lujuria y la tentación. No quería ser Eva, no quería ser castigada por haber caído en la trampa de la serpiente y haber mordido la manzana prohibida. Vlad era mi fruta y yo alzaba continuamente las manos para cogerla y probar un bocado; ese que sería mi perdición.

Resoplé al notar cómo mis manos habían descendido de forma inconsciente hasta la malla de mi pantalón del pijama y las apreté en un puño para frenarme. Debía mantenerme al margen de cualquier deseo sexual. Entonces llevé una de ellas hasta mi dije y lo sentí pesado, produciéndome tirantez en el cuello.

Decidí quitármelo durante un rato y dejarlo sobre la mesita, sintiendo una gran liberación al notar que el peso se reducía. Entonces salí de la cama para bajar hasta la entrada de la residencia y sentir el fresco del exterior, poniéndome una bata para aguantar el frío. Un poco de aire no me vendría mal y parecía que la calma había regresado a Edimburgo. No hubo más noticias acerca de alguna nueva muerte, así que me sentía segura.

Bajé las escaleras con una linterna que había comprado semanas atrás y abracé mi cuerpo al sentirme abrumada por el silencio sepulcral que había a mi alrededor, era escalofriante. En la puerta de la entrada pasé la tarjeta personal y suspiré al ver la luz verde.

Fuera la luna brillaba con fuerza, aunque algunas nubes intentaban taparla; pero estaba casi entera y su belleza resaltaba sobre todo lo demás. El viento de la noche silbaba cerca de mis oídos, acariciando mis mejillas con un manto frío que me hizo tiritar, aferrando mis manos sobre la cómoda tela de mi bata.

Las hojas de los árboles bailaban al compás del viento y las farolas iluminaban el camino, permitiéndome ver los arbustos que rodeaban nuestras residencias, recordándome la noche en la que el vampiro me atacó. Era un sitio tranquilo, pero estaba cerca de *Holyrood Park*; lo que había traído consigo un ambiente de preocupación y temor a que el psicópata asesino o el lobo salvaje estuvieran cerca, como bien rumoreaban muchos estudiantes.

Por suerte no hubo más sustos ni sorpresas, así que esos comentarios se fueron disipando, pasando a otros temas más triviales como el último programa de la televisión o que un cantante estadounidense famoso había cortado con su pareja y había tenido un encontronazo con la prensa.

Di un respingo al escuchar un ruido diferente, como si alguien corriera no muy lejos de allí, y me pareció escuchar una voz aguda pidiendo ayuda. Miré hacia mi residencia con los nervios a flor de piel e intenté moverme para volver y sentirme a salvo, pero mis pies no respondieron.

Con los ojos fijos sobre el lugar donde había escuchado la voz, atisbé una figura aproximándose, avanzando a gran velocidad seguida por otra algo más alta. Solté un grito ahogado y me llevé las manos a la boca para intentar calmarme y no volver a hacerlo. No quería acabar con ningún asesino o vampiro detrás, lo que quisiera que fuera eso.

La silueta oscura pareció oírme porque sentí cómo unos ojos brillantes se dirigían hasta mí e intenté luchar contra mis ganas de desmayarme, intentando ordenar a mis músculos que se movieran. La primera figura se aproximó más y su silueta quedó reflejada bajo la farola, revelándome a una chica joven con una mirada de terror y el sudor recorriendo su rostro. Sus labios se movieron, balbuceando unas palabras apenas audibles, pero fue tarde. Chillé al ver a la otra figura abalanzarse sobre ella, clavando sus colmillos afilados en su cuello.

Retrocedí con la respiración agitada y el corazón amenazando con salirse del pecho. La chica había dejado caer su peso y sus ojos quedaron desvanecidos, dejando a mi vista la marca sangrienta que ahora tenía en la clavícula, manchando su ropa.

Entonces el rostro de ese ser maligno y peligroso se iluminó, mostrándome los ojos bicolores de Sham.

Sus ojos conectaron con los míos y un escalofrío recorrió mi espina dorsal, advirtiéndome del peligro en el que me encontraba si no empezaba a correr como nunca y me encerraba en la residencia. Solo ahí estaría a salvo.

Ni siquiera me dio tiempo a balbucear nada. Fijé mi mirada en la residencia y corrí como pude sin ni siquiera mirar atrás. La adrenalina fluía por los poros de mi piel acelerando mis terminaciones nerviosas para abalanzarme hasta la puerta y forcejear con la tarjeta para introducirla en la ranura.

Al conseguirlo, entré de bruces y cerré la puerta con fuerza, respirando con dificultad al verme sentada de culo en el frío suelo. Entonces miré por el cristal que reflejaba el exterior y me llevé las manos a la boca al ver que tanto Sham como la chica habían desaparecido. Me encontraba sola y aterrada frente a una realidad que solo había visto yo.

Al día siguiente llegué a la facultad con el miedo en el cuerpo, el dije aferrado a mi cuello y mis pensamientos centrados en averiguar si ese ataque que había presenciado ayer había terminado en muerte, aunque no veía a la prensa por ningún lado y los estudiantes se movían tranquilos, como un día cualquiera.

Pasé las horas con la mente perdida. Aunque trataba de centrarme en las explicaciones de los profesores para anotar apuntes que me ayudaran después a estudiar, me resultó imposible. En ocasiones miraba de soslayo a Atary, que se encontraba apoyado de forma cómoda contra la silla y jugueteaba con su bolígrafo mientras miraba con atención al profesor, sin apuntar nada sobre su hoja. No parecía preocupado ni alterado por el ataque de ayer, ¿lo sabría?

Cuando sonó el timbre que avisaba la llegada de la hora de comer respiré aliviada y me dirigí hasta allí con rapidez para hablar con Angie. Atary tendría que esperar un momento. Al atravesar la gran puerta del comedor atisbé a mi amiga en nuestra común mesa del fondo y avancé hasta su lado, sentándome en mi asiento sin dejar de mirarla.

—¿Qué sucede? Te noto nerviosa.

—¿Sabes si ha habido alguna muerte? ¿Si han encontrado a otra estudiante? —pregunté de forma atropellada.

Angie dejó caer su comida sobre el plato y me miró con los ojos abiertos, tragando con fuerza lo que estaba terminando de masticar.

—No..., que yo sepa no —tosió—. ¿Por qué lo preguntas?

—Yo, es que...—balbuceé mirando a mi alrededor para que nadie me escuchara—. ¿Recuerdas los rumores del lobo?

—Claro, ¿por qué?

—¿De verdad piensas que un animal podría hacer algo así?

Angie arrugó el ceño y torció los labios. Su mirada se perdió por el comedor sin decir nada, hasta un par de minutos más tarde.

—Las estudiantes tenían marcas de colmillos. Está claro que no puede ser algo normal.

—Y si... ¿Y si no lo fuera? ¿Y si existiera algo que se nos escapa de las manos? —insinué jugueteando con mis mangas. Angie estaba preocupada por su hermana y yo no podía más, no poder contarle a nadie lo que había vivido en la noche me estaba volviendo loca. Confiaba en ella, por contarle un poco sin involucrar a Atary no pasaría nada.

—Algo como... ¿Vampiros? —respondió alzando la voz con los ojos brillantes y una sonrisa amplia.

—¡Chist!

La reñí asesinándola con la mirada y miré de reojo hacia la mesa donde Atary se encontraba con sus hermanos. Estaban comiendo de forma despreocupada y conversaban entre ellos, aunque Nikola pinchaba la comida con la mirada perdida.

—¡Sabes que amo los vampiros! Desde que leí *el pequeño vampiro* dejo la ventana abierta esperando que venga Rüdiger a verme, y al crecer con *Crepúsculo* y los sexis hermanos Salvatore... ¡Sería todo un sueño!

Angie no tenía remedio. Mientras yo me encontraba aterrada pensando en la posible muerte de una estudiante, ella daba saltos de alegría sobre el asiento al haber mencionado la palabra «vampiro».

—No es algo para bromear, Angie. Es un tema serio. Creo que... —susurré sintiendo un escalofrío—, creo que estoy en peligro.

—¿Por qué? ¿Has visto a uno?

—Puede...

—¿Cómo que puede? ¿Cómo, dónde, cuándo? ¡Quién! —exclamó con tono exagerado, llevándose las manos al pecho.

—El chico de la fiesta, Sham —musité, estremeciéndome al pronunciar su nombre.

En ese momento miré a Atary con temor y sus ojos atraparon los míos, ofreciéndome una sonrisa cálida, de esas que en otro momento me hubieran producido un revoloteo en el estómago, pero ahora me encontraba demasiado inquieta por lo que había presenciado la noche anterior. Entonces arrugó el ceño y me hizo un gesto con las manos, preguntándome si sucedía algo. Negué con la cabeza y miré a Angie de nuevo, retorciéndome en el asiento.

—Un vampiro —susurró arrugando la nariz—. ¿Cómo puedes decir eso con tanta seguridad? Es tan...No sé. Desde pequeña anhelaba que alguno saliera del libro, pero que sea real ya es otra cosa. No estaría preparada para darme de bruces con uno ¿Estás segura de lo que dices? Eso significaría que Soid puede ser uno de ellos. Y… Tu amiga. Sería algo muy jodido, Laurie. ¿Cómo nos vamos a enfrentar a algo así? ¡Nunca he usado una estaca!

—Yo… Yo lo vi —musité, jugueteando con mis mangas—. Por eso temo ser la siguiente. Hay algo mal en él. Algo… Oscuro. ¿Y si me lleva con él?

—¿De verdad no me estás mintiendo? ¿No es algún tipo de broma?

—Yo no bromeo, Angie —respondí molesta, mirando sus ojos almendrados—. Y mucho menos con un tema tan serio como este. Me iba a volver loca si continuaba aguantando este secreto. Es demasiado para mí, no sé cómo afrontar todo esto.

—Te admito que no me parece feo, pero no me atrae la idea de que sea un vampiro, teniendo en cuenta que sabe dónde está mi hermana. Pensé que era algún tipo de psicópata solitario ¿Crees que estará bien? Igual por eso no quiso regresar a nuestro lado. ¿Y si es como él? ¿Y si la he perdido para siempre?

—No lo sé —susurré con sinceridad—. Me da miedo que las haya convertido. Espero equivocarme… Aunque tampoco me gusta pensar en qué objetivo puede tener. Pensar en todo esto me aterra.

—Igual por eso están escondidas y se mantienen alejadas de nosotras. No querrán hacernos daño.

—Es posible.

Bajé la cabeza mientras me debatía si debía de involucrar a Atary en esto. Él era *dhampir*, seguro que podría traerlas de vuelta. Pero no quería ponerle en peligro, no me perdonaría que le sucediera nada por mi culpa.

—¿Y qué hacemos? —Se quejó Angie chasqueando la lengua, captando mi atención de vuelta—. No podemos decirle eso a la policía, se van a reír de nosotras. Seguro que nos regalan ajo.

—No lo sé…

—¿Crees que siguen vivas? —preguntó con un hilillo de voz, con la mirada apagada—. No entiendo qué puede querer de ellas.

—¿Su sangre? Es lo único que se me ocurre.

—Entonces que deje a Soid en paz y me use a mí. Sería un buen intercambio si con eso conozco a un vampiro sexi —bromeó tratando de esbozar una sonrisa, aunque terminó en mueca—. Tenemos que encontrarlas, Laurie.

—Podemos acabar en peligro o, peor aún, muertas —siseé sintiendo los latidos de mi corazón martillear mi pecho.

—Es el riesgo que hay que correr y sé por dónde podemos empezar.

—¿Dónde? —pregunté extrañada, enarcando las cejas.

—Las catacumbas de Edimburgo, la ciudad subterránea.

Regresé a la residencia con miles de preguntas navegando por mi mente y llegué a mi habitación con un único propósito: Encontrar mi teléfono móvil para intentar comunicarme con Ana una vez más.

Rebusqué por la mesita para encenderlo y tecleé con los dedos temblorosos el código para desbloquearlo, entonces busqué su número y empecé a redactar un mensaje de texto.

Aléjate de Sham. Sé lo que es. Lo he visto.

Te sigo queriendo y sigues siendo mi mejor amiga, Ann, seas lo que seas. Te echo mucho de menos.

Pulsé el botón de enviar y suspiré con el móvil entre mis manos, releyendo el mensaje de nuevo. Deseaba encontrarla y sacarla de sus garras, seguramente se encontraba manipulada o amenazada por él; igual tenía miedo y por eso se había alejado de mí junto a él esa noche.

Angie tenía razón, había que hacer algo. Ella había hecho demasiadas cosas por mí y se merecía que ahora fuera yo quien lo hiciera.

Me sobresalté al sentir la vibración del móvil en mis manos y miré la pantalla de forma temblorosa, con el corazón latiéndome a mil. Al leer el mensaje suspiré, era Atary.

Franye me ha dado tu número, ya que tú no me lo habías dicho aún. ¿Quedamos hoy para hacer un trabajo? Hoy parecías fuera de este mundo, ¿estás bien?

Acepté su invitación. Además de aprovechar para mantener el ritmo académico, podía hablar con él sobre este tema. Quizás sabía más que yo acerca de Sham y el posible paradero de Ana y Soid.

Un par de horas más tarde me dirigí hasta la sala de estudios de la residencia y me senté a su lado, en una mesa apartada de todas las demás.

—¿Qué ha pasado? —preguntó al verme llegar.

—¿Sabes si ha habido otra muerte? —susurré tratando de ser cauta.

—¿Muerte? Que yo sepa no. No nos avisaron en la *baticueva* —sonrió con sorna.

—Es en serio —mascullé molesta—. Ayer presencié a un vampiro atacando a una estudiante.

Me removí en el asiento. Iba a decir su nombre, pero me costaba pronunciarlo. El simple hecho de pensar en Sham y recordar las veces que me había rondado me producía escalofríos.

—¿Y estás bien? —preguntó con preocupación, incorporándose de su asiento para acercarse a mí y hacerme mirarle fijamente.

—S-sí, pero me alejé corriendo y, cuando conseguí llegar a la residencia, él ya no estaba.

—¿Viste quién era? ¿Llegaste a verle la cara?

—Sí, era Sham. El chico de…

—Lo recuerdo —me frenó, arrugando el ceño y formando una mueca de desagrado—. Deberías tener cuidado. Ese chico tiene un claro interés en ti y tú no haces más que darle oportunidades maravillosas para que te ataque. ¿Qué hacías sola? ¿De noche?

—Sí —admití bajando la cabeza—. Sé que fue una idea tonta, pero no pensé que me fuera a suceder nada.

—No te imaginas la cantidad de vampiros que hay a nuestro alrededor, camuflándose entre nosotros. Tienes que hacer caso a mis consejos, Laurie, sino no podré protegerte. Los neófitos no dejan de aumentar y a veces no damos abasto. Y que ese chico te ronde no me hace ninguna gracia. Investigaré si planea algo.

—¿Neófitos? ¿Qué es eso?

—Vampiros recién convertidos. Su sed de sangre es mayor porque no saben controlarla —explicó—. Tienen menos fuerza, pero son muy peligrosos.

—¿Qué hacemos? Tengo miedo de ser la siguiente —musité posando la espalda en el respaldo de la silla.

—Yo te protegeré. Te lo he prometido y siempre cumplo mis promesas.

—¿Cómo? Es un vampiro, Atary. No quiero que te expongas tú también ante el peligro.

—Me subestimas, pequeña. Soy *dhampir* —sonrió—. Me encargaré de vigilarte personalmente. No permitiré que se acerque a ti, aunque tenga que estar despierto las veinticuatro horas.

—¿Sabes dónde puede tener a Ana y a Soid?

—¿Ana y Soid? —preguntó extrañado.

—Sí, mi amiga y la hermana de Angie. Creo que las tiene escondidas en algún lugar. Quizás las ha manipulado para poder llevárselas. Eso explicaría por qué Ana no ha vuelto a comunicarse

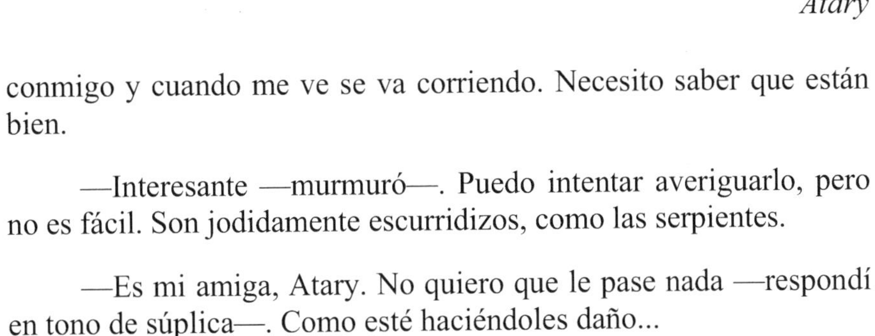

conmigo y cuando me ve se va corriendo. Necesito saber que están bien.

—Interesante —murmuró—. Puedo intentar averiguarlo, pero no es fácil. Son jodidamente escurridizos, como las serpientes.

—Es mi amiga, Atary. No quiero que le pase nada —respondí en tono de súplica—. Como esté haciéndoles daño...

—Tranquila —dijo con voz ronca, acercándose a mi lado—. Tú solo trata de mantenerte al margen, como te pedí al principio. No me perdonaría que alguien te hiciera daño. Sacaría a mi bestia interior para impedirlo.

Miré sus ojos. Las ojeras que tenía eran notorias y su cabello estaba despeinado, otorgándole un aspecto rebelde. Me sorprendía cómo había avanzado nuestra relación en estos tres meses, mi confianza hacia él crecía a pasos agigantados. No me esperaba que Atary se hubiera fijado en mí, pues no tenía nada interesante para ofrecerle, solo problemas. Sentí un pellizco en mi corazón cuando su mano apretó la mía con fuerza.

—No será necesario. Ver a Sham me produce el miedo suficiente. Siento escalofríos cuando aparece cerca de donde estoy. Parezco su presa.

—Tratará de manipularte haciéndote creer cosas que no son. Mantén los ojos bien abiertos.

—Gracias por cuidarme —respondí. Mi cuerpo no paraba de temblar—. No sé lo que haría sin ti.

—Eres muy especial para mí, Laurie —susurró con voz ronca—. Es mi deber mantenerte con vida.

—¿Por qué tanta molestia? No soy para tanto. Solo te doy problemas y encima soy una carga para tu familia. Nikola no me soporta y…

—Porque desde que te vi la primera vez, cuando chocamos, me atrapaste —me cortó, posando un dedo sobre mi boca para callarme—

. Ese día juré protegerte de cualquier persona, viva o muerta, aunque fuera desde la distancia. El problema llegó cuando empecé a relacionarme contigo y no pude resistirme a estar más tiempo sin saber de ti. Eres tan pura y frágil, tan inocente, que resulta muy sencillo engañarte. No ves la maldad en las personas y eso me preocupa. Sabía que involucrarme me traería problemas, que llamaría la atención de gente no deseada, pero no renunciaré a ti, porque… —se detuvo para observarme y mordió su labio inferior—, te quiero.

Asentí con la cabeza, tratando de ignorar los latidos acelerados de mi corazón al escuchar sus últimas palabras, y suspiré al sentir sus labios contra los míos.

Todavía tenía dudas y miedos rondando en mi mente, pero su voz firme y pausada me había tranquilizado. Atary me quería, estando a su lado nada malo podría sucederme. Él me salvaría, rescataría a Ana y a Soid y todo esto terminaría. Podríamos volver a nuestra vida normal.

Al día siguiente salí de la facultad pensando en la conversación que había mantenido con Angie. Solo faltaba un día para anotarnos a la excursión por las catacumbas y sabía que no podría escaquearme, aunque no me hiciera mucha gracia.

En ese momento sentí una mano aferrarse a mi hombro y pegué un salto, girándome para comprobar de quién se trataba. Fue entonces cuando clavé mi vista en los ojos bicolor de Sham y el *piercing* de sus labios.

—¿Por qué estás aquí? —exclamé con un grito agudo, intentando zafarme de su agarre—. ¡Es de día!

—¿Pero a ti qué mierda te pasa? —Preguntó con hastío, entornando sus ojos—. Ya sé que es de día. Estoy aquí porque quiero advertirte, así que deja de armar un escándalo.

—¡Deja tú de perseguirme! Sé lo que eres y sé lo que hiciste hace dos noches —retrocedí señalándole—. ¡Así que déjame en paz! No quiero saber nada de ti, chupasangre.

—¿Chupa qué? ¿He escuchado bien? —Rio dibujando una mueca de asco con sus labios—. Yo no hice nada hace dos noches. Y no sé qué te has fumado, ni que mierda habrás visto hace dos noches, pero te equivocas. No era yo.

—¿Por qué debería de creerte?

Me crucé de brazos y le miré con escepticismo. Sham se mantenía impasible, con expresión enfadada e incrédula, como si lo que le estuviera contando fuera un chiste, pero sabía que era una burda manipulación para hacerme creer lo que no era.

—Porque malgasto mi valioso tiempo tratando de vigilarte para que no hagas nada estúpido ni te suceda nada, pero es imposible —escupió con una mirada de odio—. Si no fuera porque eres la hija de Arthur ya te hubiera mandado a la mierda hace mucho.

—¡Eres un vampiro! —chillé golpeándole en su duro abdomen—. ¡Deja a mi familia en paz o te las verás conmigo!

—Esto es acojonante… —gruñó tensando la mandíbula—. Que digas eso tan a la ligera cuando no tienes ni idea de lo que representa ni lo que soy... Deberías cerrar esa boquita que tienes y escuchar lo que te digo, en vez de babear por ese idiota cada vez que aparece. Vas a acabar mal, Laurie, pero no… Tienes que gastar tu tiempo tratando de pelearte conmigo, cuando lo único que hago es seguir las órdenes de tu padre. El cual, por cierto, me ha tocado ya mucho los…

—¡Cállate! No pienso escuchar más tus mentiras. ¡Déjame en paz y libera a mi amiga y a Soid de una vez!

—Que pesadilla de niña, joder —gruñó masajeándose la sien, resoplando con fuerza.

Le miré con odio. No entendía qué hacía aquí a plena luz del día tratando de convencerme de algo que no conseguiría. Le había visto con mis propios ojos, su *piercing* había brillado a la luz de la luna, a la par que sus ojos con heterocromía, y no podía sacar de mi mente la imagen de sus colmillos hincándose en el cuello de la chica. Si no fuera porque había estudiantes alrededor ya hubiera salido corriendo.

—No sé qué quieres de mí, pero no conseguirás nada. Nunca perteneceré a tu grupo —siseé alejándome.

—Estás en el bando equivocado y eres tan tonta que ni siquiera te das cuenta. No te pareces en nada a Arthur.

Abrí la boca para responderle cuando sentí las manos frías de Atary por mi cintura, alejándome para ponerse en medio en posición amenazante, mirándole con odio.

—Aléjate de ella —siseó.

—Lo mismo te digo, Herczeg —respondió Sham con una sonrisa torcida—. No sé qué intenciones tienes con ella, pero te estamos vigilando. No permitiremos que le pase nada.

—¿Si tan malo soy por qué no le explicas? ¿Por qué no le dices quien es realmente su padre? Ah, claro… Lo ocultáis. Lo mantenéis en secreto porque no os interesa que lo sepa.

Miré a ambos sin comprender nada. No era la primera vez que nombraban a mi padre en sus discusiones y empezaba a preocuparme que fuera algo peligroso o trabajara en algo que nos perjudicara, ¿tenía algo que ver con los vampiros? ¿Había sido engañada toda mi vida? ¿Y por qué Atary no terminaba de decírmelo de una vez?

—No te conviene meterte con nosotros.

—Mira cómo tiemblo con tus amenazas —rio Atary—. No permitiré que manipuléis a Laurie.

Dejé que tirara de mí, alejándonos de Sham. Me sentía confundida y no entendía por qué hablaban de esa manera, como si fuera en clave. Aunque me había explicado cosas acerca de los *dhampir*, todavía había cosas me ocultaba y necesitaba saber esa información. Quería saber a qué y quién me enfrentaba.

—¿Qué ha sido eso? —pregunté cuando estábamos lo suficientemente lejos.

—No te he contado todo, Laurie.

—No me digas —bufé frustrada—. No entiendo nada. ¿Qué pinta mi padre en todo esto? ¿Por qué nadie me explica nada?

—Todos ocultamos cosas alguna vez. Mentir y callar a veces es el único medio de garantizar la supervivencia, mientras que decir la verdad puede destrozarte la vida. ¿Acaso estás preparada para ello? ¿Estás segura de querer saber esa verdad, por muy dolorosa que sea?

Cerré la boca, abrumada por la seriedad con la que pronunció esas palabras. Necesitaba saber esa verdad, pero temía no poder mirar a mi familia de la misma manera si era tan grave. Temía que la revelación me volviera inestable, incapaz de controlarme. Últimamente me estaba costando más de lo normal.

¿Qué podía ser tan malo como para habérmelo ocultado durante dieciocho años? ¿Qué era eso que todos mantenían en silencio? ¿Desde cuándo me había convertido en una persona tan importante como para mantenerme al margen de una realidad así? La ansiedad comenzó a amontonarse en mi garganta, asfixiándome.

—Necesito saber, Atary —supliqué con la voz temblorosa, ignorando mi respiración acelerada—. Tengo derecho.

—Bien, pero toda tu vida cambiará a partir de este momento.

—Creo que podré soportarlo —susurré observando la preocupación reflejada en su rostro. Mi alrededor comenzó a dar vueltas.

—Yo no estaría tan seguro.

CAPÍTULO XXIII ✝ LAS VERDADES DUELEN

—Por favor —musité observando cómo torcía la boca—. Merezco saberlo.

—Tu padre es un vampiro, Laurie.

—¡¿Qué?! Eso no… Eso no es verdad.

Me sobresalté al sentir su mano sujetándome el brazo mientras sus ojos azules me abrasaban. La firmeza con la que había soltado esa bomba, sin apenas parpadear, desestabilizó todos mis esquemas; dejándome helada y con los pies anclados en el suelo.

—No tengo motivos para mentirte y te advertí que la verdad te dolería —susurró con expresión seria—. Piénsalo. ¿No sientes que durante toda tu vida tu familia te ha ocultado cosas? ¿Qué te han preparado para ser quien ellos querían?

—¿Prepararme para qué? ¡Qué va a necesitar de mí! —exclamé atónita, sintiendo cómo mi vida se derrumbaba bajo mis pies.

—¡Tu sangre, Laurie! Él hizo un pacto con otros de su especie para ofrecerte como donante. Tu sangre es más fuerte que la de un humano normal, porque fuiste concebida por una persona humana y una no muerta. ¿Es que no te das cuenta?

—Nada de esto tiene sentido —murmuré sintiendo escalofríos—. Esto es absurdo. Todo esto… Yo soy una persona normal.

—No lo eres. Eres tan especial que están intentando llevarte con ellos para hacerse más poderosos. Piénsalo, Laurie, ¿por qué crees que ese gato aparece sobre tu ventana cada noche?

—El gato… ¿Cómo sabes todo eso? ¿Por qué tú?

—Porque soy *dhampir*. Es mi trabajo —respondió encogiéndose de hombros—. Toda mi familia lo sabe.

—M-mi padre… Es imposible —balbuceé negando con la cabeza—. ¿Y por qué no lo han hecho ya? ¿Qué les impide?

—No es tan sencillo. No estoy muy enterado de sus objetivos, pero creo que necesitan ganarse tu confianza primero y no levantar sospechas. Al estar a nuestro lado hemos jodido su plan. Además, necesitan que tu sangre sea lo más limpia posible. Creo que tu religión tiene algo que ver con eso.

Seguí inmóvil sin saber muy bien qué decir o cómo actuar. Parecía una broma de mal gusto que me habían hecho para burlarse y reírse de mí, pero Atary continuaba con esa expresión seria y ciertas cosas encajaban con situaciones que había vivido y en su día no había entendido. El gato, las salidas de mi padre a ese trabajo desconocido, sus insistencias por hacerme sumisa y no dejarme relacionarme con los demás chicos, la educación que había recibido tan centrada en la religión, opacando al monstruo en el que me había convertido nada más nacer. Yo siempre había sido diferente; ahora sabía el porqué.

—¿Pura? ¿Y la religión? Se supone que los vampiros y la simbología cristiana son elementos opuestos, ¿qué sentido tiene que me hayan inculcado estos valores? —pregunté desesperada, tratando de aferrarme a algún resquicio de sentido común, a alguna esperanza de seguir sintiéndome normal y, sobre todo, humana.

—Precisamente la religión que te han inculcado, el ser tan firme respecto a hacerte una buena chica, es lo que facilita que tu sangre sea como ellos desean. La de la mayoría de los humanos está manchada por sentimientos negativos como el odio, la ira, el rencor, la envidia…

—Y al juntarme con vosotros me he vuelto más…

—Digamos que está un poco más manchada —sonrió con la boca cerrada—. Pero no tengas miedo. No permitiré que te suceda nada.

Solté todo el aire que tenía almacenado en mis pulmones, exhalando un largo e intenso suspiro desesperado. Distintas imágenes de mi vida giraron a mi alrededor, recordándome todos los momentos vividos y las partes que no entendía de mi familia. Tantos secretos, tantos misterios, tantas ataduras… Todo empezaba a iluminarse.

—Atary —murmuré, con miedo a verbalizar mi mayor temor—. ¿Eso significa que soy un vampiro? ¿Me voy a convertir? Yo… No quiero perderte, no quiero que me odies. Estoy aterrada.

«Por eso mamá me decía siempre que era un monstruo y me castigaba. Y por eso papá me defendía» pensé, tratando de contener las lágrimas que comenzaban a asomarse por mis ojos. Estaba a punto de desplomarme en el suelo. Mi madre tenía razón, era un monstruo de verdad.

—No te pasará nada —sonrió—. Y no me perderás. Tú no tienes la culpa de nada.

Observé su mano acercarse hasta mi mejilla acariciándola con el dedo pulgar antes de sujetarme por la cintura para protegerme con un abrazo, haciéndome aspirar su fragancia.

—Siento haber sido yo el que te haya contado todo esto —dijo al apartarse—. Hubiera preferido mantenerte al margen.

—¿Por qué?

—Porque ya estás demasiado metida en un mundo que no deberías y todo se está complicando. Tener que lidiar con vampiros…, estás poniendo tu vida en peligro.

—Puedo hacerlo —musité con un hilillo de voz, antes de carraspear para repetirlo un poco más alto.

—Eres una chica lista y con carisma, así que seguro que sí. Pero eso no quita que me preocupe.

—¿Y Ana?

—Lo más probable es que sea uno de ellos —respondió arrugando la nariz—. Seguro que en algún momento tratará de convencerte de que tienes que alejarte de mí. Aprovecharán que es tu amiga y saben que tiene tu confianza.

Asentí con la cabeza, tratando de asimilar todo lo que estaba diciéndome, pero me costaba retenerlo en mi mente. No podía creerme que Ana, mi mejor amiga, fuera un ser maligno que deseara hacerme daño. ¿Por eso huía de mí? ¿Acaso sentía remordimientos? ¿O simplemente no le permitían acercarse?

—Creo que necesito regresar a mi habitación —musité empezando a sentirme mareada.

—Te acompaño.

Caminamos en silencio. Su mano estaba entrelazada con la mía para sostenerme y evitar que me cayera estrepitosamente contra el suelo, pues mis pies parecían gelatina y me sentía tan pálida y sudorosa que en cualquier momento podría desfallecer.

Al llegar a la residencia me despedí de él y subí las escaleras sujetándome a la barandilla, hasta llegar a mi habitación y soltar un suspiro de alivio al ver que estaba sola, así podría tratar de alinear mis pensamientos.

Cerré la puerta y me dejé caer en el suelo, apoyando la espalda contra la madera y miré en dirección a la ventana sosteniendo mi dije, ese que me había regalado mi padre. El tacto era frío y las letras antiguas tenían algo de contorno, con lo que me resultaba fácil acariciarlas. Me pareció sentir la forma de varias S y alguna Y. Eran palabras largas y extrañas, así que me concentré en cerrar los ojos y pensar qué iba a decirle a Dios después de hacer la señal de la cruz.

—Padre… Me resulta complicado decir nada después de enterarme de todo esto, pero no puedo evitar aferrarme a mis creencias. Aunque me influya de forma negativa, no voy a alejarme de la religión y de ti, me sentiría incompleta. Solo espero que seas capaz de iluminarme con tu luz y no permitas que la oscuridad me devore de nuevo, sea quien sea —suspiré, sintiendo las palabras atascarse en mi garganta—. Yo mantendré mis costumbres y labores religiosas, pero… Todo cambiará a partir de ahora. Seré una Laurie nueva. Vlad tenía razón, Caperucita se cansó de ser la buena del cuento. Así que, con tu permiso y tu apoyo, cambiaré mi final.

Me apunté para ir a las catacumbas al día siguiente y quedé con Angie en la biblioteca después de clases para investigar sobre Sham, por si encontrábamos algún tipo de información relevante.

—¿Crees que encontraremos algo aquí? —pregunté desconfiada—. Sham no es famoso.

—Igual sí lo es. Si yo, con encontrar dónde vive para buscar allí a mi hermana, me conformo —respondió Angie tecleando en un ordenador antiguo.

Acerqué más la silla hasta ella y observé lo que mostraba la pantalla del ordenador. Angie tenía varias pestañas abiertas y en una de ellas tenía puesto en el buscador de Google «Sam».

—Creo que su nombre lleva una “h”

—Genial, ¿y su apellido?

—No lo sé —respondí, encogiéndome de hombros.

—Genial, Sherlock, ¿y ahora cómo resolvemos el misterio?

—No lo sé —gruñí—. No contamos con gran información.

—He buscado la palabra vampiro en Google, pero no me ha servido de mucho, la verdad —suspiró—. No entiendo cómo a Bella le resultó de utilidad. De todas formas, sigue resultándome poco probable que se trate de vampiros, digo, me encantaría conocer a un sexi vampiro que me produzca un orgasmo visual con solo ver sus tatuajes y mirada de chico malo, además de esa aura misteriosa y peligrosa, pero… Puedo conformarme con Vlad —sonrió antes de guiñarme un ojo—. Sería tan extraño ver uno real… Creo que me desmayaría si viera a alguien con los ojos inyectados en sangre y un par de colmillos asesinos manchados de sangre. Tuviste que ver otra cosa, Laurie. Quizá lo soñaste.

—Sé lo que vi —murmuré revolviéndome en el asiento.

—¿Al final vas a ir a esa excursión?

—Sí, ¿no?

—Es una buena oportunidad para investigar. Seguro que cosas terribles se ocultan por lugares subterráneos. Yo lo haría —añadió arrugando la frente.

—Por eso a veces llegas a darme miedo.

—Yo soy un ángel en comparación con ese demonio de Sham —murmuró cerrando todas las pestañas del ordenador, para echarse hacia atrás en el asiento—. Asco de anonimato. Mancillan mi trabajo como *stalker*.

—¿Y si buscamos algún libro de temática oscura? —pregunté recordando que debía realizar una búsqueda exhaustiva para encontrar el que me había prestado Sham. Si había desaparecido era porque algo importante ocultaba tras sus páginas.

—Ajá. Dudo que esta biblioteca contenga libros que no sean *Crepúsculo* o *True Blood*. Aun así, me quedaré un rato más rebuscando. No tengo nada mejor qué hacer.

—Estudiar, por ejemplo —respondí entornando los ojos—. ¿Me dejas usar el ordenador un momento?

Angie asintió con la cabeza y se levantó para dirigirse hasta un estante cercano. Aprecié de reojo cómo se ponía de puntillas para curiosear diversos tomos de colores apagados que sobresalían por encima del resto. Aproveché su distracción para teclear el nombre de mi padre con sus apellidos, en busca de cualquier dato que me asegurara que Atary tenía razón. Aunque le creía, algo dentro de mí me susurraba que no podía confiar en nadie. Ni siquiera en mí misma.

—¿Estás buscando a tu padre en Google? —preguntó colocándose a mi lado mientras posaba un grueso libro de color negro sobre la mesa.

—Sí —asentí, cerrando la pestaña con rapidez al no hallar nada más que información académica y personal. Nada sobrenatural.

—¿Por qué?

—N-nada. Solo tenía curiosidad. Mi padre siempre ha sido un hombre reservado respecto a su vida.

—Oh... —contestó ella, mirándome con expresión confusa. No pareció creer mi simple excusa. Aunque yo tampoco lo hubiera hecho.

—Parece que no vamos a encontrar nada útil. Sham no nos lo va a poner fácil.

—Supongo que no —suspiró derrotada—. Aun así, voy a ojear este libro, por si pone algo relevante. Ten cuidado allí abajo cuando sea la excursión.

—Lo tendré. No dejaremos que se salga con la suya.

—Claro que no —sonrió—, le patearemos su bonito trasero.

—¡Angie!

Dos días más tarde me desperté de manera repentina en mitad de la noche. Había tormenta y el fuerte viento provocaba que las ramas de un árbol cercano golpeasen nuestra débil persiana, formando unos ruidosos golpes que habían intercedido en mi sueño, dejándome somnolienta.

En ese momento, cuando estaba volviendo a acomodarme tapándome con el cobertor hasta el cuello, escuché unos golpes secos sobre el cristal, como si alguien los golpeara.

Extrañada, me quedé inmóvil unos segundos, casi sin respirar, esperando confirmar que solo se trataba del viento. Sin embargo, el sonido se repitió de nuevo, esta vez aumentando la cantidad de golpes. Me levanté de la cama de sopetón, con los ojos especialmente abiertos.

Miré por la habitación, centrándome en la puerta. Dudaba que alguien quisiera saber de nosotras a estas horas o visitarnos, así que deseché la idea, cuando pensé en el gato. Si ese dichoso gato estaba de nuevo sentado en el alféizar externo de la ventana iba a empezar a ponerme muy nerviosa, más de lo que ya estaba, porque Atary tendría razón y estaban tratando de controlarme.

Me aproximé hasta allí con cuidado y subí un poco la persiana, esperando tranquilizarme viendo que no había nada, pero me equivoqué. Esa bola negra peluda estaba en la misma posición de siempre con sus ojos felinos puestos sobre mí. Me estremecí y retrocedí asustada al escuchar su maullido siseante y agudo, cuando saltó de golpe y desapareció. Una figura que conocía a la perfección lo había espantado, sujetándose al alféizar.

—Abre.

Miré la ventana sin entender nada, mi cuerpo se había paralizado. Su voz ronca rebotaba contra el cristal haciéndolo apenas audible, pero su silueta mojada era la de siempre. Ana no había cambiado nada excepto en dos cosas; estaba más delgada de lo normal y bajo sus pómulos se asomaban unas oscuras ojeras.

Accedí sin saber muy bien si era lo correcto, pero no pude evitarlo. Quería saber más de ella, averiguar si estaba bien, si la trataban como merecía. En el fondo Ana seguía siendo mi mejor amiga, por muchos secretos y misterios que hubiera a nuestro alrededor.

—¿Qué haces aquí? —susurré observando de soslayo la figura dormida de Franyelis—. ¿Estás bien?

—Darme una ducha bajo tu ventana, ¡a ti qué te parece! —gruñó con una voz más grave de lo normal mientras entraba en la habitación, sacudiendo su ropa empapada—. Podría estar mejor, porque aquí fuera hace un frío que se te congela hasta el alma. Joder, la ropa se me adhiere a la piel.

—No lo entiendo, Ana. Desapareciste y cuando nos vimos… Huiste de mí. ¿Qué quieres que me parezca?

—No tuve otra opción. Las cosas están… Un poco complicadas.

—¿Complicadas? —repetí soltando una risa seca—. Claro, complicadas. Fantástica explicación después de tanto tiempo sin saber de ti. Ni un mensaje, ni una disculpa. ¡Huiste de mí!

—¿Piensas que para mí ha sido fácil alejarme? Yo no quería esta vida, pero me ha tocado y no puedo hacer nada.

—¿Qué vida, Ann? ¿Y por qué estás aquí hoy?

—Porque todo se está complicando, ¡demasiado! —exclamó antes de soltar un suspiro ronco—. Te estás juntando con personas que no debes. Acabarás mal.

—Genial —respondí cruzándome de brazos—. Así que vienes a repetir las palabras de tu amigo.

—¿Qué? ¡No! No vengo a repetir sus palabras. He venido a hacerte entrar en razón. Soy tu amiga, Laurie. Quiero lo mejor para ti.

—Eso pensaba yo también hasta que desapareciste sin darme explicaciones. ¡Me dejaste sola!

—Mira… —suspiró chasqueando la lengua—. No tengo mucho tiempo. De hecho, estoy infringiendo una norma al estar aquí hoy, pero no podía evitarlo. No sé qué intenciones tienen los Herczeg contigo, pero nada buenas, de eso estoy segura. Lo mejor sería que hicieras caso a Sham y dejaras que te abriera los ojos. Lo agradecerías. Nosotros podemos ayudarte.

—Lo que agradecería sería que mi mejor amiga regresara a la facultad y volviera a ser la misma de siempre, pero veo que no va a ser posible.

—Me hubiera gustado que las cosas fueran diferentes —susurró mordiéndose el labio inferior—, pero no podemos negarnos a nuestro destino. Confía en Sham, Laurie. Él no es el demonio que tú piensas, ni Atary es el ángel que tú te crees. Aléjate de esa familia o acabarás en peligro, de verdad.

—¿De verdad? ¿Por qué me hablas en clave, Ann? Tú siempre te destacaste por ser directa y sincera conmigo, pero ahora... —respondí frustrada, tratando de contener las lágrimas de impotencia que amenazaban con brotar de mis ojos—. Ahora pareces otra persona completamente diferente.

—No soy la única —sonrió entre dientes—. Mírate, tienes un brillo especial en la mirada. Hablas distinto, con más seguridad, con más ímpetu.

—Quizás es porque estoy empezando a descubrir quién soy y me he dado cuenta que todo tiene que cambiar.

—O quizás estás descubriendo quien quieren que seas...Y luego será demasiado tarde volver atrás.

—¡Háblame claro! —chillé sin poder contenerme, y siseé—. Háblame claro o vete de aquí, porque no estoy dispuesta a escuchar más palabras en clave y mentiras.

—Joder —masculló mirando hacia la ventana, antes de mirarme con sus ojos café—. Tú solo hazme caso. Busca a Sham y deja que te proteja. Encima no sabemos qué mierda van a hacer ahora y el tiempo apremia... Seguro que algo se nos escapa —murmuró entre dientes, resultándome difícil entenderla.

Entonces la observé, sin poder creérmelo, subirse de nuevo al alféizar con una rapidez sobrehumana y me dedicó una sonrisa apagada antes de saltar. Me apoyé sobre el frío bloque de piedra para comprobar, atónita, que había descansado sin problema sobre el césped y empezó a correr en dirección al parque, convirtiéndose en una sombra borrosa en cuestión de segundos.

Cerré la ventana y bajé la persiana tratando de entender lo que había acabado de suceder. Observé el suelo mojado para cerciorarme de que todo había sido real, no había sido una absurda e ilógica pesadilla. Ana había estado en mi habitación y no había duda de que no era humana.

¿A quién o qué debía de creer?

Capítulo XXIV ✝ Las catacumbas de Edimburgo

—¿Estáis preparados para descubrir los secretos que esconde la ciudad subterránea de Edimburgo?

Miré al profesor sin entender cómo podía entusiasmarse por recorrer las partes ocultas de una ciudad que tenía tanto encanto. Era sorprendente ver cómo su humor había cambiado hasta terminar sonriendo y silbando mientras caminábamos. Me ponía nerviosa.

—No nos queda de otra, ¿no? —susurró Atary en mi oído—. Teniendo en cuenta que nos ha amenazado con que entra en el examen…

—Imaginaos pasear por estos rincones oscuros, donde hace siglos vivían los más pobres y maleantes ciudadanos. Imaginaos estar tan bajo tierra que el aire fresco no circulaba, el agua se filtraba por las rendijas y no sabías hacia dónde dirigirte.

Todos nos quedamos observando el lugar, escuchando algunos silbidos. Había espacios realmente impresionantes.

—Al principio tenía un uso comercial, pero las paredes no fueron bien selladas con las filtraciones de agua y las habitaciones terminaron inundándose. Los comercios también se fueron —dijo haciendo acto seguido una pausa dramática—. Así que el lugar se convirtió en cobijo de proscritos y personas con pocos recursos, convirtiéndose en la capital del pecado, prostitución y crimen —y añadió en un susurro—: Aún hoy, paseando por estas habitaciones, es fácil sentirse abrumado por la oscuridad absoluta, el intenso olor a cerrado y por escuchar las voces agónicas de sus habitantes. La humedad calaba sus huesos y el frío les traspasaba la piel. No había luz de ningún tipo, ni aire fresco, ni agua; apenas había condiciones saludables... Los conocidos asesinos Burke y Hare buscaban por aquí a sus víctimas y cometían todo tipo de crímenes, conscientes de que la policía no se atrevía a bajar. Vivir aquí era sinónimo de perdición, pues todo quedaba bajo estas cuatro paredes.

Todos nos quedamos en silencio y empecé a sentirme angustiada al comprender que los únicos ruidos que escuchábamos eran nuestras pisadas sobre el suelo y los susurros molestos de algunos compañeros.

—Como cuentacuentos no tiene precio —bromeó Atary a mi lado, haciéndome sobresaltar.

—¡Además! Cuenta la leyenda que por estos rincones habita el fantasma de una niña pequeña llamada Annie, que llora porque ha perdido su muñeca. Algunas personas comentaron que sienten su presencia cuando notan un soplo de aire frío sobre su nuca y les parece escuchar su voz infantil.

—Creo que voy a tener pesadillas hoy —murmuré apesadumbrada.

—Son rumores y leyendas, Laurie —sonrió formando un hoyuelo—. Y el único fantasma que hay aquí es el profesor.

—Con todo lo que he visto hasta ahora yo no estaría tan segura.

Suspiré mientras avanzábamos hasta otra habitación, más oscura que la anterior. Estaba tan fría y silenciosa que resultaba muy sencillo volverme loca creyendo escuchar ruidos extraños. Incluso sentí el gélido aire acariciar mi piel, llegando hasta mi nuca.

—¿Notáis la sensación?

Palidecí al escuchar cómo algunos se quejaban, mientras que otros murmuraban que habían sentido de verdad una sensación extraña. Mis piernas empezaron a temblar. Me parecía haber escuchado una voz aguda e infantil no muy lejos de ahí, atormentándome.

Al girarme observé a una niña de hermoso y lacio pelo rubio. Sus ojos azules eran como un mar paradisíaco y estaban mirándome con curiosidad, bajo una larga capa de pestañas y un vestido antiguo y descuidado.

—¿Has visto a mi muñeca? Me llamo Annie.

Mi voz se quedó atorada en la garganta y apenas fui capaz de soltar un pequeño grito audible. Intenté esforzarme en mover mis pesados pies, pero terminé chocando con Atary. Por más que deseaba que esa niña demoníaca se fuera, ella seguía ahí, esperándome. Sujeté fuertemente del brazo a Atary, haciéndole daño al clavarle mis uñas, esperando que me protegiera.

—¿Estás bien?

—N-no —murmuré sin poder despegar la vista de ella. Me había quedado congelada—. E-estoy viendo a la niña.

—Laurie, tu mente te está jugando una mala pasada. Si crees ver algo es producto de tu imaginación. Los fantasmas solo están en las novelas y películas de terror. No existen.

Intenté grabarme sus palabras y repetirlas en mi mente una y otra vez mientras cerraba mis ojos para ver si la niña desaparecía, pero al abrirlos seguía ahí, mirándome con la cabeza ladeada. Sus labios formaron un puchero.

—Quiero a mi muñeca, sin ella no puedo dormir —sollozó.

Agradecí para mis adentros que el profesor decidiera pasar a otra habitación y me esforcé en mover mis pies para intentar librarme de ella y calmar mi acelerado corazón; se me iba a salir del pecho y últimamente me pasaba tan a menudo que temía acabar sufriendo un infarto.

Al llegar a la siguiente sala miré a mi alrededor con disimulo y respiré aliviada al no sentir su presencia, cuando un frío cosquilleo recorrió mi nuca y al girarme observé que estaba, otra vez, detrás de mí.

—No te vayas —suplicó—. Necesito mi muñeca. Si me ayudas, puedo indicarte donde están las chicas que buscas.

—¡¿Qué?! —exclamé con un tono demasiado elevado y murmuré—. ¿Có-cómo sabes eso?

—Soy un fantasma, me entero de muchas cosas —respondió con obviedad—. Finge que te has olvidado algo en la otra sala y quédate ahí.

—¿Pa-para qué? E-eres un fantasma, no quiero quedarme so-sola contigo.

—Entonces pensarán que estás loca —respondió con una sonrisa angelical—. Allá tú. Iré a verte al manicomio de todas maneras.

Me quedé mirando al fantasma sin poder creerme lo que estaba viviendo. Era una escena tan surrealista que mi mente era incapaz de asimilar la realidad. Pensé en Soid, vacilando sobre qué hacer. La niña podía estar mintiéndome, pero también podía decir la verdad. Preferí aferrarme a esa posibilidad. Se lo debía a Angie.

—E-está bien —accedí entre dientes, sin poder creerme lo que estaba diciendo y a punto de hacer.

Susurré a Atary que me había olvidado algo y le prometí que les seguiría en un minuto. Entonces retrocedí hasta llegar a la sala anterior y empecé a experimentar un sentimiento de claustrofobia al verme en una pequeña habitación repleta de muñecas con los ojos abiertos y poca iluminación. Parecía la habitación del terror. Y yo estaba sola.

—¿A-Annie? —susurré mirando a mi alrededor.

—Estoy aquí.

Me llevé una mano al pecho al escuchar su voz a mi espalda y me giré, comprobando que, efectivamente, tenía predilección por aparecer sin esperármelo, dándome un susto de muerte.

—Deja de hacer eso —murmuré soltando una bocanada de aire—. M-me va a dar un infarto.

—Encuentra a mi muñeca y te ayudaré.

—¿N-no te sirve ninguna de estas? A-aquí tienes un montón.

—Quiero a *mi* muñeca. La perdí cuando me llevó un señor mayor.

—N-no era necesaria esa información —susurré impresionada—. ¿Y cómo sé que me ayudarás de verdad? Estar aquí… No me hace mucha ilusión perderme por estos sitios y quedarme encerrada.

—Conozco una pared sellada que conduce a unos laberintos secretos —canturreó esbozando una sonrisa—. Los laberintos son mis favoritos, esconden siempre muchos tesoros y personas.

—¿No te cansas de asustar a los vivos? Das muy mal rollo con ese aire siniestro.

Me crucé de brazos. Independientemente de que estaba en *shock* y la adrenalina evitaba que me cayera al suelo desmayada, Annie era de todo menos dulce e inocente. Bajo esa apariencia de niña pequeña y angelical se escondía un fantasma rodeado de oscuridad.

—La verdad es que no —sonrió formando unos hoyuelos diminutos—. Ellos deciden venir aquí a molestar a los muertos, lo mínimo que puedo hacer es molestarlos yo con mi presencia. Tendrías que ver sus caras de susto cuando sienten el frío recorrer sus frágiles nucas —rio—. Se parecen mucho a la tuya.

—Ya basta —murmuré frotándome la sien. Necesitaba que todo esto acabara—. ¿Dónde está tu muñeca?

—¿Te parece que estaría llorando por las esquinas si lo supiera?

—Llévame hasta esa pared, quizás se haya quedado por ahí.

—¿Tú crees que me chupo el dedo? —preguntó con molestia—. No voy a darte lo que quieres para que luego me abandones.

—Annie, lo más lógico es que esté en algún rincón inhóspito, sino ya la hubieras recuperado.

—¿Me lo prometes? —susurró haciendo un mohín.

—Sí —gruñí, intentando hallar valentía en algún lugar perdido de mi cuerpo. No quería encontrarme más fantasmas o, peor aún, otro vampiro. Parecía el sitio perfecto para refugiarse.

—Sígueme —canturreó flotando por la habitación.

Caminé por donde me indicaba, preocupada por no saber hacia dónde me estaba dirigiendo y no escuchar las voces de mi profesor y el resto de compañeros. Me había quedado completamente sola, sin la protección de Atary, y eso me daba verdadero pavor.

—¿Falta mucho? —pregunté abrazándome con los brazos al sentir que el frío me llegaba a los huesos.

—No, solo falta girar a la derecha y tendrás que agacharte, es una zona pequeña.

Respiré tratando de sacar aire caliente de mi cuerpo para mejorar la temperatura de mis manos. El sitio donde estábamos estaba rodeado de piedras frías y húmedas; las gotas de agua que se filtraban del techo aterrizaban en el suelo formando un sonido seco y la oscuridad apenas me permitía ver nada, aparte de la silueta pequeña de Annie.

—Aquí es.

Tragué saliva al ver lo que ella consideraba una *pequeña* pared, más bien se trataba de un espacio enano cubierto de piedras, y tras él yacía la completa oscuridad. No parecía haber nada más.

—N-no creo q-que sea bu-buena idea —balbuceé dejándome llevar por el pánico—. Este sitio es claustrofóbico.

—Es mover unas piedras, me lo prometiste —se quejó la niña entornando los ojos—. No seas miedica.

—¿Por qué no entras tú? Eres un fantasma.

—Tristemente no puedo. Es como si una barrera mágica me lo impidiera.

—¿Una barrera mágica? —repetí atónita.

—Sí, niña tonta —resopló—. Es algún tipo de magia oscura.

—¿Si la encuentro podrás descansar en paz y reunirte con tus seres queridos?

—Eso espero —respondió haciendo una mueca—. He perdido la cuenta de los años que llevo en este sitio.

Suspiré tratando de disfrutar mis últimos segundos con la poca cordura que me quedaba y moví las piedras restantes, hasta que conseguí hacer un agujero considerable para que cupiera sin dislocarme ningún hueso.

—Quédate aquí —susurré en tono de súplica—. Temo perderme.

Me introduje en el recoveco preguntándome si estaba haciendo lo correcto y aparté mi mano de la pared al sentir su humedad, se me habían manchado de un tono grisáceo-verdoso. El pasillo, a medida que caminaba, se iba haciendo cada vez más estrecho y tuve que terminar yendo a gatas, conteniendo muecas de asco al llegar intensos olores a mis fosas nasales y sentir la suciedad por mis manos y en la tela de mis pantalones vaqueros.

Solté un grito al sentir algo en mis manos minutos más tarde, y descubrí asombrada que se trataba de la molesta muñeca de la fantasma. Annie no me había mentido, la buscaba de verdad. Al cogerla y sentir su textura escuché unos sonidos agudos de súplica, su eco llegaba hasta donde me encontraba como si fueran gritos agónicos que hicieron despertar mi adrenalina y retroceder para salir por donde había entrado minutos antes. Ese pasillo estaba maldito.

—¡Mi muñeca! —exclamó con los ojos brillantes, quitándomela de las manos.

—De nada —murmuré cansada. Deseaba salir de esas catacumbas.

—¿Estaban las chicas que buscas? Mis amigos me dicen que están al otro lado.

—He escuchado ruidos, pero no me he atrevido a ir más allá.

—Normal —respondió encogiéndose de hombros mirando hacia el techo y murmuró—. Nadie se atreve a molestar a seres tan poderosos como los vampiros, ni siquiera los muertos. Pero te deseo mucha suerte, vas a necesitarla.

Entonces desapareció, dejándome completamente en *shock*. La molesta niña fantasma había decidido abandonarme, dejándome a la intemperie sin saber muy bien por dónde ir ni qué hacer.

Salí de la sala donde me encontraba y caminé sin un rumbo fijo, tratando de seguir el camino que me había indicado ella, hasta que me di de bruces con un guía mayor que tenía tras a él a un pequeño grupo de personas.

—¿¡Se puede saber de dónde sales!? —exclamó asustado—. ¡Es peligroso andar sola por estos rincones!

—M-me perdí —murmuré deseando que la tierra me tragara—. Lo… Lo s-siento, se-señor.

—Estas jóvenes de hoy en día —gruñó—. Sígueme, te llevaré a la salida.

Agradecí para mis adentros que hubiera guías por la zona y acepté de buena gana su invitación. Cuando pude ver la luz exterior respiré aliviada y volví a la facultad sola, esperando que el resto de clases terminaran pronto para poder meterme en mi cama y taparme con las sábanas. Habían sido unas horas demasiado duras.

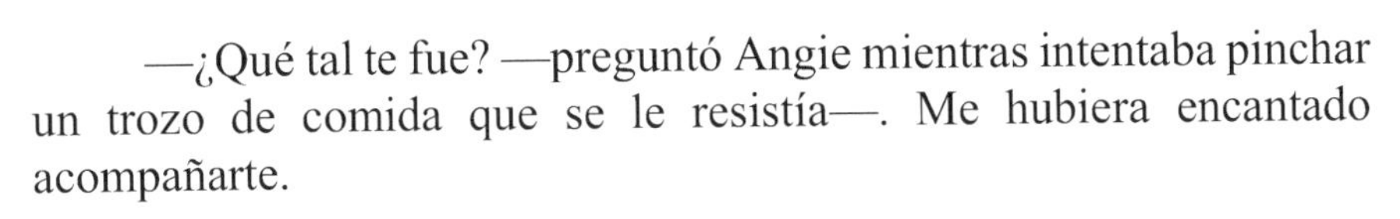

—¿Qué tal te fue? —preguntó Angie mientras intentaba pinchar un trozo de comida que se le resistía—. Me hubiera encantado acompañarte.

—Fue la sensación más rara de toda mi vida.

—¿Por qué? Sentiste… ¿Algo? —preguntó poniendo una voz siniestra.

—Pues sí, la verdad —suspiré—. Y descubrí…

—¡¿Qué?! —me apremió soltando el tenedor de golpe.

—En las catacumbas hay una entrada medio sellada, lleva a un túnel que bloquearon hace tiempo. Entré y… Escuché voces, Angie. Voces de chicas.

—¿Crees que…? —preguntó antes de tragar saliva—. ¿Crees que se trata de Soid y tu amiga?

—Ana estuvo ayer en mi habitación. Así que lo dudo —suspiré—. El caso es… ¿Quiénes son, entonces?

—¿¡Qué!? ¿¡Y me lo cuentas ahora!?

—¡No he tenido tiempo para contártelo! Aparte estoy un poco confusa, ¿sabes? Últimamente están pasando tantas cosas que ya no sé ni qué pensar. Me va a explotar la cabeza.

—¿Sobre qué? —preguntó alzando sus cejas perfiladas.

—Sobre todo, siento que toda mi vida se está desbordando y ni siquiera sé ya qué es verdad y qué no.

—¿Qué te ha dicho ella?

—Básicamente que debo fiarme de Sham, que me acerque a él.

—¿Qué? Tu amiga se debió de dar un fuerte golpe en la cabeza, porque eso no tiene ningún sentido. Ese chico oculta algo y no sé por qué me da que es algo *muy* gordo.

—Por eso no sé qué hacer ya con mi vida —murmuré apesadumbrada—. Me gustaría despertarme en mi habitación, en mi cama y comprobar que todo ha sido una pesadilla. Que se trata de una broma de mal gusto y simplemente mañana voy a empezar aquí, de nuevo.

—Siento decirte que eso no va a suceder. Si no yo también me tendría que despertar. Aunque… Te lo reconozco —suspiró—. Muchas veces deseo lo mismo. Sueño con volver atrás, hasta el día donde Soid empezaba a ponerse mala y hallar la manera de curarla. No permitir que venga ese idiota a seducirnos con falsas promesas para arrebatarla de nuestro lado. Eso nunca tendría que haber pasado.

—¿Y qué debemos hacer ahora?

—Continuar —respondió Angie con una sonrisa de boca cerrada.

En ese momento, alguien pasó por nuestro lado y me sobresalté al notar cómo dejaba caer algo, una bola de papel aterrizó sobre nuestra mesa. Miré hacia donde se dirigía, pero no llegué a verle el rostro. Al abrirla comprobé que se trataba de un mensaje de Atary.

Ya que comunicarse contigo vía móvil es imposible, tendré que recurrir a métodos más tradicionales. Te recojo mañana a las diez para pasar el día en mi casa. No admito negativas.

A.

Me giré hasta donde él se encontraba y no pude evitar esbozar una sonrisa al verle encogerse de hombros antes de guiñarme el ojo y volver la vista hacia sus hermanos, que parecían estar manteniendo una intensa conversación, porque las mejillas de Katalin se habían encendido y parecía asesinar a Nikola con la mirada.

Suspiré abatida. Me encantaría caerles bien a ambos, pero parecía imposible; la habían tomado conmigo y no podía hacer nada por evitarlo. Examiné a Katalin de reojo, mientras asentía con la cabeza al escuchar la voz aguda de Angie hablarme, aunque no sabía de qué. La hermana de Atary era realmente bella, con sus cejas arqueadas y esos ojos azules acentuados por el color de su ropa. Su inmenso cabello castaño estaba recogido en una coleta alta y sus labios carnosos destacaban con la tez pálida de su piel. Parecía una aristócrata sentada de forma recta y con el mentón elevado, haciendo repiquetear sus uñas de porcelana contra la mesa del comedor.

En ese momento sus ojos se encontraron con los míos y no pude evitar bajar la mirada al verla esbozar un gesto de asco, no sin antes fijarme que tenía el mismo tatuaje que sus hermanos, pero el de ella se mostraba con disimulo.

—Deja de mirarla. Es odiosa —suspiró Angie haciéndole un gesto desagradable con su dedo índice—. Lástima que no esté Vlad para recrearme con la mirada.

—Y pensar que Atary quiere que pase el fin de semana en su casa…

—¿Y vas a decirle que no? No le des el gusto.

—No es solo ella —me quejé—. También está Nikola. Me incomodan —murmuré revolviéndome en el asiento, recordando el encontronazo con Vlad.

—Te habrán prejuzgado. Mucha gente lo hace, pero enséñales lo buena persona y amiga que eres. Y, sobre todo, no te prives de disfrutar con Atary por dos idiotas. No te lo mereces.

—Gracias, Angie —suspiré tratando de esbozar mi mejor sonrisa.

—¡Y avísame si pasa algo interesante!

Sonreí meneando la cabeza antes de mirar por última vez en dirección a la mesa de Atary y sus hermanos. Mis ojos quedaron atrapados en el rostro serio de Nikola, al apreciar los suyos observándome con intensidad. Entonces pasó los dedos por su cabello, dejándolo despeinado y volvió la vista hasta otro lado.

¿Dónde me estaba metiendo?

—Vaya, vaya. Parece que le estás cogiendo el gusto a eso de visitarnos.

Me sobresalté al escuchar la voz varonil de Vlad a mi espalda y me giré, apreciando su sonrisa perversa y sus ojos azules, que mantenían un brillo especial. Me abracé el cuerpo cohibida, esperando que Atary regresara pronto. Había tenido que dejarme sola por casa para hacerle algún favor a su madre.

—Atary me invitó —murmuré jugando con mis mangas.

—Yo te invitaría a otras cosas —respondió aproximando sus labios a mi oreja—, no he podido olvidarme de lo sucedido en la noche de Samhuinn. No te imaginaba tan atrevida.

—Eso fue un error.

Noté mis mejillas sonrojarse. Había soltado esa tonta excusa con rapidez, pero mi cuerpo se retorcía de deseo al recordar lo sucedido. La oscuridad fluía por mi piel ante su presencia y él lo sabía. Vlad disfrutaba analizando cada reacción. Me delataba.

—Un error —rio entre dientes—. Benditos errores que te conducen al erotismo y lo prohibido.

—¿Siempre eres así?

—¿Así cómo?

—De lujurioso y de intenso. Dices lo que piensas sin importarte los demás ni las consecuencias que puedan traerte.

—Es un don que debo aprovechar —sonrió encogiéndose de hombros—. ¿Prefieres que mienta o me reprima? Eso no es lo que defiende tu religión, y a mí me encanta pecar.

—Eres imposible —suspiré, sintiendo mi piel arder ante su cercanía. Retrocedí unos pasos—. Deberías pensar en confesarte.

—Lo intenté una vez hace tiempo, créeme, pero fue abrir la boca y al párroco le dio un infarto. Y yo soy una buena persona, ¿sabes? Por eso no he vuelto a ir. No quiero acabar con los párrocos del mundo.

Me quedé con la boca abierta al escuchar sus palabras. Vlad rio con fuerza y se acercó hasta mí, terminando por empujar mi espalda contra la pared. Su respiración tranquila contrastaba con la mía, ruborizándome. Tenía las manos apoyadas de tal forma que me tenía apresada y su mirada se mantenía fija en mis labios.

—Me resulta jodidamente complicado mantenerme alejado de ti. Eres tan tentadora —susurró con un deje ronco, haciéndome inspirar el atrayente olor de su ropa.

—Pues...—murmuré con un hilo de voz, tratando de controlarme—, tendrás que hacerlo. Estoy con Atary, tu hermano.

—Eso no es un impedimento para mí, no me importa compartir.

—¿Tú te estás oyendo? Yo no soy...

—¿Un objeto? No, no lo eres. Eres una chica realmente hermosa y especial que consigue empalmarme sin hacer nada. Es ver cómo abres esos labios y se encienden tus mejillas y me haces olvidarme de quién soy. Nunca nadie se me había resistido así y eso hace que... Tengas toda mi atención.

—Olvídate de mí, Vlad —susurré forzando mis cuerdas vocales para que me escuchara. Sus palabras estaban desestabilizando mi cordura.

—¿Podrás olvidarte tú de mí? —respondió acariciándome la mejilla antes de apartarse, dejándome con la respiración agitada, para desaparecer por uno de los pasillos del castillo.

Me mantuve inmóvil apoyada en la pared, tratando de serenar mis pensamientos y, sobre todo, los impulsos íntimos que recorrían cada poro de mi piel. La simple presencia de Vlad me inquietaba, pero esos encontronazos con él me hacían hiperventilar, además de cuestionarme si sería capaz de no caer en la tentación. No quería convertirme en un monstruo de nuevo.

—¿Estás bien?

Me llevé una mano al pecho al escuchar la voz ronca de Atary cerca de mí. Esa familia era realmente silenciosa, parecían sombras. Asentí con la cabeza y parpadeé confusa al verle observarme con curiosidad, ladeando un poco su cabeza.

—Estabas inmóvil contra la pared. Sola —acentuó.

—S-sí. Estaba Vlad antes, pero ya…Ya se fue —carraspeé balanceándome con los pies.

—¿Te ha hecho algo?

—No, no. Solo molestar —respondí tratando de parecer tranquila—. Nada nuevo.

—Hablaré con él —gruñó tensando la mandíbula—. No me gusta cuando alguien trata de cruzar una línea que no debe. Y realmente empieza a cansarme.

—No, él… Solo está jugando. Se divierte provocándome.

—Le interesas, Laurie —espetó clavándome sus magnéticos ojos azules—. Y no de un modo dulce y romántico, sino de manera sexual. Es mi hermano y sé cómo es, jodidamente ambicioso y egoísta. No parará hasta conseguir lo que quiere y sé que te has convertido en un reto para él, un juego. Es un depredador y tú eres su presa, pero se acabó.

—No quiero que os enfrentéis. Yo… Me alejaré de él. De verdad.

—No sería la primera vez —murmuró haciendo chirriar sus dientes e hizo una mueca de hastío—. Mejor vamos a otro lado. Necesito calmarme o no dudaré en buscarle y madre no soporta las peleas.

Decidí morderme la lengua para no preguntarle a qué se refería con eso de que no sería la primera vez. Los ojos de Atary centelleaban y seguía con el rostro serio, arrugando su frente. Eso le otorgaba un aspecto peligroso. Me preguntaba cuánto aguantaría un volcán como él en entrar en erupción y hacer estallar todo por los aires.

Nos detuvimos en una amplia sala revestida de madera. Una inmensa alfombra rojiza con detalles dorados tapaba el suelo y dos ventanales filtraban la luz del exterior con dificultad, impedidos por las gruesas cortinas color borgoña. Por suerte múltiples candelabros iluminaban el lugar, otorgándole un ambiente tenue y sofisticado. Como de otro tiempo.

Al fondo había una chimenea de piedra encendida. El fuego otorgaba calidez, concediéndome un respiro del frío exterior. Había tantos sofás individuales tapizados que me resultó imposible contarlos y, en una esquina, iluminado por el único ventanal sin tapar, se hallaba un enorme piano negro de cola.

Atary me miró expectante, esperando confirmación. Sus ojos se iluminaban con la luz de los candelabros, revelándome un contagioso entusiasmo. Incluso su expresión seria y enfadada se había suavizado, dando paso a un Atary deseoso de mostrarme otra faceta suya.

—¿Tocas? —pregunté pasando mis dedos por la tapa del piano con suavidad.

—¿Quieres verlo?

Asentí con la cabeza mientras contemplaba la sala, buscando algún sillón o banco para sentarme. Mientras tanto, Atary se acomodó sobre la acolchada banqueta que había a su lado y abrió la tapa del piano con cautela, como si lo acariciara.

—Tuve una institutriz que me enseñó cuando era pequeño —explicó mientras retorcía sus dedos y movía en círculos sus muñecas—. Madre es muy estricta en cuanto a nuestra educación y se encargó de que nuestro bagaje de conocimientos fuera amplio.

—¿Tus hermanos tocan algo? —pregunté intrigada. No me imaginaba a Nikola tocando algún instrumento. Carecía de sensibilidad. Y Vlad mucho menos.

—Sí —asintió—, menos Vlad. Él siempre va por libre, para desagrado de madre. Katalin toca el arpa y Nikola el violín.

—Oh.

Acerqué sin hacer ruido un banco de madera que había cerca de un cuadro. Atary todavía no había empezado a tocar y ya estaba sintiendo un placentero cosquilleo por mi vientre, ávido de deseo. Cada faceta que me enseñaba me fascinaba más. Me encantaba saber acerca su pasado, que me incluyera en su vida. Provocaba que mis sentimientos hacia él aumentaran.

—¿Vas a deleitarnos con *Prelude in G minor*?

Me sobresalté al escuchar la voz melódica y pausada de su madre, apoyada contra la pared de la entrada. Su vestimenta era tan regia y elegante que transmitía un enorme poder; su cabello azabache caía en ondas hasta su pecho y sus ojos eran tan azules y vivos como los de Atary, con la diferencia que los de ella brillaban con un atisbo de soberbia. Se notaba desde lejos que la familia Herczeg provenía de alta alcurnia.

—¿Yiruma Johannes Bornlöf?

—El mismo —asintió, aproximándose hasta donde me encontraba.

Contuve la respiración al sentir su presencia detrás de mi espalda. El aroma que desprendía era dulce y embriagador y mantenía una pose tan recta que por un instante me recordó a Katalin. Por suerte, Atary comenzó a mover los dedos, creando una bella danza con las teclas que produjo una hechizante melodía. Eso relajó mis hombros.

Sus ojos bailaban con la música, sus dedos se movían de forma autómata, sin ni siquiera pensarlo. No podía despegar mi mirada de él; su pose recta y firme, con una expresión serena y concentrada. La luz que provenía del ventanal iluminaba su espalda, creando sombras entre las teclas al moverse al compás del ambiente que estaba creando. Era perfecto; como él.

Estaba tan embebida en el sentimiento que transmitía su cuerpo al tocar y el sonido que hacían las teclas al vibrar que se me pasó el tiempo volando. Cuando me quise dar cuenta, Atary ya había finalizado y sus ojos azulados me miraban con orgullo, analizando la expresión de mi rostro.

—Es muy bello, Atary —alcancé a responder con una amplia sonrisa—. Nunca me imaginé que supieras tocar así.

—Podría tocarte toda la noche si tú quisieras. Nada me haría más feliz que poder continuar deleitándome con la belleza de tus ojos contemplándome de esa manera —respondió arrastrando las palabras.

Me revolví incómoda al escuchar la risa divertida de su madre, pero por suerte no dijo nada acerca de ese comentario.

—Entonces te sugiero continuar con *Waltz in C Minor* —dijo antes de desaparecer con esa gracia que le caracterizaba.

Me incorporé de nuevo en el asiento y asentí con la cabeza. Estaba deseosa de poder continuar con esa íntima atmósfera que Atary había sido capaz de crear sin mediar una palabra.

Analicé cada detalle, cada arruga que formaba su frente al concentrarse en los movimientos de sus dedos en el piano. Cada tecla pulsada era un paso de baile que me envolvía más y más. Sus ojos brillaban de pasión mientras la comisura de sus labios se elevaba de forma casi imperceptible; y mi corazón latía sincronizado, como si hubiera escuchado esa melodía desde el momento en que nací. Cada nota que Atary tocaba me hacía sentir que lo conocía de toda la vida. No lo pude evitar; sonreí como una tonta enamorada contemplando a su amado.

Ya no había vuelta atrás. Atary había despertado en mí sentimientos que desconocía y me hacían anhelar más. Mantenía mi oscuridad a raya y eso me aliviaba.

Cuando esa melodía se terminó le pedí otra, y otra más. Nos mantuvimos así, él tocando y yo en silencio, hasta que ninguno de los dos pudo más y nos fuimos a dormir, completamente exhaustos.

Volví a encontrarme en el pasillo de siempre. Me resultaba ya tan familiar que me conocía los cuadros que adornaban las paredes de memoria y sabía hacia dónde mirar para encontrarme de forma directa con el resquicio de luz que provenía de la rendija de la puerta.

Caminé con pasos más decididos y moví la puerta después asegurarme que no había nadie. Aunque era consciente de que se trataba de un sueño, la vergüenza se apoderaba de mi cuerpo y temía que Atary me atrapara, quedándome bajo la merced de sus ojos claros, recordándome que lo hacía estaba mal.

—¿Me extrañabas?

—Un poco —admití mordiéndome el labio inferior.

Avancé hasta donde se iluminaba la silueta del hermano mayor de los Herczeg gracias a la tímida luz de la luna y comprobé como sus ojos brillaban hambrientos, devorándome por completo.

—Me hace gracia que en sueños seas más valiente que en persona. En la vida real no te atreverías a admitirme algo así. Sin embargo, aquí te desinhibes.

—Porque está mal —respondí chasqueando uno de mis dedos—. Y esto es solo un sueño. No tiene nada que ver con la vida real.

—Empieza a resultarme repetitiva esta conversación. Hay muchas cosas que están mal, pero esta no es una de ellas.

—Es…

—Sí, sí. Sé lo que me vas a decir —suspiró masajeándose la sien—. Pero no te estoy pidiendo una relación seria. No te estoy ilusionando con palabras bonitas ni comiéndote la oreja, aunque esto último me encantaría —dijo guiñándome un ojo—, es simplemente hacerte disfrutar y mostrarte todo lo que te estás perdiendo. Después puedes continuar con mi hermano o con quien te dé la gana, ya te dije que no me importa compartir.

—¿Es lo único que quieres de mí? —murmuré sintiendo una punzada en el estómago.

—Quiero todo de ti, pero no cómo tú esperas, sino como yo deseo y eso… Es más que suficiente. ¿Me vas a negar que te gustan estos encuentros? Tu cuerpo responde a mis caricias y cada poro de tu piel suplica que me pegue más a ti. Créeme que si no notara esta química que tenemos me alejaría, de verdad, pero es jodidamente palpable.

—¿Y si cedo? ¿Qué pasará después? —pregunté avanzando hasta acabar de rodillas sobre la cama.

—Probablemente te vuelvas adicta y acordaremos encuentros furtivos, para que nadie se entere —sonrió—. Son mis favoritos. De hecho, lo mejor sería que te despertaras y caminaras hasta aquí. Yo estaré esperándote y nadie se dará cuenta.

—¿Tienes algún tipo de control sobre mis sueños?

—Para nada, eres tú la que me busca —sonrió abiertamente—. Yo solo digo lo que tu mente perversa desea escuchar. Tus instintos más primitivos te traicionan llenándote de deseos y ansias de placer. Yo solo soy un siervo que está dispuesto a cumplir tus órdenes, aunque en la realidad sea yo el que domina.

—Me cuesta tanto resistirme… No me reconozco. No es propio de mí.

—Pues no lo hagas. Acabemos con esta situación, ángel; deja salir a tu verdadero yo, ese que tanto tratas de ocultar bajo capas y capas de inmaculada perfección. Ambos sabemos que es solo una fachada. Una máscara.

Me desperté con la respiración agitada, confusa al no saber dónde estaba. Parpadeé un par de veces y exhalé todo el aire posible al recordar que estaba en una de las habitaciones de invitados del castillo. Acomodé mi cabello despeinado con mis dedos y me levanté de la cama para dirigirme hasta el lavabo del baño para aclararme el rostro y despejarme.

Me sentía tonta calibrando las posibilidades y consecuencias que tenía si decidía dirigirme hasta la habitación de Vlad, como si eso fuera posible. Mi cuerpo me gritaba que no me lo pensara, pero mi sensatez me recordaba que no era la mejor opción. Tenía una reputación y unos ideales que mantener, además de una maravillosa relación con Atary que me hacía sentir especial; vampiros y otros problemas aparte.

Até mi pelo anaranjado en una coleta alta y giré la cabeza para desviar mi atención del espejo que reflejaba mis mejillas encendidas y los labios hinchados. Mis ojos brillaban con fuerza y un temblor nervioso me hacía parpadear uno de ellos. No parecía yo.

Llevé mis manos hasta el dije, volvía a encontrarlo pesado y ardía ligeramente colgado a mi cuello. Aun así, decidí mantenerlo; me ayudaba a mantenerme despierta y recordar que ceder ante el deseo solo me haría caer. Y ya había pisado el abismo una vez.

Apagué la luz del baño y aguardé varios minutos sentada sobre la cama, dándole vueltas a la cabeza sobre mis encontronazos con Vlad. Nunca me había visto en la tesitura de querer a un chico y sentirme atraída hacia otro. Me hacía sentir sucia.

De repente escuché unos ruidos provenientes del pasillo y, con el corazón acelerado, decidí levantarme de la cama para averiguar quién era. ¿Me estaría buscando el hermano mayor de los Herczeg? Quizás había llegado el momento de dar uso al pestillo.

Abrí la puerta y asomé la cabeza, pero no vi a nadie. Un escalofrío recorrió mi cuello, nivelando la temperatura de mi cuerpo, y retrocedí para cerrar la puerta e irme a dormir de nuevo, cuando una figura masculina me detuvo.

—¿Nunca te cansas de asomar la cabeza cuando no te llaman? Pareces una acosadora siniestra.

—¿Q-qué haces a-aquí? —balbuceé asustada ante la repentina presencia hostil de Nikola.

—Aunque no sea de tu incumbencia, no podía dormir. Me voy a la biblioteca a leer un rato.

—¿A estas horas? Pero…

—No me interesa tu opinión. Duérmete.

Quise contestarle con alguna frase ingeniosa o ser igual de hostil que él, aunque lo mejor hubiera sido dar un portazo después de hacer algún gesto grosero o sacarle la lengua, como hubiera hecho Ana; pero me mantuve inmóvil con la boca abierta. Se me había olvidado hasta respirar ante su mala educación.

—¿P-puedo ir con…, contigo?

—Perdona, ¿qué?

Sentí cómo mi corazón se me iba a salir del pecho al verle arquear sus oscuras cejas y mover la boca ligeramente, mostrando una mueca de desagrado. En parte, yo tampoco entendía cómo me había atrevido a pedirle eso cuando sabía que él odiaba mi presencia, solo con verme seguramente le salía un sarpullido. Pero no quería quedarme sola en la habitación. Me había desvelado por completo y sabía que no iba a poder parar de pensar. No quería hacer algo de lo que me arrepentiría toda la vida por un triste y sucio impulso, provocado por esos incómodos sueños que no paraba de tener.

Nikola era perfecto para distraerme por su misteriosa forma de ser. Además, tendría la oportunidad de curiosear sus libros para encontrar alguno que me hiciera desconectar del mundo. Sin olvidarme que eran las tantas de la madrugada y en un par de horas el sol se asomaría tras los montes y montañas. Ya dormiría durante el día.

—Por favor —supliqué—. Yo tampoco puedo dormir.

—Pues cuenta ovejas —gruñó dándose la vuelta para alejarse.

—¡Por favor! —exclamé un poco más alto—. No te molestaré, solo quiero distraerme.

Observé cómo sus hombros se relajaron ligeramente y sus ojos se abrieron un poco, dejando de estar entornados. Sus ojos grises me miraron resignados y arrugó la nariz antes de responder.

—Está bien, pero aléjate de una vez de mí y mi familia. No quiero verte más por aquí y ya no sé cómo decírtelo.

Asentí con la cabeza, deseando que la tierra me tragara. No quería discutir con él cuando estaba siguiendo sus pasos por los pasillos, observando cada puerta con el corazón acelerado, esperando no hallar algún resquicio de luz. Me entristecía que me hubiera juzgado sin conocerme y quisiera apartarme de esa manera, pero terminaría admitiendo que se equivocó.

Tenía que hacerlo.

Capítulo XXV ✝ Visitas y prohibiciones

—¿Vas a empezar a leer de una vez o continuarás observándome como si fueras una estatua? Es molesto, no me puedo concentrar —gruñó, sacándome de mis ensoñaciones.

—Lo siento. Es que...—balbuceé observando el extenso volumen que tenía acomodado entre sus manos y alcé la cabeza, intentando leer el título—. ¿Qué lees?

—Un libro.

—Eso ya lo sé —respondí, tratando de ocultar mi irritación—. ¿Pero cuál?

—Mierda. Ya veo que me va a resultar imposible leer —se quejó apretando su tabique nasal, antes de cerrar el libro bruscamente—. Estoy arrepintiéndome de haberte traído. No entiendo cómo Atary te soporta.

—Pero, ¿qué te he hecho? —Espeté de golpe, moviendo las manos con intensidad—. Yo... Yo solo quiero...

—Mira, Laurie —mascculló tensando su cuerpo—. No soy tu amigo y no tengo intención de serlo, no me interesa lo más mínimo.

No tienes por qué caerle bien a todo el mundo, así que acéptalo, asúmelo y déjame en paz. Es lamentable ver cómo te arrastras detrás de mi hermano mientras él fija su atención en alguien más.

—¿Qué? M-mien… mientes.

—No tengo por qué mentir. Mírate, ¿qué iba a ver él en ti?

—Para —supliqué, sintiendo cómo mi garganta se estrechaba, asfixiándome, y mis ojos se anegaban en lágrimas—. Eres cruel.

—Hay personas mucho más crueles que yo, esperando un momento de debilidad para atacar y conducirte hacia la oscuridad. No entres donde no estás capacitada para salir —me advirtió entornando los ojos.

—No te entiendo —musité, limpiando mis lágrimas con la manga.

—No tienes que entender nada, limítate a buscar un cantamisas que te valore y aléjate de mi familia. Se acaba el tiempo.

—¿El tiempo?

—Empieza a amanecer —respondió señalando la ventana semioculta por una cortina burdeos e hizo un ruido al arrastrar la silla para levantarse que me hizo chirriar los dientes—. Que descanses, Laurie.

Contemplé estupefacta cómo se alejaba con el libro entre sus manos y me estiré para observar, durante unos segundos, el símbolo que tenía la portada. Era el mismo que tenían ellos. Algo me decía que era importante para la misteriosa familia Herczeg. Esa que lentamente me iba arrastrando hacia la locura.

A la noche siguiente volví a despertarme empapada en sudor, esta vez a causa de una pesadilla, una que se había sentido real.

Me encontraba en mitad de un bosque, seguramente *Holyrood Park*, y unos ojos rojos y hambrientos me miraban desde las sombras. Me estaban acechando, aguardando hasta que me acercara más. Podía sentir mi respiración agitada, mi pecho subía y bajaba en un ritmo frenético mientras mi sangre se helaba, debido a mi pánico; impidiendo moverme. No podía apartar mi mirada de ese rostro que se ocultaba entre el denso follaje; sus colmillos largos se acentuaban a la luz de la luna.

Podía sentir su deseo. Sus ganas de morderme se incrementaban a cada segundo que avanzaba. Incluso sus pupilas estaban fijas sobre mi clavícula, como si pudiera escuchar mis pulsaciones, invitándole a atacarme.

Quise gritar. De verdad que estaba deseando huir de ahí y encontrar algún sitio seguro, pero me resultaba imposible. Me sentía sola y desprotegida, sin nadie que pudiera ayudarme y la silueta aguardaba mis movimientos sin dejar de mirarme. Traté de mover mis piernas, pero me fallaron y acabé arrodillada en el suelo, permitiéndole al intruso acercarse hasta mí. Entonces observé sus zapatos negros y sus pantalones oscuros, ceñidos a su piel. Alcé la cabeza de forma autónoma y tragué saliva al darme de bruces con su rostro. Eran unos ojos grandes y maliciosos que me resultaron muy familiares.

—Te lo advertí, Laurie. Ahora ya es demasiado tarde.

Entonces chillé. Sus fríos y grandes dedos se clavaron en mi piel, haciéndome daño. Chillé con todas mis fuerzas al sentir sus dientes penetrar mi cuerpo y empecé a desvanecerme al notar mi sangre brotar descontrolada, observándole saciarse mientras que sus ojos brillaban complacidos.

Me iba a morir. Me iba a morir y no podía hacer nada por evitarlo. Había llegado mi final.

—¿Estás bien? —me preguntó Franyelis, frotándose los ojos. No pudo evitar bostezar—. Me has despertado con tu chillido.

—Lo siento —respondí con la voz temblorosa—. Fue una pesadilla.

—Ya pasó —gruñó dándose la vuelta, tapándose bien con las mantas de la cama—. Mejor trata de dormir de nuevo. Así soñarás otra cosa.

—Sí…

Me quedé sentada con la mirada fija sobre una pared, tratando de relajarme. Me llevé las manos a mi dije y lo acaricié, sintiendo el frío contorno de las letras que lo adornaban; esta vez no me molestaba. Suspiré inquieta y me removí, el frío se colaba por la rendija de la puerta, adhiriéndose a mi piel.

Agudicé el oído al escuchar unos golpes secos que provenían de la ventana. No quería acercarme, pero mis pies se movieron de forma autómata. Al correr la cortina comprobé que el gato peludo negro seguía ahí, mirándome con sus ojos pardos. Contuve un grito al verle dar un salto y soltar un alarido, erizando su pelaje.

Atónita, observé cómo una figura masculina aparecía de repente, ocupando el lugar vacío que segundos antes había pertenecido a ese molesto felino. Sus ojos azules me miraron hambrientos, mostrándome su mejor sonrisa.

—¿Qué haces aquí, Vlad? —pregunté en una mezcla entre molestia e incredulidad.

—Esto de hablar tras un cristal no es lo mío —articuló ampliando su sonrisa—. Sería mejor si me dejaras entrar.

—No sé cómo te las has arreglado para subir hasta aquí, pero vete. Es tarde, Franyelis está dormida y este no es el momento ni el lugar.

—Solo será un momento, ángel. Vamos, abre la ventana —imploró formando un mohín.

—Vete.

—En otro momento me empalmaría con esa actitud fría que llevas, pero se me han congelado los testículos y no me puedo excitar.

Me encantaría que me calentaras —ronroneó guiñándome un ojo—. Además, te he quitado de encima a ese gato acosador.

—¿Era un vampiro?

—No lo sé. No me ha dado mucha conversación que digamos y no entiendo el idioma felino.

—No tiene gracia —respondí abrazándome el cuerpo—. Pensaba que los reconocíais con facilidad.

—No es tan sencillo, ángel, y más con aquellos que pueden transformarse. Déjame pasar. Me congelo.

Observé el humo que salía de su boca al hablar. Eran casi mediados de noviembre y el frío comenzaba a afincarse en la lúgubre capital escocesa. Tenía que admitir que me daba pena; su nívea piel destacaba con el contraste de la noche.

Mi mente me recordó que era cristiano ayudar a los que lo necesitaban y Vlad pedía a gritos refugiarse en un espacio caliente y cerrado, pero algo en mi interior me indicó que no era la mejor opción. Su intensa mirada me intimidaba y todavía seguía inquieta por la pesadilla, así que debía finalizar ese momento extraño, por el bien de mi estabilidad mental. Sabía que abrirle conllevaría jugar con fuego, y terminaría quemándome.

—Vuelve a casa, Vlad. Que descanses.

—¡Laurie! —le escuché protestar, sujetándose al alféizar.

—Buenas noches.

Corrí la cortina de golpe y bajé la persiana hasta dejar la habitación a oscuras. Me mordí el labio inferior al escuchar el gruñido de frustración del imponente hombre que había decidido visitarme de una manera poco convencional. Ana ya le habría denunciado por acoso.

Me metí en la cama cubriéndome con las mantas y cerré los ojos para susurrar una oración, esperando dormirme pronto y sin más imprevistos. Lo necesitaba.

Al día siguiente, tenía unas ojeras que bien podrían competir con las de un oso panda. Me apliqué un poco de maquillaje y me concedí varios minutos pensando qué ropa ponerme para ir a la universidad. Quería sorprender a Atary y hacerle ver a Nikola que sus advertencias no me habían amilanado, seguiría con su hermano porque me sentía cómoda, protegida y feliz.

Caminé hasta la facultad pensando en todo lo sucedido y al llegar a la entrada principal vi a Atary apoyado contra una pared, mirando su teléfono móvil. Al sentir mi presencia levantó la vista y me dedicó una sonrisa amplia, de esas que me hacían suspirar y bajaba mis defensas.

—¿Una mala noche? —preguntó antes de depositar un casto beso sobre mis labios.

—¿Cómo lo sabes?

—Tienes una ligera sombra bajo los ojos. Eso delata tus ojeras.

—Sí —lloriqueé frustrada—. Ese maldito gato no se va de mi ventana y para colmo tu hermano decidió hacerme una visita. Aunque, pensándolo bien… Espantó a mi acosador. Cosa que le agradezco porque me da verdadero pavor.

—¿Mi hermano? —preguntó apretando los nudillos, disipando cualquier rastro de buen humor.

—Eh… Sí. Yo…—musité, rascándome la nuca al sentir un fuerte picor. Odiaba meter la pata.

—¿Vlad?

—Sí —respondí bajando la cabeza—. Pero no hizo nada. Él… Él solo… Fue a visitarme.

—Ya claro, a jugar al parchís, ¿verdad? —Bufó masajeándose la sien—. No entiendo por qué lo defiendes tanto. Lo escudas continuamente y es tan molesto... ¿Acaso ves normal que alguien te visite durante la noche? Y más él. ¿Te gusta mi hermano?

Mi pulso se aceleró al ver la expresión de su rostro. No entendía que reaccionara así porque no habíamos hecho nada. Removí mi cuerpo al escuchar una voz familiar.

Reacciona o lo perderás. Atary no tiene porqué saber la verdad. Estás deseosa de pecar con Vlad. Ambas lo sabemos.

Apreté los puños, intentando ignorar el molesto eco que se había expandido en mi mente. No era verdad. Yo era una persona fiel, la chica perfecta para Atary. Mis demonios mentían.

—¿Qué? ¡No! Yo… Es tu hermano. ¿Cómo puedes pensar así?

—Precisamente por eso —respondió haciendo chirriar sus dientes—. Es mi hermano y sé cómo es. Conozco sus intenciones, pero las tuyas me descolocan. ¿Tú me quieres, Laurie? ¿Estás a gusto con lo nuestro?

—¡Sí! —exclamé sintiendo mi corazón latir desbocado, a punto de salirse del pecho—. ¡Claro que te quiero! N-no…no quiero que dudes de eso, Atary. Nunca.

—Entonces explícame por qué diablos le excusas, ¿por qué le sigues el juego? —preguntó alzando la voz. Al ver la expresión atónita de mi rostro, suspiró, tratando de calmarse—. Si me quieres, será mejor que te alejes de él. Y, si insiste, dímelo y le frenaré personalmente.

¿Quién lo diría? Tanto tiempo haciéndome desaparecer con palabrería de fe, para que ahora seas una pecadora hipócrita. Pero, por más que lo intentes, siempre volverás a caer. Los monstruos no tenemos salvación.

—Cla-claro —tartamudeé, notando mi labio inferior temblar. Varios escalofríos atacaron mi cuerpo —. Yo le negué la entrada, Atary, de verdad. Yo…

—Está bien —respondió relajando sus hombros, mirándome algo más calmado—. Será mejor que entremos en clase, parece que atrajimos algunas miradas curiosas.

Giré la cabeza y comprobé avergonzada cómo nuestra pequeña discusión había atraído la atención de varios estudiantes que se arremolinaban a unos metros de donde nos encontrábamos. Entre ellos Nikola, que trataba de abrir paso empujando a algunos estudiantes con el ceño fruncido.

Decidí fingir que no me importaba escuchar los cuchicheos que habían empezado a formarse y entré en la universidad de la mano de Atary. Me sentía estúpida por no haberle frenado los pies a Vlad cuando tuve oportunidad, pero aún más por no ser capaz de lidiar conmigo misma. Odiaba cuando me dejaba llevar por el deseo lascivo que avanzaba por mi piel como la pólvora, impidiéndome pensar con claridad. No podía permitirme volver a ser un monstruo.

Horas más tarde llegué a la habitación. Mi cabeza estaba a punto de estallar y solo tenía ganas de tirarme en mi cama y dormir todo el día. Sin embargo, tenía tareas que requerían de mi atención.

Me dejé caer sobre la silla de escritorio y abrí uno de los libros que tenía pendientes por la página correspondiente. De él salió una nota en papel cuadriculado con esa letra que ya había leído anteriormente, generándome curiosidad.

¿Qué tal si no soy el héroe? ¿Qué tal si soy el chico malo?

Contemplé la nota arrugando el ceño y me mordí el labio inferior pensando dónde había visto esa frase, tenía la sensación de haberla leído antes. Entonces una chispa nació en mi cerebro y recordé. Esa frase se la decía Edward a Bella en *Crepúsculo*. Había leído ese libro hacía unas semanas y me había gustado tanto, que recordaba la mayoría de las citas, incluida esta.

Iba a tirar la nota a la papelera cuando me fijé que en el reverso había algo escrito con letra más pequeña e ininteligible, como si en ese momento hubiera tenido prisa y no le hubiera quedado más remedio que escribir sin mirar.

Pero soy un villano que se ha prometido a sí mismo protegerte, aunque eso implique romper varias reglas.

Sostuve la nota varios minutos, con los ojos clavados en la última palabra. «¿Un villano? ¿Protegerme? ¿Será Sham? No. Eso no tiene sentido» pensé. No entendía por qué se mantenía en el anonimato y en qué momento aprovechaba para guardar la nota.

¿Iría a mi clase? ¿Me seguiría y espiaría hasta que dejara mis pertenencias sin vigilancia? La situación cada vez me sobrepasaba más y todo se tornaba más confuso. Cualquier persona a la que le contara esto se reiría de mí; y con razón. Mi vida últimamente parecía un thriller con alto componente psicótico, no apto para cardiacos. ¿En qué mundo me había metido? Cuando hacía un año tenía una vida tranquila y monótona en el pueblo de Luss, al lado de mis padres y de Ana.

«Ana…» pensé exhalando un suspiro, arrugando la nota hasta hacer una bola y lanzarla a la papelera. Ella, seguramente, sabría qué hacer o cómo empezar a investigar. Cuando un misterio aparecía, o sentía curiosidad por algo, no paraba hasta hallar la verdad. Sin embargo, yo no sabía ni por dónde empezar; esta situación me quedaba grande.

Consciente de que no era capaz de concentrarme con tanto problema rondando en mi mente, cogí un grueso abrigo que me había regalado mi padre hacía un par de años y bajé las escaleras en dirección a la zona verde que cubría nuestra residencia. No tenía intención de alejarme mucho, ni siquiera iba a acercarme hasta *Holyrood Park*; solo caminaría un poco para despejarme.

Al salir y girar hacia la derecha, un par de minutos más tarde, atisbé dos figuras masculinas enfrentadas y me aproximé con cautela, tratando de no hacer ruido al percatarme de quienes eran.

—Aléjate de ella —siseó Atary tensando la mandíbula—. Laurie es *mi* novia.

—Es tu novia, pero no te pertenece —rio Vlad despreocupado—. Hablas como si fuera una especie de objeto o algo parecido, pero es libre de hacer lo que le da la gana. Al igual que yo soy libre de acercarme a ella y no podrás hacer nada por evitarlo.

—Si tienes ganas de echar un polvo, búscate a otra.

—¿De qué tienes miedo, hermanito? Te noto muy tenso conmigo. Relájate —sonrió dándole unos golpecitos en el hombro—. Laurie es una chica dulce, inocente como un ángel. No cometería el pecado de caer ante mí, ¿o acaso tienes dudas?

—Eres un idiota —espetó Atary, dándole un empujón—. No te lo repetiré más veces.

—¡Ahora me insultas! Vaya, vaya. Eso es interesante —y añadió con sorna—. Avísame cuando vayas a marcar territorio meándole encima, para apartarme y evitar mojarme. Me daría asco ver algo así.

Me tensé al ver a Vlad alejarse bajo la atenta mirada de Atary, que seguía inmóvil con la vena de su cuello hinchada. Tragué saliva al verle acercarse hasta mí y retrocedí unos pasos intentando ocultarme, aun así, me sobresaltó. En cuestión de segundos, Vlad se aproximó hasta mi oído para susurrarme unas palabras, logrando estremecerme.

—Los ángeles como tú no se atreven a saborear lo prohibido, ¿verdad?

Entonces desapareció, dejándome con la boca abierta y la lujuria brotando por mi piel. Vlad sacaba a la luz toda mi oscuridad, y eso me asustaba porque en el fondo disfrutaba. No sabía cuánto tiempo sería capaz de aguantar.

Giré la cabeza en dirección hacia Atary y sus ojos se clavaron en los míos, provocándome un escalofrío que llegó hasta los dedos de mis pies.

Los días pasaron y llegó el preciado viernes, momento de descanso y desconexión. Por fortuna, Vlad había desaparecido, dejándome respirar aliviada y mi relación con Atary se mantuvo intacta, pues había decidido ignorar lo sucedido y yo también.

Había empezado a acostumbrarme a sus besos y la necesidad de llegar más lejos me atormentaba, parecía que a mi cuerpo eso le sabía a poco. Varios pensamientos pecaminosos me hicieron retorcerme en el asiento, acalorando mis mejillas.

Encendí el teléfono móvil para distraerme y me di cuenta de que tenía un mensaje de mi madre. Al parecer, vendría a buscarme para llevarme a casa y pasar el fin de semana en familia. Tecleé que me parecía bien y dejé caer el móvil sobre la cama, pensando lo que eso conllevaría.

Vería a mi padre después de varios meses y no sabía cómo lo iba a tomar, ni siquiera sabía si ella estaba implicada en el asunto de los vampiros o desconocía el tema, igual que yo. Una parte de mí se negaba a aceptar la realidad, a ver a mi padre como un ser malvado que despreciaba la vida de su hija tanto como para venderla nada más nacer. Tendría que mirarle a los ojos y comprobarlo por mi cuenta.

Pasé las horas matando el tiempo, tratando de repasar un tema que tenía prácticamente estudiado, hasta que recibí otro mensaje de mi madre. Esta vez era para avisarme que estaba fuera, dentro del coche, esperando a que yo apareciera para irnos.

Cogí la maleta con las pocas cosas que había decidido meter y guardé mi móvil en el bolsillo de mi anorak, esperando poder usarlo para mantener el contacto con Angie y Atary, aunque era consciente de que mi madre no me dejaría.

Al llegar al coche la observé y, por primera vez, me di cuenta de que la miraba con ojos diferentes. Cuando antes sentía admiración y orgullo hacia ella, ahora no podía evitar juzgarla. Para mí, mi madre era una mujer aprisionada bajo ropa recatada y una gruesa capa de maquillaje. Parecía que se protegía de los demás bajo una actitud distante y seria que me provocaba rechazo.

Por ese motivo siempre me había sentido más cercana a mi padre, no estaba tan obsesionado con mantenerme sin amigos, sin poder socializar con nadie que no fuera, a ojos de ella, apropiado para mí. Empezaba a percatarme que su único objetivo era hacerme a su imagen y semejanza, igual de inmaculada e inocente, aunque por dentro pensara diferente. No me aceptaba.

Un fuego interno empezó a hervir en mi interior, instándome a rebelarme de esa personalidad que había tejido con el paso de los años para contentarla, esforzándome en ser la hija ejemplar que ella quería. Eso me había costado burlas, ataques, risas crueles por parte de mis compañeros y mucha, mucha soledad. Había aprendido a reprimir mis auténticos sentimientos y ahora estos me estaban explotando en la cara. Mis demonios habían reaparecido con fuerza, impidiéndome controlarlos.

Suspiré al recordar que Ana había sido la única persona que no se había dejado amedrentar, consiguiendo hacerse un hueco en mi casa y mi corazón. Me ayudó a levantarme cuando ya no podía más, y eso nunca se me olvidaría.

«¿Qué te ha sucedido, Ann? Vuelve, te echo de menos» expresé para mis adentros mientras me acomodaba en el asiento del copiloto, apoyando mi mano en la mejilla, y miré por la ventanilla sin centrarme en nada concreto. Lo único que quería era abstraerme del mundo mientras buceaba entre mis oscuros recuerdos.

Llegar a casa me resultó muy extraño. Todo seguía exactamente igual a como lo había dejado, pero mis percepciones habían cambiado. Dejé que mi padre me abrazara como siempre y deslicé mis manos por su amplia espalda, aspirando el aroma que desprendía su ropa. Fueron tantas las ocasiones que me calmaba estar así… Ahora mi mente no paraba de pensar en la conversación que había tenido con Atary y, al mirarle a los ojos, me debatía sobre si sería capaz de hacer algo así. ¿Podría reunir las fuerzas suficientes para enfrentarme a mi familia?

Mientras me aferraba a él, varios recuerdos llegaron a mi mente. Entre ellos, cómo me protegía cuando tenía pesadillas, cómo en ocasiones me defendía de mi madre y cómo a escondidas me levantaba el castigo, aunque luego se llevara una regañina de parte de ella por hacerlo sin su consentimiento; cómo me iba a buscar al colegio siempre con una sonrisa, aunque nuestra casa estuviera a varios metros de distancia e, incluso, cómo colgaba en su pequeño despacho todos los dibujos que le hacía, por muy feos o sin sentido que fueran. Sin duda, mi padre no era una mala persona. No podía serlo.

—¡Laurie! ¿Qué tal todo, mi amor? ¿Estás bien? —preguntó sujetándome por las mejillas, escudriñándome con esos ojos tan sagaces que tenía.

—Sí, papá —suspiré. Ante todo, seguía siendo mi padre.

—¿Seguro? ¿Te han hecho algo? ¿Te tratan bien? Liz me ha dicho que hiciste una nueva amiga.

—Sí, teniendo en cuenta que Ana ha decidido abandonarme —murmuré apesadumbrada—. Se llama Angie.

—¿Ana? Algo me dijeron sus padres, sí.

Mantuve mis ojos posados sobre la expresión de su rostro, tratando de analizar su reacción corporal. Parecía que la noticia no le había sorprendido nada, como si fuera lo más normal del mundo comenzar la facultad e irse a las pocas semanas.

—¿Puedo irme a mi habitación? Estoy cansada.

—Claro cariño. Iré a ayudar a tu madre a preparar la cena —respondió subiéndose las gafas con el dedo índice—. Te avisaré cuando esté lista.

—Gracias.

Subí las escaleras con la maleta en mano y posé todo en el suelo, antes de tirarme en mi apreciada cama. Aspiré con fuerza el olor de la almohada y me entretuve vagando entre mis recuerdos, donde conversaba con Ana sobre aspectos triviales. ¿Dónde había quedado eso? ¿Cuándo mis preocupaciones habían pasado de tener buenas notas a comerme la cabeza pensando si Atary estaría bien o si Vlad continuaría insistiendo y yo acabaría cediendo ante sus encantos? Sin olvidarme del tema de los vampiros y que mi padre podía ser uno de ellos. Era de locos.

Nunca había sido una chica popular. De hecho, mi nivel de socialización desde niña había sido nulo. Mi madre solo me permitió conversar con aquellos niños que pertenecían al grupo de la parroquia y escaseaban, a pesar de que la mayoría de las familias asistían de forma regular a la misa de los domingos.

El único niño que estaba involucrado como yo en el tema religioso era Richard, y por ese motivo mi madre se había hecho tan amiga de la suya. Hasta el punto de desear nuestra unión.

Por desgracia, mi vecino había crecido físicamente, pero no por dentro. Se convirtió en un chico desagradable, disfrutaba metiéndose con el físico o las debilidades de otros compañeros, entre ellos yo. Muchas veces volvía a casa llorando porque él se había metido con mi cabello o mi palidez. Disfrutaba llamándome la monja fantasma, pues según él a nadie le importaba y nadie me tocaría ni con un palo.

A pesar de sus palabras, mi madre siempre le restaba importancia diciendo que eso eran cosas de niños y lo hacía para llamar mi atención.

Pasé los cursos sola, deseando que llegara una chica nueva que quisiera ser mi amiga y me apoyara. Pasó un tiempo, pero mi deseo fue concedido al llegar Ana. Una chica española explosiva, con fuerte carácter y difícil de amedrentar. Fue la primera en plantar cara a Richard y decirle cuatro cosas, consiguiendo que me dejara en paz.

Ana se convirtió en mi sombra, siempre estaba conmigo. Consiguió arreglárselas para incluirse en mi familia, lo que agradecí eternamente, pues persuadir a mi madre era bastante complicado. Pero Ana era puro fuego y podía conseguir cualquier cosa que se propusiera.

—Laurie, la cena está lista —anunció mi padre desde el piso de abajo—. Apresúrate, tenemos compañía.

«¿Compañía?» pensé. «Nosotros no solemos tener compañía, ¿quién puede ser?»

Bajé los escalones de dos en dos hasta asomarme por la puerta de la cocina y observé, atónita, que la persona que estaba sentada en la silla con aire despreocupado, analizando cualquier detalle de mi cocina, era el propio Richard.

—¿Qué hace él aquí? —balbuceé con un tono agudo.

—Laurie, esos modales. ¿Qué van a pensar Susan y John de nuestra familia? —me regañó mi madre clavándome una mirada de pocos amigos mientras sacaba los platos de un armario.

—No se preocupe, señora Duncan —respondió él haciendo un ademán con la mano, mientras ladeaba su cabeza en mi dirección.

Decidí no enfadarla más y me senté en mi silla habitual, justamente enfrente de donde estaba él. Erguí mi cuerpo y coloqué los brazos encima de la mesa, esperando que mi madre empezara a colocar los platos para que mi padre sirviera la comida.

—Pero ¿qué hace él aquí? —insistí en un tono más firme, mirando a mi madre y luego a mi padre.

—¡Laurie! —exclamó ella alzando el tono, haciéndome pegar un bote sobre el asiento—. No seas descarada.

—Pero…

Me achiqué en la silla al ver sus ojos soltando chispas. Sus perfiladas y anaranjadas cejas se juntaron hasta formar unos pliegues sobre la frente. Richard carraspeó y pasó los dedos por su cabello, tratando de alisarlo.

—Tus padres me invitaron para hablar de la… Boda —susurró haciendo énfasis en la última palabra.

—¿¡Qué!?

—¡Laurie! Última vez que te aviso —gruñó ella dejando caer con fuerza uno de los platos con adornos florales sobre la mesa.

—Pensamos que era buena idea entablar algo más de conversación y conocerte mejor, ya que nuestra pequeña dejó de hablar de ti hace años —nos informó mi padre, mirándole con expresión calmada.

—Eh… Sí, claro. Supongo que nunca me atreví a confesarle lo que… Sentía por ella —carraspeó. Uno de sus ojos parpadeaba a gran velocidad—. Éramos unos niños y no sabía muy bien lo que sentía, pero… Todo ha cambiado.

«Esto no puede estar sucediendo» pensé mientras intentaba calmarme, pues no quería enfadar a mi madre más; y mucho menos montar un espectáculo. No me habían educado así y no era nadie para desobedecerla. Pero mis demonios se revolvieron, instándome a rebelarme y expresar mi opinión.

No confiaba en las palabras de Richard. Se notaba que estaba incómodo con la situación y nunca me olvidaría de cómo disfrutó metiéndose conmigo. Estaba mintiendo, y bien sabía él que un buen cristiano nunca debe faltar a la verdad.

—¿Tú estás de acuerdo con casarte con nuestra hija? Quiero lo mejor para ella y sois muy jóvenes. Nunca os he visto juntos.

—Claro, señor Duncan —respondió sin ni siquiera vacilar—. Mi intención es contentarla y concederle todos sus caprichos.

Pinché con fuerza varios trozos de pimiento mientras miraba de reojo a Richard. Mi vecino hablaba con expresión neutral, despreocupada, como si estuviera hablando del tiempo. En mi mente podía escuchar la voz de Ana protestando con que no tenía que concederme todos los caprichos porque para eso ya estaba yo misma. «De ahí viene la palabra autosuficiente» diría para defenderme.

—Eso está genial, cielo —contestó mi madre después de tragar—. Últimamente Laurie está distanciándose de nosotros. Siento que ya no me consulta las cosas y me informa menos de lo que hace. Incluso creo que a veces me oculta información y eso es de mala cristiana, ¿verdad? —preguntó elevando el mentón, mirándome con dureza—. Mentir es pecado y no honrar a tu padre y madre también. Los mandamientos son sagrados para cualquier cristiano.

—Eso nos enseñan en el grupo eclesiástico, sí —coincidió él, observándome con una malicia que solo yo fui capaz de captar—. Quizás el entorno la ha influenciado. En la actualidad la gran mayoría de los jóvenes decae ante el fuerte peso del sexo, las fiestas, el alcohol y otro tipo de sustancias. Es exceso de libertad, en mi opinión, y al empezar la facultad… Me han comentado que se descarrilan y se alejan del camino del Señor. Pero yo no soy así, señora Duncan. Mi familia se ha encargado personalmente de mantener los férreos valores que rigen nuestra religión.

—Qué razón tienes —afirmó mi madre asintiendo con una amplia sonrisa—. Laurie ha empezado a juntarse con amistades poco deseables, que es necesario apartar. No aportan nada bueno, solo problemas. Y debe ser una buena esposa para ti. Leal, pura y servicial. Una buena cristiana, como siempre he deseado.

—Bueno, Liz —carraspeó mi padre—. Todos hemos sido jóvenes, incluida tú y…

—Basta, Arthur. No pienso permitir que nuestra hija se contamine debido a la mugre que hay hoy en día o la influencien a perder su bien más preciado. Y tú deberías querer lo mismo. No me gusta nada cómo nos está mirando y tensando la mandíbula. Nunca nos había hecho eso.

Parpadeé confusa al escuchar la conversación que estaban manteniendo a mi lado, como si yo no estuviera presente, y tragué saliva con fuerza. Escondí mis manos al percatarme que empezaban a temblar. No entendía por qué me había dejado asistir a la fiesta de Samhuinn si luego iba a hablar así de Atary o de Angie, como si fueran la peste. Mi sangre empezó a hervir, provocando que mi rostro se encendiera. Le sostuve la mirada a mi madre, aunque tuve que bajar la cabeza segundos más tarde, cohibida por su expresión de repulsa. No podía más.

—¿Y todo bien en tu familia? —intervino mi padre mirando a Richard.

—Eh… Sí. Están muy contentos por el posible enlace.

—Por supuesto, ¿por qué no hacerlo dentro de dos meses? De forma íntima, solo con los más allegados —respondió mi madre con los ojos brillantes.

—¿¡En dos meses!? —pregunté sin poder contenerme, dejando caer los cubiertos.

—¡Laurie!

—A la mierda —murmuré arrastrando la silla al levantarme y escupí—. No pienso casarme con él. ¡Es mi vida y no tienes derecho a arrebatármela! ¡Ninguno de vosotros!

Subí las escaleras sin pararme a escuchar los alaridos histéricos de mi madre y a mi padre tratando de calmarla para que no subiera detrás de mí y decidiera arrastrarme al cuarto de la penitencia.

Di un portazo al entrar en la habitación y me dirigí hasta la cama donde había dejado mi teléfono móvil para escribirle a Atary. Varias lágrimas empezaron a brotar de mis ojos a causa del miedo y la desesperación.

Te necesito. No quiero estar aquí.

Un minuto más tarde, mi móvil empezó a vibrar mientras seguía escuchando los alaridos de mi madre, amenazando con hacerme bajar a la fuerza para pedirle perdón a Richard y su familia por haber sido así de insolente.

¿Qué ha pasado? ¿Dónde estás?

Le indiqué de forma resumida lo que había sucedido y no tardó en contestar que mañana iría a por mí y no me preocupara por nada, porque no permitiría que eso sucediera. Me pidió que tuviera paciencia y tratara de calmarme para no poner la situación peor. Apagué el móvil y lo guardé en la mesita, no me sentía con ánimo de hablar más. Entonces apagué la luz y me tiré en la cama, esperando que mañana fuera un día mejor.

Lo único que tenía claro era que no iba a bajar a pedirle perdón, no cuando él me había hecho tanto daño en mi infancia y sabía que no tenía ningún interés en mí. Ahora sabía que tenía que pronunciarme, mi madre tenía que aprender que no podía hablar ni actuar en mi lugar. La Laurie sumisa se había cansado y una versión mejorada de mí se iba a manifestar, sin miedo a las consecuencias que eso podía traerme.

«A la mierda» recordé para mí, y rocé mi labio inferior con los dedos, conteniendo una risa nerviosa. Era la primera vez que había soltado una palabra malsonante y lo había disfrutado. Pensar en eso me provocó un cosquilleo placentero.

Era religiosa, sí, y creía en Dios, pero ante todo era humana; ante todo era yo. Eso era lo básico y principal. Nada ni nadie lo podría cambiar.

Capítulo XXVI ✝ pasiones y otros choques emocionales

Pasé la mañana siguiente cabizbaja por toda la situación que se había generado con la aparición de Richard. Mi madre había decidido evitarme y cuando nos encontrábamos me miraba con desprecio, elevaba el mentón y se dirigía hacia otro lado. Mi padre solo suspiraba y me miraba con tristeza antes de ir tras ella para intentar disuadirla.

Yo me sentía mal. Aunque sabía que había hecho lo correcto manifestándome, no quería herirlos, y no estaba acostumbrada a que me trataran como si fuera un fantasma. Eso hacía la casa silenciosa y el silencio me inquietaba, me hacía escuchar ruidos que antes pasaban desapercibidos y mi mente se agitaba entre pensamientos y recuerdos; haciéndome dudar sobre si había hecho bien en hacer venir a Atary, existiendo el problema de los vampiros y la posible implicación de mi padre.

El sonido del timbre no se hizo de rogar y me apresuré a bajar las escaleras con la maleta, antes de que decidiera abrir mi padre y se armara un lío aún mayor. Antes de abrir la puerta, me miré en un espejo cercano que teníamos, alisé el jersey que llevaba y apreté la coleta que había empezado a caerse debido al peso de mi cabello. Entonces abrí.

—Atary —susurré mordiéndome el labio al analizarle con la mirada y meneé la cabeza para despertar de mi letargo—. Pasa.

Llevaba un abrigo oscuro muy elegante con un jersey negro de cuello alto debajo y sus pantalones oscuros se ceñían perfectamente a las piernas. Su cabello azabache estaba peinado hacia un lado y sus labios habían palidecido un poco debido al frío que había fuera.

—Pensaba que no te dejarían salir y tendría que subir por la ventana, estilo Rapunzel —sonrió.

Mi piel se erizó al sentir la presencia de mi madre detrás. No me hacía falta verla para saber que se había acercado para ver quién había llamado a la puerta y estaba clavando sus ojos en Atary, analizándole. Recordé las palabras que había usado para referirse a mis amistades y sentí cómo la sangre se me helaba.

—¿Quién es este chico? —preguntó, sin ocultar el tono de desprecio en su voz.

—Soy Atary, el hermano pequeño de Vlad —respondió sin amedrentarse, extendiendo su brazo hacia ella—. Un placer.

La tensión se palpaba en el ambiente. Deseé que mi madre recordara la educación que me había enseñado y no rechazara el gesto tan afable que había tenido. Sin duda era un chico osado.

—Atary —murmuró ella arrugando el ceño antes de asentir en cámara lenta—. Pasa.

Tras eso desapareció, dejándonos a ambos perplejos y sin saber muy bien qué hacer. No llegó a dar ni dos pasos cuando apareció mi padre hecho una furia, apartándome a un lado con dureza.

—No te quiero cerca de mi hija —siseó—. ¡Fuera de mi casa!

—P-papá —balbuceé incrédula al ver cómo su rostro adquiría un tono rojizo.

—Vete a tu habitación, Laurie —me ordenó con voz autoritaria.

Suspiré e intenté contener el temblor de mis piernas, que amenazaban con tirarme al suelo. Para mi sorpresa, Atary no retrocedió. Mantenía una expresión tranquila, analizándolo con una sonrisa ladeada.

—No, papá —respondí cruzándome de brazos—. Él se queda.

—Él no… Esto no puede… —bufó—. Haz lo que te digo, Laurie. No lo repetiré una vez más.

—¿Por qué? ¿Por qué no puede estar aquí? —cuestioné acercándome hasta Atary, ofreciéndome de barrera—. ¿Por qué siento que hay cosas que me ocultas? ¡No soy una niña!

—Claro que lo eres —gruñó, sujetándome del brazo para intentar apartarme—. Eres demasiado inocente y vulnerable. No te quiero cerca de este chico. Y tú… —siseó dirigiéndose a él—, como le hagas algo a mi pequeña, juro que me encargaré de buscarte personalmente y te mataré. Me da igual el tratado.

Abrí los ojos con fuerza al escuchar la amenaza que acababa de soltarle. Todo había ido demasiado lejos. Me avergonzaba el comportamiento que estaba teniendo, su rostro estaba rojo y sus dedos se clavaron en mi piel, haciéndome daño. Me aparté como pude, zafándome de su agarre, y le miré fijamente, decepcionada por la bochornosa situación.

—Aquí las únicas personas que le hacen daño son ustedes, tratando de juntarla con un chico que no quiere, señor —espetó con voz pausada y ronca—. Laurie es feliz conmigo y, si le molesta, tendrá que aguantarse. Prometí mantenerme a su lado y yo siempre cumplo mis promesas.

Tragué saliva al ver a mi padre mantenerle la mirada y soltar todo el aire que tenía retenido por su nariz de una forma tan brusca que parecía una olla en ebullición. Su labio inferior temblaba y una de sus manos se había cerrado en un puño.

—Es mi hija —siseó—. No permitiré que le pase nada. Vete a tu habitación, Laurie.

—¡No!

En ese instante me sentí mal al darme cuenta que había alzado la voz y sus ojos brillaron con decepción. Había aflojado la fuerza en sus manos y su boca se había tornado hacia abajo.

—Laurie, no me obligues a encerrarte.

—No será necesario —murmuré, conteniendo las lágrimas—. Ya me habéis decepcionado lo suficiente. No quiero estar aquí. No en un sitio donde me ocultan cosas y no me escuchan. Solo queréis lo que es mejor para vosotros. Se acabó, papá.

Avancé hasta la puerta y tiré del brazo de Atary para que se moviera, pues seguía fijo en el mismo sitio. Traté de hacer de tripas corazón y no volver la vista atrás. Sabía que había sido demasiado dura con él, pero era lo mejor. Por primera vez iba a pensar en mí y no en ellos. Me refugiaría en la única persona que me quería de verdad.

—Lo que estás haciendo es pecado, Laurie —me recordó antes de que cerrara la puerta a mi espalda—. Es deber de un hijo honrar a sus padres.

Le contemplé dolida. Esas palabras eran propias de mi madre, pero no de él. Sabía que las estaba usando como último recurso para intentar aplacarme. Cogí fuerzas y me mantuve en la misma posición, sin retroceder.

—Esos mandamientos hace mucho tiempo que caducaron, señor —respondió Atary, sujetándome la mano que tenía puesta sobre el manillar—. Por suerte, ahora existe algo llamado libertad.

Al llegar hasta su coche, guardé la maleta y me senté en el asiento del copiloto. Allí me permití un pequeño momento para calmarme, inspirando y respirando con calma. Sentía mis mejillas encendidas y me llevé las manos hasta ellas para comprobarlo, notando como el frío que sentía por el cuerpo se disipaba con el calor que estas emanaban. El picor de mis ojos me recordó que estaba cerca de explotar.

—¿Estás bien? —preguntó después de varios minutos en completo silencio.

—No —admití en un hilillo de voz—. Y-yo… Yo… Soy una mala hija.

Di un pequeño salto sobre el asiento al notar el tacto suave de sus manos sobre mis mejillas, acariciándolas con los dedos. No fue hasta ese momento que me di cuenta que una lágrima había empezado a mojar mi piel.

—No lo eres —susurró con voz áspera—. Eso es lo que quieren hacerte creer para tenerte entre sus manos. No están acostumbrados a una Laurie que se expresa y no se hace pequeña.

—¿Y por qué me siento así de mal?

—Porque tus sentimientos están chocando con tus miedos. Eres una buena chica y temes defraudarles, pero son ellos los que están defraudándote a ti con sus mentiras y manipulaciones —expresó llevando sus manos hacia mi pelo para guardar un mechón tras la oreja—. Llevan la palabra hipocresía ceñida a su boca cuando hablan de religión. Si fueran buenos creyentes te dirían la verdad y aceptarían cualquier decisión que tú quisieras tomar, apoyándote.

—Estoy tan cansada —susurré apoyando mi frente contra la suya—. Cansada de presiones, de obligaciones, de ser la hija buena que ellos quieren tener cuando algo dentro de mí está revolviéndose. Es como un abismo que me acompaña, me pide a gritos que me deje llevar, pero no quiero caer. Tengo miedo, no quiero volver a ser un monstruo.

—¿Un monstruo? Tú nunca eres ni serás un monstruo, pequeña. Eres la persona más buena que he conocido nunca.

—Porque intento aferrarme como puedo a la pureza y la perfección, pero… Me cuesta. No te imaginas cuánto. Es muy cansado soportar el peso del pasado cuando hace presión sobre mis hombros. Ni siquiera sé si podré seguir aguantando.

—No tienes por qué soportar nada, Laurie. Hasta donde yo sé, eso solo tienen que hacerlo las monjas y seguro que alguna que otra ha pecado —sonrió—. Puedes dejarte llevar, nadie va a juzgarte. Es lo propio de una chica de dieciocho años, sino iríamos todos directos al infierno, ¿o no?

—Supongo.

—Estamos en pleno siglo veintiuno y déjame decirte, aunque seguramente no te guste, que hay personas que hablan en nombre de Dios y luego están excediéndose con niños inocentes, forzándoles a hacer cosas que no quieren. ¿Y tú te sientes mal por querer dejarte llevar con alguien que te gusta? ¿Por divertirte? ¿Por hacer algo más aparte de estudiar? —dijo con fervor, antes de chasquear la lengua—. No haces daño a nadie, solo a ti misma al no permitirte disfrutar.

—Gracias —murmuré con los ojos anegados en lágrimas—. Lamento que tengas que aguantarme así. Me da miedo lo que puedas pensar de mí.

—Pienso que eres la chica más jodidamente perfecta y sexi de este mundo, y que se me revuelve el estómago viéndote mal —respondió subiéndome el mentón con delicadeza—. Eres tan dulce… Mi único objetivo es hacerte feliz, pequeña. No permitas que nadie te haga sentir así, porque no lo mereces. Cada vez que tus ojos derraman lágrimas, un hada muere —sonrió—, así que esforcémonos en mantenerlas con vida.

—Bobo —reí, limpiándome las mejillas.

—¿Estás mejor?

Contemplé su rostro, pues me miraba expectante. Al asentir, sus manos acariciaron mi cabello, ofreciéndome un remanso de paz.

En medio de ese revuelo de mentiras, Atary siempre estaba ahí. Era el único que se esforzaba en no dejarme caer en el abismo que intentaba engullirme. Él era mi refugio, mi salvavidas; el chico que me ayudaba a ser mejor persona, animándome a evolucionar. Era aquel que veía más allá de mis miedos e inseguridades. Y eso me tranquilizaba.

Todavía tenía cierto temor. Quitarme el peso de la perfección que me había encargado de forjar con el paso de los años era complicado, pues eran cadenas que me asfixiaban. Y, sobre todo, pensar que deshacerme de ellas podía hacer que la oscuridad se apoderase de mí, me aterraba. Pero estaba dispuesta a arriesgarme. Me había prometido cambiar y disfrutar.

—Llévame a tu habitación, Atary. Hazme el amor —supliqué con la respiración acelerada.

—¿Estás…? ¿Estás segura?

Contuve la respiración al ver su expresión de sorpresa y sonreí ligeramente, saboreando la sensación de nervios que empezaba a apoderarse de mi cuerpo al comprender el significado de la petición que le había hecho. Me daba miedo, pero estaba preparada. Quería entregarme a Atary en cuerpo y alma. Un cosquilleo placentero recorrió mi estómago antes de responder.

—Sí.

Llegamos hasta su casa sin saber muy bien qué decirle. El trayecto se me hizo corto debido a los nervios, y eso que estuvimos un par de horas en el coche. Apreté su mano con fuerza mientras dejaba que me llevara por los pasillos y pedí mentalmente no tener ningún encontronazo con nadie, sobre todo con Vlad.

Entramos en la habitación en silencio. Únicamente nuestras respiraciones y el latido acelerado de mi corazón nos acompañaban. Me quedé de pie mientras Atary cerraba la puerta con cuidado y caminó hasta su cama, sentándose encima. Entonces me miró y esbozó una sonrisa divertida, que provocó que mis piernas se convirtieran en gelatina.

—Puedes acercarte. No muerdo… Todavía —dijo con malicia.

Suspiré antes de colocarme a su lado, calibrando si sentarme o no. Él se mantenía tranquilo observando mis movimientos, con sus manos apoyadas sobre el colchón.

—Estoy nerviosa —admití—. No sé muy bien qué debo hacer ni si seré lo suficiente para ti. Temo defraudarte.

—¿Me quieres?

Mi cuerpo se tensó ante la pregunta, no entendía qué tenía eso que ver. Me crucé de brazos y le miré fijamente, respondiéndole con la voz temblorosa.

—Claro, ¿por qué?

—¿Estás segura de lo que quieres hacer? ¿Quieres que tu primera vez sea conmigo? —insistió tirando de mí con delicadeza, sentándome a su lado.

En mi mente apareció una imagen de Vlad, con esa mirada lobuna que me ofrecía cada vez que nos encontrábamos y esa sonrisa ladeada que transmitía lascivia. Mi cuerpo se estremeció en respuesta y me puse aún más nerviosa.

Quería a Atary, de verdad. Todo mi ser sabía que él era importante y especial, el único que se merecía compartir algo tan serio como mi primera vez. Estaba preparada y tenía claro que lo que iba a hacer, pero tenía miedo.

En ese momento recordé la escena de Samhuinn, cómo el deseo hizo vibrar mi cuerpo. Los gemidos de las chicas seguían resonando en mis oídos y los movimientos coordinados de Vlad me torturaban. Recordé sus palabras, lo que sentí en esos momentos al observar tras la puerta. Entonces mi cuerpo reaccionó.

—Sí —respondí con voz ronca.

—Entonces relájate. Yo me encargaré de que lo único que sientas sea placer.

—Escuché que… Duele.

—Cada chica es un mundo, pero tendré delicadeza. No te preocupes, de verdad —respondió quitándose la camiseta.

Aunque las dudas y las inseguridades seguían rondándome, en ese momento mi mente las apartó a un lado. Estaba demasiado centrada en observar el fino y escaso vello que descendía por su torso hasta llegar a la tira de su ropa interior, la cual se asomaba por el pantalón.

Me quedé inmóvil, sin saber qué hacer, así que agradecí que fuera él el que decidiera continuar los pasos, acercando sus labios a los míos para atraparlos e indicarme el ritmo de los movimientos. Seguía un poco perdida y temía estar haciéndolo mal, pero cerré los ojos y me dejé llevar, sintiendo mi cuerpo encenderse cada vez más. La ropa empezó a sobrarme en el momento que sus manos recorrieron mi espalda.

Entonces se separó unos milímetros y solté un gruñido de desesperación en respuesta. Al observarle tan cerca, noté que sus pupilas estaban dilatadas y se habían formado unas finas arrugas por la frente.

—¿Estás bien? —pregunté preocupada.

—Sí —respondió con voz ronca, cerrando los ojos durante un instante—. No te imaginas lo tentadora que eres. Me cuesta controlar mis impulsos.

—Yo…

—¡Chist! —susurró, acercando un dedo hasta mis labios, entreabriéndolos—. Solo céntrate en disfrutar.

Mi piel se erizó al notar una de sus manos deslizarse por mi pelo y lo apartó hacia un lado, dejando mi hombro derecho al descubierto. Cerré los ojos al sentir cómo acercaba los labios hacia esa zona y su cálida respiración acarició mi piel; dejándola completamente sensible. Sin poder evitarlo, gemí, y la zona baja de mi vientre empezó a producir un cosquilleo placentero.

Atary empezó a depositar besos sencillos, simplemente posando sus dulces labios sobre mi piel, formando un camino. El cuerpo me pedía más mientras miles de imágenes aparecían por mi mente, revolviéndome. Mordí mi labio inferior para contener las palabras que luchaban por salir. Todo mi ser suplicaba que continuara, que me desnudara por completo y me abriera las piernas para sentirle dentro. En su lugar, dejé que él mantuviera el ritmo y jadeé satisfecha al sentir su lengua hacer movimientos circulares por mi cuello, humedeciéndome la piel. Atary me hacía revolverme extasiada, sentada en el colchón.

Sentía mi vientre bajo tan húmedo y palpitante que tuve que cerrar las piernas, temiendo que mis sencillas bragas terminaran empapándose. Atary seguía concentrado en su tarea. Sus movimientos delicados, pero decididos, ahora estaban acompañados con las caricias que me dejaba por el pelo, sujetándolo cuando parecía que estaba a punto de perder el control. Me sonrojé al sentir el aire caliente que salía por su nariz.

—¿Te das cuenta de cómo me tienes? —susurró con un jadeo ronco al apartarse para respirar, y acercó una de mis manos hasta el bulto que asomaba entre sus piernas.

Tragué saliva al sentir la textura de su pantalón en la palma de mi mano, nunca había tocado algo así. Lo apreté de forma inconsciente, estremeciéndome al sentir cómo se endurecía. El roce me generó una corriente eléctrica que empezó a recorrer todo mi cuerpo, como si fuera una mecha. Entonces, succioné mi labio inferior al notarlo seco y miré a Atary con los ojos brillantes, esperando que hiciera algo más.

—No vendrá nadie, ¿no? —pregunté con la respiración agitada, mirando hacia la puerta.

—No, tranquila —respondió—. La he bloqueado. No nos molestarán.

Asentí pensando en su intenso hermano mayor y meneé la cabeza, tratando de concentrarme en lo que estaba viviendo. Atary se aproximó de nuevo y rozó su nariz con la mía antes de volver a atacar mis labios. Mantuvo un ritmo rápido que me costaba seguir hasta que me sobresalté al sentirle succionar mi labio inferior, atrapándolo unos segundos con los dientes antes de soltarlo. Al ver mi expresión de sorpresa mezclada con placer, esbozó una sonrisa de satisfacción.

—¿Quieres más?

Asentí de nuevo, conteniendo la respiración, y mis ojos se quedaron atrapados en los suyos, parecían más oscuros. Me miraron con un delicioso y estimulante fervor.

—Entonces levanta los brazos.

—Pero yo… Me vas a ver desnuda y…

—Sólo hazlo, pequeña. Confía en mí, bloquea tus miedos.

Al hacerlo sentí mi jersey deslizarse por el cuerpo, hasta terminar quitándomelo, y la camiseta que llevaba debajo siguió el mismo camino, dejándome expuesta con la única protección de mi sencillo sujetador. Entonces me empujó lentamente para dejarme tumbada sobre la cama y se acomodó colocándose encima de mí, con su torso desnudo descansando sobre mis pechos.

En esa posición, colocó sus manos sobre el colchón para apartarse unos milímetros, evitando aplastarme; y se acercó de nuevo a mi cuello, deteniéndose varios minutos para continuar descendiendo por la clavícula y el escote hasta llegar a mis pechos. En ese momento alzó la cabeza para esbozar una sonrisa tan sexi que me derritió y tiró del sujetador hacia arriba, dejando mis pechos expuestos y apretados, a merced de su boca.

—Atary… —me sonrojé intentando taparlos—. Yo…

—Chist... —susurró posando dos dedos sobre mis labios, mientras que con la otra mano me apartó las mías con suavidad—. Cierra los ojos.

Entonces atrapó una aureola con sus labios y la succionó con fuerza para pasar después la lengua en círculos; atacándola, torturándome. Mi cuerpo ardió en respuesta y lo arqueé ligeramente, chocando contra su torso. Movida por el deseo, llevé mis manos hasta su cuerpo y acaricié su tersa piel, sintiendo su musculatura con la yema de los dedos.

Al cabo de unos minutos hizo lo mismo con el otro y deslizó una de sus manos por mi ombligo, descendiendo hasta llegar al cierre del pantalón. Con sorprendente soltura, encontró la cremallera que me protegía y la bajó, seguido del botón que se encontraba un poco más arriba. Así consiguió un poco de abertura e introdujo su mano hasta agarrarse al pantalón y me lo bajó de un tirón junto a mis bragas, dejándolo a la altura de las rodillas.

La mirada de deseo que me obsequió en ese momento hizo que la parte más sensible de mi cuerpo empezara a vibrar con mayor intensidad, haciéndome cerrar las piernas de nuevo. En ese momento me había olvidado de todo, incluso que ni me había preocupado en depilarme porque no era algo a lo que estaba acostumbrada. El simple hecho de recordarlo hizo que mis mejillas se encendieran y quisiera vestirme otra vez.

—No —gruñó separándolas de nuevo, y me alzó el mentón para susurrarme—: Ábrelas para mí.

Entonces llevó su mano hasta mi zona íntima y acarició con pericia ese punto que parecía ser el exacto para vaciarme y llenarme a la vez, provocándome un torrente de sensaciones placenteras que me hicieron echar la cabeza hacia atrás, cerrando los ojos. Era tal éxtasis de placer que me mordí el labio para contener un gemido agudo.

Estaba viviendo un momento perfecto. En ese instante me dieron igual todos los problemas que se amontonaban a mi espalda, solo podía pensar en la manera tan íntima y explosiva que me estaba tocando y cómo mi cuerpo reaccionaba en consecuencia, disfrutando de su contacto.

—¿Te gusta? —preguntó acercándose a mi oreja, antes de darle un pequeño mordisco—. Porque esto no ha hecho más que empezar.

Asentí con la cabeza y solté un jadeo al notar cómo aumentaba el ritmo. Segundos más tarde introdujo uno de sus dedos en mi interior, retorciéndome ante la sensación. En ese momento, mi cuerpo se relajó. Me di cuenta que no me hacía daño, así que me arqueé para dejarle más acceso y no pude evitar restregarme contra la dureza que amenazaba con salir de su pantalón. Su risa seca vibró cerca de mi cuello y me aferré a su pelo al notar que introducía otro dedo mientras pasaba la lengua por mi clavícula, ascendiendo.

—Oh, Dios mío…—jadeé, completamente extasiada—. Esto es…

Esos movimientos, esas caricias, esa tortura que me estaba generando; su respiración caliente rozaba mi cuello y ese aroma que emanaba de su cuerpo me hizo hiperventilar. Atary era el pecado hecho hombre y en esos momentos me sentía una diosa sintiendo tal placentera atención.

Entonces se incorporó y con su otra mano libre tiró de mi mentón, haciendo que le mirara, y quedé atrapada ante la expresión sensual de su rostro. Sus ojos se habían oscurecido y su sonrisa estaba cargada de malicia.

—Sigue —supliqué, tragando saliva con dificultad.

—¿Segura? —susurró en mi oído, introduciendo otro dedo en mi interior.

—Más —respondí con voz ronca—. Quiero…, más.

Me aferré a sus hombros con fuerza, sin poder evitar clavar mis uñas, instándole a seguir. Atary rio en respuesta, moviendo sus dedos más deprisa, haciendo que mi creciente humedad se mezclara con su piel y sonara en consecuencia. Las mejillas me ardían, podía sentir mis labios hinchados y mi zona íntima estaba tan mojada que temía que mi fluido descendiera entre las piernas.

—¿Qué es más, pequeña? Estoy deseoso de escuchar tu explicación.

Gemí al darme cuenta que estaba disfrutando con su lenta tortura y sacó su mano mojada para llevarse uno de los dedos a sus labios, probando el sabor. No me dio tiempo a sonrojarme porque los volvió a introducir con sorprendente rapidez en mi interior, retorciéndome de placer, y los movió por dentro, formando una perfecta v que presionó mi zona íntima, haciéndola explotar.

—Más —supliqué, notando mi piel arder.

—Lástima que no entiendo lo que me quieres decir —susurró de nuevo. Su sonrisa se amplió antes de morder el lóbulo de mi oreja—. Tendré que detenerme para que me lo expliques.

—¡No! —exclamé, tratando de calmar mi respiración—. Uf…—gemí mordiéndome el labio—. No puedo más, Atary.

—Tienes suerte de que yo tampoco —gruñó, separándose de mi cuerpo para despojarse de la ropa que aún tenía puesta—, porque amo ver la expresión de placer que reflejan tus ojos.

No pude evitar seguir sus movimientos y se me escapó un grito agudo al ver los pantalones deslizarse por su piel, dejando a mi vista una importante erección. Tragué saliva al darme cuenta de su tamaño; temía pasarlo mal.

Sin perder tiempo, se dirigió gateando por la cama hasta una mesita cercana y sacó un paquete de color azul, envuelto en un molesto plástico. Bastaron un par de segundos para liberarlo y rasgó uno de los cuadraditos, dejando a mi vista un preservativo. Entonces se colocó de nuevo entre mis piernas y se lo puso sin vacilar, regalándome una perfecta vista de lo que estaba a punto de introducir.

—Iré con cuidado, ¿vale? —susurró en mi oído mientras que con una mano llevaba su parte íntima a mi oquedad.

Me revolví al sentir unos molestos pinchazos en mi interior y me sujeté a su cuello con fuerza, tratando de respirar. No era algo horrible, pero podía sentir cómo me llenaba poco a poco, provocando algo de tirantez. Sus labios atraparon los míos y me dejé llevar por la danza que había creado mientras sus manos se aferraban al colchón. Sus movimientos eran lentos, pero precisos, y mi cuerpo empezó a acostumbrarse minutos más tarde. Envolví mis piernas a sus caderas para acercarlo más a mí, saboreando la placentera sensación. Entonces aumentó un poco el ritmo, haciéndome gemir, mientras su respiración caliente acariciaba mis mejillas.

Me sobresalté al ver cómo se incorporaba, quedándose de rodillas, para introducirla de nuevo y acarició con la yema de sus dedos el punto exacto de mi zona íntima, haciéndome estremecer. Sus jadeos roncos se mezclaron con mis gemidos y su cara de placer me encendió todavía más, complacida porque ambos estábamos disfrutando.

Parecía que habíamos acelerado de cero a cien. Éramos como dos animales dejándonos llevar. Estaba absorta en sus embestidas, tanto, que deslicé sin ningún tipo de control mis manos por su espalda, aferrándome a ella al sentir un cosquilleo que parecía indicarme que estaba cerca de explotar de forma definitiva. Él pareció darse cuenta porque se aferró con fuerza a mis caderas y de un movimiento la sacó casi entera, dejando la punta, para introducirla de nuevo de golpe y acelerar el ritmo de forma frenética, volviéndome loca.

—Atary… Dios… Voy a…

—Lo haremos juntos —respondió en un jadeo—. Yo también estoy cerca.

Continuamos así unos segundos, hasta que arqueé mi cuerpo del todo y la lujuria y deseo que tenía acumulado terminaron de explotar, vaciándome por completo. Miles de sensaciones placenteras me recorrieron, generándome un intenso calor por toda la piel, mientras su sudor se mezclaba con el mío.

Observé su rostro. Los ojos le brillaban, a pesar de que los notaba más oscuros, y varias arrugas se habían formado por su nariz mientras soltaba gruñidos, como una bestia salvaje a punto de explotar. Entonces dio la última embestida y miles de pulsaciones nerviosas recorrieron mi parte íntima. Noté una sensación extraña, pero su respiración captó mi atención al ver como se relajaba, dejando caer su cuerpo contra el mío.

Nos quedamos en esa posición unos segundos. Mi pecho subía y bajaba, haciendo que mis pezones rozaran su firme torso y su aliento acarició mi clavícula, erizando mi piel. Entonces se incorporó y sacó el manchado preservativo para hacer un nudo y tirarlo en una papelera cercana. Sus ojos se habían aclarado, volviendo a recuperar su azul natural, pero un brillo de satisfacción seguía centelleando.

—¿Lo he…? ¿He estado bien?

—Joder, Laurie —gruñó—. Si esto es un pecado, compro un billete hacia el infierno.

Sonreí. Aunque el tema del infierno me daba algo de respeto, no pude evitar agradecer la comparación. Todo había sido tan intenso que no permitía espacio para los remordimientos. Había disfrutado como nunca y mi cuerpo me pedía a gritos que Atary me hiciera suya otra vez. Estaba atrapada y no podría escapar, pues me había enamorado completamente de él.

Dos días más tarde salí de la facultad bastante cansada. Estaba deseando llegar a casa y me aferraba a mi mochila de forma enérgica, dispuesta a ir con paso acelerado. Al girar a la derecha me fijé que dos personas se encontraban hablando de forma apartada y, al acercarme un poco, me di cuenta que se trataba de Nikola y otro chico con media melena y ropa oscura; era Sham.

Extrañada, me aproximé un poco más, tratando de esconderme tras un muro cercano y agudicé el oído para intentar escuchar. No tenía ningún sentido que ellos dos estuvieran cerca y conversando. Era como juntar el agua con el aceite.

—¿Estás seguro? —preguntó Sham jugando con el piercing de su labio, mientras movía una pierna de forma frenética—. Si me mientes podemos dar el tratado por muerto.

—¿Tengo pinta de bromear? —gruñó Nikola, entornando los ojos.

—Deja de joder. Ella es importante para mí. ¿Qué ganas tú contándome eso?

—Nada en realidad, pero si no quieres creerme allá tú —respondió dándose la vuelta para alejarse—. Tengo mejores cosas que hacer.

—Espera —masculló Sham resoplando—. ¿Y tus hermanos?

—Allí, dentro de tres horas, y ve tú solo. Con más personas llamaría demasiado la atención.

—Como vaya y esté…

—Aunque suene irónico, confía en mí —espetó Nikola cruzándose de brazos—. Y tendrás que apurarte. No tardarán en averiguar la verdad.

—No tengo intención de quedarme a tomar un té con vosotros, sinceramente —masculló Sham antes de ponerse la capucha y darse la vuelta—. No sé qué bicho te ha picado para informarme, pero no me fío de ti y seguiré vigilándoos. Ese imbécil le hará algo a Laurie tarde o temprano.

—Es lo que deseas, ¿verdad? Estás esperando el momento exacto en que Atary de un paso en falso para ir detrás con tu séquito de mierda. Pues… No te lo pondrá fácil, así que suerte con eso —respondió con sorna—. La vas a necesitar.

—Suerte necesitareis vosotros como me hayas mentido.

—Lástima que tengas que esperar para comprobarlo.

Me quedé inmóvil, sujeta a las frías piedras del muro mientras trataba de asimilar esa conversación. ¿Sobre quién hablaba? ¿Qué había sucedido para que esos dos estuvieran hablando sin asesinarse mutuamente? Me olía muy mal la situación. Solo esperaba que Nikola no estuviera traicionando a sus hermanos, porque Atary no se lo tomaría nada bien al descubrirlo.

Observé como Sham le sacaba el dedo del medio con enfado para desaparecer por el camino a gran velocidad, como si fuera una sombra. Nikola se quedó quieto con la expresión fija en el suelo, absorto en sus pensamientos. La curiosidad me pudo y mis pies se movieron de forma inconsciente hasta él. Tenía que saber la verdad.

—Nikola.

Mi voz no le cogió desprevenido, pues elevó su rostro sin cambiar su expresión, fría como un témpano de hielo, hasta que la transformó en desprecio, expresando lo mucho que le molestaba que yo estuviera enfrente.

—¿Te diviertes espiando tras los muros? Además de molesta, cotilla. Eres la persona más completa que he visto en mi vida.

—¿Por qué estabas hablando con él? ¿Dónde vais a quedar? —pregunté arrugando el ceño.

—A ti te lo voy a contar —respondió con una risa seca—. Vete a casa a hacer algo de provecho y deja de jugar a los detectives. No te pega.

—Eso a Atary no le va a gustar, Nikola —le reprendí cruzándome de brazos, fingiendo que sus palabras no me molestaban—. Es vuestro enemigo.

—¿Y qué vas a hacer? ¿Se lo vas a contar? —se burló elevando una ceja—. Qué infantil.

—Dime de qué hablabais. Tengo derecho a saberlo porque mi familia está metida en esto y Sham quiere que me vaya con ellos.

—Créeme que no me importaría lo más mínimo que te fueras. Es más, lo estoy deseando. Pero, por desgracia para ti, princesa, de saberlo tendrías pesadillas el resto de tu vida, no lo podrías soportar —respondió con una sonrisa burlona—. Y no quisiera ser yo quien perturbe tu vida de ositos de gominola y purpurina.

—Eres un… un…

—Considerado, lo sé —sonrió, ladeando la cabeza ligeramente—. Me lo dicen constantemente.

Abrí la boca para responderle, pero Nikola decidió dar por terminada la conversación y me dio la espalda, no sin antes mirarme por última vez con esos ojos grisáceos que denotaban burla.

Estaba disfrutando metiéndose conmigo, creyéndose superior. Observé atónita cómo se alejaba de forma tranquila, como si no tuviera prisa y solo logré reaccionar cuando desapareció de mi campo visual. Me había quedado helada. Sabía que algo malo iba a suceder, pero no tenía claro el qué.

Solo esperaba estar preparada para afrontarlo.

Capítulo XXVII ✝ ¿Qué escondes?

Durante los dos días siguientes, mi vida consistió en estar entre la facultad y mi residencia. Todavía no terminaba de hacerme a la idea de que había perdido mi virginidad con Atary y había desobedecido a mis padres, quebrando uno de los diez mandamientos. No sabía muy bien cómo sentirme al respecto; estaba emocionada, pero también afligida. Sentía la oscuridad abrazarme de nuevo.

Esa misma mañana llegué a clase esperando encontrarme con Atary para hablar de lo sucedido, pues el día anterior no había asistido a la facultad; pero me decepcioné al ver su asiento vacío.

Coloqué la libreta y el libro encima de la mesa y apoyé el codo contra ella, sujetando mi cabeza con la mano, mientras esperaba que la clase de literatura europea pasara pronto. Mi cabeza estaba a punto de estallar.

Ya en el comedor me senté en mi sitio de siempre, al lado de Angie, y empecé a comer con desgana, observando de soslayo la mesa donde Atary se sentaba siempre con sus hermanos. Hoy estaba vacía. Extrañada, miré a Angie para preguntarle cuando ella se me adelantó.

—¿Qué te pasa? Generalmente eres callada, pero hoy todavía más. ¿Estás bien?

—No —suspiré—. Supongo que no.

—¿Por qué?

—He discutido con mis padres. Ellos quieren que me case dentro de dos meses con Richard y me da miedo. No quiero hacerlo.

—Perdona, ¿qué? —preguntó abriendo la boca—. ¿En qué siglo estamos? ¿En el doce o en el veintiuno?

—Y lo peor es que me puse hecha una furia, los decepcioné. Entonces vino Atary para traerme a la residencia y nos… Me entregué a él —susurré, sintiendo cómo mis mejillas se encendían.

—¿¡Que qué!? —exclamó ella agitando sus manos y piernas de forma descontrolada—. ¿Te has acostado con Atary?

Suspiré mientras intentaba hundirme en el asiento, deseando desaparecer, al notar las miradas de estudiantes a nuestro alrededor. Me sonrojé al verles murmurar gracias a los chillidos histéricos de mi amiga.

—Te ha escuchado todo el comedor —protesté revolviendo el plato de comida.

—¡Pero es una noticia genial! ¿Sentiste fuegos artificiales como relatan en los libros?

—Fue… Estuvo bien —admití jugueteando con las mangas de mi jersey—. Pero mis padres me matarán cuando se enteren. No volverán a mirarme a la cara.

—Olvida a tus padres y piensa un poco en ti. Eres libre de acostarte con quién quieras, cuándo quieras y cómo quieras.

—Ya, pues ellos no opinan igual.

—Hablando de él, ¿dónde está? —preguntó mirando hacia la mesa y arrugó el ceño—. No hay nadie.

—Eso mismo me estaba preguntando yo. Llevo dos días sin verle y…

Seguro que está con otra. Se acostó contigo, ya tuvo lo que quería.

Me tensé al escuchar esa maldita voz, torturándome. Deseé con todas mis fuerzas poder ignorarla, pero ya había desatado todos mis miedos e inseguridades. ¿Tendría razón?

—¿Yyyy? —preguntó, instándome a continuar.

—Es extraño, pero hace dos días vi a Nikola conversando con Sham. Hablaban sobre alguien —murmuré, aferrándome a la posibilidad de que hubiera sucedido algo entre ellos. Quizá se habían enfrentado.

—¿Nikola con Sham? Pero eso no tiene ningún sentido.

—Ya, no lo sé. Es todo muy extraño.

—¿Crees que son aliados?

—No lo sé —respondí mordiéndome mi mejilla interna—. Pero habían quedado para verse.

—Tendremos que mantener los ojos bien abiertos y estar alerta. ¿Has probado a hablar con Nikola? ¿Y si él sabe dónde están tu amiga y mi hermana?

—Nikola no habla con nadie —susurré abatida—. Es sumamente desagradable.

—Ya pensaremos qué hacer. Lo importante es…

—¡Hola, chicas! —exclamó Franyelis a mi espalda, sobresaltándome.

Me giré y la observé apoyar sus codos en nuestra mesa, mirándonos con expresión preocupada.

—¿Pasó algo?

—¿Habéis visto a Nikola o a Atary? No los he visto y tenía que hablar con ellos.

—No —respondió Angie expectante—. Justo hablábamos de eso.

—Esto es raro —murmuró Franye, apartándose de la mesa—. En fin, gracias. Nos vemos en casa, Lau.

Contemplé atónita cómo mi compañera de habitación se alejaba con gracia del comedor y desaparecía por la puerta, dejándonos a ambas mirándonos sin entender nada.

—Creo que Franyelis sabe algo que nosotras no —murmuró Angie—. Pero tarde o temprano lo descubriremos.

Al salir de la facultad decidí sentarme en un banco cercano y revolví el fondo de mi mochila, buscando mi teléfono móvil. Al sostenerlo entre las manos debatí internamente si encenderlo o no, pues tras el encontronazo con mis padres había preferido tenerlo apagado, pero ya era hora de dar señales de vida. Marqué los números que desbloqueaban mi tarjeta SIM con los dedos temblorosos, y varios mensajes de mi madre no tardaron en aparecer.

No me esperaba esto de ti. Has defraudado a la familia y a Richard.

En las vacaciones de Navidad te quiero en casa para disculparte con él y su familia.

20 llamadas perdidas.

Encima eres tan insolente que ni te atreves a encender el teléfono. ¿Este tipo de hija hemos criado? Rebelde y pecaminosa, así de desvergonzada eres. Debería darte vergüenza haber actuado como lo has hecho, enfrentándote a nosotros. Somos tus padres y nos debes respeto.

No sé si nuestro Señor te perdonará esta actitud infantil e inmadura que estás teniendo, pero para que lo hagamos nosotros ya puedes pedir misericordia. Estás irreconocible.

9 llamadas perdidas.

Qué decepción, Laurie Duncan. Tu padre está desolado y lleva varios días que no va a trabajar. No te mereces considerarte nuestra hija. Los libertinos no tienen perdón. No sé si Richard podrá perdonar una situación tan bochornosa como esta. Se merece una mujer mejor que tú.

4 llamadas perdidas.

Ya puedes comunicarte pronto o puedes ir olvidándote de los estudios. Regresarás con nosotros a Luss y te casarás con Richard. Es el último mensaje que te mando. Tú decides.

Comprobé con las manos temblorosas la fecha y hora del último mensaje recibido. Los ojos se me habían empañado por las lágrimas y me costaba verlo bien. Me sentía mal por mi padre, pero no quería volver a Luss y que me encerrara tras cuatro paredes, permitiéndome salir solo para ir a la iglesia hasta que me casara con Richard.

Cientos de pensamientos se agolparon en mi mente, martirizándome al recordar las palabras de mi madre. No merecía ser su hija, había puesto triste a mi padre, había decepcionado a mi familia y a la de Richard. Era una libertina. Un monstruo.

Varias lágrimas se deslizaron por mis mejillas hasta terminar mojando la pantalla del teléfono móvil. Me sorbí la nariz, tratando de controlar mi acelerada respiración para no armar un espectáculo.

—Ey, ángel. ¿Estás bien?

Levanté la cabeza al escuchar la voz grave de Vlad, y aprecié cómo se había puesto de cuclillas para observarme con mayor detenimiento.

—No —musité, a punto de romperme a llorar—. He decepcionado a todos.

—¿Qué dices? Eso no es verdad. A mí no me decepcionas, nunca.

—¿Y por qué a los demás sí?

—Son idiotas —respondió regalándome una sonrisa amplia—. ¿Qué ha pasado?

Le mostré mi teléfono móvil poniéndolo a la altura de los ojos y me sorbí la nariz mientras él lo tomaba y leía lo que aparecía en la pantalla, arrugando su frente.

—¿Qué hiciste para que se pusiera así? Eres una chica muy mala, ángel. Me dejas sorprendido.

Esbocé una pequeña sonrisa, pero no tardó en desvanecerse al recordar la tensa cena vivida con Richard y mis padres. Mi madre solo se preocupaba por conseguir vernos juntos, ni siquiera se molestó en escuchar lo que yo quería.

—Le dije que no me casaría con Richard —musité limpiándome el rastro de lágrimas—. Yo quiero a Atary.

—Ya se le pasará —respondió apartándome unos mechones de cabello para colocarlos tras la oreja—. Lleva toda su vida saliéndose con la suya y no está acostumbrada a que ahora te hagas escuchar; pero haces bien. Una vida con ataduras no es vida, es una cárcel.

Asentí, asimilando sus palabras. Tenía razón en lo que decía, pero estaba tan acostumbrada a obedecerla que me sentía perdida.

—¿Qué puedo hacer?

—Llámala. Dile que te arrepientes de lo que has hecho y que irás a casa por Navidad, pero que no te haga renunciar a tu carrera porque quieres finalizar tus estudios y ser una mujer de provecho. Miéntele.

—Pero eso… Está mal, Vlad.

—¿Y lo que ellos hacen está bien? Dile lo que quiere escuchar. Eso la calmará —dijo limpiando una lágrima que empezaba a descender por mi mejilla—. Así ganarás tiempo mientras pensamos cómo sacarte de esa relación de conveniencia que te han organizado.

—¿Cómo vais a hacer eso? Es imposible —respondí mirando hacia el suelo, mi labio inferior temblaba—. Tendré que casarme con él, mi madre no parará hasta conseguirlo. Me ha quedado claro.

—No te preocupes, Laurie. Somos los Herczeg y siempre nos salimos con la nuestra. No permitiré que un ángel como tú malgaste lágrimas por personas que no lo merecen, son demasiado valiosas.

Mi corazón empezó a bombear con fuerza al levantar la cabeza y ver a Vlad acercar su rostro lentamente hasta el mío. Su nariz rozaba la mía y su cálido aliento acarició mis labios, instándome a probarlos. Si parpadeaba, su boca estaría tocando la mía y podría saborear la lujuria que estos transmitían. Solo tenía que aproximarme un poco más.

¿A qué esperas? En el fondo lo estás deseando, hace mucho tiempo que te mueres por pecar.

Me aparté de golpe al sentir el calor recorriendo mi piel. Lo peor no era escuchar la voz, sino darme cuenta de que tenía razón. No podía cruzar esa línea.

Me levanté para irme corriendo, pero la mano de Vlad me detuvo. Sujetaba mi brazo con firmeza mientras sus ojos azules me escudriñaban con deseo. Necesitaba escapar con urgencia o me perdería para siempre en la oscuridad.

—¿Laurie?

En ese momento escuché un ruido y me aparté con brusquedad, zafándome de su agarre.

—Siempre tan inoportuno —murmuró Vlad torciendo la boca.

—¿Qué mierda te dije hace tiempo? —preguntó Atary llegando hasta nosotros—. ¿Se te olvida con quién está?

—Solo estaba animándola, cretino. No hay más que verla para darse cuenta de cómo está y no vi a su querido novio por ningún lado para darle apoyo moral.

—¿Qué ha pasado? —preguntó entonces, girándose en mi dirección. Hizo un gesto con los brazos para abrazarme, pero me aparté.

—No estabas —gruñí, clavándole una mirada de odio. Estaba tan aterrada que la desconfianza no tardó en tomar el control.

—Lo siento. Tuvimos un problema familiar y teníamos que estar todos presentes.

Me detuve a analizar la expresión de Atary. Sus ojos habían adquirido un brillo de tristeza y Vlad le miraba con consternación. Parecía que decía la verdad.

—¿Qué ha pasado? —pregunté mirando a ambos, dejando mi preocupación por pecar apartada en un segundo plano.

—Es Nikola. Él… —suspiró Atary—. Le han golpeado. Es un asunto un poco delicado de resolver.

—¿Quién? ¿Está bien?

—Sí, no te preocupes. Seguramente mañana regresará a las clases, Katalin y yo también. Siento no haberte dicho nada, no quiero involucrarte en esto más de lo que ya estás.

—Pero somos pareja.

Miré a Atary intentando calmar el temblor de mis labios. Sabía que no estaba en posición de protestar cuando yo le ocultaba asuntos peores, pero su falta de confianza hacia mí me molestaba. Provocaba que mis inseguridades aumentaran.

—Lo sé, lo sé. Pero son asuntos de *dhampir* y sería peligroso involucrarte más de lo que ya estás. Es mi manera de protegerte.

Pensé en la conversación que había presenciado entre Nikola y Sham y me revolví incómoda. Aunque el hermano mediano de los

Herczeg no tuviera mi simpatía, no quería que le sucediera nada. Los vampiros no dejaban de ser seres superiores.

—Está bien —asentí resignada—, tened cuidado.

—Será mejor que regresemos al castillo, Vlad. Madre nos necesita —dijo antes de mirarme—. Te compensaré luego, lo prometo.

Observé afligida cómo este asentía. Atary se despidió de mí con un casto beso sobre mis labios, para después desaparecer. Vlad me miró y esbozó una sonrisa torcida, antes de guiñarme un ojo y correr tras él, dejándome sola con mis demonios.

Al día siguiente ya había tomado las pastillas y había hablado con mi madre. Decidí seguir las indicaciones de Vlad, consiguiendo que ella se calmara un poco y me prometiera que no iba a interceder en mis estudios si regresaba por Navidad y me disculpaba con la familia de Richard. Así que la situación se había relajado.

Ahora me sentía más cómoda mintiendo y ya no sentía que fuera algo tan malo. Era mejor contar mentiras piadosas a decir siempre la verdad y conseguir castigos o impedimentos. De esa forma podía continuar con las clases y mantenerme cerca de Atary. Era lo único que quería en esos momentos.

Entré en clase sumida en mis pensamientos y, al sentarme, comprobé que no me había mentido. Estaba tecleando en su teléfono móvil cuando levantó la vista y me regaló una sonrisa al apreciar que le estaba mirando.

El resto de clases avanzaron con soltura, pero me dejaron exhausta. Cada vez se acercaba más la época de exámenes y los profesores trataban de apresurarse en terminar los temas que faltaban por dar para poder incluirlos, añadiéndonos más páginas para estudiar.

Llegué al comedor deseando poder desconectar. Al mirar hacia la mesa de Atary y sus hermanos, observé que por el momento solo se encontraba Nikola y no tenía muy buen aspecto. Su rostro reflejaba golpes y cortes bastante feos y sus labios estaban hinchados. Al encontrarme con sus ojos grisáceos su cuerpo se tensó y torció su boca en una mueca de desagrado, antes de resoplar y bajar la vista hacia su plato, ignorándome por completo.

Preocupada, avancé sin querer hasta su mesa y me detuve al quedar a escasos centímetros de su presencia, sin saber muy bien cómo preguntarle para que no acabara echándome de malos modos. De cerca pude apreciar cómo unas heridas circulares rojizas asomaban por su cuello, ocultas bajo la ropa que llevaba. Parecían quemaduras.

—¿E-estás bien?

—¿Tengo pinta de estar bien? Parezco un cuadro de Picasso —gruñó clavando el tenedor con fuerza sobre un pedazo de carne.

—Ya, ¿qué te…? ¿Qué te ha pasado? —pregunté jugueteando con mis mangas.

—Me aburría y decidí pintarme la cara —respondió forzando una sonrisa irónica—. ¿A ti qué te parece? Haces preguntas muy estúpidas, Laurie.

—Lo siento, yo… Yo solo intentaba ser amable.

—Pues deja de hacerlo. Por tu culpa…

Elevé las cejas al ver que se detuvo y resopló, frotándose la sien, antes de continuar comiendo. ¿Por mi culpa? ¿Acaso yo había tenido algo que ver para que terminara así?

—¿Yo? ¿Ha sido por mí?

—Claro que no es por ti, no te creas tan importante —gruñó—. Y déjame comer tranquilo, ¿quieres? Estás empezando a ponerme nervioso con tantas preguntas. Parece un maldito interrogatorio.

Suspiré y me aparté de allí, zanjando por completo la conversación. Nikola era la persona más cerrada que conocía e iba a resultar imposible averiguar con quién se había enfrentado para acabar así, aunque estaba casi segura que se trataba de Sham. Me senté junto a Angie para comer y empezamos a conversar mientras le observaba de reojo, apreciando el tono apagado y melancólico que mostraban sus ojos, como un día de tormenta.

El veintitrés de noviembre fue un día intenso. Era viernes, así que finalicé las clases y acepté la invitación de Atary de pasar el fin de semana en su casa, así podría distraerme y dejar de pensar en lo que se me avecinaría dentro de un mes al regresar a mi casa, con mi familia.

Una vez allí ignoré como pude a Nikola y aguanté las típicas bromas de Vlad, que intentaba acercarse a mí en algunas ocasiones para intimidarme, consiguiéndolo. Pero lo mejor fue cuando empecé a recorrer los habitáculos del castillo y terminé perdiéndome entre los múltiples y kilométricos pasillos.

Después de varios minutos caminando, no pude evitar fijarme en un pasillo estrecho con dos puertas de madera antigua, una por cada lado. Curiosa, decidí acercarme hasta la de la derecha y moví el manillar, asustándome al escuchar el crujido de la puerta al rechinar contra el suelo.

Al observar que había terminado en el exterior del castillo un cosquilleo me invadió. La parte trasera contenía una pequeña capilla hecha de ladrillos. Entonces cerré la puerta tras de mí para poder curiosearla mejor. Tenía que saber en qué se diferenciaba mi religión de la suya para poder conocerles mejor.

Caminé hasta allí y abrí una puerta de madera con telarañas a su alrededor. Al entrar aprecié un pequeño espacio oscuro, pero cuidado. Lo componían un par de bancos y un minialtar cubierto por un mantel bordado y oscuro con un libro bastante grueso encima y una cruz del mismo color, diferente a la cruz del cristianismo. «¿Será la cruz de la religión que veneran?» pensé mientras deslizaba la mano por uno de los bancos, llenándome de polvo. «Supongo que no todo está tan bien cuidado» suspiré, avanzando hasta el altar.

Ahí me detuve y me dejé atrapar por la luz rojiza que se formaba al mezclase los tenues rayos de sol del exterior con la vidriera roja que presidía la zona central, iluminando el sencillo altar y el oscuro sagrario que estaba incrustado en la pared. Al mirar hacia abajo, observé una alfombra de colores oscuros, entretejida con diferentes escudos y símbolos extraños, incluyendo el que Atary y sus hermanos tenían adherido a su piel.

Flexioné mis piernas para agacharme y acaricié la tela, sintiendo la fuerza que provenía de esos enigmáticos símbolos. Me detuve al notar que mis dedos chocaban con algo más grande, como si fuera un tubo. Moví la alfombra con la mano y abrí la boca sin poder evitarlo al apreciar un asa metálica de lo que parecía una especie de trampilla.

—Pero ¿qué? —murmuré en voz alta sin poder creérmelo y la miré sin saber qué hacer.

«Ábrela» me instó una voz en mi mente, diferente a la que me solía acompañar. «Ábrela y sacia de una vez tu curiosidad». Meneé la cabeza tratando de desecharla y me sujeté al asa con fuerza, poniendo la otra mano en el suelo para ayudarme a tirar y poder mover un poco la trampilla.

Distintos pensamientos aterrizaron en mi mente, tensándome al pensar lo que podían esconder en un sitio así, ¿acaso tenían algo que no querían que nadie supiera? ¿Tendrían algún oscuro secreto?

Inspiré almacenando una importante cantidad de aire en el pecho y respiré, antes de dar un último tirón con toda la fuerza que me quedaba para apartar la trampilla del todo. Miré con miedo el hueco que se había formado. Dentro estaba oscuro, pero podía apreciar una escalera antigua que no parecía muy segura, pues algunos escalones estaban rotos y descendían hasta un minúsculo espacio silencioso de piedra, soltaba un aire helador junto a un fuerte olor a moho y cerrado.

—¿Laurie?

Me sobresalté al escuchar la voz de Atary proveniente del exterior y traté de calmar mi agitado corazón para apresurarme en cerrar la trampilla de nuevo. Dejé todo como estaba para que nadie se diera cuenta y no se molestaran conmigo por haber hurgado en su intimidad. Estaba siendo demasiado cotilla.

—Estoy aquí —respondí asomándome fuera una vez había colocado todo, alisando los pliegues de mi ropa.

—¿Qué haces aquí? —preguntó deteniéndose enfrente, esbozando una sonrisa.

—Me había llamado la atención y no pude evitar entrar. Lo siento si os ha molestado. No era mi intención.

—No pasa nada —respondió formando un tierno hoyuelo—. Supongo que en algún momento tendrás que presenciar nuestra ceremonia, si quieres.

—¿La ceremonia?

—Ya lo verás en su momento; madre no tardará en hacer una. Ahora será mejor que regresemos a casa, vamos a ver una película o serie. Me han comentado que *Las escalofriantes aventuras de Sabrina* es buena.

—Está bien —me sonrojé, consciente de las surrealistas sospechas que había tenido minutos antes. No podía decirle que había hurgado sin su permiso por la capilla y había abierto una vieja trampilla. Seguramente era algo que perteneció en la antigüedad al castillo y solo trataban de ocultarla para que no molestara, sino no tendrían la escalera en ese estado de putrefacción—. Pero solo si me abrazas fuerte.

—Eso no tienes ni que pedírmelo —respondió guiñándome un ojo. Entonces me aferró hasta terminar colisionando contra su pecho, apretándome con fuerza.

Capítulo XXVIII ✝ límites infranqueables

Otra vez estaba en el mismo pasillo lúgubre y oscuro que me resultaba ya tan familiar. Otra vez el mismo camino a seguir, con los pies rechinando sobre el frío suelo, informando a Vlad de lo que estaba a punto de suceder.

No sabía cómo lo hacía, por qué diantres me había acostumbrado a soñar con él y tener estos encuentros fortuitos de los que no podía escapar, aunque, para qué negarlo, me generaban una sensación placentera que quemaba mi piel, haciéndome arder como si estuviera en el mismísimo infierno. Me gustaba. Vaya si me gustaba. Disfrutaba. Podía alejarme de él en la realidad, pero en los sueños nadie podría impedírmelo. Eso quedaba entre él y yo, en mi perversa mente.

Moví la puerta con delicadeza. Mis dedos acariciaron la textura antes de entrar en esa habitación que me hacía temblar. Vlad estaba tumbado sobre la cama, con las manos apoyadas sobre su nuca y su mirada hambrienta puesta sobre mi piel. Era capaz de desvestirme sin ni siquiera mover un dedo, desgarrando por completo el translúcido camisón que llevaba puesto.

—Me ha comentado un pajarito que te has acostado con Atary, ¿es eso verdad? —preguntó enarcando una ceja, mientras posaba dos dedos sobre su mandíbula—. ¿Mi ángel ha decidido, por fin, poner un pie en el infierno?

—Yo… Sí —admití con las mejillas encendidas—. ¿Estás molesto?

—¿Debería? —preguntó esbozando una sonrisa cargada de intenciones.

Observé enmudecida cómo se levantaba de la cama y la luz de la luna iluminó su figura, esa que no me cansaba de recorrer con la mirada. Su torso desnudo me tentaba para saborearlo, ofreciéndome un orgasmo visual como bien decía Angie y las líneas de sus caderas me invitaban a trazarlas y disfrutarlas. Mi respiración se frenó al darme de bruces con ese tatuaje que tenían sus hermanos, dándole un aspecto más sexi y explosivo.

—No. No lo sé.

—Claro que no —ronroneó acercándose hasta mí—. ¿Y sabes por qué?

—¿Por qué?

—Porque sea lo que sea que te haya enseñado él —susurró acercándose a mi oído, sintiendo su cálida respiración—, yo puedo hacerlo mil veces mejor.

—¿Cómo cstás tan seguro?

—¿Estás probándome, ángel? —preguntó con voz ronca bajando los tirantes de mi camisón, haciendo que este se deslizara por mi piel hasta terminar en el suelo—. Sé que palabra utilizar para hacerte pecar, sé exactamente qué punto tocar para hacerte arder y sé exactamente que al único que deseas sobre ti es a mí. Y eso es más que suficiente.

—¿Y qué más me harías?

Su respiración agitada me provocó un escalofrío, encendiendo mi mirada. Me ruboricé al recordar que estaba casi desnuda ante él, pues la protección de mis bragas de algodón no ayudaba. Vlad me hacía parecer sexi, una completa diosa a la que él no podía dejar de admirar. Observé su mirada de deseo sobre mis pechos y tragó saliva antes de inclinarse para agacharse, quedando a la altura de mi ropa interior.

—Empezaría a hacer un trazo por tu piel, justo aquí —gruñó llevando su mano hacia la poca tela que aún me cubría y me mordí el labio inferior al sentir la sacudida que ese simple movimiento me había provocado—. Te torturaría durante un rato con movimientos lentos, pero decididos, adentrándome por la zona interior de tus muslos. Después empujaría mis dedos contra la tela para poder entrar en contacto directo con tu húmeda piel. Así.

Jadeé al sentir cómo me hacía la demostración y cerré los ojos con fuerza, dejando caer un suspiro al notar que mi entrepierna empezaba a corresponderle, lubricando de forma descontrolada.

—Dios —gemí, pasando la lengua por mi labio inferior al notar mi boca seca—. Vlad…

—¿Sí?

—Voy a explotar —murmuré al verle levantarse, tensando los músculos de sus brazos.

—Esto no ha hecho más que empezar, ángel.

Solté un pequeño grito al sentir sus firmes manos sujetarse a mi cintura y me abracé a su cuello justo a tiempo, colisionando contra la pared más cercana. Mis piernas se enlazaron a sus caderas y Vlad aprovechó para acomodarse mejor, empujando su pantalón abultado contra mí. En esa posición podía notar cómo su miembro se endurecía contra la húmeda tela que todavía conservaba.

Entonces adentró una de sus manos bajo la tela y me apretó una de las nalgas, haciéndome estremecerme del gusto. Tenía su rostro cerca del mío y sus labios entreabiertos me invitaron a degustarlos, permitiéndome llevar el compás de lo que parecía un baile sincronizado, mezclado por los latidos de nuestros corazones. Nuestras respiraciones se agitaron al apartarnos.

—¿Cuánto tiempo, Laurie? ¿Cuánto más necesitas? —susurró antes de chupar el lóbulo de mi oreja.

—Esto es solo atracción debido a un sueño —jadeé tratando de recuperar la sangre que se había escapado de mi cerebro—. Nada más.

—Esto es mucho más que una simple atracción. Lo deseas. Y yo también.

—No me lo pongas más difícil, Vlad. Esto es… Me desarmas —suspiré al sentir sus labios acariciar mi cuello.

—Ambos sabemos que va a suceder —gruñó, mirándome lleno de deseo—. Déjate llevar, Laurie. No tiene por qué enterarse nadie. Será nuestro secreto.

—Me cuesta tanto… No quiero caer.

—No hay nada que temer, ángel —suspiró, depositando su cálido aliento sobre mis labios—. Puedes mentirte a ti misma, pero no a mí.

—Yo… No estoy mintiendo.

—El tiempo apremia —respondió cubriendo uno de mis pechos con su mano—. Y ahora ten el valor suficiente para despertarte, enfrentarte a la realidad y negarme que tu cuerpo me busca. Que estás con la respiración agitada y tu ropa empapada en sudor, deseando encontrarte de frente conmigo y vivir esta pasión que mantenemos oculta. Niégamelo.

—¿Laurie?

Parpadeé confusa, tratando de identificar donde me encontraba y la voz que había escuchado cerca de mi oído, aunque ese deje ronco y arrastrado me resultaba muy familiar.

—¿Qué… Qué hago aquí? ¿Dónde estoy?

—Estás en mi habitación —respondió Atary acercándose hasta mí para cogerme de la mano—. Joder, Laurie, estás sudando. ¿Has tenido una pesadilla?

—Yo…

Miré hacia mi ropa y comprobé que Atary tenía razón. El camisón se adhería a mi piel, ofreciéndome una sensación desagradable y tenía mi cabello completamente alborotado. Tragué saliva al darme cuenta de que tenía la garganta seca y suspiré para intentar calmarme. Todavía tenía la respiración agitada y el corazón martilleaba mi pecho con fuerza, recordándome la nitidez de mi último sueño.

—Creo que eres sonámbula —dijo llevándome hasta su cama, haciéndome un gesto con la mano para que me sentara—. ¿Quieres quedarte un poco aquí? Puedo traerte un recambio de ropa para que estés más cómoda.

—No, me sobra —gruñí quitándome el camisón.

Esbocé una sonrisa al apreciar el gesto de sorpresa de Atary, quedándose inmóvil sin saber muy bien qué hacer. Me di cuenta de que mi aliento no iba a ser el mejor, así que aproveché para ir al baño y asearme un poco.

—¿Laurie? —preguntó al verme salir, alzando las cejas.

Mis mejillas se encendieron al ser consciente de que tenía toda su atención puesta sobre mi torso desnudo.

—Hazme el amor —supliqué, haciendo un puchero.

—Joder —gruñó con voz ronca, antes de quitarse la camiseta y dejarse caer en la cama—. Estás acostumbrándote muy rápido a pecar. No sé si preocuparme.

—Calla y bésame.

Atary levantó las cejas, pero no dijo nada. Se aproximó hasta mí y empezó a acariciar mi piel con pericia, pero mi cuerpo no reaccionó de la misma forma que en mis sueños tórridos con Vlad.

Eso es porque deseas a su hermano.

Cerré los ojos y empecé a dejarme llevar. Sus manos trazaron un camino por mis pechos y arqueé mi cuerpo en consecuencia, abriendo un poco las piernas para acomodarme.

La imagen de Vlad posado sobre la barandilla del balcón me comenzó a torturar, recordándome lo mucho que, en el fondo, ansiaba pecar.

Me desperté temprano a la mañana siguiente. Tanto, que Atary seguía dormido a mi lado, cubierto únicamente por una fina sábana. Las imágenes de la noche anterior me recordaron lo cerca que estuve de terminar en la habitación de Vlad. ¿Y entonces qué? ¿Me hubiera dejado llevar por el deseo que había sentido en ese momento? Seguramente sí, y eso no me gustaba.

Desde que había perdido la virginidad con Atary me resultaba complicado centrarme en otro tema que no fuera el sexo. Era como si hubiera pulsado un botón que creía escondido y me incrementaba las ganas de sentirlo otra vez. Era frustrante. Y, por si eso fuera poco, mi mente decidía hacerme soñar con su intenso hermano mayor, provocándome hasta el punto de desestabilizar mis ideales, dudando si dejarme llevar.

—Joder —mascullé sin poder evitarlo, frotando mis párpados con fuerza.

—¿Estás despierta? —preguntó Atary somnoliento—. ¿Qué hora es?

—Temprano, las siete.

—¿Despierta un domingo a las siete? —farfulló abriendo un ojo—. Eso debería ser delito.

—Duerme un poco más, si quieres. Yo seguramente me vista y me marche ya.

—¿Tan pronto?

—Sí, me gustaría asistir a misa. Ya sabes… —respondí avergonzada.

—¿Quieres que te acerque con el coche? Solo necesito un par de minutos para despejarme.

—No hace falta —sonreí mientras le observaba revolverse por la cama para despertar sus articulaciones—. No me viene mal caminar un poco.

—¿Segura?

—Segura —respondí acercándome para posar mis labios sobre los suyos—. Descansa, bello durmiente.

Cogí una camiseta suya para cubrirme y unos pantalones cortos de deporte que tenía tirados por el suelo, después cerré la puerta con delicadeza para no molestarle. Deambulé por los silenciosos pasillos hasta conseguir dar con una de las empleadas, que llevaba un cesto con ropa sucia. Parecía joven. De hecho, muchas de las chicas que servían a la familia Herczeg debían de tener de mi edad. Era algo que me llamaba la atención.

—Esto… Perdona, ¿la cocina?

—Claro, señorita Duncan. Acompáñeme, la llevaré hasta el comedor. ¿Qué le gustaría desayunar?

—Oh —musité sorprendida—. Puedes llamarme Laurie y si quieres puedo prepararlo yo. No quiero interrumpir tus quehaceres, de verdad.

—No es molestia —sonrió de forma amable—. Me gusta poder ayudar y servir a la familia. Pídeme lo que quieras.

—Un bol con frutas estaría bien, gracias.

La acompañé por los pasillos tratando de recordar el recorrido y mis piernas empezaron a temblar como gelatina al encontrarme con Vlad, sentado en el comedor con aire despreocupado y su cabello azabache despeinado, comiéndose una manzana.

—Buenos días, ángel.

—Buenos días, Vlad —respondí intentando aparentar normalidad.

—¿Despierta tan temprano? —sonrió de forma ladeada—. ¿Acaso hay algo que haya perturbado tus inocentes sueños?

—¿Y a ti? —contraataqué mientras picaba un trozo de fruta con el tenedor.

—Me gusta despertarme temprano para hacer ejercicio. No hay ruidos ni hermanos despiertos que molesten —respondió frunciendo el ceño de repente y murmuró—. O eso pensaba.

Me giré para ver por qué había dicho eso cuando palidecí al observar a Nikola, también despeinado, entrando en el comedor. Llevaba un simple pantalón largo y oscuro que dejaba entrever sus calzoncillos y la típica expresión en su rostro de "os odio a todos y a mi vida en general". Nikola era capaz de traspasar mi alma con esos enigmáticos ojos grises.

Ni siquiera se molestó en saludar o dirigirnos una sola palabra. Pasó por nuestro lado como una ráfaga de aire, consiguiendo erizar el vello de mi piel.

—Buenos días para ti también —dijo Vlad con sorna, guiñándome el ojo—. Él siempre tan agradable. No sé cómo no folla si adopta la típica postura del *badboy* de las novelas de baja calidad. Se ve que su aura misteriosa y tóxica no conecta con las chicas hormonadas de hoy en día. Una lástima.

—¿Siempre es así?

—La mayoría de las veces —respondió, antes de dar un sorbo a su café—. Nació de culo, por eso debió de quedarse con esa cara. No tiene solución posible.

Traté de contener la risa al imaginarme a Nikola de recién nacido con esa cara de amargura y de *odio a todo el mundo*. Algo me decía que era el que más secretos guardaba y por eso actuaba de esa manera, como si no quisiera involucrarse demasiado en algo para no salir herido. ¿Por qué había hablado con Sham hacía varios días? ¿Qué podría querer o necesitar alguien que lo tenía todo?

Me sobresalté al escuchar un sonido agudo y suspiré al ver que era Vlad. Había empezado a silbar tarareando alguna canción y repiqueteaba sus dedos contra la mesa, siguiendo el ritmo.

—¿Interesada? —preguntó al ver que me había quedado quieta observándole.

—¿Qué tarareas?

—*Talk dirty to me* de Jason Derulo. Escucha.

Entonces empezó a cantar rapeando la estrofa que estaba silbando y mis mejillas empezaron a arder, alterada por las obscenidades que salían por su boca. Aunque no sabía por qué me sorprendía, si de ella solo salían improperios, palabras lascivas y burlas, todo para molestarme. Y me fastidiaba admitirlo, pero lo conseguía. Así su disfrute era superior.

—¿Nerviosa?

—La música que escuchas es un asco —gruñí arrugando la nariz.

—No te pega decir palabras feas, ángel —sonrió divertido—. Ensucias tus dulces labios.

—Ya me ensucias tú bastante cantando cosas así, Vlad —respondí asqueada.

—Y más que te puedo ensuciar.

Me estremecí al escuchar sus palabras, pero di un sorbo a mi taza de chocolate caliente para tratar de ocultar la sensación que me generaba cuando decía ese tipo de cosas.

—Además —continuó, llamando mi atención—. Jason Derulo es la hostia, junto a Bruno Mars. Y el *reggaeton* no puede faltar, claro. Es música que me pone de muy buen humor.

—¿*Reggaeton*? ¿En serio?

—Claro. No te imaginas cómo se emocionan algunas chicas en los *pubs* cuando ponen *reggaeton*. Mueven sus traseros de tal manera que me resulta jodidamente complicado no tener una erección. El *twerking* es el paraíso para un simple e inocente mortal como yo —respondió guiñándome el ojo—. Me encantaría verte bailando algo así.

—En tus sueños, Vlad —farfullé, poniendo los ojos en blanco al imaginarme una escena así.

—En mis sueños completamos el Kamasutra y accedes a convertirte en mi esclava sexual. Se me caen las lágrimas de felicidad con solo recordarlo y…—susurró mirando hacia su pantalón para volver su vista hacia mí—, ups. Creo que acabo de empalmarme.

Mis mejillas ardieron al escuchar su provocación y ver crecer su sonrisa hasta terminar transformándose en una amplia, cargada de intenciones. Me revolví en el asiento, sintiendo cómo el calor que había empezado a formarse en mi cara descendía hasta llegar a ciertas partes que incrementaban mi deseo sexual. Tenía que tranquilizarme o explotaría de nuevo.

Terminé el desayuno intentando no ponerme más nerviosa de lo que ya estaba ante la presencia despreocupada de Vlad y me dirigí hasta donde estaba la chica con la que me había encontrado antes para pedirle que buscara la ropa con la que había llegado al castillo, porque no recordaba donde estaba mi invitación de invitados.

Me apresuré para darme una ducha fría que relajara mis tensos músculos y cepillé mis dientes antes de cambiarme de ropa, dándome prisa para dirigirme cuanto antes a la misa que iba a realizarse en la catedral y alejarme de la presencia intensa de Vlad.

Necesitaba estar allí a tiempo para poder confesarme después ante el sacerdote. Ya había acumulado suficientes pecados como para sentirme sucia. Si no me purificaba por completo, la oscuridad no tardaría en controlarme.

La misa pasó deprisa, más de lo que hubiera querido. Mi mente seguía anclada en los últimos acontecimientos y mis movimientos protocolarios habían sido torpes, más lentos de lo habitual. Las palabras del párroco habían quedado relegadas a un lejano eco que se filtraba en mis oídos, tratando de silenciar mis pensamientos, pero fue imposible.

Cuando el sacerdote finalizó la ceremonia, me santigüé e hice una genuflexión mirando hacia la cúspide de la torre central, la cual tenía una imponente vidriera azulada que parecía transportarte a un plano astral. Me sobresalté al sentir a varias personas pasar por mi lado hasta alejarse del edificio y traté de darme prisa al darme cuenta de que el párroco estaba a punto de marcharse por una puerta lateral, en dirección a lo que seguramente sería su despacho.

—¡Padre! Espe…

Contuve un grito al notar una mano posarse sobre mi hombro y al girarme me di de bruces con un chico que no tardé en identificar, a pesar de que llevaba una capucha y llevaba el cuello de su sudadera hasta la boca.

—¿Joe? ¿Qué ha…?

—Siento haberte asustado, pero no tengo mucho tiempo —me cortó con la voz temblorosa, mirando a ambos lados de la iglesia.

—¿Estás bien? Nunca imaginé que te encontraría… Aquí —admití avergonzada.

—Yo tampoco, pero últimamente lo único que me deja tranquilo es abrazar a la religión —suspiró, y entonces susurró—: Me gustaría hablar contigo mañana en el cementerio *Greyfriars*.

—¿El cementerio? Es una broma, ¿verdad?

—¡Chist! —me regañó mirándome con severidad—. Es importante, Laurie. No puedes decírselo a nadie. Tienes que confiar en mí —suspiró, sin dejar de controlar su alrededor—. Sé que es una locura, pero tengo la sensación de que nos espían. Por eso necesito que estés en la entrada mañana a las ocho de la tarde.

—Pero…

—Por favor —suplicó.

Le miré fijamente sin entender nada. A cualquiera que le preguntara me diría que no fuera, porque seguramente se trataba de una broma de mal gusto, pero el rostro demacrado de Joe y sus profundas ojeras me decían lo contrario. Realmente parecía asustado.

—Es muy tarde —me quejé. No quería quedar en un cementerio de noche, con el frío que iba a hacer y siendo consciente de los peligros que acarrearía aceptar eso.

—Laurie, por favor, es importante. No te lo pediría si no fuera urgente —resopló—. No se trata solo de mí, es de ti también. Estás…

Las palabras se quedaron en el aire al escuchar un ruido ensordecedor en un lateral de la catedral, sobresaltándonos.

Parecía que no había sido nada, pues el silencio volvió a reinar en el lugar, pero Joe continuó mirando hacia allí con los ojos exageradamente abiertos y empezó a temblar como una hoja. Su piel se puso tan nívea que temí que se desmayara ahí mismo. No parecía el chico seguro y despreocupado que conocí en la fiesta.

—¿Irás?

—Está bien —accedí, sintiendo un escalofrío recorrer mi cuerpo.

Me quedé helada al observar cómo me daba la espalda al escuchar mi respuesta y se alejó con paso apresurado sin ni siquiera despedirse. Miraba a su alrededor mientras se cubría de nuevo con el abrigo que traía encima. Contemplé la catedral y sentí cómo el silencio me envolvía. Me había quedado completamente sola.

Atisbé por última vez la cruz que se encontraba sobre la pared central, detrás del altar sagrado de nuestro Señor y murmuré un padrenuestro antes de despedirme. No había conseguido redimir mis pecados y ahora me sentía más nerviosa y desprotegida que nunca.

Caminé absorta en mis pensamientos hasta que me percaté de que había llegado a la zona que conformaba la residencia *Pollock Halls*. Al acercarme hasta mi edificio, visualicé a dos personas conversando tras unos árboles que casi ocultaban sus siluetas, pero me llevó varios segundos darme cuenta que se trataba de Franyelis y Atary. Su pelo corto y su abrigo oscuro le delataban.

Cerré mis puños con fuerza.

Contigo no tenía problema para quedarse en la cama, pero para quedar con ella bien que se ha apresurado.

Tragué saliva al escuchar la voz de mi mente y mi cuerpo empezó a temblar en respuesta. ¿Qué tendrían que decirse tan importante para hablar en una zona apartada de la residencia? ¿Y por qué se encontraban tan cerca? Había algo llamado espacio personal, pero parecía que ellos lo desconocían. Mi cuerpo comenzó a temblar. Si no me relajaba pronto mis demonios tomarían el control.

Aun así, me aproximé un poco más, pero sin acercarme demasiado por miedo a que ellos se dieran cuenta y que Atary pensara que desconfiaba de él. Al mover unas ramas con mis manos, agudicé el oído y aprecié como Atary le colocaba a Franyelis un mechón de su cabello tras su oreja, esbozando una sonrisa ladeada.

Un torrente de ira recorrió mi cuerpo, como si fuera un volcán a punto de entrar en erupción. Entonces comencé a sentir el dije pesado.

—¿Mañana vas a venir? Creo que Vlad te necesita.

—Qué remedio, aunque te prefiero a ti. Eres más delicado y complaciente —respondió Franyelis en tono seductor e hizo un puchero—. Vlad es tan duro y egoísta…

—Pensaba que eso te gustaba.

—Me gusta la variedad —rio, guiñándole un ojo—. Además, sabes que no me importa compartir, es más divertido.

—Me recuerdas a él diciendo eso. Eres insaciable.

—¡Vosotros sí que lo sois! Me dejáis seca —rio de nuevo, haciendo un movimiento de melena—. Pero no me quejo, en verdad me gusta. Lástima que Nikola sea un soso. Siento curiosidad por saber cómo lo haría él.

—Tampoco te pierdes nada y sabes que no va a acceder por mucho que lo intentes. Nikola es de ideas fijas.

—¡Qué tarde es! —exclamó de repente al mirar el reloj de su muñeca—. Tengo que volver, he quedado con una compañera para estudiar.

—Sí, yo también debería irme. Tengo que ayudar a madre a preparar la próxima ceremonia y no quiero que Laurie me encuentre aquí y se piense lo que no es.

—¿Vais a hacerla?

—Sí —suspiró—. Madre está muy insistente últimamente. Le inquieta que salga mal.

—Sabéis que puedo...

—No es necesario, Franye. Con lo que tenemos será suficiente—sonrió, antes de darse la vuelta—. Nos vemos mañana.

—¡Espera!

Me sobresalté al escuchar su grito agudo y desesperado, pero lo peor fue observarla correr hacia él para envolverle el cuello con sus brazos. Entonces se puso de pies puntillas para besarlo.

Ya sabes lo que tienes que hacer Laurie. Atary es tuyo, no puede tocarlo nadie más. Te pertenece.

Mi vista se nubló al escuchar su gemido de placer. Decidí acercarme hasta donde se encontraban para acabar con todo, pero mis ganas de arruinar la escena y arrastrarla por los pelos disminuyeron al ver cómo Atary la apartaba con brusquedad y le otorgó una expresión de desagrado, chasqueando la lengua.

—Eso no era necesario, Franye.

—Te echo de menos —sollozó—. Desde que estás con Laurie no me has vuelto a llamar.

—Laurie es importante. Desde que la vi supe que era ella y... No voy a echarlo todo a perder por una tontería, así que contrólate.

—No tiene por qué enterarse. Yo no diré nada, lo prometo —insistió, sujetándole por el brazo.

—Olvídalo, de verdad. No estoy interesado.

—Os habéis acostado, ¿verdad? Por eso me rechazas —gruñó—. Pues sabes perfectamente que ella nunca podrá darte lo que yo. Las puritanas y mojigatas como ella son demasiado remilgadas. Te contienes, Atary. Yo lo sé, pero conmigo no tienes que hacerlo, puedes hacerme lo que quieras. Todo. Sabes que no me importa lo más mínimo. Disfruto.

—Ya basta, Franyelis. No todo en la vida es sexo. Pareces desesperada —respondió con una mueca de asco, liberándose de su agarre—. Esto ha ido demasiado lejos.

—Atary, yo...

—Espero que te comportes y no hagas algo estúpido como irle con mentiras a Laurie porque sería lo último que hicieras, Franyelis —le advirtió, aproximándose con gesto amenazante.

—No soy tan idiota como para hacer eso. Aunque me moleste que me estés rechazando por ella, la sigo considerando una amiga.

—Mejor —respondió dándose la vuelta—. Hasta mañana.

Me alejé de ahí respirando de forma acelerada. Miles de pensamientos aparecieron por mi mente, recreándome distintas situaciones donde no era nada benevolente con mi compañera de habitación.

Franyelis se había pasado de la raya y me había dejado claro sus intenciones sin ni siquiera estar presente. Ya no había marcha atrás, había despertado al monstruo que habitaba en el rincón más oscuro de mi ser. Ese que ahora tenía sed de venganza y se revolvía pidiéndome actuar.

Apreté mi dije con fuerza, tanta que sentí mis dedos rojos y doloridos. Esperé a que ella entrara por la puerta, antes de pasar yo. Tenía que refugiarme en alguna habitación solitaria para arrodillarme en el suelo y rezar o mis impulsos más primitivos actuarían en mi lugar. Y eso traería graves consecuencias para ambas.

CAPÍTULO XXIX ✝ LA REALİDAD

Las horas en la facultad pasaron lentas, demasiado para mi gusto. Tenía unas ojeras pronunciadas al no haber podido dormir en toda la noche anterior. Mi cabeza no paraba de pensar en el encontronazo con Joe y la conversación que había escuchado entre Atary y Franyelis. Últimamente sentía que mi vida se estaba desmoronando por completo y me resultaba complicado intentar atrapar cada trozo desquebrajado para que no terminara convirtiéndose en cenizas, dejándome totalmente vacía.

Intenté seguir las explicaciones de los profesores como pude, forzando a mi mente a escuchar mientras ignoraba los pinchazos de mi muñeca al escribir con rapidez sobre las páginas de mi libreta. En algunas ocasiones miré de reojo a Atary, que se encontraba sentado tan tranquilo, jugueteando con su bolígrafo y escribiendo algunas frases que debían de parecerle importantes. No como todos los demás, que nos dejábamos la piel para no olvidarnos de una sola coma de lo que dictaban.

Mientras escribía, no pude evitar acordarme de las palabras que mi compañera de habitación le había dedicado con ese tono meloso y falso que me hacía chirriar los dientes. *Sabes perfectamente que ella nunca podrá darte lo que yo. Las puritanas y mojigatas como ella son demasiado remilgadas.* Estaba cansada de mostrar esa imagen de chica frágil cuando mi verdadero yo luchaba por salir a la superficie.

Durante mi adolescencia odié que las chicas se burlaran al analizar mi ropa y cuchichearan entre ellas cuando caminaba por los pasillos. Odié también escuchar las conversaciones de los chicos en las que decían que no me tocarían ni con un palo mientras otros se reían, apostando si serían capaces de seducirme para llevarme a la cama y quitarme la virginidad. Querían que me sintiera sucia.

Y lo conseguían.

Pero sobre todo odié tener que contener mi verdadero yo porque hacía daño a todos, sobre todo a mí misma. Y eso defraudaba a mis padres. Mi madre ya me tachaba en esa época de monstruo, me escondía porque le avergonzaban mis actos y me castigaba hasta que estos no se volvieran a repetir.

Por suerte, Atary me había visto por encima de todo eso. No me había juzgado por mi forma de vestir o mis creencias. Además, me hacía sentirme guapa y especial. Cuando le miraba, como en ese momento en clase, me sonreía de forma dulce, consiguiendo que mi corazón latiera más deprisa.

Franyelis no se saldría con la suya. No se lo permitiría.

—¿Tanto te ha gustado la clase que te rehúsas a marcharte? —preguntó una voz ronca cerca de mi oído—. Si no te apuras terminarán cerrando la facultad y podremos quedarnos encerrados. Solos tú y yo.

Me sobresalté al sentir su cálido aliento acariciando mi oreja. El rostro de Atary estaba tan cerca del mío que me resultó inevitable sentir un ligero cosquilleo en la zona baja de mi vientre. Carraspeé nerviosa al darme cuenta de que todos se habían ido, excepto nosotros dos. Me había quedado tan absorta en mis pensamientos que no había terminado de copiar el discurso del profesor.

—Atary —suspiré, apurándome para meter todo en la mochila—. No me había dado cuenta. Perdí la noción del tiempo.

—Se nota. Te quedaste mirando fijamente a la pizarra como quince minutos, parecías una estatua. Te veo cansada —respondió evaluándome mientras me levantaba—. ¿Pesadillas? ¿Sigue el gato negro rondándote por las noches? ¿O es por algo mayor?

—Es por… Todo —susurré—. Acosadores potencialmente peligrosos rondándome, mi madre pretendiendo casarme con Richard dentro de poco, familiares con secretos que esconder, amigas que desaparecen, estudiantes muertas ¿qué más me puede faltar?

—Bueno. Se te olvida que tienes a un chico sexi e irresistible a tus pies que te salvará de cualquier peligro —sonrió, empezando a caminar a mi lado.

—Gracias. En verdad no sé qué haría sin ti. Últimamente me siento perdida, pero espero poder encontrarme pronto.

—Seguro que sí. Es una situación complicada —respondió esquivando a un chico que iba mirando la pantalla de su teléfono móvil mientras caminaba como si fuera un zombi—. Por eso quería alejarte de mí. Estar a mi lado implica estar en peligro de forma constante. Es agotador.

—¿Te arrepientes? —musité mirando al suelo.

—Para nada —respondió levantándome el mentón con delicadeza—. Tú eres mi mayor tesoro y no me importa enfrentarme a lo que sea con tal de verte sonreír.

Me sonrojé. Sus ojos azules producían un efecto hipnótico en mi cuerpo, me relajaban. Me dejé envolver entre sus brazos por unos instantes y suspiré al notar el tacto de sus labios sobre mi pálida frente. Al incorporarme, recordé que había quedado después de clases con Angie y me despedí con un beso en para irme corriendo hasta la biblioteca principal. Ya llegaba tarde.

—Sí que has tardado —dijo al verme desplomarme sobre una de las sillas—. ¿Estabas teniendo un romance secreto con algún profesor buenorro?

—¡Angie! —me quejé, haciéndole un gesto para que bajara la voz.

—Es verdad, eso solo pasa en W*attpad* —suspiró—. En la vida real no hay ninguno que cumpla las condiciones.

—¿Podemos ponernos a investigar ya? Aunque dudo que consigamos algo. La última vez terminamos con las manos vacías.

—Eres tan negativa —respondió haciendo un puchero—. La esperanza es lo último que se pierde. Tiene que haber algo que se nos escapa. Seguro.

—¿Y qué hacemos?

Angie miró a nuestro alrededor. Nos habíamos situado en una mesa con el espacio suficiente para poner su portátil encima de distintos volúmenes antiguos de libros que nos rodeaban. Además, aprovechó para extender una amplia cartulina con distintos datos y anotaciones sobre los vampiros, la Biblia, su hermana, Sham y los demonios. Angie podía ser una digna detective.

—Creo recordar que a ese idiota lo conociste a través de tu amiga, ¿no?

—¿A Sham? Sí —susurré arrugando el ceño mientras contemplaba la cartulina—. ¿Y? ¿A dónde quieres llegar?

—¿Eran amigos cuando estaba bien? ¿Antes de enfermar?

—Sí.

—¿Qué hablasteis cuando estaba ella? ¿Pasó algo relevante? —preguntó con seriedad, apenas pestañeaba.

—Tenía interés en mi dije —respondí apretándolo, sintiendo el frío contorno de sus letras entre mis dedos. Entonces recordé—. Y me dejó un libro. Yo lo perdí. Recuerdo que lo busqué, pero no estaba por ningún sitio. No le di importancia en su momento y me olvidé por completo. No tenía sentido lo que decía.

—Lo que no tiene sentido es que un vampiro te preste un libro, ¿hola? ¿Qué pretende?

—Quería separarme de Atary. Él… —susurré recordando sus palabras—. Sham me dijo que en ese libro encontraría la verdad.

—¿La verdad de quién o de qué? —reflexionó mirándome con sus ojos oscuros, antes de anotar unos datos en una libreta que llevaba consigo.

—No lo sé. No entiendo nada, Angie. Era muy antiguo.

—Hay que encontrar ese libro. Sea lo que sea, nos ayudará a entender qué pretende —respondió acercándose más hasta mí—. Quizás nos diga dónde están.

—Lo dudo, recuerdo que relataba algún pasaje falso de la Biblia.

—La Biblia —murmuró abriendo los ojos, clavándome sus uñas al apretarme la mano—. ¿Qué parte de la Biblia?

—El pasaje de la creación de Adán, pero estaba mal —protesté—. Ese libro decía que Dios creó como compañera a una tal Lilith para garantizar la descendencia y poblar el mundo. ¡Es una blasfemia!

Observé el rostro de Angie de brazos cruzados. Me molestaba que estuviera mirándome con incredulidad, incluso se estaba mordiendo el labio inferior para tratar de frenar la comisura que se elevaba. Las sagradas escrituras eran algo importante para mí. Mi madre me había regalado una biblia para niños cuando era pequeña donde relataban los pasajes más importantes de nuestra religión y ese era uno de ellos. Me lo sabía al pie de la letra por todas las veces que me lo había leído antes de dormir.

—¿Una blasfemia?

—¡Todo el mundo sabe que la compañera de Adán es Eva! —exclamé elevando la voz.

Me sobresalté al ver al bibliotecario pasando a nuestro lado, amenazándonos con la mirada mientras hacía un gesto reprobatorio con su mano, mandándonos callar, antes de desaparecer por una de las estanterías hacia el interior de la biblioteca.

—La parte de Lilith es verdad, Laurie —susurró Angie tecleando en su portátil y lo giró para mostrarme su pantalla—. ¿Ves?

Leí con rapidez los datos que aportaba una página web acerca de Lilith. Según la página, ella había sido la primera mujer de Adán y esta le había rechazado, pues se negaba a mantener relaciones íntimas y obedecerle como si fuera su esclava, alegando que ambos eran iguales.

Levanté la vista indignada. Me negaba a seguir leyendo estupideces y mentiras de algún pagano aburrido que no tenía nada mejor que hacer que intentar desacreditar a las sagradas escrituras y nuestras creencias. Era mentira.

—Lo único que veo son falacias y estupideces generadas por algún aburrido infeliz, cuyo único propósito es hacerse famoso y generar visitas.

—Y luego soy yo la chica rara que da miedo —murmuró arrugando el ceño—. Creencias aparte, recuerdo que Soid estaba investigando algo sobre Lilith antes de que se la llevaran. Y si…

—¿Y si?

Contuve la respiración al ver cómo tecleaba con rapidez y abría una nueva página web, con más información sobre Lilith. Se mantuvo leyendo en silencio hasta que encontró una parte en especial que le hizo pegar un salto sobre el asiento y moverse acelerada, marcando con el cursor una palabra concreta, un nombre.

—¿Ves? Fue la esposa de Samael, el rey de los demonios —dijo con voz acelerada—. ¿No te sorprende el nombre?

—Samael —susurré arrugando el ceño—. ¿Lo dices por Sham?

—Es mucha casualidad que ambos se llamen igual. ¿Y si Sham es un diminutivo y su verdadero nombre es ese? ¿Y si bajo esa apariencia de estudiante misterioso se esconde el jodido rey de la oscuridad?

—¡Angie! Puedo asimilar que Sham sea un vampiro, pero esto es ir demasiado lejos. ¿Demonios? ¿Oscuridad? Solo de pensarlo me entran temblores —dije abrazándome el cuerpo.

—Mi hermana buscó acerca de Lilith, Laurie. Sham puede ser su ayudante y encargarse de llevarle chicas jóvenes para extraerles la sangre y volverse más poderosa.

Escuché atónita la teoría fantasiosa de Angie, parecía que la desaparición de su hermana le había arrebatado la capacidad de pensar fríamente y buscar soluciones serias. ¿Cómo iba a existir alguien como Lilith o el tal Samael? Tendrían que tener una cantidad importante de años. Hasta me costaba fijar una edad concreta.

—Esto se nos escapa de las manos —murmuré angustiada—. No sé qué intenciones tiene Sham conmigo, pero no me gustan, y todo esto me está poniendo muy nerviosa.

—No permitiré que seas la siguiente, te lo prometo. Y… ¿Atary? Él está siempre contigo. ¿Has pensado que pueda ser algo también? A estas alturas ya me espero cualquier cosa.

Miré el rostro preocupado de Angie y mi labio inferior empezó a temblar, dudosa por si debía contarle o no la verdad. No quería poner en peligro a Atary y su familia por delatarles, pero ¿hasta cuándo debía mantener oculto lo que sabía? Angie era mi amiga y estaba metida de lleno en esto. Merecía saber la verdad.

—Atary no es del todo… Humano.

—¡Lo sabía! —exclamó, ganándose una queja por parte del bibliotecario y se aproximó hasta mí para susurrar—. ¿Es un licántropo? ¿Brujo? ¿Cazador de sombras? ¡No! Mejor aún, ¡un ángel caído!

—Él es un… *dhampir*. Caza vampiros, ¡pero no puedes decir nada! —Me apresuré a decir, negando con las manos—. Es un secreto.

—Tenía que ser algo —respondió victoriosa—. Aunque no entiendo muy bien qué es eso de *dhampir*.

—Es un humano con sentidos parecidos a los vampiros, o algo así… No me ha dado muchos detalles. Es muy reservado con su vida personal.

—Qué pasada —silbó fascinada—. Me encantaría serlo para poder encontrar a Soid.

—Supongo que no es tan sencillo ¿ahora qué hacemos?

—Sería genial si encontraras el libro que te prestó el esbirro ese de Satán. Me parece demasiada coincidencia que de repente se esfumara de la faz de la Tierra. Creo que alguien te lo ha robado, Laurie —susurró—. El contenido de ese libro debe de ser muy importante y hay alguien que no quiere que lo leas.

Asentí con la cabeza, prometiéndome a mí misma realizar una búsqueda más exhaustiva del libro y leerlo a fondo, a la hora que fuera. Me agaché para coger la mochila que había traído y saqué uno de mis libros de la facultad para intentar distraerme, estudiando un poco para el examen que tenía más próximo mientras Angie repasaba el contenido de su cartulina. Abrí la boca sorprendida al ver que tenía otra nota. Parecía que mi mensajero anónimo aparecía de nuevo.

"Quieres lo que todo el mundo quiere. Quieres un amor que te consuma. Quieres pasión, aventura e incluso un poco de peligro, pero... ¿bajo qué precio, Laurie?

Aléjate de todo esto mientras puedas. Aún estás a tiempo."

—¿Otra nota?

—Sí —murmuré revisando el reverso antes de que decidiera quitármela de las manos—. Cada cierto tiempo recibo alguna con una cita literaria diferente.

—Esa frase se la dice Damon a Elena en *Crónicas Vampíricas*, la reconocería hasta con los ojos cerrados. Así escrito parece una amenaza, pero... Sutil. Es como si alguien quisiera advertirte; como si te estuviera protegiendo desde las sombras.

—Pero no sé quién es. Si se dignara a aparecer sería todo más fácil.

—Quizás no puede, ¿y si esa persona está siendo coaccionada o presionada por alguien superior? Igual su vida corre peligro por advertirte y por eso no puede revelar su identidad.

—No puedo con todo esto —protesté llevándome las manos a la cabeza—. Siento que mi mente va a estallar. Me duele.

—A Soid le encantaban estos misterios. Estoy segura de que ella sería capaz de descubrir la verdad —suspiró Angie con la mirada perdida—. Se lo debo, tengo que encontrar a mi otra mitad.

—¿Bajo qué precio? —murmuré, recordando la nota.

Entonces miré el reloj que colgaba en la pared desnuda de la biblioteca. Había pasado demasiado tiempo cavilando con Angie y aún tenía que prepararme para ir hasta el cementerio de Edimburgo. Debía encontrarme con Joe para intentar cerrar otro misterio. Últimamente tenía demasiados frentes abiertos.

Unas horas más tarde me encontraba parada frente a la amplia verja metálica que coronaba el muro de piedra del cementerio *Greyfriars*. Era un espacio conformado por edificios de ladrillo de colores apagados y frondosos árboles que parecían abrazar las lápidas.

En cualquier momento del día hubiera quedado tranquila. Muchos turistas y personas solían frecuentarlo porque se consideraba un espacio histórico, hacía décadas que no se enterraba a nadie allí. Pero en ese momento, con el frío de la noche, el sonido de los búhos y las ramas de los árboles movidas por el aire, sumado a la densa niebla que cubría todo y me impedía ver bien el interior, me daba verdadero pavor. Mi mente no paraba de recordarme que estaba siendo una estúpida irresponsable arriesgándome a venir sola a un lugar como este tan tarde, pero la curiosidad me podía. Ya no había vuelta atrás.

Miré el reloj que había decidido atar a mi muñeca y comprobé que faltaban cinco minutos para las ocho. Por el miedo de llegar tarde me había apurado más de la cuenta. Empecé a moverme por el lugar e intentar fijarme si Joe estaba esperándome dentro, ¿sería todo una broma para burlarse de mí? Miré de nuevo el reloj y me mordí el labio inferior, balanceando mis pies de forma inconsciente.

Suspiré. Decidí apoyarme contra el muro de piedra por la parte de fuera y contemplé la luna, que brillaba en todo su esplendor como si intentara infundirme ánimos. Observé de nuevo el reloj y tragué saliva, mirando de reojo hacia mi alrededor por si una criatura indeseada aparecía de entre las sombras, aunque no escuchaba nada. El lugar estaba escalofriantemente silencioso.

«Las ocho y cinco» pensé al volver la vista hacia mi muñeca, por quinta o sexta vez. El cementerio seguía igual de silencioso, con la diferencia de que mis latidos habían empezado a incrementarse y mi respiración se agitaba debido al miedo tenía. ¿Qué debía hacer? ¿Moverme? ¿Mantenerme inmóvil?

Decidí darle unos minutos de cortesía, pero no demasiados. No quería que un vampiro me atacara de nuevo. Balanceé mis pies con un ritmo frenético y me contuve para no morderme las uñas, aunque me estaba costando demasiado. No había ni rastro de Joe. ¿Debía llamarle? ¿Estaría esperándome dentro? No. Lo mejor sería mantenerme quieta, esperándole donde habíamos quedado.

Suspiré y miré de nuevo tras la verja, intentando identificar el lúgubre escenario que se ocultaba al otro lado mediante la niebla. En esos momentos me hubiera gustado poder tener su número de teléfono para llamarle, pero estaba sola. En todos los sentidos.

Entonces escuché un crujido de ramas cercano y mi corazón empezó a latir desenfrenado. Mis ojos se ampliaron, alerta por lo que podía suceder. Me quedé rígida mirando a todos lados, cuando una sombra pasó a varios metros de mí.

Ni siquiera le di tiempo a nada más. En ese momento me daba igual Joe, nuestro encuentro y toda la humanidad. Solo quería llegar a la residencia a salvo.

Corrí por las calles intentando mantenerme en aquellas que tuvieran transeúntes y me paré a coger aire minutos más tarde, mirando hacia atrás para cerciorarme de que nadie me había seguido.

Estaba claro que un cementerio no era un buen lugar para quedar y había tentado demasiado al destino; por algo las películas de miedo solían ser en lugares así. Por suerte, parecía que me había librado de un posible ser oscuro, pero lo único en lo que podía pensar en ese momento era…

«¿Dónde estaba Joe Craig?».

Horas más tarde continuaba despierta, dando vueltas por mi cama mientras trataba de contar ovejas o cualquier animal bonito y dulce que me invitara a conciliar el sueño, pero era imposible. En mi mente aparecía una y otra vez esa sombra oscura mientras volvía a escuchar ese crujir; era un sonido muy característico. ¿Por qué Joe me había citado allí? ¿A qué se había referido con eso de que se trataba de mí? ¿Y por qué no se presentó?

Las preguntas se iban enlazando unas con otras, pero no podía obtener respuestas, era un auténtico quebradero de cabeza. Molesta, encendí mi lámpara de noche y cogí la Biblia que tenía guardada en el cajón. Esa noche todavía no la había abierto y el capítulo trece de Marcos me esperaba.

Cuando ya llevaba tres versículos leídos, un golpe seco sobre el cristal atrajo mi atención. Barajé la posibilidad de que fuera el viento moviendo la rama de un árbol cercano, pero rápidamente la deseché al escuchar unos nuevos golpes, esta vez más seguidos y ruidosos.

Cerré el pesado libro con delicadeza y lo posé sobre la mesita. Miré a Franyelis con extrañeza durante unos instantes, pero estaba profundamente dormida. Respiré profundo antes de aproximarme hasta la ventana y correr la cortina hacia un lado, dándome de bruces con la figura corpulenta de Vlad, el intenso hermano Herczeg.

—¿Qué haces aquí? —pregunté con brusquedad, sin abrir la ventana.

—¿Otra vez? No puedo ser tu amante bandido si hablamos a través de un cristal.

—¿Qué pretendes?

—¿Entrar? —sonrió de forma burlona, moviendo sus cejas de forma provocativa—. Menos mal que hoy no llueve. Parece que es mi noche de suerte.

—No estoy de humor, Vlad.

—¿Qué ha pasado?

Le miré entornando los ojos y me crucé de brazos. Vlad se mantenía sujeto al alféizar de mi ventana y estaba poniendo morritos, suplicándome que le contara. Contuve una risa al ver la expresión infantil de su rostro, no podía caer tan rápido en sus redes.

—¡Vamos, Laurie! Abre a papi Vlad y siéntate en mis piernas para darte mi regaliz —sonrió.

—Empiezo a captar tus indirectas y así no vas a conseguirlo. Vete a casa si solo has venido a molestarme.

—He venido porque tú y yo tenemos algo pendiente, ángel, y soy muy impaciente.

—¿Qué tenemos pendiente? Porque no lo recuerdo —respondí mordiéndome el labio al ver su mirada felina.

—Claro que lo recuerdas, chica mala —rio—. Muerdes tu labio porque anhelas vivir lo que pasó esa noche en mi habitación. Te sonrojas porque tu cuerpo desea sentir lo que les hacía a esas mujeres y en el fondo te mueres de ganas de dejarme entrar.

—Eso no…

—Niégame que quieres acostarte conmigo. Que te encantaría ponerte contra la pared y que yo apretara ese culo tan perfecto que tienes mientras te muerdo la oreja. Niégamelo y me alejaré de ti.

La intensidad y el sonido ronco de sus palabras hicieron que mi cuerpo empezara a arder. Había conseguido que me imaginara la escena y empezaba a sentir que me faltaba el aire, incluso la ropa. Mis labios se entreabrieron de forma inconsciente y se empezaron a mover temblorosos, pero no conseguía pronunciar nada audible.

—Eso pensaba —sonrió ladeando la cabeza—. Entonces abre la ventana y desnúdame. Este juego me ha excitado y si seguimos así terminaré haciéndole un agujero al pantalón.

Tragué saliva mientras rascaba la roncha que había salido cerca de mi cuello. Tuve que sujetarme al manillar de la ventana para evitar que mis piernas se volvieran gelatina. No quería, pero Vlad producía un efecto poderoso sobre mí. Sus palabras se colaban en mi oído haciéndome vibrar y la zona baja de mi vientre me suplicaba que hiciera lo que él dijera. Me sentía sucia al imaginarme lo que él había dicho mientras Franyelis dormía al lado y mi pareja en otra habitación. Atary no se lo merecía, pero ¿por qué me costaba tanto rechazarle?

Porque en el fondo estás deseando pecar y sabes que no podrás aguantar mucho más. Lo llevas en la sangre.

Acaricié mi dije con los dedos y murmuré una oración de protección para intentar ser fuerte y no caer en la tentación, no hasta este punto. Yo era una cristiana sensata y la novia de Atary. Tenía que alejarme de Vlad; estábamos rozando una línea muy delgada que amenazaba con romperse.

—Vlad, no podemos —respondí acercándome al cristal—. Estoy con tu hermano.

—No eres suya, ángel, de su propiedad. Puedes pasar un buen rato conmigo y luego volver a su lado. No me importa compartir. ¿Recuerdas? —sonrió mirándome con ojos hambrientos—. Es una buena oferta.

—¿Acaso no tienes moral? ¿Cómo le miraré a los ojos después? —pregunté revolviendo mi cabello—. ¿Cómo le diré *te quiero*?

—Ah, ¿ese es el drama? Pues no se lo digas y asunto solucionado —dijo guiñándome un ojo—. Total, las palabras no valen nada y a mí lo único que me interesa es devorarte en mi cama. No busco nada sentimental.

—Eres…

—Sé que lo estás deseando tanto como yo, lo noto. A los ángeles como tú les llama demasiado la atención poner un pie en el infierno.

Inspiré hondo y le miré a los ojos, esos que transmitían de todo menos buenas intenciones. Me detuve en sus labios y observé cómo se relamía, haciéndome estremecer. Murmuré otro fragmento de oración y dirigí mi mano hasta la cortina, antes de esbozar una sonrisa orgullosa y decir:

—Que tengas una buena y solitaria noche en el infierno, Vlad.

Me mordí el labio con fuerza para intentar no reírme al escuchar sus protestas al correr la cortina y me metí de nuevo en la cama, tapándome con las sábanas hasta el cuello. Tenía que calmarme, sus provocaciones habían hecho mella en mi interior y me costaba controlar mis hormonas, deseosas de volver a sentir un momento tan íntimo.

Los encontronazos que teníamos empezaban a volverme poderosa, como antaño sentía cuando el monstruo me controlaba. Me hacían querer recrear lo que había soñado, averiguar si era tan lujurioso y dominante como mi mente lo pintaba.

«Para» gruñó la otra voz de mi mente, aquella que no reconocía «Esta no eres tú, Laurie.»

Suspiré. Esta vez había conseguido vencer a mis deseos, pero no sabía hasta cuándo podría detenerme a mí misma.

Vlad me incitaba a pecar de verdad y mi oscuridad no dejaba de crecer.

La mañana siguiente pasó lenta, como de costumbre. Había dejado de tomar las pastillas porque no estaban consiguiendo frenar al monstruo. Además, me generaba un cansancio que me hacía dormirme en clases, disminuyendo mi rendimiento escolar; aunque yo luchaba para que eso no sucediera, frotándome los ojos con fuerza.

Cuando finalizó la última clase antes de comer, me apresuré en recoger todo y me dirigí hasta la que se había convertido mi mesa particular, con mi alocada amiga. Me dejé caer sobre el asiento y solté un bufido al ver que no había despegado su vista del teléfono móvil, tecleaba a una velocidad impresionante, abriendo los ojos con fuerza.

—¿Te has enterado?

—¿De? —pregunté después de tragar un trozo de patata hervida.

—¡Han encontrado muerto a Joe Craig! —exclamó mientras agitaba su móvil con fuerza—. No paran de hablar de ello en Twitter. Es *trending topic.*

En ese momento mi mundo se detuvo y las palabras de Angie pasaron a un segundo plano, como si fuera un eco distorsionado; un pitido en el oído. Las palabras de Joe y la expresión de su rostro me recordaron que estaba aterrorizado por alguien o algo. «¿En qué te habías metido, Joe?»

—¿Me has escuchado? —preguntó Angie moviendo su mano frente a mi rostro, haciéndome parpadear.

—Sss… No. Estaba asimilando la noticia.

—Lo sé. Yo también me quedé en *shock* cuando lo leí —respondió elevando sus cejas oscuras—. ¿Tendrá relación con lo que tú ya sabes?

—No lo sé —musité, mirando de reojo a Atary—. Pero ayer no se presentó en el cementerio.

—Ahora ya sabemos el porqué.

—Todo esto —resoplé frotándome la sien—, se nos escapa de las manos, Angie. Estamos metiéndonos en una situación muy peligrosa.

—¿Habrá sido Sham?

—¿Sham? Seguramente ni se conocían.

Intenté concentrarme en recordar si les había visto juntos en algún momento, o si había estado en la fiesta de la residencia de Joe. Entonces recordé el encontronazo de esa noche, cuando estaba esperando por Atary en la entrada y apareció él. ¿Tendrían algún tipo de conexión? ¿Estaba Joc involucrado con Sham?

—¿Laurie?

La voz ronca y arrastrada de Atary me sobresaltó. Angie abrió los ojos y me hizo una seña para que me fuera con él. Seguro que después me preguntaría de qué habíamos conversado.

—Vamos a un rincón apartado —añadió él tirando de mí con delicadeza.

Atisbé el gesto preocupado de Nikola clavando sus ojos sobre nosotros, pero cambió a una expresión hermética, tan fría como solía ser costumbre. Katalin me clavó su mirada con dureza y elevó el mentón, haciendo una mueca antes de volver su vista a su teléfono móvil. Los demás estudiantes parecieron no inmutarse, estaban enfrascados en sus conversaciones donde, seguramente, se incluía el tema de la muerte de Joe, esperando obtener detalles morbosos que saciaran sus inquinas mentes.

Nos metimos en un aula desocupada y Atary miró a ambos lados antes de cerrar la puerta con delicadeza y acercarse a mí, mirándome con preocupación.

—Veo que te has enterado de la noticia. Tu amiga es muy escandalosa.

—¿Qué le ha sucedido a Joe? —pregunté con la voz temblorosa.

—Vampiros —susurró—. Y creo que no era un neófito precisamente.

—¿No pudisteis hacer nada?

—Hacemos lo que podemos, Laurie. No tenemos un radar que nos indique quién está en peligro; y no te imaginas la cantidad de seres que se esconden entre nosotros.

—Pero él… —balbuceé—. No tenía motivos para morir.

—Él debía de estar en algo bastante gordo como para molestar a un vampiro de los fuertes. Es estúpido en involucrarse en algo así.

—¿Crees que Joe sabía lo que era?

—No lo sé —respondió arrugando la nariz—. Los vampiros saben ocultar muy bien su verdadera identidad. Muchos de ellos se inmiscuyen en negocios turbios y trabajos que impliquen manchar sus manos de sangre. Les encanta.

—No me imagino a él en algo así. Él… Él quería hablar conmigo. Me advirtió.

—Laurie —suspiró—. Dime, por favor, que no habías quedado con él.

—Sí, pero…

—¿Es que no aprendiste en la fiesta que Joe no era de fiar? ¿Te das cuenta a lo que te habías expuesto?

—¡No soy una niña, Atary! Sabía lo que hacía —gruñí, mirándole fijamente.

—¡Parece que no! Claro que no sabías lo que hacías. ¿Te hizo algo? ¿Se aprovechó de ti?

—¡No! —exclamé horrorizada—. Ni siquiera se presentó. Él…

—¿Dónde quedasteis? ¿A qué hora?

—En el cementerio *Greyfriars* —susurré incómoda por su futura reacción—. A las ocho.

—Estás de broma, ¿no? ¡En qué mierda pensabas, Laurie! —respondió dándome la espalda mientras revolvía su cabello con fuerza.

—Yo solo quería saber qué quería. Cuando me encontró en la iglesia estaba muy nervioso. Él… pensaba que le espiaban.

—¡Eso es problema suyo! Hay vampiros acechando en la oscuridad, Laurie. Se alimentan de sangre, ¡como la tuya! Es que no… No puedo creérmelo. Es un acto irresponsable y sinsentido.

—Atary…

—Debes tener cuidado —murmuró mirando de soslayo un ventanal cercano—. Creemos que su número se está incrementando y que ataque un vampiro maduro no es nada bueno. Algo grave se avecina y no quiero que te suceda nada. Me preocupa el tema de tu padre.

—¿Crees que puede hacerme daño? Es mi padre, Atary, por encima de cualquier mentira, de cualquier secreto… Él me ha criado, me ha protegido.

—¿Protegido? Tenerte al margen de todo esto no es protegerte, es exponerte todavía más —respondió haciendo una mueca de desagrado—. Es un acto irresponsable.

—No quiero discutir sobre esto —espeté alejándome unos pasos, abrazándome el cuerpo—. Quiero que todo termine. Quiero volver a mi vida normal, sin miedos ni preocupaciones que no sea saber la nota que voy a sacar en los exámenes.

—Haré lo que pueda, te lo prometo. Pero ten cuidado, no te fíes de nada ni de nadie. Y, sobre todo, no te metas en más líos. No te expongas de esa manera.

—¿Ni de ti? —bromeé tratando de esbozar una sonrisa, aunque por dentro estuviera aterrada.

—Sabes que en mí siempre podrás confiar.

—¿Lo prometes?

—Lo prometo —sonrió.

Atary se aproximó hasta mí, dejándome acorralada contra la pared y llevó sus manos hasta mi cabello, aferrándose a él para atrapar mis labios. Le seguí el compás, cerrando los ojos para saborear mejor la sensación y permití que sus manos descendieran por mi cuerpo, tratando de buscar algún rincón donde adentrarse. Nuestras respiraciones empezaron a acelerarse y sentí una imperiosa necesidad de desnudarme, a la par que a él. Las hormonas habían vuelto a hacer efecto y solo podía pensar en apoyarme contra una mesa y permitir que me hiciera suya. Necesitaba frenar esas ganas de que su hermano hiciera lo mismo.

—Atary —susurré al separarme unos milímetros de sus labios.

—Dime, pequeña.

—Te quiero —balbuceé sintiendo mis mejillas arder. No estaba acostumbrada a verbalizar mis sentimientos.

—Y yo a ti, Laurie. No te imaginas cuánto.

Los truenos irrumpieron en la noche, ayudando a la inmensa luna a iluminar el camino. La lluvia incesante entorpecía el viaje a un carruaje antiguo, movido por unos grandes caballos que eran manejados por un joven de larga melena. Parecía una época antigua, pues su ropa oscura y su sombrero de copa le daban un aspecto elegante, pero tenía sus botas manchadas de barro.

No entendía qué hacía en ese sueño. De hecho, una parte de mí estaba molesta, pensando que iba a volver a aparecer en el pasillo oscuro de siempre. En su lugar estaba en un terreno natural, con un camino abrupto y farragoso que preocupaba al joven.

Ni siquiera tuve que moverme. El sueño me mecía de un lado a otro, terminando por depositarme en un patio oscuro, donde el carruaje no tardó en llegar y estacionarse. Fuera seguía escuchándose la incesante lluvia. El cochero había salido de su vehículo y se apresuraba en acercarse hasta la puerta trasera, vacilando con la mano sobre el manillar, dudando entre abrir o no. ¿Qué temía?

Una mano huesuda y blanquecina se posó sobre sus hombros, hundiendo sus uñas afiladas, ganándose un gesto de dolor por su parte. Tras él apareció una mujer. Su aspecto borroso me resultaba extraño. Parecía una sombra, pero había algo en ella que me hacía querer esforzarme más. Su voz dulce y delicada era como una tierna melodía sobre mi oído, relajaba hasta el punto de entrarte el sueño, si eso podía ser posible.

—Acompáñeme.

El ronroneo de su voz provocó que mi piel se erizara. Había algo en esa mujer que me hacía mantenerme alerta, me indicaba que algún tipo de peligro iba a suceder.

El sueño me meció por donde ellos se dirigían, haciéndome recorrer extensos pasillos con trofeos, retratos familiares y utensilios de oro que brillaban a la luz de los candiles. Lo poco que podía ver de ellos era su ropa moviéndose con sus pasos y la expresión cansada y tranquila del cochero.

Aprecié cómo entraban en una amplia sala, presidida por una inmensa mesa de madera, repleta de diferentes platos y decorada con una vajilla valiosa. Iba a acercarme más para intentar avisarle de que se fuera; el ambiente peligroso que se había establecido era palpable, pero el sueño me movió de nuevo, llevándome hasta una fría y lúgubre sala con tres féretros oscuros, donde una mujer acariciaba el cabello blanco de un cadáver reseco que contenía uno de ellos, el único abierto.

Entonces un rayo iluminó la habitación y sus ojos inyectados en sangre me miraron fijamente, revelándome su verdadera identidad.

Me desperté con la respiración agitada. Tenía la tela del pijama adherida a mi piel, incomodándome. Molesta, deslicé las prendas por mi cuerpo y me despojé de ellas, quedándome en ropa interior.

Miré a mi alrededor con los labios temblorosos y comprobé que estaba en mi habitación, con Franyelis durmiendo en la cama de al lado. Solo había sido una pesadilla.

Me acerqué hasta la ventana sujetando mi dije con los dedos, sintiendo su fría textura, y corrí la cortina para ver el exterior. Entonces, aparecieron esos ojos felinos. El gato negro abrió la boca soltando un maullido estremecedor y moví la cortina de nuevo, bajando la persiana hasta el fondo, aunque eso propició que me quedara sumida en una absoluta y peligrosa oscuridad, bajo la merced de mis miedos.

Capítulo XXX ✝ Deseos y actos impuros

El sábado siguiente recibí un mensaje en el móvil cuando decidí encenderlo. Tenía varios mensajes de mi madre recordándome que debía ir a casa para las vacaciones de Navidad y enfatizaba mi futuro matrimonio con Richard. Me sentía atrapada por ella y la vida que esperaba para mí. Me sentía un pequeño pájaro encerrado en una jaula de cristal.

Decidí ignorarlos temporalmente y centrarme en el de Angie. Seguramente me pondría de mejor humor y traería algún cotilleo candente, o me hablaría de algún chico con el que se habría cruzado por la calle y se había convertido en su nuevo amor platónico.

No tendrás pensado perderte las atracciones de Navidad, ¿verdad? Llevan una semana funcionando y todavía no hemos ido. Edimburgo está taaaan bonito. Así que deja de encerrarte en nuestra residencia mugrienta y ven conmigo para que te dé el aire. Te espero a las cuatro en la entrada de tu edificio, para que no puedas escaquearte. Si no sales iré yo a por ti. ¡Prometido!

Sonreí negando con la cabeza. Angie era imposible, pero me distraía. Avancé hasta el armario para buscar ropa decente para ponerme y me analicé en el espejo antes de decidir coger unos pantalones vaqueros largos y un jersey grueso de algodón. El frío empezaba a ser molesto.

Me vestí con rapidez, preocupada por la hora que era y eché un último vistazo a mi reflejo antes de ponerme un gorro de lana. Bajé las escaleras esquivando a dos estudiantes que subían conversando distraídos y miré el móvil para asegurarme que llegaba a tiempo a la entrada. Faltaban dos minutos para que dieran en punto.

Por desgracia, Angie era una tardona y tuve que esperar varios minutos, hasta que la vi acercarse a la puerta a paso lento mientras miraba distraída la pantalla de su teléfono móvil, tecleando a toda velocidad. Al levantar la vista levantó la mano de forma efusiva y avanzó unos pasos hasta llegar a mi lado y recibirme con un abrazo.

—¿No habíamos dicho a las cuatro?

—Fíjate que considerada soy que te doy cinco minutos de margen para que termines de prepararte.

—Eres increíble —sonreí.

—Se hace lo que se puede.

Caminamos por las calles hasta llegar a *East Princess Street Gardens*. Allí se encontraban distintas y variadas paradas con productos artesanales y puestos de comida tradicionales. Así aprovechamos para comer algo e ir mirando las distintas zonas, admirando las luces de colores que se encontraban alrededor.

—¿A dónde vamos ahora? —preguntó dándole el último mordisco a un dulce con chocolate.

—A las atracciones, ¿no?

—Antes podemos hacer una parada en el mercado de Navidad de *George Street.* Está al lado de las atracciones.

—¿Para? Ya hemos estado en este, Angie —respondí rodando los ojos.

—¡Necesitamos un *selfie* juntas! Todo este tiempo siendo amigas y no tengo una para subir a Instagram. ¡Eso es delito! Y allí está la cúpula de luces. Seguro que saldríamos geniales, toda unas *influencers*.

—Sabes que no me gusta hacerme fotografías, son una pérdida de tiempo. Además, mi madre no me deja tener redes sociales. Dice que solo sirven para cotillear y fomentar el morbo y la envidia. Ah, y también que es una invasión a la intimidad y Dios no lo aceptaría.

—Dios sería el primero en tener redes sociales, eso seguro. Con la cantidad de monjas que tiene a su servicio, necesita un medio para poder comunicarse con todas. Los mensajes divinos y las llamadas celestiales ya han pasado a mejor vida ¡Y ya va siendo hora que tú las tengas! Así podrías *stalkear* el Instagram de Atary, alias el *ardiente rey del infierno*.

—¿Le llamas así? —pregunté elevando las cejas, intentando no reír.

—Le pega, ¿eh? Con ese tatuaje, ese pelo negro, ese aire de chico malo… Le queda genial, lo sé.

—¿Tiene Instagram? ¿Qué publica? —pregunté acercándome a ella.

—Ahora tienes curiosidad, ¡eh!

Observé cómo sacaba su teléfono móvil del bolsillo y desbloqueaba su pantalla con un código numérico, para acceder al icono de lo que debía de ser Instagram y tecleaba el usuario de Atary, que apareció al segundo.

Lo sostuve entre mis manos y revisé las últimas fotografías. En muchas de ellas aparecía solo o con alguno de sus hermanos, pero una fotografía en particular captó mi atención. En ella aparecía con Franyelis y ella le sujetaba por la cintura mientras mostraba una amplia sonrisa. Atary aparecía con una expresión neutra, forzando una sonrisa ladeada mientras metía las manos en sus bolsillos. Podía derretir a cualquiera con esos intensos ojos azules.

Al bajar para mirar los comentarios, me fijé que ella había puesto algo. Al leerlo no pude evitar soltar un bufido. Franyelis no se cansaría nunca de ser tan insistente y querer llamar su atención.

Creo que se me han caído las bragas viendo esta foto ;) Te espero para que me las pongas de vuelta.

—No le des importancia —dijo Angie quitándome el móvil al ver mi reacción—. Sabes que no va a conseguir nada. Además, no es la única chica hormonada que comenta.

—Mi madre tiene razón —gruñí, frotándome la roncha que había empezado a salirme por el cuello—, las redes sociales son una mala influencia. Una vive mejor sin ver nada.

—Bueno, como quieras ¡pero yo quiero mi fotografía para Instagram! Llevo cuatro horas sin subir ninguna. ¡Mis seguidores pensarán que me ha pasado algo!

Suspiré y decidí acceder, con Angie era la mejor opción o te atenías a que estuviera suplicándote hasta conseguirlo. Así que caminamos hasta allí, que por suerte no estaba lejos, y nos acercamos hasta la cúpula de luces, colocándome donde ella me indicaba para ponerme a su lado. Intenté aguantar la risa viéndola poner morritos y sacar culo para la fotografía.

—¿Ya podemos ir a las atracciones, por favor? —supliqué mientras la observaba escribir lo que según ella era un *hashtag*.

—¡Sí! Todo listo.

Suspiré agradecida. Por fin había conseguido librarme de las fotografías y las redes sociales del infierno. No veía el momento de llegar a las atracciones y distraerme un poco.

—¿Te importa hacer cola mientras voy a sacar las entradas?

—No, tranquila —respondí caminando hasta donde se aglomeraba la gente para subir a la noria.

—No tardo.

Observé cómo Angie se alejaba hasta una pequeña caseta que se encontraba a varios metros de la larga cola, también tenía bastante gente esperando. Balanceé mis pies mirando a ambos lados, intentando distraerme fijándome en algo concreto, cuando aprecié a dos figuras masculinas que me resultaron familiares.

Fruncí el ceño. No tenía sentido que mi padre estuviera aquí a esas horas y menos con él, ¿no debería estar en la academia? Extrañada, decidí alejarme de la cola y aproximarme sin que me vieran. Por suerte había demasiada gente alrededor como para percatarse y ellos estaban enfrascados en su conversación.

Me acerqué a un mostrador cercano y fingí estar examinando el puesto de peluches mientras trataba de agudizar el oído, ignorando los pitidos de los coches de choque que se encontraban a mi espalda.

—Estás jugando con fuego, Arthur —dijo Sham en un tono bajo que me costó escuchar—. Tu silencio terminará pagándose caro. Ella tiene dudas.

«¿Ella?» repetí para mí, «¿Están hablando de mí?» Intenté aproximarme un poco más, pero no demasiado. Lo justo para acabar escondida tras una pared de ladrillo cercana, que pertenecía a una tienda de antigüedades.

—No puedo, Sham. En mi familia nunca han existido los secretos y algo así sería una bomba para ella. Laurie no me lo perdonaría nunca y no tiene recursos suficientes para controlar sus emociones. Temo que eso la haga descontrolarse y por su pasado... Me preocupa su bienestar. Además, ya conoces nuestra regla de no involucrar a los humanos.

—¿Pero no ves lo que está sucediendo? ¡Está con él! —exclamó exasperado, mirando a su alrededor por un segundo.

Intenté mantenerme pegada a la pared, rezando para que no me viera y se largaran de ahí. Últimamente empezaba a percatarme que escuchar conversaciones ajenas era de cotillas, sí, pero útil. Era la única manera de hallar la verdad.

—¿Crees que no lo sé? Se presentó en mi casa, ¡se fue con él! —Suspiró mi padre—. Todo hubiera sido más sencillo si se hubiera mantenido sana y salva en Luss, pero Elizabeth insistió en enviarla a la dichosa universidad. Tantos años manteniéndola al margen para acabar así.

—¡Pues enciérrala en tu casa! Qué sé yo. No valgo para lidiar con adolescentes que solo saben babear por chicos que consideran unos malotes. Si no la ponemos en su contra…

La música de los coches de choque me hizo sobresaltar. Fue un ruido tan ensordecedor que me impidió escuchar el resto de la conversación. Mi corazón latió acelerado, estaba tan cerca de descubrir cuál era su intención conmigo que me atacaban los nervios. Yo era valiosa para ellos por algún extraño motivo, pero ¿cuál?

—Hablaré con Ana —sentenció Sham, asintiendo con la cabeza—. No volverá a repetirse.

«¿Ana?» chillé para mis adentros, mordiéndome el labio para contener un grito ahogado. ¿Acaso mi padre sabía dónde estaba y no me lo había dicho? ¿Hasta dónde podían llegar sus secretos?

Sin poder evitarlo salí de mi escondite y avancé hasta donde se encontraban, pero ellos actuaron más deprisa. Sham me miró fijamente e hizo una seña a mi padre con la mano. Entonces empezaron a correr, tanto que me resultó complicado alcanzarles. Si algo tenía claro en ese momento era que mi padre acababa de demostrarme que no era un ser humano normal. Nunca le había visto correr a esa velocidad.

Ignoré los pinchazos que empezaban a acumularse en mi cadera, impidiéndome ir más deprisa. Esquivé peatones que se amontonaban por mi alrededor y miré a ambos lados intentando descifrar por dónde se habían escondido. Torcí a la derecha para seguir corriendo por una calle estrecha perpendicular a *Rose Street* y me metí por una callejuela que en cualquier otro momento no hubiera decidido pisar. Era sombría y poco habitada, con casas viejas y destartaladas, llenas de cristales rotos y carteles gastados de «Se vende». Sin duda gritaba peligro por cada esquina del lugar.

—Sangre fresca —dijo una voz hostil a mi espalda.

Al girarme observé una sombra inmensa, que resultó ser un hombre corpulento con ropa oscura y el cabello del mismo color. Sus ojos rojos brillaban con fuerza, casi tanto como los afilados colmillos que empezaron a asomarse al relamer sus labios.

Empecé a retroceder de forma inconsciente, terminando en el suelo al tropezar con basura que alguien había dejado tirada. Mi cuerpo empezó a temblar al ver cómo ese ser se acercaba a pasos agigantados. Podía sentir sus ansias por alimentarse de mí.

—Siempre tan molestos —gruñó una voz varonil que apareció de entre la nada, sorprendiendo al vampiro.

No me dio tiempo a ver nada más. Vlad sujetó al vampiro por el cuello y lo arrastró sin mucho esfuerzo hasta una esquina poco iluminada, dificultándome ver cómo este intentaba zafarse de su agarre. Entonces Vlad hundió todavía más las uñas en su piel y sacó algo de su pantalón, terminando con su vida al escuchar un crujido, como si algo se rompiera.

El cuerpo inerte del vampiro cayó desplomado, devolviendo un silencio sepulcral al lugar que me permitió relajarme por un instante. Vlad regresó a mi lado con una expresión triunfal, pero sus manos manchadas de sangre. Por suerte, llevaba una botella de agua en mi bolso y un par de toallitas para la cara, así que no tardó en limpiarse.

—Parece que te gusta sentir la adrenalina en tus venas, ángel —respondió con una sonrisa afable—. Tienes un radar para el peligro.

—No contaba con acabar metida en un callejón oscuro y maloliente —murmuré inspirando fuerte.

—Debes tener cuidado. Los neófitos son animales sedientos de sangre y últimamente están descontrolados.

—Gracias por salvarme —respondí con sinceridad—. Pensé que no viviría para contarlo.

—Si sigues tentando a la suerte es lo que conseguirás, ángel. Sería menos peligroso si ocuparas tu tiempo en tentarme a mí.

—No empieces, Vlad —suspiré.

—¡Vamos! ¿Podríamos tener una cita más romántica y pecaminosa? Un callejón oscuro, un cadáver decapitado en una esquina, un olor fétido que alimenta… ¿Qué más podríamos pedir?

—Una vida normal estaría bien.

—De eso no me queda, lo siento. Se han agotado —sonrió guiñándome un ojo.

—Quiero volver a las calles repletas de personas, al barullo y las luces de colores. Por favor.

—A sus órdenes, bella dama —respondió chasqueando la lengua mientras hacía una seña militar.

Caminamos uno cerca del otro, tanto que podía sentir el roce de su mano contra la mía, produciendo una caliente electricidad. Todavía seguía nerviosa por lo sucedido, pero el miedo empezó a disiparse gracias a la sensación de deseo y morbo que estaba sintiendo en ese momento. Su perfume se adentraba por mi nariz, disparando mis hormonas.

Terminamos en el lugar donde me tendría que haber quedado en un inicio, cerca de la cola de personas que se amontonaban para subirse a la noria. Me acerqué hasta la caseta donde una señora mayor vendía las entradas, pero ni rastro de Angie. La había dejado tirada.

—Ya que estamos subiremos para ver la ciudad desde las alturas, ¿no?

—¿Nunca te cansas de intentarlo?

—La esperanza es lo último que se pierde, ángel —sonrió—. Y yo soy un hombre confiado.

—No vamos a hacer nada allí arriba —le advertí, entornando los ojos.

—Claro. Está todo controlado.

Me coloqué en la cola, que por suerte era menos extensa que la última vez, y Vlad se puso a mi lado, despreocupado. Extrañada, le miré frunciendo el ceño y le hice un gesto de duda.

—¿No deberíamos comprar las entradas?

—Ah, ya las tengo. Las había comprado antes por si encontraba a alguna chica guapa que quisiera subirse conmigo y aprovechar la ocasión. Por desgracia no fue muy allá —respondió haciendo una mueca—. Las mujeres de hoy en día son más de motos y apuestas ilegales.

—No todas somos así.

—Por eso estoy aquí, chica mala. Sabía que no podrías resistirte a mis encantos y un viaje a las estrellas.

Resoplé y decidí ponerme de lado para darle un poco la espalda, ignorándole. Fuimos avanzando en la cola poco a poco, hasta terminar en la zona de escaleras metálicas, logrando acceder a una de las cabinas decoradas con luces navideñas de colores.

Una vez dentro, Vlad se sentó cómodamente, ocupando medio asiento, así que decidí sentarme enfrente, a una distancia prudencial que me permitiera mantener mis hormonas intactas. Tenía que vencer a mis demonios internos, Atary no se merecía a una chica débil y pecaminosa como yo.

Justo cuando iba a sentarme, Vlad me sujetó de la mano, creando un cortocircuito por todo mi cuerpo. Giré la vista mirando nuestras manos entrelazadas y luego a él, sus ojos azules brillaban hambrientos. Parecía el lobo feroz.

—¿Por qué tan lejos de mí, ángel? —susurró con un deje ronco—. ¿Acaso temes que te muerda?

—Es mejor poner una distancia prudencial. Por el bien de ambos.

—La noria está a punto de funcionar y podrías caerte. ¿Por qué no mejor te sientas aquí, a mi lado? Hay sitio para los dos. Podríamos hacernos una fotografía para Instagram, si quieres.

—No me gustan las redes sociales —murmuré, accediendo.

Mi cuerpo se tensó. Estar tan cerca de Vlad no ayudaba para pensar con claridad. No me hacía falta mirarle para saber que estaba disfrutando de la proximidad tan íntima que estábamos teniendo. Podía oler su perfume con claridad, aturdiendo mis sentidos. La oscuridad volvía a dominarme.

—Es una pena —respondió justo cuando la cabina comenzaba a elevarse—. Privar a los chicos de tu belleza... Se nota que tienes buenos genes.

—Gracias, supongo.

Llevé las manos hacia mis mejillas al notar cómo se encendían por sus palabras. Intenté distraerme mirando por la pequeña ventanilla que mostraba todo Edimburgo iluminado por las farolas y las luces de Navidad. Era realmente mágico.

Pasamos unos minutos en silencio, pero no duró mucho. Vlad llevó una mano hasta mi pierna, haciéndome sobresaltar y le miré nerviosa, expectante por lo que podía decir. Mi cuerpo empezó a temblar de forma leve, pidiéndome que le permitiera llegar más lejos. Pero tenía miedo, podía vernos alguien en la noria.

—¿Cuánto tiempo vas a continuar negando la realidad, ángel?

—¿Qué? —pregunté jugueteando con mis mangas.

—Estamos solos aquí. Tú y yo. Y sé que tienes las mismas ganas que yo de besarnos.

—Yo...

—Nadie nos va a ver —susurró subiendo el mentón con uno de sus dedos, deslizándolo hasta mis labios—. Es de noche. ¿Vas a dejar escapar la oportunidad?

—No puedo hacerle esto a Atary, Vlad. Yo… No me lo perdonaría, nunca.

—Será nuestro secreto.

Cerré los ojos al sentir su otra mano recorriendo mi cuerpo, hasta acabar en mi cadera. El simple roce de las yemas de sus dedos por mi piel me producía un cosquilleo placentero, casi tortuoso. Podía sentir su cercanía, había aprovechado para aproximarse más; su respiración calentaba mi rostro y su cabello lacio me producía cosquillas. En décimas de segundo terminé sentada encima de él, sintiendo cómo el bulto de su entrepierna se endurecía con el tacto de mi pantalón, humedeciendo mi interior, provocándome.

Me sobresalté al notar la cabina moverse ante el movimiento brusco que hice por quedar encima de él y me agarré fuertemente a su cuello, clavándole las uñas sin querer. Vlad soltó un gruñido varonil, complacido.

—No sabes cuánto tiempo llevaba deseando este momento —susurró cerca de mi oído, provocándome un escalofrío.

—Yo… Yo no soy así, Vlad. No sé qué me está pasando. No me reconozco.

—Nadie es así hasta que le ponen la tentación delante de sus labios y le prohíben saborearla. Y no somos santos. El peligro y lo prohibido nos llama; nos da un chute de energía que es imposible rechazar.

¿A quién quieres engañar? Entrégate a la oscuridad, has sido creada para ello.

Solté un jadeo al sentir el tacto de sus labios sobre mi cuello, encendiendo mis terminaciones nerviosas e impidiéndome pensar con claridad en lo que la voz acababa de decir. A pesar de que fuera hacía un frío tremendo, en ese momento sentí mi cuerpo arder. Sus manos expertas exploraron mi cuerpo, moviéndolas por todos los recovecos de mi piel, excitándome. Sabía que estaba mal, pero con cada caricia mi mente se bloqueaba más, dando paso a mis impulsos primitivos. Esos que ni mis ideales ni mis creencias eran capaces de frenar.

Vlad lograba sacar a flote mi verdadero yo; libre de cadenas y ataduras. Y disfrutaba. El sabor dulce del pecado era realmente tentador.

—Pídemelo, ángel. Necesito saber que estás de acuerdo con esto.

—Vlad —gruñí al sentir la humedad de su lengua moviéndose en círculos por mi cuello.

—Pídeme que te bese —jadeó—. Dime que te mueres de ganas, como yo.

—Por favor —gimoteé, consciente de que era mi oscuridad la que respondía por mí.

—Por favor, ¿qué?

Reprimí un gemido al sentir su entrepierna crecer de forma considerable y se endurecía, más de lo que ya estaba. Temía que si aumentaba pudiera hacer un agujero en mi pantalón.

Hazlo. Sucumbe ante la tentación y abraza de una vez tu verdadera identidad. Estás deseándolo.

—Bésame, Vlad.

En ese momento sus labios colisionaron con los míos y fue como un huracán arrasando toda una ciudad. Sus movimientos eran rápidos, apremiantes. Saboreaba mi boca como si fuera lo último que iba a hacer en su vida. La cabina se agitó.

Sus manos se aferraron a mi cintura, apretándola con fuerza para pegarme más a él. Mis manos atraparon su cabello, tirando de él para que ahondara más en nuestro beso furtivo. Éramos dos animales salvajes, dos bestias moviéndose por el deseo y la pasión más irracional. Necesitaba llegar más lejos; mis hormonas me impulsaban a recorrer su torso, que se mantenía oculto bajo su jersey, e intentaban salirse con la suya, pretendiendo quitárselo.

Al separarnos le miré de forma hambrienta. Mis labios estaban hinchados por el ataque y mi cuerpo se movía a un ritmo frenético debido a la intensidad de mis latidos. Mis mejillas estaban encendidas por el placer y seguramente mis pupilas estaban dilatadas. Cada poro de mi piel anhelaba más, mucho más. Era desesperante.

—Mejor no tentar más a la suerte, chica mala —susurró con voz ronca—. Pero me va a costar bajar esta erección.

—Yo... Lo siento. Esto... Esto no puede repetirse, Vlad. Ha sido un error.

Suspiré y removí mi cabello. Mi mente se había serenado y ahora me reñía por haber actuado de una forma tan estúpida, dejándome llevar por el deseo. ¿Qué clase de persona era? Mi madre no había educado a una desvergonzada e infiel. ¿Qué podría pensar Atary si se enterase?

No.

Él no debía saberlo. Nunca.

—¿Te arrepientes?

—¿Tú no? —chillé, al borde de un ataque de nervios—. ¡Esto ha estado mal! Mal no... ¡Fatal! Si Atary se entera... Dios, no quiero ni pensarlo.

—No eres un objeto, Laurie. Y no eres la única persona en este mundo que se lía con alguien teniendo pareja. ¿Sabes que existe algo llamado relación abierta? Todos seríamos más felices si lo lleváramos a cabo.

—¿Qué es eso? —pregunté masajeándome la frente.

—Es tener libertad para poder liarte con un chico o chica si te gusta, siendo tu pareja consciente, y lo apruebe. Así habría menos celos, menos problemas y menos rencores. Todos ganaríamos.

—Eso es indecoroso, un libertinaje —respondí haciendo una mueca de asco—. Las personas estamos hechas para una única persona. Lo dice la Biblia.

—La Biblia tendría que renovarse ya. Caducó hace mucho tiempo —sonrió—. Además, muchas personas que practican la religión y se llenan la boca hablando de castidad, pureza y humildad hacen cosas peores. Son unos hipócritas…

—Basta, Vlad. La Iglesia ayuda a las personas más necesitadas. Tus palabras son erróneas.

—¿Erróneas? Me parece que ves poco las noticias de la televisión o lees el periódico. Y ya veo que las redes sociales tampoco las sigues. Muchas de esas personas a las que tanto sigues y veneras se ven envueltas en escándalos por practicar la pederastia, forrarse de dinero o timar con ONG falsas. ¿Eso es la religión? ¿Eso es la fe? Y por no hablar de cómo hablan sobre la comunidad LGTBIQ… Se me hincha la vena del cuello solo de pensarlo.

—Eso es una perversión. Dios creó a un hombre y a una mujer por algo—respondí arrugando la nariz—. No admite otras opciones.

—Mejor hago como que no he escuchado eso. Creo que has estado demasiado tiempo bajo la influencia de tu madre y, si me permites decirlo —dijo levantándose del asiento de la cabina, pues acabábamos de llegar al suelo y la noria se había detenido—, tú solita estás viendo que no es la familia modelo que esperabas. Reflexiona.

—Vlad, ¿estás enfadado?

—No, tranquila —sonrió de forma ladeada—. Todos tenemos nuestra propia opinión y hemos sido educados de forma diferente. Es solo que me pone nervioso hablar de temas como este cuando tengo un empalme de mil demonios que me distrae. Necesito serenarme.

—No le dirás nada a Atary, ¿verdad? —susurré incómoda.

—Tranquila, chica mala. Tu secreto está a salvo conmigo —respondió guiñándome un ojo y desapareció, dejándome sola con mis remordimientos y temores.

La semana siguiente avanzó lenta. Había decidido tratar de serenar mis pensamientos y emociones centrándome en estudiar, pues tenía los exámenes a la vuelta de la esquina y si no me apuraba no iba a sacar buenas notas. No me podía permitir el lujo de bajar mi rendimiento y perder la beca que me habían concedido. Entonces tendría que dejar de estudiar y volver con mi familia. Seguro que mi madre me presionaría para casarme con Richard y terminaría aceptando, teniendo que alejarme de Atary y renunciando a la libertad que estaba disfrutando en Edimburgo.

El problema era que la imagen de Vlad aparecía a cada poco entre los renglones de mis libros. Cada página que pasaba me recordaba lo que había hecho. Había traicionado a Atary besando a su hermano. Eso no estaba mal, estaba horrible. Me sentía sucia y pecaminosa. Yo no era así, pero últimamente todo había cambiado por dejarme controlar de nuevo por la oscuridad que me acechaba. Si seguía así terminaría en el infierno.

Me sobresalté al escuchar la vibración de mi teléfono móvil, el cual tenía posado sobre la mesa del escritorio. Lo cogí antes de que cayera al suelo por el movimiento y suspiré al ver el nombre de Atary en la pantalla, notificándome que tenía un mensaje suyo. Recientemente había decidido instalar *Whatsapp* para poder hablar con Angie y con él. Era la única red social que toleraba hasta el momento, aunque me enfermaba verle en línea y que tardara en responderme.

¿Vienes hoy a mi casa? Te echo de menos. Sino tendré que secuestrarte ;) 12:03

Sonreí al ver su mensaje, pero el remordimiento de haber traicionado su confianza con Vlad me golpeó con fuerza, haciéndome dudar de la respuesta. ¿Debía ir y exponerme ante él y sus hermanos? ¿Se daría cuenta de lo que había hecho? O, peor aún, ¿Vlad le habría dicho algo?

«Eso no tiene sentido» pensé, frenándome, al darme cuenta que estaba a punto de estropear una de mis uñas «Si no, no me hubiera dicho que me echa de menos». Suspiré. Esta situación iba a terminar conmigo de un momento a otro. «Vamos, Laurie. Tienes que ser valiente y seguir como si nada. Solo fue un error, un desliz. No volverá a pasar» me animé.

Tecleé la respuesta tan rápido como pude y sonreí al ver un icono guiñándome el ojo seguido de otro dándome un beso. No podía encerrarme más tiempo en mi habitación, escondida del resto de la humanidad.

—Pensaba que los exámenes habían absorbido a mi novia y la había perdido para siempre —dijo a modo de saludo cuando me senté en el asiento del copiloto—. ¿Mucho estrés?

—Ni te imaginas —suspiré jugueteando con las mangas de mi jersey granate—. No entiendo como tú puedes estar tan tranquilo. ¡Son la semana que viene!

—No son complicados —respondió encogiéndose de hombros, antes de arrancar el motor del coche para poner rumbo al castillo.

—¿Qué harás cuando terminemos la carrera?

—Pues seguramente trabajaré para alguna editorial. Mi objetivo es dar una mayor visibilidad a las novelas negras. Últimamente están en auge un tipo de novelas con las que no simpatizo. No entiendo el atractivo de las novelas sadomasoquistas o de hombres idiotas que cambian por amor. Eso no sucede en la vida real —dijo negando con la cabeza, girando con el volante—. En la vida real solo hay mentiras, secretos, envidias y asesinatos. Por eso amo los *thrillers* y las novelas de Stephen King.

Me revolví en el asiento al escucharle decir *mentiras* y *secretos*. Aunque lo dijera en un tono tranquilo y la expresión de su rostro fuera relajada, no pude evitar sentirme incómoda. Parecía que había un trasfondo en sus palabras, como si me insinuara que sabía lo que había sucedido entre su hermano mayor y yo.

Relájate, Atary no sabe nada. Lo tienes todo bajo control. Estoy orgullosa de ti.

Llegamos al castillo y recorrimos las estancias sin mayor problema. Vlad y sus molestos hermanos no habían aparecido, así que pude respirar aliviada cuando Atary cerró la puerta de su habitación.

—Atary —susurré al sentarme en su cama, mirándole con curiosidad—. ¿Cuándo era tu cumpleaños?

El sonido de su risa afloró mi nerviosismo y el hoyuelo que formó en su mejilla derecha al esbozar una sonrisa me hizo sonrojar. Era una novia horrible que ni siquiera recordaba cuándo cumplía años su pareja.

—Todavía queda un poco. Es el dieciséis de enero. Creo que tienen pensado hacer una gran fiesta para celebrarlo.

—¡No puede ser! Quería celebrarlo contigo tranquilamente —me quejé.

—Podemos celebrarlo ahora, si quieres —ronroneó enfatizando su voz ronca y arrastrada—. Solos tú y yo.

—¿Y qué podemos hacer?

Mi cuerpo vibró complacido por el juego que estábamos generando. Podía sentir cómo el ambiente había empezado a caldearse y su cercanía hacía estragos a mis hormonas. Estaba realmente hermoso.

Se había quitado la cazadora de cuero negro que llevaba, resaltando sus músculos gracias a la camiseta blanca con letras negras que traía debajo y los pantalones oscuros destacaban su trasero, que no estaba nada mal. Me sonrojé. Estar cerca de Vlad y de Angie empezaba a influenciarme, convirtiéndome en una chica lujuriosa.

—¿Tú qué crees? —preguntó alzando una ceja, mostrando una mirada cargada de deseo—. Me tienes sufriendo a dos velas, pequeña. Hace mucho que no nos acostamos.

—No eres el único que sufre, pero sigue dándome vergüenza que me veas desnuda.

—Creo que tengo la solución perfecta.

Observé con curiosidad cómo se alejaba de la habitación para volver minutos más tarde con una botella de vino sujeta a su mano. Su mirada reflejaba un aire triunfal, acompañada por la sonrisa torcida dibujada en su cara. Realmente me había tocado la lotería teniendo a mi lado a un chico como él.

—¿Me vas a emborrachar? —pregunté divertida.

—Lo justo para que te desinhibas —respondió abriéndola, sentándose a mi lado.

—¿Es el vino de la fiesta? ¿Vuestro vino secreto?

—Sí, la última vez comprobé que te había gustado y tiene un efecto interesante sobre ti.

—¿Y las copas? —pregunté arrugando el ceño.

—Es más divertido si bebes de mi boca.

Sonreí al recordar nuestro primer beso, sin duda tenía razón. Tragué saliva y pasé la lengua por los labios al apreciar cómo Atary daba un sorbo directamente de su botella y varias gotas quedaron impregnadas en los suyos. Me aproximé a él motivada por el dulce olor que estos desprendían y acerqué mis labios para saborearlas, jugueteando con mi lengua.

El jadeo ronco que salió de su interior hizo vibrar la zona baja de mi vientre, animándome a probar un sorbo de su botella y cerré los ojos al degustar su sabor, despertando mis deseos más ocultos. Varias imágenes de la fiesta de Samhuinn vinieron a mi mente como *flashes*, disparando mi lujuria al recordar la escena pasional que Vlad había vivido bajo esas cuatro paredes. Mi cuerpo se encendió en respuesta, ayudándome a devorar la boca de Atary y despojarle de su camiseta, seguida de varias prendas más.

—Si que tienes ganas —respondió en respuesta, al separarnos para coger aire.

—Más —gimoteé, dejando que mis demonios internos controlaran mi cuerpo, bloqueando mi capacidad para razonar.

—Siempre.

Jadeé al sentir sus dedos bajar la cremallera de mi pantalón para introducirse bajo mi ropa interior y me retorcí al sentir las descargas de placer que sus movimientos me proporcionaban. Desesperada por el deseo, me dejé caer sobre la cama, abriendo las piernas para que pudiera despojarme de ellos y darle mayor amplitud.

Al incorporarme, bebí otro sorbo de la botella y Atary atrapó mis labios con rapidez, compartiendo con él parte del líquido, para volver a quedarme tumbada y permitir que él se acomodara encima de mí, preparado para ponerse protección y deslizarse por mi zona más íntima.

—Cómo lo necesitaba —gruñó al dar el primer empujón en mi interior, haciendo arquear mi espalda.

—Ya somos dos —musité cerrando los ojos, movida por el placer.

Entonces dejé que mi cuerpo se fusionara con el suyo, extasiada por las embestidas que daba y disfruté de cómo nuestras manos se entrelazaban sobre el colchón, arrugando las sábanas con cada movimiento. Gemí satisfecha al sentir que su ritmo aumentaba y los labios de Atary crearon un sendero por mi cuello, descendiendo hasta mi clavícula. Y cuando sentí sus dedos haciendo presión sobre mi clítoris, moviéndolos de forma circular, no pude evitar gritar su nombre y permitir que mi cuerpo ardiera. Había entrado en convulsión.

Cuando terminamos de mantener relaciones me envolví con las sábanas mientras Atary se ausentaba para ir al baño. El ambiente de la habitación se había quedado tan caldeado que, incluso tapada solo por unas sábanas, sentía la urgencia de salir hacia el balcón de su habitación para airearme con el frío del invierno de Edimburgo.

Me dirigí hasta allí aferrándome bien a esa capa fina que me envolvía y me sujeté como pude a la barandilla, apreciando el cielo estrellado que se alzaba majestuoso frente a mí, con la luna creciente brillando a su paso.

En ese momento escuché un chasquido cerca de donde me encontraba y levanté la vista hacia donde parecía que provenía el sonido, dándome de bruces con la presencia de Vlad, apoyado desde el que parecía el balcón de su habitación. Su cabellera negra ondeaba por el aire frío que nos rodeaba y estaba vestido únicamente por un pantalón deportivo largo de color oscuro.

Sus ojos azules me miraron fijamente, haciéndome sentir completamente desnuda a través de ellos, así que me aferré aún más a la fina tela que me cubría, sonrojándome. En una de sus manos sostenía un cigarrillo y soltaba el humo por su boca de forma lenta, provocándome. Desde donde me encontraba podía atisbar cómo sus labios esbozaban una descarada sonrisa. ¿Estaba jugando conmigo?

—Deberías tener cuidado. Esa sábana que usas por protección podría volar de forma repentina con este aire —dijo con sorna antes de dar otra calada, ampliando su sonrisa—. Pero no me quejaría por verte sin ella.

—¿Qué haces aquí? —susurré mirando hacia el interior de la habitación de Atary, asegurándome de que seguía sola.

—Fumar. Se nota, ¿no? El caso es qué haces tú aquí —respondió dando otra calada—. ¿No deberías estar dentro con mi querido hermanito?

—Tenía calor.

Me sonrojé al escuchar el tono con el que le he había contestado. Sin querer me había salido un sonido ronco, incitado al ver las gruesas líneas que se asomaban desde su pantalón, mostrándome el tatuaje que había visto con tanta frecuencia en mis sueños.

El hecho de verlo había provocado que mis mejillas ardieran, recuperando el calor que había perdido al estar en el balcón. Un simple gesto y Vlad conseguía que me arrodillara ante él, mecida por el morbo y la lujuria que transmitía. Era adicta a su presencia, a su voz, a sus gestos descarados e intensos. «Oh, Señor, perdóname por haber cedido ante un pecado así» sollocé para mí «Por jugar con fuego, estoy quemándome de verdad».

—No has experimentado lo que es tener calor de verdad, ángel. Pero estoy deseando enseñártelo.

—¡Vlad! —exclamé, regalándole una mirada de pocos amigos—. Cállate. Nos van a oír.

—Tampoco se van a alarmar —rio—. ¿O deberían?

—Sabes que no.

—Te espero de madrugada en mi habitación, chica mala. Estoy seguro que la recuerdas —dijo tirando el cigarrillo al suelo, pisándolo con sus zapatillas de estar por casa—. Por cierto, yo que tú no esperaría a Atary despierta. Tiene unos asuntos que resolver.

—¿Qué asuntos?

—Ha quedado con Franyelis. Se ve que ella tiene una urgencia —añadió guiñándome el ojo.

—Mientes —gruñí tensando la mandíbula.

—Descúbrelo tú misma. Nos vemos pronto, muñeca.

Chirrié los dientes al sentir una punzada fuerte en el estómago. Vlad se había despedido de mí completamente despreocupado, lanzándome un beso al aire. Volví a la habitación de Atary y empecé a vestirme, esperando a que él terminara de salir del baño.

Cuando salió, le observé pasearse desnudo por su habitación buscando ropa limpia, mientras su pelo mojaba su níveo torso. Parecía tranquilo rebuscando por los cajones de su mesita.

—Laurie, ¿quieres quedarte aquí para dormir? Yo tendré que ausentarme durante la noche.

Qué casualidad.

Inspiré aire con fuerza, disimulando los celos que empezaban a acumularse en mi garganta, dificultándome el actuar con normalidad y pronunciar palabras audibles. La información de Vlad taladraba mis oídos, haciendo que estos me pitaran. ¿De verdad Atary sería capaz de hacerme eso?

Finge incredulidad. Pregúntale qué planea hacer.

—¿Te vas? —pregunté con un tono más agudo de lo normal—. ¿A dónde?

—Tengo que hacer ronda fuera para vigilar a los neófitos. Intentaré no tardar mucho —respondió con expresión tranquila, mirándome con esos ojos azules que parecían transparentes.

—¿Es solo eso?

—Claro, ¿qué más quieres?

—No, nada. Está bien —suspiré—. Ve entonces.

Observé cómo terminaba de ponerse un jersey oscuro de cuello alto y se acercó a mí con el pelo mojado todavía, humedeciendo mi ropa. Aspiré su aroma al apretarme con fuerza y solté un pequeño gemido al sentir sus labios sobre mi cuello, provocándome un cosquilleo.

—No tardaré. Lo prometo.

Asentí en respuesta, dudando si estaba diciéndome la verdad o realmente era una excusa para que no me preocupara y pudiera salirse con la suya sin problemas. Observé cómo se alejaba de la habitación y me despedí con la mano, fingiendo una sonrisa amable, aunque por dentro me estaba envenenando.

No me fiaba de ellos. Mucho menos con todo lo que había escuchado y las intenciones que Franyelis tenía sobre él. ¿Vlad me había dicho la verdad o solo quería provocarme para que subiera a su habitación?

¿A qué estás esperando? Da rienda suelta a tu deseo. Sé que te mueres por ir a pecar con Vlad.

Me mantuve inmóvil un largo rato, sentada sobre la cama con la mirada fija en la pared, torturándome al imaginarme a Atary en brazos de Franyelis; en brazos de cualquier otra chica que no fuera yo. Comencé a tirar los cojines que había a mi lado, estampándolos contra la pared.

La voz de mi interior tenía razón. Si él iba a acostarse con Franyelis no iba a quedarme de brazos cruzados esperándole. Vlad me había ofrecido una oferta mucho mejor, imposible de rechazar.

¿Sería capaz de hacerle algo así a Atary? ¿A mis principios? ¿Me sentía preparada para liberarme de las capas de perfección y pureza que mi madre se había encargado de crear? Debía admitir que solo me asfixiaban; el deseo que sentía por la carne era mucho mayor.

Decidí darme una ducha para despejarme y limpiar la esencia que Atary había impregnado sobre mi piel. Tragué saliva con fuerza mientras el chorro de la ducha mojaba mi cuerpo. Me sorprendí a mí misma al verme tanteando la posibilidad de subir y dar rienda suelta a mis pasiones más ocultas. El lado más oscuro de mi ser había aflorado al conocer al hermano mayor de los Herczeg y en esos momentos amenazaba con dominarme por completo.

¿Merecía la pena cruzar esa línea? ¿Debía realmente revivir ese sueño que había tenido una y otra vez, recorriendo el lúgubre pasillo del castillo que me conducía hasta la puerta entreabierta de Vlad? Al final él tenía razón. Yo era un ángel deseoso de pecar en el infierno, ese que conocía demasiado bien.

Con ese pensamiento salí y me vestí, inquieta porque la voz de mi interior no dejaba de torturarme, insistiéndome en que había llegado el momento de volver a ser yo; no la Laurie reprimida y castigada que se había formado con el paso de los años.

Al llegar hasta la cama, miré la pantalla de mi móvil, iluminado por un mensaje de Angie. Eran las dos de la madrugada y Atary no iba a volver. Al menos no por el momento. Tensé mi mandíbula y suspiré profundamente al imaginarme más escenas comprometidas en las que yo no estaba presente. Recordé las palabras de burla pronunciadas por Franyelis y cómo disfrutaba, sintiéndose poderosa y especial. Todo lo contrario a lo que solía considerarme yo. Excepto cuando Vlad posaba sus ojos lobunos sobre mí y liberaba mi verdadero ser.

Entonces empecé a caminar, alejándome de la habitación. Mis pies se movieron de forma inconsciente por los pasillos solitarios que tenía el castillo más majestuoso de Edimburgo, hasta que llegué a la famosa puerta de mi sueño. Contuve un jadeo al ver que se encontraba entreabierta, con un resquicio de luz asomando por el hueco.

Suspiré y cerré los ojos durante unos segundos, barajando la posibilidad de marcharme. Aún estaba a tiempo.

No luches, Laurie. Necesitas descubrir el verdadero significado de la palabra oscuridad. Entonces sabrás quién eres.

Me acerqué hasta la puerta escuchando mis pies deslizarse por el frío suelo y solté una bocanada de aire. Deslicé mi mano por la madera que me separaba de él y la solté sobre el manillar, sujetándolo en un puño.

Caperucita se había cansado de ser la buena del cuento y ahora estaba a un metro escaso de donde se encontraba el lobo feroz. Ese que en el fondo siempre había deseado porque se lo habían prohibido.

Había llegado la hora de dejar atrás las cadenas que me ataban y corromper mi inocencia con el pecado más dulce y tentador; ese que disfrutaba arrastrándome hasta el infierno.

Entonces entré.

Capítulo XXXI ✝ conexión

—Estás aquí —saludó Vlad desde la cama, con la luz de la luna iluminando su torso desnudo—. Admito que pensé que no vendrías, pero siempre me sorprendes.

—¿Tienes a mano el vino de tu familia? —pregunté avanzando hasta quedarme a unos centímetros de su cama y suspiré—. No me vendría mal un poco.

—¿Pretendes emborracharte para disminuir tu parte ética y los remordimientos? —sonrió—. Cuando me acuesto con alguien prefiero que esté consciente, llámame loco. Y sé que en el fondo es lo que más deseas, solo necesitabas un motivo para hacerlo y… Ya lo tienes, ¿verdad?

—Atary aún no ha regresado —murmuré haciendo una mueca de desagrado—. Y sé que Franyelis está continuamente detrás de él.

—Franyelis es una chica bastante insistente —rio extendiendo su mano para acercarme hasta él—. Supongo que tenemos cosas en común. Nos gustan los retos. Cuanto más se nos resiste alguien, más empeño ponemos en conquistarle. De todas formas, es solo un polvo, ángel. Después puedes continuar con tu príncipe azul, solo quiero probarte. Corromperte un poco más —dijo guiñándome el ojo.

Sus palabras provocaron efecto dentro de mí, pues sus gestos descarados y su palabrería me excitaban. Mi oscuridad estaba gustosa de ceder ante esa corrupción. Sin embargo, yo no pude evitar dudar.

—¿Por qué?

—Diversión, morbo, protegerte…

—¿Protegerme?

—Sé que Atary te ha hablado de las intenciones de tu querido y dulce padre. Cuanto más hayas bajado al infierno, más difícil les pones que puedan aprovecharse de ti. Es un dos por uno.

—No sabía que eras tan buena persona, Vlad —ironicé, mordiéndome el labio al contemplar su mirada hambrienta. La oscuridad me invadía cada vez más, embriagándome.

—Tengo mis momentos, ángel. Y ahora ven, mi boca se ha cansado de hablar y está deseando hacer otras cosas.

Me sonrojé, pero avancé hasta él, subiéndome a la cama a oscuras para tantear con mis manos el camino hasta donde él se encontraba. Suspiré al entender que era real. Mis sensaciones, el rubor que encendía mis mejillas, mi pulso agitado bombeando todo el cuerpo, la adrenalina de saber que estaba haciendo algo prohibido y peligroso, algo que sin duda nunca antes hubiera hecho. Todo eso me hacía sentir poderosa.

Me sobresalté al sentir la mano de Vlad sujetando la mía y contuve un pequeño grito al ver cómo me alzaba y me colocaba encima de él, quedando a horcajadas con su plenitud rozando mi ropa interior.

—Eres jodidamente irresistible.

Esbocé una sonrisa al escucharle. No sabía cómo lo hacía, pero Vlad siempre conseguía que me sintiera importante. Sus pupilas se oscurecieron debido al deseo. Me sonrojé.

Jadeé al sentir sus expertas manos acariciando cada parte de mi piel, despojándome de la camiseta de pijama que llevaba puesta. Cerré los ojos al notar sus dedos acariciando las aureolas de mis pechos y tiró suavemente de uno de ellos, haciéndome estremecer.

—Vlad…

—Chist... —susurró acariciando mis labios—. Limitémonos a disfrutar.

Me revolví al sentir pequeñas descargas por mi cuerpo, provocadas al escuchar su voz ronca. Era vergonzoso admitirlo, pero me había excitado y la zona baja de mi vientre palpitaba hambrienta, deseando complacerme.

Sin darme oportunidad de responder, tiró de mi cintura para acabar cayendo encima de él y estampó sus labios contra los míos, devorándome con un ritmo acelerado, apremiante. Su lengua buscó la mía mientras sus manos se movían por mi piel, hasta introducirlas por dentro de mis bragas, apretando una de mis nalgas.

Tal fue la envergadura de su ataque que por un momento me olvidé hasta de mi nombre y mis sentidos. Incluso mis pensamientos estaban volcados en la textura suave de sus labios y como tenían el control. Cuando nos separamos, mi respiración agitada acompañaba a la suya y el rubor de mis mejillas me producía un cosquilleo cálido y placentero, deseando que me besara otra vez.

Entonces, tomándome por sorpresa, me incorporó hasta quedarme de nuevo sobre él y sus ojos mostraron un brillo intenso que reflejaba las intenciones más perversas. El hermano mayor de los Herczeg era un demonio. El demonio más intenso, provocador y excitante de todos.

Tragué saliva al sentir el roce de sus dedos bajando por mi vientre hasta llegar a mis bragas y pegué un bote sobre su entrepierna al escuchar la tela desgarrándose. Vlad me las había roto, dejándome completamente desnuda ante su mirada lujuriosa.

—Eso sobraba. Cuando acabe contigo, te regalaré otras.

Asentí movida por el morbo y cerré los ojos al dejarme caer desplomada sobre el colchón, con su robusto cuerpo cubriéndome. Su boca atacó mi cuello mientras sus manos apretaban mis pechos sensibles, haciéndome explotar.

En ese momento pensé en un personaje literario que había leído al empezar el curso y no pude evitar sentirme identificada. La fuerza y magnetismo de Vlad me atraía, mi piel vibraba al escuchar sus palabras, pidiéndome más. Estaba deseando doblegarme de manera carnal ante él. La oscuridad de mi interior se expandió un poco más, provocándome una sensación peligrosamente placentera. Era adictivo.

Solté un jadeo ronco al notar la punta de su nariz descendiendo por mi piel y me revolví al sentir su cálida respiración en un punto sensible de mi cuerpo. Entonces fui atacada por los rápidos movimientos circulares de su lengua mientras me torturaba con sus dedos.

Gemí. Me revolví por el colchón. Me aferré con una mano a la sábana mientras la otra se dirigía de forma inconsciente a su cabello, instándole a continuar. La temperatura de la habitación se había disparado, a la par de la adrenalina que desprendía cada poro de mi piel, llevándome a querer más. Solté gemidos descontrolados. En verdad no sabía ni lo que estaba diciendo en esos momentos. Sus movimientos expertos me consumían, dejándome aturdida.

Minutos más tarde, cuando sentía que ya no podía más y estaba rozando la desesperación, le hice un gesto para que se detuviera y quedara a mi altura, preparada para abrir mis piernas y dejarle entrar, pero él se despegó un poco para mirarme por un instante, antes de sonreír con maldad.

—Todavía no. Aun te veo demasiado tranquila y no pararé hasta que te vea arder. Estoy deseoso de que llegues a ese punto en el que se te habrá olvidado hasta respirar.

Exhalé todo el aire que tenía retenido en respuesta y arqueé mi cuerpo al acoger otro ataque por parte de Vlad. Sus dedos habilidosos se movían de forma circular, palpando los rincones más húmedos de mi interior mientras que su lengua me mojaba más de lo que ya estaba, logrando que la sangre me subiera al cerebro. Mi vista se nubló al llegar a un éxtasis placentero que me hizo temblar.

—Por Dios, Vlad —jadeé con voz agitada, mirándole fijamente por primera vez—. No puedo más.

—Creo que no he oído bien. Estaba muy ocupado aquí abajo, ¿decías?

—No puedo más —repetí con un sonido agudo al sentir sus dedos introduciéndose más hondo, haciéndome retorcerme como una serpiente.

—¿Por qué?

—Esto es una tortura —murmuré abriendo los ojos.

—Ah, ¿sí? —preguntó alzando una ceja, esbozando una sonrisa ladeada—. Pues no ha hecho más que empezar. Espero que estés preparada.

Me relamí el labio al verle sacar sus dedos de mi interior mientras que la lujuria hacía palpitar mi cuerpo. Estaba expectante por saber qué iba a hacer ahora. Comprobé cómo se incorporaba y se quitaba la ropa con rapidez, dejando a la luz esa parte de su cuerpo que tantas ocasiones me había torturado en mis sueños más ardientes. Tragué saliva y relamí el labio de nuevo. La curvatura endurecida de su entrepierna me indicó que se encontraba más que preparado.

Mis ojos se quedaron atrapados sobre su silueta. Vlad se había quedado a la luz de la ventana, haciendo aún más visible el tatuaje familiar que llevaba en su cadera, otorgándole una belleza exótica, pues visibilizaba aún más su intimidad. El hermano mayor de los Herczeg parecía un guerrero escocés con su musculatura definida, su torso atlético, su cabello negro revuelto por el deseo y su gran espalda, que me cubría a la perfección.

—Quédate a gatas sobre la cama y sujétate al cabecero. Lo vas a necesitar —me ordenó con voz ronca.

Accedí sin ni siquiera darme cuenta, impulsada por mi oscuridad, y me aferré con las manos al amplio cabecero con barrotes negros que adornaba su cama. Me sentía expuesta, desnuda, con la luna mostrando mi delgada silueta; pero la lujuria y el morbo primaban más, evitándome sentir vergüenza.

Escuché un sonido rápido, como si estuviera rasgando el envoltorio de un preservativo y no tardé en sentirlo de nuevo sobre la cama, con sus rodillas hundiendo el colchón. Mi piel se erizó al sentir el tacto de sus dedos trazando un camino por mi espalda y mis músculos se debilitaron de golpe, aferrándome con todas mis fuerzas al cabecero al notar el temblor nervioso de mis piernas, amenazando con desvanecerme.

En el momento que sentí la punta de su miembro rozando mis pliegues internos todos los remordimientos, pensamientos oscuros o problemas que tenía se desvanecieron.

—¿Te haré sufrir un poco más? —susurró con su cálido aliento rozando mi oreja antes de morder el lóbulo y añadió—. ¿O iremos directos al infierno?

El morbo que me produjeron sus palabras solo me permitieron estremecerme y soltar un jadeo nervioso. Mi cuerpo se apretó, introduciendo aún más su zona más sensible.

—Eso pensé yo también —murmuró succionando el contorno de mi oreja antes de anclar las manos sobre mi trasero, apretando ambas nalgas al entrar de golpe en mi interior.

En ese momento mis creencias, mis ideales y mi religión se quebrantaron. La corriente de placer que recorrió mi cuerpo me hizo retorcerme y moverme al compás lento y tormentoso que ordenaba él, generando una fricción eléctrica entre su piel y la mía. Mis gemidos fueron mezclados con sus jadeos roncos y sus dedos se hundieron en mi piel, acelerando el ritmo de las embestidas.

—No tan fuerte, ángel —susurró en un tono juguetón y malicioso—. Alguien podría escucharte.

Me mordí el labio en respuesta y me dejé llevar bajo la sensación de sentir que estaba al límite. Todo lo que estaba viviendo en ese momento me desbordaba. Sus embestidas expertas me hacían vibrar, su aroma masculino mezclado con sudor me excitaba hasta un punto inimaginable y el ambiente peligroso y prohibido que se había formado nublaba mi capacidad humana, arrastrándome al pecado más dulce.

La sangre se me acumuló en rincones de la piel que ni me podía imaginar que se podía, miles de pequeñas descargas se juntaron en mi zona íntima, avisándome que estaba cerca de rozar el cielo. Mi vista se emborronó. Tenía los sentidos a mil, como si estuviera en un centro de simulación.

—Joder —mascullé, incapaz de controlarme—. Estoy a punto de…

—Sujétate como nunca al cabecero —ordenó con voz apremiante.

Me aferré como me había indicado y solté un gemido agudo al sentir el ataque incesante de su miembro con estocadas rápidas. Si no fuera porque estaba sujetada con fuerza, hubiera salido despedida ante la magnitud de los movimientos. Todos los sentidos se hicieron uno y la sangre que tenía acumulada explotó, haciendo arder cada una de mis venas. Esa explosión dio lugar a una adrenalina diferente, intensa, que me hizo sentirme fuerte, sexi y decidida. La jodida reina del mundo.

Me dejé atrapar por la fuerte descarga eléctrica y cerré los ojos, retorciéndome extasiada entre sus brazos. Si eso era el infierno, estaba dispuesta a pecar una y mil veces más. Vlad también estaba cerca de acabar; podía sentirlo por el nivel de sus estocadas y como su cuerpo se había tensado. Sus dedos se aferraron a mi piel, inmovilizándome.

Me sentí poderosa y triunfal al saborear los resquicios del orgasmo que había tenido, había sido el más intenso de todos. La zona baja de mi vientre aun vibraba, eclipsada ante los movimientos de Vlad, y la humedad comenzó a descender por la parte interna de mis muslos. Él tenía razón, este acto sexual no era apto para cualquier persona, era excesivamente posesivo y primitivo. Un deseo salvaje y animal que provocaba taquicardias.

Entonces, escuché un golpe seco. Un ruido que parecía venir de fuera de la habitación me hizo mirar en dirección a la puerta. Me revolví inquieta al comprobar que estaba entreabierta. ¿No la habíamos cerrado? Me aparté con el cuerpo todavía tembloroso y abracé mi cuerpo desnudo, buscando la ropa que Vlad había tirado al suelo.

—¿Lo has escuchado? —pregunté nerviosa—. La puerta está abierta.

—¿No la habíamos cerrado? —preguntó extrañado, poniéndose el bóxer de nuevo—. Es un gran fallo.

—¿Un fallo? —murmuré con el corazón acelerado—. ¡Esto es una mierda! Ha podido escucharnos alguien, o peor todavía ¡vernos! Joder —mascullé descontrolada.

—Sería cualquier cosa, Laurie. Es muy tarde, dudo que alguien esté despierto a estas horas de la madrugada.

—Atary —susurré notando cómo el cuerpo se me helaba y el raciocinio volvió a mi cabeza—. ¿Y si…? Tengo que irme de aquí. Esto no ha… No ha tenido que suceder. Nunca.

—¿Tan malo fue? —preguntó con una sonrisa burlona, atrapándome contra la pared.

Suspiré y llevé mis manos hasta su torso desnudo, empujándole para que se apartara y me dejara salir. Estaba sintiendo que me faltaba el aire de verdad. Tenía que comprobar que Atary no había visto nada. No tenía que haber hecho algo así, ni siquiera sabía en qué estaba pensando cediendo ante Vlad. Lo que había hecho no tenía nombre.

Pero disfrutaste. Ambas lo hicimos.

—Vlad… Nadie puede saber nada de esto —murmuré incómoda—. Nadie. Quiero a Atary y esto ha sido un grave error.

—Como quieras, Laurie —suspiró alejándose un poco—. Pero tus gemidos no decían lo mismo.

—Olvídalo —gruñí cogiendo del suelo la camiseta que me faltaba por ponerme—. Olvida esto y olvídame.

Salí de su habitación sin echar la vista atrás e intenté recordar el camino hasta la habitación de Atary. Solo me faltaba perderme y terminar en la de Nikola, entonces acabaría hundida por completo.

Al llegar a la habitación suspiré aliviada, Atary todavía no había regresado. Me di una ducha rápida para limpiar todo rastro de suciedad y me metí en la cama con el remordimiento abrasando mi cuerpo. Entonces miré la hora en el teléfono móvil, casi eran las cuatro de la madrugada. Me revolví entre las sábanas y cerré los ojos al escuchar un ruido de fuera. No tardé en adivinar de qué se trataba, pues la cama se hundió a mi lado, recibiendo a la figura masculina de Atary.

Observé de reojo cómo se quitaba la ropa, quedándose con un bóxer, y se acomodó en posición lateral mirando mi rostro.

—¿Te he despertado? —preguntó recogiendo un mechón de mi pelo.

—Un poco —respondí esbozando una sonrisa tensa—. ¿Noche dura?

Cuánto echaba de menos a la Laurie hipócrita y descarada que disfrutaba con mi presencia. Esa fachada de inocencia y pureza no te pegaba.

—Sí, pero no te preocupes por eso. Está todo controlado —dijo dándome un rápido beso en los labios—. Ahora será mejor que descansemos. Madre quiere que nos levantemos pronto.

—¿Por qué?

—Quiere realizar la ceremonia.

—¿Ceremonia? —pregunté arrugando el ceño—. ¿Qué ceremonia?

—Duerme y cuando despertemos te cuento. Es muy tarde.

Asentí con la cabeza y decidí darme la vuelta, dándole la espalda. Atary aprovechó mi cambio para abrazarme por la cintura y acomodó su rostro ocultándolo por mi espalda, sintiendo su respiración acariciando mi piel.

—Hueles bien —murmuró.

Mi corazón golpeó mi tórax acelerado, recordándome lo que había hecho. La culpa me carcomía, me oprimía de tal manera que me costaba respirar. Cerré los ojos intentando calmarme y balbuceé unas palabras al escucharle darme las buenas noches, pero ni yo misma comprendí mi respuesta.

—Buenos días, dormilona —escuché de fondo pocas horas más tarde.

—¿Qué hora es? —protesté aferrándome al cobertor que nos cubría, tapándome el rostro.

—Las siete y media de la mañana.

—¿Qué? —exclamé incorporándome de golpe, mirando hacia la ventana—. ¿Solo hemos podido dormir tres horas?

—Madre es muy firme en cuanto a horarios. Tenemos que estar a las ocho preparados en la capilla.

Le miré recordando mi hallazgo de hace días y me revolví incómoda al visualizar el aspecto lúgubre y antiguo de la capilla, sin olvidarme de la misteriosa trampilla. El sitio que mantenían oculto parecía silencioso, pero no se me iba de la cabeza la extraña sensación de que algo se me escapaba. Quizás guardaban algo que no querían que se supiera. Pero, ¿el qué?

—¿En la capilla? ¿Yo tengo que ir también? No quiero molestar.

—Tú no molestas y en verdad tengo ganas de mostrarte un poco de nuestra vida y nuestras costumbres. Debo admitir que es una ceremonia algo oscura, pero es importante. Mezclamos nuestras raíces húngaras con nuestra esencia *dhampir*. Madre es especial —carraspeó, acariciándose el tatuaje.

—Todavía no me has dicho qué significa —respondí llevando las yemas de mis dedos hacia ese símbolo tan fascinante—. Me he dado cuenta que no eres el único que lo lleva.

—¿Acosando a mis hermanos? —preguntó con sorna, esbozando una sonrisa torcida—. Porque alguno lo lleva en zonas algo privadas.

—Una vez pillé a Vlad saliendo del baño, envuelto en una toalla —me sonrojé al recordarlo. No estaba mintiéndole, solo ocultando parte de la verdad—. Se asomaba el tatuaje.

—¿Sabes dónde lo llevan Kata y Nik?

—Intento no pasar mucho rato con ellos, la verdad.

—Kata lo oculta tras la manga, en su muñeca derecha —me informó—. Nikola en la parte alta de su espalda, cerca de su hombro izquierdo.

—¿Y por qué? ¿Qué representa?

—¿No lo has buscado? —sonrió, levantándose de la cama para regalarme una vista maravillosa de su torso desnudo.

—No sé cómo se llama, así que no sé qué buscar exactamente.

—Es una triqueta. Un símbolo que se ha asociado a la cultura celta, pero se remonta mucho más atrás. Tiene distintas acepciones según donde busques, pero hay un elemento en común: Alude a la vida.

—¿A la vida?

—Y la muerte. El comienzo y el fin.

—Estoy un poco perdida —admití, mordiéndome el labio inferior.

—Es normal. Digamos que la historia de nuestro tatuaje pertenece al linaje *dhampir* y choca con lo que transmite ese libro sagrado que sigue tu religión.

—¿La Biblia?

—Sí. En otro momento seguimos con la conversación —dijo mirando el reloj que tenía posado en su mesita de noche—. Vamos mal de tiempo.

—Atary —le llamé al observar cómo sacaba unas prendas oscuras de su amplio armario—. ¿Cómo se hace uno *dhampir*? ¿Es hereditario? Hace un tiempo traté de investigar por mi cuenta y había leído que es el hijo de un vampiro o el nieto. ¿Es así?

—No —respondió poniéndose una especie de capucha encima de su ropa habitual—. Pero si depende de los padres que su hijo lo sea. Siglos atrás consideraban el linaje *dhampir* como una maldición. Un castigo divino por realizar actos impuros —susurró arrugando la nariz—. Por suerte eso ha cambiado.

—¿Actos impuros?

Sentí mis mejillas ruborizarse al instante, recordando lo sucedido la noche anterior, así que traté de disimular poniéndome la capucha que Atary me había lanzado, cayendo sobre la cama. Me observé en un espejo cercano, parecía que íbamos a ir a una secta extraña, aunque quien era yo para juzgar viendo el mundo en el que estaba envuelta y todos los pecados que estaba cometiendo. ¿Dios me castigaría a mí también por haber recuperado mi oscuridad?

—Levítico, capítulo quince, versículos del diecinueve al treinta y tres —citó con voz calmada, haciéndome una seña para salir de la habitación—. Vamos, Laurie. Los demás ya deben de estar dentro.

Le seguí detrás tratando de recordar qué relataba ese pasaje cuando me acordé. Esos versículos hablaban acerca de la menstruación de la mujer y su semejanza con la impureza y la suciedad. ¿Qué tendría eso que ver con los *dhampir*?

Suspiré. Me daba miedo asistir a esa ceremonia *dhampir-húngara*, pero en el fondo me moría de curiosidad. Esperaba que Vlad se comportara y nadie nos hubiera visto porque no sabría cómo manejarlo. Lo que nunca me imaginé fue que iba a asistir a un acto tan extraño, digno de mencionar.

—Bienvenidos —escuché decir a la madre de Atary, con una sonrisa de satisfacción en los labios.

Enmudecí al comprobar cómo habían adornado la capilla por dentro. La zona donde se encontraban arrodillados los hermanos estaba rodeada de velas de colores oscuros y era la única iluminación con la que contaban, pues los rayos de sol aún no se habían atrevido a aparecer.

Encima del altar habían colocado un mantel negro con el bordado de la cruz que había visto antes, formada por dos travesaños, el inferior más largo que el superior y, en el medio, estaba el símbolo de la triqueta. Además, en medio del altar tenían el libro que recordaba abierto, con una fuente antigua; parecía tan viejo como el libro extraviado de Sham.

Tenía que admitir que me sentía un poco acongojada, con ganas de salir huyendo y refugiarme en algún lugar más amigable y luminoso, pero la mano firme de Atary sobre mi hombro, apretándome con suavidad, consiguió que mi cuerpo se relajara.

—No tengas miedo, querida —dijo Lilian con voz pausada mientras pasaba las páginas del libro—. Atary quiere mostrarte nuestras costumbres y este es un momento especial. Estamos tan cerca…

—¿Cerca? —pregunté casi para mis adentros.

—Madre está buscando a uno de los nuestros, el más importante de todos. Está retenido por ellos —me susurró Atary mientras me animaba a acercarme—. Y le necesitamos. Es el más poderoso de nuestro linaje.

Observé el gesto divertido de Vlad, observándome fijamente mientras me aproximaba y la mirada prepotente y soberbia de su hermana. Nikola, sin embargo, miraba a Lilian con expresión seria. Sus ojos grisáceos centelleaban a la luz de las velas, mostrando lo que parecía inquietud.

—¿Por ellos? Te refieres a ¿Sham?

Me arrodillé al lado de Atary, con Vlad a escasos centímetros de mí. Le miré de soslayo para comprobar que no iba a decir nada que me avergonzara, pero no estaba del todo segura. El brillo divertido de su mirada me preocupó.

—Sí, de ahí viene el tratado. Madre intenta encontrarlo a través de la magia y la conexión con los elementos de la religión.

—¿Magia? —musité observándola atónita.

—¡Chist! —chistó Katalin, mirándonos con cara de pocos amigos.

Observé cómo se levantaba con sus aires de superioridad y se dirigió hasta el altillo, donde sacó una copa de plata con piedras preciosas y relucientes, además de un botecito de cristal con un líquido oscuro, que me recordó al vino.

Entonces su madre dibujó, con lo que parecía la ceniza de un palo de incienso, un símbolo con un inmenso círculo en el centro —Eso explicaba el intenso olor que llegó a mi nariz nada más entrar— Al terminar se tumbó bocarriba encima del círculo y cerró los ojos, inspirando profundamente un par de veces.

—¿Estás preparada, Katalin?

—Sí, madre —respondió, posando los objetos en el suelo y cogió un palo de incienso que tenía a su lado.

—¿Estás segura de querer a Katalin como sacerdotisa? Conociéndola, igual peligra tu vida, madre —se burló Vlad.

—Oh, cállate —contestó su hermana con rapidez—. Tú no sabrías ni empezar. Lo único que sabes hacer es follar. Y ni siquiera debe de ser para tanto.

—Sé de algunas que podrían cerrarte la boca con su testimonio —dijo mirándome de reojo, con una sonrisa triunfal.

—Centraos —gruñó Lilian sin abrir los ojos—. La ceremonia es importante como para que os la carguéis con estupideces pueriles.

Enmudecí escuchando la conversación y miré a Atary de soslayo. Entonces me ofreció su mano para apretarla e infundirme ánimos. Mi corazón latía agitado y sentía mi cuello tenso. Todo mi cuerpo estaba en estado de alerta, expectante por ver qué iba a suceder y los remordimientos de recordar lo que había hecho la noche anterior. Desde entonces, mi dije era igual que una losa de mármol. Era la representación de mis pecados, una carga que debía de soportar.

Katalin cogió el bote y le quitó el tapón, vertiendo parte del líquido en la copa, con cuidado de no derramar ninguna gota. Luego quemó el palo de incienso y sopló con cuidado para que el humo cubriera la boca de la copa, hasta dejar caer un poco de las cenizas en el interior, oscureciendo aún más el líquido borgoña.

En ese momento sonrió y se aproximó hasta el altar, extendiendo el brazo con el recipiente entre sus manos. Murmuró en unas palabras en un lenguaje que no entendí, seguramente húngaro.

Al volverse hacia nosotros, se colocó la capucha de su túnica, cubriendo parte de su rostro, y se arrodilló nuevamente en el suelo, sujetando un cuchillo que tenía oculto bajo el altar.

Mi cuerpo retrocedió al ver el arma entre sus delicadas manos, pero Atary me frenó, inspirándome calma al decirme *«tranquila»* con el movimiento lento de sus labios. Sus ojos azules centelleaban entusiasmados, todo lo contrario de Nikola, que tenía las manos cerradas en un puño, con los músculos tensos.

—¿Qué va a…?

Mi pregunta se quedó cortada en el aire al ver a Katalin acercar el cuchillo hasta su mano y hacer un pequeño corte. Una línea fina de sangre se asomó por su mano al cerrarla en un puño, dejando caer una gota sobre la copa. Entonces le pasó los objetos a Nikola e hizo el mismo gesto, llegando hasta Vlad. Cuando este terminó me miró con una sonrisa divertida y alzó la copa y el cuchillo en mi dirección.

—Ni de broma voy a hacer eso.

Respiré aliviada al ver cómo fue Atary el que sostuvo los objetos entre las manos y repitió el acto para de devolverle la copa a Katalin y hacerle una seña para continuar. Ella siguió el acto susurrando palabras raras con los ojos cerrados hasta aproximarse a donde se encontraba la figura tumbada de su madre y acercó la copa hasta ella, recitando una oración.

—Alabada eres y serás, pues tu gracia nos envuelve y nos protege ante el mal que acecha. Diosa de la vida, pero también de la muerte, Diosa del caos y la armonía, del bien y del mal. Abre de par en par tus puertas, te lo ruego, y permite a madre entrar en el aura de tu existencia. Muéstrale la verdad con tu poder eterno y el camino que le conduce hacia tu hijo, nuestro eterno Señor. Deja que nuestros seres queridos, que se han marchado, vuelvan en este momento a reunirse con nosotros. Y cuando llegue el momento, como así debe ser, regresen al plano que pertenecen, honrándote con su presencia. Así entraremos en tu reino contentos y sin miedo, pues no hay nada más divino y puro que tu presencia alada. Conecta, te suplico, con su cuerpo y alma. Desciende al plano terrenal y danos tu ayuda para terminar lo que ha empezado.

En el momento que pronunció la última palabra, observé cómo las llamas de las velas empezaron a tintinear, como si una corriente de aire nos envolviera y Katalin se quitó la capucha para inclinarse hacia el cuerpo relajado de Lilian, vertiendo sobre sus labios la grotesca mezcla que habían formado.

Ella relamió sus labios limpiando el rastro que había quedado impregnado y todo se detuvo a nuestro alrededor. Su cuerpo empezó a moverse como si tuviera pequeños espasmos y nuestro cabello se agitó, despeinándonos. En ese momento mi respiración se aflojó por la intensidad de lo que estaba viviendo y mis ojos se quedaron anclados en ese cuerpo que seguía echado sobre el suelo, moviéndose de forma incesante, hasta que frenó del todo y los latidos de mi corazón siguieron el compás del de los hermanos Herczeg.

Las velas se apagaron y el tiempo se detuvo. Nuestros cuerpos se mantuvieron inmóviles, esperando alguna reacción por parte de su madre. No sabía qué le estaba sucediendo, ni si Katalin había seguido todos los pasos que debía realizar. Esta ceremonia era cualquier cosa menos normal.

Entonces sus ojos se abrieron de par en par, pero sin el rastro de sus iris. El vello de mi piel se erizó ante la impresión, no pude evitar retroceder unos pasos, chocando con un banco de madera. Por suerte no tardó en salir del trance y se incorporó de su sitio entre sudores, esbozando una sonrisa triunfal.

—He conectado.

Salimos de la capilla en silencio, cada uno reflejando emociones diferentes. Nikola se mantenía con expresión seria, pensativo, mientras que yo estaba temerosa por lo que había vivido y mi error de la noche anterior. Atary parecía alegre, relajado y Vlad no había quitado en ningún momento la diversión que le caracterizaba. Katalin se mantenía unos pasos más atrás, sosteniendo la figura delicada de su madre, que avanzaba con pasos temblorosos.

—Esto hay que celebrarlo —dijo de repente Vlad, alzando sus cejas en señal de diversión—. *Liquid room*, esta noche. Todos.

—¿No sabes pensar en otra cosa que no sea ir de fiesta y follar? —se quejó Nikola rodando los ojos—. Eres tan simple.

—Perdona, hombre complejo y existencial. Lo siento por no ofrecer celebrarlo yendo a una biblioteca. Es realmente apasionante.

—Madre querrá que nos mantengamos a su lado para descansar —intervino Atary, interponiéndose entre ambos—. La ceremonia la ha debilitado.

—No es necesario. Sois jóvenes, salid a divertiros —expresó ella—. Yo no tardaré en recuperarme.

—¿Seguro?

Me mordí el labio al apreciar su insistencia, Atary era el más atento y protector de los hermanos. Su madre asintió en respuesta, mostrando unas ojeras oscuras que le habían aparecido de forma repentina, junto a unos pliegues sobre su frente.

—Asunto solucionado —canturreó Vlad, dando por zanjada la conversación.

Las horas pasaron rápidas hasta caer la noche, tan esperada por el hermano mayor de los Herczeg. Tomé prestado un vestido ceñido de Katalin, pues no me había traído ropa decente para salir y contemplé complacida cómo la ropa que llevaba Atary le quedaba como un guante. Estaba realmente atractivo.

Decidimos esperar en la entrada del castillo al resto de hermanos, aunque Katalin había decidido quedarse para velar por la salud de su madre, a pesar de sus protestas; pues tenían sirvientas a cargo que podían ocuparse de ella.

Cuando escuché unos pasos, me giré y contemplé absorta como Nikola y Vlad avanzaban con paso tranquilo hasta nosotros, ataviados con unos pantalones oscuros. Nikola los acompañaba con un jersey grisáceo, a juego con sus ojos, y un abrigo de tono parecido, otorgándole un aspecto sobrio que contrastaba con los mechones desordenados de su cabello. Vlad, sin embargo, había decidido llevar esos pantalones con un jersey fino color crema y su típica chaqueta de cuero negra encima.

Les analicé en silencio, eran parecidos físicamente, pero sus diferencias eran notables. Cada uno reflejaba su personalidad en la ropa e irradiaban un atractivo difícil de ignorar. Me coloqué al lado de Atary para salir y me subí en el asiento del copiloto, dejando que Vlad y Nikola se mataran entre ellos en la parte de atrás. Ni loca me acomodaba entre ambos, no saldría viva.

Atary condujo en silencio, pero la música de su coche nos acompañó. La sala no estaba muy lejos, aun así, agradecí que nos desplazáramos de esa manera. Hacía frío y no tenía ánimos para caminar.

Al llegar observé la entrada y aguardé a que Vlad conversara con el portero que se encontraba con posición rígida al lado de la puerta, controlando a los jóvenes que llegaban. Elevé mis cejas al escuchar la voz seductora del hermano mayor de los Herczeg pronunciando la palabra vip. ¿Realmente eran tan importantes como para pasar airosos y poder subir a la segunda planta, reservada para las celebridades del corazón?

A los pocos segundos entramos y me llevé las manos a los oídos, molesta por el incesante ruido de la música saliendo por los altavoces de la sala. Los chicos de mi edad se movían de un lado hacia otro, así que no me quedó de otra que intentar seguirles retorciéndome como una serpiente para no ser magreada por algún chico ebrio.

Al llegar a las escaleras suspiré, el guardia que controlaba la zona asintió con la cabeza y se hizo a un lado para dejarnos pasar. Vlad entró el primero, seguido de Nikola y Atary, que apretó mi mano para llevarme tras él.

Una vez arriba, contemplé entusiasmada el lugar. El suelo era negro y brillante, las mesas eran oscuras y alargadas, iluminadas por una luz rojiza intensa y los camareros se movían de un lado a otro, ofreciendo bebidas a los invitados que estaban sentados en los mullidos sofás negros. Al fondo pude apreciar como unos famosos que mi madre seguía por la televisión aspiraban una estela blanquecina, mientras que una pareja se besaba con pasión, llamando la atención de Vlad.

—Parece que hoy el ambiente se ha caldeado temprano. ¿Acaso esa no es Abbie Johnson?

—Ya estás tardando en armar un *show* —intervino Nikola clavándome sus ojos grisáceos.

—Lo mejor será dejarla, que está ocupada. Es una jodida neurótica celosa, si me ve alejará a cualquier chica que se me acerque —respondió Vlad haciendo una mueca de asco—. Y ni siquiera hemos empezado a consumir alcohol. Para soportar el volumen de su voz necesito estar lo suficientemente ebrio.

—Tienes que probar el *Bloody Mary* —susurró Atary en mi oído, haciéndome pegar un bote.

Entonces tiró de mí para sentarse en el sofá, con mi trasero encima de su entrepierna. Abrí la boca sorprendida y esbocé una sonrisa nerviosa al apreciar sus ojos divertidos, brillando ante la luz de los focos. Estaba irresistible.

—No tiene un nombre muy atractivo.

—Para atractiva ya estás tú, pequeña —respondió mordiendo el lóbulo de mi oreja.

—¡Atary! —me quejé riéndome al apreciar su gesto atrevido—. Están tus hermanos.

—Sí —dijo Vlad alzando la voz sobre la música—. Y os aconsejamos marcharos al baño del *pub*. No me va el voyerismo barato fraternal.

—Mira para otro lado —contraatacó Atary pegándome más a él—. Esto no es nada en comparación con lo que he tenido que ver yo por tu culpa. Aún intento olvidarme de ciertas imágenes.

—Al menos yo no parezco un adolescente desesperado por dos minutos de sexo —sonrió guiñando un ojo.

—Creo que necesito un trago urgente —murmuró Nikola con hastío—. Estoy alcanzando el límite de paciencia con vosotros.

—Sí. Airéate un poco y súbenos un par de copas. Antes prefiero emborrachar a Laurie que ver tu cara de culo.

—No vas a emborrachar a mi novia —se quejó Atary, mirándome con malicia—. Mejor vamos a bailar, antes de que el idiota de mi hermano mayor te corrompa. Eso solo puedo hacerlo yo.

Asentí con la cabeza avergonzada y le seguí el paso, bajando las escaleras para meternos entre la multitud e intentar seguir sus movimientos. No se me daba mal bailar, pero tampoco era una experta y había ciertos ritmos, como los latinos, que no eran mi especialidad. Por suerte, Atary si era un buen bailarín y movía las manos por mi cintura, llevándolas después hasta las mías para hacerme dar alguna vuelta.

Contemplé fascinada el ritmo que sus caderas seguían, impulsadas por la música que estaba sonando. Por el acento y algunas palabras que entendía, sabía que era un cantante español. No pude evitar reírme al observar sus gestos descarados, sobre todo al provocarme moviendo su dedo índice para acercarme hasta él mientras me movía al compás.

Nos mantuvimos así unos minutos, sintiendo como la conexión entre ambos se magnificaba y los pequeños gestos como acomodar su cabello y relamer su labio para humedecerlo golpeaban con dulzura mi corazón, enamorándome un poco más.

Era difícil de explicar. Ni siquiera sabía por qué había cedido en pecar con su hermano mayor, cuando tenía a semejante hombre de novio. Recordé la conversación que había escuchado entre Franyelis y él, el momento del baile que habían tenido en la fiesta de Joe y cómo ella miraba a mi novio, con ese gesto de admiración y debilidad que seguramente tenía yo.

No era tonta, Franyelis estaba enamorada de Atary. Suspiré, ahí estaba la respuesta. Mis celos e impulsos primitivos me habían impulsado a hacer lo que no quería que me hicieran a mí. Había actuado en venganza movida por mis demonios.

La culpa me carcomía. No podía parar de observar la expresión relajada de Atary y cómo su sonrisa se ampliaba cuando nuestros cuerpos se acercaban, dejando mis labios a escasos centímetros de los suyos, antes de alejarme dando una vuelta y quedar sujeta de nuevo a él, escuchando el latido agitado de su corazón.

—Gracias, Laurie —dijo de repente, cuando la canción había finalizado y el DJ daba paso a otra canción.

—¿Por?

—Por haberte quedado a mi lado a pesar de todos los problemas. Por tener la mente abierta hacia nuestro estilo de vida y amarme como lo haces —admitió acercándome hasta él, haciéndome oler su aroma—. Es la primera vez que siento así por alguien. Creo que estoy… Empezando a enamorarme de ti. Me gusta la chica fuerte y decidida en la que te estás convirtiendo.

Me sonrojé al escuchar la intensidad de sus palabras y deposité un sentido beso sobre sus labios, saboreando el sabor que estos tenían al chocar con los míos. Entonces me giró por sorpresa siguiendo el compás de la nueva canción y esbozó una sonrisa que derritió mi corazón.

—Te quiero, Laurie Duncan.

—Y yo a ti, Atary Herczeg —sonreí, contagiada por su alegría—. Mi sexi héroe húngaro.

Me acerqué a él, colisionando de nuevo con su boca y rodeé su cuello con las manos, acariciando su cabello al entrelazarlo con los dedos. Tragué saliva al sentir su respiración agitarse y cómo su nuez descendía, traspasándome con la mirada. Nuestros cuerpos centellearon, rodeados por la electricidad que se formaba al juntarnos y la voz masculina del cantante que sonaba en la sala acompañó caldeando el ambiente. Era un momento excitante.

—¿Qué dice la canción? —susurré con voz ronca.

Sentí unas cosquillas placenteras al escuchar la voz arrastrada de Atary traduciéndome la canción al oído mientras me aferraba a su cuerpo. Estábamos tan pegados que podía notar cómo la dureza de su entrepierna crecía, provocándome un ligero ardor en mis orejas y mejillas. Sonreí al escuchar la letra, la voz de Atary cantándome al oído se había convertido en mi nueva adicción.

Nos mantuvimos así un par de canciones más, hasta que mis piernas me suplicaron un descanso, tambaleándose un poco. Regresé a la zona vip pegada a su cuerpo y me dejé caer en un sofá cercano a donde se encontraban sus hermanos. Acomodé mi pelo despeinado por el baile.

A nuestro lado, encima de una mesa pequeña de cristal, había unas copas. Seguramente era lo que Nikola había pedido por todos nosotros. Miré a Vlad, que se encontraba observándome de forma disimulada mientras bebía de la suya y me hice a un lado para que Atary pudiera coger otra, apreciando cómo la llevaba hasta los labios. Le hice un gesto y acerqué mi mano para arrebatársela, entonces le guiñé un ojo y bebí un poco, saboreando el dulzor que descendía por mi garganta.

—¿Esto no es vuestro vino secreto?

—Sí. Vlad es amigo del dueño del local y nos guarda algunas botellas para disfrutarlas. Es lo mejor que encontrarás del *pub*, exclusivas para los invitados vips.

—Vaya, no sabía que el apellido Herczeg era sinónimo de influencia y poder.

—Te sorprenderías de lo que somos capaces, sobre todo Vlad.

Sonreí observando en dirección a donde estaba el aludido y arrugué el ceño al ver a Nikola sentado cómodamente en el sofá, con el brazo apoyado sobre el respaldo mantenía su vista fija en una chica que estaba a su lado, hablándole con efusividad. La oscuridad empezó a expandirse en mi vientre, pero traté de ignorarla mirando el rostro despreocupado de Atary. Lo que estaba sintiendo en ese momento no tenía sentido. No podía dejar que me dominara lo que ya había despertado.

¿Por qué no pecar un poco más? Ese chico siempre se te ha resistido, pero ambas sabemos que tarde o temprano caerá.

—¿Me dejas beber otro sorbo, por favor? —pedí mirándole con ojos vidriosos. Necesitaba eliminar a esa voz.

—Claro, pero con moderación. No quiero que te enganches —sonrió ofreciéndome su copa.

Emití un ronroneo de satisfacción al sentir el líquido descender por mi garganta y relamí mis labios, cerrando los ojos para disfrutar el sabor. Al abrirlos escuché la risa escandalosa de esa chica y aprecié cómo Nikola sonreía.

«¿Perdón? ¿Nikola, alias el robot sin sentimientos, ha sonreído? ¿Tiene corazón?» pensé mientras un fuerte dolor atizaba mi estómago, haciéndome revolverme incómoda en el sofá y contener una arcada.

Me odié al ser consciente de que cada vez me costaba más mantener el control, los pensamientos oscuros se amontonaban en mi mente, provocándome. Realmente los hermanos Herczeg estaban haciendo estragos en mi interior. Me sentía aturdida y debilitada por mantener una lucha constante contra mi verdadera identidad.

—Voy… Voy al baño —musité mirando hacia Atary. Necesitaba estar sola para volver a la normalidad—. Ahora vuelvo.

Por suerte, aprecié que en la zona vip había uno, seguramente mucho más pulcro que el que había abajo, así que aproveché y me encerré tras una de las compuertas negras para quedarme sentada encima de la tapa de un váter del mismo color, reluciente.

En ese momento sentí una vibración en el pequeño bolso que llevaba conmigo y al abrir la cremallera me di cuenta que se trataba de mi teléfono móvil, el cual no recordaba haber encendido. Al desbloquear la pantalla aprecié que tenía un mensaje en W*hatsApp* de un número que no tenía registrado. Al abrirlo, mi garganta ardió en respuesta, aumentando mi nivel de ansiedad.

Aunque no tuviera el número registrado y la imagen que tenía de perfil no me dijera nada, el mensaje era claro: *Aléjate de Atary y de sus hermanos o descubrirá que no eres tan inocente como tratas de aparentar. Sé lo que has hecho.*

Releí el mensaje cuatro veces antes de guardarlo de nuevo en su sitio y respirar profundamente, intentando mantener la calma. Quien quiera que fuese esa persona no le agradaba que estuviera con Atary. Eso estaba claro. Barajé la posibilidad de que fuera Franyelis, pero ¿realmente era capaz de amenazarme con algo así?

De ser así ya sabes lo que hacer. No permitas que nadie te aleje de él. Atary es tuyo, te pertenece.

Me limpié las gotas de sudor con un trozo de papel higiénico y tiré de la cisterna mientras las palabras del mensaje se repetían una y otra vez en mi cabeza. Quizás era un farol, igual esa persona me amenazaba para asustarme, pero luego quedaba como papel mojado.

Tampoco quería arriesgarme a comprobarlo, pero mi oscuridad tenía razón; no quería alejarme de Atary. Él era mi novio y mi pilar, el único punto estable que tenía en esos momentos en mi vida. Era el único en quien confiaba y sabía que no me haría daño, me lo había demostrado.

Abatida, me deslicé por la pared dejándome caer hasta el suelo. Solo había una cosa que tenía clara: Atary no podía enterarse de lo que había hecho con Vlad. Nunca sabría que le había traicionado de esa forma tan sucia y cruel, pues no estaba dispuesta a perderle por nada en el mundo; costara lo que costara el precio que tuviera que pagar.

El demonio que crecía en mi interior sonrió.

Capítulo XXXII † Un héroe y dos villanos

El día pasó y la persona que había decidido amenazarme no volvió a manifestarse. Por si acaso, mantuve el móvil encendido todo el día y lo miré constantemente, con el corazón en vilo por si la pequeña lucecita, que me avisaba de una nueva notificación, se iluminaba.

Por ese motivo, mi mañana fue nefasta. Intentaba centrarme en el libro que tenía delante sobre literatura europea, pero no podía. A cada segundo se me venían a la mente diferentes imágenes sobre mi noche con Vlad, torturándome, recordándome que era una mala novia y una mala cristiana. Además, había defraudado a mis padres, pero, sobre todo, a mí misma.

Jugueteé con el bolígrafo entre mis dedos, moviéndolo frenéticamente de un lado a otro mientras me esforzaba por avanzar de línea. El examen era al día siguiente y era realmente importante, pues quería mantener mi beca intacta o mi madre no me dejaría seguir estudiando y me encerraría como a Rapunzel; secuestrada en una alta y larga torre de cristal.

A los pocos minutos decidí cambiar de libro, a ver si *Pasado y presente del inglés en el mundo* me motivaba más y conseguía hacerme desconectar de todos los problemas que me envolvían. Encima, los días avanzaban con rapidez y la fecha de la boda que había propuesto mi madre se acercaba. Me negaba a casarme con alguien que no quería, pero no sabía qué hacer para evitarlo.

Abrí el libro y una hoja alargada y antigua cayó al suelo, acompañada por otra nota famosa. Movida por la curiosidad, me centré en el aspecto de las letras y un *flash* llegó a mi mente. Era una página del libro que había perdido, el libro de Sham. ¿Para qué querría la persona de las notas el libro? ¿Y por qué me devolvía una hoja suelta?

Contemplé el aspecto de la nota, intentando no cortarme al pasar la yema de mis dedos por el perfecto corte que habían hecho. Una persona normal la hubiera arrancado, generando picos, pero esta había sido muy cuidadosa. Miré la nota antes de sumergirme de lleno en el contenido de esa página, esperando que contuviera algo importante.

Si lo hubieras leído me habrías evitado tener que jugármela de esta manera. Esta vez no te duermas y ata cabos. Es importante, no puedo hacer más por ti.

PD: Nunca te quites el dije, te protege de todo mal. Incluido yo.

Me mordí el labio de forma inconsciente y llevé una de las manos hasta la nuca para rascar el sarpullido que acababa de salirme debido a los nervios. ¿Quién era? ¿Y cómo podía saber que la última vez me había dormido? Era imposible. A no ser que fuera el dichoso gato.

Abrumada, arrugué la nota hasta hacerla una bola y me centré en la página principal que tenía sujeta entre mis dedos. Las letras negras se entremezclaban con un tono rojizo, similar al de la sangre y en algunos bordes había rastro de tinta derramada, formando manchas oscuras.

En ese tiempo lograron llegar los ángeles creados por Lux, eran tres. Traspasaron la frontera creada por ambos dioses, aun sabiendo las consecuencias que eso les traería, haciéndoles renunciar a su parte inmortal. Fue entonces cuando encontraron a Lilith oculta tras una cueva, estaba dando a luz a un nuevo ser oscuro, fruto de su unión con Samael, la creación de Nyx.

«Lilitú, creada por los dioses y compañera de Adán, has desobedecido los mandatos de nuestro Dios y te has alejado de su luz, abrazando la oscuridad que impregna el semidios. Debes renunciar a esta vida y despojarte de tus seres malignos, regresando al Edén para cumplir con el propósito de tu creación», manifestó uno de los ángeles, aproximándose hasta ella.

«No hay ser más maligno que aquel al que vosotros defendéis. Alguien capaz de creerse con el suficiente poder de hacer lo que quiere, por encima de su igual, no merece vivir en total armonía, rodeado de privilegios y placeres. Soy Lilith, creada por los dioses con el mismo polvo divino que se usó para formar a Adán; pero ahora no soy solo eso, no soy su compañera. Ante vosotros se alza la reina de la noche, la madre de demonios, y es mi deber mantenerme firme en la oscuridad, pues es quién me acoge en su seno», respondió la joven, acunando entre sus brazos al oscuro ser que había salido de sus entrañas.

«Tu decisión traerá consecuencias. Tus actos de venganza han generado atrocidades como el fratricidio, derramando sangre inocente sobre tierras fértiles, limpiada con las lágrimas inocentes de Eva. Avergüénzate pues de tus acciones y sacrifica a tus siete seres, pues el castigo debe ser ejemplar. Si lo haces, te dejaremos vivir al margen, pero no te podrás acercar a aquel que tenga la protección divina de Lux» le advirtió el ángel.

«¿Cuál es, pues, esa protección sagrada?»

El ángel sacó de sus ropajes vaporosos un arma etérea que destellaba la luz emitida por su dios. Un arma sagrada forjada con su propio poder, capaz de bloquear cualquier resquicio de oscuridad. Entonces la extendió hasta Lilith y esta la sostuvo, notando como el contacto con ella helaba su piel hasta tal punto que la quemaba, produciéndole heridas.

«Usa esta arma con tus hijos, convirtiéndolos en cenizas al sentir el contacto de la luz. Derrama su sangre en el filo que se convertirá en una señal divina, protegiendo al mortal», detalló él.

Lilith asintió, dispuesta a librarse de esa arma molesta que pudría su piel, deteriorándola. Le dolía tener que sacrificar a sus siete hijos, pero le podía más su ansia de venganza y sin esos molestos ángeles todo sería más sencillo. Entonces clavó el filo del arma en los frutos que había llevado en su vientre y la sangre oscura del interior de sus cuerpos manchó sus manos, haciéndola brotar un par de lágrimas.

«He cumplido» susurró, observando a los ángeles que respiraban aliviados. Uno de ellos se aproximó para sujetar la empuñadura del arma y usó el poder que todavía conservaba de su dios para moldear el objeto, empequeñeciéndolo hasta formar una cruz plateada, con detalles azabaches por la sangre producida en el sacrificio. Los dos ángeles restantes se aproximaron y colocaron la yema de uno de sus dedos sobre la superficie, moviéndolo con movimientos incontrolados, hasta sellarlo con sus nombres. Las letras relucían de manera prodigiosa, gracias a la luz emanada de Lux.

«¿Un dije?» preguntó atónita, observando el colgante que tenía el ángel central entre sus manos.

«Sí, y su portador será capaz de restaurar el equilibrio, eliminando cualquier rastro maligno que tanto el semidios como vos habéis creado»

«Dijiste que solo lo protegería» bramó ella, encolerizada «Me habéis mentido».

«Y esto no acaba aquí. Pronto tendrás más noticias de Lux y Samael tendrá que responder ante sus actos y la desobediencia que ha mostrado al cruzar el límite permitido, desafiando a sus creadores», respondió el ángel, guardando su dije más preciado.

Entonces desaparecieron, no sin antes escuchar la promesa de Lilith, clamando sed de venganza. Una que duraría toda la eternidad si el portador del dije no era capaz de destruirla.

Levanté la vista mientras la página temblaba por mi nerviosismo, y miré la zona donde descansaba mi dije, ese que me había regalado mi padre antes de irme de Luss. Al contemplarlo, observé que tenía los mismos detalles relatados en la página, sin olvidarme de las letras grabadas que me costaba identificar. Acababa de descubrir que posiblemente llevaba el dije creado por esos ángeles, pero ¿realmente era verdad? ¿Era la portadora del símbolo que acabaría con la oscuridad?

Suspiré, dejándome caer sobre el respaldo de la silla y me froté la sien; todo esto me había dejado en *shock*. Parecía un relato fantástico, pero todo lo sucedido últimamente me hacía pensar que podía haber sido verdad. ¿Mi padre sabía esta historia? ¿De ahí venía la insistencia de Sham sobre irme con ellos?

Observé el reloj de la pared y recordé que en una hora habría misa en la catedral, y con todo lo sucedido últimamente debía asistir para limpiar mi alma, corrompida por los mandamientos quebrantados. Podía sentir cómo mi corazón se ennegrecía poco a poco. Había dado la espalda a mi Señor, defraudándolo.

Me sentía avergonzada. Sabía que si ponía un pie en el edificio sagrado los remordimientos me golpearían y el simple contacto con la luz me haría estremecer de dolor. No iba a ser capaz de confesarle al párroco mis pecados, seguramente me expulsaría de su casa.

Así que, como buena cobarde, decidí quedarme en la habitación y refugiarme en lo que debía haber hecho en un inicio: Estudiar. Me puse los auriculares y dejé sonar una reproducción aleatoria de música clásica, perfecta para desconectar e ignorar a mi compañera de habitación, que acababa de llegar.

La semana pasó, y con ella los temidos exámenes. Había trasnochado en varias ocasiones y mis ojeras habían aumentado de forma considerable al recordar que me tocaba regresar a Luss, al lado de mis padres y Richard. En esos momentos sentía que mi casa era una prisión, una celda en la que Atary no era bienvenido y ya no tenía la alegría de Ana a mi lado para rescatarme. Pero tenía que hacerlo, no iba a esconderme y tampoco quería tirar por la borda mis estudios para acabar encerrada de verdad, sin dejarme salir nada más que para asistir a mi propia boda.

¿Podré verte antes de que te vayas? 10:04

Leí el mensaje que había llegado a mi *WhatsApp*, era de Atary. Por desgracia eso estaba complicado, pues mi madre ya estaba esperándome fuera de la residencia con el motor en marcha. Le contesté con rapidez y leí el mensaje nuevo que me había enviado, antes de bajar las escaleras con la maleta a cuestas.

No te preocupes. Estaré pendiente de que no te suceda nada malo y en cuanto pueda iré a buscarte. Trata de pasarlo bien. 10:06

Te quiero. 10:07

Al llegar abajo, guardé la maleta como pude entre las bolsas de donaciones parroquiales de mi madre y me acomodé en el asiento del copiloto, incómoda por la situación que se había formado entre ambas. Podía sentir su mirada acusatoria, desaprobando mis relaciones de amistad.

En esos momentos hubiera agradecido que Angie fuera de Luss, al menos así podría tener una excusa para poder pasear por el pueblo. Sin Ana me sentía completamente sola.

—He hablado con Richard y hemos decidido adelantar la ceremonia. Os casareis en una semana. Así podrás vivir con él y dejarás de estudiar en Edimburgo, abandonando esas amistades extrañas que tienes. No son una buena influencia para ti —expresó de repente, sin un ápice de nerviosismo—. Ya va siendo hora que te endereces y te conviertas en una buena cristiana. Richard te concede una oportunidad, así que no la desaproveches ni nos deshonres otra vez.

—¿Desde cuando alguien se casa sin ni siquiera poder decidir si quiere hacerlo? No quiero a Richard, madre —siseé sin poder creérmelo.

—Me da igual. Ya nos has demostrado que estás influenciada por el vicio y el pecado. Él se encargará de encarrilarte como es debido —concluyó—. Mañana asistirás a la celebración prenupcial que va a realizar en la playa con tus antiguos compañeros de clase. Y da gracias a tu padre que ha intercedido por ti. Si fuera por mí, te quedarías encerrada en tu habitación hasta la boda. No me fío de ti.

—Quiero bajarme del coche —protesté, quitándome el cinturón de seguridad.

—En estos momentos no tienes ningún derecho a pedir nada, Laurie. Se hará lo que yo diga y punto. Ya basta de comportarte como una niña caprichosa y egoísta. Richard es tu mejor opción.

—Tuya, dirás —siseé incrédula—. Es mi vida, madre. No puedes obligarme.

—Claro que puedo. Eres *mi* hija, así que yo decido lo que es mejor para ti. No hay más que hablar.

Al llegar a casa no me molesté en saludar a nadie. Subí la maleta con la poca dignidad que me quedaba y me encerré en la habitación dando un portazo. Empezaba a comprender que mi madre era una bruja que había conseguido a mi padre gracias a algún conjuro malvado, quizás mediante un muñeco vudú.

Tecleé furiosa en mi teléfono móvil para contarle a Angie lo sucedido y me limpié un par de lágrimas que habían empezado a descender por mis mejillas al asumir que no me podría escapar de esta realidad. Mi madre quería terminar de arruinarme la vida.

Comprobé que no había vuelto a recibir ningún mensaje amenazante desde la fiesta, así que decidí arriesgarme y contarle a Atary lo sucedido con mi madre. Suspiré al leer que haría cualquier cosa para evitarlo. Ojalá fuera tan sencillo.

Me quedaban largos días por delante sin nada que hacer aparte de reflexionar sobre lo irreal que se había vuelto mi vida y cómo mis ideales se habían desmoronado, dejándome vacía y confusa. No estaba preparada para casarme, mucho menos para enfrentarme a vampiros y todavía menos para prepararme en caso de que mi padre fuera uno de ellos. De hecho, no me lo parecía, pues de haber querido, tuvo muchos momentos para hacerme daño y seguía intacta. Pero eso no explicaba la unión que mantenía con Sham y cómo ambos tenían esa velocidad sobrehumana.

Me sentía tan cansada por el revuelo de los últimos días y la presión de los exámenes que no tardé en quedarme dormida, desconectando por fin de todos los problemas que giraban a mi alrededor.

A la tarde siguiente me acerqué hasta la pequeña playa empedrada de Luss, rodeada por un camino lleno de vegetación. La vista era realmente hermosa, con un paisaje montañoso al otro lado y un par de surferos desafiando las olas. A pesar de que el sol había comenzado a ocultarse, aún iluminaba nuestro alrededor, dejando ver como el mar llegaba hasta la orilla, mojando mis pies desnudos.

En cualquier otro momento me hubiera encantado sentarme sobre las piedritas que formaban la arena y leer algún libro, cualquiera de los pocos que mi madre daba el visto bueno y me permitía comprar. Me encantaba desconectar escuchando el sonido de las olas y al ser un pueblo pequeño no tenía que preocuparme por el ruido de las personas. Luss era un lugar silencioso. Salvo hoy.

Me sentía observada, completamente vulnerable ante las miradas inquisidoras y ariscas de mis antiguos compañeros de clase. Sin la compañía de Ana, cualquier murmullo se incrementaba y me generaba malestar. Odiaba sentir cómo sus labios se movían, articulando palabras de burla, o cotilleando sobre mi vida. Seguramente la noticia de mi futuro compromiso con Richard se había extendido como la pólvora y se había hecho eco por todo el pueblo. Y era bien sabido que mi vecino era altamente codiciado por las chicas de mi edad, pero salvo su breve noviazgo con Cassidy, nunca había salido con nadie. Se reservaba para el matrimonio con la persona adecuada, según lo que su madre comentaba a la mía.

Me abracé al abrigo que tapaba el vestido azul que mi madre me había obligado a poner, sintiendo cómo se adhería a mi piel debido al frío que estaba sintiendo. La mayoría de las chicas iban abrigadas con pantalones largos y jerséis coloridos, así que no hacía más que llamar la atención.

—Pero si está aquí mi dulce prometida... —dijo una voz a mi espalda, sobresaltándome.

—Richard —susurré al ver su amplia sonrisa mientras acomodaba su dorado cabello.

—Pensé que Lizbeth no te dejaría salir de tu habitación después del escándalo que armaste en la última cena.

—Eso es lo que tú quisieras —siseé retrocediendo unos pasos.

—No. En realidad, me agrada tenerte aquí. ¿Qué es una celebración prenupcial sin la novia? Eres la protagonista.

—No entiendo cómo puedes estar de acuerdo —murmuré mientras nos dirigíamos a una zona algo apartada, evitando personas curiosas y miradas molestas. Me crucé de brazos, enfrentándole.

—¿Tanto te cuesta creer que esté contento por nuestra futura unión? Dios nos ha bendecido y aprueba nuestro enlace.

—Dios no ha bendecido nada y yo tampoco, ¡esto no tiene ni pies ni cabeza! Si desde bien pequeños te metías conmigo. No me dejaste en paz hasta que apareció Ana María.

—¿Tus padres nunca te dijeron que a los chicos nos encanta molestar a la chica que nos gusta y le hacemos la vida imposible para evitar burlas? Eres una chica atractiva, Laurie. Es imposible no caer en tus redes.

—No te creo. Te excedías, eras realmente cruel. ¿Sabes lo que me ha costado ganar confianza en mí misma después de lo que me hiciste? ¡Me encerraste en ese viejo almacén durante horas! Y la broma de tus amigos… Os pasasteis de la raya.

—Era un niño inmaduro y lo siento por eso. Pero he crecido y comprendido que mis actos fueron nefastos. No sabes lo que me avergüenzo.

Suspiré y fijé mi vista en sus ojos oscuros. Parecía sincero, pero no sabía hasta qué punto podía fiarme de su verdad. Tenía que haber algún objetivo o intención oculta, algo que se me escapaba.

—Está bien —respondí entre dientes, observando nuestro alrededor—. Pero la boda sigue siendo una locura. No somos pareja, Richard. Apenas me conoces.

—¡Claro que sí! Sé que te gustan los libros y el *Sunday Roast*. Además, tu color favorito era el ¿naranja?

—Morado —gruñí.

Solo había atinado con el tema de los libros y porque era algo obvio. Respecto a la comida, mi madre me prohibía comer ese plato porque llevaba demasiada patata y decía que un exceso de hidratos de carbono empeoraría mi figura. Ni siquiera sabía porque se esforzaba en demostrar que me quería cuando ambos sabíamos que se trataba de una vil mentira. Richard nunca se había interesado en mí.

—¡Eso! Claro. Bueno… Dos de tres no está mal tampoco, ¿verdad? —sonrió de forma tensa.

—Sí, supongo —suspiré, cruzándome de brazos para intentar entrar en calor.

Entre ambos se hizo un silencio incómodo al no saber qué más decir, y finalmente decidí darle la espalda para volver a casa. Esta ceremonia no tenía sentido y ni siquiera tenía nada que ver con ninguna de las personas que estaban aquí. Prefería estar a salvo entre cuatro paredes.

—¡Espera! —exclamó Richard, haciéndome darme la vuelta—. Quédate un poco con los chicos y conmigo. Si te aburres o te sientes incómoda puedes irte sin problema.

—Está bien —murmuré extrañada. No pensaba quedarme mucho rato.

Caminamos hasta una zona apartada de la playa, donde sus amigos tenían hecha una pequeña fogata para iluminar la zona y entrar en calor. Al acercarme, aprecié cómo uno de ellos tenía botellas de alcohol a su lado y una antigua compañera de clase bebía un sorbo antes de mirarme con expresión de burla.

—¿Qué hace la monja aquí? ¿Vamos a celebrar una misa y no me había enterado?

—Será mejor que me vaya —murmuré.

—Espera —dijo Richard, sujetándome por la muñeca—. Becca, Laurie es mi prometida. Tiene todo el derecho del mundo a estar aquí.

Observé a ambos con recelo y me removí para deshacerme de su agarre. La chica todavía tenía una sonrisa burlona pegada en su cara y bebió otro sorbo de su botella antes de volver a contestar.

—¿Por qué no bañamos a Laurie en el mar? Creo recordar que te encantaban las olas.

Un escalofrío recorrió mi cuerpo al escuchar sus palabras y no tardé en tensarme. Todos sabían que una vez, de pequeña, el mar me había arrastrado y si mi padre no se hubiera dado cuenta pronto, probablemente me hubiera ahogado. No sabía nadar y tragué mucha agua.

Retrocedí con el corazón latiéndome a mil por hora, pero choqué con uno de los amigos primates de Richard y me sujetó por la cintura, haciendo de cinturón para que no pudiera escapar. Me removí nerviosa deseando salir de allí e intenté asestarle un puñetazo, pero me salió mal y sujetó una de mis muñecas con fuerza, haciéndome daño.

Lucha, Laurie. No dejes que te humillen así. Usa tu fuerza.

El resto de sus amigos, incluido mi vecino, miraban la escena entre risas. Escuché a uno animar al chico a sujetarme en volandas y lanzarme como si fuera un paquete. Un par de lágrimas empezaron a brotar por mis ojos ante la impotencia, pero no pude hacer nada. Él era más fuerte.

Michael me sujetó en brazos como si fuera un saco y mis sentidos se dispararon, podía sentir la adrenalina recorriendo mis venas. Cada paso que daba, acercándonos al agua, me hacía tensarme más. Mi garganta se estrechó, asfixiándome, y al ver que mi entorno se transformaba en una mancha empecé a retorcerme, esperando liberarme. No quería morir.

—¡Suéltame! —chillé al escuchar las olas del mar rebotando contra su cuerpo. Mi pecho subió y bajó acelerado.

—No te viene mal mojarte un poco, eres demasiado seca —respondió Michael con esa voz arrogante que le caracterizaba.

Lo último que recuerdo fue notar cómo me soltaba y me lanzaba por los aires, hasta aterrizar en el mar, sintiendo el agua helada empapar mi ropa. Parte de ella se adentró en mi boca al haber chillado, haciéndome toser. Me removí nerviosa, no sabía nadar, así que sentía cómo mis pies y brazos pataleaban contra marea, hundiéndome cada vez más. Hasta que me rendí, sintiendo cómo me desvanecía y dejé de ver nada.

Al volver en sí, la primera figura borrosa que pude apreciar fue el rostro de Atary, con sus ojos azulados destilando preocupación. Sentí cómo el oxígeno volvía a mis pulmones y me incorporé para toser, escupiendo agua.

—¿Qué ha pasado? —balbuceé notando un resquemor en mi garganta.

—Esos gilipollas… Vlad se ha encargado de ellos. Y de Richard nos vamos a vengar muy pronto. Esa boda no se llevará a cabo —gruñó arrugando la nariz.

—¿Qué vais a hacer? —pregunté asustada, abrazando mi ropa empapada. Podía sentir el frío calando mis huesos y mis labios empezaron a tornarse morados. No paraba de tiritar.

—Primero, será mejor que te tapes con esto —respondió mostrándome una toalla—. Si sigues así terminarás con hipotermia.

La atrapé con mis manos, agradecida, y me envolví con ella todo lo que pude, intentando hallar la forma de entrar en calor. Atary me escudriñó fijamente, torciendo la boca en señal de molestia.

—No es suficiente —murmuró con el ceño fruncido y se quitó su abrigo—. Quítate el vestido y ponte esto.

—¿Y tú? Te vas a enfermar.

—Eso es lo de menos en estos momentos. Si no te quitas esa ropa la que va a ponerse en riesgo por pulmonía eres tú. Yo estaré bien.

Accedí al darme cuenta de lo mucho que necesitaba entrar en calor y le di la espalda, esperando que Vlad no apareciera de repente. Mientras deslizaba el vestido con dificultad por mi cuerpo, pensé en lo afortunada que había sido de que estuvieran cerca, aunque no entendía por qué había venido con Vlad.

Una vez me puse el abrigo de Atary suspiré agradecida y acepté con gusto su abrazo, cerrando los ojos al sentir las caricias bajo el abrigo. Al separarnos le miré durante unos segundos y deposité un beso sobre sus labios, saboreando el dulzor que estos desprendían.

—Gracias —murmuré en tono cansado—. Si no llega a ser por vosotros, estoy segura de que me habría muerto. Sabía que no me podía fiar.

—Sabes que no es nada. ¿Por qué no vienes a la casa que hemos alquilado por estos días? Tiene chimenea y podrás darte una ducha decente. No tengo problema en dejarte ropa.

—Me encantaría, pero debería regresar a mi casa. Sino mis padres son capaces de armar un espectáculo y llevarme a rastras.

—Tendrías que quedarte con nosotros. No me gusta que regreses a un lugar donde no estás a salvo.

—Son mis padres, Atary —respondí reprimiendo un bostezo, tambaleándome—. Aunque no piensen en mí, no los imagino haciéndome daño. Además, quiero mantener mis estudios. Si la lío más acabaré retenida en mi casa para siempre.

—Sabes que el dinero no es problema para nosotros. No me importaría pagarte toda la carrera y el alojamiento.

—Eres un cielo —susurré, acariciándole la mejilla—. No te merezco.

—Claro que sí, ¿por qué dices eso? —preguntó arrugando el ceño, sosteniendo con dulzura mi mano.

—Necesito descansar. Ha sido un día muy duro —respondí abalanzándome hasta él al sentir que mis piernas flaqueaban. Era demasiado cobarde como para confesarle la verdad.

—Te llevaré a casa —susurró cerca de mi oído, como una caricia.

Eso fue lo último que escuché antes de despertar a la mañana siguiente sobre mi cama, envuelta entre mantas y con una pequeña bandeja en una esquina, con el desayuno que más me gustaba.

A los pocos minutos había acabado todo y, al comer tan deprisa, me había entrado hipo. Busqué una goma por mi mesita de noche y atrapé mi cabello con las manos para peinarlo, antes de hacerme una coleta alta. Entonces me levanté de la cama y busqué ropa nueva para ponerme, mientras recordaba lo sucedido la noche anterior. Tendría que enfrentarme a mi madre y, por desgracia y aunque le explicara lo sucedido, seguramente le daría igual y pensaría llevar a cabo la boda. Con lo que no contaba era con el mensaje que acababa de llegar por parte de Atary.

Deberías ir hoy a la sesión eclesiástica que va a celebrar tu madre para anunciar tu boda e invitar a todo el pueblo. Va a ser... Interesante ;) 10:19

Arrugué el ceño al leerlo. Podía esperar cualquier cosa de parte de los hermanos Herczeg. Lo único que pedía era que no armaran ningún lío que me pusiera en un aprieto. No me gustaba la popularidad a costa de escándalos públicos, porque con ello llegaban los rumores y noticias falsas.

Aun así, bloqueé mi teléfono móvil y lo guardé en la mesita para bajar a la cocina y ver cuándo sería eso. Incluso Atary estaba más informado que yo de los movimientos que habría por el pueblo.

Al llegar me encontré a mi madre dándome la espalda, preparando la comida para el día de hoy, pero ni rastro de mi padre. Me paseé por el espacio familiar revisando la salita, pero nada, parecía que no estaba en casa.

—¿Y papá?

—Veo que te has despertado —dijo ella sin darse la vuelta, pochando en la sartén unas cebollas junto a unos trozos de repollo, mientras revisaba las patatas que estaban hirviendo en un cazo—. Después de comer quiero que te arregles. He convocado una reunión en la iglesia para anunciar tu enlace con Richard. Susan y John están de acuerdo.

—¿Y papá? —insistí, consciente de que me estaba ignorando.

—No podrá estar —gruñó—. Tiene cosas que hacer en el trabajo.

—Ya veo —suspiré, mientras el olor a patatas hervidas llegaba a mi nariz, recordándome lo mucho que me gustaba su comida. En especial ese típico plato escocés, llamado *Rumbledethumps.*

—Pon el mantel y coloca los platos encima. Solo comeremos tú y yo.

Accedí con desgana a su orden y rebusqué por el pequeño armario los platos con detalles florales que tanto le gustaban para ponerlos encima del rústico mantel que solíamos usar para comer. Al terminar de preparar la mesa decidí irme hasta el salón y buscar un libro para leer. El ambiente era demasiado tenso en la cocina y no lo quería incrementar.

Cuando acabamos de comer, me excusé para subir a la habitación y ponerme la ropa que ella quería. Pasaba de discutir cuando seguramente estábamos a punto de vivir mi mejor momento y, seguramente, el peor para ella. Intuía que enfadar a alguien como Atary podía hundir tu vida por completo.

Una vez vestida con un jersey fino color crema y una larga falda negra entubada, me cepillé los dientes y dejé suelto mi cabello, otorgándole unas ondas a los mechones principales que caían cerca de mis orejas. Un ligero cosquilleo recorrió mi estómago, preocupada por lo que iba a hacer Atary para frenar todo. Pero suspiré y me sujeté al lavabo con fuerza, cerrando los ojos para tranquilizarme y mentalizarme de que todo saldría bien.

Media hora más tarde nos dirigimos a la pequeña iglesia de Luss y me mordí el labio al comprobar que prácticamente estaba todo el pueblo, incluido Richard y Becca, pero ni rastro de los hermanos Herczeg.

Me senté en uno de los pocos bancos alargados de madera que quedaban libres y jugueteé con las mangas del jersey mientras observaba a mi madre subirse al atril, aclarándose la voz antes de iniciar uno de sus discursos.

Mientras escuchaba su bienvenida y su charla acerca de la importancia de la religión y lo sagrado que es un acto como el matrimonio, aprecié que detrás de ella había una pantalla digital que se bajaba lentamente, a pesar de no ser controlada por nadie. Entonces, cuando mi madre estaba a punto de anunciar el enlace nupcial entre Richard y yo, un vídeo empezó a mostrarse. Uno donde salía él desnudo y parecía estar…Dios mío.

Un grito de conmoción por parte de mi madre al percatarse del vídeo resonó por todo el espacio, acompañado por el eco de los murmullos de las demás personas. Susan se había desmayado y John miraba a su hijo incrédulo mientras el párroco, rojo por la vergüenza, trataba de subir la pantalla digital sin mucho éxito. Me llevé las manos a la boca para contener un grito agudo de estupefacción y miré hacia el piso superior. Allí aprecié la sonrisa burlona de Atary y cómo me guiñaba el ojo, antes de ocultarse entre el órgano de la iglesia para desaparecer.

Sentí como el peso que cargaba a mi espalda a causa de la boda se desvanecía. Estaba claro que para los habitantes de Luss la homosexualidad era una enfermedad y el hecho de ver en vídeo cómo el chico ejemplar de la parroquia le hacía una felación a su mejor amigo Michael, novio de Becca, no ayudaba para nada. Y aunque me avergonzara y sentía una humillación ver algo así, debía admitir que me lo facilitaba todo.

Podíamos cancelar la boda alegando que estaba destrozada emocionalmente y debía asumir una realidad como esa. Además de dar visibilidad a su orientación sexual, en el vídeo se mostraba lo ebrios que iban con botellas tiradas a su alrededor. Todos habían podido comprobar que me había sido infiel, algo imperdonable frente a los férreos valores que profesa el matrimonio.

Ya estaba. Atary había vencido y mi madre tendría que asumirlo y dejarme en paz.

La vuelta a casa fue un poema. El rostro de mi madre pasó por todos los colores y nuestros vecinos tuvieron que salir por la puerta trasera. John encolerizado y Susan pálida como un cadáver, sujeta a su marido sin poder mirar a su hijo a la cara. Entonces comprendí su insistencia por casarnos. De esa manera podría aparentar ser un hijo y cristiano ejemplar mientras que a la sombra se entregaba al pecado y la perversión en los brazos de Michael.

Parecía una escena sacada de una telenovela como *Pasión de gavilanes*, pero tenía que reconocer que en el fondo me alegraba. Se lo merecía después de todo lo que me había hecho pasar durante mi infancia y adolescencia. Sin duda, la venganza se servía en un plato frío y el karma actuaba muy pronto. Aunque eso último me preocupaba, pues yo debía cobrar el pecado cometido con Vlad, a espaldas de mi novio.

Al llegar aprecié que la puerta del despacho de mi madre estaba abierta de par en par, y al acercarme un poco más observé que había un revuelo de papeles tirados por el suelo y algunas carpetas abiertas de mala manera, con los cordones elásticos rotos. ¿Nos habían robado? No tenía sentido, ¿qué podía guardar mi madre que fuera de tanto valor?

Entonces reparé en un detalle. Al lado de la papelera, en muchos trozos pequeños, había un papel que parecía haber sido importante. Decidí esforzarme para unirlos y entonces lo vi. Entre las partes y el celo se encontraba el logo de una clínica de ADN, junto a un porcentaje de compatibilidad bastante bajo y los datos de mi padre con los míos. No había duda.

Arthur Duncan no era el portador de mis genes.

Capítulo XXXIII † desaparición

Pasé los siguientes días prácticamente sola, con la única compañía de mi madre, si se le podía llamar así. Mi padre no volvió a aparecer y ella apenas salía de su habitación, estaba consumida de tanto llorar.

Yo aproveché su estado de pasividad para salir de casa y pasear por el pueblo, necesitaba despejarme. Atary se había ido el día del anuncio fallido de mi madre, pero me había prometido regresar hoy, treinta de diciembre, para pasar la noche juntos celebrando el desfile de antorchas, festividad típica en Edimburgo.

Desde lo sucedido ese día, los padres de Richard no habían aguantado la presión y decidieron mudarse a otro pueblo para empezar de cero, lejos de los cotilleos y las críticas de los vecinos de Luss. Y he de decir que todo este lío me había beneficiado, pues desde entonces Becca y Michael se habían metido en su vida y habían dejado la mía tranquila, otorgándome por fin paz.

Así que aquí estaba yo, con una vida aparentemente normal, luchando contra seres paranormales, notas misteriosas, familiares con secretos, un pecado que ocultar y problemas amorosos. ¿Lograría sobrevivir?

Golpeé una piedrita que había por el camino con la punta del pie mientras esperaba que Atary apareciera con el coche para llevarme hasta Edimburgo. Estaba deseando que llegaran las siete para asistir al desfile por primera vez. Levanté la cabeza al escuchar el sonido del claxon y le observé aproximarse sentado en el asiento del conductor, con unas gafas de sol negras y un jersey azulado que, de tener sus ojos visibles, seguramente le favorecía.

Me abracé a mi abrigo de piel marrón para intentar resguardarme del frío y abrí la puerta del copiloto para entrar. Una vez acomodada en el asiento suspiré aliviada, Atary tenía puesta la calefacción y la voz de una cantante inglesa acompañaba el ambiente.

—¿Qué tal todo? —preguntó antes de recibirme con un apasionado beso—. Se me hacía extraño estar tantos días sin ti.

—Bien, supongo —respondí arrugando el ceño, movida por la culpabilidad—. Richard se ha ido del pueblo.

—Te dije que conseguiríamos resolverlo —sonrió, girando el volante para salir del pequeño pueblo de Luss—. ¿Tus padres te han puesto pegas para venir conmigo? Apenas me has contado nada desde que me fui de aquí.

—Es que necesitaba tiempo para asimilar todo lo sucedido y desde que te fuiste todo ha sido un caos. Bueno, más de lo que ya era —suspiré, dejando caer la cabeza sobre el asiento.

—¿Qué ha pasado?

—Cuando llegamos a casa, mi padre no estaba y el despacho de mi madre estaba desordenado, había papeles esparcidos por el suelo —respondí masajeándome la frente antes de continuar—. Cerca de la papelera había uno roto y al pegarlo entendí el motivo de su huida. No soy su hija. Mi madre le engañó.

Escuché mi propia voz pronunciando las últimas palabras, todavía me costaba asumir la realidad. Se suponía que uno de los valores por los que se regía el matrimonio era la fidelidad y al parecer, mi madre, que tanto se le llenaba la boca al hablar de religión, no había cumplido. Y eso no me gustaba, porque significaba que me estaba pareciendo a ella.

—Vaya —murmuró posando una mano sobre mi pierna para darme ánimos—. Eso es fuerte.

—Sí, desde entonces mi madre está metida en su mundo y pasa completamente de mí. Ni siquiera se entera cuando salgo de casa. Y de mi padre, bueno…

—Es normal que te salga llamarlo así. Es el hombre con el que has vivido desde que naciste.

—Ya no sé ni qué esperar, Atary. ¿De verdad piensas que es un vampiro? Ya me hubiera hecho algo y sin embargo sigo aquí, ilesa.

—¿Recuerdas lo que te conté sobre la importancia de tu pureza? Lo he estado pensando y creo que tu familia insistía tanto en que te casaras con Richard para encarrilarte de nuevo. Al rebuscar por su teléfono móvil vi que era un asiduo de la iglesia y compartía imágenes en sus redes sociales sobre actos benéficos, además de opinar sobre temas relacionados con la religión.

—¿Le robasteis el móvil?

—¿Cómo crees que obtuvimos el vídeo? Vlad quería darle una paliza, pero soy partidario de que romper su imagen pública con semejante humillación daña más que cualquier golpe. Y, de paso, jodíamos a ese imbécil que te tiró al agua. Era matar dos pájaros de un solo tiro.

—No comparto vuestro método, pero os lo agradezco. Esa boda hubiera sido un circo.

—Tenías que haber visto la galería de imágenes de su teléfono móvil, eso no fue la única cosa íntima que encontré.

—Creo que paso —murmuré al recordar el vídeo. Me costaba cambiar mi pensamiento sobre la homosexualidad, pero más allá de eso me resultaba incómodo ver una escena así. Era algo sucio y pecaminoso.

—Deberías quedarte en mi casa hasta que inicien las clases de nuevo. No me quedo tranquilo si tu padre está en paradero desconocido y encima ha descubierto que su mujer le ha sido desleal. Ahora sus sentimientos serán inestables y eso es peligroso.

—No quiero dejar a mi madre sola…—admití avergonzada, mordiéndome el labio inferior—. Sé que no debería importarme, pero si realmente estás en lo cierto temo que quiera vengarse de ella.

—¿Y ahora?

—Está una amiga suya con ella. Como lleva días sin asistir a la parroquia decidió visitarnos y me dijo que se quedaría a dormir para hacerle compañía.

—Entiendo, pero sabes que la única que me importa eres tú. No quiero que te suceda nada.

—Estaré bien, tengo a un *dhampir* muy sexi que me protege desde las sombras —respondí inclinándome para darle un rápido beso en la mejilla y sonreí al ver como formaba un adorable hoyuelo en su mejilla—. Así que mejor centrémonos en disfrutar del desfile. Quiero tener una tarde normal, sin nada sobrenatural ni peligroso rondando. Además, le dije a la amiga de mi madre que me quedaría a dormir en casa de una amiga.

Reí al ver la cara de asombro fingido que Atary mostraba tras sus gafas negras y le di un pequeño empujón en el hombro al ver que ponía una mano en su pecho con expresión dolida, antes de volver a colocarla sobre el volante.

—¿Desde cuándo prefieres pasar la noche con una amiga antes que con tu amado novio? Me dueles, pequeña.

—Sabes que esa amiga eres tú, tonto —respondí entornando los ojos.

—¿Ahora me cambias de género? No sé qué pensar sobre eso —rio.

—Piensa que será la mejor noche de nuestra vida.

—Eso seguro, chica mala.

Pegué un bote sobre el asiento al escuchar el mote que había usado Vlad en alguna ocasión conmigo y esbocé una sonrisa torcida, intentando mostrarme tranquila. ¿Acaso sabría algo de lo sucedido esa noche? ¿Le habrían dicho algo? Le miré. Parecía tranquilo tarareando la canción que estaba sonando en ese momento mientras movía sus manos sobre el volante al ritmo. No, sino no estaría tan contento.

Suspiré, debía relajarme o él notaría que algo iba mal. Me negaba a que un error como ese entorpeciera mi relación con él; no me lo perdonaría nunca. Contuve una risa al verle mover la cabeza al son de la canción mientras hacía algún gesto, como si estuviera rapeando. Era realmente gracioso ver cómo juntaba sus cejas oscuras, escondiéndolas tras el cristal mientras rapeaba la única parte de la canción que comprendía al estar en inglés. Era *Taki taki* de *Ozuna* con *Selena Gómez.*

—No te imaginaba cantando algo así —me sinceré mientras contenía la risa, mordiéndome el labio. Su alegría era realmente contagiosa.

—Vlad últimamente no para de escucharla por casa y se me ha pegado. Es una mierda cuando tu mente no para de cantarla y tu cuerpo te pide ponerla una y otra vez. Seguro que estaré así varios días más hasta que le dé por otra.

—Nunca te pregunté qué tipo de música te gusta.

—Ah, pues escucho un poco de todo, aunque admito que en mi móvil lo que más abunda es el rock. Por desgracia a veces Vlad decide jodernos a todos y nos borra canciones que nos gustan para meter otras de las que le gustan a él, como esta —bufó, arrugando la nariz—. Es el típico hermano mayor molesto.

—¿Y Nikola? —pregunté, sin poder aguantar mi curiosidad. Era tan misterioso e inaccesible que estaba ansiosa por saber cualquier cosa sobre él, por insignificante que fuera.

—Es más antiguo que la Biblia. Su estilo favorito es la música clásica, pero también le he pillado alguna vez escuchando bachatas románticas. Lo mejor es que es un buen bailarín, pero prefiere ocultarlo con sus caras de asco y hastío. La única chica capaz de quitarle esa cara de culo que tiene es Rocío.

—¿La chica que estaba sentada con él en el reservado?

—Tienes buena memoria —sonrió—. Sí, se conocieron cuando estaba de vacaciones en Argentina y parece que ella ha decidido venir de visita.

—Oh… —respondí jugueteando con mis mangas. Me revolví en el asiento al sentir unas molestas punzadas en el estómago. La oscuridad estaba dispuesta a devorarme.

—¿Te muestro una de las canciones que más suele escuchar?

—Claro, nunca he escuchado una bachata. Ni siquiera sé qué es —respondí agradecida por poder centrar mi atención en otra cosa.

—Es un estilo de música típico de Latinoamérica. Cantan en español, pero te darás cuenta por el ritmo que es diferente a la música típica que se escucha aquí en Escocia —dijo mientras seleccionaba una canción en el móvil, que iba conectado al reproductor del coche.

Agudicé mis oídos al escuchar la voz seductora y rasposa del cantante que empezaba a sonar y abrí la boca sorprendida al apreciar el ritmo de los diferentes instrumentos que sonaban. La voz de otro cantante contrastaba con el tono melódico del primero.

La música era contagiosa y daban ganas de bailar, me costaba imaginarme a Nikola moviendo las caderas al ritmo de la canción, como Atary había hecho la noche que había bailado conmigo. Parecía que este estilo musical había sido creado para estimular tu sensualidad y bailar de una forma tan íntima y pegada que podías sentir los latidos de tu compañero de danza. Tenía que admitir que me encantaría ver a Nikola bailando esa canción.

—¿Te gusta?

—No entiendo lo que cantan, pero es bonita. Parece un baile muy romántico.

—Sí. Son movimientos lentos y sugerentes, y debes conectar con tu acompañante de tal manera que los cuerpos vayan al unísono. Con bailes así tienes que inhibir la vergüenza y sentirte sexi, sino no desprendes esa magia que te ofrece la canción.

Asentí con la cabeza al escuchar su descripción y me sonrojé al imaginarme bailando algo así, estaba segura de que parecería un robot descoordinado. Miré por la ventanilla mientras repiqueteaba mis dedos contra la puerta del copiloto, cerca del cristal. Estábamos llegando a Edimburgo y aún teníamos un par de horas por delante para perdernos por las calles y tomar algo en alguna cafetería. Me gustaba poder disfrutar de la compañía de Atary como si fuéramos una pareja normal.

—¿Prefieres dormir en mi habitación esta noche o pago la habitación de un hotel para tener más intimidad? —preguntó cuándo logramos aparcar en un aparcamiento cercano a *Princess Street* y salimos del coche.

—Un hotel sería mejor —asentí, omitiendo que la razón principal era no toparme con Vlad.

—Está bien. Entonces será mejor que llame ya, seguro que la mayoría están ocupados por *Hogmanay*.

—¿Dónde vamos mientras esperamos a que sean las siete? —pregunté mientras Atary empezaba a teclear en su teléfono móvil.

—¿Qué tal *The city cafe*?

—Eh… Bien.

Miré hacia mi alrededor de forma frenética, sin saber muy bien hacia dónde dirigirme. Temía perdernos, pues Atary estaba distraído hablando con el recepcionista del hotel sin prestarme atención y yo tenía una pésima orientación espacial, sobre todo para llegar a sitios que apenas había ido. Rogué para mí estar yendo por la calle correcta y vacilé al cruzar un paso de cebra que estaba a nuestra derecha, esquivando a unos peatones que caminaban embobados, mirando el teléfono móvil.

Observé de soslayo a Atary, esperando que hubiera terminado, pero suspiré al escuchar cómo hablaba con su perfecto tono escocés, camelándose a la recepcionista para que accediera a darnos la única habitación que quedaba y estaba a punto de ser reservada por otra pareja. Al parecer Vlad no era el único Herczeg con don de palabra, pues a los pocos minutos colgó con una sonrisa, pero no tardó en arrugar la nariz al mirar nuestro alrededor y esbozó una sonrisa torcida.

—¿A dónde se supone que estamos yendo?

—A donde me dijiste —murmuré roja por la vergüenza.

—Laurie, si seguimos por aquí acabaremos llegando a la catedral de *St. Giles* y no se me apetece ir a misa en estos momentos —respondió con sorna.

—Muy gracioso —refunfuñé cruzándome de brazos—. Eso te pasa por dejarme estar al mando. Soy nula para orientarme.

—Me ha quedado claro —rio—. Mejor sígueme, con suerte nos dará tiempo a tomar un café.

Aprecié cómo extendía su mano para que la sostuviera y la acepté con gusto, sintiendo como su frío contrastaba con mi calidez, generando un chispazo eléctrico entre ambos. Apreté su mano. Me gustaba el tacto de su piel con la mía, era relajante. Entonces sonreí. No me había dado cuenta de las ganas que tenía de conocer a un chico dulce e inteligente que me hiciera sentir única y especial hasta que choqué con Atary por la residencia. Había sido mi más bonita casualidad.

Caminamos por las calles mientras conversábamos sobre nuestro futuro y nuestros sueños hasta que, sin darnos cuenta, teníamos enfrente la fachada antigua de la cafetería y el letrero blanco que indicaba que habíamos llegado al lugar indicado. No era un sitio muy grande, pero tenía una pequeña terraza para sentarnos y aprovechar los escasos rayos de sol que quedaban, esforzándose por traspasar las nubes que trataban de ocultarlos.

—¿Qué vas a pedir? —pregunté mientras ojeaba la carta que contenía los productos con sus precios.

—Un café *latte* —respondió quitándose las gafas de sol, dejándome ver sus hipnóticos ojos azules, que contrastaban con el tono rosado de sus labios, que tanto me tentaban—. ¿Y tú?

—Yo… No lo sé.

Miré la carta una vez más. Había tantas opciones que me costaba decidirme por una. Muchas cosas no las había probado porque mi madre apenas me dejaba salir de casa y en Luss no había una gran variedad de cafeterías ni restaurantes, así que me sentía completamente perdida.

—¿De verdad? Yo me pediría toda la carta si pudiera —sonrió—, pero deberías probar el *smoothie* de fresa y plátano. En este tiempo me he dado cuenta que apenas comes carne, así que intuyo que estás haciéndote vegetariana o vegana, y tienes la opción de que hagan los *smoothies* con leche de soja o de almendras.

—No sé si tendré la suficiente fuerza de voluntad para ser vegana, pero si intento disminuir la frecuencia de consumir productos animales. Me preocupan mucho las noticias que dan últimamente sobre el medioambiente —admití mientras posaba la carta sobre la mesa—. Demasiado plástico, contaminación, sobreproducción alimentaria y explotación de recursos.

—Sí, pero tampoco es que podamos hacer mucho por nuestra cuenta frente a la población mundial.

—Pero si cada uno va sumando con pequeños actos, podíamos empezar todos con el reciclaje, intentar reutilizar las bolsas de plástico de los supermercados y comprar los productos que no tengan tanto plástico. No cuesta tanto.

Hice una pausa al ver como un camarero se acercaba a nuestra mesa y pedí el *smoothie* de fresa y plátano con leche de almendras y el café *latte* de Atary, sonriendo como una niña al ver que no me había equivocado. Tenía la costumbre de que todos decidieran por mí y me subía la autoestima ver que Atary me concedía oportunidades como esta para crecer por dentro y hacerme autosuficiente.

—Supongo que tienes razón —admitió antes de volver la vista a su teléfono móvil, que acababa de iluminarse.

—¿Quién es? —pregunté intentando ver su pantalla. Me daba pavor que recibiera algún mensaje indeseado o Franyelis le estuviera rondando.

—Katalin —suspiró, apoyándose en el respaldo metálico de la silla—. Me pregunta dónde estoy para que la lleve en coche hasta un *pub* que está en la otra punta de la ciudad.

—¿Y qué vas a hacer? —pregunté de nuevo, ya más aliviada.

—Ignorarla. Tiene más hermanos para que hagan de chófer. Yo hoy estoy fuera de servicio —sonrió, guiñándome un ojo.

—¿Tienes *Instagram*?

Me hice la tonta. Sabía perfectamente que Atary lo tenía, pero quería que me lo mostrara por su cuenta y ver cuántos seguidores tenía. La última vez que lo cotilleé como una acosadora no me fijé en ese dato y su popularidad me preocupaba. Mis demonios más internos me susurraban que seguramente le rondaban chicas mucho mejores que yo.

—Claro. Todo el mundo lo tiene —sonrió—. Deberías hacerte uno.

—No me va eso de exponerme y que todos vean lo que hago, ni sentirme obligada de subir una fotografía. Me parece tonto y no estoy preparada para que cualquier persona me juzgue.

—Pero es entretenido y te permite curiosear la vida de las personas, es como un escaparate. Además, hay fotografías de todo tipo, aunque… No te recomiendo seguir a Vlad. Puedes imaginarte el motivo.

—Tranquilo, continuaré en el anonimato —sonreí forzada al escuchar ese nombre mientras me apartaba un poco, pues el camarero de antes acababa de regresar con nuestros pedidos.

Acerqué el *smoothie* hasta donde estaba y me incliné para remover un poco la pajita metálica, antes de acercarla a mi boca y beber un sorbo, saboreando el líquido dulce y espumoso. Estaba realmente bueno. Mientras, de reojo, observé como Atary tecleaba en su teléfono móvil y sonrió con malicia antes de pulsar con el pulgar para hacerme una foto.

—¡Atary! —me quejé, aunque me gustaba que me llevara en su teléfono.

—Eres hermosa, y el público se merece admirar la belleza de una chica hermosa.

—No es para tanto —me ruboricé.

—Sí que lo es. Deberías verte como yo lo hago. Te darías cuenta del enorme potencial que tienes.

—Gracias —musité, antes de beber otro sorbo para esconder como me ardían las mejillas—. Está bien, te dejo, pero que no se me vea la cara, por favor.

Atary sonrió en agradecimiento y tecleó por la pantalla durante unos segundos, para acto seguido cedérmelo y poder ver la fotografía que había subido. No estaba nada mal.

—Eres buen fotógrafo —sonreí, viendo como también tenía alguna en la que aparecían Nikola o Vlad de forma desprevenida.

—Nikola es un poco como tú —respondió al observar que estaba curioseando el contenido que tenía en su red social—. No le gustan mucho las redes, pero le presionamos para que se hiciera *Instagram* y cada tanto sube alguna fotografía. Ya sabes como es.

—Sí —asentí, mientras removía la pajita para terminar de beber lo poco que me quedaba.

Terminamos de pagar lo consumido y nos levantamos para volver hasta el maletero de su coche, donde tenía las antorchas que había alquilado para el día de hoy. El viento comenzaba a silbar a nuestro alrededor y temía que apagase las llamas por el camino, pero estaba emocionada. Iba a recorrer las calles junto a Atary, además de peatones —muchos de ellos turistas— con ganas de conocer la capital.

—¿Estás preparada? —preguntó al ver mi expresión de emoción, seguramente parecía una niña pequeña.

—Estoy deseando tener un momento normal y… Año nuevo, vida nueva. Muchas cosas deben cambiar.

—Tienes todo mi apoyo —dijo cerrando el maletero para colocarse a mi lado y darme un beso en la frente.

Caminamos hasta el punto de queda, un puente cercano a la *Royal Mile*, para subir con el resto de personas hasta *Calton Hill*. Ya había oscurecido, pero, al ser cientos de miles de peatones con antorchas, parecíamos sacados de una escena de *Outlander*.

Recorrimos las calles entre los murmullos de las personas conversando y el acompañamiento de las gaitas de fondo. Algunos viandantes iban vestidos con ropa vikinga, rememorando el solsticio de invierno, y sostenían las antorchas junto a sus escudos y hachas de guerra. Pero lo mejor fue cuando una hora más tarde alcanzamos la cima y vimos Edimburgo iluminada, nos sentamos sobre el césped con la música de fondo y al levantar la vista hacia el cielo empezaron a lanzar fuegos artificiales.

Me aproximé más a Atary y él me envolvió con sus brazos, quedando sentada entre sus piernas. Entonces me besó en la mejilla y se acercó a mi oído para susurrar.

—Feliz dos mil diecinueve, pequeña.

Sonreí y pegué mi rostro al suyo, rozando mi nariz con su piel. Aspiré el aroma que desprendía mientras escuchaba de fondo las personas aplaudiendo por el espectáculo lumínico y relamí mi labio inferior. Entonces le miré fijamente a los ojos, para después posar mis labios sobre los suyos, sellando así una noche perfecta. Una donde no había sitio para más errores.

Volvimos hasta la habitación del hotel cansados. Habíamos parado para cenar algo en un restaurante cercano y el caminar durante tanto rato había hecho que mis pies se quejaran, magullados. Al llegar me quité las deportivas y solté un suspiro de alivio, acariciando la zona dolorida. Decidí dirigirme hasta el baño para mojarlos en agua caliente y al cerrar la puerta sentí una vibración en el bolsillo de mis pantalones, indicándome que había recibido algún mensaje en mi móvil.

Cuando lo desbloqueé observé que se trataba de Angie. Hacía un par de días que no hablábamos porque no estaba acostumbrada a estar pegada a él y enseguida me cansaba, pero el mensaje que acababa de recibir captó mi atención al instante.

Tenemos que quedar nada más regreses a la residencia. ¡¡¡HE DESCUBIERTO ALGO!!! Es...agsvqshbhjd no tengo palabras. Ni Sherlock Holmes ni Hércules Poirot juntos tienen tanto talento como yo. 00:33

Releí el mensaje con el ceño fruncido y me apresuré en responderle, pero se quedó con un tick en color gris. Lo había apagado. Suspiré, no sabía en qué podía estar metida, pero conociéndola seguramente nada bueno. Esa chica tenía un imán para meterse en terrenos farragosos. Solo esperaba que llegara a su casa sana y salva.

Terminé de lavarme mis cansados pies y los envolví con una toalla para secarlos. Guardé de nuevo mi teléfono en el bolsillo y me recordé a mí misma que al día siguiente tenía que llamarla para confirmar que estuviera bien.

Al salir del baño observé que Atary había apagado la luz de la habitación para dejar que las pequeñas velas que había colocado alrededor hicieran su trabajo, dando un toque romántico al momento. Además, sobre la cama había puesto pétalos de rosa y había usado el reproductor de música de su teléfono móvil para poner una canción especial. Era increíble, no me merecía algo así.

—Esto es… No tengo palabras —me ruboricé.

Me acerqué hasta él. Se había quedado sentado sobre el pequeño alféizar interior que había en la ventana y parte de su cuerpo se iluminaba gracias a la luz de la luna. Llevaba la camisa desabotonada y su cuerpo níveo relucía ante la noche, otorgándole un aspecto muy sexi, junto a su cabello alborotado y el tatuaje del cuello.

—Hay que terminar el año de la mejor manera —sonrió, pero enseguida su rostro se tornó serio, mirándome fijamente—. ¿Estás bien? Te has quedado ahí, de brazos cruzados, y pareces preocupada.

—Sí —suspiré—. He recibido un mensaje de Angie y solo espero que esté bien. Creo que está haciendo de las suyas, jugando a los detectives. Se ha empeñado en destapar a Sham y temo que acabe en peligro.

—¿Angie sabe del tema de los vampiros? —preguntó alzando una ceja.

—Eh, sí. No pude evitarlo. Es mi única amiga y está preocupada por su hermana, Soid. Lo más seguro es que esté con él y con… Ana —respondí, sintiendo como mi voz se apagaba al recordarla.

—Ey, está bien. Es solo que no quiero que nadie más termine perjudicado —dijo levantándose del alféizar para aproximarse hasta mí—. Inmiscuirse demasiado es peligroso y los vampiros no son un tema de niños. Son bestias, seres sedientos de sangre, y una persona normal no dispone de medios para hacerles frente. Es una locura.

—Por eso estoy preocupada. Me da miedo que le pase algo. Y ni siquiera vosotros habéis podido encontrarlas.

—Ella ha decidido investigar por su cuenta —dijo levantándome el mentón, acariciando mi mejilla con su dedo pulgar—. Y no sabemos lo que hace ni dónde está, lo más probable es que esté bien.

—Eso espero —musité.

—Vamos a la cama. Todavía tenemos cosas que celebrar.

Los días avanzaron hasta llegar el momento en que debía abandonar Luss y retomar las clases en el campus universitario de Edimburgo. Debía ser un momento de alegría y nervios por superar un nuevo semestre, pero desde el día de año nuevo todo había sido un caos. Mi padre seguía sin dar señales de vida, no había vuelto a casa; Angie había desaparecido de forma oficial y según pude escuchar por las noticias locales varios policías habían abierto un caso para buscarla y peinaban los alrededores de Edimburgo.

En ese momento me encontraba sentada en la cocina de mi casa, sosteniendo con mis manos temblorosas una taza de chocolate caliente mientras mi mirada se perdía en una pared cercana, temiéndome lo peor. Parecía que no podía tener buenos momentos, pues la vida me castigaba con nuevas preocupaciones. Alejé la tostada mordida que tenía sobre mi plato, fría por el tiempo que había pasado. No tenía hambre.

Me sobresalté al sentir la vibración de mi teléfono móvil sobre la mesa y me abalancé sobre él, con la esperanza de que fuera Angie comunicándose conmigo. Había tratado de llamarla en constantes ocasiones, pero nunca me había ido bien, su móvil continuaba apagado y no recibía nada.

Al desbloquear la pantalla contuve un resoplido, era Atary. El pobre no se merecía que respondiera así, se había preocupado visitándome algunos días después y me había prometido colaborar con sus hermanos para buscarla, por si acaso la tenían los vampiros, pero no sabía dónde la podían esconder. Estábamos ante un callejón sin salida.

En media hora estaría aquí con su coche, esperando para llevarme hasta la residencia, pues mi madre seguía en su mundo. No paraba de preguntarme quién sería mi padre y porqué se lo había guardado durante tantos años, no tenía sentido. Terminé el chocolate que me quedaba en la taza y la lavé en silencio, reflexionando sobre todo lo sucedido últimamente.

Justo cuando estaba bajando las escaleras con la maleta a cuestas, mi móvil empezó a sonar y no me quedó de otra que apresurarme, pues era Atary avisándome de que estaba esperándome fuera. Cuando me subí al asiento del copiloto y me puse el cinturón, el teléfono móvil empezó a vibrar de nuevo. Lo saqué del bolsillo con las manos temblorosas. Atary estaba a mi lado encendiendo el motor, así que no podía ser él.

Desbloqueé la pantalla tras dos intentos fallidos y deslicé mi dedo hacia el icono de los mensajes recibidos. Era un número desconocido.

Me tiene Sham.

Capítulo XXXIV † DESENFRENO

—¡Hay que hacer algo! —exclamé al releerlo por tercera vez.

—¿Algo como qué?

—¡Cómo avisar a la policía, por ejemplo!

—¿Estás loca? La tienen unos vampiros, Laurie. No van a poder hacer nada —respondió mirándome de reojo para volver la vista hacia la carretera.

—¡Pero hay que hacer algo! Es Angie —enfaticé enfadada—. ¿Y si la matan? Ella sabía algo.

—Parece que no lo han hecho. Encuentro más lógico que la usen para llevarte a ti con ellos. Saben que es tu amiga.

—¡Pues que me lleven! Quiero que la dejen tranquila, a todos. Estoy cansada de tantas muertes y desapariciones.

Observé cómo la mandíbula de Atary se tensaba y me miró con cara de pocos amigos, apretando el volante con sus manos.

—No pienso dejar que cometas una locura, y mucho menos cuando seguramente su segundo paso sea convencerte para ir con ellos. Ni de broma —gruñó, arrugando la nariz.

—¿Y cuál es tu maravilloso plan? ¿Quedarnos de brazos cruzados? Porque no voy a poder dormir pensando que Angie está sola, atrapada en algún lugar repleto de vampiros.

—No. Mi maravilloso plan es que nos dejes actuar a nosotros, que tenemos más poder que un ser humano común y somos varios —suspiró, destensando sus hombros—. Que te sacrifiques tú es una opción nefasta e innecesaria. Esto no es un libro o una serie donde siempre hay un plan B cuando la chica decide hacerlo o aparece su salvador en el último segundo. Esto es la vida real. No me lo perdonaría si te pasara algo y no supiera dónde estás, así que mantente a mi lado.

—Está bien —acepté a regañadientes—. Pero como le suceda algo…

—Ella quiso jugar a los detectives sabiendo dónde se estaba metiendo, Laurie —respondió, intimidándome con la mirada—. Te lo advertí muchas veces, los vampiros son peligrosos. Pero parece que estáis empeñadas en pensar que son como los de *Crepúsculo* o *Crónicas vampíricas*. Ni son veganos, ni ceden por amor.

—¡Lo hizo por su hermana! Está desesperada por encontrarla y recuperarla.

—Y mira lo que ha conseguido. Por eso no quiero que te involucres —resopló, removiendo su cabello con los dedos—. Haremos todo lo que esté en nuestra mano para encontrarlas a ambas, te lo prometo.

—Gracias —musité, dejando que la música llenara el silencio que nos albergaba en ese momento a ambos.

Nos mantuvimos así un largo rato, hasta que conseguimos llegar a la residencia de *Pollock Halls*. Entonces buscó un hueco para aparcar y nos quedamos inmóviles. La tensión era palpable debido a mi nerviosismo. El secuestro de Angie había sido demasiado para mí.

—¿N-no vienes? —balbuceé, esperando que me acompañara hasta la habitación.

—No. Voy a reunirme con mis hermanos para hablar de lo sucedido y ver cómo vamos a actuar. Más tarde regreso y me acerco hasta tu habitación. Si quieres podemos ver una película para que te distraigas.

—Está bien —suspiré, estaba forzándole demasiado y era consciente de que hacía lo que podía. No era un dios ni podía chasquear los dedos para que Angie volviera sana y salva. Tenía que confiar en él—. Nos vemos luego.

Me acerqué para despedirme con un beso, disfrutando de la suave textura de sus labios y le observé por última vez antes de abrir la puerta del copiloto y salir del coche. Le despedí con la mano y me detuve para observar cómo conducía de nuevo, poniendo rumbo a su majestuosa casa.

Tres días más tarde me estaba dirigiendo a la facultad muerta de sueño. Uno de los profesores había decidido adelantar su clase una hora porque en la suya no podría asistir, así que nos hacía madrugar para después tener una hora libre, sin nada útil que hacer.

Caminé por las desoladas calles de Edimburgo con la mochila a cuestas, tratando de evitar los largos bostezos que empañaban mi vista y me hacían sentirme aún más cansada. Encima el día estaba apagado, triste, con un cielo encapotado por las nubes y una extensa niebla que cubría toda la zona; parecía que el tiempo se había mimetizado con mi estado de ánimo. Tenía que tener cuidado para no sufrir algún tipo de accidente por no ver bien los semáforos ni a los pocos coches que se movían por la ciudad a esas horas.

Al llegar al parque de *George Square Gardens* suspiré; no había ni un alma en el lugar. Los únicos sonidos que escuchaban a esas horas de la mañana eran unos pájaros madrugadores que habían decidido ponerse a cantar y el viento moviendo las hojas de los árboles, cubriéndome con su manto invernal.

Me aferré a mi abrigo con fuerza y me mentalicé de que no me sucedería nada, solo era un parque repleto de árboles. Nada más. Avancé mirando hacia todos los lados posibles para asegurarme de que no había nadie peligroso a mi alrededor, pero no conté con que alguien me iba a sobresaltar por la espalda, tapándome la boca con su mano tatuada.

—Se acaba el tiempo —gruñó—. Y no nos has dejado otra opción, así que colabora.

Me revolví nerviosa al identificar la gélida voz de la persona que había hablado cerca de mi oído. No me hacía falta verle los ojos para comprender que Sham estaba a punto de llevarme con ellos.

—Déjame —traté de decir, buscando la manera de morderle para zafarme de su agarre.

Al escuchar su gruñido de molestia y ver cómo aflojaba su cuerpo no dudé en empujarle y empecé a correr, consciente de que no estaba lejos para llegar a una zona segura. Pensé en Atary y en lo mucho que necesitaba que apareciera en ese momento, Sham era el doble de fuerte que yo. Podría acabar conmigo en unas milésimas de segundo.

Y en efecto, en menos de lo esperado me había vuelto a sujetar y tiraba de mí para llevarme a una zona apartada, con una fuerza sobrehumana. Me revolví como si fuera una serpiente e intenté darle un golpe en su parte íntima, arqueando las piernas para hallar el mejor hueco.

—Estate quieta —gruñó, tensando sus músculos—. No me obligues a dejarte inconsciente.

—¡Atary! —chillé, ignorándole por completo.

Tenía que luchar todo lo posible, antes de que cumpliera su amenaza. Si me llevaba con él todo se habría acabado, seguramente me matarían al beberse hasta la última gota de sangre de mi cuerpo.

—Joder.

Eso fue lo último que escuché antes de sentir cómo crujía una parte de mi cuerpo y vi todo negro, terminando por caer desplomada sobre él.

—*Laurie... Eh, Laurie, despierta.*

Me revolví incómoda al quedar deslumbrada por un fogonazo de luz y los estímulos auditivos que hacían pitar mis oídos. Parecía que una chica estaba llorando no muy lejos de donde estaba y eso incrementó los latidos de mi corazón. ¿Qué había sucedido?

Traté de forzar a mis ojos para ver mejor y, al parpadear, pude atisbar unas paredes blancas y un rostro masculino, un poco borroso, pero reconocible por sus iris azules y el tatuaje que brillaba en su cuello.

—¿Atary? —pregunté, llevándome una mano hasta la frente para presionarla con los dedos.

—Soy yo, pequeña.

—¿Dónde estamos? ¿Y quién está llorando?

—Estás en la enfermería de la facultad. Les dije que te habías desmayado, así no nos pondrán una falta por perder la clase. Te inspeccionaron, pero lógicamente estás bien, fue ese idiota —respondió, acariciando mi mejilla con delicadeza—. Y está llorando una estudiante. Parece que se dio un golpe y es un poco dramática.

—¿Qué ha pasado con Sham? —pregunté, tratando de incorporarme para quedarme sentada sobre la camilla.

—No te preocupes por eso, te dejará en paz durante un tiempo. Si no llego a escucharte… —suspiró.

—¿Qué me hizo? —pregunté frotándome el cuello, aún lo sentía dolorido.

—Dormirte. Usó una técnica llamada Haito.

—¿Técnica? —murmuré—. ¿Tipo karate?

—Sí, es un movimiento con la mano para dejar KO a otra persona durante un rato. Se usa mucho en defensa personal.

—Genial, ahora tenemos vampiros karatekas —bufé, apoyando la espalda contra la camilla.

Observé cómo Atary sonreía ligeramente y las facciones de su rostro se endulzaron. Me relajaba saber que había conseguido llegar a tiempo. Aunque quisiera salvar a Angie, no quería terminar en un sitio oscuro sin saber qué iban a hacer conmigo. Me daba auténtico pavor.

—Seguramente en breve te dejen marchar. Podemos ir al comedor para que pidas algo y desayunes, necesitas recuperarte.

—Está bien —asentí mientras vi a la enfermera de la facultad acercarse hasta nosotros.

—Veo que te has despertado —sonrió al llegar a nuestro lado—. ¿Has desayunado bien esta mañana?

—No —mentí, notando como las mejillas se me encendían por la vergüenza—. Iba con algo de prisa y no tomé nada.

—Deberías hacerlo ahora.

Observé cómo se alejaba unos pasos a por unos papeles que tenía sobre una mesa y se acercó de nuevo con una sonrisa amable.

—Por mí hemos acabado. Entregaré estos papeles en la oficina para justificar vuestra ausencia, pero que no pase de nuevo. Lo más importante que tenemos es la salud y no hay que descuidarla —respondió—. El desayuno nos mantiene con energía toda la mañana y sin él se nos gasta la batería.

—Gracias —respondí, tratando de levantarme de la camilla—. Ahora mismo iremos. Tenemos una hora libre.

—Genial —sonrió, mirándonos a ambos—. ¡Y luego a clase! Que ya me conozco algunas artimañas adolescentes.

—Descuide —dijo Atary ofreciéndome su mano para sostenerme—. Laurie es demasiado aplicada como para disfrutar faltando a clase.

Observé atónita cómo se despidió de la enfermera guiñándole un ojo y ofreciendo la mejor de sus sonrisas, antes de tirar de mí para terminar alejándonos de allí. La joven chica sonrió sonrojándose ligeramente y negó con la cabeza, siguiendo con sus quehaceres.

—Pensaba que era Vlad el que usaba sus encantos para conseguir algo —gruñí algo celosa, mientras recorríamos los pasillos para llegar al comedor.

—Era para que nos dejara ya tranquilos. Si la dejamos unos segundos más, nos saca la pirámide alimenticia y nos da una charla sobre hábitos saludables.

—Pero guiñarle el ojo no era necesario.

No lo podía evitar. Cada gesto o palabra que salía por su parte me causaba resquemor y la oscuridad de mi interior me torturaba recordándome que Atary era mío. No podía permitir que nadie se le acercara mientras estuviera en mi mano, me pertenecía. Un latigazo golpeó mi estómago con dureza.

—Vamos a desayunar, anda —respondió bloqueándome ligeramente la entrada al espacio y acarició ligeramente mi nariz hasta llegar a la punta, antes de añadir con sorna—. Dicen que, si te enfadas mucho, salen arrugas. No quieras adelantar la vejez a causa de tus celos.

Resoplé tratando de apartarle para poder entrar, Atary era demasiado despreocupado. Parecía inconsciente de la enorme capacidad de atracción que tenía sobre las chicas y aun debía asegurarme de que Franyelis no hubiera intentado nada con él. Sino lamentaría las consecuencias.

Mi oscuridad sonrió al escuchar mi turbio pensamiento. Las cosas no hacían más que empeorar.

Nos acercamos hasta el amplio mostrador del comedor y no pude evitar olfatear con disimulo. En la vitrina de cristal tenían productos como bollería, huevos con beicon, tostadas con botes de mermelada y fruta; provocando que el aroma a comida se expandiera por el espacio. Se me hizo la boca agua.

Atary no dudó en pedirse un café con un *croissant* repleto de mantequilla mientras que yo me decanté finalmente por un té verde con leche de soja y un par de mandarinas. Seguía con mi meta de adentrarme en la comida vegetariana, pero a él le pareció poco y añadió un par de tostadas con mermelada de melocotón.

Nos dirigimos hasta una mesa alejada con nuestros pedidos mientras los acordes de una guitarra sonaban de fondo. Suspiré al dejarme caer sobre el asiento, me dolía la cabeza. Por suerte, solo había cinco personas en el comedor, así que había bastante silencio. Dos de ellos conversaban entre murmullos y tres perdían el tiempo tecleando en sus teléfonos móviles. Una camarera pasó por nuestro lado, haciéndome pegar un bote en el asiento.

—Esta noche iremos a *liquid room* —dijo antes de dar un buen mordisco a su *croissant*.

—¿Iremos? —protesté.

—No pienso dejarte sola ni un solo minuto después de lo sucedido hoy. Seré tu sombra, y eso conlleva que tienes que venir conmigo. Vlad está realmente pesado con salir de fiesta y la última vez que le dejamos salir solo, cuando regresó a casa, terminó durmiendo en la bañera pensando que era su cama.

—Y tienes que hacer de niñera.

—Básicamente —suspiró—, parece mentira que él sea el hermano mayor.

—¿Y por qué no va Nikola o Katalin?

—Nikola vendrá con nosotros. Creo que Rocío también se apunta —respondió—. Katalin irá algo más tarde con sus amigas.

—Parece vuestro lugar favorito para salir.

—Está cerca de casa y así podemos llegar a tiempo si madre nos necesita —dijo encogiéndose de hombros.

Aprecié el ritmo que Atary llevaba sobre la comida. Ya se había terminado el *croissant* y su café mientras que yo apenas había comido dos gajos de mandarina. Tenía su cuerpo inclinado hacia delante, con los brazos posados sobre la mesa y mantenía una expresión tranquila, desordenando su cabello con la mano que no había tocado el *croissant*.

—Pareces muy unido a ella.

—Es mi madre —sonrió—, y solo estamos nosotros cinco, sin contar al servicio.

—¿Qué le pasó a tu padre? Si puede saberse —pregunté, roja por la vergüenza. Atary era muy reservado respecto a temas personales.

—Murió hace años. Por eso decidimos abandonar Miskolc y venir a Edimburgo. Madre quería empezar de nuevo y dejar el pasado atrás.

—Vaya —musité dándole un sorbo a mi taza de té—. Lo siento mucho. Tuvo que ser duro.

—No pasa nada. Ha pasado mucho tiempo desde entonces.

—Y —vacilé, pensando si le molestaría que ahondara más en el tema. Al ver su gesto de ánimo continué—: ¿Hay bebés *dhampir*? ¿En Hungría tenéis compañeros? ¿O solo estáis vosotros? ¿Habéis peleado contra muchos vampiros? ¿Tu padre era… humano? Hay muchas cosas que me gustaría saber —me sonrojé.

—Ya lo veo —sonrió apoyando la espalda contra el respaldo y miró la pared con gesto pensativo antes de volver la vista hacia mí—. Respecto a tu primera pregunta, digamos que tenemos unas habilidades que se van potenciando a medida que crecemos, igual que va aumentando cualquier destreza o habilidad humana. Sí, hay compañeros por muchas partes del mundo, pero obviamente no conocemos a todos. Sí, hemos peleado contra muchos, sobre todo Vlad —continuó en voz baja—. Y mi padre era brujo.

—¿Brujo? —susurré atónita.

—Sí —respondió revolviéndose en el asiento—. Los vampiros no son los únicos seres que habitan entre nosotros, pero no te preocupes por eso.

—¿Y tienes algún tipo de magia? ¿Es hereditario?

—No, y casi que lo prefiero.

Esperé a que me dijera algo más, pero se quedó callado escudriñando la expresión de mi rostro. Sabía que para él era difícil contarme estas cosas por su temor a que me pasara algo, por eso me sentí afortunada de que depositara su confianza en mí y decidí darle un respiro.

—Gracias por contarme todo esto.

Atary asintió y se acercó hasta mí para apretarme la mano con cariño.

—Mejor pensemos en esta noche —respondió, formando un adorable hoyuelo en sus mejillas—. Estoy deseando volver a bailar contigo.

—¿Y pisarte de nuevo?

—De eso ya no tanto —rio—. Así que ve mentalizándote para soportar al insufrible de Vlad.

—Qué remedio —suspiré, revolviéndome en el asiento. Mis piernas comenzaron a temblar.

Solo esperaba que nada malo fuera a suceder en esa fiesta, aunque el destino disfrutaba burlándose de mí.

La noche llegó y no me quedó de otra que prepararme e ir con Atary hasta el *pub* donde estarían sus hermanos. Me preocupaba el hecho de encontrarme con Vlad, pero también el hecho de que Angie seguía desaparecida mientras yo realizaba acciones mundanas. Si accedía, era porque no quería encerrarme tras cuatro paredes y me sentía más segura al lado de los hermanos Herczeg.

Al entrar subí hasta la segunda planta, donde estaba el reservado, y me senté en uno de los sillones, bien pegada a Atary. Desde allí aprecié que Nikola ya se encontraba en un sofá cercano, vestido con una camisa negra y unos pantalones ajustados que resaltaban sus piernas. La chica que le acompañaba vestía unos pantalones cortos y una camiseta de tirantes. No entendía cómo podía salir así en pleno invierno sin congelarse, y hablaba con él en tono meloso, toqueteándose el cabello mientras ladeaba la cabeza en su dirección, dejando caer su melena al esbozar una sonrisa.

Molesta, hice una mueca y miré hacia otro lado, aunque no era mucho mejor. Vlad se encontraba apoyado contra una pared con una copa en la mano mientras tanteaba el ambiente y me echaba miradas lascivas. Atary conversaba con unos amigos que habían decidido asistir y yo me encontraba sumamente aburrida. Fue entonces cuando observé a Franyelis subiendo las escaleras con una sonrisa de satisfacción en su rostro, en dirección hasta donde se encontraba el hermano mayor de los Herczeg.

—¿No pensaríais salir sin mí? —preguntó abrazándole para después separarse unos centímetros y darle un apasionado beso.

«Qué poca vergüenza» murmuré sin poder despegar mi vista del espectáculo que estaban armando ellos dos. Vlad había bajado una mano hasta el trasero de ella y sostenía sus nalgas con firmeza, mientras que con la otra la aproximaba más hasta él.

Me revolví en el asiento, jugueteando con mis mangas, y traté de bajar mi mirada para bloquear mis pensamientos de repulsión. Aún no perdonaba sus intenciones con Atary y el atrevimiento que había tenido al besarle, no aguantaba su presencia. Pero a ella no pareció importarle, pues se apartó de Vlad con una sonrisa triunfal y elevó el mentón para mirar en nuestra dirección, acercándose hasta donde estábamos sentados.

—¡Atary! —exclamó haciéndole un gesto para que se levantara—. Veo que has conseguido traer a Laurie hasta aquí. Bien hecho.

Observé de soslayo a mi novio, que se encontraba con una expresión confusa en su rostro y arrugó el ceño. Franyelis hizo un ademán para sentarse encima de él, pero Atary la apartó con rapidez.

—Ya te dije varias veces que contengas tu efusividad, Franye. Es molesto e incómodo —respondió con voz pausada.

—Antes no te quejabas tanto —protestó ella haciendo un puchero infantil que me dieron ganas de vomitar.

Tuve que contenerme para no clavarle las uñas y alejarla de él hasta salir del *pub*, pues la oscuridad había empezado a dominarme.

Tuyo.

—Antes no tenía novia —contratacó él, exhalando un suspiro cansado—. Te lo he dicho muchas veces.

—Está bien —dijo alejándose unos pasos—. Como quieras. Luego hablamos, Laurie.

Forcé una sonrisa como respuesta, aunque quedó en una mueca amarga, y observé como se alejaba de nosotros como si no hubiera sucedido nada para acosar al Herczeg que le quedaba. Nikola frunció el ceño al observar su efusividad y se alejó ligeramente, moviéndose por el sofá con el cuerpo tenso.

—¿Acaso esa chica no se da cuenta que está molestando? Realmente tiene ovarios por saludar de ese modo a Nik. Apuesto veinte libras a que en menos de un minuto la estará mandando a cagar —escuché decir de repente a una voz cantarina.

Al levantar la cabeza observé que la amiga de Nikola se había puesto frente a mí y me miraba con una sonrisa amable. Los rasgos de su rostro parecían dulces y su cabello castaño caía en forma de cascada sobre los hombros. No había un brillo en sus ojos marrones que destilara malicia, parecía que intentaba romper el hielo entre las dos.

—Soy Rocío —se presentó, extendiendo la mano para que se la estrechara—. Amiga de Nikola.

Miré a Atary con gesto confuso, sin comprender nada. Todo lo anterior lo había dicho en lo que supuse que era español por algunas palabras concretas. Por suerte no tardó en avisarla que solo hablaba anglosajón y accedió a hacer de traductor.

—Laurie —respondí, analizándola de arriba abajo. Me daba miedo lo rápido que estaba empezando a prejuzgar y a tener un sentimiento de posesión sobre Atary. Todos mis músculos se tensaron.

—Me pregunto qué hace una chica como tú en un sitio como este, rodeada de lobos como los Herczeg —sonrió, hablando por fin en mi idioma.

—Es mi novia —aclaró Atary, posando una mano sobre mi pierna—. Y tienes razón, creo que Nik te necesita —dijo con tono burlón.

—Creo que se las podrá arreglar. En estos momentos me interesa más saber cómo una humana común como tú permanece al lado de personas como estas. ¿Acaso no tienes miedo de nosotros? —preguntó mirándome fijamente—. Es un mundo peligroso.

—¿Eres como ellos?

Miré a ambos sorprendida, esperando algún tipo de explicación. A raíz de mi conversación con Atary sabía que había más seres sobrenaturales, pero no que esta chica fuera una *dhampir*. ¿Cuántos podría haber?

—Bueno, más o menos. No soy tan poderosa, pero… Sí. Podría decirse que sí.

—¿Llevas el mismo tatuaje que ellos? —pregunté interesada, observando cualquier detalle de su cuerpo.

—No. Eso solo aparece si eres de su mismo linaje —respondió ella con una sonrisa divertida, observando como Nikola trataba de zafarse de los ataques afectuosos de Franyelis—. Pero prefiero mil veces el mío antes que estar atada de esa forma. No entiendo cómo Nik no ha perdido la cabeza ya —y añadió en su idioma natal como si fuera un gruñido—. Re pelotuda la morocha…

—Laurie está al margen de todo esto —aclaró Atary, mirando a Rocío con cara de pocos amigos—. Precisamente porque es humana, y estar a nuestro lado ya la mete en suficientes peligros.

—He escuchado que ha habido varias desapariciones en esta ciudad. Nikola me contó que una de las chicas es amiga tuya —dijo escudriñándome sin apenas parpadear, incluso sus cejas seguían claramente arqueadas, ignorando a Atary por completo—. ¿Se sabe algo?

—No —musité pensativa, recordando a Angie con dolor—. Espero que la encuentren pronto. No paro de pensar en ella.

—Seguramente antes de lo que te imagines. El problema es en qué estado.

Rocío nos miró a ambos con una sonrisa torcida, intensificando el silencio incómodo que se había formado. Mi corazón se encogió al escuchar sus palabras y no pude evitar mirar a Atary con angustia, deseando que las palabras de esa extraña chica solo fueran para provocarme. Fui a decirle algo, pero, en su lugar, el silencio fue rápidamente sustituido por Nikola, que se había levantado del sofá con una expresión de molestia en el rostro y se acercó hasta nosotros para sentarse en el sofá de al lado.

—Está insoportable. No sé qué le pasa, pero ha colmado mi paciencia —resopló—. Ni siquiera sé que estamos haciendo aquí.

—Socializar, disfrutar de la música, beber, bailar… Ya sabes, lo típico —ironizó ella, sentándose de un salto a su lado—. Y ya sabes lo que suele decirse: Una vez al año no hace daño.

Aprecié cómo Nikola chasqueaba su lengua en señal de desaprobación, pero no dijo nada, solo continuó molesto en silencio, con su habitual mueca de desagrado. Rocío dio un sorbo a su bebida mientras mecía el cuerpo al compás de la música y Franyelis se quedó fija en el sofá que Nikola había desocupado, mirándome con destellos de rabia.

Molesta por el espectáculo que estaba montando ella sola y cómo había decidido intimidarme con sus gestos, me levanté para sentarme en el regazo de Atary, como ella quiso hacer antes de ser apartada por él y sonreí satisfecha al ver como colocó sus manos por mi cintura para sujetarme y depositó un beso sobre mi cuello, dejando un rastro de saliva sobre mi piel al pasar su lengua unos segundos. Entonces acercó sus labios a mi oreja y la mordió con delicadeza antes de susurrar.

—¿Y este movimiento tan sugerente? Se me ha bajado toda la sangre a la entrepierna —protestó.

—Franyelis no es la única que sabe marcar territorio. Y tú eres mío —gruñí sin dejar de mirarla, alzando el mentón. Sin querer clavé mis uñas en su brazo.

—No caigas en su juego, Laurie. Lo único que consigues es que me moleste tu posesividad. No es sano y denota inseguridad, pequeña.

—Pero es que ella…

—Solo quiere provocarte —suspiró él, negando con la cabeza.

—Pues que lo haga, que la provocaré yo el doble.

—Me rindo —susurró, dándome un beso en el pelo—. Vamos a hacer algo más productivo, como bailar.

Acepté su mano con gusto. Estaba deseando alejarme del tenso ambiente que se había formado y poder calmarme. No me reconocía y los pensamientos que rondaban por mi mente me estaban asustando. Eran demasiado oscuros y retorcidos.

Bajamos al piso donde bailaba la inmensa mayoría de personas e intentamos meternos entre la multitud, esquivando a algunos que ya iban bastante ebrios y se movían haciendo eses. En ese momento estaba sonando música electrónica y no sabía muy bien cómo bailar eso.

—¿Por qué esa chica es tan extraña? —pregunté, forzando la voz sobre su oído para que me escuchara por encima de la música.

—¿Rocío?

Asentí.

—Es amiga de Nikola, ¿qué esperabas? —contraatacó sonriente, guiñándome un ojo.

—Supongo que una persona normal.

—Eso está complicado. Nikola no es normal.

Sonreí e intenté moverme como Atary lo hacía, aunque tenía la sensación de que yo era un pato mareado. Avergonzada, miré hacia mi alrededor y me tranquilicé un poco al notar que la gente estaba demasiado feliz o borracha como para darse cuenta de mi fatídico baile, si es que lo podía catalogar como tal.

Por desgracia, Franyelis no tardó en arruinar el momento y apareció frente a nosotros, con una sonrisa aparentemente inocente que no me dio muy buena espina. Se acomodó colocándose entre nosotros, esquivando a unos chicos que iban dispuestos a hablarle y tiró de mi brazo, mirando a Atary.

—Necesito que me la dejes un momento. Es una urgencia.

—¿No puedes esperar? Estamos bailando, Franye —respondió Atary tratando de interponerse—. Y no quiero peleas.

—Es un tema personal. Necesito que me acompañe al baño —gruñó ella, sin dejar de clavarme las uñas.

Miré a Atary con expresión de súplica para que no me dejara sola con ella, pero no surgió efecto, pues me vi arrastrada hasta una esquina del *pub*, donde estaban los baños femeninos. Una vez dentro me soltó de golpe y me atrapó contra la pared, quedándose de brazos cruzados.

—Parece que no fui clara por los mensajes. Aléjate de Atary o lamentarás las consecuencias.

—Una parte de mí se imaginaba que eras tú —bufé, entornando los ojos—. ¿Qué te he hecho?

—Tú en particular nada, pero me molesta el hecho de que haya frenado cualquier tipo de contacto conmigo cuando tú andas metiéndote en la cama de su hermano.

—Eso solo fue un error —musité, sintiendo como mis mejillas se encendían por la culpa y la humillación de verme expuesta.

—¿Ah sí? —respondió enarcando sus cejas y rebuscó por su bolso hasta dar con su teléfono móvil para mostrarme la pantalla—, porque a mí no me lo parece.

Observé con furia cómo Franyelis había grabado lo que habíamos hecho Vlad y yo desde fuera, con la puerta entreabierta. Ahora encajaba el ruido que había escuchado en su momento, seguramente había tropezado con algo. El vídeo reproducía los movimientos que manteníamos ambos y se podía escuchar el sonido de los muelles y nuestras respiraciones agitadas. Era vergonzoso y humillante.

—Borra eso, Franye. Esto no tiene sentido.

—Claro que lo tiene. Y mucho —rebatió—. O te alejas de Atary de una vez o todos sabrán lo que has hecho con su hermano. Atary será incapaz de mirarte a la cara. Seguro que terminaré consolándole —sonrió victoriosa—. Y todo por un… Error. Qué ironía, ¿no?

Sus palabras estaban cargadas de veneno, disfrutaba manejando la situación. La bestia que habitaba en mi interior empezó a manifestarse al escucharla. Luché con todas mis fuerzas contra ella para no hacerla brotar o las consecuencias serían nefastas. Esa chica conseguía sacar lo peor de mí.

—Es más, para hacerlo más interesante haremos algo —dijo, elevando el mentón—. En cuatro días darán una importante fiesta en el castillo, donde asistirán la mayoría de alumnos de la facultad y amigos de otros lugares de la familia, para celebrar el cumpleaños de Atary. Cada día que pase sin que se lo digas le contaré un poco de lo sucedido esa interesante noche. Y la noche de la fiesta, si todavía no lo has hecho… Paaam —susurró haciendo el gesto de una pistola disparando—. Se prenderá todo. ¿A que es genial?

Me removí nerviosa tratando de contener la rabia que estaba empezando a cegarme, pero la bestia me consumió. Llevé la mano hacia su mejilla para darle una sonora bofetada y aparté su cuerpo con dureza, haciendo que rebotara contra la blanca pared.

Salí del baño para evitar hacer algo mayor, pues mi interior clamaba venganza. El dije que pendía de mi cuello me quemó la piel, incrementando mis ganas de quitármelo, y esbocé una mueca de dolor, cerrando los puños con fuerza antes de divisar a Atary y acercarme corriendo hasta él.

—¿Qué ha pasado? ¿Estás bien? —preguntó alzándome el mentón para analizar la expresión de mi rostro.

—Quiero irme a casa —sollocé, consciente de que Franyelis no tardaría en salir del baño. Necesitaba alejar a Atary de su lado, antes de que fuera demasiado tarde.

—Claro —asintió con el semblante preocupado y me ofreció su mano para tirar de mí entre la multitud, llevándome hasta la salida del *pub*.

Ni siquiera nos detuvimos a despedirnos del resto, pero tampoco importaba. Atary había sido lo suficientemente inteligente y considerado para saber que necesitaba estar a solas con él, en su habitación. Nos dirigimos hasta allí en coche, acompañados por la música del reproductor. Ni siquiera me salían las palabras para explicarle lo sucedido. No sabía cómo empezar y tampoco quería perderle. Franyelis me había acorralado entre la espada y la pared.

Al día siguiente seguía sin atreverme a decirle nada. Era incapaz de separarme de su lado por miedo a que Franyelis cumpliera su promesa y apareciera por el castillo o le mandara un mensaje a su teléfono móvil para contarle todo. Y tenía que admitir que, aunque me gustara estar pegada a él, en el fondo sabía que era excesivo y con mi forma de actuar estaba demostrando que algo iba mal, pues no le dejaba solo ni para ir al baño.

—Laurie, sabes que me gusta que estés conmigo, pero empiezo a agobiarme. Pareces mi sombra —protestó al salir de la ducha y verme sentada en la taza del váter, esperando que terminara—. Y todavía no me has querido contar qué te pasa.

—No me pasa nada, estoy bien.

—Te conozco lo suficiente para saber que me estás mintiendo. Te estás mordiendo el labio inferior y mueves tus dedos tratando de aguantar las ganas de rascar esa roncha que acaba de salirte en el cuello. Y eso te pasa cuando mientes, porque en el fondo sabes que está mal y va contra tus principios —respondió envolviendo una toalla a sus caderas de forma despreocupada.

—Odio que me conozcas tanto.

—Te dije que eres un libro abierto para mí.

—¿Y si hubiera algún capítulo que no quisieras leer? Si hubiera hecho algo… mal —susurré, bajando la cabeza por un instante.

—Tú nunca haces nada mal, pequeña —sonrió, secándose su empapado cabello con otra toalla que estaba posada a mi lado—. ¿Por eso estás así de pensativa y preocupada? ¿Piensas que me voy a molestar por algo?

—Yo… tengo miedo de que te alejes de mí. Eres el único que permanece a mi lado a pesar de todo y… no lo merezco. Eres tan bueno —bajé la cabeza. El peso de la culpa me ahogaba.

Mi cuerpo se erizó al ver a Atary quedarse en cuclillas, únicamente vestido con un bóxer ajustado. Levanté la cabeza de nuevo al notar sus manos apoyarse sobre mis piernas. Varias gotas se deslizaron por su torso desnudo y su cabello alborotado alteró mis sentidos, como si fuera un campo magnético que poco a poco me arrastraba hasta él.

—Pequeña… No me gusta que pienses así. Odio que te infravalores, porque te impide ver la realidad. No hay nada que pueda alejarme de ti, de verdad.

Me deslicé por la taza de mármol hasta quedar arrodillada en el suelo, frente a él, y pasé una de mis manos por la fina capa de vello que descendía hasta llegar más abajo de su ombligo, tentándome.

—Oh, joder. Idos a un hotel —protestó Vlad de repente, haciéndome retroceder asustada—. Es mi baño favorito.

—Vete a cagar a otro, al que esté más lejos —contratacó Atary—. Y de paso puedes tirar de la cisterna para que se trague tus celos.

—¿Celos? —rio, enarcando las cejas—. ¿Qué es eso? ¿Se come? Y vístete de una vez. Me gusta ver mujeres desnudas, no a hermanos molestos.

—Ya nos vamos —murmuré tirando de Atary, antes de que a Vlad se le fuera la boca y termináramos en una situación más indeseada de lo que ya estaba siendo.

Nos alejamos de allí en silencio. Atary se mantenía serio y su rostro reflejaba una expresión de molestia, con el labio torcido y el ceño arrugado. Se paseaba por los pasillos en ropa interior, sin importarle encontrarse con alguna chica del servicio u otro de sus hermanos, aunque seguramente estaban acostumbrados a verle así.

—¿Es por Vlad?

Al escuchar su repentina pregunta tuve que esforzarme para no ahogarme con mi propia saliva y le miré con una mezcla entre asombro y miedo. ¿Realmente había atado cabos o solo estaba molesto por la escena del baño?

—¡No! Yo… No sé qué te hace pensar eso.

—Teniendo en cuenta que su mayor afición es molestar a los demás y provocarte, pensé que Franyelis y él se habían aliado para llevarte al baño y había intentado sobrepasarse contigo.

—¿Qué? ¡No! —exclamé, negando con las manos—. ¿Realmente crees que tu hermano es capaz de hacer algo así?

—Vlad es capaz de todo con tal de tener lo que quiere y ayer llegó bastante ebrio a casa. Cuando se le nublan los sentidos se vuelve mucho más insoportable.

—Pues no. No me hizo nada.

—Entonces fue Franyelis —suspiró, arrugando la nariz—. ¿Qué te dijo o hizo? Espero que no te haya ido con cuentos. Ella y yo dejamos de acostarnos hace tiempo. Preferí cortar por lo sano.

Mi cuerpo se tensó al escucharle. Me esforcé en intentar borrar las imágenes que habían empezado a llegar a mi mente. Imaginarle acostándose con ella me provocaba un dolor infinito.

—¿Os acostabais? —murmuré entornando los ojos y mis dedos se cerraron en un puño.

—Alguna vez. Después me enteré que también visitaba la cama de Vlad y… No quiero compartir fluidos corporales —respondió con una mueca de desagrado—. Comprendo que hay relaciones abiertas, pero yo soy más tradicional. Y compartir chica con tu hermano va más allá de cualquier cosa que pueda tolerar. Pero ella no estaba conforme con eso. Incluso trató de llamar la atención de Nikola, pero él pasa de todo.

—Hace bien.

Me sentí sucia al asimilar que había sido igual que Franyelis. Ambas habíamos hecho lo mismo y no me sentía orgullosa de ello.

—Pero eso es pasado. Mi presente eres tú —sonrió.

Suspiré y acepté el cálido beso que depositó en mis labios, antes de entrar en su habitación. Decidí hacer tiempo paseándome por ahí mientras contemplaba los distintos muebles, dejándole vestirse tranquilo. De reojo, pude ver como su teléfono móvil descansaba sobre la mesita del lado derecho de su cama con la pantalla apagada. Si conseguía acercarme de forma disimulada podría asegurarme de que Franyelis no hubiera cumplido su amenaza, o estaría perdida. Atary no podía enterarse.

—¿Puedo curiosear los libros que tienes sobre la mesita? —pregunté tratando de sonar despreocupada.

—Claro.

Observé que estaba dándome la espalda, buscando una camiseta en el armario para ponerse, así que aproveché para acercarme con paso tranquilo y me coloqué de tal manera que Atary no pudiera ver mis verdaderas intenciones. Con disimulo, desbloqueé la pantalla y pulsé el icono de *WhatsApp*, donde tenía varios mensajes por leer. Entre ellos uno de Franyelis. Asustada, guardé el móvil en el pequeño bolso que llevaba encima y cerré la cremallera tratando de no hacer ruido. El corazón me estaba latiendo a mil y la adrenalina fluía por mis venas, deseando que Atary no se diera cuenta que le estaba robando. Estaba yendo demasiado lejos, pero no podía detenerlo.

—¿Puedo ir al baño un minuto? Creo que me ha entrado un apretón —me quejé, tensando la mandíbula mientras llevaba las manos hasta mi vientre.

—Sabes que no tienes que pedírmelo. Y puedes usar el ambientador que está en el armario blanco, al lado del lavabo. Ingrid tiene un olfato muy delicado y no soporta los malos olores.

—¿Quién es Ingrid?

—Se encarga de limpiar los baños.

—Ah —asentí, sujetándome al marco de la puerta como una tonta—. Claro, no tardo.

Cerré la puerta poniendo el seguro para evitar riesgos innecesarios y me senté sobre la taza del váter, rebuscando por mi bolso para encontrar su teléfono móvil y desbloquearlo de nuevo, volviendo a la aplicación donde estaba.

Al deslizar el dedo observé que tenía un grupo con sus hermanos y varias personas que no conocía de nada. A simple vista no había nada importante, así que me detuve en lo que verdaderamente me interesaba: Leer el mensaje de Franyelis.

Sé que ayer te fuiste de la fiesta con Laurie y seguro que ha ido de santa y no te ha dicho lo que ha pasado. Pues para que lo sepas, tu querida y dulce novia ha hecho algo que no te va a gustar. Ya es hora de que se te caiga la venda que llevas. 18:47

Seguramente no me creerás y pensarás que es un berrinche infantil porque decidiste alejarte de mí, pero tengo pruebas. 18:47

Por el momento tendrás que preguntarle a ella por esto, pero sé que eres lo suficientemente hábil para captar la expresión de su rostro pensando qué mentira contarte. Pero paciencia, cariño. Si ella sigue sin decirte nada en la fiesta de tu cumpleaños te daré el mejor regalo de tu vida. Ya me lo agradecerás después. 18:48

Aparte de mi cuerpo ;) 18:50

Cerré mis manos en un puño, sujetando el móvil con fuerza, mientras que mi mandíbula hizo un chasquido extraño por tensarla demasiado. Exhalé todo el aire que tenía acumulado en los pulmones y la bestia de mi interior rugió con fuerza. Me sentía muy enfadada y con ganas de asesinar a alguien. No podía creerme que hubiera sido capaz de hacerlo. Realmente Franyelis era capaz de todo por tenerlo, ¿hasta qué punto llegaba su obsesión?

Mis dientes chirriaron con fuerza y no pude evitar morderme una uña, aliviando un poco la tensión acumulada. Releí el mensaje para asimilar la maldad que desprendían sus palabras y deslicé el dedo para borrar la conversación, guardando el teléfono móvil de nuevo. No sin antes asegurarme de apagarlo, por si acaso Atary se percataba de que no estaba en la mesita y decidía buscarlo.

Mientras tiraba de la cisterna y veía el agua caer, cientos de imágenes aparecieron por mi mente, recordándome que Franyelis no iba a parar hasta lograr destruirme. Una parte de mí, esa donde habitaba mi bestia, me gritaba que tenía que hacer algo para evitarlo. Era ella o yo.

«No lo hagas» gruñó una voz en mi interior, una que me pareció escuchar en alguna que otra ocasión «Si lo haces te habrás perdido para siempre. No dejes salir tu oscuridad».

Meneé la cabeza atónita al escuchar la mención de aquello que me esforzaba en ocultar. Eso solo lo sabían mis padres, nadie más. Me avergonzaba demasiado recordar todo el daño que había causado en el pasado gracias a dejarme llevar por ella.

Tragué saliva, consciente de que estaba rozando la locura y me percaté de que la cisterna había terminado y Atary estaría preguntándose por qué tardaba tanto. Salí del baño tratando de equilibrar ambas partes de mi interior, pero una me atraía de forma considerable debido al peso que estaba tomando la situación.

En el corazón de Atary solo había sitio para una, y bien sabía yo que Franyelis estaba fuera de esto. No permitiría que nada ni nadie intercediera en nuestra relación, ni siquiera yo misma.

Capítulo XXXV ✝ Punto muerto

Los días pasaron. Solo faltaba un día para la fiesta de cumpleaños de Atary y ya me había mordido todas las uñas de ambas manos. No había logrado concentrarme para estudiar, me atormentaba pensar que en cualquier momento él podría saber la verdad y le perdería para siempre. Solo me relajaba el intuir que Franyelis todavía no había hablado de forma directa con él, pues seguía recibiendo mensajes, y en la facultad Atary interactuaba conmigo como si nada, pero no podía reducir la tensión que se acumulaba en mi cuerpo. Era como una losa de mármol tratando de aplastarme.

Moví los músculos de mis hombros en círculos para intentar aliviarlos, sin mucho éxito. Tenía que admitir que cada beso que nos dábamos me pesaba en el alma, como si llevara un montón de piedras sobre la espalda, pero me podía el egoísmo de mantener segura nuestra relación. Si lo perdía, me perdería yo. Así que intentaba disfrutar de sus caricias y saborear cada momento que vivíamos juntos como si fuera el último.

Salí de la facultad con nuestras manos entrelazadas y nos detuvimos frente a un árbol cercano para despedirnos. Me esperaban unas largas horas de estudio por delante y tenía que estar concentrada, sin distracciones de novios sexis y potencialmente peligrosos.

—Mañana vendrás a la fiesta, ¿verdad? —preguntó, acariciando mi cabello.

—La fiesta —suspiré, recordando que Franyelis estaría allí—. Claro. No puedo faltar en tu día más importante.

—No es para tanto. Más bien Vlad y Kata se aprovechan para hacer una fiesta por todo lo alto. Mi cumpleaños queda en un segundo plano —sonrió—. Pero tampoco me molesta, con que tú estés es más que suficiente. Siempre podemos perdernos por los pasillos y pasar una noche interesante en la habitación.

—Suena bien —sonreí, ignorando el revoloteo de varias mariposas que se concentraban en mi estómago.

—Por cierto, ¿te suena haber visto mi móvil? Hace varios días que no lo encuentro y había quedado en hablar con un amigo de Budapest.

—Uh, no me suena —mentí, esforzándome en que mi cuerpo no me delatara.

—Ya lo encontraré. Vivir en un sitio tan grande tiene sus desventajas —suspiró.

Iba a responder cuando sentí la vibración del mío por el bolsillo del pantalón. Era extraño, pues normalmente solo me hablaban Atary y Angie. Una estaba desaparecida y también era imposible que fuera él, así que me apresuré en cogerlo y desbloquear la pantalla.

Al hacerlo no tardó en llegarme un mensaje nuevo. Alcé las cejas al leer que se trataba de mi madre.

Tenemos que hablar, Laurie. Sé que estás en la facultad y seguramente estés ocupada, pero te ruego que vengas a casa. He estado coaccionada mucho tiempo, pero es hora de que sepas la verdad. Temo por mi vida si no llegas pronto. Apúrate, te lo ruego.

Te quiero.

Releí el mensaje cinco veces antes de levantar la vista de la pantalla y mirar a Atary sin poder creérmelo. Ese mensaje podía ser de cualquier persona menos de mi madre, ella nunca me había dicho que me quería. Nunca. ¿Acaso podía ser una trampa? ¿Alguien tenía su teléfono móvil y la había obligado a ponerme eso para que fuera a Luss?

—¿Qué sucede? Estás pálida.

—Es que… Es… —balbuceé—. Es mi madre.

—¿Puedo? —preguntó, señalando mi teléfono móvil.

Asentí con la cabeza y le pasé mi preciado tesoro para que pudiera leer lo mismo que había leído yo. Me había quedado en *shock* por la sorpresa y era incapaz de ofrecerle una explicación coherente. ¿Coaccionada? ¿Por mi padre?

Observé sin apenas parpadear como Atary movía sus ojos en décimas de segundo y frunció el ceño antes de devolverme el teléfono. Lo guardé de nuevo en su sitio, incapaz de pensar cómo debía actuar ahora.

—Yo no iría, Laurie —advirtió con tono serio—. Por lo poco que conozco a tu madre ella nunca te hubiera hablado así. No después de todo lo sucedido.

—¿Y si es verdad? Dijo que teme por su vida.

—Si se refiere a tu padre…, o Arthur, si hubiera querido ya hubiera hecho algo. No tiene sentido.

—Pues no me quedo tranquila, Atary. No si existe el riesgo de que le hagan algo. Por muy pequeño que sea ese porcentaje.

—Si te quedas más tranquila puedo decirle a Vlad que haga ronda por Luss y vigile a tu madre desde las sombras, pero no quiero que te pongas en peligro estúpidamente. Acordamos que te mantendrías al margen.

—Sí, pero esto es personal —musité.

—Deja que me encargue. Si veo que no hay peligro te llevaré yo mismo con ella —respondió, acomodándome entre sus brazos.

—Gracias.

—Así que por ahora solo debes preocuparte en pensar qué regalo vas a hacerme por mi cumpleaños —sonrió.

—Pensaba que mi presencia te serviría.

—Ah, no —rio—. Tendrás que esforzarte un poco y sorprenderme.

—Si lo hago, ¿haremos el amor toda la noche?

—Y todo el día si es necesario —respondió guiñándome un ojo mientras apartaba un mechón de cabello con sus dedos, hipnotizándome.

—Trato hecho —sonreí—. Ahora debes dejarme ir, Herczeg. Me estás distrayendo de mis deberes estudiantiles.

—Yo sí que te daré deberes, tengo unos de lengua preparados.

Reí negando con la cabeza. Me gustaba cuando estaba de buen humor y soltaba ese tipo de bromas, provocando que mi cuerpo empezara a encenderse. Le di la espalda para alejarme hasta la residencia, esperando que en la fiesta no sucediera nada malo, pero… ¿Qué sería de una fiesta de verdad sin más secretos que ocultar?

Contemplé mi figura en el espejo que tenía incrustado el armario y me giré para comprobar que todo estuviera en orden. Había decidido ponerme un vestido entallado color blanco que resaltaba el poco escote que tenía, pues la parte de arriba descendía hasta el ombligo, pegándose a la parte de abajo, que simulaba una falda floreada.

Comprobé que llevaba la coleta alta en perfectas condiciones, dejando caer el resto del cabello sobre mis hombros y revisé que el maquillaje estuviera perfecto. Tenía que estar arrebatadora para Atary. Era una ocasión muy especial.

Franyelis no había aparecido hoy por la habitación, la última vez que la había visto fue en el comedor de la facultad, en el otro extremo de donde me encontraba, comiendo despreocupada. Me inquietaba que ya estuviera en el castillo y hubiera tratado de abordar a Atary, pero confiaba en que no fuera así, seguramente estaba esperando a que yo estuviera presente para disfrutar más de la escena.

Abrumada, cerré la puerta del armario y me dispuse a coger un abrigo y salir de la residencia. Había acordado con él que estaría preparada para las ocho de la tarde y faltaban dos minutos para que dieran en punto. Conociendo su afán por llegar a tiempo a todos lados ya debería estar abajo.

Al abrir la puerta comprobé que así era y me subí al asiento del copiloto, acomodando mi vestido para no mostrar más de la cuenta. Se me hacía extraño revelar más carne que tela.

—Estás muy guapa —dijo a modo de saludo, deslizando la yema de sus dedos por mi pierna desnuda.

—Solo has visto el abrigo —protesté haciendo un mohín.

—Suficiente para saber que estás increíble. ¿Este es mi regalo?

—No. Lo tengo escondido en mi bolso —sonreí—. Tendrás que esperar un poco.

—Qué remedio —suspiró, encendiendo el motor del coche—. Seguro que merece la pena.

A pesar de mis súplicas para que el trayecto fuera largo y poder saborear los últimos minutos solos, enseguida llegamos al aparcamiento del castillo y caminamos hasta la puerta principal, donde se acumulaba una cantidad importante de personas.

—Pensé que estaríais todos dentro —dijo Atary acercándose a Nikola, que llevaba un pantalón negro ajustado y una elegante camisa blanca.

—Madre no quería empezar sin el cumpleañero. Créeme, si fuera por mí ya estaría encerrado en mi habitación —gruñó.

—Avisa a Vlad para que nos abra. Seguro que muchos se están impacientando.

—Claro. Todo sea por poder volver a mi cueva.

Mi corazón latió acelerado al ver a Nikola posar sus ojos grises sobre mí durante unos instantes, antes de darse la vuelta y alejarse entre la multitud, poniendo su móvil en la oreja para, seguramente, hablar con Vlad. De lejos también se encontraba Franyelis, con un vestido negro que hacía juego con el color de su pelo y de su alma. En el rostro tenía reflejada una sonrisa de burla y sus ojos estaban clavados sobre mis manos, enlazadas con las de él.

—Mejor nos apuramos en entrar, tengo frío —informé, pegándome un poco más a su cuerpo.

—Claro, parece que madre ya está abriendo. Siento el protocolo.

—No pasa nada —respondí ruborizada—. Lo entiendo.

Entramos en la casa seguidos por la oleada de adolescentes que se amontaba a nuestro alrededor. Era tal cantidad de gente que me sentía una hormiga, pequeñita frente a la inmensidad. La entrada tenía un aspecto sobrio pero elegante, mientras que el salón se había convertido en todo lo contrario.

Habían apartado los sofás hacia un lateral para ampliar la sala y habían colocado una cadena de música, donde sonaba una canción que me resultaba familiar. Además, habían cubierto las estanterías del fondo con unas sábanas blancas, seguramente para proteger los libros. Pero no había rastro de la comida.

—Pensé que colocarían todo como en la fiesta de Samhuinn.

—Madre prefirió llevar la comida al jardín trasero del castillo, para evitar que se acumule basura como la otra vez. Los resultados a la mañana siguiente fueron nefastos —sonrió—. Las chicas del servicio estuvieron maldiciendo todo el día.

—¡Atary! —escuché cerca de nosotros.

Al girarme comprobé que se trataba de Franyelis, había aprovechado para tirarse encima de él y envolverle entre sus brazos, provocando que mi cuerpo ardiera de rabia. Me dispuse a apartar sus garras de mi novio cuando él lo hizo en mi lugar, haciéndola retroceder con educación.

—Franyelis…

—Sí. Ya sé, no es necesario —bufó, entornando los ojos—. ¿Podemos hablar un momento, a solas?

Atary me miró como si me pidiera permiso y empecé a negar con la cabeza, pero una mano masculina me detuvo, asustándome. Al girarme comprobé que se trataba de Vlad, que estaba mirando a ambos con una sonrisa divertida y sostenía una copa de vino en su mano.

—¿Bailamos un poco? —preguntó, extendiéndome su mano.

—Vlad —gruñó Atary, a modo de advertencia.

—Es solo un baile, relájate —respondió guiñándole un ojo—. Me he ofrecido porque soy una buena persona y no quiero que se quede sola mientras vosotros dos conversáis. Es maravilloso quedar de sujetavelas.

—Laurie no va a…

—Por favor, Atary —suplicó Franyelis tirando de él—. Solo será un momento y no hay motivo para preocuparse. ¿Verdad, Laurie?

Asentí con la cabeza sintiendo como la saliva se quedaba atascada en mi garganta. Le miré con expresión suplicante para que no se fuera con ella, pero Vlad no me permitió interceder, porque tiró de mí para llevarme hasta la zona que la gente había aprovechado para bailar y pegó su mano libre a mi cintura, moviéndome al son de la música.

—Cualquiera diría que me evitas, ángel. Y no entiendo el motivo —dijo haciendo un mohín.

—Estáis compinchados, ¿verdad? Seguro que ella te pidió alejarme para poder infestarle de mentiras.

—¿Qué mentiras, bombón? ¿Acaso le ocultas algo a mi querido hermanito?

—Eres insoportable —gruñí—. No entiendo cómo pude haber cedido.

—Es lo que tiene el infierno —sonrió, dándome una vuelta para bajar después una mano hasta mi trasero—. Es jodidamente irresistible y ardiente. Una vez que pones un pie en él no puedes volver atrás, como lo nuestro.

—No hay un nuestro, Vlad. Solo fue un error.

—¿Entonces por qué tu cuerpo sigue reaccionando ante mi contacto?

Miré hacia donde estaba Atary con Franyelis conversando. Mi sangre empezó a hervir al ver cómo ella trataba de abalanzarse para besarle de nuevo. Mis sentidos se nublaron y me giré para avanzar hasta allí y apartarla de un empujón. Atary era *mío*. La voz de mi interior lo repetía una y otra vez, martilleando mi mente.

Avancé unos pasos para impedírselo, pero me sobresalté al sentir la mano de Vlad sobre mi hombro, bloqueándome el paso.

—Atary es mayorcito y sabe lo que hace, así que deja de actuar como una novia celosa y posesiva. Mejor bebe un sorbo de vino —susurró cerca de mi oído—. Considéralo una ofrenda de paz.

—Trae —gruñí arrebatándole la copa de la mano y comprobé de reojo cómo Atary la apartaba y arrugaba la nariz en señal de repulsión.

Cerré los ojos para llevarme la copa a la boca y gemí al notar el dulce sabor del vino deslizarse por mi garganta. Degusté las gotas que se habían quedado impregnadas en mis labios, pasando la lengua con suavidad y al abrirlos observé que Vlad se había quedado inmóvil analizando la expresión de deseo que tenía mi rostro en ese momento. Sus ojos se habían oscurecido y su nuez descendió, captando mi atención.

—Nunca había visto a una chica teniendo un orgasmo con el vino —respondió con voz ronca—. Es tan jodidamente excitante que ahora mismo rompería ese vestido tan sexi que llevas y te pondría contra la pared para aliviar esta tensión que va a romper mi pantalón.

—Búscate a otra —gruñí, bebiendo otro sorbo. El vino producía un efecto inhibidor sobre mí, incrementando mis ganas de enfrentarme a Franyelis para que nos dejara en paz.

Sentí cómo las manos de Vlad volvían a colocarse sobre mi cintura, descendiendo hasta llegar a mi trasero, así que alejé la copa para apartarme. Al levantar la vista me sobresalté. Atary estaba regresando hasta donde estábamos con cara de pocos amigos. Mis piernas empezaron a temblar como si fuera gelatina y empecé a ver borroso, temiéndome lo peor.

—Quita tu mano del culo de Laurie, Vlad. Estaba viéndote desde lejos —gruñó, apartándole de un empujón.

—Relájate hombre, es tu cumpleaños y solo es un baile —bromeó él—. Dejemos los espectáculos para los *realities* de la televisión. ¿Ya te pusiste al día con Franye?

—Vete a molestar a otra. Quiero hablar a solas con Laurie —respondió, tomándome de la mano.

Me alejé con él saliendo por una de las puertas que había a la derecha del salón y nos metimos en una sala que parecía una pequeña zona de lectura, con varios estantes y dos sofás pequeños para sentarse.

—¿Pasó algo? —pregunté notando como la saliva se me trababa y mis manos sudorosas temblaban.

—Nada importante. Solo intentaba llamar mi atención, pero no le he hecho caso. Últimamente está muy pesada y no la entiendo.

—Yo tampoco —respondí, tragando saliva con fuerza.

—Además me dijo que me había estado mandando mensajes y que no le respondía —dijo arrugando el ceño—. Y que tiene un regalo preparado para mí. Me dijo también que te recordara que tenéis una conversación pendiente. No entiendo nada.

—¿Te dijo cuándo te va a dar el regalo?

—No, pero conociéndola seguramente sea cuando casi estén dando las doce. Le gusta ser la primera o la última, dice que es más especial.

—Genial —murmuré, consciente de lo que se me avecinaba—. ¿Dónde fue? Tengo que hablar con ella.

—Me dijo que estaría en la sala de proyección que tenemos en el tercer piso, enfrente de la habitación de Vlad. Es subir las escaleras y girar hacia la izquierda. No tiene pérdida. ¿Por qué tanta insistencia? ¿Ha pasado algo?

—Gracias —musité con los nervios a flor de piel. Mis sentimientos de odio y rabia empezaron a bloquear mi mente, generando una peligrosa adrenalina—. Ahora regreso.

Caminé sin esperar la respuesta de Atary. Ni siquiera su voz ronca fue capaz de adentrarse en mis oídos, quedando relegada a un pitido lejano. Esquivé a las personas que chocaban conmigo como pude, notando sus cuerpos rozar mis hombros como si se tratara de un eco rebotando contra una pared desnuda. Todo mi alrededor había dejado de importarme. Solo estaba yo. Frente a mí, las imponentes escaleras de madera se alzaron con elegancia, invitándome a subir.

La voz de mis demonios me instó a dar cada paso, suplicando venganza. Sabía lo que implicaba que Franyelis fuera más allá, todo se desvelaría y yo dejaría de ser importante para él, me repudiaría. Como en el fondo yo lo estaba haciendo ahora. Acaricié el pasamanos de madera que acompañaba a la escalera, estremeciéndome al entrar en contacto con su lisa textura, incrementando mi adrenalina. Cada paso que daba aceleraba más los latidos de mi corazón y tuve que pasar la lengua por mi labio inferior, se había quedado seco.

«No lo hagas» susurró esa extraña voz en mi mente que me atormentaba, haciéndome llevar una mano a la cabeza para presionar mis dedos contra la frente. «Esta no eres tú, Laurie. Lucha contra tu esencia más oscura. Recuerda los ideales que rigen tu vida. Esto va contra las normas».

Sentí como la mandíbula se me desencajaba al tensarla tanto, mis dientes chirriaron de tal manera que la fina capa de vello que cubría mis brazos se había erizado. Al levantar la vista comprobé que me encontraba en el tercer piso. Podía visualizar la puerta que Atary me había indicado y era fácil reconocer aquella que ocultaba la habitación de Vlad.

Cerré los ojos con fuerza y varias imágenes de Franyelis rondando a Atary atacaron mi mente, recordándome todo lo que estaba en juego. No dejaría que tocara lo que es mío, no permitiría que me humillara de tal manera, exponiendo delante todas las personas un error que había torcido la perfección que debía regir mi vida.

Deambulé por el pasillo dejando que el odio, la desesperación y los celos se impregnaran en la sangre que fluía por mis venas. Mi lado oscuro se había encargado de suprimir cualquier pensamiento racional, incluso a esa voz que seguía insistiendo que sería un grave error. Solo podía pensar en asegurar mi supervivencia, aunque tuviera que pisar a alguien. Estaba cansada de que me pisaran a mí primero.

Abrí la puerta y comprobé que Franyelis no le había mentido. Se encontraba de cuclillas frente a un ordenador que estaba conectado a un inmenso televisor y una potente cadena de sonido. Alrededor había varios sofás individuales reclinables, y al fondo, cerca de una puerta que conducía a un amplio balcón, había varios estantes repletos de películas y series de los últimos tiempos.

—Debí intuir que le quitarías el móvil —sonrió, girando su cabeza hacia mí—. Una vez que rompes un mandamiento todos los demás se desmoronan, como si fueran fichas de dominó en hilera, desplomándose en el suelo.

—¡Deja de hacerlo! —chillé—. Atary es mío. No le gustas, no te quiere. Asúmelo.

—Asume tú que cualquier acto tiene sus consecuencias. No puedes acostarte con su hermano y pretender estar con él como si no hubiera pasado nada. Con esa estúpida sonrisa inocente en tu cara, engañándole de esa forma —escupió, llena de veneno—. No lo mereces. Atary merece estar con alguien mil veces mejor.

—¿Contigo? —pregunté, sintiendo que mi piel comenzaba a ponerse roja—. No dejaré que lo hagas.

—¿Y qué vas a hacer, sangre sucia? No tienes una Biblia encima para tirármela, aunque seguro que si la tocas te quemas, de todo lo que has pecado ya —rio, incorporándose del suelo para avanzar hasta mí.

—No me provoques, Franyelis. No sabes lo que soy capaz de hacer —respondí observando que su móvil estaba posado sobre una mesita cercana a donde me encontraba.

—¿Debo empezar a temblar? Mírate, das pena. Tratas de envalentonarte amenazando, pero en el fondo sabes que no eres capaz de hacer nada, porque no eres nadie. Todos los que se acercan a ti mueren o desaparecen. Estás maldita.

La bestia de mi interior rugió al escuchar sus palabras y avancé hasta ella para darle un empujón, logrando tirarla al suelo. Entonces corrí hasta la mesita y sostuve su móvil para ir hasta la puerta del balcón y abrirla. Si lo tiraba al jardín quedaría hecho añicos, o al menos se perdería entre los matorrales que rodeaban el castillo y así terminarían mis problemas. Franyelis no tendría con qué amenazarme.

—Ni se te ocurra —siseó, levantándose del suelo para ir a por mí.

Retrocedí unos pasos hasta notar que mis piernas chocaban contra el balcón. De reojo podía ver la altura a la que nos encontrábamos y, aunque ya era de noche, se notaba que no era buena idea tropezar.

El viento helador meció nuestro cabello y el ruido que se formaba dos pisos más abajo aceleró los latidos de mi corazón. Tenía a Franyelis a escasos centímetros de mi cuerpo, así que en un movimiento desesperado levanté el brazo para tirar su móvil, pero me lo arrebató, haciéndome tambalear.

Me sujeté a su brazo al notar que mi cuerpo se desvanecía y clavé mis uñas en su piel, aferrándome para evitar caerme. La ráfaga de aire interfirió balanceándonos y forcejeé con ella para que no se escapara, haciendo que fuera su cuerpo el que se inclinara contra los barrotes.

Los ojos de Franyelis se agrandaron al verse apoyada contra el balcón y mi cuerpo bloqueó cualquier intento de huida. Si hacía un movimiento inapropiado todo se habría acabado, mi secreto estaría a salvo.

Mátala. Acaba con ella de una vez.

—No lo hagas —suplicó, mientras sus ojos luchaban por no mirar abajo.

—Tira el móvil, Franyelis —forcejeé, tratando de arrebatárselo.

—¡No! No dejaré que engañes más a Atary. Yo lo amo —espetó, moviendo su mano para intentar apartarme.

La bestia de mi interior rugió al escuchar sus palabras. Avancé un poco más para bloquear sus movimientos incontrolados, inclinando más su cuerpo. El aire frío erizaba nuestra piel y parecía que cortaba, aún más que la tensión que se palpaba en ese momento. Di un manotazo contra la suya, que se aferraba al móvil como si fuera el aire que necesitaba para respirar, logrando que este se precipitara por el vacío. Franyelis se giró con la cara demacrada e hizo un ademán para intentar sujetarlo, haciendo que su cuerpo se desestabilizara y resbaló.

Pude agarrarla para evitar el accidente, pero no lo hice. Mi cuerpo había sido dominado por la rabia, así que contribuí dándole el empujón final.

Me quedé inmóvil. Mi mente se había quedado en blanco mientras que la bestia de mi interior disfrutaba al verla caer. Mi piel se erizó al escuchar un golpe seco.

No podía creerme lo que había hecho. Abrí los ojos aterrada al darme de bruces con la realidad y me llevé las manos hasta la boca para contener un grito, pero mis comisuras se elevaron, formando una sonrisa maliciosa. No me entendía, ¿por qué había disfrutado observando su muerte? Contuve una mueca al sentir mi estómago encogerse, amenazando con vomitar lo que llevaba encima. Era una asesina.

Entonces una puerta de la primera planta se abrió, sacándome del trance y los gritos de asombro y miedo de la gente no tardaron en llegar. Varias personas corrieron hasta el cuerpo inerte de Franyelis, y algunos miraron hacia arriba, seguramente para intentar descubrir desde dónde pudo haber caído.

Asustada, retrocedí unos pasos y todo mi raciocinio regresó a la mente, golpeándome con la dura realidad. Yo había provocado la muerte de Franyelis, había visto como caía y no había hecho nada por evitarlo. Había disfrutado sabiendo que no iba a poder cumplir sus amenazas.

Ya no había vuelta atrás. La oscuridad me había devorado por completo.

Desesperada, salí de la sala con la vista nublada, chocando con varios estantes y sofás que entorpecían mi camino. Me desplacé por el pasillo sin rumbo fijo, visualizando a lo lejos una escalera más pequeña. Avancé hasta ella sin detenerme a pensar en lo que estaba haciendo. Mi mente no paraba de repetirme la palabra «monstruo» y mi dije ardía, dejándome una marca rosada sobre la piel en forma de cruz.

Varias lágrimas descendieron por mi rostro, impidiéndome ver con claridad. Los escalones se difuminaban ante mis ojos y tuve que sostenerme bien al pasamanos para no tropezar y caerme. Corrí hasta la única puerta que había y me encerré dentro, deseando que la pesadilla se terminara.

Había matado a Franyelis.

Atary no amaría a un monstruo como yo.

Capítulo XXXVI † REFLEJO QUEBRADO

Miré hacia mi alrededor. Me encontraba sentada en el suelo de una habitación antigua, con aspecto sombrío y un mobiliario tapado bajo sábanas grisáceas debido al polvo que acumulaban. Apenas había luz que desvelara todo lo que estaba en un estado de completo desorden, pues solo había una pequeña ventana en lo alto con los cristales sucios debido al paso del tiempo. Se notaba que nadie había pisado este lugar en mucho tiempo.

Me llevé las manos a mi vientre, que amenazaba con devolver lo que había comido horas antes y decidí quedarme inmóvil, metiendo la cabeza entre las piernas. Todo daba vueltas.

Las imágenes de la pelea con Franyelis volvieron a mi mente. La sangre de mis venas todavía circulaba dándome calor y el dije me pesaba como nunca antes lo había hecho. Me incorporé del suelo, pero al levantarme sentí un pequeño desvanecimiento y tuve que sujetarme a un objeto que estaba tapado por una sábana. Al tirar de ella cayó al suelo y un gran espejo acabó frente a mí. Inspiré profundamente y me aproximé, rozando el cristal con mis dedos. Entonces levanté la cabeza y observé mi reflejo.

No parecía yo.

Mi cara estaba pálida, con aspecto cadavérico; el contorno inferior de mis ojos destacaba por una delgada línea grisácea, ofreciéndome un aspecto demacrado. Pero lo peor llegó al rozar el cristal entre mis dedos y observar que mis pupilas se habían dilatado, el iris que las rodeaba había adquiridos pequeños destellos rojizos.

Me llevé las manos a la boca, retrocediendo, al ver como al lado de cada párpado se habían formado unas finas líneas violetas, como si las venas se me marcaran. «Esto no es posible» balbuceé, chocando contra un sofá roído y polvoriento, «solo es una pesadilla».

El dije quemó mi piel como si estuvieran posando sobre mi cuello un hierro ardiente, obligándome a quitarlo para tirarlo al suelo, temerosa por lo que eso podía significar. Al rozar mis dedos sobre la zona dolorida noté como escocía, me había formado una quemadura de verdad.

Los sentimientos de horror y desesperación extrema me hicieron caer al suelo y posé las palmas de mis manos para sujetarme, devolviendo todo lo que había ingerido mi cuerpo. Al incorporarme sentía mis manos débiles y temblorosas, la respiración se atoraba en mi garganta, formando una opresión en el pecho y no tuve más remedio que cerrar los ojos y tratar de respirar de forma pausada, mentalizándome de que debía relajarme.

No me atreví a volver la vista hacia el espejo y mirar si la imagen había sido real o solo un producto de mi imaginación, distorsionada por el *shock* que estaba sintiendo en ese momento. Me aterraba pensar que mis miedos se habían hecho realidad. Me estaba convirtiendo en un monstruo de verdad.

Escuché un ruido a lo lejos, eran los pasos de alguien acercándose. Temerosa, decidí esconderme dentro de un armario viejo y contuve una arcada al ver que mis dedos habían desecho una tela de araña.

—¿Laurie? ¿Estás aquí?

Me avergoncé al notar que el intenso olor de mi vómito había inundado el lugar y seguramente Atary lo había visto. No quería que me encontrara ni tener que enfrentarme a él y a mi pecado. No matar era uno de los mandamientos más sagrados que la religión defendía y yo lo había quebrado. No tenía posibilidad de salvación.

—Laurie, pequeña… Soy yo. Sabes que no tienes por qué esconderte —respondió, exhalando un suspiro de cansancio. Desde la rendija de la puerta del armario podía ver como sus ojos brillaban preocupados y se estaba revolviendo el cabello, despeinándolo.

—A-Atary… Y-yo… Yo no…

Salí del armario notando cómo mis mejillas ardían. Todavía me sentía aturdida y tuve que sostenerme sobre un mueble viejo para no caerme. Miré hacia el suelo esperando que no se marchara de mi lado, no era capaz de atreverme a mirarle a los ojos. Si lo hacía terminaría derrumbándome por completo.

—¿Qué ha pasado? —preguntó atrapándome entre sus brazos.

Aspiré el aroma que desprendía su ropa, agradeciendo que pudiera disipar el olor a viejo y cerrado, además del vómito que aún me rodeaba. Atary olía perfecto, impecable. Me sobresalté al sentir una de sus manos sobre mi mentón, tratando de mover mi rostro para analizar mi expresión. Traté de escabullirme ocultándolo bajo su abrigo, pero sus fuertes manos no me lo permitieron y terminé expuesta ante él.

—Laurie —musitó en un tono que nunca antes había escuchado.

Observé su rostro tornarse asustado y sus ojos se clavaron sobre los míos, mientras su labio inferior temblaba ligeramente. Al llevar una mano hasta la zona donde me había visto esas líneas moradas tensé la mandíbula. El contacto con su piel me había quemado.

—Yo no quería —sollocé, sintiendo como el miedo me consumía—. No quería hacerlo.

—Tienes que tranquilizarte. Tu cara…

Me aparté con rapidez para acercarme de nuevo hasta el espejo y comprobé que, en efecto, seguía teniendo esos oscuros detalles que me otorgaban un aspecto sombrío y decadente. Atary se aproximó hasta quedarse a mi lado y me sostuvo por la cintura, tratando de calmarme.

Observé el reflejo de ambos en el cristal, deteniéndome en su rostro. Atary se mantenía perfecto, con ese aire serio y frío, sin nada de lo que tenía yo en ese momento. ¿Qué me estaba pasando?

—Es-esto n-no… No es… ¡Haz que pare! —supliqué, tirándome al suelo mientras mi rostro se anegaba en lágrimas—. No quiero ser un monstruo. Yo… ¡No quería que esto pasara!

—No lo eres, Laurie. Tú no eres así —respondió, poniéndose a mi altura para que le mirara—. Solo estás en *shock* por lo sucedido, pero tienes que reponerte. ¿Qué fue lo que pasó?

—Yo… Ella…—balbuceé nerviosa toqueteándome la cara, esperando que las marcas se fueran, mientras la palabra «*monstruo*» resonaba en mi mente, torturándome—, Franyelis me chantajeó y yo… Yo le quité el móvil. Me fui al balcón y ella quiso quitármelo y…y… Forcejeamos. Quise tirarle el móvil a-al suelo y-y… Ella se movió. Yo no… Yo no quería que… Que esto pasara.

—¿Con qué te chantajeó, Laurie? ¿Qué sabía Franyelis? —insistió, sujetándome por el brazo.

Cientos de recuerdos pasaron por mi mente como si fueran *flashes*, cegándome. Empecé a llorar desconsolada sin saber qué hacer, el peso del arrepentimiento y la culpa que llevaba encima estaba hundiéndome. No podía más.

—Laurie, ¿qué fue lo que pasó? —repitió alzando la voz al ver que no reaccionaba. Me había quedado congelada.

—¡Franyelis me grabó acostándome con Vlad! —grité, sintiendo la rabia fluir por mis venas.

—¿Te has acostado con mi hermano...? —preguntó con la voz desgarrada, en un susurro helador.

Al alzar la cabeza me di cuenta que la había cagado por completo. Me llevé las manos a la boca y me arrastré por el suelo para llegar hasta él, intentando tocarle para aferrarme a los resquicios de su amor.

—Yo… Yo no quería… No quería hacerlo, Atary —sollocé—. Yo te quiero a ti y…

Me sobresalté al sentir su mano apartándome, casi empujándome. La vena de su cuello estaba hinchada y tenía la mandíbula completamente tensa. Al observarme, atisbé que sus ojos desprendían un brillo de rabia y el tono blanquecino de su piel estaba tornándose rojo.

—¿Has estado mintiéndome todo este tiempo? ¿Has tenido la poca vergüenza de acostarte conmigo sabiendo que te habías acostado con él? ¿Esa es tu forma de querer? Te lo advertí, Laurie… Te advertí que te alejaras de él y tú…

—Y-yo… Tenía miedo d-de… p-perder... Perderte y…

—Vete, Laurie —siseó, respirando de forma acelerada—. Vete antes de que el odio y decepción que estoy sintiendo en estos momentos me domine.

A pesar de su advertencia volví a extender el brazo para intentar sostenerle. Necesitaba saber que todo estaba bien, que podríamos arreglarlo. Solo había sido un error, un maldito error. Atary tenía que perdonarme. Nuestra relación era perfecta, tenía que serlo.

—Yo…yo…

—¡Vete! —bramó—. ¿Es que no lo entiendes? Vete y déjame solo.

Le miré por última vez con la cara desencajada, sintiendo como la poca cordura y estabilidad que quedaba en mi cuerpo se desquebrajaba, haciéndose pedazos. Mi corazón bombeaba tan despacio que dolía, me estaba muriendo por dentro.

Me alejé de la sala corriendo, sin pararme a mirar atrás. Bajé las escaleras desenfrenada mientras cientos de lágrimas descendían por mis mejillas, dificultando la visión. Por el camino, choqué con distintas personas que aún seguían en la fiesta, pero no me importó. Solo quería encerrarme en mi habitación y desaparecer.

Los días pasaron para los demás, pero no para mí. No fui capaz de asistir a la facultad y mirar a Atary a la cara por miedo a su reacción. Me sentía sola. La falta de Franyelis me estaba atormentando y no había vuelto a tener noticias de mi madre ni de Angie. Aun así, me sentía aliviada porque las noticias sobre la fiesta no habían hecho mucho eco. Todo había quedado en que había sido un fatídico suceso y Franyelis quiso acabar con su vida al enterarse de la muerte de su madre, incapaz de asimilar la noticia.

Suspiré. No sabía si había sido cosa de la familia Herczeg para no generar más morbo o que la investigación llegara más lejos y terminaran averiguando la verdad, pero por suerte su móvil había desaparecido. Además, nadie me había visto. Mi secreto estaba a salvo.

Cansada de resguardarme bajo las sábanas y mantas de mi cama, decidí vestirme con lo primero que encontré y me até el pelo en una coleta, para disimular el desastre en el que me había convertido.

Al bajar las escaleras terminé por asimilar el estado de debilidad que tenía porque apenas había comido. Mis piernas temblaban como gelatina y mis manos tuvieron que aferrarse al pasamanos para no caerme, rozando el desmayo. Una vez fuera del edificio caminé hasta la estación de tren. Necesitaba encontrarme con mi madre y comprobar que todo estuviera bien. Ella era lo único que me quedaba en estos momentos.

Entregué los billetes en la taquilla y extendí la mano para recoger el papel, tratando de ofrecerle una sonrisa. Cuando llegó el tren me acomodé entre los últimos asientos de uno de los vagones y apoyé mi cara contra el cristal, esperando llegar pronto.

Por desgracia no tenía a Atary para distraerme y el viaje fue ralentizado debido al transbordo que tuve que hacer en Helensburg para tomar un autobús. Al bajarme comprobé que el pueblo seguía igual, con un ambiente tranquilo y silencioso.

El camino hasta casa fue rápido. De hecho, Luss era un pueblo tan pequeño que el número de habitantes era bastante bajo, cerca de cuatrocientos. No tardé en visualizar la bonita fachada que formaba mi casa y al acercarme me encontré con varias personas del pueblo acumuladas cerca de la entrada. Un escalofrío me recorrió al escuchar la sirena de un coche de policía. Temiéndome lo peor me apresuré en entrar, pero un agente me detuvo bloqueando la puerta, sujetándome por el brazo.

—¿Eres Laurie? ¿Laurie Duncan?

—Sí —respondí, intentando librarme de su agarre—. ¿Qué ha pasado? Déjeme entrar.

—Sería mejor que te quedaras aquí. Tu madre…

No necesité escuchar más, le di un empujón para soltarme y me apresuré en entrar en casa, corriendo por toda la planta inferior.

—¿Mamá? ¿Papá…?

Deambulé por el salón y la cocina tratando de buscarlos, pero ambos lugares estaban vacíos. Con el corazón acelerado, subí las escaleras en dirección a su habitación y chillé con todas mis fuerzas al contemplar el cuerpo rígido de mi madre sobre la cama. Su ropa estaba repleta de manchas carmesí.

Dos policías inspeccionaban la habitación y me miraron con cara de pocos amigos al percatarse de mi presencia, pero no me importó. Avancé para ponerme a su lado y posé la mejilla sobre su pecho para calmar mi ansiedad. Todavía albergaba la estúpida esperanza de que estuviera respirando, aunque fuera con dificultad. Pero no. El cuerpo de mi madre yacía inerte y sus ojos estaban abiertos e inexpresivos.

Ignoré las voces molestas por tocar la escena del crimen y acomodé su cuerpo contra el mío, tratando de aferrarme a él. Mi madre estaba muerta. Había muerto por mi culpa, no tenía que haberla dejado sola.

Me derrumbé a su lado sin poder contener las lágrimas y me quedé mirando una pared cercana mientras acariciaba su cabello. No sabía nada sobre el paradero de mi padre, me había quedado prácticamente huérfana. Ni siquiera sabía quién era mi verdadero padre, así que no tenía a nadie para refugiarme y saber qué hacer ahora. Entonces me desmayé, superada por la situación.

Al despertarme estaba envuelta bajo una manta y un café caliente, colocado en la mesita que estaba a mi lado, abrió mis fosas nasales, captando mi atención. Su intenso olor me había abierto el estómago, recordándome que necesitaba alimentarme con urgencia.

Me incorporé para tratar de identificar dónde estaba y comprobé que era la casa de la amiga de mi madre, aquella que la había cuidado la última vez. La mujer se encontraba sentada en una silla cercana, observándome con ternura, y señaló la taza de café humeante, invitándome a beber.

—Te hará falta. Lo que has presenciado ha tenido que ser un gran choque emocional para ti.

—¿Cuándo…? ¿Cuándo…?

La impotencia atizó mi garganta, incapaz de formular una pregunta coherente.

—Todavía tienen que investigar, pero calculan que fue hace unos días. Seguramente cuando habíamos quedado en hablar, pero finalmente no llamó —suspiró—. Debí haberme imaginado que había sucedido algo malo, pero no le di importancia. Pensé que estaba ocupada.

Asentí con la cabeza tratando de asimilar la información. La mujer tenía arrugas pronunciadas en el rostro debido al cansancio e intentaba disimular su nerviosismo ocultando sus manos bajo las mangas de su jersey. Se notaba que le tenía cariño a mi madre y estaba afectada.

—¿Y…, mi padre? —musité.

—No apareció más. Al menos no que hubiéramos visto. Siento no ser de mucha ayuda, cielo. Nunca me imaginé que pasaría algo así.

—¿Cree usted en vampiros, señora Ludwig? —pregunté sin pensar.

—Creo que tu madre tenía un secreto muy importante que ocultó durante tanto tiempo que al final le salió caro. Y por lo que escuché no había ni rastro de heridas por su cuerpo. Estoy segura de que no fue una muerte natural —respondió mirándome fijamente—. Solo Dios sabe los peligros que pueden acechar en la oscuridad. Espero que nos ampare con su luz —añadió santiguándose y se levantó para dirigirse hasta unos cajones del fondo.

La observé abrir uno de ellos y sacó un trozo de folio blanco que había sido arrancado, pero olía a rosas. Al fijarme, noté que la caligrafía era de mi madre y mi corazón latió agitado en respuesta.

—Los policías encontraron esto y pensé que te gustaría tenerlo. Debió de escribir una carta para ti antes de morir y su asesino la rompió, pero se dejó este trozo. Estaba oculto debajo de la cama.

Le quité el trocito que tenía entre las manos y lo desenvolví, ignorando los latidos acelerados de mi corazón. Me hubiera gustado tener la carta entera, y si alguien se había tomado la molestia de romperla era porque había sido importante. ¿Hablaría sobre mi verdadero padre? ¿Había intentado decirme la verdad y la condenaron por ello?

Romper los mandamientos sagrados te conducen a la oscuridad más peligrosa. Conserva tu dije y úsalo antes de que sea demasiado tarde. Es lo único que puede salvarte de tu

Releí las frases tres veces antes de levantar la vista y mirar a la señora Ludwig sin entender nada. ¿Parte de mi qué? Por desgracia ahí terminaba todo, el resto había sido arrancado. Toqueteé mi cuello con nerviosismo al recordar la muerte de Franyelis y la yema de los dedos tocaron mi piel desnuda. Había quitado el dije en un arrebato de desesperación y lo había dejado tirado en el suelo del ático del castillo. Tenía que recuperarlo y averiguar qué debía hacer con él, pero para eso tendría que enfrentarme a Atary primero. Aún albergaba la esperanza de poder recuperar su amor. Su presencia era lo único que podía reconfortarme en ese momento y le necesitaba. Le necesitaba de verdad.

Llegué al castillo exhausta; no estaba en mis planes tener que regresar tan pronto a Edimburgo. Además, al día siguiente debía volver a Luss para llevar a cabo el entierro de mi madre y rezar en la iglesia por su alma, aunque temía que Dios no me aceptara por haber pecado de tal manera y haberme alejado de él.

Golpeé la pesada puerta en repetidas ocasiones, esperando que fuera Atary quien me abriera y no uno de sus hermanos. No me sentía preparada para soportar a Vlad o aguantar los desprecios de Katalin o Nikola. Esperé unos segundos mientras el frío helaba mis huesos, haciendo que mis labios castañeasen. Nadie me abrió, pero volví a insistir. No me iría hasta recuperar mi dije, aunque terminara congelada.

Al tercer intento me sobresalté y retrocedí unos pasos al ver que la puerta se estaba abriendo, dejándome ver la figura molesta de Nikola, traspasándome con sus hostiles ojos grises y sus pronunciadas ojeras.

—¿Qué quieres, Laurie? Está anocheciendo. No deberías estar aquí.

—¿Dónde está Atary? Yo… —me sonrojé. No sabía si Nikola estaba al tanto de lo sucedido, pero me avergonzaba pensar que sí. Donde ya me odiaba seguro que con eso lo haría el doble.

—Ni lo sé ni me importa. Adiós.

Abrí la boca al ver cómo se disponía a darme con la puerta en las narices y me apresuré en meter la pierna, impidiéndole su objetivo. Nikola resopló molesto y revolvió su cabello, mirándome con frialdad.

—Tienes que irte, Laurie. Aquí lo único que vas a hacer es molestar.

—Tengo que entrar, Nikola —suspiré, tratando de ignorar mi castañeo de dientes—. Yo… Durante la fiesta perdí mi dije y…

—¿Has perdido el dije? —preguntó en tono sepulcral, tensando la mandíbula.

—Sí y… Y yo… Solo quiero recuperarlo. No os molestaré, de verdad.

—Joder —gruñó, mirando más allá de mi espalda.

Me giré para ver qué había llamado tanto su atención, dándome de bruces con la presencia de Atary. Se detuvo frente a nosotros con el ceño arrugado y me soltó una mirada tan dura que frenó mi respiración.

—¿Qué haces aquí, Laurie?

—Te necesito —sollocé, notando como la situación me consumía y empecé a hablar de forma atropellada—. Mi madre ha muerto y yo… Ya no sé qué hacer. Me siento perdida con todo. No quería herirte con lo de Vlad, solo… No sé qué me pasó, de verdad. No he vuelto a saber nada de mi padre y Angie sigue sin aparecer. Estoy sola, Atary y… Eres lo único que me queda. No quiero perderte, por favor…

—Mejor dejemos a un lado el tema de Vlad, no tiene sentido volver a ello. ¿Tu madre ha muerto? —preguntó alzando las cejas—. Lo siento por eso. ¿Qué le sucedió? No pensé que…

—Ella me necesitaba —respondí con voz rota—. Le he fallado. Les he fallado a todos.

Abracé mi cuerpo con los brazos. No paraba de temblar debido al frío, incluso mi labio inferior se estaba tornando morado y los ojos me escocían de tanto llorar. Cada lágrima que descendía por mi mejilla me dolía y mi corazón amenazaba con detenerse, partiéndome en dos.

—Será mejor que se vaya, Atary —respondió Nikola sin ningún resquicio de empatía o compasión, mirándole con expresión desafiante—. Aquí no se le ha perdido nada.

—¡No! —exclamé, desesperada por recuperar mi dije—. El día de la fiesta perdí mi colgante y necesito encontrarlo, es un regalo familiar. Al menos dejarme subir a por él y me iré. No os molestaré más, lo prometo.

Ambos hermanos me miraron, pero con expresiones diferentes. Atary alzó las cejas sorprendido y asintió con la cabeza, tratando de empujar a su hermano para poder entrar en el castillo. Nikola resopló por lo bajo, murmurando unas palabras que fui incapaz de descifrar, pero se apartó, mirándonos a los dos con una mueca de desagrado.

—Es Laurie, Nik. A pesar de que siga dolido y decepcionado no voy a desecharla como si fuera un trasto usado. Es tarde y hace frío. No quiero que se exponga a más peligros de los que ya ha tenido que vivir. Además, parece que está a punto de desvanecerse —respondió Atary, invitándome a entrar—. Pero mañana debes marcharte.

—Sí, si no pretendo quedarme. Yo… Mañana tengo que asistir al funeral de mi madre. No puedo dejar a la señora Ludwig sola en esto.

—Bien —asintió, relajando la tensión que tenía acumulada en el rostro.

Miré a Nikola buscando su aprobación, pero negó con la cabeza y me dio la espalda, alejándose por el ala este del castillo, no sin antes dar un puñetazo a un jarrón que tuvo la mala suerte de cruzarse en su camino, terminando hecho añicos en el suelo. Atary suspiró masajeándose la sien, y me miró con expresión dolida.

—Tiene un mal día, se le pasará.

Asentí con la cabeza, percibiendo el incómodo y tenso ambiente que se había formado entre ambos. Atary se encontraba erguido frente a mí, con esa expresión seria y segura que tanto me fascinaba. Nos quedamos mirándonos el uno al otro y su expresión fue suavizándose hasta terminar suspirando, destensando sus músculos.

—Gracias por dejarme entrar —me sinceré—. No sabía a quién recurrir. Solo me quedas tú.

Tuve que contener las ganas de lanzarme contra él y besarle, pero me costaba. Lo que sentía por él era un amor tan intenso que dolía. Me arrepentía de haberle hecho daño acostándome con Vlad y me sentía tan desecha y vacía que me moría por volver a estar entre sus brazos.

—Me jode admitirlo, pero soy incapaz de odiarte —dijo de repente, captando mi atención—. Te veo aquí, tan vulnerable y frágil, que lo único que pienso es protegerte e intentar que estés bien. No me gusta verte llorar.

—Abrázame, por favor —supliqué, sintiendo que el peso de mi cuerpo se desvanecía debido a la tensión acumulada, dejándome caer.

—Laurie.

Sentí sus manos sosteniéndome y me elevó, acomodándome entre sus brazos. Apoyé mi cabeza contra su pecho y exhalé un suspiro de cansancio. Los ojos me pesaban debido a los días que había pasado. Solo podía pensar en dormir a su lado. El resto del mundo se me olvidó.

—Atary.

—¿Sí? —le escuché decir, cerca de mi oído.

—Lo siento, por todo.

—Duérmete, pequeña. Yo velaré tus sueños.

Asentí con la cabeza como respuesta y me acurruqué entre su jersey, aspirando su aroma. Solo habían pasado tres días separados, pero a mí se me hicieron una eternidad.

Atary y yo estábamos hechos el uno para el otro y nada ni nadie podría separarnos.

Capítulo XXXVII ✝ Atrapada

Me desperté al sentir la luz que se filtraba por la ventana de su habitación, molestándome los ojos. Pasé la mano por la cama, esperando que él estuviera a mi lado, pero me había quedado sola, pues no sentía el tacto de su piel. Su lado estaba vacío.

Extrañada, me levanté para vestirme con la ropa que traía el día anterior y salí de la habitación, deambulando por los pasillos para intentar encontrarle. Ya era tarde y debía de apresurarme en encontrar el dije y regresar a Luss para realizar el funeral de mi madre; estaba fijado a las cuatro de la tarde. Quería ser educada y agradecer a Atary su delicadeza, se había mantenido a mi lado acariciándome el pelo hasta que me dormí. Así que no podía irme sin despedirme de él. No se lo merecía.

El silencio que había en el castillo era inquietante. Fuera donde fuese no había nadie despierto, ni siquiera escuchaba algún ruido que me indicara que alguien estuviera levantado. Era extraño, a las once de la mañana generalmente ya deberían de estar todos en pie. Al menos Vlad molestándome o Nikola con su típica cara de culo.

Bajé las escaleras para buscarlos por la cocina o el salón principal, quizás estaban desayunando. Con cada paso que daba, mi falta de seguridad se incrementaba, sintiéndome como una intrusa allanando una morada ajena. Me asomé por las salas que tenían la puerta abierta, pero seguía sin encontrar a nadie. Parecía una casa fantasmal. «Qué extraño» pensé mientras seguía con mi búsqueda «¿Habrá pasado algo?»

Caminé tanto que terminé perdiéndome, todas las puertas me parecían iguales y los pasillos eran un complicado laberinto, hasta que reconocí la puerta lateral que me llevó al jardín del castillo, donde se encontraba la capilla. Me mordí el labio, quizás no sería mala idea acercarme un minuto para rezar. Me sentía tan sucia y desolada que consideré necesario reconciliarme con Dios, o al menos pedirle perdón.

Finalmente llevé la mano hasta el picaporte y la abrí, cerrándola a mi paso para tratar de buscarle por fuera. La niebla a esa hora de la mañana seguía persistiendo y las nubes grises encapotaban el cielo, anunciando tormenta.

A pesar de las dificultades para buscar a Atary, seguía sin encontrar a nadie, así que me adentré en la capilla, abrazando mi cuerpo al sentir un frío helador calando por mis huesos.

Había tan poca luz fuera que la vidriera central desprendía un leve brillo rojizo que solo permitía mostrar el altar. Pude percibir como seguían algunas velas negras, rojas y blancas encima, y al lado, el libro negro que usaron la última vez. Al deslizar los dedos por la tapa, sentí un ligero cosquilleo de gusto, como si me relajara. Parecía que tenía un bordado plateado con un símbolo.

Realicé la trayectoria siguiendo el contorno y mis dedos trazaron unos círculos junto a una silueta triangular. No me hizo falta visualizarlo con la vidriera para saber que se trataba del símbolo Herczeg. Parecía que el libro que usaron en la ceremonia era un antiguo libro familiar.

Estaba tan concentrada reflexionando sobre el símbolo que mi cuerpo se erizó al escuchar unos golpes secos, como si fuera un eco lejano. Asustada, miré mi alrededor sin entender nada y recordé la trampilla que había descubierto la última vez. Quizás provenía de ahí abajo.

Me quedé en cuclillas acariciando la textura de la alfombra que la seguía tapando y mi corazón latió acelerado pensando que podía haber alguien ahí. «Es una locura, Laurie» me dije a mí misma, rozando la manilla con la mano «debe ser un producto de tu imaginación o cualquier cosa sin importancia». El ruido se repitió de nuevo, entremezclándose con el aire helador que me rodeaba. Inspiré fuerte tratando de serenarme y moví la alfombra para sujetar la manilla y tirar con fuerza, dejando la pesada puerta metálica a un lado.

Asomé la cabeza tratando de hallar algo o a alguien, pero el ruido se había detenido. Cerré los ojos y murmuré una oración para serenarme, intentando sacar fuerzas de mi interior para envalentonarme y no escapar corriendo, dejando todo esto atrás.

Yo no era una heroína típica de cuento y me daba miedo lo que podía ser capaz de encontrar. ¿Y si habían encerrado a un vampiro ahí abajo y al entrar lo liberaba? O peor aún, ¿y si me atrapaba y me mataba, sediento de sangre?

Tragué saliva con fuerza antes de retroceder unos pasos y posar mis dedos de nuevo sobre el manillar, dudando sobre si cerrarlo. Entonces, ese golpe seco se repitió y me pudo más la curiosidad de ver qué podía haber ahí abajo. Igual no era nada y solo me estaba emparanoiando.

Toqué los escalones que descendían hasta el frío suelo inferior, la madera estaba tan sucia que sentía mis dedos mojados y grisáceos. Seguramente tendría hasta moho. Temí por mi vida al tener que bajar, pero me sujeté fuerte y descendí con cautela hasta que un trozo de madera se rompió. Mis pies quedaron flotando en el aire, amenazando con caerme.

Miré hacia abajo esperando poder posarlos en el siguiente escalón, pero también estaba roto. Apenas podía ver debido a la poca claridad que se filtraba por la ventana y el fuerte olor a cerrado me hizo arrugar la nariz. Me daba miedo, la altura era considerable y yo tenía poca fuerza como para aguantar mucho más tiempo sujeta a los pilares laterales de madera. El aire frío chocaba con mis mejillas, haciéndolas arder y mis manos empezaron a tornarse rojas, quemándome con cada movimiento que daba.

Tanteé la posibilidad de tirarme, pero me aferré a la madera intentando no clavarme alguna astilla. Me aterraba caerme y hacerme daño, llamando la atención de lo que estuviera ahí.

Mi cuerpo cada vez pesaba más, así que deslicé los pies por el frío muro para intentar apoyarlos en algún resquicio seguro, pero al moverme me desequilibré y mis manos se soltaron, cayendo al suelo de culo.

—Ay —me quejé, masajeando mi trasero dolorido.

Me levanté como pude ayudándome de las manos y mi oído se agudizó al escuchar un murmullo, parecía una voz femenina sin mucha fuerza. Me quedé en silencio tratando de escuchar por si sonaba algo más, pero volvió a hacerse el silencio.

—¿Quién está ahí? No me hagas daño —supliqué, con el corazón a punto de salirse del pecho.

Me sentía como la típica chica de una película de terror bajando al sótano de una casa, cuando en el fondo sabía que eso era lo peor que podía hacer, porque siempre terminaba mal. Temerosa, aguardé a obtener respuesta, pero seguía rodeada de un silencio escalofriante. Sepulcral. Así que decidí hacer la señal de la cruz y cerré los ojos para intentar calmarme antes de avanzar recto, topándome con una antigua puerta de madera.

Como el espacio estaba bastante oscuro y apenas podía ver, deslicé mis manos para encontrar el manillar y poder empujar hasta entrar en la siguiente sala. Fue fácil, el picaporte tenía la forma del tatuaje familiar y al apretar hacia dentro se movió un mecanismo que hizo mover la puerta a un lado, como si tras ella hubiera una cámara secreta.

Miré a mi alrededor asombrada. La siguiente sala era un pequeño rincón de piedra, con dos antorchas que iluminaban los dos únicos caminos que te obligaba a seguir. Ambos conducían hasta unas puertas oscuras, con barrotes, cada una con un símbolo diferente. Me mordí el labio debatiéndome hacia qué lado tirar, pues no quería acabar muerta por una mala elección. Al final me dirigí hasta la izquierda, motivada al escuchar un quejido lastimero. No me parecía un sonido muy aterrador, más bien alguien sufriendo. Si algo malo me sucedía siempre podía salir corriendo.

Me acerqué hasta quedarme rozando la puerta metálica. Tras los barrotes pude ver un suelo oscuro y frío, levemente iluminado por unos candiles que acentuaron una figura femenina desmayada. Al forzar la vista me llevé las manos a la boca, conteniendo un grito. Era Angie.

Me apresuré en entrar, sintiendo un escalofrío al escuchar el chirrido que la puerta hizo nada más abrirla, era verdaderamente aterrador. Angie giró su cabeza con lentitud, como si cada movimiento que daba le provocara un fuerte dolor. Entonces nuestras miradas se cruzaron y sus labios agrietados esbozaron una curva de tristeza.

—Laurie —susurró sin apenas voz, sus ojos se entrecerraban como si fueran losas de mármol—. Ti-tienes que irte…

—¡No! —exclamé, colocándome a su lado para evaluarla. Suspiré al no hallar rastros de sangre—. ¿Qué te ha pasado, Angie? ¿Por qué?

—Me encontraron —respondió, haciendo una mueca de dolor al tratar de incorporarse—. Vi algo que no debía y me golpearon por la espalda. Son unos psicópatas enfermos. Esa mujer…

—¿Qué? ¿Qué viste? —insistí desesperada.

Me detuve para analizar su rostro, se veía demacrada y delgada, con los ojos abiertos debido al miedo que tuvo que haber sufrido y su cuerpo temblaba debido al frío que había. Estaba en *shock*. Si no me apresuraba en sacarla de esa celda terminaría con hipotermia. Entonces un ruido estridente resonó en el lugar y ambas miramos de un lado a otro, sobresaltadas.

—Vete, Laurie —rogó tratando de empujarme—. Vete antes de que te atrapen.

—No me iré sin ti, Angie. Eres mi amiga y no dejaré que mueras aquí. Todavía tenemos que encontrar a Soid.

Tiré de ella para intentar levantarla y le ofrecí mi brazo para que se sujetara. Estaba tan débil que su cuerpo pesaba el doble, pero me mordí el labio y respiré fuerte, sacándola de la sala como pude.

Escuché unos pasos a lo lejos, chocando contra las paredes en un tenebroso eco. Ignoré los latidos desenfrenados de mi corazón y me aferré a la adrenalina que en ese momento fluía por mis venas. Al salir dudé hacia dónde dirigirme, pero una sombra asomándose por el camino de donde había venido me hizo apresurarme en dirigirme hasta la puerta restante, empujándola con la pierna hasta lograr abrirla.

Observé atónita como al otro lado lo que había era el pasillo oscuro, pequeño y maloliente por el que había tenido que pasar para encontrar la dichosa muñeca de la fantasma Annie. Al comprenderlo, no dudé en empujar a Angie hasta allí, consciente de que la sombra se aproximaba, haciéndose más y más grande, a punto de alcanzarnos. Si no actuaba rápido seguramente acabaríamos muertas las dos y Edimburgo ya había tenido suficientes pérdidas de jóvenes inocentes.

—¿Qué haces? —balbuceó mirándome aterrada.

—Arrástrate por ahí como puedas, Angie. Confía en mí. No te detengas.

Cerré la puerta con fuerza al sentir una escalofriante silueta a mis espaldas y, al girarme, me di de bruces con el rostro de la madre de Atary. Su sonrisa maliciosa puso mi cuerpo alerta. Daba verdadero pavor.

—Vaya, vaya. Pero si es la dulce e inocente Laurie —respondió, en un silbido serpenteante.

—Déjanos —musité, presa por el miedo—. No sé qué quieres, pero Angie y yo no hemos hecho nada. Solo queremos irnos.

—¿Nunca te dijeron que la curiosidad mató al gato? Por meter el morro donde no debía, como tú.

—¿Por qué no nos dejas en paz? —sollocé, mirando a ambos lados sin saber qué hacer. No quería que esa mujer le hiciera más daño a Angie del que ya había sufrido. Necesitaba ganar tiempo, aunque no sabía para qué, pues estaba atrapada.

—Retener esa chica no estaba entre mis planes, pero no podía permitir que se fuera de la lengua. Estamos demasiado cerca.

—¿Cerca?

—Pero ahora que te tengo aquí da igual. No llegará muy lejos, cerraron esta conexión desde las catacumbas hace siglos —respondió, ignorando mi pregunta.

—¿Qué? ¿Qué quieres de mí? —retrocedí chocando contra los barrotes metálicos. Mis piernas temblaron como si fueran gelatina.

—Para qué contarlo si puedes descubrirlo por tu cuenta —sonrió.

Grité al sentir su presencia a mi lado en décimas de segundo. Sus manos huesudas y alargadas se clavaron en mi piel, tirando de mí para arrastrarme hacia fuera. Me revolví como pude para intentar liberarme, pero ella se aferró más, formando heridas en mi piel al incrustar sus afiladas uñas.

Estaba tan cansada, con un miedo tan profundo recorriéndome el cuerpo, que no pude resistirme mucho más. Mis ojos conectaron con los suyos durante un instante y sus pupilas se agrandaron, atrapando las mías como si fuera un imán. Entonces murmuró unas palabras y mi cuerpo se desplomó. Me había bloqueado hasta tal punto que no podía mover un solo dedo.

¿Qué iba a ser ahora de mí? ¿Atary y sus hermanos me habían traicionado? ¿Realmente me amaba de verdad o había sido todo una burda trampa? ¿Alguien vendría a salvarme o terminaría muriendo sola?

Ya no sabía qué pensar, la desesperación me estaba consumiendo. Lo único que tenía claro era que su madre no tenía buenas intenciones. La expresión maligna de su rostro dejaba mucho que desear. Un par de lágrimas recorrieron mi rostro, deslizándose por mis mejillas hasta terminar mojándome la ropa. Ya nada podía ir a peor. ¿O sí?

Capítulo XXXVIII ✝ El día del sacrificio

Cuando me desperté vi que me encontraba tirada sobre unas frías y oscuras baldosas de una habitación extraña. Una ventana situada al fondo iluminaba el espacio, mostrándome un pequeño armario metálico con detalles dorados. Y en un lateral se encontraban varias mesas alargadas, una de ellas con un objeto brillante.

Desesperada, me incorporé y avancé hasta la ventana, luchando con el manillar para poder abrirla, pero era imposible. La habían sellado para que no me pudiera escapar. Entonces corrí hasta la puerta y forcejeé con el picaporte, pero, tras varios intentos, tampoco logré nada. Frustrada, di una patada que solo sirvió para hacerme daño y contuve una mueca de dolor, intentando pensar qué hacer ahora.

Deambulé por el espacio para encontrar algo que me sirviera como escape, pero no se me ocurría en qué centrarme para buscar. Entonces miré hacia mi derecha y me percaté que lo que pensaba que eran mesas alargadas, eran algo mucho peor.

Me aproximé sintiendo mis piernas como gelatina y deslicé mi mano por uno de lo que parecía ser un féretro. Mi corazón dio un vuelco al recordar la pesadilla que había tenido noches antes y al abrir un poco la tapa caí al suelo del susto. Dentro del féretro se encontraba un cadáver de cabello blanquecino. Tal era su estado de putrefacción y antigüedad que desprendía un intenso olor a muerto, revolviendo mi estómago. Sentía unas ganas increíbles de vomitar y contuve una arcada, llevándome una de las manos hasta la nariz.

Pero lo peor no fue eso, pues varias imágenes llegaron a mi mente, recordándome que era el cadáver de mi sueño. Esa pesadilla en la que una mujer estaba acariciando el cadáver como si fuera una persona viva. Entonces me di cuenta.

No había sido una pesadilla, sino una escena que había sucedido hacía siglos. La mujer que había visto era Lilian y, si lo pensaba, bajo esa capa de bondad y dulzura podía esconderse la mujer más tenebrosa de todos los tiempos. Quizás Angie tenía razón y Lilith existía de verdad. Quizás la madre de los Herczeg era un vampiro y todos me habían mentido. Quizás, y solo quizás, era Caperucita y había caído ante la trampa del lobo. Ese que no tardaría en devorarme de verdad.

Un escalofrío recorrió mi espina dorsal, tenía que escapar de ahí fuera como fuese. Si realmente mi hipótesis era cierta, si de verdad esa mujer era Lilith, lo único que podía querer de mí era mi sangre y no estaba dispuesta a dársela. Pero, ¿por qué conservaba esos cadáveres? ¿Qué sentido tenía?

El sonido de la puerta abriéndose heló mi sangre y me giré, dándome de bruces con una inquietante realidad. Frente a mí se encontraba un joven de cabello lacio y largo, con unos profundos ojos marrones y una ropa vieja, propia de otro siglo. Tragué saliva con fuerza y retrocedí asustada. Ese hombre era el cochero de mi sueño. Ese hombre o era un fantasma o era un ser sobrenatural.

—Siento tener que hacerle esto —dijo con cortesía, cerrando la puerta tras él—. Pero mi ama me lo ha ordenado.

—N-no —balbuceé, alejándome de él—. P-por fa-favor. U-usted no…

—Mis disculpas.

Chillé al verle a mi lado a una velocidad sobrehumana y forcejeé, temiendo por mi vida. Miré hacia ambos lados de forma desesperada, buscando algo con lo que golpearle, pero él fue más rápido y me golpeó a mí primero, dejándome inconsciente.

Al despertar supe que me encontraba en el mismo lugar, pero el cochero había desaparecido y mis muñecas estaban atrapadas por unas esposas, encadenándome a la pared.

Al parpadear y centrar la vista, observé que Katalin se encontraba a mi lado y no había salido mucho mejor parada. Yacía inconsciente, sujeta por otras cadenas y tras ella se encontraba su supuesta madre, con una expresión de tranquilidad en el rostro.

No entendía nada. ¿Acaso había mantenido a los hermanos al margen de esto? ¿Ellos no sabían nada? ¿Y qué planeaba hacer con nosotras? Mi cabeza iba a estallar. Tenía muchas preguntas, pero temía averiguar las respuestas. La situación en la que me encontraba era de todo menos normal. Sabía que mi vida corría peligro.

—Eres Lilith, ¿verdad? —pregunté con dificultad.

La mujer se giró alzando las cejas y me ofreció una sonrisa maliciosa, propia de una bruja. Su pelo negro caía en cascada hasta el pecho y su vestido ceñido y oscuro contrastaba con el tono rojizo de sus labios. Sus ojos azulados brillaron con fuerza por la luz de la luna. Era la figura de un ser sobrenatural.

—Veo que no has tardado en atar cabos. Una lástima que sea demasiado tarde —suspiró—. Hubieras sido una buena hija de la noche, pero dudo que seas capaz de resistir tanta pérdida de sangre. Una lástima.

—¿Madre? —preguntó Katalin con voz trémula—. ¿Qué es todo esto?

—El principio de una era ha llegado, mi dulce hija —dijo, acercándose hasta ella para ponerse a su altura—. Y has sido elegida para ser la llave que deje salir a la oscuridad.

—¿Dónde están los demás? ¿Por qué no están aquí?

—¿Tus hermanos? Nikola me la ha jugado llevándoselos y por su culpa tendré que encontrar otra manera de revivir a mis amados niños. Pero tú… Tu soberbia te impidió ver la realidad, querida. Él será el siguiente. Nadie traiciona a la reina de la oscuridad.

—¿Revivir? —Interrumpí, tratando de quitarme las esposas con toda la fuerza posible—. Esto no… No puede estar pasando.

Observé cómo Katalin miraba a su madre con expresión horrorizada y forcejó con las cadenas, tratando de quitárselas, pero se detuvo al soltar un quejido de dolor, mirándose sus muñecas sin creérselo.

—¿Qué has echado? ¿Por qué no me puedo liberar? ¡Madre!

—No iba a ser tan estúpida de atarte a unas cadenas normales, querida. Están ungidas con agua bendita. Yo que tú intentaría no moverme mucho, si no quieres terminar echando humo.

Katalin lo intentó de nuevo, ganándose un nuevo chillido de dolor. Lilith la observaba con una sonrisa victoriosa mientras esta se retorcía, incluso soltaba un olor a quemado por su piel.

Mis ojos estaban fijos en ella. Me angustiaba su expresión asustada y agónica, tratando de salvarse. De repente su cuerpo desapareció, dando lugar a un gato negro y peludo con ojos pardos que me resultó demasiado familiar.

—Tú —murmuré horrorizada, retrocediendo unos pasos.

Ni siquiera me prestó atención. Sus cadenas se empequeñecieron, adaptándose a su cuerpo felino y un maullido lastimero salió de su garganta, recuperando su estado original otra vez.

—Te dije que era inútil, querida. Deja de malgastar fuerzas estúpidamente, estás bajo mi merced.

—¿Qué vas a hacer con nosotras? —pregunté. Mi corazón se iba a salir del pecho.

Lilith no me respondió. Se levantó sin ningún tipo de prisa, dándome la espalda, y caminó hasta el pequeño armario metálico para sacar una copa de cristal con unos detalles bordados que brillaban a la luz de la luna. Después avanzó hasta otro de los féretros, que sostenía un afilado cuchillo y lo sostuvo entre sus manos, volviendo hasta donde estaba la debilitada Katalin.

—Me apena tener que hacer esto con una de mis hijas, pero está justificado. Todo sea por el despertar de los primeros y poder cumplir mi venganza.

Miré a ambas sin entender nada, hasta que Lilith alzó el brazo y pasó el filo del cuchillo por la tersa piel de Katalin, desplomando su cuerpo en el suelo. De su cuello brotó un reguero de sangre oscura, que no tardó en recoger con la copa, llenándola hasta la mitad. Entonces pronunció unas palabras que no fui capaz de entender y sus ojos se tornaron violetas durante unos segundos, hasta recuperar su tono habitual.

Un grito desgarrador inundó la habitación y, cuando fui capaz de girar la cabeza hacia donde Katalin yacía desplomada, fue demasiado tarde. Una nube oscura flotaba por el ambiente, producida por una fuerte llamarada que consumía su cuerpo con rapidez, hasta terminar reducida a cenizas.

Varios sonidos guturales salieron de mi interior, provocados por el miedo que tenía en ese momento. Mi cuerpo temblaba como si fuera una hoja y si pudiera ver mi rostro seguramente me vería pálida como un cadáver. Lilith se había desecho de su hija haciéndola explotar y su expresión era tranquila y relajada, como si no hubiera sucedido nada.

De hecho, la madre de demonios continuó con su objetivo aproximándose de nuevo hasta el pequeño armario mientras cantaba una extraña canción. De él extrajo un pequeño botecito con lo que parecía sangre más clara y lo agitó, mostrándomelo con una sonrisa satisfactoria.

—Ah, la religión. Cuántos problemas y errores ha generado en la sociedad, pero que importante es si pretendes salvarte de un ser oscuro —dijo acercándose hasta mí—. Aunque hay que admitir que lo prohibido y el pecado han atraído a la humanidad desde el inicio de los tiempos, dando lugar al caos y la perversidad. En fin, qué le vamos a hacer. El ser humano es un ser corrupto por naturaleza y no hay nada que pueda remediarlo...

—¿Qué es…?

—¿Esto? —sonrió, ladeando la cabeza—. Una muestra de tu sangre de cuando era limpia y pura. Solo unas gotas bastarán para potenciar el poder de la sangre que tienes ahora. Una mezcla exquisita para revivir a mi fiel Erzsébet. Por desgracia Vlad y Jure tendrán que esperar un poco más.

—¿Mi sangre? ¿Por qué yo?

—Puedo sentir como la oscuridad se ha apoderado de ti. Ha sido tan fácil provocarte para que rompieras los mandamientos —susurró, acariciando mi mejilla—. Fue difícil resistirte a tus impulsos más primitivos, ¿verdad, querida? Ignorar la sed de sangre que fluía por tus venas. La ira, el odio, los celos… Es tan satisfactorio. Todo ha salido según lo esperado.

Me revolví para intentar liberarme de su agarre, pero Lilith aprovechó para sujetarme con más fuerza y deslizar el filo del cuchillo por mi brazo, dejando que un chorro de sangre fresca descendiera por mi piel, aumentando el negro de sus pupilas.

—Puedo oler la fuerza de tu poder, proveniente de tu padre —ronroneó, pasando la lengua por su labio inferior—. La mezcla de eclipse lunar, luna azul y luna de sangre refuerza todo lo malo que hay en ti. Es el momento perfecto.

«¿Mi padre?» grité para mí, pues físicamente me había quedado en estado de *shock*. Estaba viviendo la situación más grotesca y terrorífica de toda mi vida, haciéndome incapaz de pronunciar una sola palabra.

Sollocé al ver cómo acercaba la copa hasta la sangre y apretó con sus manos mi piel, para vaciarme con mayor rapidez. Mi vista se empezó a nublar, el peso de mi cuerpo se desvanecía y lo poco que pude escuchar fue a Lilith pronunciar unas palabras antes de introducir unas gotas del pequeño bote y remover la copa, extendiéndola para que la luz que se filtraba por la ventana la iluminara.

Entonces avanzó hasta el féretro que contenía el cadáver de la que debía ser Erzsébet e inclinó la copa, derramando el contenido sobre sus mustios labios. Al principio no sucedió nada, pero a los pocos minutos pude observar como su rostro cenizo y duro se tornaba rosado, otorgándole un aspecto más humano. Sus ojos empezaron a parpadear, inyectados en sangre y su cabello cambió de color, adquiriendo un tono borgoña.

Contemplé la copa vacía mientras sus huesudas manos se sujetaban al féretro donde estaba postrada, intentando incorporarse. Su respiración era profunda y sonora, como si estuviera acostumbrándose a que el aire se filtrara de nuevo en los pulmones. Sus ojos parpadearon con fuerza, llevándose las manos para tapar la poca luz que le llegaba de la luna, y salió del féretro en lo que duró un parpadeo, chocando contra la esquina de la pared más cercana, donde había más oscuridad.

—Mi dulce Erzsébet —dijo Lilith en tono maternal, acercándose hasta ella—. Me llena de júbilo poder tenerte a mi lado de nuevo.

—Sangre —susurró ella y sus ojos sedientos se detuvieron en mí, clavados en la zona donde seguía perdiéndola.

No me dio tiempo a alejarme, aunque las cadenas no me lo hubieran permitido. Los colmillos afilados de Erzsébet se adentraron en mi herida, succionando con fuerza para que fluyera hasta su garganta. Con cada sorbo me sentía más débil y las quejas de Lilith quedaron en un segundo plano al escuchar un pitido molesto cerca de mi oído. Mi corazón se paró al no tener qué bombear.

Cuando pensaba que ya nada podía ir peor y la muerte extendía sus brazos para cobijarme entre ellos, mis ojos se abrieron de forma inconsciente. Dejé de sentir sus colmillos incrustados en mi piel y unos ruidos cercanos despertaron mis sentidos, obligándome a moverme, como gesto de protección, para salvarme. Atisbé a unas siluetas oscuras moverse por la sala, dejando un montón de ruidos y quejas a su paso. Parecía que alguien se estaba peleando.

Por desgracia, fui incapaz de identificar quiénes eran, mi estado de debilidad no me permitió escuchar con nitidez y los rostros eran borrosos, así que solo podía rogar por mi vida y esperar que alguien me sacara de ahí. Eso o que terminaran con mi sufrimiento. Aunque tuviera miedo a la muerte, el sufrimiento que estaba sintiendo en ese momento era mil veces peor. No había nada equiparable a la tortura provocada por un vampiro y sus colmillos afilados.

Una voz masculina penetró mis tímpanos en un chillido atroz. Mi cuerpo se agitó al escuchar el crujido metálico de las cadenas al romperse, y alguien me alzó del suelo. Apoyé la cabeza contra la textura de la ropa de la persona que me tenía sujeta, esperando que fuera Atary. Si Katalin no sabía las verdaderas intenciones de Lilith, quizás él tampoco. Me aferré a esa posibilidad como si fuera un clavo ardiendo. Necesitaba ver que aún me quedaba alguien en quien confiar.

—Atary —musité, forzando la vista para intentar identificarlo.

—Chist... —escuché, sintiendo su aliento como una cálida caricia—. Descansa tranquila. Ya estás a salvo.

Asentí con la cabeza, rindiéndome ante sus palabras. Mis ojos se fueron cerrando en respuesta y mi cuerpo se relajó. El aroma que desprendía su ropa me hizo sentir protegida y sus fuertes manos sobre mi piel me otorgaron la paz que necesitaba para confiarle mi vida.

Al parecer todo había terminado.

Capítulo XXXIX ✝ la academia

—¿Está bien? —Escuché decir a una voz masculina, con más nerviosismo que preocupación.

—¿Cómo va a estar bien, idiota? —chilló una voz aguda y cantarina que me resultó muy familiar—. ¡Le ha chupado la sangre la condesa sangrienta!

—Si no hubiera sido tan estúpida, pero debió caerse de la cuna de pequeña, sino no me lo explico —gruñó el chico.

Me revolví nerviosa, parpadeando con fuerza para tratar de identificarlos. Un fogonazo de luz cegó mis pupilas, así que golpeé mi rostro con incomodidad, tratando de reducir el contraste.

—¿Dónde estoy?

—¡Laurie! —chilló la voz femenina, apareciendo en mi campo de visión unos rizos oscuros y una cara redondeada, con unos bonitos ojos color chocolate—. Pensé que te perdía.

—De hecho, casi la pierdes —respondió con sorna el chico que pude identificar como Sham. Estaba a mi lado con marcas por el rostro y mordía su labio inferior, jugueteando con su *piercing*—. Si no hubiéramos llegado a tiempo…

—¿Hubiéramos? —pregunté sorprendida—. ¿Tú me salvaste?

—¿Sorprendida? ¿Esperabas a tu héroe salvador Atary? Pues siento decepcionarte porque, como has podido comprobar de una puta vez, es un vampiro. No nosotros.

—No hace falta ser así, se acaba de despertar —le riñó Ana.

—Pero tú… Yo te vi atrapando a una chica, ¡le chupaste la sangre! Y luego te fuiste como si nada —insistí perpleja.

—Los vampiros tienen poderes, idiota, poderes que usan en su beneficio para confundirte —gruñó mirándome con severidad—. Seguramente no llevabas el estúpido dije de Arthur puesto y diste con uno de ellos. Uno con el poder de alterar tu mente o mostrarte una ilusión.

Miré a Ana con incomodidad. Sham era muy hosco con las palabras, desprendía veneno. Sabía que le había causado molestias, incluso había perdido su libro, pero su odio hacia mí era excesivo. Me entristecía.

—Ni siquiera entiendo cómo sigues viva, después de todo.

Agaché la vista. Me sentía cansada y no estaba preparada para soportar sus ataques hostiles. Ana se dio cuenta de mi momento bajo y aprovechó para abrazarme por el cuello, apretándome hasta tal punto que empezó a faltarme el aire.

—Ana —me quejé, tratando de apartarla—, no puedo respirar.

—Lo siento —respondió, apartándose con una amplia sonrisa— . Todavía no controlo mi fuerza.

—Si usaras tu tiempo yendo a las clases de defensa en vez de meternos en líos con vampiros la vida sería mucho mejor —gruñó Sham, entornando los ojos.

—Si gastaras tu tiempo practicando en el gimnasio, en vez de abrir la boca para molestar, Ferguson no te ganaría.

Sham le hizo un chasquido con su lengua en señal de desaprobación y le hizo un corte de manga, mostrándole su dedo del medio. Entonces nos dio la espalda y se alejó unos pasos, volviéndose para hablarme un instante antes de desaparecer.

—Me debes un libro.

Suspiré aliviada una vez quedé a solas con la que había sido mi mejor amiga y por primera vez en todo este tiempo, me quedé en silencio, sin saber muy bien qué hacer. La expresión amable y alegre de su rostro era extraña, como si el tiempo no hubiera pasado entre nosotras y acabara de salir en el hospital debido a una inocente caída. Pero no, la verdad era que había desaparecido sin darme ninguna explicación, dejándome completamente sola.

—Siento que haya pasado todo esto, Laurie —suspiró apenada—. Cuando enfermé me llevaron con Sham y una vez puse un pie en la academia ya no me dejaron escapar. Estaba obligada a seguir las reglas y una de ellas era mantenerte al margen.

—¿Academia? ¿Reglas? —pregunté desorientada, analizando la sala en la que me encontraba.

El espacio era pequeño pero acogedor, el suelo estaba conformado por unas baldosas blanquecinas brillantes y en las paredes colgaban unos cuadros de paisajes pintorescos y unas aves volando por cielo. Yo me encontraba tumbada sobre una camilla y a mi lado estaba una silla, donde Ana debía haberse sentado, aguardando mi despertar.

—Estás en la academia de tu padre, Laurie. La llamamos la academia de luz.

—¿Mi padre? ¿Y qué se supone que dais aquí? —pregunté, rozando la marca que me habían dejado los colmillos punzantes de Erzsébet. Aunque la habían protegido con una venda, me recordaba que todo lo vivido era real—. ¿Por qué nunca me dijo nada?

—Es la academia *dhampir* oficial de Reino Unido. En ella aprendemos todo lo relacionado con los vampiros y cómo librarnos de ellos. Además de aprender a manejar nuestro poder y asimilar el proceso de cambio.

—No entiendo nada —murmuré—. Pensaba que…

—Que éramos vampiros —respondió, arrugando el ceño—. Lo sé. Fue un error por parte de tu padre ocultarte todo eso. Si cuando eras niña te hubiera incluido… Pero los *dhampir* tenemos la norma de ocultar nuestra esencia a las personas normales para no generar una alarma social. Y yo quise contártelo, en serio, pero empezaste a juntarte con ese parásito tóxico y dejaste de ver más allá de su persona. Te volviste tan dependiente de él… No escuchabas a nadie más.

—Atary no es malo —respondí molesta—. Ni siquiera Katalin sabía nada de las intenciones de su madre.

—¿Ves? ¡Estás ciega! —gruñó Ana, golpeando el cabecero de la cama con tanta fuerza que hundió uno de los barrotes—. Quizás Atary no sabía el oscuro plan de Lilith sobre usarlos como peones de sacrificio, pero su amor por ti no fue sincero, Laurie. Tienes que darte cuenta.

—Mientes —musité, dolida por sus palabras.

—Él te animó a cambiar de esa manera. Solo tuvo que chasquear los dedos y todo se salió de control ¡Te puso en nuestra contra! ¡Dudaste de mí! Todavía me duele asimilarlo —exclamó, haciendo una mueca de enfado—. Y tú caíste como una tonta —gruñó—. Esperaba más de ti. Confiaba en que no cederías ante cuatro palabras vacías y una cara bonita.

Sus palabras hirientes golpearon mi rostro como si fuera una bofetada. No tenía ningún derecho a hablarme así cuando se había alejado de mí. Si no me hubiera dejado sola seguramente nada de esto hubiera sucedido. Pero lo hizo, y ya era muy tarde para enmendar los errores ocasionados.

—¡Pues siento haberte decepcionado! —Contrataqué, clavándole mis pequeños ojos azules—. Todos esperaban más de mí, todos me presionaron para ser la hija perfecta y sumisa, incapaz de rebelarse ni pensar si lo que me estaban inculcando estaba mal. ¿Y ahora qué, eh? Mi padre no está, mi madre está muerta, Richard quiso usarme como excusa para cubrir su homosexualidad y me encuentro sola y sin amigas. ¡Ni siquiera sé dónde está Angie! Me puse en su lugar para que Lilith la dejara en paz ¿y qué he logrado? Solo reproches y más reproches. ¡Estoy cansada! Harta de que cualquier cosa que haga se me cuestione. Atary fue el único que me apoyó y me animó a ganar en confianza y quererme más. Me impulsó a creer en mí misma y avanzar, ayudándome a levantarme cuando me caía. Él… Me hizo ser mejor persona. Fui yo quien lo hizo mal. Lo decepcioné.

—Siento ser dura, pero necesitas una buena dosis de realidad —dijo, mirándome con gesto de decepción—. Fui tu amiga al saltarme las reglas cuando te visité por la ventana y también al seguir a Sham hasta la fiesta para comprobar que estuvieras bien, ¡incluso arriesgué mi vida siguiendo a Atary para intentar acabar con él! Pero llegó su jodido hermano y terminé atrapada, a punto de morir. ¿Es que tanto te ha cegado? ¿Te ha chupado el cerebro? ¡Soy tu amiga, siempre lo he sido!

—Eso no…

—Eso sí, Laurie —respondió, juntando sus manos en un puño—. Atary es un psicópata ambicioso, cuyo único objetivo es hacer todo lo que le mande esa bruja del infierno. Te mataría en décimas de segundo si ella se lo ordenara. ¡Abre los ojos! Necesito que lo hagas o no podré dejarte salir de aquí. No tenemos mucho tiempo y no podemos correr el riesgo de que vuelvas detrás de él.

—¿Tiempo para qué? —pregunté frotándome la sien, me dolía horrores la cabeza.

—¡Irnos! Arthur ha tenido una conversación con los jefes de otras academias del mundo y han elaborado un plan de seguridad. No podemos salvar a todas las personas de Escocia, pero sí proteger a aquellas que se encuentren en una franja de edad entre doce y veinte años. Sobre todo, chicas.

—¿Por qué? ¿Y a dónde iremos?

—A unas ciudades subterráneas secretas que crearon por si sucedía una emergencia como esta. Lilith ha conseguido revivir a Erzsébet y eso solo puede significar una cosa: Cientos de miles de chicas muriéndose desangradas, ríos de sangre ensuciando las calles, días oscuros donde el número de vampiros se va a incrementar y el porcentaje de peligro se disparará si encuentra la manera de despertar a Vlad y a Jure. Será una jodida masacre —explicó, provocándome un escalofrío que recorrió mi espina dorsal, congelándome—. Hemos comprobado que la sangre que más desean es la de los jóvenes de nuestra edad. Es más fuerte y Erzsébet ahora estará débil. La necesita.

—Pero nos encontrarán y nos matarán. Va a ser imposible salvar a tanta gente.

Mi cuerpo empezó a temblar, incapaz de asimilar la locura que debía de haber a escasos metros de donde me encontraba. Pensé en Atary, ¿qué estaría haciendo? Me negaba a pensar que me había engañado. Si lo hacía sería incapaz de salir del abismo en el que me había metido.

—Por eso todos los trenes saldrán en cuestión de horas, cuando empiece a anochecer. Dentro de media hora anunciarán la orden de queda en toda Escocia, alegando que deben echar un gas para eliminar un virus que está afectando a nuestro organismo. Así las personas tendrán que encerrarse en sus casas, sin dejar abrir a nadie. Un vampiro no puede entrar en una casa ajena sin la invitación del dueño del solar. No les daremos tiempo.

—Pero se moverán en la noche… No será tan sencillo.

—También lo han pensado —suspiró, cansada—. Verterán un humo que se expandirá a la velocidad más impresionante que te puedas imaginar, el supuesto gas antiviral. Está compuesto por agua bendita, parte de ella directa del río Jordán. Eso servirá para llevarlos hasta el desmayo, entonces aprovecharemos el momento para ungirles el rostro con la señal de la cruz y clavarles unas estacas bañadas en agua bendita. Tendrías que ver cómo se pudren y empiezan a desprender olor a carne quemada.

—Todo esto… Es demasiado —repliqué, incapaz de asimilar toda la información, ignorando su fanatismo por lo gore—. Es como si estuviera dentro de una novela de terror. Quiero salir.

—Lamento decirte que no es posible, Lau —susurró, acercándose a mí para abrazarme—. Pero no volveré a dejarte sola.

De verdad que no te imaginas lo que me dolió tener que separarme de ti.

—Me sentí tan vacía...

—Nunca me imaginé que estas serían las consecuencias —gruñó, frotándose con fuerza la frente—. Ahora toda Escocia va a ser un auténtico caos. Si supieras…

En ese momento se abrió la puerta de par en par, y una Angie vestida con un pantalón oscuro ceñido y un jersey de cuello alto observó el lugar, hasta posar sus ojos marrones sobre mí, arrugando el ceño.

—¡Angie! Estás… Estás viva —exclamé sin creérmelo—. Pensé… Pensé que…

—Tú debes de ser Laurie —respondió con una voz más seria y áspera de lo normal, y se aproximó hasta mí relajando las facciones de su rostro. Con expresión tranquila sí parecía mi alocada amiga.

—¿Soid?

—¡La misma! —exclamó, esbozando una sonrisa amable—. Gracias por salvar a mi hermana de las garras de esa bruja. Cuando me enteré de que la había atrapado hice lo posible por ir a buscarla, pero estos ineptos me lo impidieron. Sabía que era un acto suicida, aunque no me importaba morir si lograba salvar a mi hermana, así que —suspiró—, gracias.

—No es nada —respondí avergonzada—. Ella… ¿Ella está bien?

—Sí —asintió—. Estaba deshidratada y tenía algunos golpes por el cuerpo. Ahora se encuentra descansando en mi habitación. Cuando despertó lo primero que hizo fue preguntar por ti. Bueno, después de dejarme sorda al chillar en mi oído.

—Me alivia mucho saberlo —sonreí. La presencia de Soid era mucho más dura y directa que la de su hermana, sus facciones serias me cohibían—. Supongo que consiguió llegar a tiempo.

—Sí. Al parecer se arrastró por el túnel de las catacumbas como le pediste y terminó desplomada sobre un agujero que alguien hizo, rompiendo el sellado que habían hecho hace siglos por precaución. Un guía pasaba por allí con un grupo de turistas y avisó al hospital. Cuando le dieron el alta Arthur la buscó y la trajo hasta aquí. Por fin está sana y salva.

—Ella siempre te buscó. Nunca perdió la esperanza por encontrarte —me sinceré—. No tenía que haberla involucrado tanto.

—Angie es demasiado loca y tenaz. Aunque la hubieras alejado ella hubiera investigado por su cuenta.

Suspiré aliviada. Se me había quitado un peso de encima al saber que por fin habían podido encontrarse. Me revolví en la camilla con incomodidad, mi cuerpo pesaba el doble y me dolía mucho la cabeza. Incluso la garganta me molestaba y me afectaba la claridad.

—No me habré convertido en un vampiro, ¿no? —pregunté alarmada.

—Las cosas no funcionan así, Laurie —respondió Soid, negando con la cabeza—. Para eso tendrías que haber bebido de su sangre primero y haber muerto. Y Arthur no te dejaría estar aquí. Ningún vampiro puede poner un pie en la academia.

—Todo esto es muy duro.

—Tienes mucho que asimilar —dijo Ana, mirándome con ternura—, pero prométeme que harás lo que te digamos y te mantendrás a salvo en uno de los trenes.

—Sí —suspiré—. Está bien, pero tengo que recuperar mi dije. Se supone que debo mantenerlo a mi lado.

—Mierda, el dije.

Ana y Soid empezaron a hablar entre ellas, dejándome al margen. Me sentía tan cansada que apoyé la cabeza en la almohada y debí de quedarme dormida, porque cuando abrí los ojos me di de bruces con el rostro serio e impaciente de Sham.

—Tienes que levantarte y prepararte. En breve empezaremos a conducir a todos hasta la estación y tenemos el tiempo cronometrado.

—¿Y a dónde voy? ¿Cómo me preparo?

—Ana no tardará en venir para ayudarte. Yo tengo que irme ya, así que estate atenta al teléfono que te van a dar y vete hasta el tren que te nombre por mensaje —dijo alejándose de la sala—. Y no cometas ninguna estupidez.

—No pensaba hacerlo —murmuré—. Aunque parece que nadie me cree.

Le observé salir por la puerta sin prestarme atención, dejándome sola con mis pensamientos. No pude evitar pensar en Atary, preguntándome si estaría bien. Ana se había esforzado en demostrarme su maldad, pero no pude evitar ponerlo en duda. Solo esperaba volverle a ver y poder alinear mis pensamientos.

Me sentía vacía y perdida sin su presencia, incluso sentía una opresión en mi pecho, como si mi corazón se hubiera acostumbrado al ritmo del suyo y ahora no fuera capaz de bombear.

CAPÍTULO XL ✝ LA BESTIA

Me sentía tan aburrida mientras esperaba que Ana terminase de hacer sus cosas de *dhampir* que decidí encender la pequeña televisión que se encontraba incrustada en la pared. Al pulsar el botón del mando, la pantalla no tardó en mostrar la BBC, el noticiario más famoso de Reino Unido.

En él aparecía un presentador ataviado con un traje, sentado en una larga mesa de cristal, con varios papeles sobre ella. Se aclaró la garganta y aflojó su corbata, antes de percatarse que estaba en el aire, comenzando a hablar.

—Buenas tardes. Noticia de última hora. La OMS ha decretado el estado de alerta nacional, solicitando la colaboración ciudadana para que os quedéis en vuestras casas esta noche a partir de las siete de la tarde. Cerrad bien todos los rincones donde pueda filtrarse el aire —explicó—. Según los informes recibidos, una nueva epidemia ha asolado Escocia. Debido al contacto con un animal infeccioso se ha expandido un virus desconocido hasta el momento, que perjudica el organismo de nuestros jóvenes. Por ahora se han contabilizado cincuenta muertes, por lo que es necesario que todos los escoceses, especialmente aquellos de entre doce a veinte años, se presenten en el hospital de Edimburgo para ser llevados, en caso de dar positivo, hasta un edificio de investigación proveniente de la OMS. Estarán en cuarentena hasta tener el virus controlado y asegurar, así, la supervivencia de todos sus ciudadanos —finalizó, dando un golpe seco a la mesa con los papeles—. Seguiremos informando y, por favor, extremen las precauciones.

Me quedé mirando la pantalla mientras la música de fondo que cortaban las noticias acompañaba el ambiente, atónita por lo que había escuchado. ¿De verdad la gente sería capaz de creerse eso? ¿Que un virus afectaba de manera especial a los jóvenes de entre doce a veinte años por culpa de haber entrado en contacto con un animal infeccioso? ¡Era surrealista! No entendía por qué se empeñaban en ocultar la realidad y taparla bajo más y más mentiras. Si seguían así, los problemas estallarían y todos se verían afectados. Era mucho mejor informar qué estaba sucediendo realmente y qué podían hacer para protegerse.

Suspiré. De todas formas, no podía hacer nada por evitarlo. Ya habían transmitido la noticia y gran parte de Reino Unido se estaría enterando de la nueva "epidemia letal". Solo esperaba que las cosas no fueran a peor. Si se les fuera de las manos sería muy complicado mentir a toda Europa. Terminarían percatándose de que el verdadero drama se debía a ataques vampíricos, no a un virus.

Frustrada, contemplé el móvil patata que me habían dado para que Sham me informara de mi tren. Necesitaba relajarme y era lo único de lo que disponía en ese momento. Era un objeto viejo y anticuado, tenía un trozo de la pantalla rota y estaba segura que era de esos teléfonos cuya batería sería infinita. Suspiré. Me hubiera gustado que Ana me acompañara, pero tenía que quedarse para acabar con los vampiros de la zona, aquellos a los que les llegara a tomar por sorpresa el ataque de humo para dejarles desmayados.

El tiempo siguió pasando y ya estaba desesperada de estar encerrada en esta habitación en la que me habían dejado. Decidí cotillear las opciones que tenía la pantalla del móvil, pero eran más bien escasas: un juego de cuidar a un bichito que salía de un huevo, el icono para recibir llamadas, el icono de los mensajes, el icono del *playlist* de música y el icono de la agenda. Nada más. Nada interesante que me informara acerca de los *dhampir* o los vampiros.

Suspiré mientras mis ojos se detuvieron en el icono de las llamadas. No me sabía el número de Atary de memoria, así que no podía preguntarle si estaba bien. Por mucho que me esforzara en tratar de disipar mis sentimientos por él, me resultaba imposible. Era como una pequeña mariposa volando cautivada hacia su luz. Aun sabiendo que me había mentido acerca de su verdadera naturaleza y sobre la de Ana y Sham, no podía odiarle. El amor que sentía por él iba más allá de cualquier mentira. Le necesitaba. Y eso me frustraba.

Traté de reprimir un bostezo y limpié mis ojos borrosos, mi cuerpo solo tenía ganas de dormir. A pesar de haber tenido la confirmación de Soid y Ana de que no me había pasado nada más allá de la pérdida de sangre, si cerraba los ojos me imaginaba convirtiéndome en uno de ellos; Un ser oscuro y tenebroso cuya única motivación era saciar su sed. Era mi peor pesadilla. Pero si Atary y sus hermanos habían conseguido controlar esa bestia interior que tenían, seguramente todos podríamos hacerlo. Aun así, no quería comprobarlo, jugar a un pulso con la muerte siempre traía malas consecuencias.

Me sobresalté al sentir la vibración del teléfono en mi mano, trayéndome de la vuelta a la realidad. Me había quedado tan ensimismada con mis pensamientos y preocupaciones que no me había dado cuenta que habían pasado varios minutos.

Tren número doce, asiento número veinte.

Releí el mensaje tres veces, tratando de memorizar la escasa información que venía. Sham era escueto hasta para mandar mensajes, así que no había lugar para la duda y era fácil de asimilar, pero temía equivocarme y causarles algún tipo de problema. No quería sentirme un estorbo, más de lo que ya era.

Cientos de pensamientos de culpa traspasaron mi mente, recordándome que esto no habría sucedido si hubiera hecho caso a sus advertencias, o incluso a la persona anónima de las notas. Todavía me preguntaba quién podía haber sido. Pero ya era demasiado tarde, se había desatado el caos.

Me sobresalté al escuchar la puerta abrirse y atisbé la grácil silueta de Ana adentrándose en la habitación, haciéndome un gesto para que me apresurase. Miré el espacio afligida, todas mis pertenencias se habían quedado en la residencia y en mi habitación de Luss, así que tendría que subirme al tren con lo puesto. Mi maleta estaba tan vacía como mi vida, ambas igual de quebradas.

Salí de la habitación acompañada por ella. Sus pasos eran tan ágiles que me costaba seguir su ritmo, se notaba su condición *dhampir*. En cambio, para una humana corriente como yo eso equivalía a acabar con la respiración agitada y el pulmón amenazando con salir por la garganta. Sin olvidarme de un ataque de flato por la cadera y un asqueroso sudor por el rostro. Era horrible.

Miré hacia mi alrededor tratando de admirar la decoración y el ambiente que conformaba la academia. El patio central estaba iluminado por una amplia vidriera que reflejaba en el suelo un color blanco muy puro. Además, también tenían una imponente estatua, y al acercarme para recuperar un poco el aire me fijé que se trataba de un hombre con poca ropa, que desvelaba un tatuaje: era un árbol con raíces incluido dentro de un círculo. También sostenía un libro entre sus manos y miraba hacia el cielo con expresión de arrepentimiento.

—¿Quién es el señor de la estatua? —pregunté, tratando de frenarla.

—Adán, es nuestro fundador.

—¿Él también fue *dhampir*?

—No hay tiempo —me cortó, sujetándome por el brazo para tirar de mí—. Cuando se solucione este caos te contaré todo, pero tienes que prometerme que te quedarás al margen de esta guerra.

—¿Por qué no puedo ayudar? —me quejé, acelerando el paso para no verme arrastrada por el suelo—. Yo os metí en esto.

—Son vampiros, Laurie. Tienen el doble de fuerza que nosotros, sin contar sus poderes. Lilith todavía te necesita, así que lo más lógico y sensato es ocultarte. Al menos hasta que todo acabe. Y no te preocupes, contaremos con la ayuda de *dhampir* de otras zonas del mundo. No solo existimos en Edimburgo.

—¿Y mi padre? Arthur… ¿cuándo hablará conmigo? No he vuelto a saber de él.

—Uf, respecto a eso —frenó, rascándose su cabellera—, con todo este lío está muy ocupado.

—Ya, ocupado —murmuré afligida. En el fondo sabía que al enterarse que no era su verdadera hija me odiaba. Debía aborrecer en lo que me había convertido—. ¿Crees que conseguiréis restablecer la normalidad? —pregunté, intentando disipar el incómodo ambiente que se había formado.

—Eso espero, zanahoria, eso espero.

Sonreí al escuchar el mote que me había puesto al poco de conocernos. Me hizo recordar aquellos momentos donde mi única preocupación era ser una buena estudiante, hija y cristiana. Sin secretos, sin traiciones, sin mentiras… Solo paz y una buena amistad.

—¿No puede ir Angie al mismo tren que yo? —pregunté observando la sala en la que habíamos entrado. Estaba vacía en cuestión de decoración, pero el suelo acristalado reflejaba la luz que provenía del techo y tenía varias escaleras, además de dos amplios ascensores que te llevaban al piso inferior. Un grupo de chicas descendieron con rapidez, llenando la sala de murmullos y sollozos que dispararon mi estado de miedo y preocupación.

—Yo no llevo eso, Lau. Si fuera por mí, iría contigo para que no estuvieras sola, pero hay un control muy estricto para que todo salga bien. Solo tres de los nuestros viajarán con vosotros para llevar un orden.

Descendimos por las escaleras acristaladas que reflejaban nuestra ropa y zapatos, mientras me detenía a mirar los raíles por donde irían los trenes. El suelo se dividía en dos caminos, uno tenía un cartel con un cero y otro con un uno. Muchas personas se apresuraron en colocarse, acompañadas por chicos vestidos con ropa oscura y aspecto intimidante.

—¿Son *dhampir*? —señalé con disimulo.

—Sí. Son buenos chicos, aunque intenten ir de duros frente a los humanos. Es solo una fachada de superioridad —sonrió, colocándose en frente para darme un abrazo—. Tenemos que separarnos aquí. Tienes que acercarte al cartel con el número cero si te ha tocado par, y estar atenta cuando llegue el tuyo. Son como el metro de Barcelona. Llegan y apenas te dan un par de minutos para subirte o cierran las puertas en tus narices, así que deberás apresurarte. Tienen el tiempo muy limitado.

—Claro —me sonrojé—. No te preocupes y… Cuídate mucho.

Ana asintió con la cabeza como respuesta y me tiró un beso al aire, dándome la espalda para empezar a caminar. Observé con tristeza como se alejaba subiendo de nuevo por las escaleras, dejándome sola frente a una marejada de chicas igual de asustadas y nerviosas que yo. Temerosa, eché un vistazo al mensaje del móvil y releí la información, ignorando el sudor que se me acumulaba en las manos.

Los trenes empezaron a ir pasando y con cada uno que se alejaba mi corazón incrementaba sus latidos, esperando hacerlo bien y no caerme o cometer algún tipo de estupidez. La gente se agolpaba frente a las puertas y no dudaba en empujarse o tirar a otros si con eso lograban subirse primero.

No pude evitar hacer una mueca de desagrado al ver como una chica que parecía de mi edad sujetaba a una algo más pequeña por el pelo, tirando de ella para que no entrara primero. Me apenaba esa situación, las personas llegábamos a ser bestias sin empatía. Parecía que estaba en nuestra naturaleza no tener escrúpulos.

Di un brinco al ver como el tren número diez pasaba frente a mí, despeinando mi melena anaranjada por la velocidad a la que iba. Otra oleada de personas entró como si se le fuera la vida en ello, ante las miradas de tristeza y pánico de aquellas que todavía seguíamos esperando.

Dos minutos más tarde se encontraba frente a mí un alargado tren, del mismo color oscuro que los demás, con unos amplios ventanales y unas puertas metálicas que se abrieron para dejarnos pasar. Traté de esquivar a las chicas que golpeaban con dureza a los que se encontraban a su alrededor y, nada más poner un pie dentro del tren, mi móvil vibró de nuevo. Había llegado un nuevo mensaje.

Las puertas comenzaron a pitar, avisando de que debíamos apartarnos si no queríamos ser pillados por ellas. Eché un vistazo al mensaje y un escalofrío recorrió mi espina dorsal.

Tren número quince, asiento número treinta y dos. Responde ok para confirmar que lo has leído.

Miré a mi alrededor sintiendo unos sudores fríos recorrer mi frente y tuve que sujetarme a un asiento cercano para no desmayarme y caerme en el suelo. ¿Me habían tendido una trampa? ¿Este era el mensaje real?

Me giré para apresurarme en pulsar el botón que abría la puerta, pero fue demasiado tarde. El tren arrancó y el paisaje de la estación quedó reducido a una mancha borrosa. ¿Quién me había mandado el mensaje y por qué me quería en este tren? Tragué saliva. Me aterraba tener que comprobarlo.

CAPÍTULO XLI ✝ COLORÍN COLORADO: ESTE CUENTO HA...

Decidí caminar por el pasillo del tren hasta llegar al que, en teoría, era mi asiento. Al lado se encontraba un chico con una sudadera oscura que tapaba parte de su rostro, pero los mechones negros que se asomaban y su mandíbula angulosa me resultaron demasiado familiares.

—¿Atary?

Al escuchar mi voz alzó la cabeza y se quitó la capucha, mostrando su cabello despeinado y esos ojos azules que me habían cautivado nada más conocerle. Se quitó los auriculares que llevaba en los oídos y me ofreció una amplia sonrisa, formando unos tiernos hoyuelos.

—¿Qué…? ¿Qué haces aquí? —pregunté, mirando mi alrededor sin comprender nada. La gente conversaba entre sí generando un molesto ruido, sin percatarse de que un vampiro se había colado en uno de los trenes.

—No quería dejarte sola en esto —respondió mirándome fijamente y esbozó una sonrisa triunfal—. Así que me he colado.

—Pero, ¿cómo? Si es imposible.

—Tengo una habilidad especial, Laurie —susurró, acercándose a mi oreja—. Mientras que tú me ves a mí, el resto del tren ve a un chico totalmente diferente y normal.

«Habilidades...» pensé, «Sham tenía razón». Dejé caer mi cuerpo sobre el asiento al momento que un pensamiento alarmante llegó a mi mente. ¿Qué planeaba hacer en un tren con *dhampir*?

—¿Y qué planeas hacer? No planearás chuparle la sangre a todas, ¿verdad?

—Claro que no —replicó molesto, arrugando la nariz—. Antes de que se den cuenta nos habremos fugado, solos tú y yo. Te llevaré lejos de esta guerra que está iniciándose.

Suspiré asimilando sus palabras y levanté la vista para mirarle a los ojos, esos ojos que parecían sinceros y mi corazón creía a ciegas. Era imposible que Atary fuera malo, me había demostrado que me quería.

—¿Sabías lo que tu madre le hizo a tu hermana? —pregunté angustiada, recordando el filo del cuchillo deslizarse por el fino cuello de Katalin—. Realmente ella es tu... ¿tu madre?

—Mi madre biológica murió hace más de cien años. Y no, no sabía que iba a hacer eso. De haberlo sabido no lo hubiera permitido.

—¿Por qué me mentiste? ¿Por qué me ocultaste que tú eras un vampiro? Mi madre murió, Atary. Sé que la mató uno de vosotros.

—Yo no maté a tu madre, Laurie —respondió cortante—. Si te mentí fue porque de saber la verdad te hubieras alejado de mi lado, y mi deber era cuidarte. Sabes que nunca te haría daño.

—¡Me dijiste que mi padre era un vampiro! ¡Qué Sham y Ana también lo eran!

—Pero fue por una buena causa. Ellos te hubieran apartado y no podía permitirlo —respondió, haciendo crujir sus nudillos—. No fui el único que te mintió, pero siempre busqué tu felicidad. No como ellos, que te hubieran encerrado hasta que te casaras con Richard.

—Atary…

—Lo hice por ti, Laurie. ¡Todo lo hice por ti! —exclamó—. Por eso nos iremos en cuanto lleguemos. Antes de que te laven el cerebro y consigan su objetivo, que me odies.

—Todo esto es demasiado. No estoy preparada para tener que pegar los pedazos de un corazón roto —musité—. Aunque me duela, tengo que alejarme de ti. Por mi egoísmo han sufrido demasiadas personas que quiero. ¡Mi madre ha muerto! Creo… Creo que Lilith te controla. Eres un peón entre sus manos y no dudaría en matarte si fuera necesario.

—Ella no…

—Es irónico —le frené. Miré hacia arriba al notar que iba a ponerme a llorar al asimilar la realidad. Lo jodida que estaba por dentro. Seguramente nunca iba a ser capaz de superarlo—, porque es la misma dependencia que siento yo hacia ti. Es un amor enfermizo y doloroso que se expande como la pólvora y sus efectos no han hecho más que empezar. Por eso no me iré contigo, porque por jugar con fuego me he quemado, pero no quedaré reducida a cenizas. No dejaré que este amor me consuma por completo.

—Tú querías estar conmigo, Laurie —siseó—. Sabías que estar a mi lado sería peligroso. Te lo advertí, pero aun así seguiste a mi lado. No puedes echarte atrás ahora.

—Quería estar contigo porque pensé que realmente me protegerías y me harías feliz, pero eres un mentiroso, como el resto. Estar a tu lado saca todo lo peor que hay en mí —respondí. Podía sentir como mi corazón se rompía en pedazos, con cada palabra que soltaba por mi boca mi pecho me oprimía, dificultándome el respirar—. Esta dependencia que siento por ti es enfermiza. ¡Maté a Franyelis!

—La mataste por supervivencia. No querías que me enterase de tu deslealtad —dijo con un ápice de rencor—. Yo no te obligué a acostarte con Vlad, no te obligué a matar a Franyelis. Todo lo que hiciste fue por tu propia cuenta. Así que no trates de echarme la culpa.

Mi pecho subía y bajaba, tenía la respiración agitada y mi garganta se había secado. No podía creerme lo que estaba escuchando y mientras yo estaba de los nervios, el rostro de Atary se mantenía impasible.

Miré a mi alrededor, temiendo que nuestra acalorada discusión atrajera miradas curiosas, pero estaban ocupados hablando entre ellos o sumidos en sus propias preocupaciones. Nadie había prestado atención a lo que sucedía a pocos metros.

—En el fondo lo querías, pequeña. Estabas deseando conocerme para arrastrarte a mi mundo. Necesitabas una excusa para salir de esa burbuja anodina e insustancial en la que estabas —respondió con una sonrisa perversa—. Y ya la tienes. Estamos hechos el uno para el otro y, aunque lo intentes, jamás podrás alejarte de mí.

—Esto es obsesivo —respondí, apartándome ligeramente de su lado—. Será mejor que te vayas, Atary. Ya no somos nada y nunca lo seremos. Te olvidaré y haré mi vida, al margen de todo esto.

—No puedes. Tú te dejaste corromper y sacar la bestia que llevas dentro, ahora no puedes borrarla. Forma parte de ti y nunca se irá, por mucho que lo intentes. Pero yo te ayudaré a controlarla. Sino la oscuridad te consumirá y será demasiado tarde. ¿Es eso lo que quieres?

—¿Qué estás diciendo? Eso no es verdad.

—Puedo sentir cómo crece en tu interior. Aunque sientas remordimientos sé que disfrutaste con la muerte de Franyelis. No puedes ignorar tu lado oscuro, es real.

—¡Ya basta! —me quejé—. Solo tratas de asustarme para que me quede a tu lado. Yo no soy como tú.

—No. Tú eres mucho peor —sonrió.

Abrí la boca para responderle cuando un gato grande y blanco apareció en mi campo de visión, dando un salto tan grande como para llegar hasta mí y soltar un bufido, clavándome sus uñas en el brazo. Asustada, traté de sujetarlo y apartarlo de mí, pero esa bola blanca de pelo se revolvió como si estuviera en el agua y hundió sus garras más a fondo, causándome dolor.

—¡Leo! —escuché de fondo—. ¡Vuelve aquí!

El gato miró en dirección a donde se encontraba la chica, pero la ignoró y siguió atacándome, parecía que la había tomado conmigo. La chica vino corriendo para librarme de él y lo atrapó para sostenerlo entre sus brazos, acariciándole el lomo para tranquilizarlo.

—¡Lo siento! Normalmente es muy sociable. No entiendo porque ha hecho…

Sus palabras se frenaron al contemplar mi brazo y soltó una mueca de estupefacción, abriendo sus ojos con fuerza.

—Tu brazo está sangrando. Dios mío, ¡cuánto lo siento!

Sus palabras quedaron en un segundo plano al visualizar como las pupilas de Atary se dilataban mirando la sangre que brotaba de mi brazo y al lado de sus ojos aparecieron esas líneas delgadas y violetas que me habían salido a mí en su ático. Sus colmillos aumentaron de tamaño y en su mirada comenzó a formarse un peligroso brillo de deseo.

Me apresuré en ocultar la herida tapándome con cualquier cosa que hubiera cerca, pero fue demasiado tarde. Las manos de Atary no tardaron en aferrarse a mi cuello, sintiendo su agitada respiración cerca de mi brazo.

—¡Un vampiro! —chilló la chica, corriendo para alejarse.

Las estridentes alarmas pitaron en el tren, avisando a todos los que estaban a bordo que había una emergencia. La gente empezó a gritar y moverse de un lado a otro, desatando el caos. Un *dhampir* apareció en el vagón y corrió hasta nosotros para tratar de echarlo, pero fue demasiado tarde. Atary me sujetó en una velocidad impresionante y tiró de la pesada puerta metálica hasta abrirla, sacándome del tren para lanzarme contra la tierra.

—¡No! —fue lo que alcancé a escuchar del tren, antes de acabar estampada contra el suelo de algún bosque cercano a donde estábamos llegando.

Contemplé aterrada a la figura que tenía frente a mí. Era una bestia salvaje que ni siquiera reconocía, pero sí me hizo temblar. Atary tenía los ojos inyectados en sangre, su silueta se había tornado difusa, como una sombra fundida entre la oscuridad y sus colmillos brillaron gracias a la luz de la luna, afilados como cuchillos.

Su cuerpo reveló la bestia que yacía en su interior y sabía que nada ni nadie podría impedir lo que estaba a punto de suceder. En cuestión de segundos estaría muerta.

Miré el cielo nocturno mientras un par de lágrimas descendían por mi rostro al sentir sus colmillos hundirse en mi piel, succionando la sangre que todavía brotaba. La luna y las estrellas iluminaron su verdadera identidad, mostrándome el monstruo del que había estado enamorada.

De lejos pude escuchar un sonido extraño, como si fuera un gas disparándose a toda velocidad. Mis sentidos estaban aturdidos por la pérdida de sangre, pero pude visualizar como el gas de agua bendita se aproximaba hasta nosotros. Si continuaba así nos alcanzaría en cuestión de segundos. Aunque no importaba, yo estaba rozando la muerte al exhalar un profundo suspiro.

—Joder —gruñó, separándose unos milímetros—. No quería tener que llegar a esto, pero no puedo dejarte morir.

Abrí la boca para preguntar, pero no pude, me sentía demasiado débil. De repente me vi invadida por su muñeca, que había mordido para formar una herida. Su sangre se derramó sobre mis labios, tratando de adentrarse en mi boca.

—¡Bebe! —bramó, mientras el gas comenzaba a atraparnos—. ¡Bebe ya!

Comencé a llorar intentando zafarme de su agarre, pero las manos fuertes de Atary me bloquearon. Sabía que significaba eso, si estaba haciéndome beber de su sangre era porque planeaba convertirme en un vampiro. Yo no quería convertirme en aquello en lo que más odiaba. No quería ser como él.

Aun así, fui incapaz de resistirme. El pánico que sentía por saber que estaba a punto de desaparecer activó mi instinto de supervivencia, cediendo ante su ataque. Moví los labios de forma inconsciente y la sangre se filtró en mi interior, deslizándose por mi garganta, degustando un sabor dulce que me resultó familiar. «El vino» recordé, sintiendo ganas de vomitar «Su vino secreto era sangre».

El olor del agua bendita entremezclada con el producto que habían echado para ampliar su velocidad penetró mis fosas nasales, ahogándome. Atary me miró con expresión de miedo, pero no tardó en ocultarla bajo una capa gélida. Entonces aprovechó la poca fuerza que le quedaba para pronunciar unas palabras y llevó sus manos hasta mi cuello, haciéndolo crujir con un golpe seco antes de susurrar.

—Bienvenida al infierno, pequeña.

Epílogo

Abrí los ojos, pero no tardé en cerrarlos de nuevo al sentir como la luz penetraba mis retinas, molestándome hasta tal punto de sentir un leve resquemor. Sentía mi cuerpo meciéndose de un lado a otro como si flotara sobre una nube, pero sobre todo notaba un peso firme sobre mi cintura, sosteniéndome como si fuera una delicada rosa, intentando no romperme.

—¿Estoy muerta? —pregunté, notando mi garganta seca.

—Solo tú podías preguntar algo tan cliché y absurdo en un momento como este —respondió con sorna una voz que me resultó muy familiar—. ¿No se te ocurre otra pregunta mejor?

Abrí los ojos de nuevo, impulsada por sus palabras. De todos los Herczeg, con el que menos esperaba encontrarme era él. Pero nada más mover los párpados un nuevo fogonazo de luz me hizo cerrarlos, soltando un alarido de dolor.

—No malgastes fuerzas. Aún debes acostumbrarte.

—¿Acostumbrarme a qué?

—A tu nueva condición, ¿a qué si no?

—¿Qué estás diciendo? —pregunté, sintiendo como una intensa sensación de pánico y desesperación fluía por mis venas.

—El idiota de Atary te ha convertido, Laurie. Tu cuerpo está adaptándose, transformándose en un vampiro, como nosotros. Solo te falta completar la transición.

—¡Yo no soy un vampiro! ¡Atary no me ha convertido en nada! —espeté, revolviéndome como una serpiente para zafarme de su agarre. La rabia y el miedo se dispararon por mis venas, incrementando mis sensaciones al punto de querer explotar—. ¡Bájame ahora mismo! ¡Bájame, Nikola!

—Mis oídos no están preparados para escuchar tus gritos, y mucho menos gilipolleces como esas. ¡Claro que te has convertido! Y cuanto antes lo asimiles y superes que Atary te ha utilizado, antes podrás manejarlo. Sino las emociones te controlarán y con ello despertarás a la bestia. Y créeme, no te conviene hacerlo. No si no quieres terminar chupándole la sangre a alguien inocente hasta terminar matándolo, completamente vaciado.

—Mientes —respondí, incapaz de asimilar algo así. Yo no podía ser un vampiro. No me podía haber convertido en lo que más me aterraba. Empecé a golpear de forma descontrolada su dura espalda con mis puños mientras pataleaba de forma infantil, descargando mi desesperación—. ¡Mientes porque me odias! ¡Nunca me has podido ver! Y ahora solo quieres atormentarme. Disfrutas viéndome así. ¡Eres un monstruo!

—Sí, soy un monstruo. Una bestia, un animal, un ser salvaje que siente deseos irrefrenables de matar y disfruta con el sabor de la sangre —contestó, dejándome helada al traspasar mi mirada con sus ojos grises—. Pero este monstruo arriesgó su vida, o al menos lo que queda de ella, por intentar salvar la tuya.

—¿Qué?

—Veo que Atary hizo un buen trabajo haciendo que te rindieras ante él. Te ha cegado hasta tal punto que eres incapaz de ver más allá de sus narices —siseó, bajándome de golpe.

Le miré atónita, sin acabar de comprenderle. Sus ojos desprendían un brillo cargado de molestia y bajo ellos se escondía unas oscuras ojeras que acentuaban su oscuridad. Su boca estaba torcida, en señal de desagrado, y los mechones de su cabello caían sobre su rostro, otorgándole un aspecto de cansancio. Al analizar los detalles de su rostro me fijé que volvía a tener cortes y quemaduras en diversas zonas, incluyendo el cuello y la piel que se asomaba por el jersey. ¿Qué le había pasado? ¿Y dónde estaba Atary?

Aprecié mi alrededor. Estábamos en una zona boscosa, frente a una casa pequeña de madera que ofrecía un aspecto acogedor. Nikola forcejeó con el picaporte hasta que escuché un crujido y la puerta se abrió, permitiéndole pasar.

—Pasa —gruñó—. Supongo que querrás escuchar la verdad. Aquella de la que siempre te quise alejar.

—Pero Ana, Sham, Angie, los *dhampir* y…

—Vi como uno de ellos clavaba su arma contra un vampiro que estaba tirado en el suelo, incrustándola en lo más profundo de su corazón. Su rostro mostró la sonrisa más profunda y placentera que jamás hayas podido imaginar. Y no dudarán en hacerlo contigo si descubren que te has convertido en un ser sanguinario y salvaje como él —advirtió, sin un ápice de dolor en el rostro—. Han sido entrenados para matarnos. Disfrutan terminando con nuestras vidas y ahora tú eres una de los nuestros. Si te encuentran no tendrán piedad.

—¿Dónde está Atary? ¿Por qué no está aquí?

—Habrá escapado, qué sé yo. ¿Crees que me importa lo que haga? Bastante tengo con ayudarte a ti, otra vez —gruñó—. No sé qué habré hecho en otra vida para sufrir semejante castigo.

—¿Por qué debería fiarme de ti? Todos me han traicionado y engañado.

—¿Y buscas a Atary? Maravilloso… Absolutamente maravilloso —murmuró—. En fin, tu sentimiento por él acabará muriendo cuando veas que no le importas una mierda y terminarás asimilando la realidad. No te queda de otra si quieres sobrevivir.

—¡Él me quiere!

—Si te hubiera querido no te habría engañado. Te manipuló para que abrazaras la oscuridad que ahora mismo te rodea, perfecta para el sacrificio. Si te hubiera querido, te hubiera alejado de todo esto hace mucho tiempo, como quise yo.

—¡Tú solo me alejabas porque me odias!

—¡Si te odiara no hubiera arriesgado mi vida para salvar la tuya! —gritó, estallando como una bomba—. He estado protegiéndote todo el rato, ¡siempre! Pensé que harías caso a mis advertencias, que serías capaz de atar cabos y darte cuenta de la verdad. Pero me equivoqué.

—¿Advertencias? ¿Protegerme? ¿Qué estás diciendo?

—Quieres lo que todo el mundo quiere. Quieres un amor que te consuma. Quieres pasión, aventura, e incluso un poco de peligro, pero ¿bajo qué precio? —citó, mirándome fijamente—. ¿Qué tal si no soy el héroe? ¿Qué tal si soy el chico malo? Pero soy un villano que se ha prometido a sí mismo protegerte, aunque eso implique romper varias reglas.

—Eras tú —musité. Sus palabras golpearon mi corazón, haciendo que este empezara a latir como si fuera la manecilla de un reloj.

Los ojos de Nikola brillaron sinceros y su rostro esbozó una sonrisa melancólica, hasta hacerla desaparecer segundos más tarde, volviendo a su estado de chico duro y sin sentimientos.

—Claro que era yo. No podía arriesgarme a que los otros se enteraran y madre me controlara la mente. Es demasiado neurótica y obsesiva como para dejar pasar un error como ese. Uno de sus peones tratando de joder su psicótico y sangriento plan… Me hubiese gustado ver su cara al despertar y enterarse que no estábamos, aunque Katalin fue tan idiota como para quedarse.

—¿Por qué? ¿Por qué lo hiciste? ¿Por qué tanta molestia en salvarme si dejas claro que no te caigo bien?

—No pienso arriesgarme a seguir hablando a la intemperie, con un séquito de cazadores rondando por cada rincón de Escocia —espetó, colocando una de sus manos sobre la puerta principal, amenazándome con cerrarla—. Tú decides si quedarte a mi lado y dejar que te ayude, o irte, quedando bajo merced de aquellos a los que consideras amigos. Pero piénsatelo bien, porque no concedo segundas oportunidades y estoy cansado de hacer de héroe salvador para una princesa con fuerte dependencia emocional. Nunca una eternidad se me hizo tan larga y desesperante.

Abrí la boca para contestar, pero la cerré al sentir que mis sentimientos volvían a doblegarme, formando un hervidero de estímulos por mi cuerpo. Sabía que algo raro me estaba sucediendo, mi organismo no estaba actuando de forma normal y me sentía con una vitalidad extraña. Además, mis sentidos se habían intensificado y las nuevas percepciones que ahora llegaban a mi cerebro me abrumaban.

Pensé en Ana, en Angie, en mi padre… Arthur, en lo mucho que había disfrutado sintiendo el abrazo de una amistad y el peso que se me había quitado al saber que mi alocada compañera se había podido salvar, además de ver a su hermana.

Una parte de mí dudaba de que fueran capaces de clavarme un puñal si me veían en este estado, pero, por otra, deseaba escuchar todo aquello que Nikola había callado. Anhelaba descubrir esa parte de él que tanto se había empeñado en esconder bajo capas y más capas de odio y resentimiento. Un odio que pensaba que era injustificado. Así que, ¿qué debía hacer? ¿Irme lejos de aquí y cerrar la etapa de mi vida que involucraba a los hermanos Herczeg, y todo el daño que me había generado involucrarme, o renunciar a las personas que me aferraban a mi humanidad, otorgándome una dosis de esperanza?

—¿Y bien? Estoy cansado de esperar.

—Me quedaré contigo —acepté, levantándome del suelo para extender mi mano hacia él—, pero con una condición.

—Y encima con condiciones —gruñó, entornando los ojos—. Si esperas que me ponga a dar saltos de alegría para celebrar que tendré que hacer de niñero las veinticuatro horas estás muy equivocada. Esto va a ser peor que aguantar a Vlad.

—Tienes que prometerme que no dejarás que mate a nadie. No quiero convertirme en un monstruo —susurré, bajando la cabeza—. Solo quiero tener una vida normal.

—Sabes que si no bebes de una persona hasta vaciarla no completarás la transición, ¿verdad? Si no sacias la sed que habita en tu interior, tu cuerpo no asimilará el cambio y tu corazón explotará. Morirás, Laurie.

—¿Qué? —chillé, cayendo al suelo por el temblor intenso de mis piernas. Me llevé las manos a los oídos para tratar de frenar el martilleo que me atacaba, dejándome al borde de la desesperación—. ¡No! ¡Yo no me quiero morir! No puede ser verdad. No me puede estar pasando. No. No quiero morirme. No, no quiero. Detén esto. No puedo más.

El terror había atrapado mis pupilas, intensificándolas hasta impedirme ver nada. Mi cuerpo temblaba como una hoja y cientos de lágrimas descendían por mi rostro mientras mi boca soltaba ruidos de lamento. Mi garganta se ahogaba. Era incapaz de frenar el descontrol que se había adueñado de mi organismo. Se había esfumado mi estado racional.

Parpadeé confusa al sentir un golpe seco sobre mi espalda y mi mente se estabilizó al verme apoyada contra una pared interior de la casa, con Nikola frente a mí. Sujetó mi rostro con sus fuertes manos mientras me miraba con expresión preocupada. Entonces bajó sus manos hasta aferrarse a mi cintura y de un solo movimiento me llevó hasta él, refugiándome contra su cuerpo sentado.

—Encontraremos la manera de impedir que eso suceda, te lo prometo —susurró cerca de mi oído—. Pero ahora contrólate o buscaré a un cazador para que me mate. No soporto los chillidos histéricos, dañan mis sensibles oídos vampíricos.

—Me estás… Abrazando —murmuré, notando como el olor dulzón que desprendía su ropa disipaba mis miedos, dejándome expuesta ante una sensación extraña que era incapaz de interpretar.

—Solo por esta vez, Duncan —respondió apartándose un poco, sin llegar a soltarme—. Pero no se lo cuentes a nadie o lo negaré todo. Me gusta conservar mi imagen de monstruo sanguinario y aterrador.

Sonreí ligeramente mientras trataba de quitar un par de lágrimas que amenazaban por brotar de mi ojo. Me aterraba pensar lo que iba a suceder conmigo a partir de ahora, pero me reconfortaba pensar que no estaba sola. Aunque Nikola se esforzara en demostrar lo contrario, sabía que bajo esa coraza se escondía un corazón frágil y vulnerable. Uno que estaba deseando desahogarse y dejarse amar.

Pero, ¿qué sucede cuando intentas abrir un corazón herido?

El reloj de arena ya había sido girado. Ahora solo tenía que esforzarme en sobrevivir.

AGRADECIMIENTOS

Cuando de niña empecé a crear mis propias historias para los concursos del colegio nunca imaginaba con llegar hasta aquí. No te imaginas lo placentero que ha sido para mí reconectar con la escritura y crear una historia como esta.

Desde el principio tuve miedo. Miedo a no dar la talla con el misterio, a que desvelases todo desde el inicio y no te lograra enganchar. Me daba miedo que no comprendieras al personaje de Laurie, su inmadurez, su falta de confianza, su juventud… Pero me has dado una oportunidad. Por eso quiero comenzar dándote las gracias a ti. Sí, a ti. Por tomarte la molestia en comprar el libro, por darme una oportunidad y leer, por tener paciencia y llegar hasta el final. Por hacer esta historia más real.

Muchas gracias a mis *Dawers*. En especial a Ángela, Aniel, Brit, Rocío, Gloria, las dos Fran, Giovanna, Kelly, Naza, Oni, Soid y Chío. Sois mis lectoras incondicionales, mi principal apoyo cuando dudo, cuando me siento insegura, cuando temo hacerlo mal, cuando me siento pequeña… Estáis conmigo desde mis inicios, creyendo en mí, leyendo con ilusión cada palabra que redacto. Desde que os conozco mi vida es mucho más entretenida. Así que… Gracias por todo.

Gracias a *todes* y cada *une* de mis lectores de W*attpad*, pues esta historia no hubiera llegado tan lejos sin vuestro apoyo, vuestros mensajes de cariño, vuestro entusiasmo y vuestro movimiento por las redes. ¡Sois increíbles!

Gracias a Elena y a Beca, que me ayudaron leyendo parte de la novela y me dieron sus opiniones. Sin ellas, estoy segura de que la novela hubiera perdido brillo y sentido.

Gracias también a mi madre por el apoyo constante en todo lo que hago y por creer en mí cuando nadie más lo hizo. A Mauro por leer cada historia que escribo y darme su opinión, aunque luego te haga caso en la mitad. Y a Mario por hacerme sentir tan especial, tanto como escritora como persona en general. Ojalá poder seguir sorprendiéndote siempre.

No puedo olvidarme de Roma. Muchísimas gracias por embellecer esta historia y hacerla real. Eres una persona increíble y con tus manos haces arte.

Por último, y no menos importante, muchas gracias a *todes les autores* que han creado historias maravillosas sobre vampiros y otros seres sobrenaturales. Es gracias a vuestros libros que he podido crear el mío, pues mi obsesión por ellos nació desde que leí *El pequeño vampiro* y me enamoré de Rüdiger.

No dejes nunca de soñar porque, cuando menos te lo esperas, se cumplen. Hoy dejo volar el mío.

Made in the USA
Columbia, SC
23 May 2023

17113505R00350